Danksagung

Als Quellen für dieses Buch dienten hauptsächlich »Narrative of a Mission to Bokhara« von Dr. Joseph Wolff und »Travels into Bokhara« von Sir Alexander Burnes. Weitere wichtige Bezüge stammten aus »A Person from England« von Sir Fitzroy MacLean und jenes Buch, das mich auf die Idee gebracht hat: »Eccentric Travellers« von John Keay.

Ein besonderer Dank auf nichtliterarischem Gebiet gebührt Susan und Qadir Khalje, die ihr Bestes gaben, mich vor dem Irrtum meiner Vorurteile zu bewahren. Jegliche Fehler sind natürlich meine eigenen.

Anmerkungen der Autorin

Schon als Kind war ich immer von den leeren Stellen auf der Landkarte fasziniert, die das geheimnisvolle Herz Asiens darstellten. Seit zweitausend Jahren ist dieses ferne, gefährliche Land von Karawanen durchgequert worden, die der Seidenstraße folgten, jenem antiken Handelsweg von China nach Rom. Aus den Namen der Oasenstädte – wie Samarkand, Buchara und Kaschgar – atmete pure Romantik.

Zentralasien wird gelegentlich Turkestan genannt, da viele der unzähligen Völker Turksprachen wie Usbekisch oder Turkmenisch sprechen. Es war die Heimat der barbarischen Nomadenstämme, die im Laufe der Jahrhunderte östlich nach China und westlich nach Kleinasien und Europa einfielen und friedliche Bauernvölker unterwarfen oder sogar vernichteten. Das östliche Turkestan ist heute die chinesische Provinz Singkiang, während das westliche Turkestan heute die russischen Republiken Usbekistan, Turkmenistan, Kirgisistan, Tadschikistan und Kasachstan einschließt.

Südlich dieses Gürtels der Turksprachen liegt ein ausgedehntes Gebiet, in dem iranische Sprachen vorherrschen. Diese schließen Persisch (im modernen Iran und in Afghanistan heute Farsi genannt), Kurdisch und Paschto ein, welches die Hauptsprache von Afghanistan und Westpakistan ist. Persisch war die *lingua franca* Zentralasiens und wurde – ähnlich wie das Französische in Europa – als Hof- und Literatursprache benutzt. Dazu kam das klassische Arabisch, das in der ganzen moslemischen Welt als Koransprache gebräuchlich war und ist.

Während Turkestan eine große ethnische und linguistische Mannigfaltigkeit aufwies, waren die meisten Menschen dort durch den Islam miteinander verbunden, was einige wilde Stämme jedoch nicht davon abhielt, ihre moslemischen Brüder zu versklaven. Zudem gab es Gemeinden von Juden, Christen und Hindus. Die Moslems behandelten Christen und Juden gewöhnlich respektvoll – sie nannten sie die *»Leute der Schrift«*, wegen der biblischen Schriften, die allen drei Religionen heilig sind.

Im neunzehnten Jahrhundert stießen die expandierenden Reiche Großbritannien und Rußland immer wieder im weiten Ödland Zentralasiens aufeinander, um in einem Konflikt, den man »The Great Game«, das *Große Spiel*, nannte, für ihren eigenen Vorteil zu kämpfen. Die Briten schwärmten nordwestlich von Indien aus, während die Russen sich südwärts bewegten und schließlich die unabhängigen zentralasiatischen Khanate Chiwa, Buchara und Kokand annektierten.

Aus dem »Great Game« entsprangen viele wahre Geschichten über Heldentum und Abenteuer, und dieses Buch ist durch eine Rettungsmission inspiriert worden, die 1844 wirklich stattgefunden hat: Der Emir von Buchara hatte zwei britische Armeeoffiziere, Colonel Charles Stoddart und Lieutenant Arthur Conolly, gefangengenommen. Natürlich glaubte die britische Regierung, die beiden Männer wären hingerichtet worden. Doch die Berichte waren widersprüchlich und undurchsichtig, und so beschloß schließlich eine Gruppe von Offizieren, daß für ihre Kameraden mehr getan werden sollte.

Ein exzentrischer anglikanischer Geistlicher namens Dr. Joseph Wolff meldete sich freiwillig, um in Turkestan um die Freilassung von Stoddart und Conolly zu bitten. Als Ex-Missionar im Mittleren Osten und in Zentralasien war Wolff höchstqualifiziert, diese Mission auszuführen, weswegen die besorgten Offiziere innerhalb kürzester Zeit das Geld aufbrachten, um seine Reisekosten zu decken. Wolff gelang es tatsächlich, unbehelligt bis nach Buchara zu kommen, jedoch nur, um dort zu erfahren, daß die beiden Gefangenen bereits exekutiert worden waren. Der Priester verlor bei dieser Mission fast sein eigenes Leben, konnte jedoch mit Hilfe des persischen Botschafters entkommen und sicher nach England zurückkehren.

Die Geschichte, die dieses Buch erzählt, ist erfunden, doch ich habe versucht, den Duft Turkestans einzufangen, und einige Begebenheiten basieren auf realen Vorfällen. Da die Geschichte drei Jahre vor der Reise des Dr. Wolff spielt, habe ich mir bei der Datierung der Hintergrundereignisse einige künstlerische Freiheiten erlaubt, doch die Figuren des Emir Nasrullah, des Nayeb Abdul Samut Khan und des Kalifen von Merv sind historische Personen, deren Charaktere im Buch genau nachgezeichnet worden sind. Die Bezüge auf britische Abenteurer wie Lady Hester Stanhope und Sir Alexander Burnes sind ebenfalls historisch stimmig.

Heute ist das ehemalige British India zu Indien, Pakistan und Bangladesh zerfallen, und das russische Reich erlebt massive Veränderungen, da lange unterdrückte ethnische Gruppen ihre Identität behaupten wollen.

Das Herz Zentralasiens hat sein Geheimnis bewahrt.

Prolog

August, 1840

DIE NACHT BRACH schnell herein, und eine schmale Mondsichel leuchtete am wolkenlosen, indigofarbenen Himmel. Im Dorf rief der Muezzin die Gläubigen zum Gebet, und die monotonen Gesänge mischten sich mit dem betörenden Aroma von gebackenem Brot und dem beißenden Geruch des Rauches. Die Szene war vertraut, friedlich – eine Szene, wie sie die Frau schon zahllose Male zuvor erlebt hatte. Doch nun, als sie am Fenster innehielt, überkam sie für einen Moment eine seltsame Orientierungslosigkeit, und sie hatte Mühe, das Schicksal zu akzeptieren, das sie in dieses fremde Land geführt hatte.

Gewöhnlich sorgte sie dafür, daß sie zu beschäftigt war, um über ihre Vergangenheit nachzudenken, aber heute überschwemmte sie eine Woge von schmerzvollem Kummer. Plötzlich vermißte sie die wilden grünen Hügel ihrer Kindheit, und obwohl sie längst neue Freunde gefunden hatte, auf die sie sich verlassen konnte, fehlte ihr auf einmal der sichere Schoß der Familie.

Am meisten, mußte sie sich eingestehen, vermißte sie allerdings jenen Mann, der mehr als nur ein Freund gewesen war. Sie fragte sich, ob er wohl an sie gedacht hatte, und wenn, ob es voller Haß, Zorn oder mit kühler Gleichgültigkeit geschehen war. Um seinetwillen hoffte sie, daß er vor allem Gleichgültigkeit empfand.

Alles wäre leichter zu ertragen gewesen, wenn sie nichts mehr gefühlt hätte, dennoch konnte sie den Schmerz nicht bedauern, der auch noch nach so vielen Jahren ihren Alltag unterspülte. Der Schmerz war der letzte Rest der Liebe, und sie war noch nicht gewillt, diese Liebe zu vergessen, ja, sie zweifelte daran, daß sie jemals bereit dazu sein würde.

Ihr Leben hätte so anders verlaufen können. Sie hatte alles gehabt – mehr als die meisten Frauen sich je erträumen konnten. Wenn sie nur klüger gewesen wäre oder wenigstens nicht so impulsiv gehandelt hätte. Wenn sie sich nur nicht ihrer Verzweiflung hingegeben hätte.

Wenn, ach, wenn ...

Schließlich erkannte sie, daß ihre Gedanken einmal mehr in die nutzlose Litanei der Reue hineinrutschten. Sie holte tief Atem, riß sich zusammen und zwang sich, an die Aufgaben zu denken, die ihrem Leben Sinn gaben. Die erste Überlebensregel, die sie gelernt hatte, lautete: Nichts kann die Vergangenheit ändern!

Eine kurzen Moment berührte sie den Anhänger unter ihrem Kleid. Dann wandte sie dem Fenster und dem dunkler werdenden Himmel den Rücken zu. Sie hatte ihr Bett gemacht, nun mußte sie auch darin liegen. Allein.

Kapitel 1

LONDON

August, 1840

LORD ROSS CARLISLE nippte an seinem Drink, während er wehmütig das verliebte Paar beobachtete, und er dachte darüber nach, daß dies ausreichte, um einen Mann in die entlegensten Ecken der Welt zu jagen. Und genau dort würde Ross hingehen, ans Ende dieser Welt. Daß die beiden Liebenden seine besten Freunde waren, machte es ihm nicht leichter.

Sein Blick glitt durch das komfortable, hell erleuchtete Wohnzimmer, wo sie sich gerade ihren Verdauungsdrink genehmigten: Brandy für die beiden Herren und Limonade für Lady Sara, die im dritten Monat schwanger war. Die Freunde hatten viele ähnliche Abende zusammen verbracht, und Ross wußte, daß er die anregenden Gespräche und diese Nähe vermissen würde.

Ross' Gastgeber erinnerte sich schließlich wieder an seine Erziehung, löste sich aus der Umarmung mit seiner Frau und hob die Karaffe. »Noch einen Schluck Brandy, Ross?«

»Ein wenig, gerne. Nicht zu viel, sonst bin ich für die Fahrt morgen nicht klar genug.«

Mikhal Connery goß etwas von der bernsteinfarbenen Flüssigkeit in beide Kristallgläser. Während er seines hob, toastete er: »Auf daß du eine aufregende und erfolgreiche Reise hast.«

Seine Frau Sara hob ihr Glas ebenfalls und fügte hinzu: »Und auf daß du nach all der Aufregung sicher nach Hause zurückkommst.«

»Auf diese beiden Wünsche trinke ich mit Vergnügen.« Ross warf Sara einen innigen Blick zu und dachte, wie gut ihr die Ehe bekam. Sie war seine Cousine, und beide besaßen die ungewöhnliche Farbkombination aus braunen Augen und glänzendem goldenem Haar, doch Sara strahlte eine innere Gelassenheit aus, die Ross niemals kennengelernt hatte. Viele Jahre lang hatte er seinen zweifelhaften Frieden darin gefunden, daß er durch die Welt gereist war und sich Herausforderungen gestellt hatte, die seinen ganzen Verstand und seine ganze Kraft erforderten.

»Mach dir keine Sorgen, Sara. Das Morgenland ist weitaus weniger gefährlich als die vielen anderen Länder, in denen ich schon gewesen bin. Und ganz bestimmt ist es sicherer als die rauhen Berge, in denen ich deinen seltsamen Ehemann kennengelernt habe.«

Mikhal trank sein Glas leer und stellte es dann ab. »Vielleicht wäre es mal an der Zeit, das rastlose Wandern aufzugeben und dich zur Ruhe zu setzen, Ross«, meinte er mit trägem Blick, der die Belustigung in seinen tiefgrünen Augen verbergen sollte. Er legte seine Hand über Saras. »Eine Frau ist weit aufregender als eine Wüste oder eine Ruinenstadt.«

Ross lächelte. »Es gibt nichts Schlimmeres als Konvertierte. Als du vor anderthalb Jahren nach England kamst, hättest du bei dem Gedanken an Ehe laut gelacht.«

»Aber jetzt bin ich viel klüger geworden.« Mikhal legte einen Arm um seine Frau und zog sie an sich. »Es gibt natürlich nur eine Sara, aber irgendwo in England solltest auch du auf eine passende Braut stoßen.«

Vielleicht lag es am Brandy, vielleicht war es auch die reine Lust zu provozieren, die Ross nun antworten ließ:

»Da hast du zweifellos recht, aber das nützt mir überhaupt nichts. Oder habe ich zu erwähnen vergessen, daß ich bereits eine Frau habe?« Ausgesprochen zufrieden erkannte er, daß er es tatsächlich geschafft hatte, seinen Freund zu überraschen.

»Du weißt verdammt gut, daß du so etwas niemals erwähnt hast«, entgegnete Mikhal, und seine schwarzen Augenbrauen zogen sich zusammen. Dann blickte er fragend seine Frau an.

Sara nickte. »Es stimmt wirklich, Lieber. Tatsächlich war ich sogar Brautjungfer bei der Hochzeit.« Sie wandte sich an ihren Cousin: »Es ist gut ein Dutzend Jahre her, nicht wahr, Ross?«

»Faszinierend.« Mikhal betrachtete plötzlich die Vergangenheit aus einer anderen Perspektive, und da es ihm absolut an der höflichen britischen Zurückhaltung mangelte, erklärte er nun mit lebhaftem Interesse: »Du hältst deine Frau aber wahrhaftig gut versteckt. Was ist das für eine abenteuerliche Geschichte, oder bin ich zu indiskret?«

»Du bist zu indiskret, Lieber«, antwortete Sara und funkelte ihn bedeutungsvoll an.

Ross lächelte schwach. »Du brauchst Mikhal nicht so böse anzusehen, Sarah. Es ist ja kein Geheimnis. Es ist nur sehr lange her.« Im plötzlichen Bedürfnis nach mehr Brandy schenkte er sich nach. »Ich war gerade frisch aus Cambridge zurückgekehrt, als ich Juliet Cameron kennenlernte. Sie war eine Schulfreundin von Sara, ein rothaariger Wirbelwind, und sie schien mir ganz anders als die Frauen, denen ich bis dahin begegnet war. Irgendwie lebendiger, unbeschwerter. Als Tochter eines schottischen Diplomaten hatte Juliet einen großen Teil ihrer Jugend an exotischen Orten wie Persien oder Tripolis verbracht, und da ich ja ein angehender Orientalist war, fand ich sie vom ersten Augenblick unwiderstehlich. Wir heirateten bald darauf, obwohl uns alle Welt prophezeite, es würde niemals funktionieren. Tja, und ausnahmsweise behielt alle Welt recht.«

Ross' beiläufiger Tonfall war offenbar nicht überzeugend genug gewesen, denn Mikhal verengte die Augen in unangenehmer Scharfsicht. »Und wo ist deine Juliet jetzt?«

»Sie ist schon lange nicht mehr meine Juliet, und ich habe nicht die leiseste Ahnung, wo sie stecken mag.« Ross kippte den Inhalt seines Glases in einem Zug hinunter. »Nach sechs Monaten Ehe rannte sie weg und hinterließ mir lediglich die Nachricht, daß sie weder mich noch England je wiedersehen wolle. Laut ihrem Anwalt wächst ihr Vermögen, aber ich habe überhaupt keine Idee, wo und wie. So wie ich Juliet kenne, hat sie sich wahrscheinlich als Pascha in der Sahara niedergelassen und hält sich jetzt den ersten männlichen Harem der Welt.« Er stand auf. »Es ist schon spät. Ich sollte jetzt nach Hause gehen, wenn ich morgen vor Tagesanbruch aufbrechen will.«

Sara erhob sich, kam auf ihn zu und umarmte ihn herzlich. »Du wirst mir fehlen, Ross. Sei bitte vorsichtig!«

»Ich bin immer vorsichtig.« Ross küßte sie auf die Stirn und wandte sich dann an seinen Freund.

Er hatte die Absicht gehabt, ihm die Hand zu geben, aber Mikhal, wieder ganz unenglisch, drückte ihn kräftig an sich. »Und wenn das nicht reicht, dann sei gefährlich. Das kannst du ziemlich gut . . . jedenfalls für einen englischen Gentleman.«

Ross grinste und klopfte dem anderen auf die Schulter. »Ich hatte gute Lehrer.«

Alle drei lachten, als Ross schließlich ging. Er hatte es immer vorgezogen, sich mit Lachen statt mit Tränen zu verabschieden.

KONSTANTINOPEL

Januar, 1841

DER BRITISCHE BOTSCHAFTER der Hohen Pforte lebte ein dutzend Meilen von Konstantinopel in einem Ort an der Meerenge des Bosporus. Als Ross die Botschaft zu einem Höflichkeitsbesuch betrat, stellte er amüsiert fest, daß die Einrichtung auch in Mayfair nicht fehl am Platz gewesen wäre. Als Bastion der britischen Lebensart konnte man der Residenz des Botschafters kein Versäumnis nachsagen , auch wenn sie von außen wie das Heim eines sehr wohlhabenden Türken aussah.

Ein Diener hatte Ross' Karte hineingebracht, und es verstrichen nur wenige Minuten, bis der Botschafter selbst, Sir Stratford Canning, heraustrat, um seinen vornehmen Besucher persönlich zu begrüßen.

»Lord Ross Carlisle!« Der Botschafter reichte ihm die Hand. »Ich freue mich, Sie endlich einmal kennenzulernen. Ich habe Ihre beiden Bücher gelesen. Ich kann zwar nicht behaupten, daß ich Ihre Schlußfolgerungen immer billige, aber Ihre Werke waren höchst interessant und aufschlußreich.«

Ross lächelte und schüttelte Cannings Hand. »Für einen Autor reicht es, gelesen zu werden, Sir Stratford. Durchweg gebilligt zu werden, ist zuviel der Hoffnung. Ich habe soeben ein drittes Buch beendet, und so werden Sie bald noch mehr Dinge haben, die Sie mißbilligen können.«

Der Botschafter lachte. »Werden Sie sich lange in Konstantinopel aufhalten, Lord Ross?«

»Nur für etwa zwei Wochen, bis ich alle Vorbereitungen getroffen habe, um in den Libanon weiterzureisen. Danach möchte ich mir Nordarabien ansehen. Ich würde gerne mit den Beduinen ziehen.«

Canning erschauderte. »Lieber Sie als ich. Mein innigster Wunsch ist es, den Rest meines Lebens in England zu verbringen, aber man schickt mich immer wieder hierher. Das ist schon mein dritter Aufenthalt in Konstantinopel. Süßholzraspelei, wissen Sie – sie behaupten immer, niemand könnte den Posten so gut wie ich ausfüllen.«

Ross, der Cannings exzellenten Ruf kannte, lächelte. »Ich nehme stark an, daß das Außenministerium recht hat.«

»Ich wollte gerade in meinem Arbeitszimmer einen Tee zu mir nehmen. Hätten Sie Lust, mir Gesellschaft zu leisten?« Nachdem Ross genickt hatte, führte Canning ihn durch einen Flur in ein hübsches Büro, dessen Wände mit Bücherregalen gesäumt waren. »Ich habe ein paar Briefe für Sie, die seit einigen Wochen auf Sie warten.«

»Ursprünglich hatte ich geplant, bereits Anfang Dezember in Konstantinopel einzutreffen«, erklärte Ross, während er Platz nahm. »Doch dann beschloß ich, ein paar Wochen in Athen zu bleiben. Das ist der Vorteil, wenn man aus reinem Vergnügen reist.«

Canning klingelte nach dem Tee und öffnete dann eine Schublade in seinem Schreibtisch. Nachdem er einen Moment herumgestöbert hatte, zog er einen Stapel Briefe hervor, die mit einem Band zusammengebunden waren. Mit ernster Miene reichte er sie Ross. »Ich fürchte, einer der Briefe enthält schlechte Nachrichten. Er ist schwarz umrandet.«

Die Worte des Botschafters ließen Ross' Plauderlaune schlagartig versiegen. Er nahm das Paket in Empfang und wollte wissen: »Würden Sie es mir übelnehmen, wenn ich ihn sofort lese?«

»Natürlich nicht.« Canning gab seinem Gast einen Brieföffner und setzte sich dann diskret hinter den Tisch.

Ross überflog schnell die Briefumschläge, auf denen er unter anderem Saras, Mikhals und die Handschrift seiner Mutter erkannte. Der schwarzgesäumte Umschlag lag zuunterst im Stapel. Er sammelte Kraft, bevor er das Siegel aufbrach. Sein Vater, der Duke of Windermere, war fast achtzig, und obwohl er sich für sein Alter bester Gesundheit erfreute, wäre es nicht überraschend, wenn der Tod ihn gerufen hätte. Falls es so war, so hoffte Ross nur, daß das Ende schnell gekommen war.

So vorbereitet, den Tod seines Vaters zu akzeptieren, brauchte Ross eine Weile, um zu begreifen, daß der Brief ihm nicht das mitteilte, was er erwartet hatte. Als er den Inhalt endlich in sich aufgenommen hatte, stieß er den Atem aus, schloß die Augen und rieb sich mit einer Hand die Schläfe, während er darüber nachdachte, wie diese Neuigkeiten sein Leben verändern würde.

Vorsichtig erkundigte sich Canning: »Kann ich etwas für Sie tun, Lord Ross? Möchten Sie vielleicht einen Brandy?«

Ross öffnete die Augen. »Nein, danke. Es geht mir gut.«

»Ist es Ihr Vater?« fragte der Botschafter zögernd. »Ich habe den Duke vor einigen Jahren kennengelernt. Eine höchst bemerkenswerte Persönlichkeit.«

»Nein. Nicht mein Vater.« Ross seufzte. »Mein Bruder

– vielmehr mein Halbbruder –, der Marquess of Kilburn, starb letzten Monat ganz unerwartet.«

»Es tut mir leid. Ich kannte Lord Kilburn nicht, aber für Sie ist es sicher ein großer Verlust.«

»Kein persönlicher Verlust.« Ross starrte auf den Brief und empfand ein vages Bedauern, daß sein einziger Bruder ihm im Leben und nun im Tod praktisch ein Fremder geblieben war. »Kilburn war beträchtlich älter als ich, und wir standen uns nicht sehr nah.« Tatsächlich hatten sie kaum ein Wort miteinander gesprochen, und nun, da er tot war, gab es auch keine Möglichkeit mehr, die Kluft jemals zu schließen, die Stolz und Zorn zwischen ihnen aufgerissen hatte. Kilburn hatte die zweite Ehe seines Vaters niemals gebilligt, was sich auch auf das Kind übertragen hatte, das daraus entsprang. Es hatte dem Duke of Windermere sehr viel Kummer bereitet, daß diese Ehe, die ihn selbst so glücklich machte, ihn gleichzeitig von seinem ältesten Sohn und Erben entfremdet hatte.

Der Botschafter musterte ihn plötzlich aufmerksam. »Ich bin mit Ihrer familiären Situation nicht vertraut. Hat Ihr Bruder einen Sohn hinterlassen?«

Genau da lag die Krux in der Sache. »Kilburn hat eine Tochter aus erster Ehe«, antwortete Ross. »Nachdem seine Frau vor ein paar Jahren gestorben ist, hat er wieder geheiratet, und seine zweite Frau trug ein Kind unter dem Herzen, als ich England verließ. Es ist ein paar Tage nach Kilburns Tod auf die Welt gekommen – und unglücklicherweise ist es wieder ein Mädchen.«

»Also sind Sie jetzt der Marquess of Kilburn«, schloß Canning aus dieser Erklärung. Er räusperte sich. »Sie finden, daß das ein Unglück ist? Verzeihen Sie mir, Lord Kilburn, aber die meisten Menschen wären sicher nicht besonders traurig, ein Herzogtum zu erben. Es ist wohl kaum Ihr Fehler, daß Ihr Bruder keine Söhne gezeugt hat, die sein Erbe übernehmen können.«

»Ich hatte nie den Ehrgeiz, Duke of Windermere zu werden.« Ross versuchte, sich an die Tatsache zu gewöhnen, daß er nun den Titel seines Bruders trug. »Das Erbe anzutreten, bedeutet vor allem, daß die Zeit meiner Reisen vorbei ist. Meine Eltern wollen, daß ich sofort nach England zurückkehre, denn mein Vater kann es sich nicht leisten, auch noch seinen zweiten Sohn zu verlieren. Im übrigen gibt es eine Menge familiärer Angelegenheiten, die erledigt werden müssen.«

Canning nickte bedächtig. »Ich verstehe. Es tut mir leid für Sie. Ich hoffe nur, Sie können sich wenigstens damit trösten, daß Sie bereits viele Länder gesehen haben, von denen andere Männer nur träumen können.«

»Ja, ich weiß.« Ross bemühte sich, seine durcheinandergeratenen Gefühle zu sortieren. »Ich habe in meinem Leben sehr viel Freiheit und viele Privilegien genossen. Nun wird mir die Rechnung dafür präsentiert, und ich werde wohl den Preis zahlen müssen, den diese Privilegien mit sich ziehen.«

In diesem Moment wurde der Tee gebracht, und die nächste halbe Stunde plauderten sie über weniger persönliche Dinge.

Als Ross sich schließlich erhob und zum Gehen wandte, sagte der Botschafter: »Ich hoffe doch, daß Sie mit uns essen, bevor Sie Konstantinopel wieder verlassen. Lady Canning legt großen Wert darauf, Sie kennenzulernen.« Er stand ebenfalls auf, um seinen Besucher zur Tür zu geleiten. »Vielleicht morgen abend?«

»Es wird mir ein Vergnügen sein.«

Die beiden Männer hatten das Arbeitszimmer verlassen und schon fast die Eingangshalle erreicht, als ein weiterer Besucher angekündigt wurde. Canning murmelte eine leichte Verwünschung, doch als er den Neuankömmling sah, glätteten sich seine Gesichtszüge schnell zu diplomatischer Freundlichkeit. »Entschuldigen Sie mich bitte einen Moment, Lord Ross. Es wird nicht lange dauern.«

Ross blieb in der schattigen Halle zurück. Im nächsten Moment erstarrte er beim Anblick der schlanken Europäerin mit dem kastanienbraunen Haar, die soeben angekommen war. Doch sein Erschrecken war fast genauso schnell überwunden, wie es ihn überfallen hatte. Das rötlichbraune Haar war mit silbrigen Strähnen durchzogen, und das attraktive, ernsthafte Gesicht der Frau war durch ein gutes halbes Jahrhundert Lebensjahre gezeichnet. Er kannte diese Frau, und ihre Anwesenheit hier war genauso überraschend, als wenn ihre Tochter selbst hier aufgetaucht wäre.

Canning trat hervor und begrüßte die Besucherin. »Guten Tag, Lady Cameron. Es tut mir aufrichtig leid, aber ich habe seit Ihrem letzten Besuch nichts Neues erfahren.«

»Aber *ich* habe etwas Neues gehört, und zwar von einem persischen Händler, der soeben in Konstantinopel eingetroffen ist. Er war monatelang in Buchara, und er schwört, daß kein Engländer dort exekutiert worden sei.« Lady Cameron heftete ihren eindringlichen Blick auf den Botschafter. »Mein Sohn lebt, Sir Stratford! Will denn die britische Regierung gar nichts unternehmen, um einen Mann zu retten, der in Erfüllung seiner Aufgaben gefangengenommen wurde?«

Geduldig antwortete Canning: »Lady Cameron, es sind gut hundert Gerüchte im Umlauf, die sich auf das Schicksal Ihres Sohnes beziehen, aber fast alle stimmen darin überein, daß er höchstwahrscheinlich tot ist. McNeill, der britische Botschafter in Teheran, hat keinen Zweifel an diesen Geschehnissen, und er ist Buchara am nächsten.« Seine Stimme wurde leiser: »Es tut mir sehr leid. Ich weiß, daß Sie es nicht glauben wollen, aber niemand kann Ihrem Sohn mehr helfen. Nicht einmal die Regierung Ihrer Majestät.«

Ross trat vor und stellte sich zu den beiden. »Lady Cameron, verzeihen Sie, daß ich mitgehört habe. Was ist denn passiert?«

Als sie den Klang seiner Stimme vernahm, drehte sich die Frau zu ihm um. »Ross!« Sie trat mit ausgestreckten Armen auf ihn zu, und ihr Gesicht erhellte sich. »Du bist die Antwort auf meine Gebete!«

»Sie kennen sich?« fragte Canning verblüfft.

»Das kann man so sagen.« Ross ergriff die Hände der Frau und beugte sich herunter, um sie auf die Wange zu küssen. »Lady Cameron ist meine Schwiegermutter.«

Canning schnitt eine Grimasse. »Dann ist es wirklich nicht gerade Ihr Glückstag heute. Ich nehme an, die Nachricht von Major Camerons tragischem Tod ist erst eingetroffen, nachdem Sie England verlassen haben.«

»Ich habe nichts gehört.« Es war schon einige Jahre her, daß Ross seine Schwiegermutter zum letzten Mal gesehen hatte, aber er hatte sie immer sehr gemocht und war dankbar dafür, daß sie ihm nicht die Schuld an Juliets Flucht zuwies. Er runzelte die Stirn, während er ihr müdes Gesicht musterte und erkannte, daß ihre frühere Unentschlossenheit durch die eiserne Entschlußkraft, die ihre wunderbare Tochter charakterisierte, ersetzt worden war. »Ist Ian etwas zugestoßen?«

»Ich muß es leider annehmen. Er hatte ja stets das größte Talent, in Schwierigkeiten zu geraten, mit Ausnahme von Juliet vielleicht. Sie mit ihren Brüdern herumstromern zu lassen, war der größte Fehler, den ich in meinem Leben begangen habe.« Jean Cameron versuchte ein Lächeln, doch es mißlang kläglich. »Wie du ja weißt, Ross, war Ian in Indien stationiert. Anfang letzten Jahres wurde er nach Buchara geschickt, um dort um die Freilassung der russischen Gefangenen zu bitten, die dort festgehalten wurden. Der Gedanke war, jeden Grund für Provokation zu beseitigen, der Rußland eine Ausrede bieten konnte, in das Khanat einzudringen. Schließlich möchte England, daß Buchara unabhängig bleibt. Nun, der Emir lehnte nicht nur dieses Ersuchen ab, sondern nahm Ian auch gleich gefangen.« Sie warf dem Botschafter einen beißenden Blick zu. »Und die Regierung, die meinen Sohn dorthin geschickt hat, läßt ihn nun im Stich.«

Canning seufzte kummervoll. »Wenn wir irgend etwas tun könnten, dann würden wir es gewiß tun. Aber Sie müssen akzeptieren, daß es zu spät ist, Lady Cameron. Der Emir von Buchara ist gefährlich und unberechenbar, und er verabscheut Europäer. Ihr Sohn war ein tapferer Mann. Er wußte, auf welches Risiko er sich einließ, als er dorthin ging.« Die Worte klangen wie die Inschrift auf einem Grabstein.

Lady Cameron öffnete den Mund, um etwas zu erwidern, als noch mehr Besucher angekündigt wurden, diesmal eine Gruppe reichgekleideter osmanischer Beamter. Nach einem kurzen Blick auf die Neuankömmlinge sagte Canning zu Ross: »Leider muß ich mich jetzt um meine neuen Gäste kümmern, aber wenn Sie und Lady Cameron noch etwas zu besprechen haben, dann können Sie gerne den Raum schräg gegenüber des Flurs benutzen.«

Lady Cameron warf ihm einen flehenden Blick zu. »Ja, Ross, wir müssen reden.«

Als Ross seiner Schwiegermutter in das kleine Empfangszimmer folgte, das Canning ihnen zugewiesen hatte, prophezeite ihm eine schwache, aber verläßliche Stimme in seinem Hinterkopf, daß Ärger im Anmarsch war.

Sobald die Tür geschlossen war, begann Lady Cameron rastlos hin- und herzulaufen. »Es ist wirklich eine Erleichterung, ein freundliches Gesicht zu sehen«, platzte sie heraus. »Canning und seine Leute sind höflich, aber sie alle behandeln mich wie eine dumme, unausgeglichene Frau, die sich nicht mit den Tatsachen abfinden will. Sie zucken zusammen, sobald ich auftauche.«

»Es bereitet ihnen Unbehagen zu wissen, wie hilflos sie sind«, gab Ross ruhig zurück. »Canning scheint zu glauben, daß Ians Tod absolut sicher ist.«

»Aber mein Sohn ist nicht tot! Ich würde es spüren, wenn er nicht mehr lebte!« Sie warf Ross einen verlorenen Blick zu. »Das ist ein mütterlicher Instinkt, verstehst du? Auch wenn ich Juliet furchtbar vermisse, so mache ich mir über sie doch keine Sorgen, denn ich weiß, daß es ihr gutgeht, zumindest körperlich. Ian geht es nicht gut, aber er ist nicht tot . . . und da bin ich mir absolut sicher!«

Ross zögerte einen Moment, bevor er behutsam antwortete: »Wenn man bedenkt, wie in diesem Teil der Welt Gefangene behandelt werden, könnte Ian Glück gehabt haben, wenn er schnell getötet worden ist.«

Sie warf ihm einen funkelnden Blick zu. »Du hast gut reden. Kümmert es dich überhaupt, ob Ian tot oder lebendig ist?«

»Heute habe ich erfahren, daß mein eigener Bruder gestorben ist.« Ross schloß kurz die Augen und dachte an seinen ungezähmten rothaarigen Schwager. Ian war knapp ein Jahr älter als Juliet und genauso überschwenglich und voller Leben wie seine Schwester. »Ich bedaure den Verlust meines eigenen Bruders nicht halb so sehr, wie ich Ians bedauern würde«, gestand er heiser.

Seine ruhige Bemerkung riß Lady Cameron unsanft aus ihrem Zorn. Sie fuhr sich mit einer müden Geste über die Stirn und sagte: »Stimmt, Sir Stratford hat eben angedeutet, du habest heute wirklich Pech. Es tut mir leid, Ross, ich wollte dich nicht treffen.« Da sie mit den Familienverhältnissen der Carlisles vertraut war, erkundigte sie sich nun: »Hat Kilburn es noch geschafft, einen Sohn in die Welt zu setzen?«

Als Ross den Kopf schüttelte, verengten sich ihre Augen nachdenklich. »Also wirst du ein Duke werden. Dann sollte ich dich wohl jetzt Kilburn nennen.«

»Wir kennen uns viel zu lange, um jetzt so formell werden zu müssen.« Er verzog bitter den Mund. »Ein zukünftiger Duke zu sein, ist ein verdammt langweiliges Geschäft. Ich werde in ein paar Tagen nach England abreisen.«

»Ich beneide deine Mutter. Es ist schade, daß meine Kinder keine Lust dazu haben, brav und sicher in Schottland zu leben. Statt dessen sind sie in alle vier Himmelsrichtungen verstreut. Und deswegen bin ich allein hier.« Lady Cameron setzte sich auf das Sofa und breitete anmutig ihre üppigen Röcke aus. Dann kam sie wieder auf das Thema zurück, das ihr am meisten am Herzen lag. »Sir Stratford tat so, als gäbe es einen eindeutigen Beweis, daß Ian tot ist, aber das ist nicht der Fall. Du weißt, wie es in diesem Teil der Welt zugeht – Buchara liegt über zweitausend Meilen von hier entfernt, und es gibt keine verläßliche Möglichkeit zu erfahren, was wirklich dort geschehen ist. Der nächste britische Konsul, Sir John McNeill, sitzt in Teheran, was immer noch gut tausend Meilen entfernt ist.«

»Wie lauten denn die Berichte, die McNeill und Canning gehört haben?«

Sie zuckte beiläufig die Schultern. »Einmal, daß es seit Jahren keine englischen Reisenden mehr in Buchara gegeben hat; dann, daß es einen Engländer dort gibt, der zum Islam übergetreten ist und nun Hauptmann der Artillerie des Emirs ist; weiter, daß letztes Jahr ein Engländer angekommen ist, der erschossen, geköpft oder im Kerker des

Emirs eingesperrt wurde. Es wird ebenfalls erzählt, daß der Emir gut ein Dutzend Europäer gefangenhält, aber es sollen alles Russen sein. So viele Gerüchte . . . und sie besagen nichts. Gar nichts. Der persische Händler, mit dem ich heute morgen gesprochen habe, war vor kurzem noch in Buchara, und er schwört, nichts davon gehört zu haben, daß ein Europäer hingerichtet worden ist. Wie auch immer – die Botschaft zieht es vor, an Ians Tod zu glauben, weil es einfacher für sie ist.«

»Ich glaube, da tust du der Botschaft Unrecht. Selbst wenn es keine öffentliche Exekution gegeben hat, ist das noch lange kein Beweis dafür, daß Ian noch lebt.«

Jean Cameron kratzte halb amüsiert, halb ernst die Stirn. »Das, was mich immer schon an dir gestört hat, Ross, ist deine Aufrichtigkeit. Das reicht, um einen hitzköpfigen Schotten wild zu machen.«

Er wandte sich ab und schritt durch das kleine Zimmer, bis er vor einem wenig bemerkenswerten Bild einer englischen Landschaft stehenblieb. »Stimmt. Auf Juliet hatte es einen ähnlichen Effekt.«

Er hörte, wie sie hinter ihm scharf die Luft einzog, und er wußte, daß sie ihre Bemerkung bereute. Trotz ihrer Zuneigung zueinander war es immer besser gewesen, wenn sie sich nicht getroffen hatten, denn eine Unterhaltung war stets mit Spannung verquickt, da sie – gewöhnlich vergeblich – versuchten, schmerzhafte Themen zu vermeiden.

In dem Versuch, das Schweigen zu durchbrechen , fügte sie schnell hinzu: »Ich habe es aufgegeben, von der Botschaft irgendwelche Hilfe zu erwarten. Ich habe schon daran gedacht, selbst nach London zu gehen und die Leute da anzustacheln, aber die Zeit ist knapp, und es würde mich Monate kosten, um etwas zu erreichen. Und nun weiß ich nicht mehr, was ich tun soll.«

Ross wandte sich langsam wieder zu ihr um. »Ich weiß, daß du es nicht hören willst, aber der beste Plan wäre wirklich, endlich zu akzeptieren, daß es nichts gibt, was du tun *kannst.* Wie Canning schon sagte, mußte Ian sich des Risikos bewußt gewesen sein, als er nach Buchara ging. Es ist bei jedem Europäer, der das Land besucht, schon fraglich, ob er es überlebt, und ich glaube kaum, daß ein Offizier, der mit einer Bitte der britischen Regierung kommt, dort willkommen geheißen wird, egal, wie diplomatisch er sich auch gibt.«

Sie öffnete den Mund, besann sich dann aber und schwieg. Nach einem langen Moment des Nachdenkens meinte sie schließlich: »Weißt du, ich war so in meinen Gedanken verstrickt, daß ich ganz vergessen hatte, daß du mit Lieutenant Burnes vor ein paar Jahren in Buchara gewesen bist. Ich frage mich, warum du keinen Bericht darüber veröffentlicht hast wie bei deinen anderen Reisen.«

»Alex Burnes war der Anführer dieses Expedition, und in seinem Buch stand alles, was wichtig war. Im übrigen war ich in dieser Zeit mehr daran interessiert, die Sahara zu durchqueren, als nach Hause zu fahren und zu schreiben.« Ross suchte ihren Blick und setzte dann langsam, jedes Wort betonend, hinzu: »Und gerade weil ich in Buchara war, denke ich, daß die Situation hoffnungslos ist. Der Emir ist ein launenhafter Mensch, der meint, die Wüste würde ihn vor jeder Vergeltung beschützen. Er würde keinen Moment zögern, die Hinrichtung eines unbequemen oder ärgerlichen Europäers zu befehlen.«

Er konnte den Moment förmlich spüren, in dem ihre Trauer in Aufregung umschlug. »Ross, du bist einer der wenigen Engländer, die selbst in Buchara gewesen sind«, sagte sie eifrig. »Wirst du dorthin reisen, um herauszufinden, was mit Ian geschehen ist? Wenn er lebt, kannst du um seine Freilassung bitten. Und wenn nicht . . .« Sie stöhnte qualvoll. »Es ist besser, Sicherheit zu haben, als den Rest des Lebens im ungewissen bleiben zu müssen.«

Jean Cameron war also doch nicht ganz so überzeugt davon, daß Ian noch lebte, wie sie vorgab. Ross empfand tiefes Mitleid für sie, aber das änderte nichts an den Tatsachen. Er hatte zu viele Todesfälle zur Kenntnis nehmen müssen, um noch an Wunder zu glauben.

»Es tut mir leid, aber ich muß nach England zurückkehren. Nachdem mein Bruder tot ist, werde ich dort gebraucht. Da ich soeben meine Pläne verworfen habe, nach Arabien zu reisen, kann ich mich jetzt kaum nach Buchara davonmachen. Es wäre etwas anderes, wenn eine solche Reise wirklich einen Zweck hätte, so aber sieht es nicht aus. Auf die eine oder andere Art hat sich Ians Schicksal bestimmt schon vor einer ganzen Weile erfüllt.«

»Aber es *hat* einen Zweck«, argumentierte sie stur. »Und nicht nur für mich. Ian ist mit einem englischen Mädchen verlobt. Was denkst du wohl, wie sie diese Ungewißheit empfinden muß?«

Bis zu diesem Moment hatte Ross seine Haltung bewahren können, doch ihre Worte trafen ihn tief. »Ich bin sicher, sie fühlt sich, als würde sie in der Hölle schmoren«, gab er rauh zu. »Niemand kann das besser als ich nachempfinden. Aber die Verpflichtungen meiner Familie gegenüber gehen vor.«

Ihr Gesicht verfärbte sich, aber sie wollte noch nicht aufgeben. »Bitte, Ross«, flehte sie leise. »Ich könnte noch einen weiteren Verlust eines meiner Kinder nicht ertragen.«

Die Intensität ihrer Bitte erinnerte ihn einen Moment auf qualvolle Weise an Juliet. Ross wirbelte herum und schritt wütend durch den Raum. Zehn Schritte hin, zehn zurück. Die ganzen Jahre über hatte er seine gescheiterte Ehe mit vielen Empfindungen betrachtet: mit Zorn, Kummer und endlosen verzehrenden Fragen, warum Juliet ihn verlassen hatte. Und unvermeidlich war das Schuldgefühl gekommen, als er sich gefragt hatte, welches namenlose Verbrechen er wohl begangen hatte, das seine junge Frau dazu gebracht hatte, zu fliehen und sich in irgendeinem fernen Land zu vergraben. Ohne ihre Ehe hätte Juliet niemals das Bedürfnis verspürt, ihre Unabhängigkeit auf eine solch unwiederbringliche Art zu demonstrieren.

Er hatte mit seiner Schwiegermutter diesen Punkt niemals besprochen, aber er war überzeugt, daß sie wußte, wieviel Schuld er sich selbst an dem gab, was geschehen war. Und nun benutzte Jean dieses Wissen, um ihn in eine gefährliche, nutzlose Mission zu drängen.

Er hielt an und starrte aus dem Fenster, vor dem die schrägen Strahlen der tiefstehenden Sonne eine exotische Szene von Kuppeln und Minaretten beleuchteten. Aufmerksam musterte er die Fensterkonstruktion, um sich Zeit zu geben, seine Gefühle wieder unter Kontrolle zu bekommen. Anders als in türkischen Häusern hatte dieses Fenster Glasscheiben, um die kalte Winterluft draußen zu halten. Mit nur wenigen Zentimetern Abstand davon war ein Gitter sowohl zum Schmuck als auch zum Schutz befestigt, falls der Mob sich jemals dazu entschließen sollte, seinen Zorn auf die Ungläubigen zu richten.

Das zerbrechliche, importierte Glas war ein passendes Symbol der Präsenz Englands in Asien. Hier konnte ein Fremder auf tausenderlei Art sterben: durch Krankheit, durch die grausame Hitze, Kälte oder vor Durst, durch die Hände von Räubern oder durch den wütenden Mob. Ross hatte dieses Wissen immer verdrängt, doch nun schuldete er es seinen Eltern, etwas mehr darauf zu achten, daß er am Leben blieb.

Als sein Ärger verblaßte, zog er scharf die Luft ein. Eigentlich hatte er nur wenig Lust, so bald schon nach England zurückzukehren. Und so sehr er sich auch bemühen würde, seinen Verpflichtungen der Familie gegenüber nachzukommen, so würde er schließlich doch scheitern, und alles nur, weil er im Alter von einundzwanzig Jahren diese unglückliche Ehe eingegangen war. Solange Juliet lebte, konnte er keinen Erben zeugen, der den Namen der Carlisle weitertragen würde. Doch trotz dieser Tatsache konnte er ihren Tod nicht herbeiwünschen, auch wenn er dann eine zweite Frau heiraten und seine freudlose Pflicht erfüllen konnte. Es war wirklich bedauerlich, daß sein älterer Bruder nur Mädchen gezeugt hatte.

Ross hatte seine Frau enttäuscht, und er hatte seine Familie enttäuscht. Vielleicht, dachte er müde, würde er tatsächlich ein wenig Absolution finden, wenn er das tat, was Jean Cameron von ihm verlangte. Es gab nur zwei wirkliche Gründe, die ihn zurückhielten. Wenn er zu Tode kam, würde es hart für seine Eltern sein. Und wenn sein Vater starb, während er in Buchara war, dann würde es hart für ihn werden. Aber schließlich war er inzwischen ein Experte für Schuldgefühle.

Er wandte sich wieder um und lehnte sich an den Fensterrahmen. »Du bist eine skrupellose Frau, Jean«, sagte er resigniert. »Du weißt, daß ich kaum ablehnen kann, wenn du mich auf diese Art bittest.«

Einen Augenblick schloß sie die Augen, um die Tränen der Erleichterung zurückzuhalten. »Ich weiß es, und es schmeichelt meiner Ehre nicht, daß ich nach jedem Mittel greife, das sich mir bietet«, antwortete sie mit bebender Stimme. »Aber ich würde dich nicht darum bitten, wenn ich glaubte, es kostete dich das Leben.«

»Ich wünschte, ich könnte deinen Optimismus teilen«, entgegnete er trocken. »Ich hatte Glück, einmal nach Buchara zu reisen und lebendig zurückzukehren. Ein zweites Mal dorthin zu gehen, fordert das Schicksal entschieden heraus.«

»Du wirst sicher zurückkehren«, erklärte sie, wobei sie sich weigerte, ihre Hoffnung durch seine Worte vermindern zu lassen. »Und nicht nur das. Ich habe das seltsame Gefühl, daß diese Mission nicht nur Ian, sondern auch dir selbst vieles nützen wird.«

Er hob ironisch eine Augenbraue. »Wenn ich dich daran erinnern darf, war es auch so ein Gefühl, das dir sagte, Juliet und ich wären füreinander bestimmt, während der Rest der Welt starke Zweifel daran hegte. Wenn du deine Erlaubnis nicht gegeben hättest, hätten wir nicht heiraten können, und uns allen wäre ein großer Teil des Kummers erspart geblieben. Ich will dir nicht die Schuld dafür geben, daß du unterstützt hast, was Juliet und ich beide wünschten, aber verzeih mir, wenn ich nicht unbedingt von der Verläßlichkeit deiner mütterlichen Instinkte überzeugt bin.«

Sie löste ihren Blick von seinem. »Ich verstehe immer noch nicht, was schiefgelaufen ist«, murmelte sie kleinlaut. »Du und Juliet erschient so richtig füreinander. Und tief in meinem Herzen glaube ich auch jetzt noch nicht, daß ihr mit eurer Ehe einen Fehler begangen habt.«

»Gott schütze uns vor Geistern, Unholden, spinnenbeinigen Geschöpfen, die uns in der Nacht plagen, und vor berechnenden schottischen Müttern mit einer fehlerhaften Intuition«, sagte Ross, indem er das alte schottische Gebet ironisch verdrehte. Sein Tonfall blieb jedoch herzlich. Wenn er ein Kind gehabt hätte, wäre er vermutlich genauso skrupellos, wenn es darum ging, es zu beschützen. Er kam auf sie zu und legte ihr eine Hand auf die Schulter. »Ich schwöre, ich werde mein Bestes tun, um herauszufinden, was mit Ian geschehen ist. Und wenn es möglich ist, bringe ich ihn nach Hause zurück.«

Daß er wahrscheinlich schon froh sein konnte, wenn er Ians Knochen nach England bringen konnte, schluckte er hinunter.

Kapitel 2

NORDOSTEN PERSIENS

April, 1841

ROSS NAHM DEN Wasserschlauch, der hinter seinem Sattel befestigt war, und trank einen winzigen Schluck, gerade genug, um den Staub in seinem Mund fortzuspülen, dann ließ er ihn wieder nach hinten fallen. Das Hochplateau des nordöstlichen Persiens war kalt, trocken und öde, obwohl es im Vergleich zu der Karakum-Wüste, die er morgen erreichen würde, noch ein wahres Paradies war.

Trotz seines schnellen Tempos waren über drei Monate vergangen, seit Jean Cameron ihn überredet hatte, nach Buchara zu reisen. Er hatte zwei nervenaufreibende Wochen in Konstantinopel verbracht, um die Reise vorzubereiten. Zwar war er mit allem ausgerüstet – vom Kompaß und Fernglas bis zu Geschenken, wie die arabische Übersetzung von *Robinson Crusoe* –, und es war auch kein Problem gewesen, die nötigen Reisedokumente und Pässe zu bekommen. Die Schwierigkeit hatte vielmehr darin gelegen, Empfehlungsschreiben von einflußreichen Osmanen zu erhalten. Einzig der Botschafter war sehr hilfsbereit gewesen, obwohl er von Ross' Mission überhaupt nichts hielt. Ohne ihn hätte er die Schreiben nie zusammenbekommen, die er vorsorglich in seinen Mantel eingenäht hatte.

Ross besaß Briefe von dem Sultan des Osmanischen Reiches und dem *reis effendi*, der Staatsminister für Auslandsangelegenheiten war. Noch wertvoller aber war sicherlich die Empfehlung von Scheich Islam, der der höchste moslemische Mullah in Konstantinopel war. Die Schreiben waren an eine Vielzahl einflußreicher Männer gerichtet, den Emir und die Mullahs von Buchara eingeschlossen. Ross besaß genug Erfahrung in diesem Teil der Welt, um genau zu wissen, daß solche Briefe lebensrettend sein konnten, dennoch war er ungeduldig geworden, weil es so lange gedauert hatte, bis sie ihm ausgehändigt worden waren.

Dann hatte er endlich mit dem Dampfer über das Schwarze Meer nach Trapizunt abreisen können. Von dort war er über Land weitergezogen, hatte jedoch fast drei Wochen bei Erzurum wegen Schneestürmen festgesessen. Der einzige Lichtblick war eine Gruppe von usbekischen Händlern gewesen, die sich unter den anderen gestrandeten Reisenden befand. Ross hatte die Zwangsverzögerung genutzt, um sein Usbekisch aufzubessern, welches die Amtssprache von Buchara war.

Nachdem der Schnee genügend geschmolzen war, um die Reise wieder aufzunehmen, waren weitere drei Wochen verstrichen, bis er endlich Teheran erreichte, wo er die britische Botschaft aufsuchte und die Situation mit dem Botschafter, Sir John McNeill, besprach. McNeill hatte genug Gerüchte gehört, um überzeugt zu sein, daß Ian Cameron tot war, aber er kannte ebenso eine Geschichte über einen Beamten aus Buchara, der angeblich exekutiert worden war und dann fünf Jahre später plötzlich im Gefängnis des Emirs auftauchte. Die einzige Schlußfolgerung, die Ross daraus ziehen konnte, war, daß er die Wahrheit niemals erfahren würde, wenn er sich nicht selber bis Buchara vorwagte.

Nachdem er weitere Briefe vom Schah und seinem Premierminister erhalten hatte, hatte Ross zwei Perser, Murad und Alladah, als Führer und Diener angeheuert. Sie hatten die knapp sechshundert Meilen von Teheran bis Meshed ohne große Zwischenfälle bewältigt. Als Ferengi erregte Ross überall beträchtliches Aufsehen, aber daran war er gewöhnt. Das Wort »Ferengi« ging auf die Kreuzzüge zurück und war ursprünglich bloß die arabische Bezeichnung für Franken gewesen, war aber im Laufe der Zeit auf alle Europäer übertragen worden. In all den Jahren seiner Reisen war Ross schon mit allen möglichen Betonungen – von Neugier bis Verachtung – »Ferengi« genannt worden.

Nun fehlten nur noch fünfhundert Meilen, bis er sein Ziel erreicht hatte. Die restliche Strecke sollte er in einem Monat zurücklegen können, es handelte sich jedoch um den gefährlichsten Teil der Reise, denn sie mußten die Karakum durchqueren, die Schwarze Wüste – ein Ödland mit wenigen Wasserstellen und vielen räuberischen turkmenischen Nomaden.

Während Ross ein wachsames Auge auf die hellen, zerklüfteten Berge ringsherum warf, zügelte Alladah sein Pferd, um an seiner Seite zu reiten. »Wir hätten in Meshed auf eine Karawane warten sollen, Kilburn«, sagte er mit düsterem Unterton. »Drei Männer, die allein reiten, bieten eine lohnende Zielscheibe. Diese Räuber, die turkmenischen Banditen, werden uns erwischen.« Er spuckte verächtlich aus. »Das sind Menschenhändler, ein Schandfleck für den Glauben. Sie werden Murad und mich in Buchara als Sklaven verkaufen. Dich werden sie vielleicht sogar töten, denn du bist ein Ferengi.«

Ross unterdrückte ein Seufzen. Sie hatten schon ein dutzendmal über dieses Thema gesprochen, seit sie Meshed verlassen hatten.

»Wir werden bei Sarakhs auf die Karawane stoßen, wenn nicht schon früher. Und wenn uns Räuber verfolgen, dann galoppieren wir ihnen einfach davon. Habe ich euch nicht in Teheran die besten Pferde besorgt?«

Alladah musterte die Tiere und gab fast widerwillig zu: »Es sind prächtige Pferde, das stimmt schon. Aber die Turkmenen werden im Sattel geboren. Sie kennen keine Ehre, ihr Lebenszweck ist Plündern und Rauben. Wir können ihnen nicht davongaloppieren.«

Wie gewöhnlich beendete Ross das Gespräch mit den Worten: »Vielleicht bekommen wir sie gar nicht zu Gesicht. Wenn doch, fliehen wir. Und wenn es geschrieben steht, daß wir als Sklaven gefangengenommen werden, so soll es geschehen.«

»So soll es geschehen«, wiederholte Alladah kummervoll.

Das Oberhaupt der Festung von Serevan schritt die Mauern ab und durchmaß die Ebene unter sich mit scharfen, wachsamen Blicken, als der junge Schafhirte mit einer Nachricht eintraf, die er für wichtig hielt.

Nach einer tiefen Verbeugung meldete der Junge: »Gul-i Sahari, heute morgen sah ich drei Reisende, die sich auf der Bir-Bala-Straße nach Osten bewegten. Sie ziehen allein, nicht als Teil einer Karawane.«

»Was für Narren, so schutzlos durch dieses Land zu reiten«, lautete die gleichmütige Antwort. »Und noch dümmer, sich so nah an der Grenze zu bewegen.«

»Ihr sprecht wahr, Gul-i Sahari«, stimmte der Hirte zu. »Aber da ist ein Ferengi, ein Europäer, bei ihnen. Zweifellos ist es seine Dummheit, die sie anführt.«

»Weißt du, wo genau sie sich aufhalten?«

»Inzwischen müßten sie sich dem kleinen Salzsee nähern«, antwortete der Hirte. »Heute morgen hörte ich von einem Freund meines Vetters, daß sein Onkel gestern eine Bande von Turkmenen ausgemacht hat.«

Das Oberhaupt runzelte die Stirn und entließ dann den Hirten mit einer Silbermünze, auf die der Junge gehofft hatte. Einige Minuten lang beobachtete Gul-i Sahari gedankenverloren den Horizont. Da war also ein Ferengi – ein unwissender Ferengi – auf der Bir-Bala-Straße. Es mußte etwas unternommen werden.

Als das Terrain rauher wurde, erhöhte Ross seine Wachsamkeit, denn nun würde es Räubern noch leichter sein, gefährlich nah an sie heranzukommen. Obwohl er kaum glaubte, daß sich in dieser Gegend Turkmenen aufhielten, denn aufgrund der Armut schien dieses Grenzgebiet es kaum wert zu sein, daß Banditen ihre Zeit hier vergeudeten. Er warf einen Blick auf die kargen Berge, dann richtete er seine Aufmerksamkeit wieder auf den Pfad, der nicht aussah, als würde er oft benutzt. »Murad, wie weit ist es bis zum nächsten Dorf?«

»Vielleicht zwei Stunden, Kilburn«, antwortete der junge Perser voller Unbehagen. »Wenn das die richtige Straße ist. Der Winter ist hart gewesen, und die Berge sehen nicht mehr wie vorher aus.«

Ross interpretierte die Bemerkung so, daß sie sich mal wieder verirrt hatten, und stöhnte laut auf. Er dachte an Murads Beteuerungen in Teheran, jeden Fels und jeden Busch im östlichen Persien zu kennen. Wenn Ross nicht selbst ein scharfes Auge auf Landkarte und Kompaß geworfen hätte, wären sie inzwischen in Bagdad gelandet.

»Vielleicht sollten wir auf unseren Spuren zurückreiten, bis die Berge wieder vertraut aussehen«, bemerkte er trocken.

Murad warf einen Blick über seine Schulter zurück und zeigte seine Beleidigung über Ross' mangelndes Vertrauen deutlich. Doch plötzlich starrte er an Ross vorbei, und seine Miene verzog sich zu einem Ausdruck echter Angst.

»Banditen!« rief er. »Reitet um euer Leben!«

Ross und Alladah drehten sich ebenfalls in ihren Sätteln um und zählten gut ein halbes Dutzend Reiter in traditioneller turkmenischer Kleidung, die etwa eine Viertelmeile entfernt um eine Biegung herumgeritten waren. Sobald die Turkmenen bemerkten, daß sie entdeckt waren, trieben sie ihre Pferde an und stießen wilde Schreie aus. Einer von ihnen feuerte einen Schuß ab.

»Verdammt!« fluchte Ross. »Vorwärts!«

Die drei Männer trieben ihre Pferde in vollem Galopp voran, und Ross betete im stillen, daß der Pfad nicht einfach hinter dem nächsten Felsen aufhören würde. Auf einer freien Fläche sollten sie in der Lage sein, ihre Verfolgern davonzureiten, denn sie besaßen eindeutig die besseren Pferde. Turkmenische Pferde waren zäh und ausdauernd, aber sie waren kleiner, und der monatelange, karge Winter hatte bestimmt an ihren Kräften gezehrt. Wenn Schnelligkeit allein nicht ausreichte, so hatte Ross immer noch sein Gewehr, obwohl er es vorzog, sowohl aus menschlichen als auch aus praktischen Gründen, niemanden zu erschießen.

Eine ganze Weile sah es so aus, als würden sie sich retten können, denn der Abstand zwischen den beiden Gruppen vergrößerte sich langsam. Doch dann trat Ross' Pferd in das Eingangsloch einer verborgenen Tierhöhle. Das Pferd strauchelte, stürzte mit einem schrillen Wiehern zu Boden und riß das Packpferd mit sich. Mit einer blitzschnellen Reaktion, die sich in dreißig Jahren Reiterfahrung entwickelt hatte, stieß Ross sich aus dem Sattel ab und rollte zur Seite, um nicht unter den stürzenden Pferden eingequetscht zu werden.

In Sekundenbruchteilen geschah alles zugleich. Als Ross sich instinktiv krümmte, um sich abrollen zu können, sobald er auf dem harten Felsgrund aufschlug, brüllte Murad etwas und zügelte sein Pferd in einem kurzen Moment des Zögerns, ob er seinem Arbeitgeber zur Hilfe eilen sollte. Doch sein Überlebenswille siegte, und er gab dem Pferd die Sporen, um die Flucht zu ergreifen. Ross schlug hart auf, dann hüllte gnädige Dunkelheit ihn ein.

Doch nur einen Augenblick später kam sein Bewußtsein zurück. Er lag, nach Atem ringend, auf dem Rücken und spürte einen heftigen Schmerz in seiner linken Seite, die das meiste des Sturzes abgefangen hatte. Die Vibration der donnernden Hufe ließ den Boden erzittern, und er hob den Kopf, um sechs Pferde aus der entsetzlichen Froschperspektive auf ihn zustieben zu sehen.

Sein Hut war ihm vom Kopf gerollt. Beim Anblick des goldblonden Haares ertönte ein Schrei: »Ferengi!«

Im allerletzten Moment, bevor sie ihn zertrampelten, wurden die Pferde herumgerissen. Ihre tanzenden Hufe wirbelten Staub und Steine auf, als die Reiter die liegende Gestalt einkreisten. Ross betrachtete die großen, schwarzen Schaffellhüte, die den Turkmenen einen militärischen Anstrich verliehen, der an die Husaren erinnerte. Sie trugen mongolisches Blut in ihren Adern, und die dunklen Schlitzaugen, die auf den Gefangenen hinabstarrten, zeigten die verschiedensten Regungen von Neugier über Gier bis zu unverhüllter, schlichter Bösartigkeit.

Ross zwang den Nebel in seinem Hirn beiseite. Er mußte nachdenken, denn die Männer waren alle jung, und erfahrungsgemäß war jungen Menschen das Leben weniger wert als alten. Sie konnten ihn im Affekt töten, ohne weiter darüber nachzudenken. Sein Gewehr hing noch an seinem Pferd, welches zwanzig Fuß entfernt auf der Erde lag. Die rechte Vorderhand stand in unnatürlichem Winkel ab. Das Packpferd hatte sich wieder auf die Füße gekämpft und wirkte unverletzt. In wenigen Augenblicken würden die Turkmenen beginnen, das Gepäck zu plündern, doch noch war er das Zentrum ihrer Aufmerksamkeit.

Als Ross sich aufstützte, knurrte einer der Turkmenen »Russenschwein!« und schlug mit seiner Reitpeitsche zu.

Instinktiv hob Ross den Arm, um sein Gesicht vor der Peitsche zu schützen. Doch der heftige Schlag schleuderte ihn zurück und drang schmerzhaft durch seinen Mantel. Als das Pferd seines Angreifers zurücktänzelte, sprang Ross rasch auf die Füße. Glücklicherweise war das Turkmenische ähnlich wie Usbekisch, so daß er verstehen und antworten konnte.

»Nicht Russe . . . Engländer!« krächzte er durch den Staub in seiner Kehle.

Der mit der Peitsche spuckte aus. »Bah! Engländer sind genauso schlimm!«

»Schlimmer, Dil Assa!« hob ein anderer an. »Los, töten wir diesen Ferengi-Spion und schicken wir den britischen Generälen in Kabul seine Ohren.«

Ein dritter meldete sich zu Wort: »Warum töten, wenn wir ihn in Buchara für eine hübsche Summe verkaufen können?«

Dil Assa knurrte: »Geld ist schnell ausgegeben. Aber einen Ungläubigen zu töten, sichert uns einen Platz im Paradies.«

»Aber wir sind viele«, warf ein anderer ein. »Kommen wir alle ins Paradies, nur weil wir einen einzigen untreuen Spion töten?«

Bevor die Männer sich in ihre theologische Diskussion vertiefen konnten, warf Ross ein: »Ich bin kein Spion. Ich will nach Buchara, um etwas über meinen Bruder herauszufinden. Ich trage einen Brief des Scheichs Islam bei mir, der allen Gläubigen befiehlt, mich in meinem Auftrag zu unterstützen.«

»Scheich Islam bedeutet uns nichts«, stieß Dil Assa verächtlich hervor. »Wir kümmern uns nur um den Segen unseres Kalifen.«

Ross hatte geahnt, daß Scheich Islam nur ein Glückstreffer gewesen wäre. Er war nun bereit, direkt an die Habgier der Männer zu appellieren. »Bei den Ferengis bin ich ein hoher Herr. Wenn ihr mir helft, werdet ihr reich belohnt.«

»Du bist ein englischer Hund, und wie ein Hund sollst du sterben!« Dil Assa nahm sein altes Luntenschloßgewehr und richtete die Mündung auf Ross. Im gleichen Moment begannen seine Kameraden, auf ihn einzureden, doch es war zu schnell, als daß Ross etwas verstehen konnte. Einige schienen einverstanden zu sein, sein Leben gegen eine mögliche Belohnung zu verschonen, andere rangen offenbar um das Vorrecht, den Ungläubigen zu töten. Ohne sich um die Meinung seiner Leute zu kümmern, zog Dil Assa den Hahn zurück und zielte mit schwarzem, tödlichem Blick auf Ross.

Die Öffnung am Ende des Laufes drohte so riesig und so fatal wie der Schlund einer Kanone. Einen Augenblick war Ross wie erstarrt bei dem Anblick. In einem Dutzend anderer Länder war er so vielen Möglichkeiten zu sterben entkommen, und nun hatte ihn sein Glück verlassen. Er hatte keine Zeit, sich zu fürchten. Statt dessen mußte er daran denken, daß Jean Camerons Intuition einmal mehr versagt hatte.

Wie auch immer, er zog es vor, kämpfend zu sterben, als wie ein Schwein im Koben abgeschossen zu werden. Mit einem verzweifelten Satz warf er sich auf Dil Assa, und wieder explodierte die Welt in einem Chaos der Gewalt. Der Schuß löste sich ohrenbetäubend nah, gleichzeitig donnerte eine ganze Salve von Schüssen auf, und das Echo des Feuers wurde von den zerklüfteten Bergen zurückgeschleudert. Die turkmenischen Pferde wieherten, stiegen und tänzelten aufgescheucht umeinander herum, und plötzlich fühlte Ross einen scharfen Schmerz in der Schulter. Die Gewalt des Treffers riß ihn herum und warf ihn brutal zu Boden. Während er stürzte, fragte er sich noch, ob ihn eine Kugel oder nur ein wirbelnder Huf der aufgebrachten Pferde erwischt hatte. Aber letztendlich war die Antwort ganz egal . . .

In diesem Moment stieß einer der Turkmenen einen Warnschrei aus und wies auf die nahe Hügelkette. Ein Dutzend Reiter kamen mit donnernden Hufen den Pfad hinuntergaloppiert, während sie unablässig ihre Gewehre abfeuerten.

Ross schaffte es, wieder auf die Füße zu kommen. Er sprintete zu seinem verletzten Pferd und riß das Gewehr und Munition vom Sattel. Er hatte vor, sich auf das Packpferd zu schwingen und so schnell und weit wie möglich zu flüchten, bevor er mitten in eine Schlacht zwischen zwei ansässigen Stämmen geriet.

Dil Assa sah den Ferengi laufen, brüllte auf und wirbelte sein Gewehr herum, bis er den Lauf zu fassen bekam. Die Waffe wie eine Keule schwingend, gab er seinem Pferd die Sporen und ritt hinter Ross her. Ross konnte sich gerade noch ducken, um dem Kolben, der ihm den Schädel einschlagen sollte, zu entgehen.

Dann plötzlich zogen sich die Turkmenen zurück und flohen vor den Neuankömmlingen. Die Pferde schossen an ihm vorbei, und eines streifte ihn, so daß Ross wieder zu Boden geschleudert wurde.

Dieses Mal schwanden ihm nicht gleich die Sinne, obwohl sich sein Blick verschleierte. Benommen dachte er darüber nach, daß er keinen so üblen Tag mehr erlebt hatte, seit er Mikhal im Hindukush kennengelernt hatte. Sein ganzer Körper fühlte sich taub an, und er war nicht in der Lage herauszufinden, ob er tödlich verwundet oder nur angeschlagen und atemlos war.

Von dort, wo er lag, konnte er die Szene bestens beobachten. Er sah, wie sich die Gruppe der unbekannten Reiter teilte, die eine Hälfte die Verfolgung der Turkmenen aufnahm, während die andere Gruppe direkt auf ihn zukam. Nach ihren Kleidern zu schließen waren es Perser, und mit ein wenig Glück waren sie weniger blutdürstig als die Nomaden zuvor.

Doch als die Reiter näher herankamen, blinzelte Ross überrascht. Er konnte nicht glauben, was er da sah. Was bei allen Teufeln tat ein Tuareg-Krieger in Zentralasien, dreitausend Meilen von der Sahara entfernt?

Groß, wild und stolz waren die Tuaregs eine Legende unter den Nomaden der tiefen Wüste. Es war auch der einzige moslemische Stamm, in dem die Männer ihre Gesichter verschleierten, die Frauen jedoch nicht. Ross kannte die Tuaregs gut, denn er hatte monatelang mit ihnen gelebt, als er durch Nordafrika reiste, und es war einfach unfaßbar, einen Targi, wie die Einzelpersonen genannt wurden, so weit von seiner Heimat entfernt vorzufinden.

Als die Reiter ihn fast erreicht hatten, kämpfte sich Ross erschöpft auf die Füße. Er spürte überall Prellungen, und durch die Risse in seiner Kleidung konnte er blutige Abschürfungen sehen, aber es schien keine ernsthaften Verletzungen zu geben. Er war noch einmal glimpflich davongekommen. Zumindest bisher!

Die Reiter hielten in kurzer Entfernung zu ihm und starrten ihn an. Ross stellte fest, daß er recht gehabt hatte. Der Reiter in der Mitte trug die fließenden schwarzen Gewänder und den Schleier, der die Tracht der Tuaregs charakterisierte. Der lange schwarzblaue Schleier, Tagelmoust genannt, war fest um den Kopf und den Hals des Mannes gewickelt und ließ nur einen schmalen Schlitz für die Augen frei. Es wirkte unheilvoll, um es gelinde auszudrücken.

Außer dem Targi bestand die Gruppe aus drei Persern und zwei Usbeken. Die Mischung war nicht gerade gewöhnlich – vielleicht kamen sie von einem Grenzfort und dienten dem Schah. Ross spürte keine derartige Feindlichkeit, wie sie von den Turkmenen ausgegangen war, doch sie wirkten auch nicht besonders freundlich. Am wenigsten der Targi, der selbst durch die verhüllenden Lagen seines Schleiers noch eine bedrohliche Ausstrahlung besaß.

Dezente Anzeichen von Ehrerbietung innerhalb der Gruppe verrieten Ross, daß der Targi der Anführer war. Also sagte Ross in Tamahak, der Sprache der Tuaregs: »Dafür, daß Ihr einen demutsvollen Reisenden aus den Händen der Turkmenen gerettet habt, gebührt Euch die tiefste Dankbarkeit meines Herzens.«

Das plötzliche Erstarren des Targi ließ vermuten, daß er überrascht war, seine eigene Sprache zu hören, doch natürlich machte es der Schleier unmöglich, etwas aus seiner Miene zu lesen. Nach einem kurzen Augenblick antwortete er in fließendem Französisch: »Ihr Tamahak ist gut, Monsieur, aber ich ziehe es vor, mich in Französisch zu unterhalten, sofern Sie es beherrschen.«

Der verschleierte Mann hatte kaum mehr als geflüstert, und es war Ross unmöglich, aus diesem tonlosen Geräusch abzuleiten, ob er alt oder jung war. Mit kühler Beiläufigkeit lud er sein Gewehr, einen höchst modernen britischen Hinterlader, nach und legte es lässig über den Sattel. Obwohl die Waffe nicht auf ihn zielte, war es dennoch unmißverständlich, daß sie durchaus schnell in seine Richtung abgefeuert werden konnte, falls es nötig war.

»Zwei andere Männern waren vorhin bei Ihnen. Wo sind die?«

Ross glaubte kaum, daß es ihm nützen würde, wenn er schwieg. »Sie ritten weiter, als mein Pferd stürzte.«

Der Targi machte eine knappe Geste, und zwei seiner Männer wendeten ihre Pferde und stoben in die Richtung davon, in die Ross' Diener geflüchtet waren. Mit unverhüllter Ironie bemerkte er anschließend: »Sie sollten sich Ihre Leute besser auswählen, Monsieur. Ihre Loyalität läßt stark zu wünschen übrig.«

»Ein Pferd, das doppelte Last trägt, kann den Turkmenen nicht entkommen. Es liegt keine Weisheit in einem unsinnigen Opfer.«

»Sie sind allzu vernünftig, Monsieur.« Desinteressiert stieg der Targi ab und ging zu Ross' verwundetem Pferd hinüber, das schwer atmend auf der Seite lag, die Augen glasig vor Schmerz. Nach intensiver Untersuchung des gebrochenen Beines hob der Mann unbewegt die Waffe, stellte den Lauf gegen den Schädel des Pferdes und drückte ab. Als der Schuß die Stille zerriß, zuckten die Glieder des Pferdes krampfartig, dann lag es still.

Ross wußte, daß es notwendig war, das Tier zu erlösen, und er hätte es selbst getan, wenn er die Gelegenheit dazu gehabt hätte, doch da war etwas ausgesprochen Erschütterndes an dieser völlig gefühllosen Handlung des Targi.

Schnell lud der verschleierte Mann wieder nach, drehte sich um und hielt Ross in Schach. Er war etwa ein Meter fünfundsiebzig groß, die durchschnittliche Größe der Männer seines Volkes, jedoch groß für einen Araber. Seine leichte Statur und seine geschmeidigen Bewegungen wiesen darauf hin, daß er jung sein mußte, aber seine bedrohliche Aura war alters- und zeitlos. »Sie bluten. Sind Sie verletzt?«

Ross merkte erst jetzt, daß er seine schmerzende Schulter rieb, und ließ augenblicklich die Hand an die Seite fallen. »Nichts von Bedeutung.«

»Sie werden mit uns nach Serevan gehen«, bestimmte der Targi, und es klang nicht wie eine Bitte.

»Als Ihr Gast oder Ihr Gefangener?« fragte Ross trokken.

Die Art, wie der Targi seine Frage ignorierte, war Antwort genug. Statt dessen gab er nun einem seiner Gefährten, der fast noch ein Junge war, auf Persisch einen Befehl.

»Aye, Gul-i Sahari«, antwortete der Junge. Dann stieg er ab und reichte dem Ferengi die Zügel seines Pferdes.

Ross nickte zum Dank und warf dann dem Targi einen Blick zu. »Bitte erlauben Sie mir, meinen Sattel und mein Zaumzeug zu holen.«

Der Targi nickte ungeduldig, und Ross nahm dem toten Pferd das Geschirr ab. Der Sattel konnte in der Zukunft noch nützlich sein – aber was noch wichtiger war: In dem Futter war eine beträchtliche Summe in Gold versteckt, die Ross doch lieber bei sich trug. Er befestigte den Sattel auf seinem Packpferd und stieg dann auf.

Einen kurzen Augenblick wunderte Ross sich über den Namen des Mannes, der sich überhaupt nicht nach Tuareg anhörte. Doch dann zuckte er die Schultern – es gab wichtigere Dinge, um die er sich Gedanken machen sollte. Es sah zwar im Moment so aus, als würde er mit dem Leben davonkommen, aber er nahm an, daß es ziemlich teuer werden würde, seine Freiheit wiederzuerlangen. Schlimmer aber als die Summe selbst war die Tatsache, daß es Zeit brauchen würde, sie aufzubringen, und Zeit war weitaus kostbarer.

Während sie sich in östliche Richtung auf die Grenze zubewegten, umringten die Perser sein Pferd und nahmen ihm damit jede Möglichkeit zur Flucht. Er überlegte einen Moment, ob er mit dem Mann, der ihm am nächsten ritt, ein Gespräch anfangen sollte, entschied sich dann jedoch dagegen, denn es konnte durchaus von Vorteil sein, wenn er noch eine Weile für sich behielt, daß er Persisch verstand. Im übrigen hatte die Erfahrung ihn gelehrt, daß es im Zweifelsfalle immer besser war, den Mund zu halten.

Der Ritt dauerte eine gute Stunde lang, der Pfad wurde immer schmaler und steiler, bis sie schließlich hintereinander den Berg hinaufritten. Fast oben angelangt, machte der Weg eine scharfe Biegung, und plötzlich erhob sich eine gewaltige Festung drohend über ihnen.

»Serevan«, verkündete jemand hinter ihm.

Ross zog beeindruckt die Luft ein, denn dieser Ort hatte nichts von einer schäbigen Dorfbefestigung, sondern war eine gewaltige Konstruktion, die an eine feudale Burg erinnerte. Geschickte Bewässerung hatte auf jedem anbaufähigen Stück Boden am Hang und im Tal darunter saftige Wiesen und Obstgärten entstehen lassen, und die Arbeiter, die sich auf den frühlingsgrünen Feldern aufhielten, wirkten kräftig und wohlhabend, ganz im Gegensatz zu den meisten Menschen, die in diesem gefährlichen, oft geplünderten Grenzland lebten.

Wie bei vielen Bauten in Zentralasien bestanden die Mauern der Gebäude und der Festung aus mörtelbedeckten Lehmziegelsteinen, und sie leuchteten blaßgold in der Nachmittagssonne. Als die Truppe durch das Tor hineinritt, bemerkte Ross, daß die Gebäude schon sehr alt aussahen, sie mußten jedoch in den letzten Jahren aufwendig restauriert worden sein. In diesem Teil der Welt gab es viele verlassene Unterschlüpfe, und vielleicht war Serevan bis vor kurzem ein solcher gewesen.

Gul-i Sahari erhob eine Hand, und die Männer zügelten ihre Pferde vor einem Palast, der das Zentrum der Festung bildete. Als der Targi abstieg, liefen ein paar Jungen von den Ställen herüber, um die Pferde zu übernehmen, während ein graubärtiger Mann aus dem Palast trat. Gul-i Sahari sprach kurz mit dem Mann, der offenbar Usbeke war. Dann wandte er sich zu Ross.

»Kommen Sie!« befahl er.

Ross gehorchte, und die anderen Reiter folgten ihm in das Gebäude. Der Palast hatte die Aura eines sehr alten Gebäudes, aber er war gut instand gehalten worden, hatte saubere, weiß getünchte Wände und hübsche, gekachelte Böden. Gul-i Sahari führte sie in einen großen Empfangsraum, der in traditioneller östlicher Schlichtheit gehalten war. Gepolsterte Diwane säumten die Wände, und dicke, helle Teppiche bedeckten den Boden.

Die Männer stellten sich in einem lockeren Kreis um den Fremden, und der Targi musterte Ross. Er hatte seine Reitpeitsche mit hineingebracht und zog nun wie abwesend den Lederriemen durch seine schmalen, feingliedrigen Finger. Mit seiner heiseren, flüsternden Stimme fragte er: »Die Turkmenen sind Menschenhändler. Wollten sie Sie als Sklaven verkaufen?«

»Sie waren hin- und hergerissen zwischen dieser Möglichkeit und der, mich sofort umzubringen. Ein übles Pack.« Ross verlegte sich auf seine beste britische Gelassenheit. Die Luft um ihn herum war mit einer unterschwelligen Spannung angefüllt, und da er nicht wußte, was mit ihm geschehen würde, befolgte er die Grundregel des Überlebens, niemals Furcht zu zeigen, ganz so, als wären seine Entführer ein Rudel Hunde, die bei dem kleinsten Anzeichen von Furcht zubeißen würden. »Ich habe Empfehlungsschreiben vom Schah und von verschiedenen einflußreichen Mullahs bei mir, und ich bin lebend mehr wert als tot.«

»Ich kann mir denken, daß Sie sehr viel wert sind, Monsieur.« Gul-i Sahari begann, Ross mit katzenhafter Eleganz zu umkreisen. Plötzlich verlangte er schneidend: »Ziehen Sie Mantel und Hemd aus.«

Es konnte vielerlei Gründe für solch einen Befehl geben, und jeder einzelne bereitete Ross Unbehagen. Er überlegte einen Moment, ob er sich weigern sollte, verwarf die Idee aber als höchst dumm. Obwohl er der größte Mann in diesem Raum war, waren die anderen doch mit sechs in beträchtlicher Überzahl, und er konnte sich vorstellen, daß die Perser nicht zimperlich mit ihm umgehen würden, wenn sie den Befehl ihres Anführers erzwingen wollten.

Er fühlte sich wie ein Sklave, der sich vor einem potentiellen Käufer ausziehen mußte, streifte jedoch wortlos seine zerfetzten Kleider ab und ließ sie zu Boden fallen. Ein interessiertes Murmeln ging durch die Gruppe, als Ross seinen Oberkörper entblößt hatte. Er war sich nicht sicher, ob sie von der Blässe der englischen Haut, von den flammendroten Prellungen und Abschürfungen oder von den häßlichen Narben einer Kugel beeindruckt waren, die ihn vor anderthalb Jahren fast getötet hatte. Wahrscheinlich alles drei.

Gul-i Sahari blieb vor Ross stehen. Einmal mehr verfluchte Ross den Tagelmoust, der es ihm unmöglich machte, die Miene seines Gegenübers zu interpretieren.

Mit äußerster Präzision zeichnete der Targi mit dem Griff seiner Reitpeitsche die Narbe nach, wo die Kugel aus seinem Körper ausgetreten war. Diese und die Eintrittswunde auf seinem Rücken waren mit der Zeit verblaßt, wirkten aber immer noch dramatisch genug. Dann strich Gul-i Sahari mit dem Griff über die zerschundenen Stellen auf Brust und Armen seines Gefangenen. Es lag eine seltsame Zärtlichkeit in dieser Geste, und sie beunruhigte Ross weitaus mehr, als Brutalität es getan hätte.

Lautlos umkreiste der Verschleierte ihn und berührte die Narbe auf seinem Rücken. Als der schwingende Lederriemen über seine Rippen glitt, fühlte Ross einen Schauder des Entsetzens. Bei der seltsamen Atmosphäre in diesem Raum konnte er nicht abschätzen, ob er eine Liebkosung oder einen plötzlichen Peitschenhieb zu erwarten hatte. Beides schien ihm möglich, beides gleichermaßen abstoßend.

Äußerlich ungerührt sagte er: »Tut mir leid wegen der Narben. Sie werden meinen Wert ein wenig mindern, wenn Sie beabsichtigen, mich zu verkaufen.«

Scharf antwortete Gul-i Sahari: »Für den richtigen Käufer wirst du immer noch einen hübschen Penny wert sein, Ferengi.«

Ross erstarrte schockiert. In seinem Ärger hatte der Targi vergessen zu flüstern. Ross' Herzschlag beschleunigte sich, denn die heisere Stimme kam ihm erschrekkend vertraut vor. Vertraut und weitaus einschneidender als alles andere, was heute schon geschehen war.

Es war unmöglich. Ross wirbelte herum und starrte seinen Entführer an. Die Größe stimmte, ebenso der feingliedrige Körperbau und die geschmeidigen, weichen Bewegungen. Er versuchte, die beschatteten Augen hinter dem Tagelmoust besser zu sehen. Waren sie wirklich schwarz wie die der meisten Tuareg, oder eher von jenem wandelbaren Grau, das von Quarz zu Rauch wechseln konnte?

Spöttisch bemerkte Gul-i Sahari: »Was ist los, Ferengi? Hast du einen Geist gesehen?«

Dieses Mal war die Stimme nicht zu verkennen. Mit einem Anflug der gewaltigsten Wut, die er seit zwölf Jahren verspürt hatte, trat Ross entschlossen vor, packte den Zipfel des Schleiers und riß ihn herunter, um Gul-i Saharis Gesicht zu enthüllen.

Das Unmögliche war wahr. Sein Entführer war kein Targi. Sein Entführer war Juliet, seine geflüchtete Frau.

Kapitel 3

JULIET WICH NICHT zurück, sondern musterte ihn nur mit kühlen, wachsamen Augen. Ihr leuchtend rotes Haar war lässig zu einem schweren Knoten im Nacken zusammengefaßt, und sie sah so schlank und edel wie ein fein ziselierter Dolch aus. Eine Augenbraue hochziehend, sagte sie auf Englisch: »In Anbetracht der Tatsache, daß du dich in meiner Festung aufhältst und von meinen Männern umzingelt bist . . . findest du nicht, du solltest ein wenig mehr weise Vorsicht walten lassen, Ross?«

Er war zu wütend, um darauf einzugehen. Er ließ seine Hand von dem Schleier fallen und fauchte: »Na los, Juliet, streng dich richtig an. Wie du es immer getan hast!«

Ihre Augen verengten sich. Dann wandte sie sich zu ihren Männern um und bedeutete ihnen mit einer schnellen Geste, den Raum zu verlassen. Der alte Usbeke schien nur widerwillig gehen zu wollen, bis Juliet auf Persisch versicherte: »Mach dir keine Sorgen, Saleh. Der Ferengi und ich sind gut bekannt. Bitte, laß warmes Wasser, Bandagen und Salbe hereinbringen, vielleicht auch Tee.«

Immer noch innerlich brodelnd, meinte Ross erregt: »Dein Freund Saleh könnte zu Recht fürchten, daß ich dir den Hals umdrehe.«

Juliet richtete ihren Blick wieder auf ihn, während sie

den Schleier von ihrem Kopf wickelte. »Unsinn«, antwortete sie ruhig, als sie den dunklen Stoff über einen Diwan warf. »Möglicherweise hättest du durchaus Lust, mir etwas anzutun, aber du bist viel zu sehr Gentleman, egal, wie sehr ich es vielleicht verdiene.«

Es verbesserte Ross' Laune überhaupt nicht, daß er ihr im stillen recht geben mußte. Selbst in jener vernichtenden Nacht vor zwölf Jahren hatte er sie nicht berührt, und seine jetztige Wut war bloß ein schwacher Schatten von der damaligen.

»Und was war der Grund dieser kleinen Scharade?« fragte er, während er sich wieder sein Hemd überstreifte. »Willst du mich als Geisel gegen Lösegeld festhalten? Das wäre ziemlich überflüssig, wenn man die Summe betrachtet, die ich in den letzten zwölf Jahren an dich gezahlt habe.«

»Ich habe dich nie um Geld gebeten«, gab sie scharf zurück. »Du warst derjenige, der darauf bestanden hat.«

»Als dein Ehemann bin ich finanziell für dich verantwortlich.« Ross' Blick wanderte über ihre Gestalt. Es war ihm unmöglich zu erkennen, ob der Körper unter den Stoffschichten weiblich war. Hätte sie ihre Stimme weiterhin verstellt und den Tagelmoust angelassen, dann hätte er ihre Identität niemals erraten können. »Im übrigen habe ich mir darüber Sorgen gemacht, auf welche Art du dir deinen Lebensunterhalt verdienen könntest, wenn ich dich nicht unterstütze.«

Sie begriff seine beleidigende Anspielung, und ihr Gesicht bekam Farbe. »Ross, verzeih mir, daß ich meinem verdrehten Sinn für Humor nachgegeben habe.«

»Ach, das sollte die kleine Szene sein – ein Spaß?« Seine Stimme triefte vor Ironie und Anzüglichkeit. »Dein Sinn für Humor ist mehr als verdreht. Er ist durch und durch bösartig geworden.«

»Hattest du tatsächlich Angst?« fragte sie mit einem Hauch von Überraschung. »Du hast mir nicht so ausgesehen.«

»Nur ein Narr hätte keine Angst, wenn er von bewaffneten Männern umzingelt ist, die feindlich sein könnten«, gab Ross trocken zurück. »Ich fand nur, daß meine Situation sich nicht verbessern würde, wenn ich mich beklage.«

Sie biß sich auf die Unterlippe. »Tut mir leid. Ich habe mich unmöglich benommen.«

»Du scheinst so auf mich zu reagieren.«

Juliet sah aus, als wollte sie ihm eine zornige Antwort an den Kopf schleudern, doch ein kleines Dienstmädchen, das gerade eintrat, hielt sie zurück. Das Mädchen trug ein Tablett mit ärztlichen Instrumenten und Tee, welches sie auf einem niedrigen runden Tisch abstellte, bevor sie sich verbeugte und wieder hinausging.

Die Unterbrechung gab Juliet die Zeit, sich wieder unter Kontrolle zu zwingen. »Es stimmt allerdings, daß du meine schlimmsten Eigenschaften in mir weckst«, gab sie bedauernd zu, während sie den dampfenden Tee in eine Tasse füllte und einen großen Löffel Zucker einrührte. Sie reichte Ross die Tasse und fuhr dann mit unbewegtem Gesicht fort: »Ich war ein Muster an bescheidener, jungfräulicher Tugend, bevor ich dich kennenlernte.«

Dies war so ein glatter Unsinn, daß Ross sich fast an seinem Tee verschluckte. Er war hin- und hergerissen zwischen Wut und widerwilligem Vergnügen. »Dein Gedächtnis scheint dir einen Streich zu spielen, Juliet«, entgegnete er, als er wieder reden konnte. »Du warst auch damals schon die Tochter des Teufels, du hattest nur noch nicht die Erfahrung, deine natürliche Lasterhaftigkeit auszuleben.«

»Und du hast weniger von einem englischen Gentleman, als ich dachte. Oder du würdest so etwas nicht erwähnen.« Sie schenkte ihm ein flüchtiges, zögerndes Lächeln.

Dieses Lächeln ließ Ross' Herz einen seltsamen Satz machen. Es war typisch für Juliet, gleichzeitig zu verärgern und zu entwaffnen. Eben noch hatte sie ihn wie einen Sklaven behandelt, dessen Wert geschätzt wird, und nun erinnerte sie sich noch ganz genau, wie er seinen Tee mochte.

Sein Zorn begann zu verebben, was ein Glück war, denn er würde seinen ganzen Verstand brauchen, um mit dieser unmöglichen Frau fertig zu werden. Plötzlich müde und erschöpft, ließ er sich auf dem Diwan nieder.

Juliet holte das Tablett mit dem Verbandszeug und setzte sich neben ihn. »Zieh dein Hemd wieder aus«, sagte sie mit einer Stimme, die keinen Widerspruch duldete.

Ross wich zurück, als sie ihm helfen wollte. Ihre Berührung hatte ihn immer schon verstört, schon damals, als er noch nicht wußte, wer sie war, und nun würde es nur noch schlimmer sein. Seine Haut vor einem Arzt zu entblößen, war eine Sache. Dasselbe bei einer Frau zu tun, mit der in die Erinnerung an leidenschaftliche Stunden verband, war etwas ganz anderes. Aber seine Verletzungen mußten behandelt werden, und unter diesen Umständen war Schamgefühl lächerlich. Er zwang sein Unbehagen beiseite und zog das Hemd aus.

»Du bist heute im sprichwörtlich letzten Moment eingetroffen. Wie konnte das sein?«

»Mir ist zu Ohren gekommen, daß ein Europäer mit zwei Dienern in dieser Gegend unterwegs ist, und die Bande der Turkmenen wurde ebenfalls gesichtet«, erklärte sie. Sie befeuchtete ein Stück Stoff und begann, vorsichtig den Schmutz und das getrocknete Blut von seinem rechten Handgelenk abzuwaschen, das den Sturz hatte abfangen müssen. »Aus einem Impuls beschloß ich einzugreifen, bevor die Idioten auf dem Sklavenmarkt von Buchara enden würden.«

Die Wärme und die Süße des Tees beruhigten seine Nerven ein wenig, und Ross lehnte sich in den Polstern zurück, um sich etwas Entspannung zu gönnen. Vermutlich war das der seltsamste Tag seines Lebens. Nach so vielen Jahren hier mit Juliet zu sitzen, und sie, die ihn flickte wie einen alten Mantel – das war einfach zu unwirklich, um es zu glauben. Und doch war ihre Gegenwart zu intensiv, um sie zu leugnen. Er war sich körperlich der Wärme ihrer Finger, ihres schwachen würzigen Duftes bewußt. Sie dagegen schien ziemlich ungerührt durch die Nähe ihres Mannes.

In dem Bedürfnis, das Schweigen zu brechen, sagte er: »Spielst du oft den rettenden Engel für dumme Reisende?«

»Wenn ich von möglichem Ärger höre, tue ich, was ich kann.«

Juliet begann, Salbe auf seinen zerschundenen Oberarm zu streichen, aber obwohl ihre Finger geschickt und sanft vorgingen, war das Resultat keinesfalls beruhigend. Es tat weh, und Ross hätte aus der Haut fahren können.

Nun widmete sie sich seiner rechten Seite und begann, dort die Schnitte und Schrammen zu behandeln. »Ich brauche wohl kaum zu erwähnen, daß es ein beträchtlicher Schock war, herauszufinden, daß du der Ferengi warst.«

»Das bezweifle ich nicht, aber warum hast du dich mir nicht sofort zu erkennen gegeben? Ich fand das kleine Spiel nicht gerade witzig.«

Sie zögerte. »Ich hatte nicht vor, mich überhaupt zu erkennen zu geben. Ich wollte dich auf deinen Weg schicken, ohne zu enthüllen, wer ich bin.«

»Dann hättest du deinem Drang nicht nachgeben dürfen, mich vor deinen Männern zu demütigen.« Seine Stimme kam gepreßt. »Bis zu diesem Moment hatte ich keinen Verdacht.«

Wieder färbten sich ihre Wangen, und sie beschäftigte sich plötzlich ausgesprochen intensiv damit, einen tiefen, immer noch blutenden Schnitt an der Außenseite seiner Hand zu säubern.

»Ich wollte dich nicht demütigen. Glaub es oder nicht, aber der Hauptgrund, warum ich dir sagte, du solltest dein Hemd ausziehen, war Sorge. Als wir auf dem Schauplatz eintrafen, sah es so aus, als ob du ernsthaft verletzt wärest. Zuerst dachte ich sogar, du wärst . . . tot, denn ich hatte gesehen, daß der eine Turkmene aus kürzester Entfernung auf dich schoß.«

»Es ist nicht leicht, ein bewegliches Ziel von einem Pferderücken aus zu treffen.« Er stöhnte auf. »Aber ich wünsche mir, daß Dil Assa sich jetzt schwarz ärgert, weil er so miserabel gezielt hat.«

»Wahrscheinlich ist er noch zu sehr damit beschäftigt, meinen Männern zu entkommen, um sich darüber Gedanken zu machen.« Juliets Stimme klang beiläufig, aber sie hatte noch zu gut in Erinnerung, wie entsetzt sie vorhin gewesen war, als sie ihren Ehemann auf dem felsigen Boden erkannt hatte. Sie hatte niemals geglaubt, Ross wiederzusehen – ganz sicher hatte sie niemals vermutet, er würde vor ihren eigenen Augen umgebracht. »Während es schnell deutlich wurde, daß du nicht tot bist, sahst du jedoch ziemlich zerschrammt aus, und du hast dich bewegt, als hättest du große Schmerzen. Als wir hier ankamen, war ich mir nicht sicher, ob du nur tapfer sein wolltest und vielleicht ernster verletzt warst, als du selbst annahmst. Also beschloß ich, vorsichtshalber selbst nachzusehen.«

»Vielleicht war Sorge ja dein Hauptgrund, aber das schließt weitere Motive ein. Welche waren es?«

Juliet spürte, wie sie erneut rot wurde, und sie verfluchte den klaren hellen Teint der Rothaarigen, der zu oft ihre Gefühle offenbarte. »Du warst so . . . so verdammt ungerührt trotz der Umstände. Ich konnte nicht anders, als dem unwürdigen Drang nachzugeben, dich zu irgendeiner Reaktion zu bringen.« Sie war nun fertig mit ihrer Aufgabe und legte das Verbandszeug wieder auf das Tablett zurück.

»Wenn du eine Reaktion haben wolltest, dann warst du zweifellos erfolgreich.« Während er sein Hemd wieder überstreifte, fügte Ross nachdenklich hinzu: »Interessant, daß du meine äußerliche Ruhe so ärgerlich fandest. Eben die hätte mich einmal fast umgebracht. Bedeutet das, daß die britische Steifheit gefährlich ist?«

»Sieht ganz so aus.« Juliet hatte seine stoische Gelassenheit tatsächlich mehr als ärgerlich gefunden. In der Zeit, die sie verheiratet gewesen waren, hatte er sich Fremden gegenüber stets hinter einer Mauer der Zurückhaltung verborgen, niemals aber vor ihr. »War die Kugel durch deine Brust das Ergebnis deiner ausgesprochenen Gelassenheit?«

»Nein. Die habe ich bekommen, als jemand einen Freund von mir umbringen wollte und ich dummerweise in die Schußlinie geriet.«

Juliet überlegte, ob sie nachhaken sollte, entschied sich dann aber dagegen. Ross würde niemals etwas so Peinliches wie Tapferkeit zugeben. Im übrigen gab es keinen Grund, warum sie wissen mußte, was mit ihm geschehen war.

Während er seine Manschetten befestigte, meinte er: »Es wäre tatsächlich besser gewesen, wenn du deine Identität verborgen hättest. Aber da du es nicht getan hast, fallen mir ziemlich viele Frage ein, die ich dir stellen möchte. Vielleicht hast du selbst ein oder zwei im Sinn. Sollen wir anfangen?«

Nun, da die Katze aus dem Sack war, konnte Juliet ihm, wenn sie fair sein wollte, kaum eine Erklärung verweigern, warum sie hier am Rande der Welt gelandet war. Doch in dem gegebenen Augenblick war sie nicht in der Verfassung, etwas zu beginnen, das sich ganz sicher zu einer schwierigen, tiefgreifenden Diskussion auswachsen würde.

»Nicht jetzt.« Sie stand auf. »Ich habe heute nachmittag einiges zu erledigen. Würdest du heute abend mit mir essen? Dann können wir reden, bis wir heiser und wütend sind.«

»Was bestimmt eintreffen wird«, bestätigte er mit einem vergnügten Funkeln in seinen braunen Augen.

Seine Bemerkung ignorierend, fuhr sie fort: »In der Zwischenzeit solltest du dich ausruhen und vielleicht dem Badehaus einen Besuch abstatten. Heißes Wasser wird deinen Prellungen guttun.« Sie reichte ihm den kleinen Salbentopf, damit er bei Bedarf selbst etwas davon auftragen konnte.

»Also gut.« Ross erhob sich und zog seinen zerschlissenen Rock über. »Ach da fällt mir ein . . . bin ich ein Gefangener?«

Juliet starrte ihn verdattert an. »Natürlich nicht.« Dann biß sie sich auf die Lippe, als sie erkannte, daß es überhaupt nicht natürlich war, zumindest nicht nach der Art, wie sie ihn noch kurz zuvor behandelt hatte. »Ich bringe dich zu deinem Zimmer. Deine Sachen müßten schon dort sein.«

Schweigend folgte Ross ihr durch das ausladende Gebäude zu der Flucht der Zimmer, die ihm zugewiesen worden waren. Tatsächlich lagen Sattel und sein Gepäck bereits dort.

Nachdem sie ihm erklärt hatte, wo sich das Badehaus oder der *Hammam* der Männer befand, sagte sie: »Wir sehen uns eine Stunde nach Sonnenuntergang. Ich schicke dir jemanden.«

Plötzlich schoß ihr durch den Kopf, daß sie oft zusammen in der Tür eines Schlafzimmers gestanden hatten, doch jedesmal waren sie gemeinsam hineingegangen. Und vielleicht ließ der rätselhafte Blick, mit dem Ross sie bedachte, darauf schließen, daß er dasselbe dachte.

Abrupt machte Juliet kehrt und entfernte sich, ohne einen Blick zurückzuwerfen, wobei sie sich zu einer gemäßigten Geschwindigkeit zwingen mußte, statt um ihr Leben zu rennen. Sie bog um eine Ecke in einen anderen Korridor, ging ihn bis zum Ende und bog dann wieder ein. Im Palast lebten weitaus weniger Menschen als in seiner Blütezeit, und dieser Teil des Gebäudes war meistens leer. Und dann war sie zum ersten Mal, seit sie Ross gefunden hatte, endlich allein.

Die kühle Entschlossenheit, die sie durch die letzten Stunden gebracht hatte, bröckelte, und sie lehnte sich mit zittrigen Knien gegen eine Wand. Lieber Gott, Ross hatte so recht. Es wäre unendlich viel leichter gewesen, sich niemals zu erkennen zu geben . . . und Juliet konnte nur sich selbst daran die Schuld geben.

Bebend drückte sie sich an die Wand und rang um Atem. Sie hätte ihn niemals reizen dürfen! Ja, sie war wegen seiner Verwundung besorgt gewesen, auch frustriert durch sein kühles Verhalten. Aber der wirkliche Grund für ihr unmögliches Benehmen war Zorn gewesen. Wieder war ihr feuriges Rotschopf-Temperament mit ihr durchgegangen, und wieder war der Schuß nach hinten losgegangen, wie es Wut so oft tat.

Sie war nicht auf Ross' Person wütend gewesen, sondern vielmehr auf seine Gegenwart. Jahrelang hatte Juliet sich darum bemüht, ein neues Leben aufzubauen, eine Art Frieden zu finden. Und in nur einem Augenblick hatte ihr Ehemann beides zunichte gemacht. Er hatte eine ganze Welt zum Reisen – warum, zum Teufel, mußte er in ihrem Vorgarten aufkreuzen?

Ross wäre umgekommen, wenn sie und ihre Leute nicht im richtigen Moment dazugestoßen wären, insofern konnte sie diese seltsame Schicksalswendung nicht wirklich bereuen. Dennoch war sie wütend gewesen, und ihr Zorn auf die Ungerechtigkeit des Lebens hatte sie dazu verleitet, ihn wie eine Ware auf dem Sklavenmarkt zu behandeln. Ironischerweise hatte ihre geschockte Reaktion auf die Narben den Moment verlängert und die Szene für ihn bedrohlicher gemacht, als sie es beabsichtigt hatte. Als Resultat daraus hatte sie einen Mann verärgert, der für sein lockeres Gehabe bekannt war, und sich selbst zu etwas verdammt, das in eine qualvolle Konfrontation ausarten würde. Und das Schlimmste von allem: Als sie Ross' wundervoll vertrauten Körper berührt hatte, waren Gefühle in ihr geweckt worden, die sie vor zwölf Jahren zu begraben gehofft hatte.

Juliet hatte es verabscheut, in die Londoner Gesellschaft eingeführt zu werden. Sie war zu groß, ihr Haar war ein flammendes, unrühmliches Leuchtfeuer, und ihre Herkunft war viel zu unkonventionell, als daß sie ein erfolgreiches Debüt gehabt haben könnte. Die Tatsache, daß es sie auch nicht interessierte, gesellschaftlichen Erfolg zu haben, hatte die Demütigung allerdings nicht weniger schmerzvoll gemacht.

Ohne Sara St. James wäre Juliet in der ersten Saison bereits verrückt geworden. Dabei war Lady Sara das genaue Gegenteil von ihr. Sie besaß alles, was Juliet fehlte: Lady Sara war zierlich, auf eine anmutige, weibliche Art lieblich, und sie besaß einen so phantastischen Charme, daß jeder, der sie kennenlernte, sich sogleich wichtig und geehrt fühlte.

Ihre Schulfreundschaft hätte so leicht unter dem Druck der Gesellschaft zerbrechen können. Statt dessen hatte Sara alles getan, um Juliets Weg zu ebnen. Sie hatte darauf bestanden, daß die Einladungen, die sie bekam, auf ihre Freundin ausgedehnt wurden, und sie hatte ihre zahlreichen Bewunderer dazu gedrängt, mit Miss Cameron zu tanzen. Juliet hatte es natürlich nicht gefallen, ein Objekt der Mildtätigkeit zu sein, aber die Alternative wäre ungleich schlimmer gewesen, und Juliet wußte, daß Sara nur aus natürlicher Freundlichkeit handelte.

Juliet hatte oft von Saras Lieblingsvetter, Lord Ross Carlisle, gehört, aber sie hatte ihn niemals persönlich kennengelernt. Dann waren sie zu einem lärmenden, überfüllten Ball gegangen. An den Namen des Gastgebers konnte sich Juliet nicht mehr erinnern. Nur daran, daß Sara sofort von einem attraktiven jungen Mann fortgezerrt worden war, in den sie sich an diesem Abend verliebt hatte. Sie selbst hatte sich in eine stille Ecke verzogen und versucht, nicht so voller Unbehagen und verlegen zu wirken, wie sie sich gefühlt hatte.

Dann war ein junger Mann am Arm ihrer Tante Louise herübergekommen, die in dieser Saison ihre Anstandsdame und ihre Schirmherrin mimte. Der Fremde war sehr groß und unglaublich gutaussehend gewesen, hatte butterblondes Haar gehabt und eine Aura von ruhiger Zuversicht ausgestrahlt.

Von Tante Louises schmeichlerischer Ehrerbietung hatte man sofort darauf schließen können, daß er ebenfalls wohlhabend und adelig war.

Im Ballsaal war es so laut gewesen, daß Juliet den Namen des Mannes nicht mitbekommen hatte, als er ihr vorgestellt wurde. Obwohl sie nicht unbedingt mit diesem Kerl hatte tanzen wollen, war das Herumstehen in der Ecke noch schlimmer, und so hatte sie die Einladung des Fremden ungraziös angenommen.

Er war ein hervorragender Tänzer gewesen, aber selbst das hatte Juliet nicht besänftigen können. Zweifellos handelte es sich nur wieder um einen von Saras Bewunderern, der nur darum gebeten worden war, sie zum Tanz aufzufordern. Dieser Gedanke hatte es ihr unmöglich gemacht, zu genießen, was ansonsten sicher sehr schön gewesen wäre.

Juliet hatte auf alle seine Konversationsversuche mit einer Knappheit reagiert, die schon an Unverschämtheit grenzte, bis er sie schließlich gefragt hatte: »Ich hörte, daß Sie Arabisch sprechen. Stimmt das?«

Er hatte angedeutet, daß er gerne eine Kostprobe erhalten würde, und so hatte Juliet einen Augenblick überlegt, während ihre langen, dunklen Wimpern ihre Augen beschatteten. Dann hatte sie zuckersüß in klassischem Arabisch gesagt: *»Ihr seid ein alberner, nutzloser Kerl, ein gackernder Affe ohne einen Funken Lebensweisheit.«*

Einen Moment lang war er fassungslos gewesen. Dann hatte er mit einem hinterhältigen Blitzen in den Augen auf Arabisch geantwortet: *»Ihr habt die Zunge einer Viper, Tochter der Wüste, aber auch nur ein alberner, nutzloser Kerl, der ich bin, ist durch Eure flammende Schönheit erobert.«*

Juliet war so schockiert gewesen, daß sie mitten auf dem Parkett stocksteif stehengeblieben war, um zu ihrem Tanzpartner hochzuschauen. Der reizvolle Kontrast zwischen blondem Haar und brauner Haut, seine Kenntnisse des Arabischen . . . plötzlich war es ihr wie Schuppen von den Augen gefallen. »Sie müssen Saras Cousin Ross sein«, hatte sie atemlos hervorgebracht.

Er hatte gegrinst, während die unerwartete Wärme in seinem Blick sie noch mehr verwirrte. »Kein anderer. Ich nehme an, in dem Lärm haben Sie meinen Namen nicht verstanden.«

»Ja, ich fürchte, so war es. Ich dachte, Sie wären nur einer dieser geckenhaften Jüngelchen«, war sie herausgeplatzt.

Er war über ihre unschmeichelhafte Offenheit in Gelächter ausgebrochen, und so hatte sie hastig hinzugesetzt: »Sara hat mir erzählt, daß Sie in Cambridge orientalische Sprachen studiert haben und nun den Mittleren Osten und Asien bereisen wollen.«

»Korrekt.« Er hatte sie wieder an sich gezogen, damit sie weitertanzen konnten. »Ich bin schon lange begierig darauf, Sie kennenzulernen, Miss Cameron. Sara hat von Ihrem faszinierenden Vorleben erzählt. Bitte erzählen Sie mir, wie es ist, wenn man in Tripolis lebt.«

Wie Sara besaß er die Fähigkeit, dem Gegenüber das Gefühl zu vermitteln, etwas Besonderes zu sein. Juliet hatte darauf wie eine Blume reagiert, die in der Sonne erblühte, und unablässig über Tripolis und Teheran geplaudert. Sie hatte ihm auch nicht verschwiegen, wie schwer es für sie gewesen war, nach England zurückzukehren.

Sie hatten drei Tänze hintereinander getanzt, als Tante Louise sie förmlich fortgezerrt hatte, um ihr eine Predigt über schamloses Verhalten in der Gesellschaft zu halten.

Juliet hatte sich nicht darum gekümmert. Zum ersten Mal in ihrem Leben war sie verliebt – wundervoll, ausschließlich und ekstatisch verliebt –, und erstaunlicherweise schien Lord Ross Carlisle ebenfalls von ihr angetan. Ihre Abneigung gegen England hatte sich an diesem Abend aufgelöst, und sie hatte erkannt, daß ihre Abscheu ausschließlich ein Resultat der Einsamkeit gewesen war, des Gefühls, nicht in diese Gesellschaft zu passen. Nun, da sie so glücklich war, wußte sie nicht, wo sie lieber gewesen wäre. Sie hatte Ross' zuversichtliche Ausstrahlung geliebt, seine Freundlichkeit, die Art, wie er über ihre Scherze lachte und ihr damit das Gefühl gab, sie sei wunderschön und klug.

Den Rest der Saison hatten sie und Ross die Gerüchte angeheizt, weil sie bei gesellschaftlichen Ereignissen viel zu eng zusammenhingen und oft ausritten oder Ausflüge unternahmen. Es war eine Beziehung aus Neckerei und Lachen gewesen, die so natürlich wie die zu ihren Brüdern war, jedoch mit dem Kribbeln der körperlichen Anziehungskraft. Immer wieder hatten sie sich im stillen geküßt, und das süße Feuer dieses Gefühls hatte in Juliet ein bebendes, verwirrendes Verlangen geweckt. Und dann war die Party in Norfolk gekommen . . .

Allein bei dem Gedanken bohrten sich Juliets Finger in den Mörtel, bis weißer Putz unter ihren Nägeln abbröckelte.

Erst eine sanfte Berührung an ihrem Arm brachte sie in die Realität zurück. »Gul-i Sahari, was bekümmert dich?«

Es war Saleh. Mit einiger Anstrengung riß sich Juliet zusammen, dann wandte sie sich zu dem Mann um, der ihr Leben in Serevan möglich gemacht hatte. »Nichts bekümmert mich, Onkel. Ich habe nur ein wenig nachgedacht.«

Der Usbeke hätte nicht im Traum daran gedacht, sie eine Lügnerin zu nennen, doch die erhobene graue Augenbraue drückte deutlich seinen Unglauben aus. »Hat der Ferengi dich beleidigt?«

»Nein!« entgegnete sie schnell. Nach einem Augenblick des Nachdenkens seufzte sie und erkannte, daß sie Saleh die Wahrheit gestehen mußte. »Der Ferengi, Ross Carlisle, ist ein englischer Lord. Und er ist zufällig auch mein Gemahl.«

»Du hast einen Gemahl!« Saleh zog scharf die Luft durch die Zähne, als er diese verblüffende Neuigkeit verdaute. »Ist er gekommen, um dich von hier fortzuholen?

Obwohl es geschrieben steht, daß eine Frau ihrem Gemahl gehorchen soll, werden deine treuen Diener es nicht zulassen, daß er dich gegen deinen Willen entführt.«

»Der Lord will mich nicht wegholen. Es waren nur die Winde des Zufalls, die ihn hierhergeführt haben. Er war genauso überrascht wie ich, mich hier zu treffen. Und genauso entsetzt.« Juliet schenkte Saleh ein leises Lächeln. »Er würde es auch nicht wünschen, mich nach Hause zu holen. Wir haben uns seit zwölf Jahren nicht mehr gesehen. Da ist nichts zwischen uns außer einem Pakt, den wir geschlossen haben, als wir jung waren. Zu jung.«

Saleh streichelte nachdenklich seinen dichten grauen Bart, während seine Augen sie durchdringend ansahen. »Die Winde des Zufalls sind auch oft die Winde des Schicksals, Kind.«

»In diesem Fall nicht«, sagte sie fest. »Komm, laß uns zu den Ställen gehen. Ich möchte ein Pferd für meinen Mann aussuchen, damit er schon bald weiterreiten kann.«

Denn um ihres Seelenfriedens willen konnte Ross nicht schnell genug verschwinden.

Mit den alltäglichen Aufgaben in Serevan umzugehen, brachte Juliet wieder ins Gleichgewicht. Sie, Saleh und der Vorsteher des Dorfes besprachen zunächst den Wiederaufbau eines verrotteten Systems von Bewässerungskanälen, dann wählte sie ein Pferd aus, das Ross' Gewicht gerecht wurde, und schließlich ging sie in die Küche, um ein besonderes Essen für zwei zu arrangieren.

Sie sprach auch mit ihren Männern, die von der Verfolgung zurückkehrten. Die Gruppe, die den Turkmenen nachgejagt war, hatte keinen Erfolg gehabt: Die Räuber hatten die offene Ebene erreicht, in der ihre Pferde in ihrem Element waren, und so hatte die Truppe aufgegeben und kehrtgemacht. Die Suche nach Ross' Dienern jedoch war erfolgreich gewesen. Nachdem man sie gefangen hatte, waren die Perser froh über die Nachricht gewesen, daß ihr Arbeitgeber noch lebte, und glücklich, die Sicherheit einer Festung in Anspruch nehmen zu können, statt zu riskieren, noch mehr Turkmenen über den Weg zu laufen.

Der Nachmittag verstrich in Windeseile, und nur zu bald mußte sich Juliet zum Essen fertig machen. Zuerst ging sie in den Frauen-Hammam, um zu baden und sich das Haar zu waschen. Dann half ihr eine Dienerin, die Strähnen zu bürsten, während eine andere es trocken fächelte.

Der Himmel wußte, daß sie Ross nicht reizen wollte. Nichtsdestoweniger war sie Frau genug, um gut aussehen zu wollen. Ihr Haar faßte sie nicht zu dem gewohnten Knoten im Nacken zusammen, sondern ließ es in weichen Wellen auf die Schultern fallen. Doch was sollte sie anziehen? Als Gul-i Sahari trug sie fast immer nur Männerkleidung – sie besaß keines dieser orientalischen Frauengewänder. Allerdings . . .

Mit beträchtlichem Zögern ging Juliet in die kleine Kammer, die an ihr Schlafzimmer grenzte. Dort stand eine abgeschabte Truhe, die die Reste ihres europäischen Lebens mitsamt zwei Kleidern enthielt. Sie hatte die Truhe seit Jahren nicht mehr geöffnet, hatte es aber auch nicht übers Herz gebracht, den Inhalt fortzuwerfen.

Die Kleider hatten auch damals, als sie neu gewesen waren, nicht der Mode entsprochen. Kurz nach ihrer Hochzeit hatte Juliet leidenschaftlich gegen die barbarischen und schmerzhaften Korsetts gewettert und sich gefragt, warum die Europäer die echten Figuren ihrer Frauen nicht mochten. Ross hatte ihr versichert, daß er ihre Figur liebte und ihr mit atemberaubender Schlichtheit vorgeschlagen, sie solle sich Kleider ohne Korsett machen lassen, da ihre Taille auch so schmal genug war.

Juliet hatte nicht gezögert, sich an die Verwirklichung von Ross' Vorschlag zu machen. Obwohl die Schneiderin entsetzt gewesen war, hatte sie Lady Ross Carlisle natürlich als Kundin nicht verlieren wollen, und so waren zwei Kleider, eins für den Tag und eins für den Abend, entworfen und genäht worden. Nun waren diese beiden die einzigen europäischen Kleider, die sie noch besaß.

Zögernd kniete sich Juliet nieder, entriegelte die Truhe und hob dann den Deckel. Lavendelduft strömte ihr entgegen, und sie hielt sekundenlang die Luft an. Sie hatte vergessen, daß sie die Kleider zum Schutz in Lavendel eingepackt hatte, und nun traf der süßliche Geruch ihr zerbrechliches Nervenkostüm wie ein gewaltiger Schlag.

Mit bebenden Händen schlug Juliet das Papier von dem blauseidenen Abendkleid zurück. Das zarte Material schimmerte dezent und glitt sinnlich durch ihre Hände. Der Duft, der aus dem Kleid aufstieg, löste eine Flut von Erinnerungen aus, und Juliet vergrub ihr Gesicht in den Stoff. Lieber Gott, Norfolk-Lavendel . . .

Die Saison war gerade beendet gewesen, und Juliet, ihre Tante und ihre Mutter, die soeben nach England zurückgekehrt war, hatten sich zu einer Party im Haus des Dukes und der Duchess von Windermere begeben. Obwohl von Hochzeit noch keine Rede gewesen war, hatte es sich um die Art von Besuch gehandelt, bei dem sich die möglichen Verwandten kennenlernen und abschätzen sollten. Tante Louise war selig gewesen, daß ihr wenig versprechender Schützling sich den Sohn eines Dukes geangelt hatte, während Lady Cameron von Ross begeistert war und ihn für einen wunderbaren Schwiegersohn hielt. Die Windermeres hatten sich weniger begeistert gezeigt, und obwohl sie deutlich gemacht hatten, daß sie Juliet mochten, waren sie von Anfang an gegen eine Verbindung der beiden gewesen.

Für Ross und Juliet hatte der Besuch in Norfolk bedeutet, daß sie mehr Zeit miteinander verbringen konnten, denn das Land war traditionsgemäß weniger steif und förmlich als London. Trotz allem hatten sie in den ersten drei oder vier Tagen keine Chance bekommen, allein zu sein. Dann endlich jedoch hatte man ihnen einen Ausritt gestattet, nur sie beide ganz allein.

Es war ein makelloser englischer Sommertag gewesen, die Sonne schien warm, ein sanfter Wind wehte, und dicke weiße Wolken zogen am intensiv blauen Himmel vorbei. Nach einer Stunde waren sie in einem kleinen Buchenwäldchen abgestiegen, das von ausgedehnten Lavendelfeldern umgeben war. Der Frühling war in diesem Jahr zeitig gekommen und der Pflanzenwuchs schon weit fortgeschritten, so daß die Lavendelfelder blau und violett leuchteten, und der würzige Duft schwer in der Luft lag.

Ross hatte eine Decke und einen Korb mit frischem Brot, Käse, Wein und Obsttörtchen mitgebracht. Obwohl die Atmosphäre zwischen ihnen vor Spannung vibrierte, hatten sie absolut schicklich gegessen und geplaudert, ohne sich zu berühren, jedoch mit vielsagenden sehnsuchtsvollen Blicken. Als sie schließlich satt gewesen waren, wollte Juliet die Krümel fortwischen, doch Ross hatte ihre Hand festgehalten, sie an die Lippen geführt und ihre Handfläche sanft geküßt.

Sie hatte sich nicht überreden lassen müssen, und in ihrem Herzen wußte Juliet, daß sie, wäre sie heute vor die Wahl gestellt, noch einmal dieselbe Entscheidung treffen würde.

Was folgte, war ein fiebriges Delirium aus Küssen, magisch und unschuldig, wie es nur die wahre Liebe erreichen kann. Ross war ein wunderbar rücksichtsvoller und geduldiger Liebhaber gewesen, hatte sie gestreichelt und liebkost, bis sie sich geborgen gefühlt und nach mehr gesehnt hatte.

Dann hatte er sie ganz langsam ausgezogen und seine Lippen auf den Teil ihres Körpers gepreßt, den er entkleidet hatte. Er hatte sie nicht zu etwas gedrängt, was sie nicht wollte, sondern er hatte ihr unaufhörlich versichert, wie wunderschön sie wäre. Als sie schließlich nackt vor ihm auf der Decke gelegen hatte, war sie wirklich überzeugt gewesen, schön zu sein.

Ross hatte sie geküßt, gestreichelt, und ohne daß sie es gemerkt hatte, war er immer leidenschaftlicher geworden. Alle Schranken der Sinne und Beherrschung waren gefallen, als ihre Körper zu einer Einheit verschmolzen. Sie hatte aufgeschrien, als ein flüssiges Feuer, so wunderbar und erschreckend, durch ihre Adern floß und sie zu verbrennen drohte. Und als sie gemeinsam den Gipfel der Leidenschaft erreichten, hatte sie nichts außer einem nie gekannten Glück empfunden.

Danach hatten sie lange schweigend dagelegen, nur auf den gleichmäßigen Schlag ihrer Herzen horchend und das Wissen genießend, daß sie sich liebten. Ja, sie liebten sich mit der Heftigkeit und Intensität, über die die großen Dichter schrieben.

Langsam hatte sich Ross' Atmung wieder normalisiert. Das Zwitschern der Vögel und das Rascheln der Blätter im lavendelduftenden Wind war wieder zu ihnen vorgedrungen.

»Juliet?« Nachdem sie die Augen geöffnet hatte, war seine Hand bebend über ihre Wange gestrichen. »Ich denke, wir sollten heiraten«, hatte er mit heiserer, zärtlicher Stimme hervorgebracht. »Und je eher, desto besser.«

Sie hatte nur ein schwaches »Ja, Ross«, erwidern können.

Und so war es geschehen. Es hatte kein formelles Um-die-Hand-Anhalten gegeben, kein Werben, sondern nur die absolute Überzeugung von beiden Seiten, daß sie für immer zueinander gehörten.

Als sie ihre Absicht der Familie verkündeten, war ein Sturm über sie hereingebrochen. Doch Ross war fast einundzwanzig gewesen und brauchte die Erlaubnis seines Vaters nicht mehr. Zudem würde er an seinem Geburtstag eine anständige Geldsumme bekommen, die es ihm erlaubte, seine Frau auch dann zu unterhalten, wenn sein Vater ihm die Zustimmung verweigert hätte.

Da Juliets Vater bereits tot war, hatte sie nur die Einwilligung von Lady Cameron gebraucht, und die hatte sie ohne zu zögern gegeben, obwohl der Duke einige Überzeugungsarbeit geleistet hatte, noch damit zu warten. Schließlich hatten sich jedoch auch Ross' Eltern dem offenbar Unvermeidlichen gebeugt und der Verbindung ihren Segen gegeben.

Und seitdem, ungeachtet unter welchen Umständen es geschah, brachte der Duft von Lavendel für Juliet immer die Erinnerung an die Zeit zurück, in der sie zum ersten Mal ihre Leidenschaft entdeckt hatte.

Verwirrt hob sie das Gesicht aus dem Stoff und zwang sich in die Realität zurück. Sie genoß nicht die Wärme eines englischen Sommertages, sondern zitterte in der Kühle eines persischen Frühlingsabends. Und in ein paar Minuten mußte sie dem einzigen Mann gegenübertreten, den sie je geliebt hatte und der doch jeden Grund der Welt besaß, sie zu verachten.

Müde richtete sie sich wieder auf und schüttelte das blaue Seidenkleid aus, das erstaunlich wenig Knitterfalten aufwies. Obwohl das Material kostbar und die Farbe intensiv war, besaß es doch einen unauffälligen Schnitt. In der Truhe befanden sich außerdem noch ein Unterhemd und ein Petticoat, also zerrte sie die Sachen heraus und zog sich eilig an. Sie hatte schon viel zuviel Zeit mit Erinnerungen verschwendet!

Juliet nahm die einfache Goldkette mit dem Anhänger ab, den sie heute abend nicht tragen konnte, und musterte sich dann kritisch. Nach all den Jahren in lockeren, hochgeschlossenen Gewändern fühlte sie sich in dem an die Figur geschmiegten Kleid übel ausgestellt, besonders, da es ihr um den Oberkörper herum ziemlich eng vorkam. Dort war sie tatsächlich fülliger geworden, obwohl der Rest ihres Körpers sich anscheinend nicht von ihrer siebzehnjährigen Statur unterschied. Durch den figurbetonten Schnitt kam ihr der Ausschnitt, der für englische Verhältnisse sehr brav gewesen wäre, ziemlich gewagt vor, was keinesfalls der Effekt war, den sie sich wünschte.

Sie überlegte einen Moment, dann fiel ihr ein reichgemusterter Kaschmirschal ein, den ein Reisender ihr einmal für ihre Gastfreundschaft geschenkt hatte. Nachdem sie ihn um ihre Schultern drapiert hatte, betrachtete sie sich erneut. Die weichen Blau- und Grautöne des Schals paßten sehr gut zu dem Kleid und machten es zudem ein wenig schicklicher. Unglücklicherweise wirkte sie nun respektabel bis zu einem Grad von Altjüngferlichkeit, was sie auch nicht gerade erreichen wollte. Sie war schließlich keine englische Gouvernante, sondern eine exzentrische Kriegsherrin einer persischen Festung. Sie hatte keine Lust, ihrem Mann als schüchterne, graue Maus gegenüberzutreten, als wollte sie um seine Billigung heischen.

Was ihr Aufzug brauchte, war ein wunderbar barbarischer turkmenischer Schmuck, und Juliet besaß zufällig genau das Passende. Bisher hatte sie nie die Gelegenheit gehabt, die Schmuckstücke zu tragen. Nach sorgsamer Überlegung wählte sie Ohrringe aus funkelnden gedrehten Bändern, die fast bis auf ihre Schultern reichten, und ein passendes Halsband, das die restliche freie Haut über ihrem Ausschnitt bedeckte. Ohrringe und Kette waren aus goldgetriebenem Silber gemacht, aufgelockert durch unregelmäßig geformte Perlen aus Karneol und Türkis.

Tapfer stellte Juliet sich wieder dem Lavendelduft, um ein Töpfchen rosafarbener Paste zu suchen, die sie auf ihre Lippen strich. Rouge hatte sie nicht nötig – ihre Wangen hatten bereits genug Farbe.

Der abschließende Touch war ganz und gar landesbedingt. In allen Wüstengegenden von Asien und Afrika schwärzten Männer und Frauen sich die Augenlider mit einer Paste aus Öl und Antimon. Mal Kohl, mal Surma genannt, gab es das Rezept dafür schon mindestens seit der antiken ägyptischen Blütezeit und war sowohl zur Pflege der Augen als auch zum Schutz vor der gleißenden Sonne benutzt worden. Zudem hatte es einen höchst dramatischen Effekt und würde ihrer Aufmachung den richtigen Akzent geben.

So nahm Juliet also einen kleinen Pinsel, tauchte ihn in das Surma und bestrich ihre gesenkten Lider mit der kühlen Paste.

Endlich konnte sie ihr Spiegelbild zufrieden mustern. Sie sah wie eine geheimnisvolle Mischung aus Ost und West aus, keinesfalls provokativ, aber auch überhaupt nicht bieder.

Dann war sie bereit, ihrem Gemahl entgegenzutreten.

Kapitel 4

EINE STUNDE NACH Sonnenuntergang geleitete ein höflicher junger Mann, der sich auf leisen Füßen fortbewegte, Ross zu der Kammer, wo er mit Juliet essen sollte. Das Zimmer, das durch mehrere Lampen beleuchtet wurde, wirkte wie ein Arbeitszimmer, das zeitweilig zu einem Speisezimmer im westlichen Stil umfunktioniert worden war. Im Orient war es Brauch, auf dem Boden oder auf dicken Kissen um einen niedrigen Tisch herum zu sitzen, doch in diesem Zimmer stand ein Holztisch, über den man ein Leinentuch gedeckt und darauf silberne Teller und Besteck im europäischem Stil plaziert hatte.

Der Diener verbeugte sich und ließ Ross allein. Es machte ihm nichts aus, denn er fand es interessant, in Ruhe seine Umgebung zu mustern, die ihn entfernt an sein eigenes, recht unkonventionelles Arbeitszimmer zu Hause in England erinnerte.

Neben ungewöhnlichen Stücken von Töpfereien und Figuren entdeckte er Bücher und Schriftrollen in gut einem halben Dutzend verschiedener Sprachen. Einige der asiatischen Texten kamen ihm so fremdartig vor, daß sie seine Wißbegierde weckten. Einen Augenblick fragte er sich, ob es eine geringe Möglichkeit gab, daß Juliet ihm einige davon lieh, oder ob er lange genug bleiben könnte, um seine eigenen Übersetzungen zu machen. Doch dann erinnerte er sich wieder an seine Mission, und er zügelte seine Begeisterung. Er mußte erst lebendig aus Buchara zurückkehren, bevor er sich irgendwelche Bücher leihen konnte.

Noch interessanter waren Juliets eigene Karten und Notizen, in denen sie sorgfältig ihre Beobachtungen über Land und Leute eingetragen hatte. Es gab mehr als ein Dutzend Notizbücher, und er überflog ein paar davon. Scharfsichtig und ironisch, wie die Tagebücher geschrieben waren, wären sie in London ein großer Erfolg gewesen, wenn man sie unter einem Titel wie *Persische Reisen einer englischen Lady* veröffentlichen würde. Sie boten ebenfalls einen interessanten Einblick in die Seele der Frau, zu der seine ehemalige Braut geworden war.

Er nahm das letzte Buch in die Hand, öffnete es an irgendeiner Stelle und blickte auf die scharfe eckige Handschrift Juliets, die dort geschrieben hatte: *»Ich wünschte, ich hätte Ross Carlisle niemals getroffen.«*

Sein Herz zog sich zusammen, als wäre ein Eiszapfen hineingefahren. Er klappte das Buch heftig zu und stellte es wieder in das Regal zurück. Dann stand er fast reglos da und holte tief Atem, um die aufkommende Übelkeit niederzukämpfen. Also hatte sie immer schon ein Tagebuch geführt, um ihre Beobachtungen festzuhalten, und – typisch für sie – war sie auf den Seiten sehr offen und ehrlich gewesen.

Freudlos musterte Ross den fachmännisch gebundenen Lederrücken des Tagebuchs. Vermutlich befanden sich all die Antworten, was in ihrer kurzen Ehe fehlgelaufen war, in diesem Buch – und er hatte nicht den Mut, es zu lesen.

Bei dem Geräusch sich nähernder Schritte wandte er sich um und zwang sich zu einer gelassenen Miene, als würde er in seiner eigenen Bibliothek herumwandeln. Dann schob Juliet den Türvorhang zur Seite – und er erstarrte. Sie hatte immer schon einen Hang zum Unerwarteten gehabt, und nun tat dieses verdammte Weib es wieder. Am Nachmittag hatte sie in ihrer Tuareg-Kleidung wie eine Kriegsherrin ausgesehen. Und nun, gekleidet wie eine Mischung aus Anstandsdame und türkischer Tänzerin, war sie von Kopf bis Fuß Frau.

Sie blieb einen Moment im Türrahmen stehen und blickte ihn unsicher an. »Guten Abend, Ross. Verzeih mir meine Verspätung.«

»Schon gut«, erwiderte er leichthin. »Ich habe schon angenommen, daß du entweder durch irgend etwas Unvorhergesehenes aufgehalten worden bist oder dir das orientalische Zeitgefühl angeeignet hast.«

»Ein bißchen von beidem, glaube ich.«

Als sie eintrat musterte er ihr Gesicht und verglich es mit dem aus der Vergangenheit. Die runden Züge der Jugend waren schmaler geworden, die Wangenknochen traten stärker hervor. Juliet würde niemals auf die weiche, hilflose, feminine Art hübsch sein, die viele Männer so mochten. Statt dessen war sie von einer verwirrenden Schönheit.

Während sie mit einer Hand zum Tisch deutete, sagte sie: »Ich dachte, du würdest lieber auf westliche Art essen, und der Tisch hier in meinem Arbeitszimmer ist dafür am besten geeignet.«

»Es wird mir eine angenehme Abwechslung sein, vorausgesetzt, daß ich in den letzten drei Monaten nicht vergessen habe, wie man eine Gabel benutzt.«

Sie schenkte ihm ein kleines Lächeln, als ein Mann und zwei Jungen eintaten, die Tabletts mit Essen hereintrugen. »Hast du noch irgendwelche Wünsche, Gul-i Sahari?« fragte der Diener.

»Nein, Ruhollah. Du kannst dich zur Ruhe begeben. Wir bedienen uns selbst.«

Die drei verbeugten sich und gingen.

»Ich dachte, es ist besser, wenn wir nicht unterbrochen werden«, erklärte Juliet.

»Du hast recht. Übrigens habe ich erst jetzt erkannt, was dein Name bedeutet. Ich habe es bis jetzt für ein Tuareg-Wort gehalten, das ich nicht verstanden habe, aber es ist wohl der persische Ausdruck *gul-i sara-i,* Blume der Wüste, nicht wahr?«

»Es liegt an meiner Haarfarbe«, bestätigte Juliet. »Das erste Mal, als ich Saleh traf, nannte er mich Wüstenblume. Der Name ist hängengeblieben.«

»Warum hast du eigentlich heute nachmittag lieber Französisch als Tamahak gesprochen?« fragte er neugierig. »Ich dachte, du hättest die Tuareg-Sprache gelernt, als du noch in Tripolis gelebt hast.«

»Habe ich auch, aber du hast das Tamahak so gut gesprochen, daß ich befürchtete, du würdest meine Fehler sofort bemerken. Ich habe diese Sprache seit Jahren nicht mehr gesprochen, deswegen hielt ich Französisch für sicherer.« Sie hob eine Flasche an. »Möchtest du etwas Wein?«

Ross staunte. »Der dürfte in diesem Teil der Welt schwer zu bekommen sein.«

»Ja, stimmt, aber ich habe immer gerne etwas Wein oder Brandy für Gäste da, wenn sie es möchten.« Sie entkorkte die Flasche, schenkte Rotwein in zwei Gläser und reichte ihm eins, ohne seine Finger zu berühren. »Da bei den Moslems Alkohol verboten ist, haben wir hier keine Probleme mit Dienern, die den Weinkeller leertrinken, wie es in England so oft vorkommt.«

Die nächsten Minuten war sie damit beschäftigt, Suppe in zwei Schüsseln zu füllen und Platten mit Brot und anderen Gerichten auf dem Tisch zu arrangieren.

Ross sah ihr schweigend zu, während er gelegentlich an

seinem Wein nippte. Er konnte sich noch sehr gut an ihr blaues Seidenkleid erinnern, und nun sah sie sogar noch besser darin aus, da ihr geschmeidiger Körper ein paar Rundungen bekommen hatte. Tatsächlich wirkte sie so provozierend auf ihn, daß er sich fragte, ob sie sich extra so gekleidet hatte, um ihn zu reizen oder zu verführen. Und wenn eines davon zutreffen würde, so wußte er nicht, was er schlechter ertragen konnte.

Sie warf einen Blick zu ihm, und verwirrt erkannte er in den klaren Tiefen ihrer Augen eine kurze Unsicherheit aufflackern. Mit siebzehn hatte Juliet nicht gewußt, welche intensive, verführerische Wirkung sie besaß, und Ross stellte überrascht fest, daß sie immer noch die gleiche Unschuld zu sein schien.

Was nicht stimmen konnte, wenn man den Graben an gebrochenen Männerherzen quer durch das mediterrane Europa in Betracht zog, den sie geschlagen hatte, bevor sie in Kleinasien verschwunden war. Die Gerüchte über ihr Benehmen waren so schmuddelig gewesen, daß er sie nicht geglaubt hätte, wenn er nicht einen unwiderlegbaren Beweis gehabt hätte. Nichtsdestoweniger sprach er ihre Absicht von jedem Versuch, ihn heute abend zu verführen, frei. Wenn das ihr Ziel gewesen wäre, dann hätte sie sich mehr Mühe gegeben. Statt dessen schien ihre Unsicherheit genauso groß wie seine zu sein.

Ohne etwas von seinen Gedanken zu ahnen, sagte sie nun: »Übrigens, deine beiden Diener sind hier. Sie haben in den Männerquartieren Platz gefunden.«

»Gut, das zu hören.« Darauf getrimmt, in jeder Situation höflich zu sein, zog er ihren Stuhl vom Tisch zurück. Nach einem kurzen Zögern setzte sich Juliet. Ihr seidiges Haar streifte dabei seinen Handrücken, und Ross zuckte zurück, als hätte er sich verbrannt. Um seine Fassung wiederzugewinnen, erkundigte er sich: »Wie lange lebst du schon hier?«

»Über neun Jahre. Nachdem ich . . .« – sie zögerte, entschloß sich dann, einen neutralen Ausdruck zu verwenden – »England verlassen hatte, bin ich zunächst durch die Mittelmeerländer gereist, dann ins Osmanische Reich. Wie du ja weißt, habe ich als Kind in Teheran gelebt, während mein Vater dort stationiert war. Ich wollte Persien wiedersehen, und so habe ich einige Zeit damit verbracht, durch das Land zu reiten. Ich war auf dem Weg zurück nach Konstantinopel, als ich Serevan entdeckte.«

Ross kostete die Suppe. Sie enthielt Joghurt, Reis und Minze und schmeckte köstlich. »War die Festung zu der Zeit noch eine Ruine?«

»Ja. Die östliche Grenze Persiens ist durch die ständigen Überfälle turkmenischer Banden schrecklich verarmt. Viele der Dorfbewohner wurden in Buchara als Sklaven verkauft, andere hatten sich einen sichereren Ort zum Leben gesucht.«

Er riß ein Stück von dem Fladenbrot ab und tauchte es in den *hummus*, eine Gemisch aus Kichererbsen und verschiedenen Gewürzen. »Serevan wirkt, als könnte es ernsthaften Attacken trotzen.«

»Jetzt ja, aber als ich hierherkam, waren die Mauern eingestürzt und der Hauptbrunnen vergiftet, so daß nur noch wenige Menschen hier lebten.« Juliet nippte an ihrem Glas und blickte abwesend in die Ferne. »Trotzdem habe ich mich in den Ort verliebt. Die Berge und die Wüste haben etwas Elementares, etwas Reines an sich. Saleh lebte hier im Dorf. Er ist Usbeke, ursprünglich aus Buchara.«

Das fesselte Ross' Aufmerksamkeit. Er würde mit Saleh sprechen, bevor er abreiste. Vielleicht konnte ihm der Mann aus Buchara einige nützliche Informationen geben.

Er fragte sich insgeheim auch, ob der Usbeke möglicherweise Juliets Liebhaber war – er war zwar alt genug, um ihr Vater sein zu können, aber das besagte nichts. Er zwang sich, an ein anderes Thema zu denken. »Und da du Lady Hester Stanhope immer schon bewundert hast, hast du beschlossen, es ihr nachzutun und hier dein eigenes, kleines Königreich aufzubauen?«

»Ich nehme an, man könnte es so auffassen.« Juliet stand auf und räumte die leeren Schüsseln weg. Dann stellte sie eine Platte mit gebratenem Lamm auf den Tisch, das mit einem Rand aus Reis, gemischt mit Nüssen und Trockenfrüchten, umgeben war. »Ich war es leid, ständig zu reisen und wollte mich irgendwo niederlassen. Geld ist Macht, und meine jährlichen fünfzehnhundert Pfund reichten aus, um neue Brunnen zu bezahlen, die Festung wieder aufzubauen und Vieh und Samen zu kaufen. Als einmal klar war, daß sie hier sicher waren, kamen die Leute grüppchenweise zurück. Inzwischen haben wir eine ganz anständige Gemeinde. Die meisten sind Perser, aber wir haben auch Usbeken und Afghanen, sogar ein paar Turkmenen. Sie sind alle willkommen, solange sie mit ihren Nachbarn in Frieden leben. Es ist eine ziemlich feudalistische Regierung mit mir als Herrin des Besitzes.«

Widerwillig mußte Ross sich selbst eingestehen, daß sie sein Geld gut eingesetzt hatte. Es wäre ein leichtes gewesen, die Summe in Europa zu ihrem eigenen Vergnügen zu verprassen, doch statt dessen hatte sie in einem zerrissenen Land eine Insel des Friedens und des Wohlstands geschaffen. Und es bedurfte mehr als Geld, um etwas Derartiges zu regieren – die Männer von Serevan würden ihr nicht gehorchen, wenn sie sie nicht zu respektieren gelernt hätten.

»Wo wir gerade bei Lady Hester Stanhope waren . . .

hast du mitbekommen, daß sie gestorben ist? Vor über eineinhalb Jahren.«

»Nein, das habe ich nicht mitbekommen. Aber vermutlich sollte ich nicht überrascht sein – sie war alles andere als jung. Dennoch . . . sie war so lange eine Legende, daß ihr Tod schwer zu akzeptieren ist.« Juliet wirkte bedrückt. »Als ich auf Zypern war, hatte ich kurz überlegt, nach Syrien zu reisen, um sie endlich einmal kennenzulernen, wollte dann aber warten, bis ich aus Persien zurückkehrte. Nun, ich bin hier geblieben und werde nie wieder die Möglichkeit haben, sie zu treffen.«

»Vielleicht ist das gerade gut«, sagte Ross. »Sie war eine faszinierende Person, aber sie kam mit Männern soviel besser zurecht als mit Frauen. Wahrscheinlich wäre sie recht rüde mit einer jungen Frau umgegangen, die ihr so ähnlich war. Auf diese Weise kannst du dir deine Illusionen erhalten.«

Juliets Augen weiteten sich. »Du hast Lady Hester Stanhope kennengelernt?« Als Ross nickte, rief sie aus: »Bitte erzähl mir alles über sie.«

»Nicht heute abend.« Ross teilte den Rest Wein auf ihre beiden Gläser auf. »Warum die Tuareg-Tracht?«

Sie lächelte. »Sie verleiht mir eine geheimnisvolle Aura. Das ist nicht das Schlechteste in einem Land, wo die Mythen so mächtig wie die Realität sind – oder vielleicht sogar noch mächtiger. Außerdem schützen die Schleier mich vor der Sonne und verbergen die Tatsache, daß ich eine Frau bin. In Serevan weiß es natürlich jeder.«

»Das hört sich an, als hättest du dir hier ein einmaliges Nest für dich allein aufgebaut.« Ross hielt einen Moment inne, dann fügte er mit weicher Stimme hinzu: »Bist du glücklich geworden, Juliet?«

Ihre Miene verschloß sich, und sie starrte auf ihren Teller hinunter. »Ich bin zufrieden. Es ist wichtig, etwas Sinnvolles zu tun.« Dann, mit dem deutlichen Versuch, das Thema zu wechseln, fragte sie: »Wie geht es Sara?«

»Bestens. Sie erwartet im Frühsommer ein Kind.«

»Hat sie noch andere Kinder? Von der Zeit her könnte sie inzwischen gut zehn haben.«

»Nicht, wenn man bedenkt, daß sie weniger als zwei Jahre verheiratet ist«, antwortete Ross. »Es ist ihr erstes.«

»Hat sie denn nicht diesen Mann geheiratet, den sie kurz nach ihrem Debüt so attraktiv fand?« fragte Juliet überrascht. »Sie haben auf mich wirklich den Eindruck gemacht, als wären sie schon auf dem Weg zum Altar. Ich weiß seinen Namen nicht mehr, aber er war irgendein Viscount und sein Vater war Minister im Kabinett.«

Ross hatte den Namen nicht vergessen, hatte sich aber stets geweigert, ihn auszusprechen. »Nein. Er beschloß, daß er keine Lust hatte, eine Frau zu heiraten, die vielleicht ihr Leben lang verkrüppelt sein würde. Da es keine offizielle Verlobung gegeben hatte, war es leicht für ihn, sich nach Saras Unfall zurückzuziehen. Nicht gerade ehrenhaft, aber einfach.«

Juliet hatte gerade einen Schluck Wein trinken wollen, doch bei Ross' Worten stellte sie den Kelch hart zurück auf die Tischplatte. »Was für ein Unfall?«

»Hast du nichts davon gehört? Ich habe angenommen, daß dein Anwalt dir mit den Bankauszügen Nachrichten übermittelte.«

»Er hatte die Anweisung, sich auf solche Dinge wie Todesfälle in meinem engsten Familienkreis zu beschränken. Von Sara hat er mir nie etwas erzählt.« Dies war eine freiwillige Entscheidung Juliets gewesen, die nicht durch Heimweh nach ihren Freunden und ihrer Familie geschwächt werden wollte. Nun stellte sie erschüttert fest, wie sehr sie alle wirklich vermißte.

»Nur wenige Wochen, nachdem du aus England verschwunden warst, hatte Sara einen Reitunfall. Sie wäre fast gestorben. Zumindest hätte sie nie mehr gehen können, wenn sie nicht so einen hartnäckigen Charakter besäße. Ihr Pferd mußte getötet werden. Eine hübsche graue Stute.« Ross' Gesicht verhärtete sich. »Ich habe oft darüber nachgedacht, ob der Unfall geschah, weil sie durch die Sorge über dich und mich abgelenkt war. Ich weiß, daß sie über alles, was geschehen war, sehr unglücklich war, und es sah Sara noch nie ähnlich, unvorsichtig zu sein, am wenigsten auf einem Pferd.«

Juliet keuchte bei der angedeuteten Anschuldigung auf. Sie wollte protestieren, aber sie konnte es nicht, denn Ross hatte recht: Es sah Sara nicht ähnlich, unvorsichtig zu sein.

Juliet schluckte hart. All die Jahre, in denen sie ihre Freundin für glücklich gehalten hatte, war Sara vielleicht verzweifelt gewesen, hatte Schmerzen gelitten und den Verlust des Mannes, den sie liebte, betrauern müssen – und einen nicht unbeträchtlichen Teil der Schuld dafür konnte sie, Juliet, sich vermutlich selbst zuschreiben. Jede Handlung verursachte Reaktionen, und Juliet würde niemals alle Konsequenzen ihrer verrückten Flucht aus England erfahren.

Mit gepreßter Stimme fragte sie: »Und wie geht es Sara jetzt?«

Ross' Miene wurde wieder weicher. »Es könnte ihr nicht besser gehen. Sie hat einen Freund von mir geheiratet, und die beiden sind reichlich wild aufeinander. Mikhal paßt weit besser zu ihr als dieser aufgeblasene junge Narr, der sie im Stich gelassen hat.«

Also waren die Folgen von Juliets überstürzten Taten vielleicht letztendlich doch nicht so übel. Und mit dem Fatalismus, den sie sich in den langen Jahren im Osten angeeignet hatte, setzte Juliet in Gedanken hinzu, daß sie vielleicht auch nur ein winziges Glied in Saras Schicksalskette gewesen war. Wenigstens war ihre Freundin jetzt glücklich.

Gedankenverloren wie sie war, konnte Juliet nicht schnell genug reagieren, als sie eine vertraute Bewegung im Augenwinkel wahrnahm. Mit einem einzigen anmutigen Satz sprang eine schwarze Katze auf den Tisch. Das Leinentuch rutschte unter dem Gewicht des Eindringlings, so daß die Katze über die Oberfläche glitt, mit beiden Vorderpfoten auf der Lammplatte landete und mindestens so überrascht wie Ross wirkte.

Peinlich berührt rief Juliet aus: »Scheherazade!« und nahm die Katze auf ihre Arme. »Entschuldige, Ross. Wenn ich schreibe, schläft sie gewöhnlich bei mir hier mitten auf dem Tisch. Ich nehme an, sie dachte, ich arbeite, und wollte mir nur Gesellschaft leisten. Ich kann mir nicht denken, daß sie unbedingt auf dem Lamm landen wollte, denn sie läßt mich gewöhnlich in Frieden, wenn ich auf orientalische Art esse.«

Er lächelte über Scheherazades begeistertes Interesse an den Dingen auf dem Tisch. »Vielleicht war das nicht ihre Absicht, aber offensichtlich ist sie durchaus flexibel.« Er nahm ein kleines Stück Fleisch, beugte sich über den Tisch und bot es der Katze an, die es gierig akzeptierte.

»Du verdirbst ihre Erziehung«, tadelte Juliet wehmütig, als sich die Katze in ihren Armen wand. »Wenn sie anfängt zu glauben, daß sie für Störungen am Tisch noch belohnt wird, dann entwickelt sie sich bestimmt unmöglich.«

Die Gelöstheit, die Ross' Gesicht vorübergehend erhellt hatte, erstarb, und er lehnte sich in seinem Stuhl zurück. »Es tut mir leid.«

Juliet biß sich auf die Unterlippe und wünschte, sie hätte nichts gesagt. Den ganzen bisherigen Abend hatte Ross seine distanzierte, höfliche und durch und durch formelle Art aufrechterhalten. Und nun, als er endlich ein wenig entspannt gewesen war, hatte sie mit wenigen unbedachten Worten alles zerstört.

Glücklicherweise wurden sie in Gestalt der sechsjährigen Fatima, Juliets Lieblingskind, unterbrochen. »Tut mir leid, Gul-i Sahari«, rief die Kleine, als sie in den Raum platzte. »Scheherazade ist mir entwischt.« Dann blieb das Kind wie angewurzelt stehen und starrte mit weit aufgerissen Augen auf die seltsam gekleidete Frau. »Gul-i Sahari?«

»Ich bin es wirklich, Fatima«, versicherte Juliet ihr amüsiert. »Ich trage zu Ehren des Mannes hier, Lord Ross Carlisle, eine Tracht meines Volkes. Er ist ... ein alter Freund aus meiner Heimat.«

Der Blick des Mädchens wanderte zu Ross. Plötzlich wurde die Kleine feuerrot und zog den Schleier über den unteren Teil ihres Gesichts, so daß nur noch ihre leuchtenden Augen zu sehen waren. Fasziniert stellte Juliet für sich selbst fest, daß Ross wohl auf alle weiblichen Wesen einen derartigen Effekt hatte. Man hatte das Gefühl, sich vor ihm schützen zu müssen, wollte man ihm nicht ganz und gar verfallen.

Während sie die Katzenkrallen aus ihrem Kaschmirschal löste, sagte Juliet: »Hier, Liebes, nimm Scheherazade und geh zurück ins Bett.«

Als Fatima das Tier an sich nahm, drückte Juliet sie herzlich und gab ihr etwas von dem Gebäck auf einer der Platten. Die Kleine blieb am Vorhang stehen und verbeugte sich höflich, wobei ihr Blick noch einmal zu Ross wanderte. Dann huschte sie aus dem Zimmer.

Als das Kind fort war, fragte Ross geradeheraus: »Ist das deine Tochter?«

»Lieber Himmel, nein«, antwortete Juliet verdattert.

»Sie ist Salehs Jüngste.« Nun, Juliet hätte von Ross' Frage nicht überrascht sein dürfen. Schließlich hatte er keine Ahnung, was sie die letzten Jahre getrieben hatte. Oder, in diesem Fall, nicht getrieben hatte.

Durch den Gedankengang zermürbt, erhob sie sich vom Tisch und räumte die leeren Teller und die Essensreste ab. »Möchtest du Kaffee? Er ist allerdings eher französisch als türkisch oder arabisch.«

Als er nickte, schenkte sie zwei Tassen aus der Kanne ein, die über einer Kerze warmgehalten worden war, und stellte sie dann auf den Tisch. Sie betrachtete Ross, der im Lampenlicht wie das Musterbeispiel britischer Gelassenheit wirkte. Alles war auf einmal ganz wie die Abende in Chapelgate, wo sie Stunden damit verbracht hatten, beim Kaffee nach dem Essen über jedes erdenkliche Thema zu plaudern.

Obwohl Juliet sich sehr bewußt war, daß sie Erinnerungen nicht auffrischen sollte, hörte sie sich plötzlich sagen: »Es ist schon seltsam, aber so angezogen und mit dir mir gegenüber fühle ich mich wieder wie Lady Ross Carlisle.«

»Aber du bist nicht Lady Ross Carlisle«, entgegnete er ausdruckslos. »Nicht mehr.«

Juliet erstarrte. In bestimmter Hinsicht war dieser ganze Abend ein größerer Schock, als Ross Carlisle leblos auf der Wüstenstraße zu finden. Obwohl ihr Abschiedsbrief ihren Mann förmlich dazu gedrängt hatte, sich von ihr scheiden zu lassen, war sie egoistischerweise froh darüber gewesen, daß er es nie getan hatte. Über all die Jahre und die große Entfernung hinweg hatte sie immer Trost in dem Wissen gefunden, daß sie immer noch Mann und Frau waren, daß ein unsichtbarer Faden der Zusammengehörigkeit sie mit Ross verband. Diese Verbindung verloren zu sehen, schmerzte sie mehr, als sie je für möglich gehalten hatte.

Sie zwang ihre Stimme auf ein emotionsloses Niveau und antwortete: »Also hast du dich schließlich doch scheiden lassen, wie ich es schon seit Jahren erwartet habe. Ich wundere mich allerdings, daß mein Anwalt mich nicht informiert hat, aber es ist ja nicht ungewöhnlich, daß Briefe verlorengehen.« Sie stellte den Teller mit Gebäck auf den Tisch und setzte sich dann wieder, wobei sie ihre Hände im Schoß verbarg, damit er ihr Zittern nicht bemerkte.

»Ich habe mich nicht scheiden lassen. Das britische Recht hat sich nicht geändert, und der einzige Grund ist immer noch Ehebruch.« Er rührte Zucker in seinen Kaffee, und ohne den Tonfall zu ändern, fuhr er fort: »Deine Reiseroute durch die Mittelmeerländer erzeugte eine Reihe von Gerüchten, und wenn nur ein Viertel davon wahr ist, hast du mir die Qual der Wahl, was die Vielzahl der Ehebrüche betrifft, überlassen. Wie auch immer, Scheidung ist eine häßliche, sehr öffentliche Sache, und ich wollte meiner Familie und mir so etwas nicht antun. Es hat schon einen stattlichen Skandal wegen unserer Hochzeit gegeben, und ich war Spottobjekt genug.« Obwohl Ross' Stimme immer noch ruhig und sanft war, konnte sie den Schmerz und den Zorn, der unter der Oberfläche pulsierte, heraushören.

Dies war einer der sehr seltenen Momente in ihrem Leben, in denen Juliet sprachlos war, als die unselige Mischung aus Schock und Schuldgefühl sie durchdrang. Sie holte tief Atem und versuchte sich auf das zu konzentrieren, was er kurz zuvor gesagt hatte.

»Wenn du dich nicht hast scheiden lassen, wieso sagst du dann, ich wäre nicht mehr Lady Ross Carlisle? Ich kann mir nicht denken, daß du die Ehe hast annullieren können.«

»Nein, das konnte ich nicht. Vom Gesetz her sind wir immer noch Mann und Frau.« Sein Blick war ironisch, als könnte er den Mahlstrom der Gefühle in ihr lesen, den er ausgelöst hatte. Ja, vielleicht konnte er es tatsächlich. »Mein Bruder starb im letzten Herbst und hat keine Söhne hinterlassen, also bist du jetzt die Marquise von Kilburn. Herzlichen Glückwunsch. Wenn wir beide lang genug leben, wirst du noch zur Duchesse von Windermere.«

Seltsamerweise war ihre erste Reaktion weder Erleichterung, daß sie noch immer verheiratet waren, noch Ärger, daß er sie absichtlich in die Irre geführt hatte. Statt dessen empfand sie nur Mitgefühl. »Es tut mir so leid, Ross.« Impulsiv legte sie ihre Hand auf seine. »Ich weiß, daß du niemals der Erbe sein wolltest.«

Obwohl seine Hand sich nicht bewegte, spürte sie, wie sich die Sehnen anspannten. Sehr vorsichtig, als wäre Ross eine scharfe Mine, zog sie ihre Finger zurück. »Oder hast du deine Ansicht geändert? Das, was wie ein Käfig ausgesehen hat, als du einundzwanzig warst, kann sich inzwischen durchaus in eine Belohung verwandelt haben. Die meisten Männer wären sicher nicht traurig darüber, eine Grafschaft zu erben.«

»Nein, ich habe meine Ansicht nicht ändert.« Ross seufzte und bedachte sie mit einem resignierten Lächeln. »Du warst der einzige Mensch, der das je verstanden hat. Wenn andere Leute davon hören, daß ich nun der Erbe bin, gratulieren sie mir immer ganz begeistert, als wäre es eine Leistung von mir, daß ich meinen Bruder überlebt habe.«

»Es ist schon eine Ironie des Schicksals, daß du nun alles bekommst, obwohl du es nicht wolltest. Dennoch, du wirst das Vermögen und den Einfluß der Windermeres besser einsetzen, als dein Bruder es getan hätte. Er hatte keine große Seele.« Nach einer sehr kurzen Pause, fuhr Juliet fort: »Natürlich ist es jetzt viel wichtiger, daß du einen Erben bekommst. Ich kann es dir nicht verübeln, daß du das Aufsehen einer Scheidung vermeiden willst. Deshalb: Wenn du dir eine andere Frau nehmen möchtest, dann schwöre ich dir, ich werde niemals nach England kommen, um dir in irgendwelcher Hinsicht Ärger zu bereiten.«

»Du bist zu lange im Orient gewesen, Juliet«, erwiderte er, während er eine Augenbraue hochzog. »Moslems mögen ja mehrere Frauen haben dürfen, aber in England ist das immer noch Bigamie und höchst illegal.«

»Das meinte ich doch nicht!« rief sie verzweifelt aus. »Du kannst mich für tot erklären lassen. Es würde dir bestimmt nicht schwerfallen, den englischen Behörden eine Art Beweis vorzulegen. Dann wärest du offiziell Witwer und dürftest ohne Skandal wieder heiraten.«

Er musterte sie nachdenklich. »Mein Vater hat immer gesagt, daß Frauen hemmungslos praktisch veranlagt sind, und er hat recht damit. Ehrlich gesagt, selbst wenn ich frei wäre, wieder zu heiraten, hätte ich weder den Mumm noch den Optimismus, es zu tun. Der alte Titel der Windermeres und das Vermögen kann meinetwegen auf einen meiner Vettern übergehen, wenn es soweit ist.« Er nickte düster. »Dennoch, ich danke dir für das Angebot. Wenn auch ziemlich verdreht, war es doch großzügig gemeint.«

Juliet kam sich plötzlich mächtig albern vor, als ihr einfiel, welche Konsequenzen aus ihrem impulsiven Vorschlag zum Beispiel für ihre Familie entstehen würden. Sie holte die Kaffeekanne und goß in beide Tassen etwas nach. »Und was hast du jetzt vor? Gehst du zurück nach Teheran? Nicht nach Herat, hoffe ich. Afghanistan ist im Moment sogar noch gefährlicher als gewöhnlich.«

»Weder noch.« Er wählte ein luftiges Stück Gebäck, das nach Kardamom duftete, und biß hinein. »Köstlich. Du hast wirklich eine gute Küche hier.« Mit einem zweiten

Bissen verschlang er das Gebäck. »Tatsächlich ist mein Ziel Buchara.«

Sie starrte ihn an. »Ich hoffe, das sollte ein Scherz sein. Für Europäer ist das der gefährlichste Fleck der Welt. Wenn du wirklich tiefer nach Zentralasien reisen mußt, dann begib dich nach Kokand oder Chiwa, wo du eine realistische Chance hast, lebendig nach Hause zurückzukehren.«

»Unglücklicherweise muß es Buchara sein.« Er wischte sich die Finger an der Serviette ab. »Das ist keine Vergnügungsreise, Juliet. Hast du etwas davon gehört, daß der Emir einen britischen Armeeoffizier gefangenhält?«

»Ich habe tatsächlich diverse Gerüchte gehört, aber auch, daß der Mann hingerichtet worden ist.«

»Vielleicht. Vielleicht auch nicht. Wie auch immer, ich will die Wahrheit herausfinden und dann zusehen, ob ich etwas unternehmen kann.«

Juliet biß sich betroffen auf die Unterlippe. »Das ist aber doch Sache der britischen Regierung, nicht deine. Du hast doch keinen offiziellen Status, oder?«

»Nein, was das betrifft – ich bin als Privatmann unterwegs.«

»Du mußt verrückt sein«, sagte sie direkt. »Wenn du einfach in den Palast reinmarschierst und den Emir bittest, seinen Gefangenen freizulassen, wirst du nur selber im Kerker oder tot enden.«

»Da hast du zweifellos recht«, stimmte Ross zu. »Wie auch immer . . . ich will es trotzdem versuchen. Die Mutter des Mannes hat mich darum gebeten, und ich konnte es ihr irgendwie nicht abschlagen.«

»Himmel, das hättest du aber tun sollen«, fauchte Juliet, entsetzt darüber, wie lässig er ihre Warnung wegwischte. »Heute nachmittag hast du noch gesagt, daß es niemandem nützen würde, wenn deine Diener ihr Leben opfern, weil sie ohne Chancen versuchen, deines zu retten. Das hier ist dasselbe, oder nein: Es ist noch viel schlimmer! Wenigstens hätten die Turkmenen dich nur zum Sklaven gemacht – wenn du nach Buchara gehst, bist du dagegen ein toter Mann. Die einzige Frage bleibt nur, ob du schnell sterben darfst oder Jahre in dem Schwarzen Brunnen vermoderst. Ross, begreif doch, es macht keinen Sinn, ein derartiges Risiko für einen Mann einzugehen, der bereits tot ist.«

»Diese zwei Situationen sind nicht vergleichbar«, entgegnete er sanft. »Zum einen steht es nicht fest, daß der britische Offizier exekutiert worden ist. Und wenn doch, dann kann ich vielleicht den Emir überreden, die Leiche freizugeben, damit ich sie seiner Familie zum Begräbnis übergeben kann.«

»Kein Zweifel, daß die Familie das zu schätzen wüßte, aber auch das ist es nicht wert, daß du dein Leben aufs Spiel setzt.«

Sein Blick traf ihren. »Nicht einmal, wenn der in Frage kommende Offizier dein Bruder Ian ist?«

Juliet rang nach Atem, als hätte man ihr einen heftigen Schlag verpaßt. »Lieber Himmel. Nicht Ian . . .«

Es war zuviel für sie. Am ganzen Körper zitternd, vergrub sie ihr Gesicht in den Händen. Vielleicht war dieser ganze Tag nur ein Alptraum, und sie würde morgen früh aufwachen und dem ganz normalen Leben in Serevan entgegenblicken. Oder noch besser: die letzten zwölf Jahre waren nichts als ein fiebriger Traum gewesen, und sie war immer noch in Chapelgate und lag sicher in der warmen Umarmung ihres Mannes.

»Oh, verdammt!« stieß Ross hilflos hervor.

Sie hörte, wie er aufstand und um den Tisch herumkam. Unendlich zart berührte er ihr Haar. »Es tut mir leid, Juliet. Ich hätte dir das nicht auf diese Art sagen dürfen.«

Instinktiv drehte sie sich um, und er legte die Arme um sie, als sie ihr Gesicht an seiner Brust barg. Die paar Momente, in denen sie mit den Tränen kämpfte, erlaubte sie sich den gefährlichen Trost seiner Umarmung. So lange schon hatte sie sich nach einer männlichen Berührung gesehnt. Nach Ross' Berührung.

Schließlich machte sie sich von ihm los, dies jedoch nicht so abrupt, daß er ihre Bewegung als Zurückweisung deuten konnte.

»Du mußt dich nicht entschuldigen«, meinte sie mit unsicherer Stimme. »Es gibt keine Art, wie man jemandem solche Nachrichten sanft beibringen kann.« Sie fuhr sich mit den Handrücken über die Augen. »Es scheint mir einfach unmöglich, daß es Ian nicht mehr gibt. Er war immer so voller Leben, so voller Freude. Ich habe immer gedacht, wenn irgendein Mensch unsterblich sein könnte, dann Ian.«

Ross kehrte zu seinem eigenen Stuhl zurück. »Ich möchte dir zwar keine falschen Hoffnungen machen, aber er besteht eine winzige Chance, daß er noch lebt.«

»Glaubst du das wirklich?«

Er zuckte die Schultern. »Wie ich schon sagte, es gibt eine geringe Chance. Während der ganzen Strecke von Konstantinopel habe ich jeden befragt, der behauptete, etwas zu wissen. Die Berichte waren ziemlich unschlüssig, meist aus dritter oder vierter Hand. In Teheran stieß ich zum erstenmal auf einen Mann, der meinte, er wäre tatsächlich Zeuge einer Exekution eines Ferengis vor ein paar Monaten gewesen, aber die Beschreibung paßte auf so gut wie jeden Europäer.«

»Selbst wenn es sich nicht um Ian handelte, dann bedeutet das längst nicht, daß mein Bruder noch lebt«, erwiderte sie unumwunden. »Er könnte im Kerker gestorben oder in der Zwischenzeit exekutiert worden sein. Und wenn du durch den wahnwitzigsten Zufall tatsächlich Buchara lebend erreichen solltest, dann gibt es keinerlei Grund anzunehmen, daß der Emir Ian freilassen würde – oder dich!«

»Nichtdestoweniger habe ich versprochen, mein Bestes zu geben, und das werde ich tun.«

Nun fiel ihr wieder ein, was er eben noch gesagt hatte. »Das hat alles meine Mutter ins Rollen gebracht, nicht wahr?« fragte Juliet mit einem angespannten Unterton.

Er nickte. »Ich traf sie in der britischen Botschaft in Konstantinopel. Sie versuchte dort erfolglos, Sir Stratford Canning zu überreden, irgend etwas durch die offiziellen Kanäle zu unternehmen.«

»Wenn Canning abgelehnt hat, geht die Regierung also von Ians Tod aus.« Juliets Lippen preßten sich aufeinander. »Verflixt, meine Mutter hatte kein Recht, dein Leben auf dieser sinnlosen Mission aufs Spiel zu setzen.«

»Sie ist überzeugt, daß Ian noch lebt und wir beide gesund nach Hause zurückkehren werden«, erklärte er mit einem winzigen amüsierten Funkeln in den Augen. »Und wer bin ich denn, daß ich weibliche Institution anfechten würde?«

»Ich hoffe doch schwer, daß du nicht ernsthaft irgendwelches Vertrauen in Mutters seltsame Institution setzt«, fauchte Juliet. »Um Gottes willen, Ross, gib diesen irrsinnigen Plan auf! Wo liegt denn der Sinn in einem Selbstmord?«

»Sei es, wie es sei, das Thema ist keine Frage zur Diskussion«, sagte er mit einer Entschlossenheit, die keinen Widerspruch mehr duldete. »Ich bin schon einmal in Buchara gewesen und habe es überlebt. Ich schaffe es noch einmal. Und wenn nicht« – er zuckte mit einem Fatalismus, der eines Asiaten würdig gewesen wäre, die Schultern – »dann soll es eben so sein.«

»Du warst schon einmal in Buchara? Aber . . .«

Er fiel ihr spöttisch ins Wort: »Bist du etwa überrascht, daß jemand so Gelehrtes und Biederes so eine Reise gewagt hat?«

Juliet errötete, denn sie wußte, sie konnte durch seine Provokation einen neuen Streit anfangen – und vielleicht war das genau der Grund, warum er diese Bemerkung gemacht hatte. Doch sie wollte sich nicht ablenken lassen, sondern die verschiedenen Möglichkeiten in Betracht ziehen. Sie würde es niemals schaffen, seine Absicht zu ändern – nicht, wenn er diesen verdammten Gesichtsausdruck aufgesetzt hatte, der besagte, daß er sein Wort als Gentleman gegeben hatte. Und obwohl die Versuchung groß war, konnte sie Ross nicht wirklich zu seinem eigenen Schutz einsperren.

Sie murmelte einen persischen Fluch, der einem die Haare zu Berge hätte stehen lassen können. Es gab nur eine einzige Möglichkeit, die seine Chance erhöhte, die Reise zu überleben.

»Also gut«, sagte sie mit ruhiger Bestimmung, die seiner in nichts nachstand. »Wenn du unbedingt darauf bestehst, nach Buchara zu reisen, dann gehe ich mit.«

Kapitel 5

VERDAMMT UND ZUGENÄHT und noch mal verdammt. Ross starrte seine Frau an und dachte, daß er es hätte kommen sehen müssen. »Auf gar keinen Fall.«

Sie hob unbeeindruckt die Augenbrauen. »Ich habe nicht um Erlaubnis gebeten, Ross. Ich gehe mit, und du hast keine Möglichkeit, mich davon abzuhalten. Du bist vielleicht durch Zentralasien gereist, aber ich habe neun Jahre hier gelebt. Ich kenne die Menschen und ihre Bräuche besser als du, und ich habe mehr Leute unter Befehl.«

»Sei nicht albern«, verlangte er heftig. »Du weißt, daß Frauen in diesem Land keine gesellschaftliche Stellung haben. Allein könntest du gar nichts ausrichten, und als meine Begleitung würdest du meine Lage nur verschlechtern. Meine Mission wird viel schwieriger sein, wenn ich mich nicht nur um meine, sondern auch noch um deine Sicherheit kümmern muß.«

»Heb dir deine Sorgen für dein eigenes Leben auf«, gab Juliet schlicht zurück. »Du riskierst viel mehr als ich, denn ich werde wohl kaum als Frau auftreten.«

Ross öffnete den Mund, dann schloß er ihn wieder. »Bei deiner Größe und mit der Tuareg-Tracht wirst du vermutlich als Targi durchgehen, wenn du keine größeren Fehler im Verhalten machst«, gab er widerwillig zu. »Obwohl die

Tracht in Zentralasien wohl ein wenig verdächtig ist, bist du damit auf jeden Fall sicherer als in der Rolle einer Ferengi-Frau. Doch das steht nicht zur Debatte. Ich sehe keinen Vorteil in deiner Begleitung, dafür jede Menge Nachteile. Um das Argument zu benutzen, das wir beide heute schon fast überstrapazierst haben: Du würdest dich sinnlos in große Gefahr begeben.«

»Man behauptet, daß Buchara eine Schlangengrube von Spitzeln und Informanten ist. Wenn ich mich dort als Moslem zeige, habe ich weitaus mehr Möglichkeiten, mich frei zu bewegen als du, und ich werde in der Lage sein, Dinge zu erfahren, die einem Ferengi niemals zu Ohren kommen würden.« Sie drehte gedankenverloren eine Strähne ihres Haares um den Finger. »Ich denke, es wäre am klügsten, wenn ich mich als dein Diener ausgebe.«

Ross hätte sich fast am letzten Rest Kaffee verschluckt. »Du als Diener?« fragte er ungläubig. »Ich kann mir eher vorstellen, daß du als Mann durchgehst, als daß du jemals etwas tun würdest, was dir ein anderer befiehlt.«

Juliet schenkte ihm ein unerwartetes Lächeln. »Touché. Ich gebe zu, daß es nicht gerade meine Stärke ist, Befehle zu befolgen, aber ich bin kein Narr. Wenn unser Leben auf dem Spiel steht, werde ich ein Muster an Gehorsam abgeben.«

Warum mußte sie ihn auch immer wieder mit solchen Anflügen unwiderstehlichen Charmes überrumpeln? Alles wäre viel leichter zu ertragen, wenn Juliet ein Miststück wäre. Allerdings hätte Ross sie niemals geheiratet, wenn dem so gewesen wäre – statt dessen war sie schlichtweg unmöglich.

»Es interessiert mich nicht, ob du Befehle wie ein abgerichteter Schießhund befolgen kannst. Ich nehme dich unter gar keinen Umständen als Diener nach Buchara mit.«

»Du bist ziemlich unvernünftig«, gab sie geduldig zurück. »Die Männer, die du in Teheran angeheuert hast, mögen ja Heilige und Helden sein, aber du kennst sie erst ein paar Wochen lang, und du hast keine Möglichkeit, sich ihrer Loyalität sicher zu sein. Ganz bestimmt haben sie sich heute nicht besonders hervorgetan, indem sie dich mit den Turkmenen alleine ließen. Du kannst dir bei mir wenigstens sicher sein, daß ich dich im Falle einer Gefahr nicht im Stich lasse oder dich betrüge.«

Mit absichtlicher Grausamkeit betonte er: »Dir vertrauen, mich nicht zu betrügen? In Anbetracht der Berichte und Gerüchte der vergangenen Jahre müßte ich ja verrückt sein, das zu tun.«

Aus Juliets Gesicht wich alle Farbe, wodurch die blassen Sommersprossen auf ihrer Nase deutlicher hervortraten. »Offenbar war es ein Fehler von dir, mir deine Ehre anzuvertrauen«, erwiderte sie mit kaum hörbarer Stimme. »Dein Leben kannst du mir aber anvertrauen, und das weißt du.«

Trotz seiner harschen Worte glaubte Ross, was Juliet sagte. Vielleicht hatte sie die Versprechen der Ehe verraten, aber sie würde niemals feige oder hinterhältig werden, am wenigsten, wenn es um das Leben ihres Bruders ging. Und um ihrer Ehre willen, wenn schon nicht aus Zuneigung zu ihm, würde sie sicher nichts unternehmen, was ihren Mann gefährden könnte.

Trotzdem war es undenkbar, ihren Vorschlag anzunehmen. Ross hatte sich nie viel Gedanken über ein Leben nach dem Tod gemacht, aber er wußte, daß es der Hölle schon recht nah kommen würde, wenn er einige Monate in nächster Nähe mit seiner Frau verbringen würde.

»Ich kann dich nicht davon abhalten zu gehen«, sagte er nun müde. »Aber du kannst mich auch nicht zwingen, dich als Diener zu akzeptieren.«

»Dann gehe ich an deiner Stelle«, schlug sie vor, ohne

sich durch seinen Tonfall verunsichern zu lassen. »Und ich finde, genauso sollte es sein. Ian ist mein Bruder, nicht deiner, und du hast durch die Camerons schon genug durchmachen müssen.«

Als ihr herausfordernder Blick seinen traf, veränderte sich die Atmosphäre, und das Gewicht verschob sich von der Mission nach Buchara zu der Beziehung Ross und Juliet. Der Zorn und die Spannung, die zwischen den beiden pulsierte, drang aus einer offenen, schwelenden Wunde: ihre gescheiterte Ehe. Und nun war es Zeit, das Thema direkt anzusprechen.

»Wenn wir beide entschlossen sind, nach Buchara zu gehen, haben wir vermutlich eine größere Chance zu überleben, wenn wir zusammenarbeiten«, sagte Ross mit rauher Stimme. »Aber das können wir nicht, wenn wir nicht endlich aufhören, einander zu provozieren. Seit wir uns getroffen haben, kämpfen wir gegeneinander und versuchen, bei dem anderen eine Schwäche zu entdecken.«

»Du hast recht.« Juliet seufzte. »Ich bin nicht besonders stolz auf mein Benehmen, und deine Leistung war auch nicht die beste. Wir sollten einen Waffenstillstand schließen.«

Doch bevor das geschah, mußte Ross erst eine Antwort auf die Frage bekommen, die ihn seit zwölf Jahren quälte. »Warum hast du mich verlassen, Juliet? Hast du dich in einen anderen verliebt?«

Sie senkte den Blick. »Nein«, antwortete sie mit ebenso ruhiger Stimme. »Es hat keinen anderen gegeben.«

Er wartete darauf, daß sie mehr sagte. Als das nicht geschah, bemerkte er nachdenklich: »Da wir ja praktisch unablässig zusammen waren, nehme ich an, du hattest auch gar keine Zeit dazu, dich in jemand anderen zu verlieben. Also, wenn du nicht wegen eines Liebhabers weggerannt bist, lag es dann daran, daß du dich nicht dein ganzes Leben nur auf einen Mann konzentrieren konntest und daß du zu aufrichtig warst, zu bleiben und eventuell Ehebruch zu begehen?« In Anbetracht von Juliets Sinnlichkeit und der nachfolgenden Affären hatte er das bisher für die wahrscheinlichste Erklärung gehalten.

»Ich weiß nicht, ob ich geschmeichelt sein soll, weil du mich für so aufrichtig hältst, oder beleidigt, da du meiner Moral offenbar nichts zutraust«, sagte sie mit gepreßter Stimme. »Nein, Ross, es gab außer Sex noch andere Gründe, um die Ehe zu beenden. Ich habe dich nicht verlassen, um dem Sirenengesang der Promiskuität zu folgen.«

»Aber warum *hast* du mich dann verlassen?« Er versuchte, seiner Stimme einen neutralen Klang zu geben, als würde ihn die Sache nicht wirklich betreffen, und fuhr fort: »Ich war glücklich, und du wirktest ebenso. Wir hatten nur wenige Meinungsverschiedenheiten, und wenigstens für mich waren die nicht ernst zu nehmen. Was habe ich getan, was so unverzeihlich war?«

Ihre Augen, verletzlich und gequält, begegneten seinem Blick. »Du hast nichts falsch gemacht, Ross. Gar nichts. Ich war das Problem. Ich hätte niemals heiraten dürfen, weder dich noch sonst jemanden.« Sie stieß ihren Stuhl vom Tisch ab und stand auf, dann entfernte sie sich aus dem Lichtkegel der Lampe. »Das war es, was ich in dem Brief erklären wollte, den ich dir hinterlassen habe. Ich habe offenbar keine besonders gute Arbeit geleistet, sonst würdest du dich nicht mehr nach dem Warum fragen.«

Unfähig, die Bitterkeit aus seiner Stimme zu halten, entgegnete er: »Ich hielt dir zugute, daß du meine Gefühle nicht verletzen wolltest, aber trotz deiner Erklärungen war es schwer, dein Fortlaufen nicht persönlich zu nehmen. Tatsächlich war es mir unmöglich – besonders, nachdem du so schnell mit dem Scheidungsvorschlag warst. England ist voll von schlecht funktionierenden

Ehen, aber das Parlament gewährt vielleicht gerade mal eine Scheidung pro Jahr. Es schien, als konntest du es kaum erwarten, mich loszuwerden.«

Sie wandte sich zu ihm um, doch er konnte ihr beschattetes Gesicht nicht deuten. »Es tut mir leid, daß du es so aufgefaßt hast. Ich schwöre, daß es niemals jemanden gegeben hat, der mir soviel bedeutet hat wie du. Ich habe die Scheidung vorgeschlagen, damit du für eine andere Frau frei sein würdest. Eine bessere Frau – eine, die dich glücklich machen könnte.«

Aber er hatte niemals eine andere Frau gewollt. Er holte tief Atem und fragte erneut: »Wenn du mich also weder wegen einer anderen Liebe noch deshalb verlassen hast, weil du mich verachtetest – warum dann? Warum bist du gegangen? Bitte, gib mir eine direkte Antwort, Juliet. Ich muß es wissen.«

Sie schwieg eine lange Weile, bevor sie mit einem Kloß in der Kehle antworten konnte. »Die simple, unverhüllte Wahrheit ist, daß ich befürchtet habe, ich könnte an deiner Seite alles verlieren, was immer mich ausmacht. Ich glaube, ich kann es dir einfach nicht besser erklären.«

Langsam ließ Ross den Atem heraus, den er unwillkürlich angehalten hatte. Wahrscheinlich lag Wahrheit in ihren Worten, obwohl er bezweifelte, daß sie simpel oder unverhüllt sein sollte.

Nun, da sie ihm durch ihr ausweichendes Verhalten eine Art Antwort gegeben hatte, gab es noch eine andere Sache, die angesprochen werden mußte, bevor er eine strapaziöse, gefährliche Reise mit ihr unternehmen konnte. Ross ging durch den Raum und blieb nur eine Armeslänge vor Juliet stehen, so nah, daß er die Wärme, die ihr Körper ausstrahlte, durch die kühle Abendluft spüren konnte. Ihre schmale Gestalt hob sich anmutig im dämmrigen Licht ab und wirkte wie ein Traumbild. Aus zehntausend Träumen.

»Da ist noch etwas, das ich wissen muß, bevor wir einen Waffenstillstand schließen«, murmelte er.

Ihr Schal war heruntergerutscht und enthüllte die Blässe ihrer Haut. Als der schwache erotische Duft nach Lavendel zu ihm herüberdrang, legte er seine Hände auf ihre Schultern und zog sie an sich. Aufreizend langsam glitten seine Finger unter das gewaltige turkmenische Schmuckstück, um die nackte glatte Haut unter ihrem Schlüsselbein zu liebkosen.

Juliet versuchte nicht, dem Kuß auszuweichen. Mit einem kleinen Seufzer hieß ihr Mund den seinen willkommen, und ihr geschmeidiger Körper schmolz hilflos an seinem, als er die Arme um sie legte.

Zwölf Jahre lösten sich in einem Herzschlag auf, und was ein fragender, herausfordernder Kuß sein sollte, wurde zu einem ganzen Universum der Empfindungen. Juliets Geschmack und das Gefühl ihrer Haut waren ihm so vertraut wie sein eigener Körper und begehrenswerter als ewiges Leben. Seine Hände glitten über die ihm so bekannten Rundungen ihrer Hüften, und durch den Stoff des Seidenkleides spürte er, wie ihre festen Muskeln sich bewegten, als sie sich an ihn preßte. Denn sie tat mehr, als seine Berührung nur passiv zu erdulden – sie reagierte mit wilder Sehnsucht, und ihre Hände und ihr Mund bewegten sich rastlos und fordernd, als wäre dies der einzige Augenblick, den sie jemals haben würden.

Und nur zu schnell war der Moment vorbei. Abrupt machte sie sich von ihm los. Ihr ganzer Körper bebte, und ihre Augen waren verschleiert, als sie flüsterte: »Nein, Ross, das nicht. Nie wieder!«

»Warum nicht? Unsere Ehe war nicht nur schlecht.«

Ross hob die Hand und ließ seine Finger sanft über ihre Wange gleiten. »Weißt du denn nicht mehr?«

»O doch«, sagte sie mit brechender Stimme. »Und ich wünschte, ich würde es nicht tun.«

Seine Hand fiel herunter. Einen Augenblick blieb Juliet starr wie eine Skulptur stehen. Dann, befreit von dem Zauber, der sie beide einen kurzen Moment aneinander gebunden hatte, wandte sie sich ab und nahm eine der Lampen auf. Mit beherrschten Bewegungen verließ sie das Zimmer, ohne sich noch einmal umzudrehen.

Einen Augenblick schloß Ross die Augen und sagte sich, daß er an unerfüllter Begierde nicht sterben würde, obwohl er es sich kurzfristig wünschte. Und er hatte in zwölf langen Jahren gelernt, daß auch Zurückweisung nicht tödlich war.

Absichtlich konzentrierte er seine Sinne auf die Prellungen und Abschürfungen, die seinen Körper übersähten, denn er wußte, daß der Schmerz besser zu ertragen sein würde als das, was er in diesem Moment empfand. Und doch, obwohl jeder Muskel, jeder Knochen und jede Sehne weh tat, konnte er die Begegnung mit den Turkmenen doch immer noch nur als reines Vergnügen betrachten, verglichen mit dem Abendessen mit seiner verloren geglaubten Frau. Es schien ihm unglaublich, daß erst ein paar Stunden vergangen waren, seit sie sich wiedergetroffen hatten, denn er fühlte sich, als wäre er in diesem halben Tag mindestens ein halbes Jahrhundert gealtert.

Mit gewaltiger Anstrengung begann er, den vertrauten Prozeß der Distanzierung zu aktivieren, die ihm erlauben würde, wieder vernünftig zu funktionieren. Er war sehr talentiert darin, sich geistig von seinen Emotionen zu lösen, und bald hatte er sie weit genug beiseite geschoben, um eine Art Bewunderung für Juliets konsequente Gründlichkeit zu empfinden. Mit nur sehr wenigen Worten war es ihr gelungen, ihn nicht nur in der Gegenwart zurückzuweisen, sondern auch alles zu leugnen, was sie in der Vergangenheit besessen hatte. Eine wirklich effiziente Frau, seine Juliet.

Mechanisch löschte Ross alle Lampen außer einer aus, nahm diese letzte und verließ das Arbeitszimmer. Obwohl er sich alles genau angesehen hatte, als man ihn zum Essen geleitet hatte, konnte man sich leicht verlaufen, und es kostete ihn einige Zeit, um den Weg zurückzufinden. Während er die langen, kargen Korridore des alten Palastes entlangging, beschäftigte sich der gelehrte, organisierte Teil seines Verstandes eifrig damit, die Ereignisse zu analysieren.

Obwohl ihm die Sehnsucht nach fernen Ländern durchaus angeboren zu sein schien, wußte Ross, daß ein Grund für seine rastlosen Fahrten die vage Hoffnung war, daß er Juliet eines Tages wiederfinden würde. Nicht unbedingt aus Liebe, schon gar nicht aus Haß, sondern eher durch das zehrende Gefühl der Unvollständigkeit, das sie zurückgelassen hatte.

Heute hatte er sie durch reinen Zufall gefunden, und als Ergebnis hatte sich die Tür zur Vergangenheit unwiderbringlich geschlossen. Unsinnigerweise hatte er im stillen geglaubt, sie wäre vielleicht aus einem Impuls heraus weggelaufen und hätte einfach nicht gewußt, wie sie wieder nach Hause kommen sollte. Und wenn sie sich wiedertreffen würden, hätte es vielleicht eine Chance gegeben, noch einmal neu zu beginnen.

Nun war diese schwache, niemals ganz eingestandene Möglichkeit gestorben. Aus. Vorbei. Als er schließlich sein Zimmer erreichte, war Ross soweit, mit einem quälenden Verdacht zu kämpfen, den er gerne weit von sich weisen wollte, es aber nicht konnte: Daß ihm die Fähigkeit fehlen konnte, die Liebe einer Frau zu erwecken oder zu erhalten.

Er konnte lieben und von Familie und Freunden geliebt werden, aber was immer es brauchte, um eine tiefe Beziehung zwischen Mann und Frau zu entwickeln, schien ihm abzugehen.

Durch seine hohe Geburt und sein Vermögen wäre es Ross nie schwergefallen, eine Frau, die ein langweiliges Gesellschaftsmäuschen darstellte, zu finden und zu halten. Aber Ross wollte mehr als das – er hatte sich immer eine Frau gewünscht, die sein Gegenstück war, eine Gefährtin in jeder Situation. Seine Eltern hatten eine solche Partnerschaft, und er hatte das für normal gehalten, bis er begonnen hatte, mehr von der Welt zu sehen. Da hatte er erkannt, wie viele verschiedene Formen der Ehe es gab. Und die meisten davon gefielen ihm gar nicht.

Es hatte nur zwei Frauen gegeben, mit denen er sich eine Ehe vorstellen konnte. Die eine davon war seine Cousine Sara. Als sie Kinder gewesen waren, hatte er sie immer als seine zweite Hälfte betrachtet, sie hatte in ihm jedoch nie mehr als eine Art Bruder gesehen.

Anfangs war Juliet anders als Sara gewesen. Im Glauben, ihn zu lieben, hatte sie sich ihm mit absolutem, unkritischem Vertrauen hingegeben. Für Ross war ihre Nähe wie eine Droge und ein unglaubliches Geschenk gewesen, genau so, wie er es sich immer erhofft hatte. Doch dann, nach einigen Monaten, hatte sich alles verändert. Ihre angeborene fröhliche Natur war plötzlich gedämpft gewesen, und sie hatte ihn mit verlorenen, traurigen Augen angesehen.

Er hatte gewußt, daß etwas nicht stimmte, aber er hatte nicht erkannt, daß ihre Liebe zu ihm erstarb. Oder vielleicht hatte Juliet ihn niemals wirklich geliebt: Einmal war er davon überzeugt gewesen, aber nachdem sie ihn verlassen hatte, war er sich nie wieder ganz sicher gewesen.

Sie hatten zu streiten begonnen, gewöhnlich über die

Reise in den Mittleren Osten, die sie planten. Juliet war so begierig gewesen, abzureisen, aber Ross hatte gezögert, weil sein heißgeliebter Pate krank war. Sie hatte ihm scharfzüngige Kommentare über seine Verzögerungstaktiken an den Kopf geworfen, wahrscheinlich weil sie befürchtet hatte, sie würde letztendlich doch nicht reisen. Dann hatte er den Fehler gemacht, seinen Paten zu besuchen, wobei er Juliet zu Hause ließ, weil es ihr angeblich nicht gutging. Als er zurückkam, war sie fort.

Aus der Position seines jetzigen Alters heraus konnte er leicht sehen, daß Juliets Jugend und ihre Unerfahrenheit sie dazu verleitet hatten, Leidenschaft mit Liebe zu verwechseln. Er hatte sie in eine Ehe gedrängt, bevor sie Zeit für Zweifel gehabt hatte, aber es hatte nicht lange gedauert, bis sie ihren Fehlern erkannte. Jede andere Frau wäre um seines Vermögens und seines Besitzes willen bei ihm geblieben, nicht jedoch Juliet. Und obwohl sie ihm heute abend mit ungeschickter Galanterie verdeutlicht hatte, daß das Scheitern ihrer Ehe nicht sein Fehler gewesen war, wußte er es doch besser.

Natürlich hatte es in den letzten Jahren gelegentlich Frauen in Ross' Leben gegeben, wenn er so ausgehungert nach körperlicher Nähe gewesen war, daß er das Bedürfnis nicht länger bezwingen konnte. Doch keine der angenehmen, nonchalanten Frauen, die er aufgesucht hatte, war jemals in ihn verliebt gewesen. Zwar war er immer dankbar dafür gewesen, doch nun war diese Tatsache nur eine Bestätigung dafür, daß es seiner Natur an etwas fehlte.

Erst jetzt wurde er sich bewußt, daß er in seinen Räumen angekommen war und reglos in der Mitte seines Schlafzimmers stand. Nachdem er die Lampe abgestellt hatte, streifte er seine Kleider ab, warf sie achtlos über den Diwan und löschte dann das Licht. In einem seltsamen Zustand der Taubheit legte er sich auf die dicke baumwollgefüllte Matratze nieder und zog die Laken über sich.

Es war . . . interessant gewesen, festzustellen, daß das Verlangen, das Juliet in ihm immer geweckt hatte, noch genauso mächtig war, wie er es in Erinnerung hatte. Noch mächtiger, wenn er ehrlich war. Die Zeit hatte die Grenze zwischen Erinnerung und Traum verwischt, bis die Umarmung des heutigen Abends die Realität mit erschreckender Macht wieder zurechtgerückt hatte.

Noch interessanter war allerdings die Tatsache, daß auch Juliet ein Verlangen gespürt hatte, obwohl nicht stark genug, um ihren Widerstand gegen ihn zu überwinden. Es war klar, daß der Wunsch, ihm nie begegnet zu sein, den Juliet in ihr Tagebuch geschrieben hatte, nicht aus einem augenblicklichen Zorn heraus entstanden war. Ja, es wäre für beide besser gewesen, wenn sie sich niemals kennengelernt hätten. Trotz ihrer Leidenschaft, trotz des Lachens, der Gespräche und ihrem Verständnis füreinander, das sie kurze Zeit vor so vielen Jahren geteilt hatten, waren sie sich im Herzen doch immer fremd geblieben – und nun würden sie es auch für immer bleiben.

Eine Flasche Rotwein für zwei hätte früher in England keinesfalls exzessiv gewirkt, aber als Juliet jetzt ihren Körper aus den Laken befreite, erkannte sie, daß es dennoch ein verhängnisvoller Fehler gewesen war. Nicht daß einer von ihnen betrunken gewesen wäre – aber sie hatte praktisch überhaupt nicht mehr getrunken, seit sie im Islam lebte, und Ross, der gewöhnlich einiges vertragen konnte, hatte wahrscheinlich seit Monaten keinen Tropfen mehr angerührt. Und so waren zwei Gläser genug gewesen, die Zurückhaltung bis zu dem Punkt zu lockern, daß er sie küssen wollte – und sie war Närrin genug gewesen, ihn zu lassen.

Ihn zu lassen. Mit einem freudlosen Lachen rollte sie sich auf die Seite und vergrub das Gesicht in den Kissen. Sie hatte ihn nicht nur ermutigt, sie hatte ihn regelrecht verführt. Noch ein halbes Glas Wein mehr, und sie hätte es vermutlich tatsächlich gemacht. Und, lieber Gott, sie wünschte, sie *hätte* es getan! Morgen früh würde sie froh sein, daß sie sich beherrscht hatte, aber im Augenblick fühlte sie nur das Verlangen, das durch ihren Körper strömte.

All die verdrängten Erinnerungen an das Liebesspiel – Geschmack, das Gefühl, ihn zu sehen, zu riechen und zu hören – waren unter Ross' Umarmung mit aller Gewalt hervorgebrochen. Wenn sie es versucht hätte, konnte sie bestimmt jedes einzelne Mal aufzählen und beschreiben, das sie sich geliebt hatten. Und da gab es viel zu erzählen, denn obwohl sie nur sechs Monate zusammengelebt hatten, waren sie beide jung und leidenschaftlich verliebt ineinander gewesen.

Eine ihrer lebhaftesten und sinnlichsten Erinnerungen war die an ihre Hochzeitsnacht. Die Hochzeit selbst war nicht groß gewesen, denn sie hatten nicht warten wollen, bis eine aufwendige Feier arrangiert werden konnte. Tatsächlich hatte Juliet in ihrer Verlobungszeit einmal vorgeschlagen, daß sie doch lieber dem schottischen Brauch nachkommen sollten, nur gemeinsam über ein Schwert zu springen, damit sie nicht noch länger ausharren mußten. Aber sie warteten dennoch, weniger aus moralischem Anstand als aus der Schwierigkeit heraus, ein stilles Plätzchen zu finden, wo sie unentdeckt Liebe machen konnten.

Die Zeremonie hatte in Schottland in der Dorfkapelle des Landstriches von Juliets Onkel stattgefunden. Dann war das junge Paar zu einer Jagdhütte in der Nähe gefahren, die einem Freund des Duke of Windermere gehörte. Und dort waren sie endlich allein gewesen, denn die Dienerschaft war freundlich genug, nicht ein Paar zu stören, das frisch verheiratet war.

Nachdem sie ein leichtes Abendessen zu sich genommen hatten, hatte Ross Juliet Zeit gegeben, sich zu waschen, umzuziehen und sich bereit zu machen. Es war ihr unendlich peinlich, aber obwohl sie sich wochenlang auf diese Nacht gefreut hatte, war sie plötzlich einem Zusammenbruch nah gewesen. Als ihr frischgebackener Ehemann schließlich ins Schlafzimmer gekommen war, hatte sie nicht freudig in dem massiven Bett gewartet, sondern hatte statt dessen zusammengekauert auf dem Fensterplatz gesessen. Mit den Armen hatte sie fest ihre angezogenen Knie umklammert.

Ross war an ihre Seite getreten. Während er hinaus auf die Mondsichel geblickt hatte, die am samtschwarzen Nachthimmel hing, hatte er ihr einen Arm um die Schultern gelegt und gefragt: »Kalt?«

Sie hatte den Kopf geschüttelt.

Er hatte ihren Nacken gestreichelt, und seine warme Hand hatte wunderbar ihre verspannten Muskeln gelokkert. »Nervös?«

Sie hatte heftig geschluckt und zu ihm aufgesehen. »Alle sagen, wir sind zu jung. Vielleicht haben sie recht gehabt!«

»Nein«, hatte er schlicht geantwortet. Dann hatte er sich niedergebeugt und sie auf seine Arme genommen. Überrascht hatte sie sich an ihn geklammert, um nicht das Gleichgewicht zu verlieren, während er sich auf das Bänkchen gesetzt und sie auf seinem Schoß plaziert hatte.

»Sie, wer immer *sie* auch sein mögen«, fuhr er fort, »haben unrecht. Ich liebe dich, und du liebst mich. Das Alter hat nichts damit zu tun.«

Bei seiner ruhigen Zuversicht waren ihre eigenen Zweifel geschwunden. Vielleicht war sie jung und flatterhaft, Ross war es aber nicht. Er war stark und gefestigt und klug – alles, was sie nicht war.

Dann hatte sie sich in seinen Armen wie ein Kätzchen entspannt und ihr Gesicht in seine Halsbeuge gepreßt. Mit weicher tiefer Stimme hatte er ihr ausgemalt, was sie alles zusammen tun würden, wohin sie reisen würden, was sie alles noch entdecken würden. Und die ganze Zeit hatte er sie leicht, zart und unendlich beruhigend gestreichelt.

Obwohl sie beide ungeduldig auf diese Nacht gewartet hatten, war nun, da sie endlich gekommen war, keine Eile nötig. Juliet war sich wie ein Instrument vorgekommen, das von einem virtuosen Künstler gespielt wurde, als Ross ihren Körper zärtlich erforscht und sie ermutigt hatte, dasselbe mit seinem zu tun. Schüchtern hatte sie damit begonnen, die Hand in seinen Hausmantel gleiten zu lassen, um festzustellen, daß seine warme Brust mit herrlichen Haaren bedeckt war. Sie hatte seinen Herzschlag unter ihrer Handfläche gespürt und war bewegt und freudig überrascht gewesen, als er sich unter ihrer Berührung beschleunigte.

Als er sie endlich zum Bett getragen hatte, war ihre ganze Nervosität dahingeschmolzen. Ihre Mutter hatte ihr angedeutet, daß es beim ersten Mal weh tun würde, und Juliet war darauf gefaßt gewesen, doch als sie sich schließlich vereinten, hatte sie keinen Schmerz gefühlt. Statt dessen hatte sie nur ein seltsames Befremden über den Strom der unbekannten Sensationen empfunden, der sie überflutete.

Es war eine magische Nacht gewesen, und sie hatte gedacht, daß nichts jemals schöner sein konnte. Doch die folgenden Nächte waren noch besser gewesen, denn sie hatten sich immer mehr auf die Bedürfnisse und Reaktionen des anderen eingestellt. Es war ein wunderschöner Traum gewesen, bis sie erkannte, was mit ihr geschah. Und da war ihre Welt voller Entsetzen gewesen.

Juliet konnte sich nur ganz allein die Schuld dafür geben. Hätte sie einen stärkeren Charakter besessen, wäre sie in England geblieben. Statt dessen hatte sie aus Furcht ihr eigenes Leben zerstört. Und schlimmer noch: Sie hatte ihren Mann schrecklich verletzt – bis zum heutigen Abend war ihr nicht bewußt gewesen, wie sehr. Obwohl sie geahnt hatte, daß ihr Verschwinden ihm Kummer bereiten würde, hatte sie auf seine Gelassenheit und seine zuversichtliche Stärke gehofft, die es ihm möglich machen würde, sie zu vergessen und sich rasch zu erholen.

Aber er hatte sich nicht wirklich erholt. Weshalb sonst hätte er sonst bemerken sollen, daß er weder die Lust noch den Optimismus dazu besäße, eine andere Frau zu nehmen? Als sie geheiratet hatten, hatte er die Lust und den Optimismus für alles besessen. Vielleicht hätte sie einen tödlichen Unfall inszenieren sollen, statt einfach davonzulaufen. Wenn sie gestorben wäre, hätte Ross ihren Tod anständig betrauern und dann sein Leben wieder in Angriff nehmen können.

Aber sie *war* davongelaufen und hatte fast sofort erkannt, daß sie vom Regen in die Traufe geraten war. Verschreckt und einsamer als je zuvor, wäre sie glücklich mit Ross nach Hause zurückgekehrt, wenn er ihr nur hinterhergekommen und sie geholt hätte. Aber er war nicht gekommen, und kurz darauf hatte sie jenen vernichtenden Fehler begangen, der jede Chance auf seine Vergebung ein für alle Male zerstört hatte.

Juliet frage sich, was für schmutzige Geschichten wohl England erreicht hatten – vermutlich Gerüchte über wilde Orgien, an denen sie teilgenommen hatte oder etwas Ähnliches. Natürlich waren sie nicht wahr, aber sie hatten wohl gereicht, um Ross zu der Überzeugung zu bringen, daß sie es nicht wert war, hinter ihr herzujagen.

Eine andere Sache, die sie bis zu diesem Abend nicht wirklich begriffen hatte, war, wie sehr es seinen Stolz verletzt haben mußte, von seiner Frau verlassen worden zu sein. Ein zurückgezogener Mensch wie Ross mußte es ja verabscheuen, Mittelpunkt von Klatsch und Tratsch zu werden. Für sie war es leichter gewesen, da sie die respektable Gesellschaft hinter sich gelassen hatte. Sie war nicht mit vielsagenden höhnischen Blicken von Bekannten konfrontiert worden.

Wie mochte er nun über sie denken – oder für sie empfinden? Ross hatte heute abend mit ihr schlafen wollen, oder hatte er sie nur aus reiner Neugier geküßt? Sie nahm an, daß es so oder so auf das eine hinauslief. Wenn sie nun in sein Zimmer ginge und unter seine Decke glitt, würde er sie wahrscheinlich in seine Arme ziehen, denn es sah so aus, als fände er sie immer noch attraktiv. Es wäre sicher nicht dieselbe Leidenschaft wie damals, als sie sich geliebt und vertraut hatten, doch es würde wahrscheinlich dennoch körperlich ausgesprochen befriedigend werden.

Wie schade, daß sie ihren Körper nicht von ihren Gefühlen trennen konnte! Körperliche Nähe mit ihm war nur auf Kosten emotionaler Vernichtung möglich. Wenn sie und Ross wieder zu Liebhabern wurden, würde sie das Ende dieser Affäre nicht überleben. Und ein Ende würde sie zweifellos haben, da die Probleme nicht beseitigt waren.

Erst jetzt bemerkte Juliet, daß sie sich auf der Seite zusammengerollt hatte und ihr Kissen wie etwas Lebensrettendes an ihre Brust preßte. Ein Zipfel war feucht von Tränen. Mit einem tiefen Atemzug legte sie sich auf den Rücken und zwang sich, zu entspannen.

Sie mußte sich unter Kontrolle halten, oder die Reise nach Buchara würde katastrophale Auswirkungen haben.

Um die Strecke durchzustehen, würden Ross und sie sehr effektiv und ohne Zweifel oder Vorwürfe zusammenarbeiten müssen. Sie durfte ihn nicht wie einen liebeskranken Blaustrumpf bejammern, sondern mußte alles tun, was nötig war, um ihn zu unterstützen. Und Ian, wenn er noch lebte. Und wenn sie wieder sicher und gesund in Serevan waren, mußte sie die Würde und die Weisheit aufbringen, ihren Mann einmal mehr gehen zu lassen.

Kapitel 6

Am nächsten Morgen wachte Ross aus seinem unruhigen Schlaf auf und fühlte sich wie der Überlebende eines Schiffbruchs. Aber er *hatte* überlebt, und verglichen damit, sich seine eigenen Mäkel einzugestehen und sich ihnen zu stellen, würde es ein leichtes sein, dem Emir von Buchara gegenüberzutreten.

Er hatte sich gerade angezogen, als ein Diener eintrat und ihn zum Frühstück rief. Ross folgte ihm widerwillig, grübelnd, ob man ihn zu Juliet bringen würde, doch zu seiner Erleichterung saß nur der alte Usbeke, der offenbar eine Art Aufseher Serevans war, an dem niedrigen Tisch des sonnendurchfluteten Eßzimmer.

Der Usbeke trug einen weißen Turban und eine leuchtend gemusterte Robe aus dem gewebten Seidenmaterial, das man *ikat* nennt. Als Ross den Raum betrat, neigte er höflich den Kopf zum Gruß.

»Salam aleikum, mein Herr«, sagte er mit den traditionellen Worten, die Frieden wünschten. »Ich bin Saleh, demütigster Diener von Gul-i Sahari. Bitte vergib mir, daß ich mich nicht erhebe, um zu begrüßen, doch meine Knie sind alt und zittrig und sie protestieren, wenn ich sie zu oft beanspruche.«

Ross ließ sich mit der Anmut der langen Erfahrung mit

gekreuzten Beinen auf einem Kissen am Tisch nieder. »Aleikum salam«, gab er den frommen Wunsch zurück. »Ich fühle mich höchst geehrt, daß du einen vagabundierenden Reisenden bittest, Brot und Salz mit dir zu teilen. Ich wäre untröstlich, wenn deine Knie darunter zu leiden hätten.«

Saleh lachte, und seine Augen funkelten hell und neugierig in seinem bärtigen Gesicht. Es war deutlich, daß er etwas zu besprechen hatte, versorgte zunächst jedoch seinen Gast mit Tee, Käse und frischem Brot.

Als Ross zu Ende gegessen hatte und an einer weiteren Tasse Tee nippte, begann Saleh: »Ihr sprecht sehr gut Persisch, mein Herr.«

»Die Schönheit eurer Sprache belohnt das Studium.« Und wie die meisten orientalischen Sprachen machte es blumige Floskeln möglich. Ross wechselte auf Usbekisch um und setzte hinzu: »Aber wenn du es vorziehst, können wir eine andere Sprache benutzen.«

Salehs Miene hellte sich auf. »Ah, du sprichst die Sprache meiner Heimat. Das wird in Buchara von großem Nutzen sein.«

Ross warf ihm einen scharfen Blick zu. »Juliet – oder vielmehr Gul-i Sahari – hat dir schon davon erzählt?«

»Ja. Heute morgen sagte sie mir, daß ihr Bruder vom Emir gefangengenommen worden ist und daß ihr beide dorthin reisen werdet, um sein Schicksal zu erfahren.« Saleh nahm sich einen Pfirsich und begann, ihn mit einem schmalen Messer in einem einzigen Streifen zu schälen. »Ich habe über die Sache nachgedacht und finde, daß ich mitgehen sollte.«

Ross hob die Augenbrauen und fragte sich einen Augenblick, ob sich wohl letztendlich jedermann in Serevan entschließen würde, mitzugehen. Nun, ein Mann, der in Buchara geboren war, konnte wirklich nützlich sein. »Die

Strecke ist lang, beschwerlich und voller Gefahren. Bist du sicher, daß du es tun willst?«

»Eigentlich nicht.« Der Usbeke war mit seinem Pfirsich fertig und schnitt ihn nun in Scheiben. »Ich bin ein alter Mann, der seine Bequemlichkeit liebt. Aber ich stehe beträchtlich in Gul-i Saharis Schuld, und vielleicht kann ich damit einen Teil zurückzahlen.«

Neugierig geworden sagte Ross ermutigend: »Tatsächlich?«

»Ich entstamme einer guten bucharischen Familie und war ein vielversprechender Student«, erklärte Saleh. »Doch dann faßte der Emir eine Abneigung gegen mich. Nicht der jetzige Emir Nasrullah, sondern sein Vater, den Nasrullah umgebracht hat. Tatsächlich tötete er auch seine Brüder, nur für den Fall, daß einer vielleicht seinen Platz einnehmen wollte. Ein nicht ganz einfacher Mann, der Emir, aber so sind die Herrscher.« Er zuckte die Schultern. »Möchtet Ihr vielleicht von dem Pfirsich? Es sind die ersten in diesem Jahr und sehr schmackhaft.« Er pickste ein Stück Obst mit der Messerspitze auf und reichte es Ross. »Um meiner Gesundheit willen beschloß ich, mein Land zu verlassen. Ich pilgerte nach Mekka, besuchte Konstantinopel und Teheran und sah viel von der Welt. Schließlich nahm ich mir eine Frau und ließ mich hier in Serevan nieder, welches damals eine blühende Gemeinde war. Dann zog Allah, der Gnädige, dessen Wege geheimnisvoll sind, seinen Segen zurück. Plagen, Dürre und Turkmenen brachen über uns herein. Das Dorf lag im Sterben, als Gul-i Sahari kam. Sie war es, die Herz, Gesundheit und Kraft zurückbrachte.«

Ross nahm das Pfirsichstück. »Sie ist eine bemerkenswerte Frau.«

»Ja, da ist sie.« Salehs Hand verharrte, sein Blick driftete in die Ferne ab. »Und es war nicht nur das Dorf, das starb. Als Gul-i Sahari hierherkam, lag mein einziger Sohn Ramin mit einem furchtbaren Fieber im Sterben. Sie gab ihm englische Medizin und pflegte ihn eigenhändig, bis das Fieber zurückging. Sie behauptete, es wäre Allahs Wille gewesen, den Jungen zu heilen, nicht ihr Können, aber meine Frau und ich wissen, daß Allah sie uns geschickt hat.« Wieder in die Gegenwart zurückgekehrt, bot er Ross ein weiteres Stück Obst. »Und so werde ich mit ihr nach Buchara gehen.«

Ross spürte eine tiefe Erleichterung. Die Geschichte bedeutete, daß Saleh Gul-i Sahari treu ergeben sein würde, auch wenn er nicht ihr Gemahl war. »Du kennst die Stadt und ihre Bräuche. Wie groß, glaubst du, sind unsere Chancen auf Erfolg?«

Der Usbeke wiegte den Kopf. »Es wird sehr schwierig werden. Im Moment ist es gefährlich, die Karakum-Wüste zu durchqueren, denn die Turkmenen haben kürzlich den Kommandanten umgebracht, den der Emir von Chiwa ihnen vorgesetzt hat. Nun haben sich die turkmenischen Stämme aufgespalten, ein Teil nach Chiwa, ein anderer Teil nach Buchara und viele für sich selbst. Wenn wir den Ritt durch die Wüste überleben, werden wir vermutlich erfahren, daß euer Offizier bereits tot ist. Und selbst wenn er lebt, dann wird der Emir ihn nicht gehen lassen. Doch mit Allahs Willen sollte es möglich sein zu erfahren, was aus dem Mann geworden ist und anschließend sicher hierher zurückzukehren.« Er seufzte. »Und dann, fürchte ich, wirst du uns die Wüstenblume wegnehmen.«

Ross zuckte zusammen. »Warum sollte ich das tun?«

»Bist du denn nicht ihr Gemahl?«

Überrascht, daß Juliet es Saleh erzählt hatte, antwortete er: »Nur nach dem britischen Gesetz. Es gibt keine echte Verbindung zwischen uns. Serevan ist das Zuhause, das sie erwählt hat, und hier wird sie bleiben. Da bin ich sicher.«

Saleh betrachtete sein Gegenüber skeptisch, sagte aber nichts mehr. Er war gespannt darauf gewesen, welche Reaktion seine Bemerkung auslösen würde, und die Art, wie der Engländer seine Miene und seine Stimme von allen Gefühlen frei gemacht hatte, war interessant. Höchst interessant. Gul-i Sahari und ihr schöner Mann mochten ja abstreiten, daß zwischen ihnen etwas war, aber ihre Reaktionen sagten etwas anderes.

Der englische Lord fuhr fort: »Obwohl ich glaube, daß ich es nicht erwähnen muß, will ich es trotzdem tun. Die Frau, die ich als Juliet Cameron gekannt habe, war dickköpfig und so mutig, daß es an Leichtsinn grenzte. Ich vertraue darauf, daß du über sie wachst und deinen Einfluß benutzt, um sie davor zu bewahren, ihr Leben unnötigerweise wegzuwerfen.«

Es wird noch immer interessanter, dachte Saleh. »Du hast recht, du mußt es nicht erwähnen. Ich tue, was immer in meiner Macht steht, um sie zu beschützen. Und nach ihr kommst du.« Mit einem heimlichen Lächeln schenkte er Tee nach. Saleh hatte immer gefunden, daß Gul-i Sahari einen Mann haben sollte, und nun sah es so aus, als hätte sie einen, der es sogar durchaus wert war, gehalten zu werden.

Nachdem sie sich um die dringendsten Pflichten des Tages gekümmert hatte, beschloß Juliet, mit der Disziplin der Schießübungen ihre zum Zerreißen gespannten Nerven zu beruhigen. Ein kurzer Marsch brachte sie zu der tiefen Schlucht, die sie und ihre Männer für Gewehrübungen nutzten. Es war ein exzellenter natürlicher Schießstand, denn die Konfiguration der Berge erstickte den

Lärm so gründlich, daß man die Schüsse kaum im Dorf oder in der nahen Umgebung vernehmen konnte.

Sie steckte handflächengroße grüne Blätter als Ziele in den Lehmboden am Rand der Schlucht und begann dann zu schießen. In der nächsten halben Stunde verschoß Juliet fast verschwenderisch Munition, wobei sie sich selbst gegenüber versicherte, daß das Risiko der kommenden Reise das beste Training benötigte.

Doch trotz ihrer Konzentration und dem ohrenbetäubenden Widerhall der Schüsse bemerkte sie augenblicklich, als jemand auf leisen Sohlen den steilen Pfad herabkam. Und ebenso schnell identifizierte sie die Person, sowohl vom Schritt als auch von dem winzigen Unterschied, die in Europa hergestellte Stiefel auf Stein und Kies verursachten.

Das Wissen, daß Ross zu ihr kam, ließ einen heißen Strom durch ihren Körper fahren. Da sie keine Ahnung hatte, was sie ihm sagen sollte, feuerte sie weiter Schuß um Schuß, bis die Patronen, die sie in ihrer Hand gehabt hatte, aufgebraucht waren. Als der letzte Schuß verhallte, war die Hälfte ihre Zielblätter zerfetzt.

Während sich die Staubwolke über dem letzten Treffer langsam senkte, meinte Ross hinter ihr: »Ich bin äußerst beeindruckt. Ich glaube, ich habe noch nie jemanden so schnell hintereinander so zielsicher treffen sehen.«

»Der Hinterlader macht Schnelligkeit problemlos«, erwiderte Juliet, das neutrale Thema dankbar aufgreifend. Während sie sich umdrehte und ihm die Flinte reichte, erinnerte sie sich daran, daß dies eines war, was sie an Ross immer so gemocht hatte: Er akzeptierte einfach und neidlos ihre Überlegenheit in der traditionell männlichen Kunst des Schießens. Die meisten Männer reagierten auf ihre Reit- und Schießkünste immer so, als wäre es ein persönlicher Angriff auf ihre eifersüchtig gehütete Männlichkeit.

Fachmännisch knickte er nun den Lauf ab und musterte das Gewehr. »Schön. Maßarbeit eines britischen Waffenschmieds, nehme ich an?«

»Ja. Es ist eine Verbesserung des Ferguson-Entwurfs, und es schießt sehr genau. In diesem Teil der Welt bedeutet ein gutes Gewehr das Leben. Willst du es ausprobieren?«

Als er nickte, wühlte Juliet ein halbes Dutzend Patronen aus ihrem Munitionsbeutel und reichte sie ihm. Es gelang ihnen, sich dabei nicht zu berühren, und es war schon erstaunlich, wie perfekt sie zusammenarbeiteten, wenn es galt, Körperkontakt zu vermeiden. Und Ironie des Schicksals: Für sie bedeutete das Angebot, ihre Waffe zu benutzen, eine Intimität, die sie bisher keinem anderen Mann zugestanden hatte.

Ross machte sich erst einmal näher mit der Waffe vertraut, dann zielte er auf eines der verbliebenen Blätter. Als er zu schießen begann, zählte Juliet im Geiste automatisch die Sekunden mit. Er feuerte alle sechs Schuß in etwas weniger als einer Minute, was nicht ganz so schnell wie ihre Zeit war – doch das Blatt war nachher in viele kleine grüne Partikel zerlegt.

»Vielleicht bin ich etwas schneller«, urteilte sie. »Aber du hast die bessere Zielsicherheit.«

»Möglich.« Er gab ihr die Waffe zurück. »Die wahre Kunst besteht allerdings darin, auch im Ernstfall so gut zu schießen. Wenn es wirklich darauf ankommt, versagen die meisten.«

Auf seltsame, fast unmerkliche Art schien Ross sich über Nacht verändert zu haben. Als Juliet sein Gesicht betrachtete, erkannte sie, daß am Tag zuvor eine fragende, herausfordernde Nuance darin zu finden gewesen war, eine Offenheit für mögliche Konsequenzen. Nun war diese Offenheit verschwunden. Er hatte sich seine Meinung über seine abtrünnige Frau gebildet, und was immer er nun empfinden mochte, war hinter einer Mauer der Gefühllosigkeit verborgen, die so undurchdringlich wie Kristall erschien. Seine braunen Augen verrieten weder Wärme noch Zorn, nur die unpersönliche Höflichkeit, die er so gut beherrschte.

Juliet war entschlossen, es ihm in dieser Hinsicht nachzutun, denn es würde für sie beide besser sein. Unglücklicherweise hatte sie starke Zweifel, daß sie damit erfolgreich sein würde, denn ihre Gefühle unter Kontrolle zu halten, war noch nie ihre Stärke gewesen.

Ross lehnte sich nun lässig gegen einen Felsen und verschränkte die Arme vor der Brust. »Sehe ich irgendwie merkwürdig aus, oder hoffst du, ich würde vielleicht verschwinden, wenn du mich lange genug derart anstarrst.«

»Tut mir leid.« Juliet spürte, daß sie errötete. Sie war gestern und heute öfter rot geworden als das ganze vergangene Jahr. Einen Moment war sie versucht, sich in Banalitäten zurückzuziehen, änderte dann aber ihre Meinung. Vielleicht war Disziplin keine ihrer Stärken, Direktheit aber in jedem Fall, also konnte sie sie auch anwenden. »Ich weiß nicht, wie ich mit dir umgehen soll, Ross. Du bist mir gleichzeitig so vertraut und so fremd. Hast du vielleicht eine Idee?«

Obwohl er sich nicht bewegte, hatte sie den Eindruck, als hätte er sich versteift, bevor er antwortete.

»Die Vertrautheit ist eine Illusion. Wir kannten uns vor zwölf Jahren für eine kurze Zeit, und obwohl die Beziehung sicher intensiv war, so doch im Grunde oberflächlich. Wir haben das meiste unseres Erwachsenenlebens getrennt gelebt, und das in ziemlich unterschiedlichen Kulturen. Wir sind Fremde füreinander, Juliet, auch wenn wir die nächsten Monate ein gemeinsames Ziel haben. Ich denke, wir sollten uns wie zwei entfernte Verwandte benehmen, die nichts gemein haben, aber die sich freundlich gesinnt sind.«

Schmerzvoll amüsiert verzog sie die Lippen. Mit guten und schlechten Ergebnissen hatte ihre Liebe zu Ross ihr Leben geformt und bestimmt, und doch wollte er ihre Ehe so einfach als »im Grunde oberflächlich« einstufen und damit fortwischen. Wie auch immer, da sie ihn direkt gefragt hatte, wie er empfand, verdiente sie jede Antwort, die er ihr zu geben hatte. »Nun gut«, sagte sie mit gezwungen lockerem Tonfall. »Dann sehe ich dich als Cousin zweiten Grades.«

»Ein Cousin zweiten Grades, ewig weit entfernt«, bemerkte er trocken. »Nun, wenn wir unsere Reise in Angriff nehmen, wäre es fein, wenn du ein eifriges Interesse daran zeigen würdest, es deinem Arbeitgeber in allem recht zu machen.«

Juliet hob die Augenbrauen in gespielter Überraschung. »Ich hatte eigentlich vor, die Art von Diener zu sein, der vertrottelt und unzuverlässig ist, aber niemanden als sich selbst erlaubt, sich um den Herrn zu kümmern.«

»Ja, das scheint mir eher dein Stil als eifrige Dienstbarkeit«, meinte er mit der Andeutung eines Lächelns. »Wo wir gerade von Dienern sprechen – ich habe mich entschlossen, die beiden zu entlassen, die ich in Teheran eingestellt habe. Da sie die Nacht in Serevan verbracht haben, werden sie wohl bereits von dem mysteriösen Gul-i Sahari gehört haben, und wenn sie einmal wissen, daß die große Ferengi-Frau das Oberhaupt der Festung ist, werden sie sich wahrscheinlich denken können, wer sich hinter meinem neuen verschleierten Diener wirklich verbirgt. Und das könnte gefährlich werden.«

»Ja, das habe ich nicht bedacht.« Juliet krauste die

Stirn. »Es sieht meinen Leuten zwar nicht ähnlich, Fremden viel über mich zu erzählen, aber du hast recht, es ist klüger, die beiden zu entlassen. Obwohl ich mich gewöhnlich als Mann verkleide, habe ich die Maskerade noch nie über eine längere Zeit durchgehalten, und es könnte sich als schwierig erweisen, meine Identität vor Leuten zu verbergen, mit denen ich permanent zusammen bin. Ja, besser du zahlst deine Männer jetzt aus.« Im Geiste ging sie kurz die anderen Dinge durch, die besprochen werden mußten. »Hat Saleh mit dir gesprochen?«

»Ja. Er wird uns in Buchara eine echte Hilfe sein, und man kann ihm wohl voll vertrauen, was deine Identität angeht. Könnten Saleh und du gegen Mittag zum Aufbruch bereit sein? Wir könnten bei Anbruch der Nacht in Sarakhs sein, und mit Glück erwischen wir da die Karawane, die ich in Meshed verpaßt habe.«

Juliet war einen Augenblick verdutzt über seine plötzliche Eile, ließ sich jedoch nichts anmerken. Ross hatte recht – wenn es überhaupt noch eine Chance gab, daß Ian lebte, dann war der Zeitfaktor von höchster Wichtigkeit. Sie warf einen Blick zur Sonne und schätzte, daß es noch zwei Stunden bis Mittag waren. »Wir werden bereit sein.«

»Gut. Wir werden Kamele brauchen, wenn wir die Karakum durchqueren wollen. Ich nehme an, man bekommt welche in Sarakhs?«

Sie nickte. »Ich kenne einen Mann in Sarakhs, der uns anständige Tiere für einen nur leicht übertriebenen Preis verkaufen wird. Ein paar meiner Männer können uns begleiten, um unsere Pferde nach Serevan zurückzubringen.«

Nachdem das geregelt war, musterte Juliet die sehr gut sitzenden europäischen Kleider ihres Mannes, und sie zog die Stirn in Falten. Nach all den Jahren, die sie nur lockere, vielschichtige orientalische Trachten gesehen hatte, kam es ihr seltsam vor, daß ein Mann Kleidung trug, die seinen Körper zeigten. Plötzlich war sie sich seiner Muskeln verwirrend deutlich bewußt, und sie holte tief Atem, um sich zu beruhigen. »Ich glaube, es ist ein Fehler, in westlicher Kleidung zu reisen.«

»Das ist ein kalkuliertes Risiko meinerseits«, erwiderte er. »In Buchara wird man mich als Ferengi betrachten, der eine gewaltige Strecke hinter sich gebracht hat, um sich für einen Landsmann einzusetzen, und ich denke, es ist nicht übel, dann auch so auszusehen. Zudem befürchte ich, daß man mich für einen Spion hält, wenn ich in asiatischer Kleidung auftrete, da es ziemlich unwahrscheinlich ist, daß ich als Eingeborener durchgehe.«

»Das sind tatsächlich vernünftige Argumente«, stimmte sie zu, »aber ich denke, es ist in jedem Fall sicherer, wenn du hiesige Kleidung trägst, bis wir auf einen Tagesritt an Buchara herangekommen sind. Zugegeben, es wäre schwierig, dein fremdartiges Aussehen zu verbergen, wenn du mit deinen zwei Dienern allein geritten wärest, aber in einer Karawane fällst du weit weniger auf. Du brauchst dich nur wie alle anderen zu kleiden und deine Haare unter einem Turban zu verstecken. Ich kann dir das Nötige verschaffen, wenn du einwilligst.«

»Also gut. Englische Kleidung war bisher gut genug, aber da es mich gestern fast umgebracht hätte, nehme ich an, ich sollte meine Strategie einmal ändern.« Sein Blick glitt über Juliets dunklen Schleier. Um die Frühlingssonne zu genießen, hatte sie ihn gelöst und ihn locker um ihren Hals gewunden. »Da wir gerade schon beim Thema sind ... ich bin neugierig wegen des Tagelmoust. Wie schaffst du es, daß die Indigofärbung keine Flecken auf deiner Haut hinterläßt?«

Sie lächelte. Es sah Ross ähnlich, nach solchen Dingen zu fragen. »Du hast mich ertappt. Das ist kein echter Tuareg-Tagelmoust. Um Flecken zu vermeiden, nehme ich einen europäischen Stoff von gleicher Farbe und Faserbeschaffenheit.«

»Ich bin froh, daß die Eitelkeit noch nicht wirklich tot ist.«

»Man muß nicht gerade eitel sein, um blaue Haut zu verabscheuen«, erwiderte Juliet, die sich über seinen neckenden Tonfall freute. »Apropos Haut ... es ist gut, daß du so braun bist. Erlaube dir, ein wenig dreckig zu werden, und niemand wird mehr bemerken, daß du ein Ferengi bist.«

»Du bist gerade die Richtige, Steine zu werfen«, gab er zurück. »Ich habe noch nie einen Tuareg gesehen, der auch nur annähernd so sauber war wie du.«

»Das macht nichts, da ich vermutlich in Turkestan niemanden treffen werde, der je einen Tuareg gesehen hat.« Sie blickte an ihrem schwarzen Umhang herunter. »Dennoch ... im Interesse der Glaubwürdigkeit ...« Sie reichte ihm das Gewehr, legte sich in voller Länge auf den Boden und rollte sich auf der Erde herum.

Zu ihrer Freude begann Ross schallend zu lachen. »Du bist verrückt!«

Nachdem sie sich ein paarmal herumgekugelt hatte, stand sie auf und klopfte sich den überschüssigen Staub ab. Das Ergebnis ihrer Mühen war ein Umhang mit einer hübschen Maserung aus Lehm und Dreck.

Ross' Augen funkelten amüsiert, und er hatte ein wenig seiner Zurückhaltung verloren. »Es ist wirklich ein Glück, daß hier niemand weiß, wie Tuaregs aussehen, denn alle, die ich kennengelernt habe, hatten braune Augen. Wie auch immer, graue Augen sind in Zentralasien ja nicht selten, also solltest du eigentlich nicht zuviel unerwünschte Aufmerksamkeit erregen. Aber ich finde, du brauchst einen neuen Namen. Irgend jemand könnte sich wundern, daß ein Nordafrikaner einen persischen Namen trägt.«

Sie rümpfte die Nase. »Ich hatte bereits viel zu viele Namen, aber vermutlich hast du recht. Fällt dir irgend etwas ein?«

Er überlegte einen Moment. »Wie wäre es mit Jalal? Es hört sich ein wenig wie Juliet und Gul-i Sahari an, so daß es dir leichtfallen wird, darauf zu reagieren.«

»Fein. Aber du brauchst auch einen anderen Namen.«

»Meine Diener sagen einfach Kilburn zu mir, was durchaus in Zentralasien durchgehen kann, also bleibe ich dabei.« Er musterte sie nachdenklich. »Ich denke, es wird am besten sein, wenn du vorgibst, kaum persisch zu können, und so wenig wie möglich sprichst.«

»Willst du damit andeuten, daß ich weniger in Schwierigkeiten gerate, wenn ich meinen Mund halte?«

»Exakt.«

Juliet kicherte. »So sehr es mich schmerzt, es zuzugeben . . . du hast recht. Also gut, ich werde schweigen und möglichst mit niemanden außer dir und Saleh reden. Aber es gibt noch etwas, worauf du aufpassen mußt, Ross . . . oder vielmehr Kilburn. Vergiß die wundervollen Manieren, die dir die Duchess beigebracht hat. Hilf mir nicht bei schweren Lasten, reiß nicht die Tür für mich auf und spar dir die charmante Höflichkeit, die du sonst einer Frau gegenüber aufbringst. Um es genau zu sagen: Vergiß, daß ich eine Frau bin.«

»Wenn du von Kopf bis Fuß in schwarzen Stoff gehüllt bist, wird mir das nicht schwerfallen«, sagte er zynisch und gab ihr das Gewehr zurück. »Aber jetzt sollten wir keine Zeit mehr vergeuden, wenn wir in etwa zwei Stunden losreiten wollen, Jalal. Ich habe nicht viel zu packen, aber ich denke, du und Saleh habt noch jede Menge zu tun.«

»Um es gelinde ausdrücken.« Juliet schwang sich das Gewehr mit dem Riemen über den Rücken und zog den Schleier wieder vor ihr Gesicht. Als sie in nicht unfreundlichem Schweigen zurück nach Serevan gingen, entschied sie, daß sie vom Status der ganz entfernten Verwandten zweiten Grades zu Cousin und Cousine ersten Grades übergangen waren. Das war in Ordnung – enger würde nur gefährlich werden.

Ross' durchdachter Plan zeigte die ersten Haken, als er seine beiden Diener entlassen wollte. Alladah akzeptierte die Entlassung und die beträchtliche Auszahlung mit unschmeichelhafter Freude, aber Murad sträubte sich. Nachdem Alladah das Zimmer verlassen hatte, wimmerte der junge Perser: »Ich weiß, daß du mich für meine Feigheit gestern bestrafen willst, aber bitte, Kilburn, entlaß mich nicht.«

»Ich will dich nicht bestrafen ... es hätte keinen Zweck gehabt, dich zu opfern«, entgegnete Ross, der über die Vehemenz des jungen Mannes etwas überrascht war. »Aber weil ich gestern dachte, ihr wäret fort, habe ich zwei neue Diener angestellt. Da die beiden sich in der Wüste und in Buchara besser auskennen, ist es sinnvoller für mich, die zwei zu behalten und euch zu entlassen. Es wird dir bestimmt nicht schwerfallen, in Meshed Arbeit zu finden, und durch die Entschädigung, die ich euch gezahlt habe, wird es doch viel profitabler für euch sein.«

»Ich will keine andere Arbeit!« erklärte Murad trotzig. »Ich will mit dir nach Buchara gehen.«

Ross betrachtete den jungen Mann aufmerksam. Murad, um die zwanzig, war ein gutaussehender, freundlicher Bursche, auch wenn er sich als ziemlich unfähiger

Führer herausgestellt hatte. Dennoch waren die Gründe, die Ross für die Entlassung seiner beiden Diener hatte, immer noch gültig. »Es tut mir leid, aber ich kann dich für die Reise nicht mehr brauchen.«

Mit traurigen dunklen Augen erkannte Murad: »Du vertraust mir nicht, Kilburn, und du bist im Recht, aber ich schwöre, ich werde nicht noch einmal versagen.«

Ross dachte über die Worte nach. Er glaubte durchaus, daß Murad es ernst meinte, aber er war auch unglücklicherweise ziemlich jung und unbedacht.

»Es geht nicht darum, ob du mir treu bist, sondern den anderen. Ich habe mich entschlossen, den Rest der Reise in asiatischer Tracht zu reiten, in der Hoffnung, daß ich keine unerwünschte Aufmerksamkeit errege. Aber die Gefahr, daß man mich für einen Spion hält, ist dennoch vorhanden. Zudem ist ein Targi unter den Männern, die ich angeheuert habe. Ich habe ihn vor vielen Jahren kennengelernt, und ich weiß, wie wertvoll er für meine Reise sein wird, aber die Tuareg benehmen sich manchmal etwas merkwürdig. Wenn du aus Versehen jemandem in der Karwane erzählst, daß ich ein Ferengi bin oder wie komisch der Targi ist, dann könntest du die ganze Mission gefährden. Das darf ich nicht riskieren.«

»Du bist ein guter Mensch, Kilburn, selbst wenn du ein Ferengi bist. Ich schwöre, ich werde nichts sagen, was dich in Schwierigkeiten bringt. Was den Targi betrifft . . .« Murad zuckte die Schultern. »Die Stämme Asiens sind vielfältig und unzählig. Ich habe Uiguren, Kafiren, Beluchen und Kirgisen kennengelernt . . . ich kann mir nicht vorstellen, daß ein Targi so viel ungewöhnlicher sein kann.«

»Die Männer der Tuareg gehen verschleiert. Durch ihre versteckten Gesichter kommen sie vielen Leuten unheimlich vor, denn man kann nicht erraten, was sie denken.

Selbst in ihrer eigenen Wüste im Westen Afrikas sind sie eine Legende.«

»Wenn der Targi ein Gläubiger und ein vernünftiger Mann ist, werde ich nicht mit ihm aneinandergeraten.« Der junge Perser beugte sich eifrig vor. »Gestern habe ich mich selbst entwürdigt, und ich kann mir meine Ehre nur wiederverdienen, wenn du mich weiter für dich arbeiten läßt. Ich bitte dich, gib mir diese Chance.«

Plötzlich traf Ross seine Entscheidung. Neben der Tatsache, daß er Murad mochte, hatte er das Gefühl, als könnte sich der junge Perser als nützlich erweisen, und Ross hatte gelernt, sich auf seine Gefühle zu verlassen.

»Also gut, du kannst mitkommen. Nenn mich Kilburn und versuche, mich nicht als Ferengi zu sehen. Wenn wir sicher nach Serevan zurückkehren und du deine Arbeit gut gemacht hast, gebe ich dir einen Bonus über die Summe hinaus, die wir in Teheran ausgemacht haben.«

Murad verbeugte sich demütig. »Ich werde dir gut dienen, nicht für den Bonus, sondern um meiner Ehre willen.« Er beschenkte Ross mit einem bezaubernden Lächeln. »Obwohl ich das Geld nicht ablehnen werde. Du wirst es nicht bereuen, Kilburn.«

Ross hoffte inständig, daß sich das bewahrheiten würde.

Nachdem er Murad losgeschickt hatte, seine Habseligkeiten zusammenzupacken, sandte Ross einen Diener zu Juliet, der ihr mitteilen sollte, daß der junge Perser sie begleiten würde und daß sie von Anfang an ihre Rolle als männlicher Tuareg spielen mußte. Von Ross' Standpunkt aus war es um so besser, je früher sie sich in ihre Stoffbahnen hüllte. Wenn er nichts mehr von ihrem schönen

Körper oder Gesicht sah, würde es ihm leichter fallen, sein unerwünschtes Verlangen unter Kontrolle zu halten.

Bei der Rückkehr in sein Zimmer fand Ross seine neue Garderobe auf dem Bett liegen. Er untersuchte den Stoff und stellte zufrieden fest, daß die Qualität genau richtig war – weder zu teuer noch zu billig, so daß er verarmt erscheinen mußte. Aber schließlich war von Juliet zu erwarten, daß sie alles gründlich erledigte, selbst so kurzfristig.

Lockere mehrbahnige Stoffe wurden überall in der islamischen Welt getragen. Obwohl es endlose Variationen gab, lautete die Faustregel, daß nordafrikanische Kleidung in der Regel einfacher war und meistens aus Gewändern bestand, die man über den Kopf ziehen konnte. Die Formlosigkeit war der Grund, warum Juliet sich so erfolgreich als Tuareg ausgeben konnte. Asiatische Kleidung dagegen neigte dazu, strukturierter zu wirken, und bestand gewöhnlich aus einem oder mehreren langen, lockeren Mänteln mit Ärmeln, die über eine Tunika oder Hemd und Hosen getragen wurden.

Ross zog sich seine europäischen Sachen aus und probierte die neuen. Zum Glück hatte Juliet es geschafft, eine weiße Untertunika aufzutreiben, die weit genug in den Schultern war, um ihm zu passen. Die beutelnden, grauen Hosen hätten etwas länger sein können, waren aber nicht so kurz, daß sie Bemerkungen provozieren würden. Ein grünschwarz gestreifter Mantel, den man *chapan* nannte, bedeckte Tunika und Hosen und fiel ihm bis zu den Knien. Er band diesen mit einer langen weißen Schärpe fest und vollendete seine Aufmachung schließlich mit einem gesteppten Mantel, der fast bis zu den Knöcheln reichte. Er war froh, daß die Sachen so bequem waren, denn er würde sie vermutlich den nächsten Monat über Tag und Nacht tragen.

Es überraschte Ross nicht, daß er kein Schuhwerk fand,

denn seine Größe war definitiv nicht Durchschnitt auf diesem Kontinent. Wie auch immer, seine dunkelbraunen Stiefel fielen kaum auf und würden keine Aufmerksamkeit auf ihn ziehen, schon gar nicht in ihrem momentanen, abgetragenen Zustand.

Unter dem Stapel Kleidung hatte ein herrlicher Krummdolch gelegen. Als er ihn aus der Scheide gleiten ließ, sah er, daß der Dolch nicht nur Dekoration, sondern eine tödlich geschliffene Waffe war, die benutzt werden wollte. Er warf den Dolch in den Beutel, in dem er schon sein Gewehr, die Pistole und ein Messer aufbewahrte. So ausgerüstet, kam er sich vor wie ein Räuber aus den Bergen. Aber mit etwas Glück würde er keine der Waffen benutzen müssen. Er hatte schon lange erkannt, daß der beste Kampf der war, der nicht ausgetragen wurde.

Endlich wandte Ross seine Aufmerksamkeit den Ellen weißen Musselinstoffes zu, der sein Turban werden sollte. Turbane waren höchst nützliche Kleidungsstücke: Sie schützten den Kopf sowohl vor Sonne als auch vor Kälte, saugten Schweiß auf und ließen sich über den Mund ziehen, um Staub und Sand abzuhalten. Und im Notfall hatte man genug Stoff, um einen ganzen menschlichen Körper einzuhüllen. Ja, der Turban diente häufig – makaber, aber praktisch – als Leichentuch.

Aber ein Turban war eine ganze Menge mehr als nur praktisch: Er war eine Darstellung von Stamm und Kaste, von Mode und Persönlichkeit. Nach reiflicher Überlegung fand Ross, daß die afghanische Art am besten geeignet war. Afghanen waren oft hochgewachsen, so daß seine Größe weniger verdächtig war. Zudem waren sie wie die meisten Zentralasiaten Sunniten, Mitglieder der größten, orthodoxen Gruppe des Islam, während die meisten Perser Schiiten waren. Außerhalb ihres Landes wurden Schiiten oft schikaniert, manchmal sogar getötet. Am besten war es also, nicht wie ein Perser auszusehen, denn seine Sicherheit lag vor allem darin, keinerlei Aufsehen zu erzeugen.

Ross setzte die Filzkappe auf, dann legte er den langen Stoffstreifen in grobe Falten. Es war schon einige Jahre her, daß er einen Turban getragen hatte, der zudem noch auf Hinduart geschlungen war, aber seine Hände erinnerten sich noch an die allgemeine Wickeltechnik, und nach nur wenigen falschen Anfängen schaffte er es, den Stoff zu einem recht respektablen afghanischen Turban zu winden und festzustecken, der an einer Seite, dem Brauch gemäß, einen Zipfel herunterhängen hatte.

Juliet hatte ihn sogar mit einem kleinen Tiegel Surma versorgt. Obwohl seine Wimpern und Brauen dunkler waren als sein Kopfhaar, schienen sie für asiatische Verhältnisse doch noch zu hell, und Ross rieb sich vorsichtig etwas in seine Augenbrauen, nachdem er zuvor seine Lider geschwärzt hatte.

Danach inspizierte er seine Erscheinung, so gut es in dem kleinen Spiegel ging. Nicht schlecht, entschied er – es war nur schade, daß er keinen dunklen Vollbart hatte. Dennoch würde ihn niemand schon auf den ersten Blick als Ferengi identifizieren.

Genauso wichtig wie das Aussehen, aber weitaus schwieriger zu erreichen, war es, seine Denkweise der orientalischen Art anzupassen, damit er sich nicht mit Kleinigkeiten verriet. Aber er hatte es schon öfter, wenn auch in weniger kritischen Situationen tun müssen, und er würde es wieder schaffen.

Als nächstes schnitt er die Empfehlungsschreiben aus dem Futter seiner ehemaligen Jacke. Gut in geöltem Segeltuch verpackt, ließen sie sich leicht in den Chapan nähen. Schließlich wandte er sich seinen europäischen

Kleidern zu und sortierte aus, welche Stücke er mit nach Buchara nehmen würde.

Dann war er endlich fertig. Während er sein Gepäck musterte, lächelte er freudlos. Die Reise durch die Karakum würde gefährlich werden, ihr Empfang in Buchara war ungewiß. Doch noch viel, viel schwieriger würde es werden, in nächster Nähe der einzigen Frau zu leben, die jemals Macht über ihn gehabt hatte. Und das, Gott mochte ihm helfen, hatte sie immer noch.

Kapitel 7

DAS KAMEL SENKTE den Kopf und brüllte Ross feindselig an. In der Annahme, es könnte ihn gleich anspucken, trat er rasch einen Schritt zur Seite und murmelte leise: »Ich finde dich auch ganz schön häßlich.«

Ein unterdrücktes Kichern ertönte hinter ihm. Dann hörte er Juliet mit leiser Stimme, die kein anderer außer ihm hören konnte, sagen: »Tatsächlich ist es für Kamelverhältnisse ziemlich hübsch.«

Ross verbiß sich ein Lächeln. »So eins wollte ich schon immer haben«, sagte er und reichte ihr die Zügel, damit sie es zu den anderen führen konnte, die sie zum Kauf ausgewählt hatten. Juliet hatte recht: Es war wirklich recht attraktiv, wenn man sich für Tiere erwärmen konnte, die aussahen, als hätte Gott sie an seinem freien Tag geschaffen.

Die Kamele der Mongolei und aus Turkestan waren von der zweihöckrigen Art, kleiner, stämmiger und struppiger als die Dromedare mit nur einem Höcker, die man in Nordafrika und Westasien fand. Die Zweihöckrigen waren perfekt an das zentralasiatische Klima angepaßt, in dem es sowohl extrem heiße als auch extrem kalte Zonen gab. Also hatte Gott offensichtlich gewußt, was er tat, als er die Huftiere in ihren unterschiedlichen Regionen ausgesetzt hatte.

Kurz darauf kam Juliet zurück, um Ross bei der Auswahl des letzten Kamels zu helfen, das sie für die Reise brauchen würden. Sie betrachteten einen übelgelaunten Hengst. Juliet knetete fachmännisch den Höcker und schüttelte dann den Kopf. »Nicht genug Fett. Der muß ein paar Monate auf die Weide. Würde wahrscheinlich die Strecke bis Buchara nicht überleben.«

Ross akzeptierte ihr Urteil. Er selbst hatte eine Menge Erfahrung mit Kamelen, Juliet aber noch mehr. Trotz der phänomenalen Zähigkeit der Tiere, waren sie in mancher Hinsicht seltsam empfindlich und brauchten lange Erholungsphasen nach harten Strapazen. Nur die kräftigsten Kamele würden die anstrengende Reise durch die Wüste überstehen, und Juliet hatte bereits einige der Tiere aus dem Kontingent des Händlers abgelehnt.

Die nächste Möglichkeit war eine Kamelstute mit dichtem Fell und langem gelocktem Haar an der Kehle. Sie klapperte verführerisch mit den Wimpern und schwang dann ihren Kopf herum, um ihm ins Gesicht zu rülpsen. Bei einem Kamel bedeutete das durchaus Freundlichkeit.

Aufmerksam musterte Ross die breiten Hufe des Tieres, während Juliet den allgemeinen Zustand inspizierte. Nach gründlicher Untersuchung erklärte sie: »Das ist in Ordnung.«

»Ich mag sie.« Ross gab dem Tier einen freundlichen Klaps auf die Flanke. »Ich werde sie selbst reiten und sie Julietta taufen.«

Die Augen seiner Frau blitzten ihn zornig durch den Schlitz in ihrem Schleier an, doch sie hielt den Mund, da sich der Besitzer der Kamele, Mustafa Khan, soeben näherte.

Sie waren nur eine halbe Stunde später als angestrebt aus Serevan losgeritten. Saleh hatte sein leuchtendes Seidengewand zugunsten eines nüchterneren Händleraufezugs abgelegt, und Juliet in ihren dunklen Umhängen und den Schleiern stellte überzeugend den stolzen, reizbaren Dienertypen dar. Murad war ziemlich neugierig, was seinen Tuareg-Gefährten anging, hatte es bisher jedoch nicht gewagt, eine Bemerkung zu machen, nachdem sein erster Versuch einer Begrüßung nur durch einen kalten Blick und einer einzigen geknurrten Silbe erwidert worden war.

Von sechs Männern aus Serevan begleitet, waren sie aus dem Hochplateau in die karge Ebene geritten, die sich endlos in der Ferne erstreckte, und ein scharfer Ritt hatte sie noch vor Sonnenuntergang nach Sarakhs gebracht. Die wenig beeindruckende Gemeinde aus Lehmziegeln lag am Rande der Wüste an einem schmalen, schlammigen Fluß. Nominell unter persischer Führung, bestand die Bevölkerung aus etwa zweitausend Familien seßhafter Turkmenen.

Da er die Kamele im Tageslicht auswählen wollte, hatte Ross Juliet gebeten, sie sofort nach ihrer Ankunft in der Stadt zu dem Händler zu führen. Nun, als sich die Nacht langsam senkte, setzte sich Ross mit dem Mann zum Tee, um den Preis für die ausgesuchten Tiere auszuhandeln. Das Handeln war im Osten sowohl eine Kunst als auch Unterhaltung, und Mustafa Khan leitete den Prozeß vergnügt mit der Forderung einer unverschämten Summe ein.

Ross hätte das Geforderte leicht aufbringen können, aber zuviel auszugeben konnte gefährliche Aufmerksamkeit erregen, ganz sicher würde es aber verraten, daß er kein Orientale war. Er konterte mit einem Fünftel der geforderten Summe und beobachtete dann mit tiefster Bewunderung, wie Mustafa Khan stöhnte, seine Augen sich kummervoll schlossen und sein Schnurrbart heruntersank.

Der turkmenische Händler wies darauf hin, daß der verehrte Kilburn die besten Tiere aus der Herde ausgesucht hatte. Er hängte eine innige Erklärung seiner Liebe zu diesen Tieren hintan, versicherte inbrünstig, daß sie ihm wie seine eigenen Kinder ans Herz gewachsen waren, und setzte hinzu, daß er sie nur verkaufte, um so edlen Reisenden wie Kilburn zu Diensten sein zu können. Dann senkte er den Preis um etwa zehn Prozent.

Die Jahre der Erfahrung auf Basaren in Asien und Afrika hatten Ross ein recht anständiges Geschick zum Feilschen verliehen, und so konterte er mit einer langatmigen Abhandlung über die Mängel der Tiere: die Schwäche ihrer Muskeln, die Jämmerlichkeit ihres Zustandes, die Wahrscheinlichkeit, daß sie tot umfallen würden, bevor sie die Hälfte der Wüste durchquert hatten. Obwohl es vermutlich nur besser für ihn wäre, seine Kamele woanders zu erstehen, hatte ihn die Zuneigung und die Wertschätzung, die er beim Anblick Mustafa Khans sofort verspürt hatte, dazu verleitet, mehr zu bieten, als die armseligen Tiere wert waren.

Als Ross eine neue Zahl nannte, griff sich der Händler ans Herz und murmelte, daß der verehrte Kilburn Mustafa Khans Kinder zu Waisen und Bettlern machen wollte, dann nannte er einen neuen Preis. Und so ging es über zwei Stunden und sechs winzige Tassen Tee höchst vergnüglich weiter, währenddessen die anderen Mitglieder aus Ross' Truppe das Geplänkel mit orientalischem Gleichmut verfolgten. Nur Juliet nicht, die finster und gefährlich wirkte und rastlos im Hof umherschritt.

Zweimal stand Ross auf und tat, als wollte er gehen, wobei Saleh, Murad und Juliet immer direkt hinter ihm waren. Das zweite Mal hatten sie sogar schon die Straße erreicht, bevor Mustafa sie mit einem neuen Angebot überfiel.

Schließlich war der Handel perfekt: fünf Kamele, zwei

Packsättel und verschiedene andere Ausrüstungsgegenstände, die sie brauchen würden. Nach der gestöhnten Verkündung, daß der Endpreis ihn ruiniert habe, wies der Händler ihnen fröhlich die Richtung zur Karawanserei, wo die restliche Karawane die Nacht verbrachte.

In ihrer Verkleidung als Jalal hatte Juliet die Aufgabe des Hauptkamelführers zugewiesen bekommen, also kümmerte sie sich darum, die zwei Tiere zu satteln und zu beladen, die ihre Vorräte tragen würden. Nachdem das erste Kamel gesattelt war, zog Juliet den Gurt zweimal fester und zwang es dann nieder, um es beladen zu können. Ein Kamel dazu zu bringen, sich niederzuknien, war jedesmal eine anstrengende Prozedur. Zuerst verhakte Juliet ihre Finger in das Haar an der Kamelkehle. Dann zog sie daran, mit der anderen Hand am Seil über den Nüstern und trat das Tier gleichzeitig vors Schienbein. Das Kamel blökte protestierend, ging aber schließlich in die Knie. Ross beobachtete den Vorgang amüsiert. Bei einem Pferd hätte man von Mißhandlung gesprochen, bei einem Kamel war der grobe Umgang nötig, nur um seine Aufmerksamkeit zu erringen.

Als Ross eine Ladung Gepäck zu ihr herüberbrachte, fragte er aus dem Mundwinkel: »Wie habe ich mich beim Feilschen gemacht?«

»Du hast ein paar Dinar mehr bezahlt, als ich es hätte«, antwortete Juliet, während sie zurücksprang, weil das Kamel den Kopf hob und eine beeindruckende Reihe Schneidezähne bleckte, »aber es war eine anständige Leistung bei einem alten Banditen wie Mustafa Khan.«

Ross grinste, während er sich auf das zweite Packtier zubewegte, um es zu satteln und in die Knie zu zwingen. Er und Juliet mußten vorsichtiger sein: keiner von beiden schien der Versuchung widerstehen zu können, Gedanken und irrelevante Bemerkungen auszutauschen. Es war unwahrscheinlich, daß jemand sie verstand, da sie Tamahak gemischt mit englischen Wörtern sprachen, aber es war dennoch nicht besonders klug, eine solche Vertrautheit zu demonstrieren.

Ihr Abzug aus Mustafa Khans Hof verspätete sich, als das zweite Packkamel es schaffte, seine Ladung abzuwerfen, als es auf die Hufe sprang. Kaum überrascht seufzte Ross und machte sich daran, die ganze nervenaufreibende Prozedur von Niederzwingen und Beladen neu zu beginnen. Da Kamele sich praktisch darauf beschränkten, beim Abwerfen der Lasten Intelligenz zu zeigen, verlangte es großes Geschick, sie zu beladen, und Ross hatte seit einigen Jahren keine Übung mehr darin. In ein paar Tagen würde er den Bogen wieder raus haben.

Mit Juliets wortloser Hilfe bepackten sie das Tier erneut und machte sich dann auf den Weg zur Karawanserei, wobei sie die Tiere führten, denn die Strecke war kurz und die Straßen wurden immer belebter, je näher sie ihrem Ziel kamen. Eine Karawane im Ort zu haben bedeutete immer erhöhte Emsigkeit, denn Händler und Hausierer hofften, anständige Geschäfte zu machen, bevor der Zug wieder abreiste.

Lautes Gerede und Gelächter hallten durch die engen Gassen, und hier und da beleuchtete eine flackernde Fakkel ein Gesicht in dem Menschengewimmel. Es war eine Gesellschaft von Männern, denn die wenigen Frauen, die sich auf der Straße befanden, waren so gründlich unter ihren Schleiern verborgen, daß sie fast unsichtbar schienen. Händler und potentielle Kunden feilschten, Geschichtenerzähler sprachen vor verzücktem Publikum, Schreiber schrieben Briefe für diejenigen, die es nicht konnten, Gerüche von Essen, Gewürzen und Dung erfüllten die Luft, und über allem lag das beißende Aroma von Rauch, als die fliegenden Händler ihre Kebabs über kleinen offenen Feuern brieten. Selbst mit geschlossenen Augen hätte Ross augenblicklich Zentralasien identifizieren können.

Obwohl Ross' Größe und sein bartloses Gesicht ein paar Blicke auf sich zogen, merkte er froh, daß niemand ungebührliches Interesse an ihm zeigte. Juliet zog mit ihrem Schleier und ihren wehenden, schwarzen Kleider schon mehr Aufmerksamkeit auf sich, aber es war eher Neugier als Mißtrauen oder Feindseligkeit. Über die großen Karawanenrouten von Asien und Afrika reisten viele Männer Tausende von Meilen, und so wurde »Jalal« nur als ein weiterer exotischer Reisender angesehen. Juliet, die größer als die meisten Männer in diesem Ort war, bewegte sich mit perfektem männlichem Schwung und schien sich vollkommen in ihrer Umgebung zu Hause zu fühlen. Wenn Ross ihr in einem Tuareg-Lager in der Sahara begegnet wäre, hätte er niemals ihre wahre Identität erraten.

Wenn sie einmal unterwegs waren, würden die Rationen spartanisch, also beschloß Ross, daß sie heute gut und reichlich essen sollten. Während sie sich ihren Weg durch die Menge drängelten, erwarb er Spieße von brutzelndem Hammelfleisch von einem Kebabverkäufer, fügte dann noch frisches Brot von einem Bäcker und süßes Backwerk von einem Konditor hinzu. Murad trug das Essen und wurde auch noch mit einem kleinen Sack Kohle für das Feuer beladen.

Karawansereien waren Unterkünfte sowohl für Männer als auch für Kamele, und es gab sie überall auf der Strecke zwischen dem Atlantik und China. Als Ross und seine Truppe durch das hohe Tor eintraten, stellten sie fest, daß diese auf die typische Art angelegt war: kleine Räume für die Reisenden und Ställe für die Tiere öffneten sich alle auf den großen Innenhof.

Die Karawanserei war ziemlich überfüllt, und so lagerten die Tiere auch unter offenem Himmel, während auf dem Hof zahlreiche kleine Feuer brannten, die nicht nur das Essen braten sollten, sondern auch zum Wärmen in der frostigen Kälte der Nacht gedacht waren. Die Mauern aus Lehm warfen die menschlichen Stimmen und das Gebrüll der Tiere zurück und machten die Karawanserei zu einer lauten, lärmenden Zuflucht. Reisende tranken Tee und tauschten an ihren Feuern Neuigkeiten aus, während fliegende Händler sich auf der Suche nach Kunden durch das Durcheinander drängten. Mindestens ein Dutzend Sprachen und Rassen waren auszumachen, darunter Hindus mit Turbanen, eine Gruppe Chinesen mit ihren langen schwarzen Zöpfen, die ihnen über den Rücken baumelten, und Araber, die ihre weißen Tücher auf dem Kopf mit schwarzen Kamelhaarkordeln befestigt hatten.

Über dem Büro des Verwalters hing eine Lampe, und Saleh ging hinein, um ihre Unterbringung für die Nacht eintragen zu lassen. Zum Glück gab es noch Platz, und man wies ihnen einen Verschlag im abgelegensten Winkel des Gebäudes zu. Nachdem sie ihr Gepäck in dem kleinen Raum untergebracht hatten, begann Murad, ein Feuer zu entfachen, Juliet legte die Kamele nieder, und Ross und Saleh machten sich auf die Suche nach dem Kafila-Bashi, dem Karawanenführer.

Während sie sich ihren Weg durch den überfüllten Hof suchten, dachte Ross darüber nach, daß Juliet ihn zu Recht gewarnt hatte, seine ritterlichen Instinkte zu unterdrükken. Es fiel ihm unendlich schwer, danebenzustehen und zuzusehen, wenn Juliet schwere Arbeiten verrichtete. Seine Vernunft sagte ihm, daß das Unsinn war: Wenn er nicht gewußt hätte, wer unter der Verkleidung steckte, hätte er niemals ihre Kompetenz in Frage gestellt, mit Kamelen und deren Lasten zu ringen. Sie war größer als Saleh oder Murad und – obwohl leichter gebaut – wahrscheinlich mindestens so kräftig. Nichtsdestoweniger sind alte Gewohnheiten hartnäckig, und Ross hatte einige Mühe, sie so zu behandeln, wie er mit Männern umgegangen wäre.

Das Grundproblem lag natürlich darin, daß er unmöglich vergessen konnte, wer sie war. Einfach unmöglich.

Der Kafila-Bashi hatte sein Büro in einem größeren Verschlag in der Nähe des Eingangs. Als Ross und Saleh eintraten, verhandelte der Karawanenleiter gerade mit dem Anführer einer Gruppe afghanischer Händler, die mit der großen Karawane mitreisen wollten. Nachdem sie die Bedingungen und die Marschordnung festgelegt hatten, entließ der Kafila-Bashi die Afghanen und wandte sich zu Ross und Saleh.

»Salam aleikum.« Er winkte ihnen, sich zu setzen. »Ich bin Abdul Wahab. Wie kann ich euch dienen?«

Nachdem Ross den Gruß erwidert und sich auf dem festgestampften Lehmboden niedergelassen hatte, musterte er den Kafila-Bashi,dessen Kleider und Gesichtszüge ihn als Usbeken auszeichneten. Er war ein breitschultriger Mann in mittleren Jahren mit verengten dunklen Augen und der Aura der unangefochtenen Macht eines geborenen Führers.

Ross stellte sich als Kilburn vor, danach Saleh. Dann machten sie die Bedingungen für ihre Gruppe ab, mit der Karawane zu reisen, die noch vor Tagesanbruch am folgenden Morgen losziehen würde. Ross hatte den Mann die ganze Zeit über eingeschätzt und beurteilt und traf schließlich eine Entscheidung. »Ich denke, du solltest wissen, daß ich ein Ferengi bin, ein Engländer.«

Abdul Wahabs Brauen hoben sich. »Für einen Ferengi sprichst du gut Persisch. Nur ein Hauch von Akzent . . . ich hielt dich für einen Belutschen aus dem Süden Afghanistans.« Sein Blick wanderte zu Saleh. »Du bist doch nicht auch ein Ferengi?«

Saleh schüttelte seinen beturbanten Kopf. »Nein, ich bin Usbeke wie du. Die anderen Mitglieder unserer Gruppe sind ein Perser und ein Targi. Kilburn ist der einzige Ferengi.«

Der Kafila-Bashi wandte sich wieder an Ross. »Warum hast du mir das gestanden?«

»Die Unversehrtheit der Karawane liegt in deiner Verantwortung. Ich wollte nicht etwas verhüllen, was dir vielleicht Ärger bereiten könnte.«

»Ein ehrbares Motiv.« Mit gerunzelter Stirn strich Abdul Wahab sich über den schwarzen Bart. »Geh nicht nach Buchara, Kilburn. Wenn du es tust, bist du ein Sohn des Todes, denn der Emir haßt alle Europäer. Wenn du ein paar Tage in Sarakhs wartest, wird eine andere Karawane kommen, die dich nach Chiwa, meiner Heimatstadt, bringt. Dies ist ein sichereres Ziel für einen Ferengi.«

Die Meinungen über die Weisheit, nach Buchara zu gehen, schienen wirklich einhellig zu sein, dachte Ross entnervt.

»Ich habe keine Wahl. Ich möchte erfahren, was aus meinem Bruder, einem britischen Offizier, geworden ist, der in offizieller Mission nach Buchara gegangen ist und dort vom Emir gefangengenommen wurde.«

Die buschigen Augenbrauen des Karawanenführers zogen sich zusammen. »Ist er ein großer hellhaariger Mann wie du?«

Ians Haar war eher braun als blond, aber er hatte Ross' Größe und sehr helle Haut. Ross nickte. »Ja.«

»Mit eigenen Augen habe ich einen Ferengi von dieser Beschreibung gesehen, wie er vor einem Monat hinter dem Palast des Emirs enthauptet wurde. In der Menge war zu hören, daß er Soldat war.« Abdul Wahabs Miene zeigte Mitgefühl. »Ich bin untröstlich, derjenige sein zu müssen, der es dir mitteilt, aber gewiß war der Mann dein

Bruder. Sehr wenig Ferengis erreichen Buchara – noch weniger verlassen es wieder. Setz deine Reise nicht fort, denn du hast keinen Grund dazu.«

Bei diesen Worten zog sich etwas in Ross' Brust zusammen. Trotz aller Gerüchte und gemunkelten Vermutungen war dies das erste Mal, daß er jemanden traf, der persönlich der Exekution eines Europäers beigewohnt hatte, der Ian gewesen sein konnte. Die schwache Hoffnung, die er seit Konstantinopel mit sich getragen hatte, flackerte nur noch schwach und erstarb. Einen Augenblick zog er in Erwägung, den Rat aller zu befolgen und die Reise hier und jetzt zu beenden. Es wäre nicht nur weiser gewesen, sondern hätte ihm auch die qualvollen Wochen in Juliets Nähe erspart.

Doch als sich der Gedanke in seinem Kopf ausgeformt hatte, wurde er sofort durch das lebhafte Abbild von Jean Camerons flehender Miene verfolgt. *Bitte, Ross, ich flehe dich an.* Auch jetzt konnte er nicht ganz sicher sagen, was mit Ian geschehen war, und Jean würde für immer mit der schwachen, zerstörerischen Hoffnung leben müssen.

Und davon abgesehen mußte Ross sich mit schmerzvoller Klarheit eingestehen, daß er nicht wirklich vor dem bittersüßen Vergnügen von Juliets Anwesenheit gerettet werden wollte. »Dein Rat ist weise, Abdul Wahab, aber ich kann ohne einen Beweis nicht zurückkehren. Wenn mein Bruder tot ist, dann wird mir der Emir vielleicht erlauben, seine Leiche nach England zurückzubringen.«

Der Anführer sah ihn pessimistisch an, nickte aber. »So soll es sein.«

Ross wollte nun mehr über den Ferengi wissen. »Der Mann, den man exekutiert hat – wie war sein Zustand?«

»Sehr schlecht. Er bestand aus kaum mehr als Haut und Knochen und hatte überall auf dem Körper schreckliche schwelende Wunden. Er wirkte wie ein alter Mann, obwohl ich nicht glaube, daß er es war.« Abdul Wahab verzog das Gesicht. »Wußtest du, daß der Emir in seinem Kerker besonderes Ungeziefer hält, nur um die Gefangenen mehr zu quälen? Ich glaube nicht, daß ein Ferengi viel länger dort überlebt hätte. Das Schwert hat ihm zumindest das Leiden verkürzt.«

»Mein Bruder wäre tapfer in den Tod gegangen«, erwiderte Ross mit trotzigem Unterton.

»Aye, das ist er. Obwohl er schwach war, stand er aufrecht und schlug das Zeichen des Kreuzes über seiner Brust, wobei er in seiner eigenen Sprache etwas sagte. Ich weiß es nicht mit Sicherheit, aber ich glaube, er hat seine Seele zu dem christlichen Gott befohlen.« Der Kafila-Bashi senkte respektvoll den Kopf. »Für einen Krieger ist es richtiger, im Kampf zu sterben, aber ich kann dir versichern, daß er sich oder seine Familie nicht entwürdigt hat.«

Ross war kurzfristig überrascht, denn sein Schwager war nie religiös gewesen, und das Zeichen des Kreuzes war unter schottischen Presbyterianern nicht gerade üblich. Doch nachdem er einen Augenblick darüber nachgedacht hatte, begriff er die Geste. Ganz abgesehen davon, daß Monate der Gefangenschaft jeden Glauben verändern konnten, klang das Bekreuzigen ganz nach einem letzten Beweis des Widerstands, eine öffentliche Proklamation seiner Nationalität und seiner Religion. Bis zum Ende blieb er unbeugsam. Vielleicht war das seiner Familie ein kleiner Trost.

»Ich danke dir für die Auskunft, Abdul Wahab.« Ross hob sich auf die Füße. »Als Ausgleich für den möglichen Ärger, den du durch mich haben könntest, sind mein Diener Jalal und ich gut bewaffnet und werden nicht zögern, die Waffen zur Verteidigung der Karawane einzusetzen.«

»So Gott will, wird es nicht nötig sein, aber ich bin froh,

es zu wissen.« Zwei andere Männer traten nun in den Verschlag, und der Karawanenführer nickte zum Zeichen, daß sie entlassen waren, um sich dann den beiden Neuankömmlingen zuzuwenden.

Mit Saleh an seiner Seite trat Ross in den Hof hinaus und dachte, daß bis jetzt alles recht gut verlief. Der Kafila-Bashi machte den Eindruck eines toleranten und fähigen Mannes, und mit etwas Glück würden sie die Karakum ohne Zwischenfälle durchqueren. Ross freute sich darauf, die letzte Etappe seiner Reise in Angriff zu nehmen.

Dummerweise mußte er vorher Juliet berichten, was er über ihren Bruder gehört hatte. Und darauf freute er sich überhaupt nicht.

Kapitel 8

JULIET HOCKTE AN der Außenwand der Karawanserei, hatte die Arme locker gekreuzt auf ihre angezogenen Knie gelegt und beobachtete müßig Murad, der sich um das Feuer kümmerte und das Abendessen zubereitete.

Im Verlauf des Tages hatte es der Perser irgendwann aufgegeben, mit ihr Konversation zu machen, denn sie hatte entweder mit eisigem Schweigen oder aber mit geknurrten Einsilbern auf seine Versuche reagiert. Obwohl sie bedauerte, daß sie so grob mit ihm umging, wußte sie doch, daß sie eine Närrin sein mußte, wenn sie sich mit dem jungen Mann anfreundete. Je weniger er über sie wußte, desto besser.

Sie veränderte leicht ihre Position, um dem Scheuern des miederartigen Kleidungsstücks zu entgehen, das sie unter ihrem Gewand trug, um die Brüste flacher erscheinen zu lassen. Bisher hatte sie sich niemals um solche Dinge Gedanken gemacht. Wenn sie Männerkleidung getragen hatte, dann eher, weil es passender und praktischer gewesen war, kaum aber, um ernsthaft zu versuchen, ihr Geschlecht zu verbergen. Wie auch immer – diese Reise war anders, und deswegen hatte sie alle möglichen Vorkehrungen getroffen, damit man sie möglichst an nichts als Frau identifizierte. Da sie wußte, daß sie es vermutlich permanent tragen mußte, hatte sie das Stück so locker wie möglich geschnitten, aber sie war dennoch lästig. Wenigstens war das Klima im Augenblick erträglich. Im Sommer wäre das Mieder weitaus schwieriger zu ertragen gewesen.

Sie blickte über den Hof und entdeckte Ross und Saleh, die sich durch das Gewimmel von Menschen, Kamelen und Feuern wanden. Ross trug seine asiatische Kleidung, als wäre er darin geboren worden. Es war kaum zu glauben, daß er in Wirklichkeit ein britischer Aristokrat war. Da ihr Gesicht unter den Schleiern verborgen war, erlaubte sich Juliet ein kleines Lächeln, als sie feststellte, daß er nun wie ein orientalischer Aristokrat aussah. Es gab nichts, was ihr Mann tun konnte, um seine Erscheinung weniger vornehm wirken zu lassen.

Da nun alle wieder zusammen waren, wurde es Zeit zum Essen. Nachdem Ross, Saleh und Juliet sich um einen tiefen, runden Tisch gesetzt hatten, stellte Murad eine Platte vor sie und ließ sich dann selbst nieder. Die Stücke gebratenen Hammels aus dem Basar wurden auf gekochtem Reis serviert, den sie im Laden der Karawanserei gekauft hatten. Dazu gab es frisches Fladenbrot.

In der ganzen islamischen Welt war es üblich, mit den Fingern zu essen, aber nur mit der rechten Hand, da die Linke rituell unrein war und niemals in einen gemeinsamen Teller greifen durfte. Juliet hatte schon so lange auf diese Art gegessen, daß es ihr ganz natürlich vorkam. Sie konnte mit der Rechten geschickt den Reis zu Kugeln rollen und sie dann mit einem raschen Zucken des Daumens genüßlich in den Mund werfen, denn es zeugte von schlechten Manieren, die Finger in den Mund zu stecken. Allerdings hatte sie noch nie versucht, mit verschleiertem Gesicht zu essen, und das stellte sich als schwierig heraus. Selbst bei den Tuaregs behielten nur die striktesten

Männer den Schleier beim Essen an, und während Juliet verzweifelt kämpfte, die Technik zu meistern, begriff sie, warum.

Sie hatte den Tagelmoust gelöst, so daß sie ihre Hand darunterschieben konnte, stellte aber schnell fest, daß sie permanent aufpassen mußte, daß der Schleier nicht verrutschte. Zweimal fummelte sie schrecklich herum, als sie die Hand zum Mund hob und ließ den Reis über ihr schwarzes Gewand fallen. Als es ihr noch mal passierte, fing sie Ross' belustigten Blick auf und funkelte ihn wütend an, daß er es ja nicht wagte, laut aufzulachen.

Glücklicherweise teilte der Brauch einen Gemeinschaftsteller in unsichtbare Zonen ein, und es war sehr unhöflich, von der Ration des anderen zu nehmen, ansonsten hätte Juliet nichts abbekommen. Als sie endlich fertig war, war der Rest des Tellers längst leer, und die Männer tranken bereits ihren Tee.

Juliet nahm eine kleine Tasse an und lernte prompt, daß Trinken mit Schleier noch problematischer war. Zudem begriff sie, daß es unmöglich sein würde, aus einem Wasserschlauch zu trinken, ohne den Schleier zu senken. Sie würde also aufpassen müssen, daß sie nur dann trank, wenn niemand außer Saleh oder Ross sie sehen konnten. Mit etwas Glück würde vielleicht jemand, der einen Blick auf ihr Gesicht erhaschte, denken, sie wäre ein bartloser Jüngling, aber es schien günstiger, sich nicht allein auf Glück zu verlassen.

Nachdem alle satt waren, verkündete Ross: »Wir werden noch vor der Dämmerung aufbrechen.« Dann blickte er zu Juliet. Auf Tamahak, als würde er dieselbe Auskunft noch einmal geben, sagte er: »Wir treffen uns hinter der Karawanserei in ungefähr zehn Minuten.«

Sie murmelte etwas Neutrales als Zustimmung, während sie sich neugierig fragte, was er wohl mit ihr besprechen wollte. Nun, es gab nur eine Möglichkeit, es herauszufinden, und so kam sie auf die Füße und ging ohne weiteren Kommentar in den Hof. Vorzugeben, ein rauher Targi zu sein, gab ihr die Chance, sich wie ein ungezogener Schuljunge zu benehmen, und sie mußte sich selbst eingestehen, daß es wirklich Spaß machte.

Langsam wurde es spät, und der Lärmpegel sank, als die Leute sich langsam zur Ruhe begaben. Ohne sich zu beeilen, als hätte sie nichts Besonderes vor, schaute Juliet nach den dösenden Kamelen und schlenderte dann über den Hof, zum Torbogen hinaus und in die Basar-Straße. Dort wandte sie sich nach links und folgte der Mauer der Karawanserei.

Als gewaltigen Kontrast zur Front des Gebäudes fand sie hinter der Karawanserei die leere Wüste vor, die sich, so weit das Auge reichte, nach Osten erstreckte. Unter der schmalen Mondsichel blies ein kräftiger Wind aus dem Norden, der die Dornenbüsche schüttelte, die sich hartnäckig in den kargen Boden krallten.

Juliet nahm einen tiefen Atemzug von der trockenen Luft, die nach Wüste duftete. Als sie wieder ausatmete, spürte sie, wie die Spannung von ihr wich. Ihre Maskerade war doch anstrengender gewesen, als sie vermutet hatte. Es war eine Sache, als Mann verkleidet zu sein, wenn sie mit ihren Leuten unterwegs war, denn die wußten ohnehin, wer sie wirklich war. Eine ganz andere Sache war es jedoch, monatelang dazu verdammt zu sein, die Verkleidung aufrecht zu halten. Aber immerhin hatte sie den ersten Tag erfolgreich gemeistert, und der zweite würde einfacher werden.

Sie stand reglos im Schatten eines knorrigen, borstigen Baumes und gewöhnte ihre Augen an das Sternenlicht. Kein Mensch war in der Nähe; die Männer, die durch die gewaltige Leere der Wüste reisten, zogen es gemeinhin vor, die Gesellschaft von Gefährten zu genießen, wann immer es möglich war.

Etwa zehn Minuten später kam Ross ohne Eile um die Ecke der Karawanserei gebogen. Selbst in der Dunkelheit hatte sie keine Schwierigkeiten, ihn an seiner Größe und der kontrollierten Kraft seiner Bewegungen zu erkennen. Juliet regte sich nicht und wartete gespannt, ob er sie entdecken würde. Etwa hundert Fuß entfernt blieb er zögernd eine ganze Weile stehen, dann kam er direkt auf sie zu.

Beeindruckt fragte Juliet sich, wie er sie so schnell hatte ausmachen können. Es hatte den Wind im Rücken gehabt, von ihrem Duft her konnte er sie nicht erkannt haben. Zudem hatte sie kein Geräusch gemacht, und ihr dunkles Gewand dürfte in den Schatten praktisch unsichtbar sein. Dennoch weigerte sie sich, ihm die Befriedigung zu geben, indem sie nachfragte, wie es ihm gelungen war. Als er nur noch ein paar Schritte entfernt war, fragte sie auf englisch: »Stimmt etwas nicht, Ross?«

»Ich fürchte, so ist es.« Mit ausdruckslosen, unumwundenen Worten erzählte er ihr, was der Kafila-Bashi über den Ferengi gesagt hatte, dessen Exekution er gesehen hatte.

Juliet akzeptierte die Neuigkeiten mit stoischer Ruhe, denn es war nicht wirklich eine Überraschung. Doch als Ross ihr den körperlichen Zustand des Mannes beschrieb und die Art, wie er in den Tod gegangen war, zog sie unweigerlich scharf und gequält die Luft ein.

»Es tut mir leid, Juliet«, schloß Ross mit fast unhörbarer Stimme.

»Leider wird Ians Tod dadurch real«, gab sie zurück, wobei sie um ihre Haltung kämpfte. »In meiner Erinnerung ist er immer noch zwanzig und voller Energie und Lebensfreude. Ihn mir ausgezehrt vorzustellen, gefoltert vielleicht und so schwach, daß er kaum auf den Füßen stehen kann . . . das erscheint mir so falsch.« Sie zitterte plötzlich. »Als wir noch klein waren, wünschten wir uns beide, die ganze Welt zu sehen und alles zu wagen, was gewagt werden konnte. Und nun ist Ians Zeit des Abenteuers vorbei, blutig beendet vor einer Menge neugieriger Fremder.«

Ihre Stimme brach. Das Bild ihres Bruders, wie er litt, hatte das frühere von ihm als kraftvollen, gesunden Mann ersetzt, und sie konnte es nicht mehr rückgängig machen. Wie betäubt fragte sie sich, ob das die Art war, wie Abenteuer gewöhnlich endeten – in Qualen und in sinnlosen Tragödien, und das Tausende von Meilen von zu Hause entfernt.

Ross berührte ihre Schulter in wortlosem Trost. Sein Mitgefühl riß fast nieder, was ihr an Beherrschung geblieben war. Juliet senkte den Kopf, vergrub ihr Gesicht in den Händen und wollte nur noch weinen: Um den Tod ihres Bruders, über die Vergänglichkeit von Jugend und Hoffnung, um den Tod der Liebe. Um letzteres am allermeisten.

Zornig wischte sie sich mit dem Handrücken die Tränen aus den Augen. Dann hatte sie plötzlich das Bedürfnis nach mehr Luft, zog den Schleier nieder und ließ den Wind zum ersten Mal seit vielen Stunden ihr Gesicht liebkosen.

»Möchtest du die Reise aufgeben?« fragte sie, als sie ihrer Stimme wieder trauen konnte. »Wenn wir umkehren wollen, ist jetzt die richtige Zeit dazu.«

»Ich habe es in Erwägung gezogen«, antwortete Ross bedächtig. »Aber auch wenn Abdul Wahab bei der Exekution dabei gewesen ist, wissen wir immer noch nicht, warum Ian umgebracht wurde. Dieses Wissen könnte sowohl für die Regierung als auch für deine Familie nützlich sein, und wir können es nur herausfinden, wenn wir nach Buchara gehen. Dazu kommt, daß es für deine Mutter sehr viel bedeutet, wenn Ians Leiche zum Begräbnis nach Schottland überführt werden könnte.«

»Mir würde es auch sehr viel bedeuten.« Juliet wollte noch mehr hinzufügen, aber ihre Kehle zog sich zusammen, und sie brachte kein Wort mehr hervor.

»Komm, gehen wir ein Stück spazieren, bevor wir zurück müssen.« Leicht legte er ihr die Hand auf den Rükken und führte sie in die Wüste hinaus.

Als sie nebeneinander her gingen, fragte sie sich, ob Ross sich überhaupt bewußt war, daß er sie berührte. Wahrscheinlich nicht, denn die Geste hatte die beiläufige Vertrautheit eines alten Freundes, ohne jegliche Erotik darin. Ganz im Gegensatz zum Abend zuvor, als zwischen ihnen die Leidenschaft Funken gesprüht hatte.

Und sie spürte sie jetzt noch, die Leidenschaft. Den ganzen Tag war sie sich der Nähe ihres Mannes fast schmerzhaft bewußt gewesen. Doch sie fühlte, daß er sein Verlangen unterdrückt hatte, und das offenbar so gründlich, als hätte er eine Lampe gelöscht. Daß er das konnte, überraschte sie nicht. Sie hatte es viel erstaunlicher gefunden, daß er sie zuerst begehrt hatte. Sie hatte es mit siebzehn nicht begreifen können, und nun hatte sie noch mehr Schwierigkeiten damit. Aber weil er der einzige Mann gewesen war, der ihr jemals das Gefühl gegeben hatte, wirklich begehrenswert zu sein, frustrierte seine Zurückweisung sie nun gewaltig.

Gott sei Dank empfanden sie noch Sympathie füreinander, auch wenn diese nur ein schwacher Abklatsch von dem war, was sie früher aneinander gebunden hatte. Und gerade in dieser Nacht, da sie mit dem Bild ihres sterbenden Bruders zu kämpfen hatte, brauchte sie seine Nähe dringend.

Nach einigen Minuten in Schweigen, durch das nur das

schwache Knirschen ihrer Schritte und das Flüstern des Windes drang, sagte Ross schließlich: »Vermißt du Großbritannien eigentlich jemals, Juliet?«

»Manchmal«, gab sie ehrlich zu. »Ich vermisse das Grün. Seltsam, daß die Briten Regen nicht einfach als normal, sondern oft genug als Ärgernis ansehen. Hier ist das Wasser ein Geschenk Gottes.«

Er nickte. »Hier werden Sonne und Hitze als normal und manchmal als Ärgernis betrachtet. In schlechten Sommern in England hält man diese Dinge für ein Geschenk Gottes.«

Sie lächelte ein wenig. »Ja, das ist schon wahr. Offenbar liegt es in der Natur des Menschen, sich immer nach dem zu sehnen, was selten vorkommt.« Dann verfiel sie wieder in Schweigen, weil sie nicht wußte, wieviel sie sagen konnte, ohne mehr einzugestehen, als sie es wollte. »So sehr ich Serevan liebe, werde ich doch in Persien immer eine Fremde bleiben. Ich habe erst wirklich begriffen, wie sehr ich durch europäische Werte geprägt bin, als ich begann, inmitten einer fremden Gesellschaft zu leben. Seltsam genug, aber ich habe weniger Probleme, mit den Männern auszukommen als mit den Frauen.«

»Ich denke, das liegt an deiner Art zu leben. Reiten, Waffentragen, Befehle geben . . . das ist hier alles den Männern vorbehalten. Du hast niemals das eingeschränkte Leben einer orientalischen Frau kennengelernt, also hast du mit ihnen nicht viel gemein.«

»So habe ich darüber noch nie nachgedacht, aber es scheint genau das zu sein.« Juliet lächelte selbstkritisch. »Zuerst habe ich versucht, etwas zu verändern. Ich wollte die Frauen von Serevan befreien, sie überzeugen, ohne Schleier herumzulaufen und mehr Respekt zu verlangen.«

»Von deinem Tonfall schließe ich, daß du wenig Erfolg gehabt hast.«

»Überhaupt keinen.« Sie seufzte. »Die Frauen Serevans waren viel glücklicher mit Schleier, in ihren Frauenhäusern, mit ihrem abgeschlossenen Leben. Schließlich gab ich auf. Sogar Salehs Frau, die intelligent und klug ist, hörte mir zwar zu, zuckte dann allerdings die Schultern und meinte, daß sich das Leben einer Engländerin sehr unbequem anhört.«

»Kultur ist stärker als Ideologie«, bemerkte Ross, »und die meisten Leute leben besser damit, den Bräuchen zu folgen, mit denen sie aufgewachsen sind. Geborene Rebellen wie du sind selten.«

»So sieht es aus. Aber es tut mir leid, daß ich mit den Frauen hier so wenig gemein habe, denn es begrenzt die Freundschaften. Ich vermisse eine Freundin . . . und ganz besonders vermisse ich Sara.« Plötzlich hielt Juliet inne, als sie bemerkte, daß sie sich zu sehr dem gefährlichen Gebiet ihrer gemeinsamen Vergangenheit näherte.

Vielleicht fühlte er dasselbe, denn Ross wechselte das Thema. »Die Tatsache, daß du die Gesellschaft von Frauen genießen kannst, unterscheidet dich von Lady Hester Stanhope. Sie haßte ihre Geschlechtsgenossen und wäre wahrscheinlich glücklicher gewesen, wenn sie als Mann geboren worden wäre. Dann wäre sie vermutlich ein herausragender General oder Politiker geworden.«

Juliet griff das neue Thema begeistert auf. »Stimmt ja, du hast ja Lady Hester besucht. Wann warst du da? Wie war sie denn so?«

Ross zögerte. Offenbar hatten die langen Jahre die naive Bewunderung seiner Frau für die selbsternannte »Königin der Araber« nicht vermindert, und er wollte ihr die Illusionen nicht nehmen. »Ich lernte Lady Hester vor sechs oder sieben Jahren kennen. Sie war schlagfertig und hatte klare Meinungen. Launenhaft. Bewundernswert, aber auch bemitleidenswert.«

Juliet war entsetzt. »Wie kann so eine unglaubliche Frau wie Lady Hester bemitleidenswert sein? Es hat nie eine wie sie gegeben!«

»Das ist sicher richtig.« Ross erkannte, daß er vorsichtig mit dem, was er sagte, sein mußte. Seine Frau hatte an diesem Abend bereits genug schlechte Nachrichten gehört. »Aber als ich sie besuchte, war ihre Gesundheit bereits schwer angegriffen, und sie verließ ihre Festung praktisch nicht mehr. Für eine Frau, die eine großartige Reiterin und passionierte Reisende gewesen ist, muß das sehr schwer gewesen sein.«

Etwas scheu gestand Juliet: »Als ich mich entschloß, in Serevan zu bleiben, schwor ich mir, genauso zu leben und zu handeln wie Lady Hester: Jeden Flüchtling, egal aus welchem Stamm und von welcher Herkunft, willkommen zu heißen – jeden in meinen Mauern zu beschützen und niemanden hungrig fortzuschicken.« Ihre Stimme klang verträumt. »Es verblüfft mich immer noch, daß die Nichte von William Pitt, die im Mittelpunkt der britischen Politik lebte, der Gesellschaft einfach den Rücken zukehrte, um ihr eigenes Königreich in Syrien zu erschaffen.«

»In gewisser Hinsicht ist das höchst verständlich«, antwortete Ross nachdenklich. »Lady Hester war zum Regieren geboren worden, aber was sie an Einfluß besaß, rührte aus der Tatsache, daß sie die Nichte des Premierministers war. Nachdem Pitt gestorben war, gab es in England für sie nichts außer Ungewißheit, und das hätte sie verabscheut. Im Osten konnte sie genau das tun, was sie wollte, und sie besaß wieder Autorität.«

Eifrig setzte Juliet hinzu: »Sie war unglaublich mutig. Kennst du die Geschichte, wie sie als erste Europäerin die Ruinen von Palmyra besucht hat? Sie hatte den Mut, sich absolut in die Hände und in den Schutz von Beduinenräubern zu begeben –« Abrupt brach Juliet ihren Monolog ab. »Tut mir leid ... du weißt das natürlich alles. Bitte erzähl mir, wie es war, sie zu treffen.«

»Ich war damals in Zypern und beschloß, in den Libanon überzusetzen, natürlich in der Hoffnung, daß Lady Hester mich bemerken würde. Schließlich hat man nicht allzu oft die Chance, eine lebende Legende kennenzulernen.«

Ross und Juliet hatten sich inzwischen ein gutes Stück von der Karawanserei entfernt, also setzten sie sich in stummem Einvernehmen auf ein Fleckchen weichen Sands vor einem Hügel, der sie vor dem Wind schützte. »Obwohl kein Besucher jemals abgewiesen wurde, weigerte Lady Hester sich oft, sie persönlich zu treffen. Aber ich hatte Glück – sie erinnerte sich aus ihrer Zeit in der Politik an meinen Vater und beschloß, mich zu empfangen.« Er grinste. »Es war wirklich ein Erlebnis. Obwohl Lady Hester fast sechzig war, war sie immer noch eitel genug, um sich nur nach Einbruch der Nacht bei anderen blicken zu lassen, da das Lampenlicht immer schmeichelhaft ist. Nachdem ihre Diener mir ein ausgezeichnetes Essen serviert hatten, ließ sie nach mir rufen.«

»Worüber habt ihr gesprochen?« forschte Juliet neugierig.

»Ich habe gar nicht gesprochen«, antwortete Ross trokken. »Meine Aufgabe lautete zuzuhören. Sie beschrieb mir den ganzen Abend ihre metaphysischen Theorien. Obwohl ihr Generalzustand nicht allzu gut war, hatte ihre Zunge nichts abbekommen. Ich wurde nicht vor der Dämmerung entlassen.«

»Ich habe gehört, daß Lady Hester eine großartige Rednerin war und so intelligent, daß Pitt behauptete, sie würde niemals heiraten, weil kein Mann mehr Verstand besäße als sie«, bemerkte Juliet. »Wie sah sie aus?« Dies war wohl eine typisch weibliche Frage.

»Sie war eine beeindruckende Gestalt, sogar einiges größer als du. Sie trug die Gewänder eines türkischen Paschas und hatte ähnliche Allüren.« Ross wühlte in seinen Erinnerungen, um die interessanteren Aspekte ihres Aussehens und über ihre Festung von Djoun erzählen zu können, denn er war froh darüber, daß er Juliet von ihrem Kummer über ihren Bruder ablenken konnte. Juliet und Ian hatten sich genauso nah gestanden wie Ross und Sara, und obwohl sie sich wahrscheinlich seit Jahren nicht mehr gesehen hatten, mußte Ians Tod ein gewaltiges Loch in ihrem Leben hinterlassen.

Während Ross redete, hielt er ein aufmerksames Auge auf das Profil seiner Frau, die ihm fasziniert lauschte. Den Schleier heruntergelassen, war ihr Gesicht wie eine blasse, reine Kamee gegen den schwarzen Samt des Himmels. Es lag bittere Ironie in der Szene: Hier saßen sie beide nun ganz allein in einem entfernten, exotischen Teil der Welt, und es war genau die Art von romantischem Erlebnis, das sie immer hatten teilen wollen. Und doch war es zu spät. Genau gesagt: zwölf Jahre zu spät.

Damals, als sie ihre Reise geplant hatten, waren sie davon ausgegangen, daß eine solche Szene in einer leidenschaftlichen Liebesnacht enden würde. Doch nun, da der langersehnte Traum endlich wahr geworden war, hatten sie sich so sehr entfremdet, daß Romantik unmöglich schien.

Dennoch dachte Ross darüber nach. Und er erkannte, daß er sie ziemlich sicher anfassen würde, wenn er sich nicht sofort bewegte. Er stand abrupt auf und klopfte sich den Sand aus den Kleidern. »Für heute abend ist es genug von Lady Hester.« Seine Hand ballte sich zur Faust, als er sich mühsam zurückhielt, sie zu streicheln. »Wir sollten jetzt schlafen. Die Dämmerung kommt früh genug.«

Geschmeidig sprang Juliet auf die Füße. Als sie sich auf

den Rückweg machten, fragte sie: »Was willst du eigentlich tun, wenn du nach England zurückkehrst, Ross? Wahrscheinlich ist es notwendig, den Familienbesitz zu verwalten, aber ich kann mir vorstellen, daß du diese Aufgabe ziemlich langweilig findest. Und ganz sicher reicht es nicht, um all deine Energie zu absorbieren.«

Er antwortete mit einigem Zögern: »Seit Jahren habe ich eine Idee im Hinterkopf, und zwar, ein Institut für orientalische Studien einzurichten. Ein Haus, wo Wißbegierige aus Ost und West sich treffen und Erfahrungen austauschen können. Ich hatte vor, etwas Derartiges aufzubauen, wenn ich nicht mehr würde reisen können. Und nun ist die Zeit gekommen, wenn auch ein wenig früher, als ich erwartet habe.« Er warf einen Seitenblick auf seine Frau. Mit ihrem zügigen, federnden Gang konnte sie mühelos mit seinem mithalten. »Hast du von den neuen Eisenbahnen gehört, die jetzt überall in Europa gebaut werden?«

»Ich habe darüber gelesen, aber es hörte sich eher wie eine vorübergehende Idee an. Ich kann kaum glauben, daß sich Leute so schnell fortbewegen können . . . oder wollen. Und bestimmt ist der Aufwand an Zeit oder Geld, den man für die neuen Strecken benötigen würde, untragbar.«

»Es ist teuer, aber nicht untragbar. In den nächsten paar Jahren wird die Eisenbahn die Welt verändern«, prophezeite Ross. »Eines nicht allzu fernen Tages wird es nicht nur Strecken geben, die jeden Teil von Europa miteinander verbinden, sondern auch welche, die Asien und Amerika durchqueren. Die Welt wird immer kleiner, und in der Zukunft wird es immer wichtiger werden, daß sich die unterschiedlichen Völker verstehen. Und vielleicht könnte mein Institut einen geringen Beitrag dazu leisten.« Er hielt inne, als er bemerkte, daß es albern war, über eine vage Idee in seinem Kopf so viel zu sagen.

»Das ist ein wundervoller Gedanke«, meinte Juliet warmherzig, »und niemand könnte besser ein solches Institut leiten. Du warst immer besonders gut darin, mit Leuten der verschiedensten Lebensweisen zu sprechen und sie dazu zu bringen, sich miteinander zu unterhalten.« Sie lachte leise. »Manchmal fand ich deine Fähigkeit, eine Sache von allen Seiten her zu betrachten, absolut enervierend, aber dein Sinn für Gerechtigkeit in dieser Hinsicht ist einer deiner besten Charakterzüge. Ich bin froh, daß du dein Talent für eine gute Sache einsetzen wirst.«

Ross empfand lächerlichen Stolz über ihr Lob. Wenn es etwas gab, an das er sich bei seiner Frau sehr deutlich erinnern konnte, dann daran, daß sie sich niemals dazu erniedrigt hätte, etwas zu loben, was sie für eine unmögliche Idee hielt.

Er warf ihr wieder einen Blick zu. Sie näherten sich jetzt der Karawanserei, und während er sie ansah, zog sie den Schleier vor ihr Gesicht und befestigte ihn. Dadurch schaffte sie Distanz zwischen ihnen, denn sie wurde wieder zu seinem Diener Jalal. Schweigend legten sie den Rest des Weges zurück.

Eine Öllampe hing im Torbogen der Karawanserei, aber im Hof herrschte Stille, und die Feuer glühten nur noch rötlich. Hier und da schnaubte ein Kamel oder hustete ein Mann, doch niemand war noch wach. Sie hatten länger geredet, als Ross bemerkt hatte. Vorsichtig schlängelten sie sich durch das Gewirr der Schlafenden.

Als sie an ihrem Verschlag ankamen, stand die Tür halb offen, und das schwache Licht reichte aus, um das Innere zu beleuchten. Der hintere Teil des kleinen Raumes war mit ihren Vorräten und dem Gepäck zugestellt und ließ gerade genug Platz frei, daß sich vier Personen auf ihren Matten niederlegen konnten. Murad und Saleh lagen auf der linken Seite nebeneinander, rechts waren die zwei Decken für Ross und Juliet ausgerollt worden.

Als Ross das sah, stieß er einen leisen Fluch aus. Warum, zum Teufel, hatte Saleh es nicht so arrangieren können, daß der ältere Mann neben Juliet schlief? Gleichzeitig sahen die beiden sich an. Es war ihm unmöglich, hinter ihrem Schleier ihre Miene auszumachen, aber er hatte keinen Zweifel, daß sie genauso verärgert war wie er. Die gelöste Stimmung, die zwischen ihnen geherrscht hatte, schwand und wurde durch ein Unbehagen ersetzt, das fast greifbar war.

Nun, sie konnten es im Augenblick nicht ändern, wenn sie nicht unerwünschte Aufmerksamkeit erwecken wollten. Wortlos zog Ross sein Messer aus dem Beutel und legte es auf seine Matte. Obwohl es unwahrscheinlich war, daß eine Karawanserei überfallen würde, hatte er es sich vor langer Zeit angewöhnt, seine Waffe in Griffweite zu haben, wenn er sich niederlegte, denn man wußte ja nie. Dann legte er sich in die Mitte und überließ Juliet damit den Platz an der Wand.

Mit fast lautlosen Bewegungen rollte Juliet sich in ihre Decke und rückte so weit wie möglich von ihm ab. Doch auch wenn Ross ihr den Rücken zuwandte, so war sie sich seiner Nähe doch heftig und fast schmerzhaft bewußt.

Schon die Nacht zuvor, als er wußte, daß sie unter demselben Dach schlief, war es schwer genug gewesen. Sie jetzt nur Zentimeter von sich entfernt zu wissen, war praktisch unerträglich. Jedes Geräusch, das sie machte, vom leisen Rascheln ihres Gewandes bis zu der fast unhörbaren Atmung, schrammte an seinem gespannten Nervensystem wie ein schartiges Messer.

Aber Ross würde es ertragen, weil er mußte. Er war in Pflichterfüllung immer hervorragend gewesen und konnte das Unvermeidliche akzeptieren.

Und so machte er sich daran, mit Techniken, die er in einem buddhistischen Kloster in Indien gelernt hatte, seinen unsteten Geist zu beruhigen. Muskel für Muskel entspannte er sich und verlangsamte gleichzeitig die Atmung. Er zwang sich, sich auf die Luft zu konzentrieren, die in seine Lungen strömte und stieß sie dann langsam wieder aus. Ein – aus. Ein – aus. Den Brustkorb dehnen, wieder zusammensinken lassen. Auch dies würde vorbeigehen. Neben ihm lag nicht seine nervenaufreibende, schöne, unendlich begehrenswerte Frau, sondern ein junger, unwirscher Targi namens Jalal . . .

Es wäre leichter gewesen, sich einzureden, daß Fische fliegen können.

Kapitel 9

IN IHRE DECKE gegen die Wand gekuschelt, brauchte Juliet eine lange Zeit, um einzuschlafen. Sie hatte ohnehin immer einen leichten Schlaf und nun, da Ross nur wenige Zentimeter neben ihr lag, waren ihre Nerven gespannt wie eine Bogensehne. Endlich ergab sich ihr erschöpfter Körper der Müdigkeit, doch sie träumte von überstürzter Flucht und entsetzlichen Verlusten.

Irgendwann in der Nacht jedoch entspannte sie sich. Als sie in den dämmrigen, frühmorgendlichen Schlummer zwischen Wachen und Schlafen glitt, war sie gerade genug bei Bewußtsein, um ihren friedlichen Zustand zu bemerken. Es war so ein schönes, warmes Gefühl, daß es ihr widerstrebte, den Übergang zum richtigen Wachstadium einzugehen.

Obwohl es noch dunkel war, wußte sie, daß es gleich Zeit zum Aufstehen sein würde. Dennoch erlaubte sie sich, ihre halbbewußte Zufriedenheit zu genießen, denn sie wußte, die geringste Bewegung oder das kleinste Geräusch würde sie aus dem goldenen Nebel reißen. Ein sanftes, rhythmisches Pulsieren erfüllte ihren Dämmerzustand, wie das Gefühl eines Herzschlags . . .

Verfluchte Hölle! Schlagartig war sie hellwach und empfand so einen gründlichen Schock, daß sie sich zusammenreißen mußte, ihren Körper nicht mit aller Kraft zurückzureißen. Sie war eingehüllt in Ross' Umarmung! Er lag auf der Seite, hatte seine Arme locker um sie geschlungen, während ihr linker Arm über seiner Hüfte lag und sie ihr unverschleiertes Gesicht an seine breite Brust gepreßt hatte. Ihr linkes Bein hatte sie zwischen seine Schenkel geschoben.

Die Tatsache, daß sie beide in dicke Decken eingerollt waren, machte keinen Unterschied, denn der Effekt, den diese Nähe auf Juliets verwirrte Sinne hatte, hätte nicht heftiger sein können, wenn sie nackt gewesen wären. Jede Faser ihres Körpers vibrierte in einer Reaktion, die teils körperlich, teils irgend etwas anderes, Tiefergehendes und viel Verstörenderes war.

Zitternd stieß sie langsam den Atem aus, ängstlich, Ross aufzuwecken. Gott sei Dank schlief er immer sehr fest. Seine Atmung war tief und gleichmäßig, und er war sich offenbar nicht bewußt, daß sie sich während der Nacht wie die zwei entgegengesetzten Pole eines Magnets aufeinander zubewegt hatten. Sie hatten früher stets so ineinander verschlungen geschlafen, wobei sie sich immer harmonisch dem anderen anpaßten, so daß sie sich permanent berührten. In der Nacht, als ihr Verstand im Schlaf ausgeschaltet gewesen war, hatten ihre Körper instinktiv zu dem zurückgefunden, was vor zwölf Jahren so vollkommen normal gewesen war.

Man hätte darüber lachen können, wenn es nicht so übel gewesen wäre. Mit allergrößter Behutsamkeit zog Juliet sich aus Ross' Umarmung. Doch dann hielt sie einen Moment inne. Zum ersten Mal, seit sie sich wiedergetroffen hatten, konnte sie ihn in Ruhe betrachten.

Im schwachen Licht der aufkommenden Dämmerung hatten seine Züge eine bezaubernde männliche Schönheit. Er war wirklich der bestaussehendste Mann, den sie je kennengelernt hatte, selbst jetzt, da er etwas ungepflegt war und einen schwachen Schatten von Bartwuchs hatte. In den vergangenen Jahren hatte sein Gesicht ein härteres, charakteristischeres Aussehen angenommen. Und dennoch war noch die gleiche grundsätzliche Unauffälligkeit in seinen Zügen, die sie immer so an ihm geliebt hatte. Sie hatte soviel gehabt – und alles fortgeworfen.

In einem plötzlichen Impuls beugte sie sich vor und küßte ihn auf die Mulde zwischen Kiefer und Halsansatz, so zart, daß ihre Berührung ihn kaum stören konnte. Feine Härchen kitzelten ihre Lippen, und sie spürte einen schwacher Geschmack nach Salz, als sie sich zurückzog.

Der Kuß war ein Fehler gewesen, denn trotz ihrer Vorsicht veränderte Ross' Atmung sich, wurde schneller. Das langsame, ausgedehnte Liebesspiel in den frühen Morgenstunden war immer das schönste für sie gewesen. Früher ...

Heftig biß sie sich auf die Unterlippe, um die sinnliche Wärme zu verdrängen, die sich nun in ihrem Unterleib ausbreitete. Eher schnell als vorsichtig machte sie sich endgültig aus seinen Armen frei und rollte sich dann sofort herum. Hinter ihr seufzte Ross auf und bewegte sich immer noch schlafend ein wenig. Man mußte auch für kleine Wunder dankbar sein.

Juliet wickelte den Schleier wieder fest um ihr Gesicht und wartete dann auf die Rufe zum morgendlichen Gebet. Doch auch die dicke Decke, die sie wie eine Rüstung um sich gezogen hatte, konnte die Wärme von Ross' Körper nicht ersetzen.

Verzweifelt fragte sie sich, warum, zum Teufel, das Leben so kompliziert sein mußte.

* * *

Durch die endlose Wüste ohne erkennbare Wege zu reisen, verursachte einen Zustand von fast meditativer Leere im Kopf, den die Araber *kif* nannten. Ross genoß diese Augenblicke, in denen man sich absolut frei fühlte. Frei von allen Sorgen und Problemen!

Es war später Nachmittag, und sie würden bald zum Rasten anhalten, also gähnte er herzhaft, glitt aus dem Sattel und begann, neben seinem Kamel herzulaufen. An einer Führleine mit seinem Reittier verbunden, ging eines der Packtiere hinter ihm.

Inzwischen vier Tage in der Wüste unterwegs, hatte sich in der Karawane die übliche Routine eingespielt. Im Sommer würden die Reisenden am Nachmittag aufsitzen und die ganze Nacht durchreiten, um die tödliche Hitze zu vermeiden, doch da es noch Frühling war und das Klima gemäßigt, brachen sie stets vor der Dämmerung auf und hielten an, wenn es zu dunkeln begann. Die meisten Männer sprachen ihre Gebete während des Rittes, denn der Koran erlaubte das. Aber es gab auch welche, die so gläubig waren, daß sie absaßen, beteten und dann die Karawane wieder einholten.

Es war notwendig, mindesten zwölf bis vierzehn Stunden täglich in Bewegung zu bleiben, denn Kamele schlenderten am liebsten mit einer Geschwindigkeit von nur zwei Meilen pro Stunde dahin. Die Tiere suchten ständig nach Futter, und obwohl die meisten Europäer bei einer Karawane an eine endlose, ununterbrochene Linie dachten, die sich durch die Wüste schlängelte, sah es tatsächlich so aus, daß die Kamele hierhin und dorthin liefen, damit sie jedes karge Büschelchen oder Hälmchen fressen konnten, was zu finden war.

Ross wußte natürlich, daß dies so war, aber es ließ ihm jedesmal die Haare im Nacken zu Berge stehen, wenn ein Kamel aus der Reihe ausscherte. Denn falls in einem solchen Augenblick turkmenische Banditen zuschlugen, war es der Karawane praktisch unmöglich, sich zu verteidigen – die Räuber konnten sich in Ruhe ihre Opfer nacheinander vornehmen. Außer den modernen Gewehren, die er und Juliet bei sich hatten, bestanden alle Waffen im Zug aus Messern, Degen und einer Handvoll altmodischer Musketen.

Wie auch immer – bisher hatte es keinerlei Anzeichen für Ärger gegeben. Zumindest nicht in Form von Räubern. Das Wetter war eine andere Geschichte: am zweiten Tag seit Sarakhs waren sie in einer fast undurchdringlichen Mischung aus Nebel und Staub aufgebrochen, die es ihnen in ihrer Dichte unmöglich gemacht hatte, Anhaltspunkte zu finden, so daß sie sich verirrt und stundenlang gebraucht hatten, um die ursprüngliche Reiseroute wiederzufinden.

Erst als der Dunst sich verzogen hatte, war der Führer wieder in der Lage gewesen, sie auf den Weg zurückzubringen. Als sie am nächsten Morgen aufgewacht waren, war ihr Lager von einigen Zentimetern Schnee eingehüllt gewesen, was zu dieser Jahreszeit sehr ungewöhnlich war und ihren Aufbruch verzögert hatte.

Ross grinste. Himmel, die Kamele hatten den Schnee verabscheut und sich bitter und brüllend beschwert, als sie zum Aufstehen gezwungen wurden, um die Tagesstrecke in Angriff zu nehmen. Aber schließlich beschwerten sich Kamele ja über alles. Mit schlechtem Gewissen klopfte er Julietta freundschaftlich auf den Hals, und sie wandte den Kopf und schenkte ihm einen wohlwollenden Blick. Ja, für ein Kamel war sie wirklich sehr gutmütig.

Ross blickte sich zu seinen Gefährten um, wie er es sich in gewissen Abständen zur Gewohnheit gemacht hatte. Er und Juliet hatten beide zwei Kamele unter Aufsicht, eines zum Reiten, das andere für das Gepäck. Da sie so langsam vorankamen, gingen oder ritten sie, wie immer ihnen der Sinn gerade stand.

Das fünfte Kamel war mit zwei großen Reitkörben ausgestattet. In einem saß Saleh, ausbalanciert von Murad, der in dem anderen reiste. Da keiner der beiden besonders erfahren im Kamelreiten war, hatte Ross es für klüger gehalten, sie zusammen auf eines zu setzen. Wenn das Tier bockte und einer der beiden nicht mehr in der Lage sein sollte, es im Griff zu halten, hatte der andere vielleicht mehr Erfolg. Doch bisher hatte die gelehrige Stute, die sie trug, keinen Ärger gemacht.

Als nächstes suchte Ross nach Juliet, die sich etwa hundert Meter vor ihm befand. Sie marschierte wie ein Wüstenprinz dahin, während ihre langen, dunklen Gewänder sanft um sie herum schwangen. Sie spielte die Rolle des Jalal perfekt; und außer einem usbekischen Kameltreiber, der sie gelegentlich piesacken wollte, zeigte niemand mehr als milde Neugier für den schweigsamen Targi. Auf jeden Fall schien niemand den Verdacht zu haben, daß sie weiblich oder europäisch sein könnte.

Juliet hatte sich zudem als überraschend guter Diener erwiesen, und Ross nahm an, daß ein Hauch von spöttischem Humor in ihrer Ergebenheit lag, als wollte sie ihm zeigen, daß sie gehorchen konnte, falls es nötig war.

Sein Blick blieb nachdenklich an seiner Frau hängen. Keine Frage, daß das Interessanteste, was bisher geschehen war, in der Nacht in der Karawanserei passiert war. Er hatte gelernt, nicht allzu tief zu schlafen, wenn er durch gefährliche Länder reiste, und ihre zögernde Berührung an seiner Schulter hatte ihn augenblicklich aufgeweckt. Zu seinem Vergnügen hatte er keine Gefahr vorgefunden, sondern Juliet, die zu ihm herübergerutscht war und ihre Arme um seinen Hals gelegt hatte. Als er sich zu ihr umgedreht hatte, hatte sie ihren schlafenden Körper an ihn gekuschelt und zufrieden geseufzt, was in ihm schmerzvoll schöne Erinnerungen geweckt hatte.

Sich wieder entspannend, hatte Ross sie in seine Arme gezogen und sich erlaubt, so zu tun, als ob die letzten zwölf Jahre nur ein schlechter Traum gewesen waren. Er hatte sich gesträubt, wieder einzuschlafen, denn ihre Nähe war ein unerwartetes Geschenk, und er wollte es so lange genießen wie möglich.

Während der wunderbar dämmrigen Stunden, die folgten, hatte er sein Bestes gegeben, sein Verlangen zu unterdrücken, war allerdings nicht besonders erfolgreich gewesen. Seine Gedanken waren darum gekreist, was wohl geschehen würde, wenn er sie küßte . . . ihre Brüste liebkoste . . . oder sie noch intimer berührte. Wie würde sie reagieren, und wie lange würde es gutgehen, bevor sie erwachte? Natürlich hatte er es nicht getestet – er wäre ein Narr gewesen, wegzuwerfen, was er gratis bekam, weil er mehr haben wollte.

Als Juliet schließlich aufgewacht war, war sie in seinen Armen regelrecht erstarrt, und ihre entsetzte Reaktion hatte ihm bewiesen, daß es klüger war, sich schlafen zu stellen. Ihr sanfter, fast liebevoller Kuß hatte ihn fast hochfahren lassen, doch es war ihm gelungen, sie zu überzeugen, daß er schlief wie ein Toter.

Bedauerlicherweise hatte die Episode sich nicht wiederholt; in jeder der folgenden Nächte hatte Juliet erfolgreich dafür gesorgt, möglichst dicht an Saleh und weit weg von ihm zu schlafen. Ross fragte sich, was der kleine Zwischenfall zu bedeuten hatte . . . wenn überhaupt etwas. Vielleicht vermißte sie bloß einen Liebhaber aus Serevan und hatte sich ihm zugewandt, weil er einen warmen männlichen Körper hatte. Dieser Gedanke allerdings schmeckte ihm gar nicht. Vielleicht war ihr Verhalten ja auch ein weiteres Zeichen dafür, daß das Band der Ehe sich nicht so leicht lösen ließ. Tja, es war wirklich seltsam, wie wenig Mühe es ihn kostete, die subtile Verbindung zwischen ihnen aufzublasen und bedeutsam zu machen.

Nun, so subtil nun auch wieder nicht. Juliets Nähe verursachte in Ross eine konstante, leicht vibrierende sexuelle Spannung, obwohl sie seit der Nacht in Sarakhs nicht mehr unter vier Augen gesprochen hatten. Er hatte geglaubt, die Tatsache, daß sie praktisch unsichtbar war, würde es leichter machen, aber er hatte sich getäuscht. Seine Vorstellungskraft überwand mit Leichtigkeit das Hindernis ihrer formlosen Gewänder. Noch schlimmer: es lag etwas ausgesprochen Erotisches in dem Wissen, was unter diesem dunklen Stoff verborgen war. Wann immer er sie anblickte, sah er vor seinem geistigen Augen ihren schlanken, geschmeidigen Körper, ihre herrlich langen Beine, den Wasserfall ihrer roten Haare auf der bleichen, seidigen Haut . . .

Heftig riß er sich von ihrem Anblick los. Wenn er in dieser Art weiterdachte, würde er im Handumdrehen körperlich und geistig ein Wrack sein.

Ein paar Minuten später kam der Karawanenführer auf ihn zugetrabt. Abdul Wahab ritt eines der zähen, drahtigen, kleinen Wüstenpferde, und während des Tages patrouillierte er ständig um seine Schutzbefohlenen herum, um sich zu versichern, daß alles in Ordnung war. Während er sich Ross näherte, rief er: »Salam aleikum, Kilburn!«

Ross gab den Gruß zurück. »Und Friede sei mit dir. Schlagen wir bald das Lager auf?«

»Noch nicht.« Der Kafila-Bashi runzelte die Stirn. »Fast einen ganzen Tag in der Irre herumzulaufen war großes Unglück, denn nun ist die Wasserversorgung für viele Mitglieder der Karawane gefährlich niedrig. Ich halte es für besser, heute länger zu reiten, denn ich werde mich so lange unbehaglich fühlen, bis wir die Quelle von Karagosh erreicht haben.«

Ross machte eine Geste zum Horizont im Norden, wo sich dunkle Gewitterwolken in einiger Entfernung zusammenballten. »Es regnet wahrscheinlich bald.«

Der anderen Mann betrachtete eine Weile die Wolken, dann schüttelte er den Kopf. »Es regnet dort hinten, aber ich fürchte, wir werden nicht soviel Glück haben. Obwohl Allah in seiner Gnade mir vielleicht unrecht gibt.« Er hob die Hand zum Abschiedsgruß und trabte weiter, um bei der nächsten Gruppe nach dem Rechten zu sehen.

Ross verstand Abdul Wahabs Sorge, denn die allerwichtigste Aufgabe eines jeden Karawanenführers war es, für genügend Wasser zu sorgen. Dennoch machte sich Ross keine großen Gedanken. Mochte das Wasser auch knapp sein, so würde es in dem milden Frühlingsklima doch nicht kritisch werden, wie es im Sommer leicht geschehen konnte. Selbst wenn sie den Brunnen heute nicht mehr erreichen würden, war ihre Lage doch nicht ernst.

Aus dem Norden kam fernes Donnergrollen, und Blitze zuckten am Horizont, doch wie der Kafila-Bashi vorausgesehen hatte, zog das Gewitter nicht in ihre Richtung. Da sie in den nächsten Stunden nicht rasten würden, zog Ross ein Säckchen getrockneter Datteln aus dem Gepäck und gab jedem seiner drei Gefährten eine Handvoll. Als er sich zur Sicherheit wieder von Juliet entfernte, stellte er fest, daß sie langsam Übung bekam, mit Schleier vor dem Gesicht zu essen. Inzwischen konnte wohl selbst ein anderer Targi keinen Verdacht mehr schöpfen.

Sie zogen durch eine Gegend mit niedrigen Sandhügeln, in der das einzige Leben aus Echsen und gelegentlichen Flecken struppiger Grasbüschel bestand. Einmal, als sie eine Felsnase passierten, die aus dem Sandboden ragte, steckte ein kleines Nagetier den Kopf aus seinem Bau und schnatterte Ross an. Die Szene war friedlich, ohne die Andeutung einer Gefahr, und das lauteste Geräusch war das schwache Klingeln der Glöckchen am Zaumzeug des Leitkamels.

Dann wurden die Hügel zerklüfteter und zwangen die Karawane in eine geschlossenere Gruppe, als sie eine Schlucht durchquerten, die sich abwärts schlängelte. Endlich wurde der Weg wieder gleichmäßiger, als sie eines der trockenen Flußbette kreuzten, die man Wadi nannte. Ross beobachtete, daß Abdul Wahab sein Pferd am gegenüberliegenden Ufer gezügelt hatte und erst düster auf die Sturmwolken blickte, die sich in der Entfernung ballten, dann auf die Stelle ein paar hundert Meter entfernt, wo das Flußbett um eine Biegung außer Sicht verschwand. Er wandte sich zur Karawane um und rief Befehle, sich zu beeilen.

Ross' Miene verhärtete sich, als er nachvollzog, was der Kafila-Bashi befürchtete. Obwohl die Karawane nichts von dem Regen mitbekommen hatte, bestand die Möglichkeit, daß das Wadi mit plötzlicher, tödlicher Kraft geflutet wurde, wenn weiter oberhalb des Flußlaufes genug Wasser gefallen war. Es war typisch für die Wüste, daß man in einem Moment durch Wassermangel gefährdet war, sich im nächsten jedoch bereits vor einem Zuviel des kühlen Naß retten mußte.

Obwohl der Sturm entfernt genug zu sein schien, daß Ross die Gefahr der reißenden Flut als gering einschätzte, zog er am Zaumzeug seines Kamels, um es anzutreiben. Geschafft! Bereits nach ein paar Minuten konnte er das steile Ufer an der anderen Seite erklimmen.

Während sich ein ständiger Strom von Menschen und Tieren in den sandigen Kanal ergoß, suchte Ross die Menge nach seinen Gefährten ab. Das Kamel mit Saleh und

Murad hatte es fast bis zum Ufer geschafft. Juliet dagegen befand sich immer noch in der Mitte des Wadis, weil ihr Packkamel plötzlich störrisch geworden war.

Wenn Ross und Abdul Wahab gedacht hatten, die Gefahr sei gering, so wurden sie jetzt eines Besseren belehrt. Während Juliet noch mit ihren Kamelen kämpfte, schoß eine schmutzigbraune Welle um die Biegung herum. Innerhalb von Sekunden behinderte ein rasch fließender, knöcheltiefer Strom das Vorankommen der Leute, die sich noch im Wadi befanden. Von der erhöhten Position des Pferderückens aus brüllte der Kafila-Bashi: »Schnell! Es kommt noch mehr!«

Alle, die sich bereits in Sicherheit befanden, stellten sich augenblicklich oben am Ufer auf, um dem drohenden Drama zuzusehen. Kalte Angst durchfuhr Ross, als er sah, wie Juliets Kamele den Kopf senkten, um von dem Wasser zu trinken, das um ihre Hufe strömte. Sie konnten sich jeden Moment niederlegen, um sich zu wälzen, wie Kamele es oft in Wasserlöchern taten.

Er wollte gerade zur Hilfe eilen, als es Juliet gelang, ihre Tiere in Bewegung zu setzen, indem sie skrupellos mit ihrer Peitsche auf sie einschlug. Selbst über dem Rauschen von Wasser und den aufgeregt rufenden Stimmen konnte er sie in einer farbenprächtigen Mischung aus verschiedenen Sprachen fluchen hören.

Wütend brüllend ergaben sich die Kamele ihrem stärkeren Willen und ließen sich das steile Ufer in Sicherheit hinauftreiben. Als sie endlich oben waren, hatte der Wasserstand bereits Kniehöhe erreicht und stieg sehr schnell weiter an. Eine zweite Welle wälzte sich um die Biegung und füllte das Wadi bis auf Taillenhöhe, und die Handvoll Männer und Tiere, die sich noch im Flußbett befanden, hatten mit dem Gleichgewicht zu kämpfen. Ein Mann auf einem Esel wäre fast fortgespült worden; glücklicherweise wurde das kleine Reittier lange genug gegen den gewaltigen Höcker eines Kamels gedrückt, daß es wieder Boden unter die Hufe bekam.

Einer nach dem anderen quälten sich Menschen und Tiere durch das wirbelnde Wasser und wurden von den Männern oben am Ufer in Sicherheit gezogen. Schließlich war nur noch ein älterer, usbekischer Teehändler im Wasser, der weit zurückgefallen war. Ross hatte sich einmal mit Muhammad Kasem unterhalten und hatte die Mischung aus ruhiger Würde und Verschmitztheit außerordentlich angenehm gefunden.

Als der alte Mann nur noch eine Armeslänge von dem sicheren Ufer entfernt war, bemerkte Ross, daß er den Atem ausstieß, den er unwillkürlich angehalten hatte. Doch plötzlich – nur noch Zentimeter von den helfenden Händen entfernt – stolperte Kasems Esel und stürzte, wobei er seinen Reiter mit sich ins Wasser zog. Zur gleichen Zeit schwappte eine weitere Welle durch das Flußbett und wälzte sich donnernd heran. Im Handumdrehen war der Wasserstand über Menschenhöhe angestiegen.

Der schrille Angstschrei des Händlers war im Donnern der Fluten kaum zu hören. Sein Turban war fortgerissen worden, und sein rasierter Schädel wirkte beängstigend verletzlich in den schwarzen wirbelnden Wassermassen. Dann zog ein Strudel ihn unter die Oberfläche, und ein kollektiver Seufzer ertönte aus der Menge der hilflosen Zuschauer.

»Vater!« Der furchtbare Schrei kam von einem Mann, der am Rand des Ufers hockte, und aus seiner verzweifelten Miene schloß Ross, daß er wie die meisten Wüstenbewohner nicht schwimmen konnte. Wahrscheinlich hätte er sich jedoch trotzdem in die Fluten gestürzt, wenn zwei andere Männer ihn nicht rechtzeitig gepackt hätten. Niemand sonst versuchte, Muhammad Kasem zu helfen, nicht einmal, indem nach einem Seil zum Werfen gesucht wurde.

Ein Händler neben Ross sagte traurig: »Es ist Allahs Wille.«

»So soll es sein«, stimmte ein anderer hinzu. »Gesegnet sei der Name Allahs.«

Ross erkannte, daß dies einer der Momente war, wo sich der orientalische Fatalismus nicht mit dem westlichen Tatendrang vereinbaren ließ. Noch während er dies dachte, sprintete er bereits das Ufer entlang und stieß andere Karawanenmitglieder grob beiseite. Er hätte es vorgezogen, keine Aufmerksamkeit auf sich zu ziehen, aber er konnte unmöglich dastehen und zusehen, wie jemand ertrank, den er vielleicht noch retten konnte.

Der Esel hatte sich bis auf trockenen Boden gestrampelt und schüttelte nun das Wasser aus Fell und Mähne heraus, doch der Strom hatte seinen Reiter in die Mitte des gefluteten Bettes gezogen. Ross zögerte nicht, sondern handelte rein instinktiv. Hastig riß er sich Messer, Überkleidung und Stiefel vom Leib und ließ sie fallen. Er hatte keine Lust, durch irgendeinen Ballast am Leib im Wasser unter die Oberfläche gezogen zu werden.

Schließlich sprang er in den Fluß und tauchte mit kraftvollen Zügen unter. Das Wasser war kalt und reißend, aber er hatte das Schwimmen in der Nordsee gelernt, und seine kräftigen Armbewegungen brachten ihn schnell dorthin, wo er den Händler zum letzten Mal gesehen hatte.

Da der alte Mann wieder untergegangen war, mußte Ross abtauchen und in dem salzigen, schmuddeligen Wasser, durch das er kaum sehen konnte, nach dem Körper tasten. Er ließ sich vom Strom treiben und mußte zweimal zum Luftholen wieder auftauchen, bis seine Finger festen Stoff fanden. Er packte richtig zu, dann stieß er sich nach oben.

Einen Moment lang trieb Muhammad Kasem auf dem Wasser wie tot, sein Gesicht bläulich weiß und wächsern. Doch dann öffnete er die Augen und begann zu husten.

Ross' Erleichterung war jedoch nur von kurzer Dauer, denn der wieder erwachte Händler begann nun in wilder Panik um sich zu schlagen und zu treten. Ein Hieb traf Ross im Magen, und er mußte nach Atem ringend. Bevor er sich wieder erholt hatte, schlang der andere Mann die Arme um den Hals seines Retters und zog ihn mit sich in die Tiefe.

Mit brennenden Lungen kämpfte Ross, um Muhammad Kasems würgendem Griff zu entkommen. Als er das schmutzige Wasser schluckte, dachte er einen Augenblick, daß dies das Ende war. Er würde hier – mitten in Zentralasien und vor Juliets Augen – jämmerlich ertrinken.

Nein! Mit so einem Bild darf ich sie nicht zurücklassen, dachte er, und der Gedanke verlieh ihm neue Energie, mit der er sich aus dem tödlichen Griff des Händlers winden konnte. Während er sich an die Oberfläche kämpfte, drehte er den Körper des Mannes um und machte ihn mit einem Arm über der Brust bewegungslos.

Wieder durch die Oberfläche zu stoßen, war so ein segensreiches Gefühl, wie er es noch nie zuvor erlebt hatte. Einen Augenblick war er zufrieden, sich einfach treiben zu lassen, während er den Luxus des freien Atmens genoß. Dann begann der Alte sich zu bewegen, und seine Glieder zuckten schwach.

»Ruhig, Onkel, halt still«, murmelte Ross beschwörend. »Du bist in Sicherheit.«

Obwohl seine Atmung vor Furcht rasselte, gehorchte der alte Mann, und Ross bewegte sich auf das Ufer zu, wobei er Muhammad Kasem hinter sich herzog. Durch das sandige Wasser in den Augen war seine Sicht verschwommen, aber er hörte dennoch die Anfeuerungsrufe einiger Männer.

Nur langsam kam Ross voran, denn er hatte nur einen Arm zum Schwimmen, und das Wasser war turbulent wie ein Gebirgsbach. Treibgut traf sie, ein ausgerissener Baumstumpf drückte sie wieder unter Wasser. Ross brauchte seine ganze Kraft, um sie beide aus dem Gewirr der Äste zu befreien, doch er schaffte es und paddelte unbeirrt weiter.

Als er fast am Ufer war, stolperte jemand das steile Ufer hinunter, packte ihn am Arm und zog Ross und seine Last die letzten Meter zur Sandbank hinüber. Auch ohne die englischen Worte, die an seine Ohren drangen, hätte er sofort gewußt, wer es war.

»Du dämlicher Idiot«, knurrte Juliet, als sie Muhammad Kasem fortzog und seinen zerbrechlichen Körper in die wartenden Hände schob. »Du hättest ertrinken können!«

»Bin ich aber nicht«, keuchte Ross, zu erschöpft, um sich eine schlagfertigere Antwort einfallen zu lassen.

»Verdammter Held«, murmelte sie. Da Ross sich kaum bewegen konnte, schlang Juliet einen Arm um seine Taille und zerrte ihn mit all ihrer Kraft ans trockene Land.

Dort brach er in die Knie zusammen und begann, das schlammige Wasser herauszuwürgen, das er geschluckt hatte. Juliets Arme unterstützten ihn dabei die ganze Zeit, und ihre Berührung war viel sanfter, als ihre Stimme es zuvor gewesen war. Als er sich endlich mit schmerzender Kehle wieder aufrichtete, machte sie ihren Wasserschlauch los und hielt ihn an seine Lippen, um den Salzgeschmack des Wassers fortzuspülen.

Immer noch schwach, schaffte Ross es mit Juliets Hilfe, aufzustehen. Er zitterte vor Kälte, und der Wind schnitt durch seine patschnasse Kleidung, die an seinem Körper klebte. Juliet, die ihn mit offensichtlicher Verzweiflung ansah, war ebenso durchweicht, aber die langen Roben verhüllten auch jetzt noch glücklicherweise jede Kontur, die sie als weiblich ausgezeichnet hätte.

Dann hob er den Kopf und entdeckte, daß sich alle Reisenden der Karawane versammelt hatten, um das Drama zu beobachten. Und die meisten starrten ihn an. Wasser ließ sein Haar dunkler erscheinen, aber ganz sicher nicht genug. Sein Schopf und seine weißen Füße ließen nicht viel Zweifel an seiner Fremdartigkeit. Unter den gemurmelten Worten, die durch die Menge liefen, konnte er immer wieder eines ausmachen: »Ferengi.«

Neben ihm spannte sich Juliets Körper an, und ihre Hand fiel zur Seite auf den Knauf ihres Messers. Sie sagte kein Wort, aber während sie die Zuschauer anstarrte, war durch den Schlitz in ihrem Schleier das kalte Blitzen in ihren grauen Augen deutlich zu erkennen. Ross wurde an eine wütende Katze erinnert, die ihre Jungen verteidigen wollte. Sie mochte ihn einen dämlichen Idioten genannt haben, aber er hatte keinen Zweifel, daß sie kämpfen würde, sobald es jemand wagte, ihn anzugreifen.

Glücklicherweise waren keine weiteren Heldentaten mehr nötig, denn die Menge schien eher überrascht und neugierig als feindselig. Der einzige drohende Blick kam von einem bösartigen usbekischen Kameltreiber namens Habib, der sich gern auf Kosten anderer amüsierte, einschließlich »Jalal«. Juliet hatte seine arglistigen Scherze bisher immer ignoriert, aber der Mann war ein Unruhestifter, und zwar genau einer von der Sorte, der einen Mob gegen einen Fremden aufbrachte.

Die Tatsache, daß Ross nun als Europäer identifiziert war, bedeutete nicht automatisch Ärger – er und Alexander Burnes hatten deswegen auf früheren Reisen durch Turkestan keine ernsthaften Probleme gehabt. Aber das war Jahre her, als Zentralasien noch ruhiger und weniger gefährlich gewesen war. Vielleicht reichte dieser einzige bösartige Ferengi-Hasser, um Schwierigkeiten heraufzubeschwören.

Habib spuckte auf den Boden. »Nicht nur ein Ferengi. Auch ein Ungläubiger und Spion.«

Verwirrte Stimmen erhoben sich rund um den Kameltreiber, wurden aber abrupt abgeschnitten, als Abdul Wahab sich durch die Menge drängelte.

»Der Wind ist kalt«, knurrte er, als er Ross eine großes, grobes Tuch reichte. »Trocknet Euch ab, bevor ihr auskühlt.« Dann wandte er sich um und rief: »Da wir jetzt Wasser haben, werden wir das Lager hier errichten.«

Die Akzeptanz des Karawanenführers erstickte eventuell aufkommende Feindseligkeit direkt im Keim, und der Befehl, das Lager aufzuschlagen, brachte die meisten Neugierigen dazu, sich abzuwenden, um einen guten Platz für die Feuer und die Tiere zu suchen.

Ross drückte sich gerade das Wasser aus dem Haar, als Murad herankam, der die Kleider seines Herrn aufgesammelt hatte. Dankbar zog Ross den warmen Mantel über seine triefende Tunika. Er war dabei, seine Stiefel anzuziehen, als Muhammad Kasem sich, gestützt von seinem Sohn, näherte.

»Ich bin ein alter Mann, und mein Leben ist nicht mehr viel wert, doch bin dir dennoch dankbar, daß du es mir bewahrt hast.« Der Händler bewegte sich noch recht unsicher, aber seine Stimme hatte wieder den Unterton des trockenen Humors. »Du hast den Mut und die Kraft eines Löwen bewiesen, und als Dank habe ich dich fast ertränkt.«

Sein Sohn, ein gutaussehender Mann, der Autorität ausstrahlte, setzte hinzu: »Es war eine echte Gnade Gottes, daß du hier gewesen bist, Kilburn.« Er verbeugte sich tief. »Dafür, daß du das Leben meines Vaters gerettet hast, stehe ich, Hussayn, und meine ganze Familie für ewig in deiner Schuld.«

»Es gibt keine Schuld zu tilgen, denn ich tat nur, was jeder Mann getan hätte, wenn es in seiner Macht steht.« Ross ließ das Messer in seinen Beutel gleiten. »Durch Gottes Gnade bin ich am Meer aufgewachsen und lernte schon als Kind zu schwimmen. Dies zu können und es nicht anzuwenden, wäre eine Sünde gewesen.«

»Deine Bescheidenheit ehrt dich, Kilburn«, erwiderte Hussayn. »Nichtdestoweniger hast du dein Leben für das meines Vaters riskiert, und das werde ich nicht vergessen.« Schließlich wandte er sich um und stützte seinen Vater, als sie gingen.

Ross warf einen Blick auf Abdul Wahab. »Es tut mir leid. Ich hatte nicht vor, auf diese Art Aufsehen zu erregen, aber ich hatte keine Wahl. Glaubst du, daß es Ärger geben wird?«

Der Kafila-Bashi schüttelte den Kopf. »Nicht, wenn du das Leben eines Gläubigen rettest. Ich werde die anderen wissen lassen, warum du nach Buchara willst. Es wird dir nur noch mehr Respekt verschaffen.« Nachdenklich blickte er dem Händler hinterher. »Du hast übrigens nicht nur selbstlosen Mut bewiesen, sondern dir auch nebenbei einen mächtigen Freund geschaffen. Obwohl sie sich bescheiden kleiden, wenn sie reisen, sind die Kasems doch eine der wohlhabendsten Familien in Buchara. Vielleicht kann ihr Einfluß dir auf deiner Suche nützlich sein.« Mit einer leichten Neigung des Kopfes machte Abdul Wahab kehrt, um seinen Pflichten nachzukommen.

Saleh gesellte sich nun zum Rest der Gruppe. Er führte alle fünf Kamele, die hintereinander angeleint waren. Vier der Tiere zogen in Richtung Wasser, doch Julietta, die ihre Artgenossen führte, hatte mehr Interesse an ihrem Herrn und Meister. Als sie Ross endlich sah, beschleunigte sie ihren Schritt, bis sie bei ihm stand. Dann senkte sie – eher wie ein Pferd als wie ein Kamel – den Kopf und stupste ihn gegen die Brust.

Eine Geste der Zuneigung von einem Tier, das so groß wie ein Kamel ist, läßt sich nur schwerlich ignorieren, und Ross wäre fast umgeworfen worden. »He, laß das«, lachte er, als sie begann, seine nasse Tunika zu beknabbern. Während er ihre Nase streichelte, sagte er: »Ich vermute, es gefällt dir, daß ich vollkommen durchnäßt bin.«

Hinter ihm ertönte ein Murmeln: »Du bist selbst schuld. Hirnlose Frauen lieben Helden.«

Ross grinste. In der Zeit, die sie zusammen waren, hatte seine Frau ihn gelegentlich beschuldigt, sich übermäßig beschützend zu gebärden, aber sie war noch viel schlimmer, als er je gewesen sein konnte. Es schien tatsächlich so, als sei die Sorge um das Wohlergehen des anderen noch einer der unlösbaren Fäden, aus dem ihre Ehe bestand.

Saleh meldete sich zu Wort: »Kilburn, du und Jalal seid beide naß und braucht etwas zu essen und ein warmes Feuer. Wenn ihr beide die Kamele tränken und die Wasserschläuche füllen würdet, können Murad und ich brennbares Material suchen und ein Feuer anzünden.«

Nach einem zustimmenden Nicken führten Ross und Juliet die Kamele am Ufer des Wadi entlang, bis sie ein flaches Becken am Rand fanden, wo die Tiere sicher trinken konnten, ohne zu riskieren, in den immer noch reißenden Fluß zu stürzen. Glücklicherweise waren sie nicht extrem durstig, denn sonst wären sie wohl schwer zu kontrollieren gewesen. Dennoch drängelten sie wie ungeduldige Schuljungen, als sie ins Wasser wateten.

Während Ross auf die Kamele aufpaßte, löste Juliet die fast leeren Wasserschläuche vom Gepäck und begann, sie wieder aufzufüllen. Das Wasser war trübe, aber der meiste

Sand würde sich setzen. Im übrigen machte die Wüste solche Unannehmlichkeiten unbedeutend.

Kein Mensch war nah genug, um sie verstehen zu können, wenn sie ihre Stimmen gedämpft hielten, und Juliet nutzte diese Tatsache aus. »Das war ein verdammt hohes Risiko, das du da auf dich genommen hast, Ross. Ich kann auch gut schwimmen, aber bei einer solchen Strömung hätte ich es niemals gewagt.«

»Das ist einer der Fälle, wo bloße Kraft und körperliche Größe zählen, Juliet«, meinte er sanft. »Ich hätte es nicht versucht, wenn ich es für lebensgefährlich gehalten hätte.«

»Möglich, aber für mich sah es ganz so aus, als hättest du die Gefahr falsch eingeschätzt . . .« Als sie erkannte, daß sie wie ein altes Fischweib zeterte, klappte sie den Mund wieder zu, zitterte jedoch immer noch. Sie hatte nackte Angst verspürt, als Ross' Kopf so lange unter der Wasseroberfläche verschwunden war.

Mit all seiner Kraft zerrte Ross am Zügel eines Kamels, das gerade einen seiner Kumpanen schikanieren wollte. »Hättest du denn gewollt, daß ich Muhammad Kasem ertrinken lasse?«

Sie zögerte einen Moment und gab dann widerwillig zu: »Vermutlich nicht, besonders, da es ja gut ausgegangen ist. Aber ich hätte mir nicht gewünscht, daß du dein Leben wegwirfst, und am wenigsten für einen Fremden.«

Seine Brauen zogen sich belustigt hoch. »Ist es nicht etwas dumm von dir, dich darum zu sorgen, ob ich im Fluß ertrinke, wenn es doch eine exzellente Chance gibt, daß ich in Buchara auf weitaus unschönere Weise sterben werde?«

Verärgert über die Leichtigkeit seines Tonfalls, gab sie zurück: »Ich würde es vorziehen, wenn du nirgendwo stirbst.«

»Du solltest die Vorteile darin sehen. Wenn ich sterbe, bist du zumindest endlich eine freie Frau.«

»Ich bin bereits eine freie Frau«, fauchte sie. »Du mußt nicht sterben, damit ich es beweisen kann. Als ich sah, wie er dich unter Wasser gezogen hat . . .« Sie biß sich auf die Lippe und war dankbar, daß der Schleier ihre Miene verbarg.

»Es tut mir leid – ich nehme an, es war schlimmer, zuzusehen, als es selbst durchzumachen. Und das Gefährlichste liegt noch vor uns.« Sein Gesichtsausdruck wurde wieder nüchtern. »Ich wünschte bei Gott, daß du in Serevan geblieben wärest.«

Er hatte recht; das Risiko in Buchara würde weitaus größer sein, und Juliet mußte sich unbedingt noch besser beherrschen lernen, als sie es jetzt tat. Seltsam, aber die ganzen Jahre war ihr Leben mehr als einmal in Gefahr gewesen, und sie hatte jedesmal mit einer Gelassenheit reagiert, die die Männer sehnsüchtig staunen machte. Sie holte tief und konzentriert Atem, bevor sie sagte: »Du hättest mich aber nicht davon abhalten können, mitzukommen.«

»Ich weiß. Das ist auch der einzige Grund, warum du hier bist.« Er hob einen der schweren, vollen Wasserschläuche hoch und hievte ihn auf ein Packkamel. »Ich möchte, daß du mir etwas versprichst, Juliet.«

Sie war gerade dabei, den Wasserschlauch zu befestigen, hielt nun aber inne und betrachtete Ross erstaunt. Er stand nur ein oder zwei Schritte von ihr entfernt, und seine Nähe rief ihr heftig und kurz in Erinnerung, wie er ausgesehen hatte, als er aus dem Fluß gestiegen war: Seine nassen Kleider hatten an seinem Körper geklebt und jeden einzelnen starken Muskel seines harten Körpers hervorgehoben. Sie schluckte und versuchte, das störende Bild zu verdrängen. »Was soll ich versprechen?«

Als er den nächsten Wasserschlauch auf ein Tier lud, seufzte er resigniert: »Ich wußte ja, daß du nicht zustimmen würdest, bevor du nicht weißt, um was es sich handelt.«

»Natürlich nicht. Wissen, was man unterzeichnet, ist ja wohl Voraussetzung für einen Vertrag.«

»Ich rede nicht von einem Vertrag.« Er streckte die Hand aus und legte sie auf ihre, die gerade am Packsattel mit den Stricken beschäftigt war. »Juliet, sieh mich an.«

Sie gehorchte widerwillig. Wenn auch der Schleier das meiste ihres Gesichts verbarg, so würde er doch ihre Augen sehen können, und sie befürchtete, daß diese zuviel verraten würden.

Mit tödlichem Ernst sagte er: »Wenn sich die Sache übel entwickelt, werde ich Buchara nicht lebend verlassen, doch als moslemischer Diener hast du eine gute Chance, davonzukommen. Versprich mir, daß du alles tun wirst, um dein Leben zu retten. Wenn es sein mußt, wirst du mich zurücklassen, ja, du sollst mich sogar bei den Männern des Emirs denunzieren, falls nötig. Und um Gottes willen, bitte starte keinerlei wilden, hoffnungslosen Versuche, um mich zu retten. Ich will nicht, daß du aus Sturheit oder Schuldgefühl oder Übermut stirbst.«

Als sie nichts darauf erwiderte, drückte er ihre Hand. »Versprich es mir, Juliet. Bitte.«

Sie haßte seine Worte und konnte sein skrupellos praktisches Denken nicht nachvollziehen. »Kann ich über mein eigenes Leben nicht selbst entscheiden?«

»Vielleicht, aber darum geht es doch gar nicht.« Er seufzte erneut und ließ ihre Hand los. »Würde es einen Unterschied machen, wenn ich dir sage, daß ich vielleicht ein wenig glücklicher sterben würde, wenn ich wüßte, daß du in Sicherheit bist?«

Der Kloß in ihrem Hals war so dick, daß sie Angst hatte, sie könnte daran ersticken. »Also gut. Ich verspreche dir, daß ich meine Lage akzeptieren werde, wenn du verurteilt wirst und man mich übersieht, und daß ich nichts Unsinniges anstellen werde.«

Seine Finger berührten ganz leicht ihren Handrücken. »Ich danke dir.«

Schweigend drehte sie sich um und zog den Wasserschlauch endgültig fest. Sie hatte ein Versprechen gegeben – aber sie war nicht sicher, ob sie es halten konnte. Es war leichter, sein eigenes Leben in einem nutzlosen Rettungsversuch zu riskieren, als danebenzustehen und jemanden in Gefahr zu wissen, für den man etwas empfand.

Sag es, befahl sich Juliet, *wenn auch nur zu dir selbst.* Was für Gefahren auch immer auftauchen mochten, sie würde unmöglich danebenstehen können, ohne den Versuch zu machen, den Mann, den sie liebte, zu retten.

Kapitel 10

WÄHREND DER FLUTWELLE im Wadi hatte Juliet ertragen müssen, ihren Mann in höchster Gefahr zu sehen. Ross kam eine Woche später an die Reihe, hilflos mit ansehen zu müssen, wie Juliets Leben auf dem Spiel stand.

Die Karawane war noch eine Tagesreise von Merw, der größten Stadt zwischen Sarakhs und Buchara, entfernt. Sie hatten sich für die Nacht an einer kleinen Quelle mit wenigem und bitterem Wasser niedergelassen, und die Reisenden errichteten soeben die Zelte und entzündeten die Feuer, als eine Bande Turkmenen ins Lager galoppierte.

Jedermann hielt in seiner Beschäftigung inne und starrte die Reiter an, die vorbeirauschten. Verglichen mit den Händlern, waren die Turkmenen geschmeidig wie Wölfe und ebenso gefährlich.

Murad bereitete gerade Wüstenbrot: ein Gemisch aus Wasser und Mehl, das in ein Sandloch gegeben wurde und dann mit Sand und Kohle bedeckt wurde, um es zu garen. Nun setzte er sich auf seine Fersen und murmelte mit Unbehagen: »Banditen würden doch sicher nicht einfach in das Lager reiten.«

»Nein«, stimmte Saleh zu. »Wahrscheinlich stehen sie

im Dienst von Chiwa oder Buchara und wollen der Karawane Steuern abnehmen. Auch eine Form von Diebstahl, aber wenigstens eine recht harmlose.«

Da er derjenige war, der von ihrer kleinen Gruppe am unauffälligsten aussah, ging Saleh zum Mittelpunkt des Lagers, um herauszufinden, was es geben mochte. Nach etwa einer halben Stunde kehrte er zurück und berichtete: »Der Anführer heißt Khosrow Khan, und er ist ein Yuz-Bashi, ›ein Befehlshaber von Hundert‹. Er kommt in der Eigenschaft als Beamter des Emir von Chiwa und will eine Steuer von eins zu vierzig erheben.« Saleh hockte sich nieder und nahm einen Becher Tee von Murad. »Jede Gruppe soll eine exakte Liste ihrer Güter machen. Der Yuz-Bashi wird jedes Feuer aufsuchen, um den Bestand zu überprüfen und die Steuer zu kassieren.«

Ross nickte ohne Überraschung. »Ich nehme an, daß einige Händler ziemlich enttäuscht sind. Bei den Kämpfen zwischen den Khanaten hätte die Karawane es durchaus schaffen können, einer Besteuerung durch Chiwa zu entgehen.«

Saleh stimmte ihm zu: »Ja, man kann eine gewisse Enttäuschung deutlich spüren. In Tschardshou, wenn wir das Königreich von Buchara betreten, wird eine weitere Steuer eingetrieben werden, noch eine wird fällig, wenn wir am Zollhaus der Stadt selbst vorbeikommen. Dennoch beschützt die Steuer die Karawane wenigstens weitgehend vor Plünderung.« Er nippte an seinem Tee, während sein Gesicht einen besorgten Ausdruck annahm. »Abdul Wahab hat mir gestanden daß Khosrow Khan als Ferengi-Hasser bekannt ist. Es wäre gut, wenn du seine Aufmerksamkeit nicht erregst, Kilburn.«

»Ich werde ganz unauffällig sein«, versprach Ross.

Während der nächsten Stunde geleitete Abdul Wahab den Yuz-Bashi und seine Männer durch das Lager. Die Reisenden gingen ihrer gewohnten Routine nach, obwohl sich jeder der Anwesenheit der Eintreiber unangenehm bewußt war. Juliet und Ross kümmerten sich um die Kamele, während Murad eine dicke Zwiebelsoße bereitete, die mit dem Brot gegessen werden sollte. Saleh beschäftigte sich mit der Aufstellung ihrer Güter.

Obwohl die Turkmenen kein Gepäck öffneten, bewirkte ihre drohende Präsenz rigorose Ehrlichkeit. Fast greifbare Spannung lag über dem Lager. Niemand wollte den Yuz-Bashi verärgern, aus Angst, er könnte vielleicht vergessen, daß er ein Offizieller aus Chiwa war und in die Gewohnheiten seiner wilden Vettern verfallen, die nicht nur eins von vierzig nahmen, sondern direkt alles.

Juliet hielt ein wachsames Auge auf ihren Mann, der sich durch die Anwesenheit der Turkmenen nicht zu stören lassen schien. Wenn es ein Buch gegeben hätte, wie man britische Gelassenheit erreichen konnte, dann hätte er es mit Sicherheit geschrieben.

Als das Brot gar war, grub Murad den flachen Laib aus der Kochmulde und klopfte die Erdbrocken von der Kruste. Dann rief er die anderen zum Essen. Heiß mit der Zwiebelsoße serviert, schmeckte das Brot einfach köstlich.

Sie waren so gut wie fertig, als Juliet aufblickte und Habib, den feindseligen Kameltreiber, entdeckte, der einen der Turkmenen auf ein Wort unter vier Augen beiseite nahm. Sichtlich überrascht sah der Turkmene in ihre Richtung, dann eilte er zu seinem Anführer, um ihm etwas zuzuflüstern. Juliet runzelte die Stirn, doch bevor sie die anderen warnen konnte, machten der Yuz-Bashi und sein Gefolge schon kehrt und kamen direkt auf sie zu.

Der Turkmene war ein eckiger, kräftig gebauter Mann mit den für seinen Stamm typischen Schlitzaugen. Er überblickte kurz die Mitglieder ihrer Gruppe und verlangte dann barsch: »Gebt mir Aufstellung eurer Güter.«

Schweigend gehorchte Saleh. Während der Yuz-Bashi sich darin vertiefte, sah Juliet Habib mit einem hämischen Gesichtsausdruck ein wenig abseits stehen. Eine Reihe anderer Reisender sammelte sich ebenfalls um das Geschehen, als ob sie eine Art Drama erwarteten, doch die meisten wirkten eher besorgt als sensationslustig.

Der Yuz-Bashi warf einen Blick auf Juliet, musterte mit leichter Neugier ihre Verschleierung und stufte sie dann offenbar als armen Diener ein, der von keinerlei Interesse war. Derart sicher, daß man sie nicht vermissen würde, stand sie auf und verschwand in der Menge, um nach Hussayn, Muhammad Kasems Sohn, zu suchen.

In heiserem, schwer gefärbtem Persisch erklärte sie diesem, daß sie befürchtete, Habib wollte Kilburn Ärger bereiten, und daß Hussayn und Jalal vielleicht aufpassen sollten, daß kein Unrecht geschah. Mit wachsamem Blick folgte Hussayn Juliet, bis sie etwas hinter Habib stehenblieben.

In ihrer Abwesenheit hatte der Yuz-Bashi bereits die Steuer von Saleh eingetrieben. Ross saß immer noch am Feuer und nippte Tee, gefaßt und gelassen, so, als hätte er keinen Grund, sich über irgend etwas Sorgen zu machen.

Wie auch immer, anstatt nun zum nächsten Feuer zu gehen, kam der Yuz-Bashi auf Ross zu und blieb mit einem mißtrauischen Blick vor ihm stehen. »Ich höre, Ihr seid ein Europäer. Stimmt das?«

Ohne Hast blickte Ross zu dem chiwanischen Beamten auf. Nur jemand, der ihn so gut kannte wie Juliet, hätte die mühsam verborgene Spannung in seiner scheinbar reglosen Miene entdecken können.

Ross öffnete den Mund, um zu antworten. Doch bevor er noch ein Wort sagen konnte, mischte sich Abdul Wahab ein. »Kilburn ist ein Armenier und ein *mirza*, ein Schreiber.«

Muhammad Kasem drängte sich zwischen den Zuschauern vorbei und kam zu der Gruppe. »Aye, Kilburn ist ein Armenier. Ein Christ natürlich, aber ein gottesfürchtiger Mann. Jeder, der etwas anderes behauptet, ist ein böswilliger Lügner.«

Der Yuz-Bashi bedachte Ross mit einem drohenden, finsteren Blick. »Ist das wahr?«

Mit ernsthafter Stimme antwortete Ross: »Es ist wahr.«

»Verehrst du den einen Gott?«

»Ja. Auf die uralte Art meines Volkes.«

»Was sagt dein Volk über den Propheten und seine Lehren?«

»Wir ehren den Propheten, möge der Friede mit ihm sein, denn das Gesetz, das er seinen Gläubigen verkündete, ist tief im Herzen dasselbe Gesetz, das unser Prophet, Jesus, uns gegeben hat«, sprach Ross mit fester Stimme. »Und wahrlich, es könnte auch nicht anders sein, denn Gottes Gesetze sind ewig und für alle gültig.«

Offenbar zufrieden nickte der Yuz-Bashi. »Die Steuer für Christen ist eins zu zwanzig, nicht eins zu vierzig, also müßt ihr noch einmal soviel bezahlen. Wieviel Gold führst du mit dir?«

»Ich habe zwanzig Goldmünzen. Wartet einen Moment, und ich gebe Euch Eure Steuer.« Ross zog eine kleine Börse aus seinem Mantel und reichte dem Mann eine Münze. Juliet wußte, daß Ross im Gepäck noch mehr Geld versteckt hatte, aber der Yuz-Bashi akzeptierte die Zahlung ohne Mißtrauen, vielleicht weil Ross sich so demütig gab.

Dann wandte er sich um und musterte die lockere Gruppe der Zuschauer. »Wer hat behauptet, dieser Mann sei ein Ferengi? Jeder Mann, der gegen ihn zeugen will, soll vortreten und jetzt sprechen.«

Juliet hielt den Atem an, während sie die Gesichter der Karawanenmitglieder musterte. Jung und alt, Usbeken und Kurden, Perser und Afghanen – sie alle starrten den Yuz-Bashi schweigend an, obwohl alle wußten, daß Ross ein Europäer war. Da seine Herkunft nun offengelegt war, war Ross in der vergangenen Woche mehr herumspaziert und hatte sich unter den Mitreisenden einige Freunde gemacht. Niemand wollte ihn verraten – außer Habib, der mit gemeiner Befriedigung grinste und nun den Mund öffnete, um zu sprechen.

Juliet stob vorwärts, um ihn davon abzuhalten, doch Hussayn stand näher und erreichte den Mann zuerst. Eine Klinge blitzte kurz auf, dann schnitt der usbekische Händler durch den Stoff des Gewandes und drückte die Messerspitze leicht gegen das Rückgrat des Kameltreibers. »Der ehrbare Kilburn ist Armenier«, zischte Hussayn. »Du kannst dich doch daran erinnern, Hundehaufen?«

Habib erstarrte in seiner Bewegung, und ein Schweißfilm erschien auf seinem Gesicht. »Warum lügst du für einen Ungläubigen?« knurrte er.

»Warum verfolgst du einen Mann, der dir nichts getan hat?« erwiderte Hussayn. »Rät der Prophet uns nicht Toleranz, besonders den Leuten der Schrift gegenüber?«

Habib spuckte aus, wagte aber nicht, etwas zu sagen.

Nachdem eine weitere Minute in Schweigen verstrichen war, schien der Yuz-Bashi sich entschieden zu haben, daß die Anklage gegen diesen Kilburn nichts weiter als neidische Boshaftigkeit gewesen war, und er ging nun zum nächsten Feuer. Als die Turkmenen außer Hörweite waren, steckte Hussayn seinen Dolch wieder in die Scheide. »Komm, Habib, und gesell dich zu mir an mein Feuer.

Ich will kein Brot und Salz mit einem wie dir teilen, aber ich möchte dich im Auge behalten, bis die Männer aus Chiwa fort sind.«

Mit wütender Miene gehorchte Habib, doch bevor er fortging, warf er Juliet, der er ganz richtig die Schuld für Hussayns Eingreifen gab, einen haßerfüllten Blick zu. Sie nahm an, daß er im Augenblick nichts unternehmen würde, da Hussayns Einfluß und Macht ihn daran hinderten, aber er konnte durchaus versuchen, sich später an ihr zu rächen.

Schulterzuckend kehrte sie zum Feuer zurück. Wenn er es versuchte, dann sollte es so sein.

Die Vergeltung kam später in der Nacht, als die halbe Karawane sich bereits zum Schlafen niedergelegt hatte. Der Brunnen, um den herum sie lagerten, war nur kärglich und schnell erschöpft gewesen. In den letzten zwei Stunden hatte er jedoch Zeit gehabt, sich wieder aufzufüllen, und Juliet machte sich daran, Wasser für den nächsten Tag zu holen.

Sie hatte gerade ihren Wasserschlauch aufgefüllt, als sie hinter sich leise Schritte vernahm. Aufs höchste alarmiert, wirbelte sie herum und entdeckte Habib nur ein paar Schritte von ihr entfernt.

In der Dunkelheit konnte sie seine Miene nicht erkennen, aber der Haß in seiner Stimme war unverkennbar: »Du nimmst mehr Wasser, als dir zusteht, Jalal. Liegt es daran, daß Tuaregs Diebe sind, oder hast du von deinem Ferengi-Herrn gelernt, die Gläubigen zu berauben?«

»Deine Zunge wedelt wie ein Eselsschwanz«, fluchte Juliet leise in grobem Persisch.

»Wenigstens erniedrige ich mich nicht, indem ich einem Schwein von Ferengi diene«, höhnte Habib, während er näherkam.

»Mein Herr mag ein Ungläubiger sein«, sagte sie verächtlich, »aber im Gegensatz zu dir besitzt er eine Ehre.« Sie hob den Wasserschlauch hoch und wollte um den Kameltreiber herumgehen.

Habib vertrat ihr den Weg. »Kilburn ist ein Ferengi-Schwein, und wenn du ihm dienst, bist du nur ein Floh an seinem Arsch.«

Juliet hielt an und sah ihm fest in die Augen, während sie die Situation abwägte. Sie war weder hilflos noch eingeschüchtert, aber sie hätte es lieber vermieden, sich mit einem gefährlichen Unruhestifter zu prügeln, der den Kampf liebte und jeden haßte, der anders war. Dummerweise schien es so, als ließe sich eben das nicht vermeiden.

Provoziert durch ihr Schweigen, knurrte der Kameltreiber: »Was ist los, kleiner Junge, hast du Angst vor mir? Ruf doch deinen Ferengi, damit er dich beschützt.« Er spuckte aus. »Ihr seid nichts als winselnde Hund ohne Mumm, ihr beide.«

Mit einem innerlichen Seufzen ergab sich Juliet dem Unvermeidlichen, denn wenn sie sich nun nicht mit Habib auseinandersetzte, dann würde sie es zweifellos ein andermal tun müssen. Und trotzdem er gut vierzig Pfund schwerer war als sie, war er doch vor allem dumm.

»Die Tuareg sind Krieger«, sagte sie gelassen. »Wir beschmutzen unsere Hände nicht an schwanztragenden Kameltreibern, die nach Dung stinken.«

Ihre Worte waren der Auslöser, den Habib gebraucht hatte. Mit einem wilden Knurren stürzte er sich auf sie. Und als seine Hand durch die Dunkelheit glitt, blitzte die Klinge seines Dolches im Mondlicht auf.

Ross machte sich bereit, sich in seine Decke einzurollen,

obwohl er sich erst dann wirklich niederlegen würde, wenn Juliet vom Brunnen zurückgekehrt war. So unauffällig wie möglich hielt er ein wachsames Augen auf sie, und er hatte den Verdacht, als täte sie dasselbe mit ihm. Es war ziemlich komisch: Sie gingen miteinander um wie zwei jungfräuliche Tanten, die aufeinander aufpaßten.

Er wollte gerade seine Stiefel ausziehen, als er einen Ruf aus der Richtung des Brunnens hörte. »Kilburn! Komm schnell!«

Er erstarrte. War das Juliets Stimme gewesen? Nein, es hörte sich eher nach Murad an. Und doch – warum wußte Ross selbst nicht – war er plötzlich absolut sicher, daß Juliet in Gefahr schwebte. Er sprang auf seine Füße und riß einen brennenden Scheit aus dem Feuer, den er als Fackel benutzen wollte.

Saleh hatte auf seiner Decke gedöst, wachte nun aber schlagartig auf, als andere Stimmen ertönten. »Gibt es Ärger, Kilburn?«

»Vielleicht«, sagte Ross angespannt. »Ich sehe nach.«

So schnell wie möglich bewegte sich Ross über den rissigen Boden auf den Brunnen zu, an dem sich bereits eine stetig anwachsende Menge von Männern sammelte, von denen einige provisorische Fackeln wie die seine trugen. Er konnte noch nicht erkennen, was vor sich ging, aber er machte einwandfrei das häßliche Knirschen von Metall gegen Metall aus. Messer!

Sein Blut wie Eiswasser, schob Ross die Zuschauer zur Seite, bis er an den von Fackeln erleuchteten Kampfplatz kam. Windgepeitschte Flammen warfen wilde, zuckende Schatten über die Fläche, auf der sich zwei gebückte Gestalten mit gezückten Dolchen umkreisten. Es war das unheimliche Echo der Szene, die sich früher am Abend mit den Beamten aus Chiwa abgespielt hatte, doch diese hier war finsterer, gewalttätiger.

Und Ross' schlimmste Befürchtung bewahrheitete sich. Nein, nicht die schlimmste, denn Juliet schien unverletzt zu sein. Doch noch während Ross hinsah, machte Habib mit seinem langen Messer einen Vorstoß auf Juliets Herz. Mit einer so raschen Bewegung, daß das Auge kaum folgen konnte, wehrte Juliet den Angriff mit ihrer Klinge ab, und mit einer schnellen Drehung der Hand ritzte die Spitze das Handgelenk des Kameltreibers.

Einen Augenblick lang war Ross' wie paralysiert vor Furcht und Entsetzen, das so tief saß, daß die Sicht in seinen Augenwinkeln verschwamm und alles ausschloß, was nicht Juliet und die Gefahr, in der sie steckte, betraf. Instinktiv bewegte er sich vorwärts, um sich zwischen die beiden Kämpfenden zu werfen. Doch plötzlich packte eine kräftige Hand seinen Unterarm und hielt ihn fest. Wie in Trance drehte er sich um und fand Saleh vor.

»Nein, Kilburn. Wenn du dich einmischst, machst du es nur schlimmer«, sagte der alte Mann sanft.

Ross hätte sich fast aus dem Griff gewunden, doch er konnte gerade noch klar genug denken, um zu erkennen, daß Saleh recht hatte: Wenn er Juliets Konzentration störte, unterschrieb er vielleicht ihr Todesurteil. Aber hilflos danebenzustehen, war die schlimmste Folter, die er jemals in seinem Leben erfahren hatte.

Juliet war viel schneller als Habib, und sie wehrte geschickt jeden Vorstoß des Kameltreibers ab, während sie auf eine günstige Gelegenheit ihrerseits wartete. Sie hatte ihren Mantel abgeworfen, und in ihrem dunklen Gewand und dem Tagelmoust wirkte sie wie ein Schattenkrieger – unheimlich, schweigend und tödlich. Habib schwieg ganz und gar nicht, sondern stieß eine Litanei von schmutzigen Flüchen und Beleidigungen aus, während er zustieß und seine Augen blutrünstig funkelten.

Juliets kontrollierte, anmutige Bewegungen erinnerten

Ross an etwas, das er fast vergessen hatte: Als Kind hatte Juliet durch ihre Brüder gelernt, wie man focht. Als sie erfahren hatte, daß auch Ross sehr gut mit dem Schwert war, hatte sie vorgeschlagen, gegeneinander zu fechten, aber er hatte rundweg abgelehnt. Er konnte sich einfach nicht vorstellen, eine Waffe gegen seine Frau zu richten, auch nicht als Training.

Aber sie war gut, verdammt gut, in der verwandten Kunst des Messerkampfs. Weil sie kleiner als Habib war, hatte sie die bessere Reichweite und konnte seinen Angriffen erfolgreich begegnen. Ross hatte das Gefühl, als ob er auf irgendeine seltsame Art mit ihrem Bewußtsein verbunden war, als teilte er ihren konzentrierten Blick, nahm jede kleinste Bewegung ihres Feindes auf und glitt genauso leichtfüßig auf dem rissigen Boden vor und zurück.

Juliet hätte Habib schon mehrmals töten können, denn seine wilden Vorstöße boten fast ständig ungeschützte Angriffspunkte, doch sie wartete offenbar auf eine Chance, ihn zu verstümmeln, ohne ihn umzubringen. Doch wie sollte das enden? Ross verzweifelte langsam über seine Hilflosigkeit. Dies war kein Ringkampf – in einem Messerkampf konnte jeder noch so kleine Fehler tödlich sein.

Er blickte über die wachsende Menge von Zuschauern in der Hoffnung, Abdul Wahab zu entdecken, den einzigen Mann, dessen Autorität den Kampf aufhalten konnte, doch der Kafila-Bashi war noch nicht aufgetaucht.

Plötzlich ertönte ein durchdringendes Kreischen von Metall auf Metall, gefolgt von einem kollektiven Aufkeuchen der Menge. Ross wirbelte wieder zum Kampfplatz herum. Die lange Klingen waren Griff an Griff ineinander verhakt, eine Position, in der Habibs Kraft ihm von Vorteil sein mußte.

So lebhaft, als würde er in Juliets Haut stecken, spürte Ross, wie sich jeder Muskel in ihrem Körper anspannte, um den Dolch des Kameltreibers von sich fernzuhalten, doch unausweichlich drängten die beiden Klingen auf ihre Kehle zu. Sie konnte noch nicht einmal nach ihm treten, ohne den Verlust ihres Gleichgewichts zu riskieren.

Als Juliets Kraft bis an die letzte Grenze getrieben war, drehte der Kameltreiber seinen Dolch mit soviel Druck, daß Juliet ihre eigene Waffe fallen lassen mußte, um sich nicht das Handgelenk zu brechen. Als das Messer klappernd zu Boden fiel, stieß Habib ein Triumphgeheul aus und stürzte voran, um den tödlichen Stoß auszuführen.

Wieder hielt nur Salehs eiserner Griff Ross zurück – am nächsten Tag würde er schwache Druckstellen dort finden, wo sich die Finger des alten Mannes in seinen Arm gegraben hatten. Aber selbst wenn Saleh es ihm erlaubt hätte, sich einzumischen, konnte er tatsächlich nichts tun. Es war an Juliet, sich selbst zu retten.

Unbewaffnet wie sie war, reagierte sie mit einem katzenhaften Rückzug aus Habibs Reichweite. Es war unmöglich, ihren Dolch wiederzubekommen, denn der Kameltreiber stand direkt darüber. Sie bückte sich rasch und packte den vollen Wasserschlauch hinter ihr. Mit einer einzigen geschmeidigen Bewegung öffnete sie ihn und stieß ihn dem Kameltreiber entgegen. »Wasch dich, Schwein«, knurrte sie.

Die Zuschauer brüllten vor verächtlichem Gelächter, als Habib wutentbrannt aufheulte und zurückstolperte, während er sich mit dem Ärmel das Wasser aus den Augen wischte. Als er endlich wieder etwas sehen konnte, hatte sein Gegner das Messer wieder in der Hand.

Sie hatte ihn lächerlich gemacht. Habib stürzte sich auf sie wie ein wütender Stier. Sie parierte den Messerstoß mit Leichtigkeit, doch diesmal war seine Strategie eine andere. Er rannte wie ein Rammbock in sie hinein, warf sie einfach um und sprang auf sie.

Ross Nägel bohrten sich in seine Handflächen, so fest ballte er die Fäuste. Auch in dieser Position war Habibs Kraft von Vorteil. Und obwohl es augenblicklich von geringerer Bedeutung war, konnte er ihr zudem den Schleier abreißen oder genug von ihrem Körper fühlen, um sie als weiblich zu identifizieren. Gott allein wußte, was dann geschehen würde, aber Ross hatte starke Zweifel, daß Habib plötzlich einem Anfall von Ritterlichkeit unterliegen würde.

Einen Augenblick lag Juliet still da, zu benommen von der Wucht ihres Sturzes. Dann begann sie, sich heftig zu wehren, um aus der Gewalt ihres Gegners freizukommen. Die beiden rollten in einer gewaltigen Staubwolke über den Boden, während Habib ununterbrochen versuchte, irgendwo einen Dolchstoß anzubringen. Als er es endlich schaffte, konnte sie die Klinge gerade noch aus den lebenswichtigen Zonen drängen, doch sie bohrte sich tief in ihren Oberarm. Juliet stieß einen scharfen, schnell erstickten Schmerzensschrei aus, der Ross durchfuhr, als wäre er ebenfalls getroffen.

Dann machte Habib einen Fehler, wenn auch einen verständlichen. Er hob sein Gewicht ein kleines bißchen von seinem Gegner, um seine Kraft besser einsetzen zu können, und schmetterte dann sein Knie zwischen ihre Beine. Ein Mann wäre sofort bewegungsunfähig geworden.

Die Zuschauer stöhnten in entsetztem Mitgefühl, doch Juliet war nicht außer Gefecht gesetzt, wie ein Mann es gewesen wäre. Den Vorteil ausnutzend, daß Habibs Gleichgewicht einen Moment nicht so stabil sein konnte, wuchtete sie seinen Körper von ihrem. Er landete einen halben Meter weiter auf dem Rücken.

Juliet sprang auf die Füße, was das Publikum davon überzeugte, daß sie auf übermenschliche Art immun gegen Schmerzen sein mußte. Dann beendete sie in einer fließenden Reihe von perfekten Bewegungen den Kampf. Zuerst trat sie Habib das Messer aus der Hand und schmetterte anschließend ihren gestiefelten Fuß in die gleiche, verletzliche Stelle, die er eben bei ihr getroffen hatte. Er brüllte auf und krümmte sich zuckend um seine gequetschten Genitalien zusammen.

Da ihr Gegner keinen Gedanken für Verteidigung mehr übrig hatte, beugte sich Juliet vor und durchtrennte Habibs Kniesehne mit einem einzigen kaltblütigen Schnitt. Und damit war es vorbei. Habib würde in nächster Zeit nicht mehr in der Lage sein, einen Kampf anzufangen.

Juliet ragte über der stöhnenden Gestalt des Mannes, den sie besiegt hatte, auf. Sie hatte das Messer noch in der Hand und rang mühsam und stoßweise nach Atem. Ross war so intensiv bei dem Kampf dabeigewesen, daß er jeden ihrer rauhen, schmerzenden Atemzüge selbst empfand. Und genauso spürte er auch das wilde innerliche Jubeln über ihren Sieg.

Dann tauchte auch Abdul Wahab auf, den die Kampfgeräusche endlich angelockt hatten. »Was geht hier vor?« bellte er, während sein Blick von einem der Kämpfer zum anderen ging. »Wer hat damit angefangen?«

Da weder Juliet noch Habib bereit schienen, eine Erklärung abzugeben, meldete sich Murad. »Herr, ich kam gerade von einem Freund an einem anderen Feuer zurück und war zufällig in der Nähe, als der Kampf begann.« Er machte eine beleidigende Geste in Habibs Richtung. »Dieser Sohn eines Skorpions hat Jalal verhöhnt. Jalal ignorierte ihn und wollte friedlich zu unserem Feuer zurückkehren, als Habib ohne Warnung angriff.«

»Ist es so gewesen, Jalal?«

»Aye.« In ihrer Erschöpfung hatte Juliet versehentlich in ihrer normalen Stimme gesprochen, welche einige Tonlagen höher klang, als die, die sie als Jalal benutzte. Ross registrierte überrascht, daß niemand es bemerkt zu haben schien. Doch dann erkannte er, daß ihr eben bewiesenes Kampfgeschick es praktisch unmöglich machte, daß sie eine Frau sein konnte.

Ein kurdischer Händler trat vor. »Während des Kampfes versuchte Habib, ihn umzubringen. Der Targi hat Großmut bewiesen, sein Leben zu schonen.« Ein zustimmendes Gemurmel ertönte.

Der Kafila-Bashi starrte auf den Kameltreiber herab. »Du hast bekommen, was du verdient hast«, sagte er kalt. »Wir lassen dich in Merw zurück, denn ich will keine Unruhestifter in meiner Karawane haben.« Damit machte Abdul Wahab kehrt und stolzierte davon.

Die meisten Schaulustigen zogen sich nun in aufgeregter Unterhaltung wieder zu ihren Feuern zurück. Es stand außer Frage, daß Jalal von vornherein der allgemeine Favorit gewesen war. Selbst die zwei Kumpanen Habibs hoben den Kameltreiber nun mit offensichtlicher Verachtung auf und trugen ihn fort.

Ross wollte zu Juliet gehen und sie in seine Arme schließen, bis sein rasend hämmernder Puls sich wieder normalisiert hatte, aber natürlich tat er es nicht. Er bezweifelte, daß sie ein solches Verhalten toleriert hätte, selbst dann, wenn nicht das halbe Lager zusah. Statt dessen folgte er also Saleh, der sich durch die Gruppe der Männer, die sie umringten, drängte. »Ihr könnt Jalal morgen beglückwünschen«, sagte Saleh laut genug, um sich über den brabbelnden Stimmen Gehör zu verschaffen. »Nun müssen wir uns um seine Wunden kümmern.«

Im Licht der Fackel sah Ross das Blut, das durch den Riß in ihrem Gewand am linken Oberarm sickerte, den Ärmel durchweicht hatte und über ihre Hand von den Fingern tropfte. Wortlos reichte er Saleh die Fackel, nahm seinen Turban ab und wickelte den Stoff einerseits zum

Abbinden, andererseits als Verband um ihren Arm. Juliet zitterte und ihre Hand fühlte sich klamm und kalt an. Ross nahm an, daß sie einen Schock erlitten hatte.

Murad gesellte sich zu ihnen und schwärmte begeistert: »Du warst großartig, Jalal. Schnell wie eine Schlange und tödlich wie ein Löwe. Kannst du mir beibringen, wie man ein Messer so führt?«

Bevor Juliet antworten konnte, meinte Ross: »Das könnt ihr einen anderen Tag ausmachen, Murad. Kannst du Wasser für uns holen? Ich glaube nicht, daß Jalal die Aufgabe im Moment wiederholen sollte.«

Derart wieder in die Realität zurückgeholt, machte sich Murad daran, den leeren Wasserschlauch erneut zu füllen. Und da Saleh nicht von solch komplizierten Beschränkungen wie die zwischen Ross und seiner Frau betroffen war, nahm er Juliets Arm und stützte sie, während sie sich zum Feuer zurückbegaben.

Sobald sie dort waren, legte Ross seine Schlafdecke ans Feuer, damit Juliet in der Nähe der Wärme sitzen konnte. Dann warf er noch mehr Brennstoff aufs Feuer. Als sie sich mit gekreuzten Beinen niedergesetzt hatte, kniete Saleh sich neben sie und wickelte den Verband ab, um ihre Wunde näher zu betrachten. Der Schnitt war gute fünfzehn Zentimeter lang und verlief diagonal an der Außenseite ihres Oberarms. Selbst mit der provisorischen Aderpresse blutete er immer noch.

Als Saleh mit der Untersuchung fertig war, sagte er mit besorgter Stimme: »Ich fürchte, das muß ausgebrannt werden.«

Ross fluchte leise und warf Juliet einen Blick zu. Er wußte, daß sie akzeptierte, was Saleh gerade gesagt hatte, aber Ross konnte sich nicht damit abfinden. »Das ist bestimmt nicht nötig«, meinte er zu Saleh.

»Ich würde es nicht empfehlen, wenn ich es nicht für

wichtig halten würde. Habib war ein dreckiges Schwein, und seine Klinge war nicht sauberer. Das Risiko, daß die Wunde sich entzündet, wenn wir sie nicht ausbrennen, ist zu hoch.«

Bevor Ross etwas antworten konnte, seufzte Juliet: »Dann soll es sein.« Ihre Stimme klang, als würde sie gleich brechen. »Kilburn kann es tun.«

Ross hatte das Gefühl, als ob eine eisige Hand sein Herz umschloß. War diese verdammte Frau entschlossen, ihn in den Wahnsinn zu treiben? Er hatte schon öfter Wunden ausgebrannt und einmal selbst die Prozedur erleiden müssen; der Gedanke, Juliet einen solchen Schmerz zuzufügen, war unerträglich. Lieber Gott, er hatte es als unmöglich empfunden, mit seiner Frau zu fechten, und das, obwohl sie stumpfe Waffen benutzt und Schutzkleidung getragen hatten.

Er öffnete den Mund, um zu sagen, daß Saleh es machen mußte, als er sich beim Anblick von Juliet eines anderen besann. Sie saß mit gekreuzten Beinen reglos da, hatte den Kopf gesenkt und starrte auf die Matte, auf der sie saß. Wie gewöhnlich war ihre Miene unter dem Schleier verborgen.

Doch obwohl sie ihn nicht ansah, wußte er durch das gleiche, unheimliche Gefühl der Verbindung zwischen ihnen, das er auch eben empfunden hatte, daß sie hinter ihrem stoisch ruhigen Äußeren erschüttert und voller Schmerzen war. Ihre Bitte, daß er das Ausbrennen vornehmen sollte, hatte nicht die Absicht, ihn zu quälen, sondern war ein seltsam berührender Akt des Vertrauens. Er bezweifelte, daß es ihr bewußt war – wahrscheinlich hätte sie ihn dann nicht darum gebeten. Aber da sie es getan hatte, durfte er nicht ablehnen.

»Also gut«, knurrte er brüsk. »Ich nehme meinen Dolch.«

Die Wahl schien angemessen, denn es war das wundervoll gearbeitete Messer, das Juliet ihm in Serevan gegeben hatte. Das Kohlebett war der heißeste Teil des Feuers, also legte Ross die Klinge mit dem Messerrükken nach unten über die glühenden Kohlen. Dann zog er ein Stück dicken Papiers aus seinem Gepäck, rollte es zu einer Röhre und blies ins Feuer, um die Temperatur noch zu erhöhen. Das Prinzip war dasselbe wie bei einem Schmiedeblasebalg. Allerdings wollte er kein Pferd beschlagen, sondern seine Frau brandmarken.

In den nächsten Minuten sprach keiner von ihnen. Murad hatte das Wasser gebracht und setzte nun schweigend etwas für den Tee auf. Saleh benutzte ebenfalls etwas davon, um Juliets Wunde zu säubern, und das Blut aus ihrem Gewand zu waschen.

Schließlich war die Klinge so heiß, wie sie werden konnte, und Ross hatte keine Möglichkeit mehr, die Sache länger aufzuschieben. Er wünschte, sie wären in einem christlichen Land, damit er Juliet zur Stärkung Brandy einflößen konnte. Zudem hätte er selbst einiges davon vertragen können, denn allein der Gedanke an das, was er tun mußte, ließ sein Herz rasen und seine Hände schwitzen.

Juliet legte sich auf die rechte Seite und rollte sich ein wenig zusammen, um sich gegen das Kommende zu wappnen. Saleh legte ihr eine Hand auf die Schulter, die andere auf die Taille, um sie festhalten zu können, sollte sie unwillkürlich zurückweichen wollen.

Ross kniete sich neben sie, wobei er darauf achtgab, daß sein Schatten nicht auf die Wunde fiel. Ihre Haut wirkte bleich im Feuerschein, nur die klaffende Wunde leuchtete rot in einem scharfen Kontrast. Mit grimmiger Miene nahm er den Dolch aus dem Feuer. Er hatte ein Stück Stoff um den Griff gewickelt, um seine Hand zu schützen, doch die Hitze war selbst durch dieses unangenehm spürbar.

Er schwankte einen Moment, als er die Klinge vor sich anhob. Sie glühte in häßlicher, grausamer Hitze. Der Gedanke, das Metall gegen Juliets rohes, blutendes Fleisch zu pressen, lähmte seine Muskeln, sein ganzer Körper schien sich zu verweigern.

»Kilburn!« mahnte Saleh scharf.

Die Stimme des Mannes durchdrang Ross' Taubheit. Verzögerung würde die Sache nur noch schlimmer machen, also packte er ihren Ellenbogen, dann drückte er rasch den breiteren Messerrücken in die ganze Länge der offenen Wunde.

Als der rotglühende Stahl sie versengte, zuckte Juliets Körper wild in den eisernen Griffen der beiden Männer. Ihre linke Hand hatte neben Ross' Bein gelegen, aber nun krallten sich ihre Finger in sein Knie und ihre Nägel gruben sich tief in sein Fleisch.

Die drei Sekunden, die Ross die Klinge in die Wunde hielt, schienen sich ewig zu dehnen. Um nicht zu brüllen, hatte sie ein Stück ihres Tagelmoust zwischen die Zähne genommen, doch als der Gestank brennenden Fleisches durch die Nachtluft waberte, stieß sie einen erstickten Schrei aus, der Ross durch Mark und Bein fuhr.

Mit einem bebenden Seufzer der Erleichterung zog er die abkühlende Klinge von ihrem Arm, doch diese Erleichterung war getrübt durch das Wissen, daß der Schmerz für Juliet alles andere als vorbei war. Sie lag voller Schrekken wie betäubt da und schien nicht zu bemerken, daß sie ihre Finger immer noch in sein Bein grub.

Saleh reichte ihm einen kleinen Topf Salbe. »Das hier wird den Schmerz ein wenig lindern.«

Ross hoffte, daß Saleh recht hatte, und mit seinen Fingerkuppen strich er die Salbe sanft über die schrecklichen

Wundränder. Zum Schutz legte er ihr einen leichten Verband an, doch die Blutung hatte aufgehört. So Gott wollte, würde es keine Infektion geben, doch sie würde für den Rest ihres Lebens eine üble Narbe zurückbehalten.

Murad, der voller Mitgefühl zugesehen hatte, half Juliet, sich aufzusetzen, und drückte ihr dann einen stark gesüßten Tee in die Hand. Zuerst starrte sie einfach nur betäubt darauf, als ob es zuviel Mühe wäre, mit ihrem Schleier zu trinken. Doch nach einigen tiefen Atemzügen schaffte sie es, die Tasse in zwei großen Schlucken zu leeren.

Ross sah, wie weiß ihre Haut durch den Riß im Ärmel wirkte und beschloß, daß er noch heute nacht genäht werden mußte. Er reiste stets mit dem nötigen Nähzeug im Gepäck, also kramte er es hervor und nähte dann den Riß mit groben, aber effektiven Stichen. Juliet saß mit gekreuzten Beinen die ganze Zeit da und schwieg. Ihr stummes Leiden erinnerte ihn an ein verletztes Tier.

»Jalal, nimm etwas von dem Opium, damit du schlafen kannst«, schlug Saleh vor.

»Nein«, wehrte sie brüsk ab. »Ich brauche nur Ruhe.« Sie erhob sich schwankend und ging dann zu ihrer Schlafmatte, die sie schon früher am Abend ausgelegt hatte. Saleh und Murad nahmen das als Zeichen und begaben sich ebenso zu ihren Schlafstellen.

Ross fand, daß es eine dieser Ausnahmezustände war, wo Diskretion zum Teufel gehen konnte, also nahm er seine Matte und legte sie neben Juliets. Sein Bedürfnis, so nah wie möglich bei ihr zu liegen, war einfach zu übermächtig, um ignoriert zu werden.

Die meisten Menschen im Lager schliefen bereits, und bald atmeten auch Saleh und Murad tief und gleichmäßig. Ross lag auf dem Rücken und starrte in den Nachthimmel, schmerzlich bewußt, daß Juliet an seiner Seite lag. Auch sie lag auf dem Rücken, da diese Position ihrer Wunde am wenigsten zu schaffen machte.

Nachdem eine halbe Stunde vergangen war, nahm er an, daß Juliet und er die einzigen waren, die noch nicht schliefen. Auf jeden ihrer gepreßten Atemzüge sensibilisiert, wußte er, daß sie hellwach war und litt. Mit einer Stimme, die so leise war, daß sie kaum einen Meter weit zu hören war, sagte er: »Es war gerissen von dir, dich auf den Kampf mit Habib einzulassen. Wenn du dich dafür rächen wolltest, was du bei meinem Bad im Wadi hast durchmachen müssen, dann hast du es geschafft.«

Sie antwortete mit einem atemlosen, kaum vernehmbaren Kichern. »Ich denke, dann war es das irgendwie wert.« Ernsthafter fügte sie hinzu: »Es tut mir leid, daß ich ausgerechnet dich gebeten habe, die Wunde auszubrennen. Ich weiß nicht, was in mich gefahren war, aber ich nehme an, du hattest nicht viel Spaß an der Aufgabe.«

»In etwa so viel, wie du im umgekehrten Fall Spaß gehabt hättest«, entgegnete er trocken. »Aber jemand mußte es tun.«

Ein paar Minuten verstrichen wieder schweigend, bis Juliet flüsterte: »Du nähst ziemlich gut für einen Marquess.«

Ross lächelte in die Dunkelheit. »Du kämpfst ziemlich gut für eine Marquise.«

Sie seufzte. »Nichts, was ich kann, ist irgendwie damenhaft.«

Ihre Worte zerstörten die Beherrschung, die sich Ross die letzten zwei Stunden auferlegt hatte, und er konnte sich nicht mehr zurückhalten, sie zu berühren. Sie war nur ein paar Zentimeter von ihm entfernt, und so streckte er den Arm aus und nahm ihre Hand in seine.

Ihre kühlen Finger bewegten sich, und er dachte schon, sie wollte sie ihm entziehen. Doch statt dessen drehte sie ihre Handinnenfläche nach oben und verschränkte ihre Finger mit seinen. Es war eine Geste, die die Anstrengung und die Qual dieser Nacht weit besser als Worte ausdrückten.

Es war einer der seltsamen Momente zwischen ihnen, in denen die Vergangenheit lebendiger als die Gegenwart erschien, und Ross spürte, wie seine Spannung nachließ, während ihre Hand sich in seiner erwärmte.

Ja, zu seiner Überraschung stellte er nur noch halbwach fest, daß sie beide sogar einschlafen konnten.

Kapitel 11

JULIET HATTE SICH mit ein paar Matten ein bequemes Nest im Sand gemacht und streckte sich darin genüßlich aus, den Kopf gegen eine ihrer Satteltaschen gestützt, während sie Murad bei der Zubereitung des Essens zusah.

Es war ein fauler Tag gewesen. Um sich für den letzten und anstrengendsten Teil der Strecke auszuruhen, hatte Abdul Wahab bestimmt, daß die Karawane drei Nächte in der Oase von Merw bleiben sollte. Da ihre Gruppe zu groß für die kleine Karawanserei war, hatten viele der Reisenden außerhalb unter den Palmen lagern müssen. Juliet kam das sehr gelegen, denn sie schlief lieber draußen als in der überfüllten Enge der Karawansereiverschläge.

Selbst im Schatten war der Nachmittag noch sehr warm, und Juliet ertappte sich beim herzhaften Gähnen. Ein Vorteil des Tagelmoust war es, daß sie beim Gähnen nicht die Hand vor den Mund nehmen mußte, und so unterließ sie es auch. Wenn sie noch fauler würde, mußte sie sich eigentlich unweigerlich in einen großen Stein verwandeln.

Sie ließ ihren trägen Blick über das Lager schweifen und sah Ross und Saleh herankommen, die Proviant im Basar gekauft hatten. Sie war von dieser Aufgabe wegen ihres Armes entbunden worden, obwohl sich die Wunde schon viel besser machte, als noch am Tag zuvor. In ein paar weiteren Tagen würde sie sie kaum noch merken.

Nachdem der Proviant verstaut war, setzten sich beide Männer an die andere Seite des Feuers und plauderten müßig über die Stadt. Ross' vorherige Reise durch die Karakum hatte Merw nicht berührt, so daß die Gemeinde ihm neu war.

Juliet achtete nicht wirklich auf ihre Worte, denn sie hatte mehr Vergnügen daran, ihren Mann einfach nur zu beobachten. Das war ein weiterer Vorteil des Schleiers; wenn sie aufpaßte, konnte keiner ausmachen, wo sie gerade hinsah. Und wenn sie in Ross' Nähe war, nutzte sie dies leidlich aus. Da ein blonder Bart verdächtig gewesen wäre, war er glattrasiert, und sein gutaussehendes, gebräuntes Gesicht zusammen mit der asiatischen Kleidung ließ ihn jeden Zentimeter wie ein strahlender Wüstenforscher erscheinen. Etwas säuerlich dachte Juliet, daß er zwischen seinen einzelnen Reisen in den Londoner Salons eine wahre Sensation darstellen mußte.

Wie sie es mit schöner Regelmäßigkeit tat, erging sich Juliet einmal mehr in Grübeleien über die Seltsamkeiten ihrer Beziehung. Da war zum Beispiel die Art, wie sie und Ross sich nach dem Messerkampf an den Händen gehalten hatten. Sie hatten beide tief und fest geschlafen, bis in der Dämmerung zum Gebet gerufen wurde. Dann hatten sie wortlos ihre verschränkten Finger voneinander gelöst. Seitdem waren eineinhalb Tage vergangen, und keiner von ihnen hatte eine Andeutung darüber fallenlassen, daß sie Hand in Hand geschlafen hatten, als würde das Nichtaussprechen bedeuten, daß es gar nicht passiert war. Nicht daß Juliet sich beschweren wollte, denn sie war dankbar für seine tröstende Geste gewesen, aber seltsam war es allemal.

Sie lobte sich außerdem dafür, daß sie sich dieses Mal

nicht in seinen Armen wiedergefunden hatte, als sie aufgewacht war. Am liebsten hätte sie das der Tatsache zugeschrieben, daß sie inzwischen für seine Anziehungskraft immun geworden war, doch sie wußte, daß das nicht stimmte. Eher war es wohl so gewesen, daß ihr verletzter Arm zu sehr geschmerzt hatte, daß sie selbst im Schlaf vernünftig genug gewesen war, ihn ruhig zu halten.

Juliet gähnte wieder und fragte sich, wann das Essen wohl fertig sein würde. Zum ersten Mal seit Sarakhs hatten sie frisches Fleisch, obwohl das Stück Lamm sehr klein war, das Murad nun mit Reis und Gemüse zusammen kochte. Es duftete schon köstlich, schien aber noch eine ganze Weile zu brauchen. Und da es so war, beschloß Juliet, sich ganz wie ein richtiger Kameltreiber zu benehmen, zog ein Ende ihres Schleiers über die Augen und schlief ein.

Ross betrachtete amüsiert seine schlummernde Frau. Das absolute Fehlen weiblicher Betriebsamkeit war immer schon einer ihrer attraktivsten Charakterzüge gewesen. Sie stellte den Kameltreiber so überzeugend dar, daß selbst er Mühe hatte, sich in Erinnerung zu rufen, daß sie tatsächlich eine Marquise war.

Saleh unterbrach seine Gedanken. »Ich habe heute morgen mit dem Kafila-Bashi über Habib gesprochen«, berichtete er.

Ross wandte sich zu seinem Gefährten um. »Und?«

»Abdul Wahab sagte, er hätte Habib gestern abend aus der Karawane geworfen und ihm eine handfeste Warnung mitgegeben, weder dir noch Jalal weiteren Ärger zu machen. Habib soll recht eingeschüchtert davongezogen sein.«

»Ich glaube kaum, daß das lange anhält«, bemerkte Ross trocken. »Aber schließlich sind wir ja nur noch einen

Tag hier. Mit etwas Glück hat er genug mit seinem verletzten Bein zu tun, um noch etwas anzustellen, bevor wir abziehen.«

Murad hatte einen Topf Tee gekocht, und die drei Männer tranken ihn in nachdenklichem Schweigen. Trotz seiner Worte zu Saleh, war Ross nicht froh über die Aussicht, noch einen Tag länger in Merw bleiben zu müssen. Habib mochte auf Krücken gehen, aber alles, was er brauchte, um Ärger zu machen, war seine bösartige Zunge, und diese funktionierte schließlich immer noch ganz hervorragend.

Jemand räusperte sich leise, und Ross blickte auf, um einen abgerissenen, kleinen Turkmenen mit einem struppigen Bart zu entdecken. Der Bursche war im Lager herumgelungert, hatte hier und da angehalten, um ein paar Worte zu wechseln, und war nun an ihrem Feuer angelangt. Er schien ein heiliger Mann zu sein, obwohl sein Gewand keinem der Orden der Derwische ähnelte, die Ross kannte.

Der Turkmene verbeugte sich. »Salam aleikum.«

»Friede sei mit dir«, murmelten die drei Männer.

»Ich habe gehört, daß du ein Ferengi bist, der den ganzen weiten Weg aus England zurückgelegt hat, um das Schicksal seines Bruders in Buchara zu erfahren«, wandte sich der Mann nun direkt an Ross. »Meine Name ist Abd. Niemals hatte ich die Gelegenheit, mit einem aus deinem Volk zu sprechen. Würdest du von den Wundern deines großartigen Landes berichten?«

Ross' Augen verengten sich. Offenbar hatte Habib über sie geredet, und nun sah es so aus, als müßte Ross sich erneut einem theologischen Test unterziehen. Nun, er war dabei immer recht gut weggekommen, und dieser besondere Derwisch schien ihm harmlos genug. »Man nennt mich Kilburn. Sei willkommen an unserem Feuer. Ich werde dir gerne von meiner Welt erzählen und bitte dich, mir dafür etwas über dein Volk zu berichten.«

Nachdem Ross seine Gefährten vorgestellt und Murad frischen Tee eingeschenkt hatte, kniete sich der Turkmene auf die Art der Menschen hin, die sich auf eine langatmige Diskussion einrichten. »Du bist Christ, mein Herr?« Als Ross nickte, fuhr Abd fort: »Erzähl mir von deinem Glauben, so daß ich besser verstehe, wie sich unsere Religionen voneinander unterscheiden.«

Das hielt Ross für möglicherweise gefährlich und antwortete daher diplomatisch: »Ich ziehe es vor, darüber zu sprechen, in welchen Punkten die Religionen sich ähneln.«

Das Gesicht des Derwischs erhellte sich. »Du bist wahrlich ein weiser Mann. Was sind aus deiner Sicht die Ähnlichkeiten?«

»Die Wüste ist Heimat dreier großer Religionen – das Judentum, die Christenheit und der Islam«, begann Ross. »In diesem kargen und wundervollen Land steht nur wenig zwischen einem Mann und seinem Bewußtwerden von Gottes Macht. Ich denke, das ist der Grund, warum die Menschen der Schrift an den Einen, den einzigen Gott glauben.«

Abd neigte den Kopf wie ein neugieriger Vogel zur Seite. »Da ich nichts von der Welt jenseits der Wüste kenne, verstehe ich nicht recht, was du meinst.«

»In Britannien, wo ich aufgewachsen bin, ist das Land feucht und fruchtbar und strotzt vor Leben. Überall gibt es Bäume, Pflanzen und Tiere. Vielleicht haben die Urahnen der Briten deswegen so viele Götter verehrt – umgeben von derart überwältigenden Beweisen von Gottes Werk, sahen sie in jedem Fels, in jedem Baum einen Götzen, statt die Hand des Herrn dahinter zu erkennen«, erklärte Ross, der sich nun für seine Theorie zu erwärmen begann. »Es brauchte die grausame Leere einer Wüste, um das deutliche Verständnis eines einzigen Gottes zu schmieden.«

»Ah, welch ein aufregender und neuer Gedanke, den du mir da in den Kopf gesetzt hast«, sagte der Derwisch und schloß kurz genießerisch die Augen. »In der Schlichtheit der Wüste kann ein Mensch mit Gott allein sein. Und das Verständnis, geboren aus dieser Schlichtheit, ist durch die ganze Welt getragen worden.«

»So ist es, und das ist es auch, was dein und mein Glaube gemein haben. Alle Leute der Schrift tragen das reine Abbild des Wüstengottes in ihren Herzen«, sagte Ross. »Wie die meisten Engländer fühle ich mich mit den Söhnen des Propheten näher verwandt als mit den Hindus, die viele Götter haben, oder mit den Buddhisten, dessen Gott so abstrakt und fern zu sein scheint.«

»Das ist gut«, erwiderte Abd und nickte nachdenklich. »Glaubst du, daß Hindus und Buddhisten falsche Götter verehren?«

Ross schüttelte den Kopf. »Das würde ich nicht sagen, denn ich weiß nicht genug über ihre Religion, um klug urteilen zu können, und ich habe Hindus und Buddhisten kennengelernt, die demütige Männer waren. Vielleicht beten auch sie auf ihre Art zu dem Einzigen. Doch den Gott des Propheten kann ich augenblicklich begreifen, ohne daß er mir erklärt werden müßte, denn er ist auch der Gott meiner Vorfahren.«

Es schien, als hätte er die Prüfung bestanden, denn nachdem Abd mehrmals genickt hatte, begann er eine begeisterte Abhandlung über die Natur von Feuer und Wasser und ob Gott sie wirklich geschaffen haben konnte, da sie zerstörerisch waren, Gott selbst aber gut. Der Derwisch ereiferte sich immer noch, als Murad aufstand und nach dem Essen sah. Da es fertig war, warf der junge Perser Ross einen fragenden Blick zu.

Ross wandte sich an den Derwisch. »Wir wollen unsere Abendmahlzeit einnehmen. Würdest du uns die Ehre erweisen, unser bescheidenes Mahl zu teilen?«

»Die Ehre ist meinerseits«, antwortete Abd glücklich.

Der Derwisch sah so zufrieden aus, daß Ross den Verdacht hatte, der Grund des Besuchs hatte nicht in Glaubensfragen gelegen, sondern im einfachen Wunsch, ein Essen umsonst zu ergattern. Aber Ross kümmerte es nicht; Abd war ein angenehmer, alter Kerl und konnte ganz offensichtlich eine vernünftige Mahlzeit gebrauchen.

Murad wirkte wehmütig, als er das Lamm in fünf Teile aufteilte, protestierte aber nicht, während er die Mahlzeit auf die Platte lud. Im Islam war es üblich, zu teilen, und Ross fand, daß es der christlichen Welt guttäte, das zu übernehmen.

Juliet war schlagartig aufgewacht, als das Essen serviert wurde, und nun setzte sie sich mit gekreuzten Beinen zu den anderen. Ross stellte sie dem Derwisch als Jalal vor und setzte hinzu, daß sie nur wenig Persisch sprach.

Nach einem gemurmelten Segen bemerkte Abd: »Es ist selten, daß man einen Targi in Turkestan zu sehen bekommt.«

»Es überrascht mich, daß du überhaupt schon einen gesehen hast«, erwiderte Ross.

»Aye, es waren schon ein oder zwei in Merw. Die Karawanenrouten sind die Lebensadern des Islams, und sie führen die Söhne des Propheten von einem Ende der Erde zum anderen.«

Der Derwisch erging sich in Darstellungen, wie Karawanen und Pilger Einigkeit in der ganzen moslemischen Welt förderten, ein Thema, das schließlich in eine generelle Diskussion über Transport und Reise mündete. Nachdem Ross ihm die Eisenbahn beschrieben hatte, sagte der alte Mann perplex: »Das klingt höchst unnatürlich. Welchen Wert hat derartige Geschwindigkeit?«

»Sie verkürzt die Reisen und bringt Güter schneller ans Ziel, so daß die Menschen ein besseres Leben führen können.«

Abd schüttelte heftig den Kopf. »Der Schritt eines Kamels oder eines Esels gibt dem Manne Zeit zu sehen, nachzudenken, zu verstehen ... und *dies* sind die Dinge, die das Leben besser machen. Für einen einfachen Mann wie mich scheint es, als seid ihr Ferengis zu sehr besorgt über *haben* und *tun.* Im Islam finden wir das *sein* wichtiger.«

Ross' Meinung über den Derwisch stieg noch an. »Wenn ich dir einen aufregenden neuen Gedanken gegeben habe, so hast du für mich nun dasselbe getan. Ich danke dir.«

Es war ein rundum angenehmes Abendessen. Sie waren gerade fertig geworden, als eine Gruppe Turkmenen ins Lager galoppiert kam. Die Pferde wirbelten mit ihren donnernden Hufen Staubwolken auf, und die Männer stießen wilde Rufe aus. Mit ihren hohen, schwarzen Schaffellhüten wirkten sie wie eine Truppe der Kavallerie. Als sie sich einen Weg durch die Feuer bahnten, stoben erschreckte Ziegen und Hühner aus dem Weg, während die Karawanenmitglieder zurückwichen und wachsam zusahen. Obwohl ihre Kleidung darauf hinwies, daß sie aus dem ansässigen Stamm der Tekke kamen und keine Räuber einer feindlichen Turkmenenbande waren, spürte Ross ein Prikkeln der Unruhe in seinem Nacken.

Dieses Gefühl vertiefte sich, als er erkannte, daß die Turkmenen nach etwas oder jemanden suchten. Dann kam der Anführer der Gruppe nah genug heran, daß Ross sein Gesicht erkennen konnte. Scharf sog er die Luft ein. »Dieser Mann in Dil Assa, der Anführer der Turkmenen, denen ich in Serevan begegnet bin.«

Juliet und Saleh sahen abrupt auf, als sie beide daran dachten, daß Ross fast getötet worden war, während Murad, der der Versklavung gerade noch entgangen war, sein Bestes gab, um unauffällig zu erscheinen. Nur Abd war unbesorgt. Mit dem Rücken zu den Neuankömmlingen tupfte er genießerisch den letzten Rest Fleischsaft mit einem Stück Brot auf.

Nur einen Augenblick später entdeckte auch Dil Assa seine damals entkommene Beute. Mit einem Triumphgeheul gab er seinem Pferd die Sporen und brüllte: »Der britische Spitzel! Es muß Gottes Gnade sein, daß du mir ein zweites Mal in die Hände fällst. Diesmal werde ich dich töten, Ferengi!«

Juliet machte einen Satz auf ihr Gewehr zu, das nur ein paar Meter entfernt von ihr lag, aber Ross riß eine Hand hoch, um sie aufzuhalten. »Nein! Das Gewehr würde zu viele unschuldige Leben gefährden!« Dann sprang er auf die Füße und wandte sich an den Turkmenen. »Ich erinnere mich auch noch gut an dich, Dil Assa. Woher kommt deine Leidenschaft, Engländer zu töten?«

»Ich brauche keinen Grund. Mach dich zum Sterben bereit, Hund.«

Dil Assa hob seine Waffe, doch in diesem Moment stand Abd auf und wandte sich zu dem Angreifer um. Vor Ross' faszinierten Augen, schien der heilige Mann zu wachsen und auf einmal eine Aura der Autorität anzunehmen. Seine Stimme schnitt durch das alarmierte Lager wie ein Peitschenhieb. »Wenn du den Ferengi töten willst, dann wirst du deinen Kalifen zuerst töten müssen.«

Ross sog scharf die Luft ein. Guter Gott, ihr abgerissen aussehender Gast mußte der Kalif von Merw sein, der geistige Führer der Turkmenen und der einzige Mann, der irgendeinen Einfluß auf ihr wütendes Benehmen ausüben konnte.

In dem erstarrten Schweigen, das sich fast augenblicklich über das Lager senkte, war Dil Assas entsetztes Aufkeuchen deutlich zu hören. »Majestät, ich habe Euch nicht erkannt!«

»Nein, denn du warst zu sehr mit deiner Boshaftigkeit beschäftigt«, tadelte der alte Mann streng. »Du machst mir Schande, Dil Assa. Ich habe mit dem Ferengi Brot geteilt und habe ihn als einen ehrbaren Mann kennengelernt. Wenn du ihn umbringst, wird mein Fluch über dich und deine Zelte kommen.«

Dil Assa erbleichte. »Ihr habt niemals Einwände erhoben, wenn wir aus Persern Sklaven machten, Majestät«, wandte er schwach ein. »Tatsächlich habt Ihr sogar gnädig ein Zehntel unserer Gewinne genommen.«

»Das ist eine vollkommen andere Angelegenheit«, sagte der alte Mann würdevoll, »denn ein Turkmenenräuber nimmt seinen Gefangenen nicht das Leben, sondern behandelt sie wie ein Vater seine Kinder, da sie tot wertlos sind. Im übrigen sind Perser Schiiten, und sie zu bekämpfen beweist größere Demut als eine Pilgerreise.«

Murad, der sowohl Perser als auch Schiite war, zuckte zurück und schob sich näher an Saleh heran, der wie die Turkmenen ein Sunnit war. Ross empfand es als Ironie, daß Abd sich einem Christen gegenüber toleranter als einem moslemischen Gefährten gab, war aber zu froh über die Intervention des Kalifen, um auf die kleinen Lücken in der Logik aufmerksam zu machen.

Abd fuhr fort: »Ich will dein Wort, daß du dem Ferengi, seinen Dienern und seinen Freunden niemals etwas zuleide tun wirst.« Sein stechender Blick glitt über die anderen Turkmenen der Gruppe. »Und ich will das Versprechen von euch allen und euren Verwandten in euren Zelten haben.«

Dil Assa schluckte hart. »Ihr habt mein Wort, Majestät, und ich werde Euren Wunsch zu meinem Stamm weitertragen.«

»Sehr gut.« Die Miene des Kalifen wurde augenblicklich freundlicher. »Es freut mich, daß du Gott fürchtest, Dil Assa, denn ich weiß, daß du keinen Menschen fürchtest.«

Dil Assas Gesicht erhellte sich ein wenig, denn er nahm die Worte als Kompliment. Doch als er sich wieder an Ross wandte, war sein Blick immer noch wütend wie der eines räudigen Katers. Ross fühlte sich an die Schulzeit in Eton erinnert, als die Jungen sich verpflichtet fühlten, sich einander zu beweisen.

Dann funkelte es gefährlich in Dil Assas Augen auf. Sein Blick glitt über die Menge der Zuschauer, die sich schon wieder gesammelt hatten, denn schließlich geschieht im Orient nichts ohne Publikum.

»Als Geste der Freundschaft will ich den Ferengi einladen, an einer turkmenischen Tradition teilzuhaben.« Er machte um der Dramatik willen eine Pause. »Morgen halten wir ihm zu Ehren ein *Buskaschi* ab. Und es ist ihm sogar erlaubt, mitzumachen!«

Bei dem Wort Buskaschi erhob sich ein Murmeln in der Menge. Ross hatte den Ausdruck schon gehört, wußte aber nur, daß es ein Spiel war, das man auf dem Pferderücken spielte. Mißtrauisch fragte er nach: »Was ist Buskaschi?«

Dil Assa grinste wölfisch. »Es ist ein großartiges Spiel, das unsere Vorfahren schon vor undenkbaren Zeiten spielten. Der Name bedeutet: Ziegenfangen. Männer auf Pferden kämpfen um den kopflosen Körper einer Ziege. Der Kadaver muß um einen weiter entfernten Pflock herumgetragen, dann zurückgebracht und in den Kreis der Gerechtigkeit geworfen werden. Derjenige, der die Ziege in den Kreis schleudert, ist der Sieger. Natürlich erwartet niemand, daß ein Ferengi gewinnen kann, aber es sei dir gestattet mitzuspielen.«

Man brauchte kein Genie zu sein, um zu ahnen, wieviel Gewalttätigkeit die kurze Erklärung barg. Wenig begeistert sagte Ross: »Ich fühle mich geehrt, aber ich habe weder ein Pferd noch Verständnis für das Spiel.«

»Das macht nichts«, antwortete Dil Assa großmütig. »Buskaschi ist so einfach, daß es selbst ein Ferengi lernen kann. Und ich leihe dir eines meiner eigenen Pferde.«

Ross ließ seinen Blick über die erwartungsvollen Gesichter der anderen Karawanenmitglieder gleiten. Er hatte sich eine Menge Sympathien unter ihnen eingehandelt, aber wenn er sich weigerte, auf Dil Assas barbarisches Spiel einzugehen, konnte einiges davon zunichte gemacht werden. Es gab keinen würdevollen Weg zum Rückzug, denn sogar der Kalif sah zufrieden aus. »Dann wird es mir ein Vergnügen sein.«

»Herrlich!« Dil Assa schwang sich auf sein Pferd. »Komm morgen zu unseren Zelten, wenn die Sonne sich halb zum Zenit erhoben hat. Und bring deine Freunde mit, damit sie deine Reitkünste bewundern können.« Mit bombastischer Publikumswirksamkeit brachte er sein Pferd zum Steigen, riß es dann herum und galoppierte, gefolgt von seinen Männern, davon.

Nachdem er sich innerlich zugestanden hatte, daß die Runde an Dil Assa gegangen war, wandte Ross sich um und verbeugte sich vor dem Kalifen. »Vielen Dank für Eure Intervention, Majestät. Gottes Hand lag über dem Zufall, der Euch zu unserem Feuer führte.«

Abd Urrahmans Augen zwinkerten vergnügt. »Nicht unbedingt Zufall, obwohl du gewiß unter Gottes schützender Hand weilst. Heute morgen kam ein Kameltreiber in mein Haus und berichtete mir von deiner Falschheit und der deines Tuareg-Dieners. Er wollte, daß ich dich steinigen lasse, aber ich wollte lieber selbst urteilen. Zudem dachte ich mir, daß Dil Assa dich aufsuchen würde, sobald er hörte, daß ein Ferengi sich in Merw aufhält, denn sein Bruder wurde in Afghanistan von den Briten getötet. Er ist ein guter Kerl, dieser Dil Assa, aber sehr impulsiv.« Der alte Mann neigte anmutig den Kopf. »Ich habe unser Gespräch genossen, Kilburn. Deine Ansichten über Theologie sind ungewöhnlich, aber sie entstammen einem gläubigen Herzen.«

Selbst nachdem der Kalif bereits fort war, blieb Ross' Feuer noch länger Zentrum des Interesses für die Karawanenmitglieder, die herbeikamen, um begeistert über Buskaschis zu berichten, die sie gesehen hatten. Die Aussicht auf das Spiel am nächsten Tag versetzte alle in gute Stimmung.

Es war lange nach Einbruch der Dunkelheit, und die meisten Leute hatten sich endlich zu ihren Schlafstellen begeben, als Juliet aufstand und ihm zumurmelte: »Laß uns ein Stück spazierengehen.«

Ein paar Minuten später stand er ebenfalls auf und entfernte sich schlendernd vom Lager. Wie in Sarakhs war auch diese Karawanserei am Rande der Stadt angesiedelt, und als er endlich auf Juliet traf, waren sie schon ein gutes Stück in der Wüste. Während sie sich ihren Weg durch die mondbeschienenen Dünen suchten, fragte er: »Wo bin ich da bloß hineingeraten?«

»Stell dir ein Buskaschi als eine Mischung von Fuchsjagd und der Schlacht bei Waterloo vor«, gab sie trocken zurück.

Er lachte. »So übel?«

»Schlimmer. Da Dil Assa versprochen hat, dich nicht zu ermorden, hat er so die beste Chance, dir einen tödlichen Unfall zu verursachen.«

»Ja, vermutlich wird er nicht vor Kummer eingehen,

wenn das geschieht«, stimmte Ross zu, »aber ich kann mir vorstellen, er will mich hauptsächlich demütigen. Das wird wie Balsam für seinen verletzten Stolz sein. Hast du schon viele Buskaschis gesehen?«

»Nur eins. Jeder dachte, ich wäre ein Mann, aber ich fand, ich sollte mein Glück nicht strapazieren, indem ich mir noch mehr ansah. Turkmenische Frauen sind bei solchen Spielen nicht zugelassen, es hätte also gefährlich werden können, wenn man mich entdeckt hätte.« Sie hielt an und pflückte eine blasse Blume, die nach dem kurzen Schauer am Abend zuvor erblüht war. »Männer scheinen Buskaschi zu verehren. Ich bin sicher, daß jetzt, während wir sprechen, die Nachricht durch die Wüste geht. Hunderte, vielleicht Tausende werden morgen kommen und zusehen. Es ist ein Winterspiel, und dies wird wahrscheinlich bis zum Herbst das letzte sein, denn es ist schon fast zu heiß geworden.«

»Wie sind die Regeln?«

»Es gibt keine. Die Anzahl der Spieler ist gleich, es können zehn oder hundert sein, und jeder Mann ist auf sich allein gestellt. Ich vermute, daß das Buskaschi ursprünglich als Kriegsübung für die räubernden Mongolenhorden entstand. In diesem Spiel ist nichts kompliziert: es geht um nackte Kraft und Reitkunst.« Sie warf ihm einen zweifelnden Blick zu. »Du bist ein exzellenter Reiter, aber du hast gesehen, was Turkmenen können.«

»Ja, sie sind offenbar auf dem Pferderücken geboren, und ich glaube kaum, daß sie durch irgendeinen Fairneßgedanken belastet sind.« Ross zuckte die Schultern. »Ich habe nicht das Bedürfnis, sie in ihrem eigenen Spiel zu besiegen. Wenn ich mich bis zum Ende auf meinem Pferd halten kann, dann habe ich genug für die britische Ehre getan, denke ich.«

»Wirst du auch morgen in der Hitze des Spiels daran denken?«

Er lächelte, pflückte noch eine der Blumen und steckte sie in eine Falte ihres Schleiers über dem Ohr. »Ganz sicher. Ich war noch nie wild auf Spiele.«

Eisern ignorierend, was er mit der Blume gemacht hatte, sagte sie: »Ich dachte immer, du wärst in Eton so eine Art Sportheld gewesen.«

»Ja«, gab er zu. »In Eton hatte man kaum die Wahl, ob man mitmachte oder nicht, aber mein Herz war nie dabei.«

»Mein Vater wäre sprachlos und schockiert, wenn er dich so reden hörte«, gab Juliet mit einer Andeutung von Belustigung zurück. »Er hatte keinen Respekt vor Männern, die sich nichts aus körperlicher Ertüchtigung machten.«

Neugierig und nicht bereit, diesen kostbaren Moment der privaten Unterhaltung schon zu beenden, setzte sich Ross im Windschatten eines Hügels nieder, von wo aus sie in der Ferne den Fluß von Merw sehen konnten. Lässig griff er nach Juliets Hand und zog sie zu sich herunter. Als sie nicht protestierte, überlegte er kurz, ob er ihre Hand in seiner behalten sollte, entschied dann jedoch, daß es klüger wäre, dies nicht zu tun.

Immer noch beiläufig, bemerkte er: »Weißt du, es ist das erste Mal, daß ich dich etwas über den Charakter deines Vaters sagen höre. Ich weiß, daß er in verschiedenen fernen Ländern gedient hat und daß er starb, als du sechzehn warst. Aber ansonsten weiß ich praktisch gar nichts. Mir kommt es so vor, als hätte nie einer aus deiner Familie ihn je erwähnt.«

Juliet seufzte. Eine leichte Brise strich über die Dünen, und sie zog den Schleier herunter, so daß die Nachtluft ihr Gesicht kühlen konnte. »Er war ein schwieriger Mann.

Kinder zu haben schuldete er seinem Namen, aber ansonsten hatte er kaum Interesse an seinen Söhnen, noch weniger an seiner Tochter. Obwohl er in vieler Hinsicht bewundernswert war, so war er auch ein ziemlicher Tyrann. Ich nehme an, daß für die Familie vor zwölf Jahren die Erinnerung noch zu frisch war, um unbelastet über ihn zu reden. Nun dürfte genug Zeit verstrichen sein, um ihn aus der Distanz zu betrachten.«

»Wie hast du für ihn empfunden?«

Sie zögerte. »Ich wünschte mir immer verzweifelt, es ihm recht zu machen, aber weil er ein solcher Tyrann war, hatte ich ständig mit ihm zu kämpfen. Das taten wir eigentlich alle, außer der armen Mutter, die ständig wie ein hilfloses frischgeschlüpftes Küken zwischen ihrem Ehemann und ihren Kindern gefangen war.«

»Interessant«, murmelte Ross und hielt seinen Blick auf das bleiche Oval ihres Gesichts geheftet. Er wollte sie so gerne berühren, daß er befürchtete, seine Hand würde sich ohne sein Zutun bewegen. Daher griff er in den weichen Boden und ließ Sand durch seine Finger rieseln. »War sein mangelndes Interesse an dir der Grund, warum du immer mit deinen Brüdern unterwegs warst und die gleichen Dummheiten angestellt hast?«

Eine überraschte Pause entstand. »Das ist sehr wahrscheinlich, obwohl ich in dieser Richtung noch gar nicht gedacht habe. Damals fand ich, daß Jungen soviel interessantere Dinge tun konnten als Mädchen. Zudem gab es in Tripolis oder Teheran nur meine Brüder und sonst niemanden, mit dem ich spielen konnte, denn in beiden Städten kannten wir keine europäische Familie, die ein Mädchen in meinem Alter hatte.«

Noch mehr als zuvor wünschte Ross sich, sie anfassen zu dürfen, doch er wollte die zarte, zerbrechliche Bande, die im Augenblick zwischen ihnen bestand, nicht dadurch zerstören. In den letzten wenigen Minuten hatte sie ihm mehr über die Gefühle ihrer Kindheit offenbart, als in der kurzen Zeit ihrer Verliebtheit und Ehe. Vielleicht konnte er ein bißchen von dem Geheimnis lösen, wer seine Frau eigentlich war, wenn er das Gesagte erst einmal verdaut hatte. »Kein Wunder, daß es hart für dich war, nach deines Vaters Tod auf eine englische Mädchenschule geschickt zu werden.«

»Es war entsetzlich«, gestand sie inbrünstig. »Ich wollte mich mit ihnen anfreunden, aber ich wußte nicht, wie. Jedenfalls nicht, bis Sara mich an die Hand nahm. Es gab meiner Position dort einen gewaltigen Schub, daß sie mit mir befreundet war, denn sie war das beliebteste Mädchen an der Schule. Und wichtiger noch: Sie brachte mir bei, wie man sich vernünftig benimmt. Die englische Oberklasse ist ein Labyrinth aus erhabenen Ritualen, aus richtigen und falschen Arten, etwas zu tun. Macht man einen Fehler, ist man für ewig als Außenseiter gebrandmarkt.«

»Du warst aber keine Außenseiterin. Deine Eltern stammten beide aus sogenannten guten Familien. Du hattest genauso viel Recht, in dieser Gesellschaft deinen Platz einzunehmen wie jedes andere Mädchen auf der Schule.«

Juliet senkte den Kopf. »Theoretisch mag das richtig sein, aber in der Praxis funktionierte es nicht auf diese Art. Ich war nicht nur vollkommen unwissend, was die Regeln und den Klatsch betraf, über den die anderen redeten, ich war auch noch Schottin, die größte der ganzen Schule und hatte schrecklich unmodisches Haar. Ich wußte noch nicht mal, wie man richtig kichert. Wäre Sara nicht gewesen, wäre ich wohl irgendwann weggerannt.«

Sein Herz krampfte sich bei dem Gedanken an das todunglückliche Kind, das sie gewesen war, zusammen. »Die Geschichten, die du mir von deiner Schulzeit erzählt hast, waren immer spaßig gewesen. Ich hatte keine Ahnung, daß es dir so übel erging.«

»Jammern und Klagen steigert nicht gerade die Anziehungskraft, also habe ich es gelassen. Im übrigen war ich mir sicher, daß du es nicht verstehen würdest. Du bist mitten in der Gesellschaft aufgewachsen, und das korrekte Verhalten ist dir sozusagen in Fleisch und Blut übergegangen, so daß du immer genau wußtest, was zu tun war oder was geschehen würde, wenn du ungehorsam warst«, sagte sie mit leicht bitterem Humor. »Mit der Zeit habe ich genug von den Regeln gelernt, um die Illusion zu erschaffen, daß sie mir eigen waren, aber ich machte immer noch Fehler.«

»Ich habe keine bemerkt.«

»Oh, aber das hast du«, korrigierte sie weich. »Wenn ich mich zu weit von der Mittellinie entfernte, hast du mir stets freundlich zugeflüstert, was ich falsch gemacht hatte: Daß ich zu heftig widersprochen hatte, daß ich nicht ehrerbietig genug war, daß ich wieder eine dieser verdammten kleinen Regeln gebrochen hatte.« Nun war es an Juliet, den feinen Sand durch die Finger rinnen zu lassen.

Obwohl ihr Tonfall nicht anklagend war, hatte Ross das Gefühl, als hätte ihn jemand überraschend in den Magen getreten, denn sie sprach einen der Punkte an, die sie stets unterschieden hatten. Und obwohl er sie besser verstehen wollte, schnitt ihm dies schmerzhaft ins Herz. »Verdammt«, fluchte er. »Ich kann mich nicht einmal erinnern, daß ich dich kritisiert haben soll, doch ich muß dir ziemlich weh damit getan haben, richtig?«

Rasch drehte sie ihm ihr Gesicht zu. Im blassen Mondlicht waren ihre Augen nur dunkle Schatten. »Und nun habe ich dir weh getan, weil ich es erwähnt habe. Es tut mir leid, Ross. Ich hätte nichts sagen sollen. Sogar damals schon wußte ich, daß nicht du das Problem warst, sondern meine eigene Unsicherheit und Empfindlichkeit. Wenn Sara mich korrigierte, war ich dankbar, aber sobald du es tatest, fühlte ich mich ... minderwertig. Als ob ich hoffnungslos dumm und ungeschickt war. Ich war sicher, daß du es bedauertest, mich geheiratet zu haben.«

»Wenn du zu empfindlich warst, war ich offenbar zu wenig sensibel. Ich hätte spüren müssen, wie unglücklich dich das machte.« Deprimiert ballte er die Hand zur Faust und stieß sie in den weichen Sand. Es war besser, Bescheid zu wissen, als im unklaren zu bleiben, dennoch fiel es ihm schwer, die nächste Frage zu stellen. »Hast du mich verlassen, weil ich dich kritisiert habe?«

»Es war ein Teil des Grundes, doch nur ein sehr kleiner«, antwortete sie, indem sie ihre Worte vorsichtig wählte. »Ich war schließlich irgendwann überzeugt, daß ich niemals die Art Frau sein konnte, die du wolltest, und daß es mich zerstören würde, falls du versuchtest, mich zu ändern.«

»Ich wollte dich nicht ändern«, sagte er voller gegen sich selbst gerichteter Bitterkeit. »Ich mochte dich genauso, wie du warst. Doch in meiner jugendlichen Dummheit habe ich dich vertrieben.«

Einen kurzen Augenblick berührte sie seine Hand. »Gib dir keine Schuld ... es war weit komplizierter. Ich war durcheinander ... so schrecklich verwirrt. Was immer du getan oder nicht getan hättest, ich denke, das Ergebnis wäre das gleiche gewesen.«

Ross konnte sich nicht länger zurückhalten, hob die Hand und strich ihr mit den Fingerspitzen sehr sanft über die Wange. »Also war unsere Ehe von Anfang an zum Scheitern verdammt?«

Plötzlich fühlte er etwas Warmes, Nasses auf ihrer Wange, doch mit einer geschmeidigen Bewegung war sie schon auf den Füßen und wich ein Stück zurück. »Es hat keinen Sinn, über die Vergangenheit zu diskutieren – es macht uns unglücklich und ändert nichts«, meinte sie mit leicht zittriger Stimme. »Die junge Juliet Cameron war ganz und gar ungeeignet – sowohl als Ehefrau als auch als englische Lady. Und es ist ärgerlich, daß sie das damals nicht wußte, denn ihre Hochzeit mit einem englischen Lord machte einigen Leuten unnötige Sorgen.« Sie zögerte einen Moment und fuhr dann ruhig fort: »Ich habe meine Lektion gelernt. Es tut mir nur leid, daß ich sie zu spät gelernt habe, so daß du unter meinem Versäumnis leiden mußtest.«

Langsam stand auch Ross auf. »Also hast du dich in einem Land vergraben, wo du so sehr aus dem Rahmen fällst, daß niemand je von dir erwarten wird, so zu sein wie alle anderen. Hat das vielleicht das unterschwellige Problem gelöst, nicht dazuzugehören?«

In dem folgenden Schweigen zog sie sich von ihrer kurzen Intimität so gründlich zurück, daß es fast greifbar war. Juliet hatte so viel offenbart, wie sie gewillt gewesen war – zumindest in dieser Nacht. Sie stieß ein kurzes, kühles und distanziertes Lachen aus, das jeder Lady in ihrem Salon alle Ehre gemacht hätte. »Das Übelste an dir, Ross, ist, daß du immer recht hast. Das kann einen zum Wahnsinn treiben.«

Hätte sie einen Fächer gehabt, mochte sie ihm damit wohl einen Klaps gegeben haben. Und wäre es so gewesen, dann hätte er das verdammte Ding zerbrechen können.

Mit grimmiger Miene knurrte er: »Wir sollten uns jetzt schlafen legen. Ich brauche morgen all meine Kraft, wenn ich vermeiden will, daß ich mich zwischen Dil Assas brutaler Horde blamiere.«

Juliet zog den Schleier wieder über ihr Gesicht und entfernte die Wüstenblume, die er ihr hinters Ohr gesteckt hatte. Als sie sie in den Sand warf, ermahnte sie ihn: »Denk nur an deinen Entschluß, Dil Assa nicht in seinem eigenen Spiel schlagen zu wollen. Wir hatten auf dieser Reise schon genug Aufregungen.«

Da stimmte ihr Ross aus vollem Herzen zu.

Kapitel 12

MIT DER AUSNAHME einiger Männer, die als Wache zurückgelassen wurden, begab sich die ganze Karawane am nächsten Tag zu Dil Assas Lager, das sich ein paar Meilen flußaufwärts befand. Während die lockere, gutgelaunte Gruppe durch die unfruchtbare Landschaft ritt, warf Ross einen Blick auf Juliet. »Du hattest recht mit dem, wie populär das Buskaschi ist. Die Leute sind in absoluter Feierstimmung!«

Trocken gab sie zurück: »In Turkestan findet man es höchst amüsant, Tieren zuzuschauen, die sich gegenseitig in Stücke reißen ... Hundekämpfe, Hahnenkämpfe, Wachteln gegen Wachteln. Sogar Kamelhengste werden aufeinander angesetzt, wenn sie in der Brunft sind. Was sagt dir das über das Buskaschi?«

»Daß ich froh sein kann, wenn ich zurück bei der Karawane bin und noch all meine Glieder an den richtigen Stellen habe«, knurrte er.

Ihr Ziel war eine verstreute Ansammlung von Jurten, runde Zelte aus Filz, die aussahen wie Bienenstöcke mit schwarzen Dächern. Schwärme von Kindern, die nächste Generation Räuber, schwirrten herum. Der größte Teil der Bewohner trug helle Kleidung, wobei Rot die bevorzugte Farbe war. Zu Ross' Überraschung waren die Nomadenfrauen unverschleiert, was im Islam eine Rarität bedeutete. Statt dessen trugen sie hohe edle Kopfbedeckungen, deren Tücher bis zur Taille fielen.

Als Ross ins Lager ritt, blieb alle Welt stehen und starrte ihn an. Da es inzwischen allgemein bekannt war, daß er ein Europäer war, hatte er sich entschieden, auch europäische Kleidung zu tragen. Sein weißes Hemd und seine glatten, enganliegenden Lederhosen standen im starken Kontrast zu den fließenden, bunten Gewändern der Turkmenen. Sein einziges asiatisches Kleidungsstück stellte der Turban dar, den er zum Schutz gegen die sengende Sonne trug.

Als er von seinem Kamel stieg, schob sich Dil Assa durch das Gedränge. Der Turkmene trug eine Kappe, die mit Wolfsfell gesäumt war, was das Zeichen des *Tschupandos'*, eines anerkannten Buskaschi-Meisters, war. »Ah, mein Ferengi-Freund«, rief er in unverhüllter Unaufrichtigkeit. »Ich bin glücklich, daß du es dir nicht noch einmal überlegt hast. Hier hast du eine Buskaschi-Peitsche. Komm, ich zeige dir dein Pferd.« Er reichte Ross eine kurze Peitsche mit Bleienden, wandte sich um und ging voran bis zum Rand des Lagers.

Da die Spielzone etwas weiter weg lag, waren die meisten Karawanenmitglieder weitergeritten. Juliet jedoch stieg ebenfalls ab und drückte Murad die Zügel der beiden Kamele in die Hand. Dann folgte sie Ross, wie es sich für einen guten Diener gehörte, so daß sie seinen Rücken dekken konnte. Ross allerdings glaubte nicht, daß er in unmittelbarer Gefahr schwebte – wenn Dil Assa beabsichtigte, den Befehl des Kalifen zu mißachten und den Ferengi zu töten, dann würde er es sicher nicht tun, bevor Ross sich beim Spiel lächerlich gemacht hatte.

Dil Assa führte Ross zu einer Reihe Pflöcken, an der ein Dutzend gesattelte Pferde angebunden waren. »Hier«, sagte der Turkmene und zeigte auf eine ältliche, braune Stute. »Ein gutes, verläßliches Tier, ausgezeichnet für einen Ferengi, der noch nie ein Buskaschi mitgemacht hat.«

Ross umkreiste das Pferd mit prüfendem Blick und schüttelte dabei den Kopf. »Hast du keinen Respekt vor dem Alter des armen Pferdes, Dil Assa? Sie würde vor Erschöpfung zusammenbrechen, bevor der Nachmittag verstrichen ist.« Er klopfte freundlich den knochigen Leib. »Ich würde es sehr bedauern, der Grund für das Dahinscheiden dieser würdigen alten Dame zu sein.«

Dil Assa runzelte unwillig die Stirn. »Ich habe sie ausgewählt, weil ich dachte, ein Ferengi, der wie ein Sack Korn im Sattel sitzt, könnte mit ihr am besten zurechtkommen. Aber wenn du glaubst, du kannst ein echtes Buskaschi-Pferd beherrschen, dann suche dir eins von den anderen aus.«

Nachdenklich schritt Ross an der Reihe entlang und untersuchte jedes Pferd mit fachmännischem Blick. Sie sahen der legendären Rasse ähnlich, die die Chinesen blumig die ›Himmlischen Pferde von Fergana‹ nannten. Mehr auf Ausdauer als auf Geschwindigkeit gezüchtet, fehlte ihnen die elegante Statur der Araber, doch die besten von ihnen konnten gut sechshundert Meilen in weniger als einer Woche bewältigen.

Eine Reihe anderer Turkmenen sammelte sich um sie. Keiner davon gab sich so feindselig wie Dil Assa, vielmehr schien jeder begierig darauf, seinen Kommentar zu den Pferden anzubringen. Ross kannte die Sprache nicht gut genug, um alles der schnellen Unterhaltung zu verstehen, doch er fing Sätze auf wie: »Ein Buskaschi-Pferd muß schnell wie ein Falke, trittsicher wie eine Ziege und mutig wie ein Löwe sein . . . aus dem vollen Galopp abrupt stehenbleiben . . . braucht Geduld, Verstand, Kampfgeist . . .«

Die meisten der Pferde sahen aus, als könnten sie all diese Anforderungen erfüllen, doch Ross' Wahl fiel schließlich auf einen großen, weißen Hengst, der der spritzigste von allen zu sein schien. Die Augen des Schimmels glitzerten mit wilder Intelligenz, und seine leichten, ungeduldigen Bewegungen ließen die Silberbeschläge an seinem Zaumzeug aufblitzen.

Ein Tier, das eine Herausforderung bedeutet, dachte Ross, aber auch eines, das die Mühe wert ist, es beherrschen zu wollen. »Ich nehme dieses!«

Hinter ihm keuchte Dil Assa empört auf. »Rabat ist mein bestes Pferd. *Ich* reite ihn heute.«

»Ah, dann bitte ich um Vergebung.« Ross hob abwehrend die Hand. Die Qualität des Hengstes war deutlich erkennbar. »Ich möchte dir keinesfalls das Pferd abnehmen, das du für deinen Sieg brauchst.«

Der Turkmene funkelte Ross an, aber sein Stolz war stärker. »Ich brauche Rabat nicht, um zu gewinnen, Ferengi. Du kannst ihn reiten . . . wenn er dich läßt!«

»Du bist sehr großzügig«, antwortete Ross und unterdrückte ein Grinsen. »Ich nehme an, Rabat ist speziell auf Buskaschi-Manöver trainiert. Was muß ich wissen, um ihn richtig zu reiten?«

Glücklichweise halfen ihm sofort fünf oder sechs Männer mit Ratschlägen aus, denn Dil Assa schien nicht antworten zu wollen. Nachdem er eine Weile zugehört hatte, glaubte Ross zu wissen, was er von einem turkmenischen Buskaschi-Pferd zu erwarten hatte.

Um es an seine Stimme zu gewöhnen, verbrachte Ross einige Minuten damit, mit sanften Worten auf das Tier einzureden, während er ihm freundlich den Hals streichelte. Dann prüfte er nach, ob die Gurte richtig fest saßen, verlängerte die Steigbügel und schwang sich schließlich in den Sattel.

Empört über die Frechheit des Fremden, explodierte Rabat augenblicklich in Auflehnung. Alle Muskeln spannten sich an, und er stieg in dem wütenden Versuch, das unerwünschte Gewicht abzuwerfen. Der Hengst verfügte über ein recht beeindruckendes Repertoire an Abwehrbewegungen – Bocken, Drehungen, Seitensprünge –, doch Ross hatte die Warnung in Dil Assas Worten verstanden und war darauf vorbereitet. Während die Zuschauer sich in sichere Entfernung zurückzogen, maßen Mensch und Pferd des jeweils anderen Willenskraft und Entschlossenheit.

Es kostete Ross' ganze Kraft und Konzentration, auf dem Pferderücken zu bleiben und festzulegen, wer von beiden das Sagen hatte, doch als Rabat sich wie ein Wiesel wirbelnd zur Seite drehte, erhaschte Ross einen Blick auf Juliet. Obwohl sie verschleiert war, konnte er ihre Zufriedenheit über seine Darbietung spüren. Ein Punkt für ihn!

Das Pferd hatte nichts wirklich Bösartiges an sich, es besaß nur viel überschüssige Energie und eine Abneigung dagegen, einen Reiter, der sich noch nicht bewiesen hatte, ohne Widerstand zu akzeptieren. Nachdem Rabat sich ein wenig ausgetobt hatte, regte er sich wieder ab und begann, auf Schenkeldruck und Zügel zu reagieren.

Da Ross wissen wollte, was dieses Tier leisten konnte, ritt er von den Zelten weg ein Stück in die karge Ebene hinaus. Dann ließ er den Hengst die Gangarten durchexerzieren, während er dabei lernte, wie er es bremste, lenkte und springen ließ. Rabat begriff erstaunlich schnell, was sein Reiter wollte. Er konnte auf der Hinterhand wenden und war das beste Springpferd, das Ross je geritten hatte. Die Fähigkeiten eines neuen Pferdes auszuprobieren, hatte Ähnlichkeit mit dem Testen eines neuen Gewehres, nur war es schwieriger, da ein Pferd einen eigenen Kopf besaß.

Das unvertraute Zaumzeug war ebenfalls gewöhnungsbedürftig. Es gab nur ein Paar Zügel, und der Sattel war hinten und vorne sehr hoch geformt. Dazu kam, daß am Sattelknauf ein langes Horn herausragte, was ungewöhnlich war, aber wahrscheinlich dem Reiter in wilden Buskaschi-Manövern wertvolle Unterstützung leisten konnte.

Nach etwa einer Viertelstunde kräftezehrender Übung spürte Ross, daß das Pferd und er sich einigermaßen aufeinander eingestellt hatten. Als letztes Experiment trieb er den Hengst zu vollem Galopp an, griff dann das Sattelhorn und ließ sich so weit aus dem Sattel rutschen, daß das meiste seines Körpers gefährlich dicht über dem steinigen Boden hing. Es war ein riskanter Versuch, denn ein Fehltritt des Tieres würde Ross kopfüber in Höchstgeschwindigkeit in den Boden rammen.

Doch trotz des Ungleichgewichts auf seinem Rücken hielt sich das Pferd unerschütterlich aufrecht, als Ross eine Wüstenblume abpflückte, und sich schließlich wieder in den Sattel wuchtete. Er zügelte das Tier in eine langsamere Gangart und ritt zufrieden zu den aufgeregten Turkmenen zurück. Das Publikum freute sich mit ihm, und viele riefen ihm begeistertes Lob zu, nur Dil Assa hatte in tödlichem Schweigen zugesehen.

Ungerührt von der Miene seines Gastgebers, rief Ross begeistert aus: »Herrlich, Dil Assa! Wenn du das Tier ausgebildet hast, dann macht es dir alle Ehre!«

Mit einer Mischung aus Zorn und widerwilligem Respekt knurrte Dil Assa: »Aye, ich habe ihn ausgebildet. Als Rabat geboren wurde, fing ich ihn mit eigenen Händen auf, daß er nicht auf die Erde fiel und sich seine Flügel brechen konnte. Als er gesäugt wurde, fütterte ich seine Mutter mit Eiern, damit seine Decke glatt und weich würde. Drei Jahre lang lief er absolut frei herum, unverdorben durch Zaum oder Sattel. Sechs weitere Jahre lehrte ich ihn alle Manöver des Spiels. Es gibt nirgendwo ein besseres Buskaschi-Pferd. Sieh zu, daß du es anständig reitest!«

»Ich will versuchen, mich seiner wert zu erweisen«, sagte Ross. »Übrigens, hast du ein anderes Pferd, das mein Diener nehmen kann, wenn wir zum Buskaschi-Feld reiten?«

Mit bösartig verengten Augen blickte Dil Assa über die übrigen Pferde. Nachdem er sich auf den Rücken eines wilden Dunkelbraunen geschwungen hatte, meinte er: »Dein Tuareg-Sklave kann den Kastanienbraunen nehmen.«

Auf Tamahak, als wollte er übersetzen, raunte Ross Juliet zu: »Vorsicht, Sklave! Ich glaube, unser freundlicher Gastgeber möchte heute mindestens einen gebrochenen Hals sehen.«

Ohne sich zu einer Antwort herabzulassen, stellte Juliet Gurt und Steigbügel ein und stieg auf. Das nervöse junge Tier war nicht ganz so ungezähmt wie Rabat, doch ebenfalls lebhaft, und so fand ein weiterer Kampf um den stärkeren Willen statt. Juliet besaß nicht Ross' Kraft, aber sie hatte ein fast unheimliches Gespür für das, was das Pferd als nächstes tun würde, und so schaffte sie es, den Kastanienbraunen recht schnell unter ihre Kontrolle zu zwingen.

Dil Assa beobachtete es finster. »Vielleicht sollte dein Sklave auch bei dem Buskaschi mitmachen.«

»Nein«, entschied Ross ohne Umschweife. »Wenn Jalal verwundet wird, wer kümmert sich dann um meine Kamele?«

Diese Logik konnte Dil Assa akzeptieren. Er gab seinen Männern den Befehl zum Aufsitzen, und die Gruppe setzte sich in Richtung Spielfeld in Bewegung. Es befand sich etwa zehn Meilen entfernt, und wie Juliet vorausgesagt hatte, waren Hunderte von Zuschauern erschienen. Sie lagerten an den Dünen entlang und waren begierig auf das Ereignis, das kommen würde. Zahlreiche fliegende Händler ließen sich die Gelegenheit nicht nehmen, dem Publikum Essen und Trinken anzubieten.

Es war leicht, die etwa drei Dutzend Buskaschi-Reiter auszumachen, weil sie müßig auf ihren Pferden herumsaßen. Die meisten Männer trugen Kappen mit Karakul- oder Fuchsfell und alle hatten kurze, häßliche Peitschen.

Juliet glitt von ihrem Pferd und reichte einem der Turkmenen die Zügel, dann machte sie sich zu Fuß auf die Suche nach Saleh und Murad. Dil Assa kam zu Ross herübergeritten und gab ihm ein paar knappe Anweisungen. »Dort ist das *boz*, die Ziege.« Der kopflose, mit Sand beschwerte Kadaver lag in der Mitte eines Kreises, der mit weißem Kalk gezogen worden war.

Er deutete mit der Hand zum Horizont. »Dort hinten steht der Pfahl, um den das *boz* gebracht werden muß. Da die Sonne schon heiß brennt und dies nur ein kleines Freundschaftsspiel ist, haben wir den Pfahl ziemlich nah gesetzt.« Tatsächlich war er auf diese Entfernung kaum sichtbar.

Schließlich zeigte Dil Assa auf den Kalkkreis. »Dann muß das *boz* zurück in den *hallal*, den Kreis der Gerechtigkeit, gebracht werden. Der Mann, der das Tier in den Kreis wirft, ist Sieger.« Mit einem wölfischen Grinsen setzte er hinzu: »Können wir anfangen, mein Ferengi-Freund?«

»Ich bin bereit, wenn du es bist.« Ross nickte vergnügt.

Auf Dil Assas Signal steckte der Buskaschi-Meister, ein älterer Mann mit einem durch Peitschenhiebe zernarbten Gesicht, die Finger in den Mund und stieß einen schrillen Pfiff aus. Sofort setzten sich die Reiter in Bewegung und sammelten sich um die Ziege im Kreis. Ross fand einen

Platz Dil Assa gegenüber. Die Luft vibrierte in der steigenden Spannung, während sich die Reiter in ihren Sätteln leicht aufrichteten und warteten, jeder begierig, der erste, der wildeste und der erfolgreichste zu sein.

Der Meister hob den Arm, dann ließ er ihn fallen. »Fangt an!«

Die Reiter trieben ihre Pferde voran, und augenblicklich löste sich der Zirkel in einem Mahlstrom chaotischer Aktivität auf. Nur Ross hielt sein Tier zurück, denn er wollte erst zusehen, um das Spiel besser zu begreifen.

Ein leichtgebauter Mann stellte sich als der schnellste heraus, beugte sich herunter und riß die Ziege an sich. Sofort griffen zwei andere zu, die an zwei verschiedenen Beinen des Kadavers zogen, wobei sie wie Fischweiber schrien und zeterten. Ein Dritter trieb sein Pferd zwischen die beiden, trennte sie, indem er sein Pferd auf den Hinterbeinen steigen ließ und packte sich dann selbst die Beute.

In einem unglaublichen Durcheinander wechselte die Ziege von Hand zu Hand, wurde über Pferdehälse und Sättel gerissen und unter Tierbäuchen hergezogen. Zweimal fiel der Kadaver zu Boden und wurde augenblicklich wieder hochgezerrt. Es war eine barbarische, wilde Szenen, und in kürzester Zeit war die Luft von dem Geruch von Pferd, Schweiß, Blut und Leder geschwängert.

Ross erkannte, daß die Peitschen weniger für die Pferde, sondern für die Gegner gedacht waren. Hände und Gesichter wiesen schon tiefe, blutige Schnitte auf, aber in der Hitze des Gefechtes nahm es niemand zur Kenntnis. Die Stiefel mit den hohen Absätzen hielten die Reiter in ihren Steigbügeln, wenn sie sich mit dem Peitschengriff zwischen den Zähnen streckten und wanden, um den Preis zu erhaschen.

Nicht nur die Reiter kämpften wie wahnsinnig. Die

Pferde waren gleichermaßen aggressiv und stürzten sich mit gebleckten Zähnen in das Gewühl, bissen, bockten und schlugen mit ihren Hufen. Reiter und Pferde bewegten sich wie eins, wie eine Rasse Zentauren, bestehend aus Tier und Mensch gleichzeitig. Und mitten in diesem Sturm kämpfte Dil Assa, der wildeste unter den Wilden.

Einmal geriet der gesamte wirbelnde Pulk in die Menge des Publikums hinein. Heulende Zuschauer stoben zur Seite, aber es waren nicht alle flink genug, und als der Buskaschi-Mob wieder fortschwappte, blieben drei jammernde, verwundete Zufallsopfer zurück.

Eingehüllt in eine Staubwolke, die in den Augen brannte, bewegte sich die turbulente Menge langsam auf den Pfeiler zu. Ross fand, daß die meisten der Reiter sich verausgabten, lange bevor sie den Kreis der Gerechtigkeit erreichen würden. Ein Spieler, der sich zurückhielt und sein Pferd zügelte, würde am Ende weitaus mehr Chancen auf einen Sieg haben. Doch Strategie schien den Männern vor ihm nichts zu bedeuten: Sie kämpften aus purer barbarischer Lust am Kampf.

Die Wogen der Gewalt schlugen immer wieder über Ross und Rabat zusammen und entzündeten ein Feuer in den Adern, das sie rief und lockte, sich dem Wahnsinn des Pulks zu ergeben und in den Tumult hineinzustürzen. Für das Buskaschi ausgebildet, versuchte der weiße Hengst, sich mitten in das Gewühl zu werfen, doch Ross hielt ihn mit all seiner Kraft in den Schenkeln und Armen zurück.

Doch der Kampf um die Beherrschung seines Pferdes war nicht das schlimmste. Ross spürte, wie die Hitze der Gewalt ihn mitriß. Er hatte vorgehabt, zurückhaltend mitzumischen, sobald er begriffen hatte, wie das Spiel funktionierte, doch nun hatte er Angst davor. Es würde leicht sein, so leicht, in dieses wirbelnde Chaos einzutauchen und alle Kontrolle und Zurückhaltung abzustreifen.

Obwohl es einige Situationen in seinem Leben gegeben hatte, wo seine Beherrschung an die Grenzen gestoßen war, hatte er sich nie zugestanden, sie zu überschreiten. Denn tief im Inneren fürchtete er sich vor dem, was vielleicht geschehen mochte. Wenn er sich einmal solchem Irrsinn ergab, würde er das, was hervorgebrochen war, dann je wieder unterdrücken können? Und so hatte er sich immer zurückgehalten und tat es auch jetzt, indem er Rabat immer am Rande des brutalen Geschehens zügelte.

Das Spiel ging langsam voran, um jeden Zentimeter wurde mit grimmiger Entschlossenheit gekämpft, bis das *boz* drei Viertel der Strecke bis zum Pfahl hinter sich hatte. Dann gelang es einem einzelnen Reiter mit der Ziege über dem Sattel herauszubrechen, und er galoppierte los.

Es war Dil Assa. Wenige unglaubliche Augenblicke konnte er trotz hitziger Verfolgungsjagd frei davonstürmen, während aus dem Publikum Jubelschreie herüberdrangen. Dil Assa stieß ein Triumphgeheul aus, als er den Pfahl umrundete, doch um das Ziel zu erreichen, mußte er denselben Weg wieder zurückreiten . . . und auf der Strecke warteten schon seine Rivalen. Einmal mehr begann die Schlacht um die Beute.

Ross hatte sich am Rande der Gruppe gehalten, hatte zugesehen, ohne mitzumachen, da er sich mehr dafür interessierte, seine innere Kontrolle zu bewahren, als sich um den immer zerfetzter aussehenden Kadaver zu kümmern. Doch dann erschien plötzlich Dil Assa mit wildem Blick und blutverschmiertem Gesicht vor ihm.

»Feigling!« knurrte er. »Du verschwendest das beste Buskaschi-Pferd, das je gelebt hat. Du bist kein Mann.«

Vergessen war das Versprechen, das er dem Kalifen gegeben hatte, und er holte mit seiner Peitsche aus und schlug sie Ross durchs Gesicht. »Ich spucke auf dich, Ferengi!«

Instinktiv zerrte Ross das Pferd zurück, um aus der Reichweite der Peitsche zu kommen. Dessenungeachtet trieb Dil Assa sein Pferd vorwärts und versuchte erneut, ihn mit wild sirrender Peitsche zu treffen.

Das Ergebnis war explosiv. Bisher hatte Ross sich als gelassener Beobachter durchs Leben bewegt, doch die Nähe zu Juliet hatte seine Beherrschung bereits gefährlich strapaziert. Und als die Peitsche des Turkmenen jetzt beißend über seinen Rücken und seine Schultern fuhr, riß die Wut die letzten Barrieren seiner Kontrolle nieder.

Dil Assa holte wieder aus. Mit katzenhafter Geschwindigkeit packte Ross die Schnur und riß, ohne auf den rotglühenden Schmerz zu achten, die Peitsche aus der Hand seines Gegners. »Wenn du verlieren willst, Turkmene, dann tu es!« Er schleuderte die Peitsche zu Boden. »Denn jetzt will *ich* gewinnen!«

Er riß Rabat herum und trat ihm die Fersen in die Flanken, um der Gruppe nachzujagen, die inzwischen an Ross und Dil Assa vorbei war. Noch einmal war es einem einzelnen Reiter gelungen, freizubrechen und die Ziege die Hälfte der Strecke bis zum Ziel zu bringen, bevor ein anderer wieder zupacken konnte. Jetzt waren alle Reiter in einer wilden Schlacht vereint.

Der Hengst stieß ein Wiehern der Freude aus, als Ross ihm den Kopf freigab und wie ein Racheengel über die offene Ebene jagte. Ross wußte, daß das *boz* sich im Zentrum des Tumults befinden mußte, und ritt daher das Gewühl direkt an, um sich den Weg mit Gewalt zu erzwingen.

Dann erkannte er, daß Rabat sich zum Sprung sammelte. In einem Moment perfekter stummer Kommunikation zwischen Mensch und Tier spürte Ross, daß der Hengst sich auf das wirbelnde, chaotische, fieberhafte Getümmel schwingen wollte.

Es war Wahnsinn, doch Ross zögerte keine Sekunde. Im Buskaschi war alles erlaubt. *Alles.* Eins mit seinem Pferd, fühlte Ross die Muskelstränge zucken, empfand die wilde Aggression und die Freude am Kampf, als wäre all das ihm eigen. Gemeinsam schwangen sie sich in die Luft und schwebten einen Augenblick wie ein zweiter Pegasus über dem Gewühl des Pulks.

Dann krachten Mensch und Tier auf die brodelnde, fiebernde Masse herunter. Es war das reine Chaos. Tritte, Fäuste und Peitschenhiebe hagelten auf Ross und Rabat nieder, doch allein der Schwung und ihr Gewicht erzwangen ein wenig Platz in dem Gedränge, direkt neben den Spielern, die um die Ziege kämpften.

Ohne die Stöße und Schläge der anderen Reiter zu bemerken, klemmte Ross die Peitsche zwischen die Zähne und tauchte in den erstickenden Staub ab, der das *boz* einhüllte. Er lehnte sich gefährlich weit aus dem Sattel, nur noch ein Stiefel im Steigbügel, die Hand am Sattelhorn, um den Halt zu wahren. Er streckte sich, so weit es ging, bis er ein Hinterbein des zerfledderten Kadavers zu packen bekam. Der Mann, der es hatte, wehrte sich heftig, um die Beute zu behalten, aber ihm fehlte die frische, aufgepeitschte Kraft seines Angreifers, und nach wenigen Sekunden konnte Ross ihm den Preis entwinden.

Als das volle Gewicht der Ziege auf ihn zurutschte, wäre Ross fast durch den Schwung auf den steinigen Boden gestürzt. Es kostete ihn alle Kraft, sich im Sattel zu halten und wieder aufzurichten. Aber schließlich schaffte er es, ohne die Ziege den grabschenden Händen der anderen Reiter überlassen zu müssen.

Ross riß das tote Tier über seinen Sattel. Dann begann er den langsamen, gewalttätigen Prozeß, sich den Weg aus dem Chaos freizukämpfen. In seinem rauschartigen Zorn spürte er keinen der Schläge, die auf ihn niederhagelten, und er war von jeder Hemmung befreit, Schläge auszuteilen. Jede Hand, jede Peitsche war auf Ross und Rabat gezielt, doch die beiden kämpften sich unaufhaltsam durch den Mob, wobei sie rücksichtslos auf die Reiter rechts und links einschlugen.

Sie brachen nur wenige Meter vor dem Kreis der Gerechtigkeit aus der Horde hervor. Der Staub brannte in seinen Augen, und Ross konnte das Ziel kaum erkennen, doch er trieb Rabat unbarmherzig an und verließ sich auf das Training und die Erfahrung seines Pferdes, um ihn in höchstem Tempo zum Kreis zu bringen. Um seine Sicht klar zu bekommen, nahm Ross eine Hand von dem Kadaver, um sich die Augen mit einem Zipfel seines Turbans zu wischen. Sofort griffen andere Hände nach der Ziege.

Wieder war es Dil Assa, dessen schwarze Augen in fieberndem Triumph glänzten, als er den Kadaver auf seinen Sattel zerrte. Sofort trieb er seinen Braunen an, um davonzujagen, doch Ross hatte sich schon aus dem Sattel gelehnt und überbrückte den leeren Raum zwischen ihm und dem Turkmenen, um erneut ein Hinterbein der Ziege zu packen. Seine Muskeln schmerzten, als er versuchte, die Beute zurückzuziehen, doch Dil Assa hielt es mit gleicher sturer Entschlossenheit am Vorderbein fest.

Die zwei Pferde donnerten Seite an Seite auf das Ziel zu, denn keiner der beiden dachte daran, dieses grausame Tauziehen aufzugeben. Andere Reiter kamen heran, gellende Schreie und Peitschenhiebe hagelten auf sie herab, doch Ross sah nur noch Dil Assa und die Beute, die er um jeden Preis haben wollte.

Um das gefährliche Patt zu lösen, hakte Ross ein Bein um die Hinterpausche seines Sattels und hängte sich dann in die andere Seite des Pferdes hinein, um mit seinem gesamten Körpergewicht die zusätzliche Kraft zu bekommen, die er brauchte. Und dann passierte es mit schockierender Plötzlichkeit: Die Ziege rutschte zu Ross hinüber, und er verlor sein kostbares Gleichgewicht. Fast stürzte er vom Pferd und unter die Hufe der anderen Reiter, doch einmal mehr bewahrte ihn das Sattelhorn davor.

Als Ross sich selbst wieder hinaufhievte, sah er, daß ein Vorderbein der Ziege bei Dil Assa geblieben war, während der Restkörper in seinem Besitz war. Vor Wut kreischend, schleuderte Dil Assa das Bein nach seinem Rivalen und lehnte sich aus dem Sattel, um den Kadaver zu packen. Aber es war zu spät. Sie hatten den Kreis erreicht.

Als Ross die Reste des *boz* in den Kalkkreis warf, brausten Schreie von *»Hallal, Hallal!«* aus der Menge der Zuschauer auf. Und dann wandelte sich der Jubelschrei schnell in »Kilburn! Kilburn!« um.

Ross riß einen Arm zum Sieg hoch, und die Menge geriet außer Rand und Band. Ein grausames, primitives Hochgefühl rauschte durch Ross' Adern. Obwohl er in der Schule oft genug Mannschaftssport mit Erfolg getrieben hatte, war noch kein Sieg so voller reiner, berauschender Befriedigung gewesen wie der, den er ganz allein errungen hatte. Rabat schien das gleiche Triumphgefühl zu empfinden, denn er stieg und tänzelte und warf den Kopf stolz auf und nieder.

Ross hatte sich vorher gemerkt, wo Juliet und Saleh gestanden und zugesehen hatten, und nun suchte er sie mit seinem Blick, denn er wollte instinktiv sein Hochgefühl mit ihr teilen. Es war leicht, sie auszumachen, denn sie wirkte groß und schwarz inmitten der Menge der buntgekleideten Turkmenen.

Eine Sekunde lang trafen sich ihre Blicke. Ross spürte einen seltsamen Stich, aber die Entfernung war zu groß, um etwas aus ihren Augen zu lesen. Dann drehte sie ihren

Kopf scharf zur Seite. Vielleicht war sie wütend, daß er sich nicht an seine Absicht gehalten hatte, sich ohne Risiko durch das Spiel zu lavieren. Was immer der Grund war – es reichte aus, um Ross in die Realität zurückzubringen. Als der Rausch abebbte, war er nur noch dankbar, daß sein Verstand noch intakt zu sein schien, obwohl er jetzt plötzlich bemerkte, wie erschöpft, zerschlagen und verschwitzt er war. Seine Brust hob und senkte sich in heftigen Atemzügen, und jedes Luftholen schmerzte in seinen Lungen.

Der Buskaschi-Meister kam von seinem Platz an der Seitenlinie zu Ross hinüber, um ein letztes Ritual zu vollziehen. Während es unmöglich war, in dem Lärm und dem Tumult seine Worte zu verstehen, so besagte sein strahlendes Gesicht doch genug, als er Ross einen kleinen Gegenstand in die Hand drückte.

Ross hatte gar nicht darüber nachgedacht, ob der Sieger etwas gewinnen würde. Er blickte hinunter in seine Hand und fand eine alte Goldmünze, für deren Besitz ein Archäologieprofessor in Oxford über Leichen gehen würde. So wie das griechische Profil auf der einen Seite aussah, konnte die Münze gut und gerne aus der Zeit Alexanders des Großen stammen. Nun war auch seine eigene Gelehrtenneugier geweckt, doch er hatte jetzt nicht die Zeit, seinen Preis genauer zu untersuchen. So nickte er einfach als Dank und schob sie in seine Tasche.

Nun, da der Wettbewerb offiziell vorbei war, begannen die Leute auf das Feld zu strömen und den Reitern zu gratulieren. Jemand bot Ross einen Messingkrug Wasser, und er nahm dankend an. Er legte den Kopf zurück und schüttete die Hälfte des Inhalts in seine Kehle, dann spritzte er sich Händevoll Wasser ins Gesicht und über den Hals, um den gelben Staub fortzuspülen.

Es war ein hartes Spiel gewesen, und es wurde viel Lob

ausgesprochen, aber Ross war der Held der Stunde, und jeder wollte ihm die Hand drücken oder einen Kommentar loswerden.

Nein, nicht jeder. Während er noch eine Hand schüttelte, erkannte Ross plötzlich, daß nicht nur seine geistige Gesundheit erhalten geblieben war, sondern auch sein Sportsgeist, der ihm als Kind eingetrichtert worden war und in seinem Charakter einen fruchtbaren Nährboden gefunden hatte. Er blickte sich suchend nach seinem Hauptrivalen um. Dil Assa stand nur ein paar Meter von ihm entfernt und war von seiner eigenen Anhängerschaft umringt. Ross trieb Rabat vorsichtig an, um niemanden zu verletzen, und bahnte sich seinen Weg auf seinen Gegner zu.

Dil Assa runzelte die Stirn in unverminderter Abneigung, als er Ross entdeckte. »Du hattest Glück, Ferengi.«

»Das ist wahr«, stimmte Ross zu. »Wenn ich nicht dieses herrliche Pferd gehabt hätte« – er streichelte Rabats schaumbedeckten Hals – »oder das Vorderbein nicht zufällig schwächer als der restliche Körper des *boz* gewesen wäre, dann hätte ich niemals gewinnen können.«

»Und dennoch freust du dich schadenfroh!«

»Überhaupt nicht.« Ross streckte seine Hand aus. »In meinem Land ist es üblich, nach einem hitzigen Wettbewerb seinem geschätzten Gegner die Hand zu drücken.«

Verdutzt und unsicher starrte der Turkmene auf die ihm dargebotene Hand. »Bin ich also dein geschätzter Gegner, Ferengi?«

»Aye.« Die Hand immer noch ausgestreckt, fügte Ross hinzu: »Ich habe übrigens einen Namen, weißt du? Ich heiße Kilburn. Und du, Dil Assa, hast es geschafft, mir meine Beherrschung so gründlich zu rauben, wie es mir noch nie im Leben passiert ist.«

Der Turkmene brach plötzlich in schallendes Gelächter

aus. »Dann habe ich heute zumindest einen kleinen Sieg errungen, obwohl es klüger gewesen wäre, dich in deinem Stumpfsinn zu belassen.« Er ergriff Ross' Hand und drückte sie kraftvoll. »Du reitest gut für einen Ferengi, Kilburn.«

Ross lachte und fühlte sich auf gewisse Weise genauso berauscht wie in dem Moment, als er die Ziege in den Kreis geschleudert hatte. »Zu sagen, daß ein Turkmene gut reitet, ist wohl genauso überflüssig wie festzustellen, daß die Sonne heiß brennt oder das Wasser Gottes Geschenk an seine Kinder ist.« Er ließ die Hand seines Gegenüber los. »Aber ich möchte dir sagen, daß ich das Spiel erlernte, während ich dir zusah . . . nämlich mit wilder Entschlossenheit und Freude daran.«

Dil Assa lächelte stolz und beugte sich aus dem Sattel, um Ross' Turban herunterzuziehen. Dann nahm er seine Wolfskappe ab und stülpte sie auf Ross' blondes Haar. »Wenn du jemals in der kalten Jahreszeit zurückkehrst, Kilburn, spielen wir wieder. Und, so Gott will, daß es geschieht, wirst du als Buskaschi-Meister reiten.«

Nach diesen Worten entschied Ross, daß die verschwitzte, schmutzige Fellkappe alles übertraf, was Königin Victoria ihm hätte verleihen können.

Kapitel 13

DIE GEFÜHLE JULIETS bei dem Buskaschi waren sehr gemischter Art gewesen. Obwohl sie die Begeisterung der Zuschauer nicht richtig geteilt hatte, konnte sie sie dennoch gut verstehen, denn die Erfahrung des Spiels war intensiv und dramatisch.

Gleichzeitig war sie froh gewesen, daß Ross sich nicht mit vollem Herzen hineingestürzt hatte. Auch wenn das Buskaschi vermutlich eher Prellungen als Todesfälle verursachte, bestand doch das ziemlich hohe Risiko, daß die Reiter stürzten und sich den Hals brachen oder von den anderen Pferden zu Tode getrampelt wurden. Zudem hatte diesmal die Gefahr bestanden, daß sich Dil Assa die Hitze des Gefechts zunutze machen würde, um sich des verhaßten Ferengi zu entledigen.

Dann waren Ross und Dil Assa aufeinandergeprallt, und durch den Körper ihres Mannes war ein Ruck gegangen. Ross war immer schon ein hervorragender Reiter gewesen und hatte mühelos alles bewältigt, was er in Angriff genommen hatte – Juliet wußte es. Dennoch hatte sie Schwierigkeiten gehabt, daran zu glauben, was sich dann vor ihren Augen abgespielt hatte. Ross war plötzlich wie einer der altnordischen Berserker gewesen, der sich durch nichts aufhalten ließ, um sein Ziel zu erreichen. Und wirklich – er hatte es geschafft. Ross hatte es allen gezeigt und das Baskaschi gewonnen! Juliets Herz hatte so laut gehämmert, daß es das Brüllen der Zuschauermenge fast übertönt hatte. Gleichzeitig hatte sich in ihr ein tiefer, ursprünglicher Stolz auf ihren Mann ausgebreitet, denn trotz allem, was sie trennte, war Ross immer noch mit ihr verheiratet. Ja, ja, ja, er war noch immer ihr Mann!

Sie hatte sich auf die Unterlippe gebissen, während sie fasziniert seinen geschmeidigen, schweißglänzenden Körper betrachtet hatte. Noch nie zuvor hatte Ross so ungezähmt und bedrohlich ausgesehen. Da war nichts mehr von dem kühlen, gelassenen und zurückhaltenden Reisegefährten der letzten Wochen. Und ganz sicher war er in diesem Augenblick nicht mehr der zivilisierte Mann, den sie geheiratet hatte. Viel mehr kam er ihr vor wie ein gefährliches Raubtier, doch gerade das reizte sie.

Mit trockener Kehle machte Juliet irgendeine alberne Bemerkung zu Saleh. Ein jubelnder Murad drängelte und stieß sich bereits durch die Menge, um zu seinem Herrn zu kommen, doch Juliet blieb mit Saleh abseits bei den Kamelen. Das letzte, was sie gebrauchen konnte, war Nähe zu Ross.

Verbissen versuchte sie, die Gründe ihrer heftigen Reaktion zu analysieren, denn sie hoffte, daß das Verständnis ihre unselige Begierde aufheben konnte. Seitdem sich ihre Pfade in Persien gekreuzt hatten, war sie sich permanent bewußt gewesen, wie attraktiv Ross war. Doch heute, erkannte sie, war es noch mehr gewesen, denn die Wildheit des Kriegers, die sie in seiner Miene gesehen hatte, kam dem Ausdruck der Leidenschaft bei ihren Liebesspielen damals sehr nahe. Und nun, da sie daran erinnert wurde, war es doch nur natürlich, daß ihr Körper darauf reagierte.

Unglücklicherweise nützte es nichts. Sie verstand jetzt, doch das Resultat ließ sich nicht aufheben.

Bald begann die Menge sich auszudünnen, als die Leute sich auf den Nachhauseweg machten, doch sie würden noch Jahre von diesem Buskaschi sprechen. Ross reichte die Zügel des Hengstes an Dil Assa. Und nachdem man Lebewohl gesagt hatte, kamen er und Murad langsam auf Juliet und Saleh zu.

»Gut geritten, Kilburn«, bemerkte Saleh, als er sich auf seine Füße hob. »Du wirst eine Legende von Turkestan werden. Der Ferengi, der Buskaschi-Meister geworden ist.«

Ross lachte. »Ich muß zugeben, daß es mir ziemlich viel Spaß gemacht hat. Das Buskaschi erzeugt die gleiche Erregung wie eine englische Fuchsjagd, mit dem Vorteil, daß hier das Tier bereits tot ist. Ich habe irgendwie nie richtig begriffen, warum ein Rudel Hunde und Pferde hinter einem einzigen kleinen Fuchs herjagen müssen.«

Die Wildheit war aus Ross' Äußerem verschwunden, doch er sah immer noch wie der romantische Entwurf eines Piraten aus. Sein weißes Hemd war bis zur Brust geöffnet, und die fellgesäumte Kappe auf seinem blonden Schopf wirkte auf barbarische Art und Weise atemberaubend. Obwohl sich auf seinem linken Wangenknochen eine dunkle Prellung bildete, stellte Juliet erleichtert fest, daß kein Peitschenhieb sein Gesicht ernsthaft verschandelt hatte. Narben wären wie die Entstellung eines Kunstwerkes gewesen.

Während sie ihren Mann musterte, fuhr ihr plötzlich der alberne Gedanke durch den Kopf, daß Ross zweimal so breite Schultern und halb so schmale Hüften wie ein durchschnittlicher Mann besaß. Dann errötete sie. Und dankte Gott für den Tagelmoust vor ihrem Gesicht.

Ihn so greifbar nah bei sich zu haben, ließ Juliets Knie

weich werden und ihren Kopf schwindeln. Also wandte sie sich schnell ab, bevor sie sich lächerlich machte. Er mußte nach dem ganzen Energieverbrauch hungrig sein. Schweigend reichte sie ihm ein Stück Fladenbrot und ein Stück Ziegenkäse.

»Danke.« Und mit weicher, leiser Stimme, die Murad nicht hören konnte, fügte er hinzu: »Tut mir leid, daß ich mein Versprechen gebrochen habe, mich mit britischer Zurückhaltung zu benehmen.«

Als Juliet antworten wollte, mußte sie feststellen, daß ihre Stimme nicht zu funktionieren schien. Sie räusperte sich und murmelte schließlich: »Entschuldigung angenommen. Immerhin hast du mehr oder weniger intakt überlebt.« Dann fiel ihr Blick auf seine Hände, die voller Kratzer, Schrammen und blutigen Abschürfungen waren. »Vielleicht eher weniger.«

Er bewegte die Finger und schnitt eine Grimasse. »Tut weh und sieht schlimm aus, aber nichts ist gebrochen.«

Juliet hatte Baumwollstreifen mitgebracht, für den Fall, daß etwas verbunden werden mußte. Nun zog sie ein Stück Stoff aus ihrem Beutel und befeuchtete es. Dann nahm sie seine rechte Hand in ihre und wischte behutsam Dreck und Blut ab. In die Rolle der Krankenschwester zu schlüpfen, beruhigte sie und ermöglichte es ihr, ihn leidenschaftslos zu berühren, obwohl sie sich der Wärme seiner Finger nur allzu deutlich bewußt war.

Als sie mit der einen Hand fertig war und ihn losließ, strichen seine Fingerspitzen kurz über ihre Handfläche, und die sinnliche Empfindung war so intensiv, daß sie das Gefühl hatte, zu verbrennen. So weit zum Thema leidenschaftslos. Sie warf ihrem Mann einen mißtrauischen Blick zu, doch er unterhielt sich bereits mit Saleh und Murad, ohne auf sie zu achten. Die erotische Berührung mußte Zufall gewesen sein, doch sie gab acht, daß es kein zweites Mal geschah, als sie sich seiner linken Hand annahm.

Juliet krauste die Stirn, als sie sah, was unter dem Dreck und dem verkrusteten Blut war. Einige der Kratzer waren tiefer als vermutet, sie bluteten noch und mußten versorgt werden. Sie wandte sich an Murad, der das kleine Feuer gerade löschen wollte, das sie zum Teekochen während des Spieles gebraucht hatten. »Laß das Feuer.«

Verbranntes Haar war ein klassisches und effektives Heilmittel für kleinere Schnitte. Juliet hätte gerne ihr eigenes verwendet, doch es hätte ihrer Verkleidung kaum besonders gut getan, wenn sie ihre roten Strähnen unter dem Schleier hervorgezogen hätte. Also nahm sie ihr Messer und schnitt einen Büschel Kamelhaare von der dichtbewachsenen Unterseite des Tierhalses. Dann legte sie das Haar auf einen der Steine am Feuer, häufte ein Stück Kohle darauf und ließ es in einer durchdringend riechenden Flamme zu Asche verbrennen. Nachdem diese abgekühlt war, fegte sie sie in ihre Hand und eilte wieder zu Ross, der sie neugierig beobachtete.

Juliet zerrieb etwas von der Asche und streute sie in die tieferen der Schnitte. Sofort vermischte sich das Blut damit.

»Interessant«, kommentierte er. »Ist das ein persisches Heilmittel?«

»Afghanisch«, antwortete sie, als sie die nächste Wunde behandelte. »Verbranntes Haar ist nur für kleine Wunden gut, aber es stoppt die Blutung und vermindert die Entzündungsgefahr. Man kann jedes Haar dafür nehmen.«

»Auf jeden Fall zivilisierter als Ausbrennen. Wo wir gerade davon sprechen . . . wie geht es deinem Arm?«

»Gut. Ich spüre schon fast nichts mehr«, erklärte sie wahrheitsgetreu, als sie mit Ross' Behandlung fertig war.

Der Ritt zurück nach Merw ging weitaus entspannter

vor sich als der Hinweg. Ab und zu kamen Ansässige vorbei, die ihnen bewundernde Worte über das Spiel zuriefen, welches offenbar von jedem Mann in diesem Teil der Karakum gesehen worden war. Der Prozeß der Legendenbildung über Ross kam äußerst gut voran.

Der letzte Teil der Straße führte am Fluß von Merw entlang. Schmal und bewachsen wand er sich in trägen Kurven durch die Wüste, wobei seine grünen Ufer einen unstimmigen Kontrast zu der kargen Landschaft bildeten. Dann kamen sie an eine Stelle, wo sich ein kleiner Teich an ein paar Weidenbäumen staute, und Ross zügelte mit sehnsuchtsvollem Blick auf das Wasser sein Kamel. »Reitet ihr ohne mich zur Karawanserei«, sagte er zu den anderen und grinste spitzbübisch. »Ich komme später nach.«

Er stieg ab, entledigte sich seiner Stiefel, Hemd und Hut und sprang mit einem vergnügten Juchzen in den Fluß hinein.

Der Anblick von Ross' halbnacktem Körper machte augenblicklich alle Mühen, die Juliet sich zur Kontrolle ihrer ungewollten Lust auferlegt hatte, zunichte. Der Tag war bereits brennend heiß, doch sie spürte plötzlich ein Feuer in ihrem Körper, daß sie glaubte, ohnmächtig zu werden.

Ohne sich um Ross' Vorschlag zu kümmern, allein weiterzureiten, rief Murad begeistert aus: »Eine herrliche Idee, Kilburn. Wir kommen auch.« Er lenkte das Kamel, das er mit Saleh teilte, auf das Ufer zu. Dann ließ er das Tier niederknien, kletterte aus dem Korb und zog seine Kleider aus.

Auch Saleh schwang sich aus seinem Korb und streifte die Sandalen ab. Mit einem Blick auf Juliet, deren Kamel den anderen zum Fluß gefolgt war, schlug er vor: »Wenn du nicht schwimmen kannst, wate mit mir im flachen Wasser.«

Zögernd stieg Juliet ab. Sie spürte ein Fieber, das sie zu

verbrennen drohte, und der Fluß lockte wie das Paradies selbst, doch es war undenkbar, zu ihrem Mann ins Wasser zu steigen.

Ross sah herüber und spritzte neckend Wasser in ihre Richtung. »Ja, Jalal, dann kriegst du wenigstens nasse Füße.«

Wortlos schüttelte sie den Kopf. Es wäre das Beste gewesen, allein zur Karawanserei zurückzureiten, aber das ging über ihre Kräfte. Auf der Ferse herumwirbelnd, eilte Juliet das Ufer entlang, bis sie außer Sicht ihrer Gefährten war.

Schnell und unregelmäßig atmend, ging sie weiter, bis sie einen kleinen versteckten Teich fand, der von Binsen und Weiden abgeschirmt wurde. Sie war nicht länger in der Lage, sich zu beherrschen, und so kniete sie nieder und zog mit bebenden Händen den Tagelmoust vom Gesicht. Seit sie Serevan verlassen hatten, war sie Tag und Nacht in die Lagen von Tuch eingehüllt gewesen, und in ihrem jetzigen fiebernden Zustand hatte sie das Gefühl, daß es sie ersticken würde, wenn sie den Schleier noch eine einzige Sekunde länger trug.

Sie warf den Tagelmoust neben sich und schöpfte mit hohlen Händen Wasser aus dem Fluß, das sie sich über Gesicht und Hals spritzte. Die wunderbare Kühle linderte und beruhigte sowohl den Körper als auch den Geist.

Juliet hatte sich an diese Stelle zurückgezogen, weil sie allein sein mußte, doch als sie langsam ihre Fassung wiederfand, erkannte sie, daß sie dumm sein würde, die Gelegenheit zum Baden nicht beim Schopf zu ergreifen. Rasch streifte sie die restliche Kleidung ab, löste ihr Haar aus dem dicken Zopf und tauchte ins Wasser. Es war angenehm kühl und liebkoste ihre Haut wie flüssige Seide.

Ohne Probleme hätte sie den Rest des Tages im Fluß verbringen können, aber wenn sie zu lange fort war, würde sicher einer der Männer nach ihr suchen, also wusch sie sich so schnell es ging. Nachdem sie wieder ans Ufer geklettert war, nahm sie ihren Mantel, um sich provisorisch abzutrocknen und zog sich dann wieder an. Wirklich eine Schande, daß sie keine frische Wäsche dabeihatte!

Anschließend setzte sie sich in ihrem Gewand ans Ufer und fuhr sich mit den Fingern durchs nasse Haar. Die Knoten herauszubekommen, war eine zeitraubende Arbeit. Es wäre praktischer gewesen, die Mähne vor ihrer Reise abzuschneiden, aber sie hatte sich nicht dazu durchringen können. Ross hatte ihr Haar immer lang gemocht, und es so zu belassen war ein geheimes Geschenk an ihn, eines, das er niemals kennen würde. Und das ihn vermutlich nicht kümmern würde.

Während sie ihre Haare flocht, war sie so versunken in ihre Gedanken, daß sie die Schritte hinter ihr zuerst gar nicht wahrnahm. Im allerletzten Moment hörte sie das sanfte Knirschen und wappnete sich, Ross entgegenzusehen, obwohl sie hoffte, es wäre Saleh.

Es war weder Ross noch Saleh. Statt dessen rief Murad nun: »Jalal, wo bist du? Wir wollen weiter!«

Sie wirbelte den Kopf gerade in dem Augenblick herum, als der junge Perser aus den dichten Binsen trat. Als er das Gesicht und das kupferfarbene Haar sah, fiel Murad die Kinnlade herunter. Sein Blick glitt zu dem vertrauten schwarzen Gewand, dann zurück zu ihrem Gesicht. »Jalal?« fragte er ungläubig.

Juliet stolperte auf die Füße und fluchte im Geist in jeder Sprache, die sie kannte. Ihre kurze Unachtsamkeit hatte all ihre Versuche, ihre Identität vor Murad zu verbergen, zunichte gemacht. Sie mochte nicht unbedingt den Frauen ähneln, die er kannte, aber der Mann war schließlich kein Idiot.

Nun, es war zu spät. Sie würde ihm die Wahrheit beichten müssen und ihn zu einem Teil ihrer Verschwörung machen, denn die einzige Alternative war, ihn im Fluß zu ertränken. Murad war Ross treu ergeben, und sie konnte damit rechnen, daß man ihm vertrauen durfte.

Ohne ihr übliches Knurren und ihren breiten Akzent begann sie in fließendem Persisch: »Besteht eine geringe Chance, dich zu überzeugen, daß alle Tuareg rotes Haar und bleiche, feminine Gesichter haben?«

Da er nun bestätigt bekam, was seine Augen längst sahen, stieß Murad hervor: »Bei dem Allmächtigen! Du bist eine Frau . . . eine Ferengi-Frau!«

»Stimmt«, erwiderte sie schlicht. »Doch auf einer Reise wie dieser schien es klüger, als Mann zu gehen.«

Seine dunklen Augen verengten sich. »Weiß Kilburn davon?«

»Allerdings«, antwortete sie trocken. »Ich bin zufällig *seine* Frau.«

Murad dachte eine Weile darüber nach. »Aber du bist doch in Serevan zu uns gestoßen. Wenn du seine Frau bist, wie konntest du dann dort sein?«

»Ich bin die Herrin von Serevan und habe viele Jahre in Persien von meinem Mann getrennt gelebt. Saleh ist dort mein Verwalter«, erklärte sie. »Aber der Gefangene des Emir ist mein Bruder, also wollte ich Kilburn nach Buchara begleiten.«

»Ferengis erlauben ihren Frauen, sich so zu gebärden?« Er machte ein zweifelndes Gesicht.

Da sie Ross' Autorität nicht untergraben wollte, erwiderte sie ausweichend: »Kilburn ist nicht wie andere Männer, und ich bin nicht wie andere Frauen.«

Murads Blick glitt wieder zu ihrem roten Haar, und dieses Mal schimmerte Bewunderung in seinen Augen. »Das bist du bestimmt nicht.«

Juliet stopfte den Zopf hinten in ihr Gewand, dann hob

sie den Tagelmoust auf und wickelte ihn sich wieder um den Kopf. »Es schien uns sicherer, daß du nichts von mir weißt, aber da das Schicksal anders entschieden hat, wird es die Sache für uns alle einfacher machen.«

Murad nickte nachdenklich. Dann durchfuhr ihn ein neuer Gedanke. »*Du* hast Habib besiegt?«

»Natürlich.« Sie lächelte, während sie das komplizierte Umwinden ihres Schleiers beendete. »Ich konnte besser mit dem Messer umgehen als er, also habe ich gewonnen. Die Tatsache, daß ich eine Frau bin, zählt dabei nicht.«

Der junge Perser wirkte nicht so, als wollte er das akzeptieren, fragte aber: »Wie heißt du wirklich?«

»Juliet.«

Murad zwinkerte. »Wie Kilburns Kamel – Julietta?«

»Es sind Formen desselben Namens«, antwortete sie kurz und dachte bedauernd, daß Murad ziemlich schnell Schlüsse ziehen konnte. Nachdem sie ihren schwarzen Umhang aufgehoben hatte, rauschte sie durch die Binsen, und Murad folgte, wobei er immer noch verblüfft den Kopf schüttelte.

Als sie zu den anderen beiden stießen, verkündete Juliet auf Englisch: »Murad hat mich ohne Schleier erwischt, deswegen habe ich ihm alles erzählt.«

Ross machte ein wehmütiges Gesicht. »Ich habe befürchtet, daß so was passieren würde, als ich sah, daß er nach dir suchen wollte. Nun ja, dann müssen wir eben das Beste daraus machen.«

»Du hast mir nicht vertraut«, klagte Murad enttäuscht seinen Herrn an.

Ross schenkte dem Perser seine ganze Aufmerksamkeit. »Es war weniger, daß ich dir nicht vertraut habe, Murad, sondern daß ein Mann nicht vorsichtig genug sein kann, wenn es um die Sicherheit seiner Frau geht.« Als er merkte, daß seine Worte den jungen Mann ein wenig besänftigten, fuhr er fort: »Doch nun, da Juliets Identität kein Geheimnis mehr ist, können wir vier sogar davon profitieren und darüber reden, was wir in Buchara tun werden.«

Aus Ross' Geste hin setzten sich alle im Schatten einer Weide nieder. »Hast du schon einen Plan?« wollte Saleh wissen.

»Buchara ist die Stadt der Spitzel und des Mißtrauens. Als Ferengi werde ich höchst verdächtig sein«, antwortete Ross. »Es wäre besser, wenn ihr drei woanders unterzukommen versucht als ich. Abgesehen davon, daß ihr euch dann freier bewegen könnt, seid ihr auch weniger durch den Zorn des Emirs gefährdet.«

Saleh runzelte die Stirn. »Da ist etwas Wahres dran. Ich habe Familie in Buchara, und vielleicht kann ich durch sie an nützliche Informationen kommen. Aber jemand muß bei dir bleiben, da dein Rang verlangt, daß du einen Diener hast. Zudem ist es schwieriger und gefährlicher, mich mit dir in Verbindung zu setzen, wenn du allein bist.«

Ross überlegte einen Moment. »Das macht Sinn. Juliet geht mit dir, und Murad bleibt bei mir.«

»Nein«, wehrte sich Juliet sofort. »Wo du hingehst, gehe ich auch hin.«

Als alle drei Männer sie ansahen, überkam sie heftige Verlegenheit. Ihr Protest war so unvernünftig wie vehement gewesen. Eine halbe Stunde zuvor hatte sie sich noch eingeredet, daß sie sich von Ross fernhalten mußte, doch allein der Gedanke daran, ließ sie jetzt verzweifeln. Zum Glück meldete sich Murad zu Wort, während sie noch versuchte, einen logischen Grund für ihre Reaktion zu finden.

»Das finde ich auch«, stimmte der junge Perser zu. »Irre werden im Islam als heilige Narren angesehen und haben als solche viel Freiheit.« Er grinste kurz. »Obwohl ›Jalal, der Targi‹, nicht wahnsinnig ist, spielt Lady Kilburn die Rolle ausgesprochen gut. Weil sie glauben, Jalal sei unberechenbar und seltsam, halten sich unsere Mitreisenden von ihm ... ihr fern. In Buchara wird sie unbemerkt wie ein Nomadenhund kommen und gehen können.« Sein Grinsen wurde breiter. »Sollten Mann und Frau nicht außerdem zusammen sein?«

Ross warf Juliet einen bedeutungsvollen Blick zu. Seine Augen hatten sich so verdunkelt, daß sie fast schwarz wirkten, und in seiner Miene las sie die gleiche Zerrissenheit, die sie selbst empfand. Beide mochten den anderen ans entgegengesetzte Ende der Welt wünschen, aber bis diese Mission erfüllt war, waren sie nun mal aneinander gebunden. Sie waren wie zwei Menschen, die ein Bett teilten, das zwar zu klein, aber dennoch die einzige Schlafmöglichkeit war.

»Also gut«, gab er endlich nach. »Wenn du unbedingt die Heldin spielen willst, dann soll es so sein. Doch nun zu etwas anderem: Was wird uns im Zollhaus von Buchara erwarten? Ich möchte wissen, ob wir unsere Waffen mit in die Stadt nehmen können.«

»Mit den Pistolen dürfte es keine Schwierigkeiten geben«, antwortete Murad nachdenklich. »Aber wenn du versuchst, die beiden herrlichen Gewehre einzuschleusen, wird man sie bestimmt beschlagnahmen.«

»Vielleicht sollten wir sie einwickeln und außerhalb der Stadt verstecken«, schlug Saleh vor. »Mein Bruder bewohnt noch unser Familienanwesen, und es liegt nahe der Karawanenstraße. Ich denke, eure Waffen könnten in einem der Außengebäude sicher gelagert werden.«

Die Männer begannen, die Möglichkeit detaillierter zu besprechen, doch Juliet zog sich aus dem Gespräch zurück. Sie hatte das intensive Gefühl, daß sie richtig entschieden hatte. Und sie war ebenso davon überzeugt, daß es ihr und Ross fürchterliche Schwierigkeiten bereiten würde.

Kapitel 14

DIE STEILE SANDDÜNE brachte Juliets Kamele in eine derartig hinterhältige Schräglage, daß sie abstieg und die beiden Tiere am Zügel den Hang hinunterführte.

Am Fuß der Düne stieg Juliet wieder auf und gönnte sich einen winzigen Schluck Wasser. Sie befeuchtete ihre Lippen damit und hielt das Wasser dann so lange wie möglich im Mund, bevor sie es schluckte. Obwohl es warm und durch den Wasserschlauch ölig war, schmeckte es ihr immer noch wie Nektar, denn die Hitze verriet schon eher den Sommer.

Nach Merw waren sie drei Tage durch einen Wüstenstreifen gezogen, in dem es keine Oasen gegeben hatte. Erst in Ratifak konnten sie wieder ihre Schläuche füllen, aber erst nachdem sie zwei Brunnen ausgegraben hatten, die plündernde Turkmenen mit Sand und Steinen zugeschüttet hatten.

Müde rieb Juliet sich ihre Stirn und dachte daran, wie schön es wäre, den Wind in ihrem Gesicht zu spüren ... sie hatte es von ganzem Herzen satt, von Kopf bis Fuß eingehüllt zu sein. Aber ganz abgesehen von der Notwendigkeit der Verkleidung machte die Hitze in der Wüste es unabdingbar, mehrere Lagen Stoff zu tragen, damit der Körper nicht zu viel Flüssigkeit verlor.

Während sie sich ihren Weg zwischen den Dünen bahnten, wirbelte der Sand unter den Kamelhufen auf und wurde vom Wind davongetragen. Die Karakum wäre im Sommer unpassierbar, wenn es nicht das gegeben hätte, was die Turkmenen so poetisch den »Wind der hundert Tage« nannten. Er kam aus dem Norden und blies manchmal sanft, meistens heftig, flaute aber niemals ab. In der Ferne erkannte Juliet einen Staubteufel, eine Windhose, die feinen Sand hoch in die Luft wirbelte. Man konnte solche Erscheinungen hier oft beobachten; einmal hatte sie sechs Staubteufel zur gleichen Zeit gesehen.

Seufzend verstaute sie ihren Wasserschlauch wieder. Weniger als eine Woche noch bis Buchara. Dann würde der Ärger richtig losgehen.

Die Karawane erreichte am Nachmittag das Wasserloch und schlug das Lager auf, da der nächste Brunnen zwei Tagesritte entfernt war. Da sie so früh angehalten hatten, war es noch hell, als Juliet und ihre Gefährten ihr karges Mahl aus Fladenbrot, Safranreis und Datteln verzehrten. Danach entschuldigte Ross sich und ging fort, vermutlich, um mit einem seiner vielen Freunde zu sprechen, die er inzwischen gewonnen hatte. Murad und Saleh legten sich in den Schatten einer Decke, die sie zwischen zwei Körbe gespannt hatten, zu einem Nickerchen nieder, und die Kamele rupften zufrieden an Büschen. Nur Juliet fand trotz ihrer Erschöpfung keine rechte Ruhe. Sie beschloß, daß es angenehm wäre, eine Weile allein zu sein, und stand auf, um etwas spazierenzugehen.

Sie wandte sich in östliche Richtung in ein Gebiet gut sechzig Meter hoch aufragender Sanddünen, die die Karawane umgangen hatte. Als sie genug gelaufen war und gerade zum Lager zurückkehren wollte, entdeckte sie zu ihrer Überraschung hinter der nächsten Düne Ross im Sand sitzen, der geistesabwesend in die Wildnis starrte.

Sie wollte schon wieder kehrtmachen, als er ihre leisen Schritte hörte und plötzlich wachsam aufsah. Als er sie erkannte, entspannte er sich sichtlich. »Du konntest dich also auch noch nicht hinlegen. Komm doch zu mir.«

Nach einem kurzen Zögern kam Juliet seiner Aufforderung nach. Weil sie es so wollte, hatten sie seit Merw kaum miteinander gesprochen. Und tatsächlich war in den letzten Tagen ihr kaum zu zügelndes Verlangen endlich abgeebbt – Hitze, Müdigkeit und Durst waren verblüffend lusttötend. So konnte sie also risikofrei ein paar Minuten in seiner Gesellschaft verbringen

Als sie sich neben ihm im Sand niederließ, meinte sie: »Ich dachte, du stattest irgend jemandem in der Karawane einen Besuch ab.«

»Manchmal bin ich gerne allein in der Wüste. Wunderschön, nicht wahr?« Er bewegte die Hand in einer umfassenden Geste in Richtung Dünen. In der späten Nachmittagssonne bildeten sie eine elegante, fremdartige Szene von weich gezeichneten Kurven und dramatischen Schatten.

»Wunderschön, ja, aber karg«, bemerkte sie. »Ich muß immer wieder daran denken, wie grün Schottland ist. Und all das herrliche Wasser.«

Er hob erstaunt die Brauen. »Fehlt Schottland dir?«

»Manchmal. Immerhin habe ich die ersten fünf Jahre meines Lebens dort verbracht. Ich glaube, daß das, was man als Kind liebt, immer im Herzen eingeschlossen bleibt.«

»Das stimmt. England, das Königreich im Meer, wird stets meine Heimat bleiben.« Sein Blick glitt zurück auf die Szene vor ihnen. »Doch trotz aller Gefahren bin ich dankbar dafür, daß ich noch eine Chance bekommen haben, auf der Seidenstraße zu reisen. Es fasziniert mich, daß Menschen seit Tausenden von Jahren diese Einöde durchqueren und Güter und Ideen von Rom nach China und den ganzen Weg wieder zurück bringen. Wir gehen in den Fußstapfen Marco Polos und zahllosen anderen Händlern und Abenteurern.«

»Ein romantischer Gedanke.« Da er sie nicht ansah, nutzte sie die Gelegenheit, sein Profil zu bewundern. Wegen der Wasserknappheit hatte er sich seit einigen Tagen nicht rasiert, und sein Kiefer war mit dunkelgoldenen Bartstoppeln bedeckt. Mühsam ihren Blick losreißend, fragte sie: »Ist das der Grund, warum du soviel gereist bist? Wegen der Romantik und dem Abenteuer?«

»Zum Teil ja.« Bevor sie darauf etwas antworten konnte, setzte er nachdenklich hinzu: »Ich denke, mein nächstes Buch, falls ich noch eines schreiben sollte, wird von der Seidenstraße handeln.«

»Dein nächstes Buch? Ich wußte nicht, daß du überhaupt eins geschrieben hast«, sagte sie begeistert. »Wovon handelt das andere oder *die* anderen?«

»Nur Bemerkungen zu meinen Reisen. Eines erzählt über die Sahara, ein anderes über die Nordwestgrenze Indiens, das dritte über das Morgenland und das nördliche Arabien.«

»Beeindruckend.« Juliet strahlte ihn an. »Haben sie sich gut verkauft?«

Er zuckte die Schultern. »Ganz anständig. Sie sind alle mehrfach nachgedruckt worden, aber zum Teil wegen meines Titels. Mein Verleger sagte mir, daß ›Lord‹ oder ›Lady‹ auf dem Umschlag immer die Auflage verdoppelt.«

Juliet hatte den Verdacht, daß er sich nur bescheiden gab, wollte es aber nicht ansprechen. »In diesem Fall sollten sich deine Einnahmen ja vervierfachen, wenn du den ›Duke of Windermere‹ vorne draufschreibst.«

»Vermutlich«, murmelte er ohne Begeisterung. Sein Blick glitt zum Horizont zurück. Dann spannten sich seine Gesichtszüge plötzlich an. »Verdammt! Ein Sandsturm zieht auf.«

In den wenigen Minuten, die sie beieinander waren, hatte sich der Himmel verdunkelt, und der ewige Wind blies nun um einiges stärker. Juliet sah in die Richtung, die Ross gewiesen hatte, und entdeckte nun auch die drohenden blaugelblichen Wolken, die sich über den Dünen zusammenballten. Eine dicke, graue Wand kam von dort auf sie herunter.

»Sieht ziemlich übel aus.« Ross sprang auf. »Komm, wir warnen besser die Karawane, sich vorzubereiten.«

Juliet stand ebenfalls auf, aber bevor sie sich in Bewegung setzte, nahm sie sich ein wenig Zeit, den Sturm genauer zu untersuchen. Und was sie sah, ließ ihr das Blut in den Adern gefrieren. Die Staubwolke raste mit einer Geschwindigkeit auf sie zu, der kein Mensch davonlaufen konnte, und an ihren Rändern wirbelten gewaltige spiralförmige Säulen. Während sie näherrückte, erfüllte ein geisterhaftes Stöhnen die Luft, welches die Nerven zerrütten konnte.

Gegen den Wind anbrüllend, lief sie hinter ihrem Mann her. »Ross, dazu ist keine Zeit mehr! Runter, und bedeck deinen Kopf!«

Eine Windböe traf sie mit einer Gewalt, die sie fast von den Füßen gerissen hätte, und brachte selbst Ross zum Taumeln. Als er sein Gleichgewicht wiedergefunden hatte, wandte er sich um und begann, sich langsam zu ihr zurückzuarbeiten, wobei der aufgepeitschte Sand seine Gestalt verschwimmen ließ. Er hatte den Stoff seines Turbans über Mund und Nase gezogen, doch Juliet wußte, daß die leichte Faser nicht genug Schutz gegen einen Sturm von dieser Kraft bot. Sogar ihr schwerer, mehrschichtiger Tagelmoust konnte nicht den ganzen Sand abhalten.

Sie waren immer noch fünfzehn Meter voneinander entfernt, als der Sturm mit aller Macht auf sie niederbrauste. Es war der schlimmste Sandsturm, den Juliet je erlebt hatte, und er war grausam genug, jeden zu ersticken, der sich nicht richtig zudecken konnte. Zu sehen war nichts mehr, und messerscharfe Sandkörner schrammten über ihre bloßen Hände und den schmalen Schlitz in ihrem Gesicht, der nicht vom Schleier bedeckt war. Sie bückte sich, um die Angriffsfläche, die sie dem Wind bot, zu verringern und schrie: »Ross!«

Sie glaubte, ihn zurückrufen zu hören, aber es war unmöglich, bei diesem Geheul des Windes sicher zu sein. Da sie wußte, daß sie besser als Ross ausgerüstet war, solcher Naturgewalt zu trotzen, versuchte sie, sich weiter in die Richtung zu bewegen, in der sie ihn zum letzten Mal gesehen hatte, doch sie hatte die Orientierung in der formlosen, wirbelnden Masse von Sand vollkommen verloren. Obwohl sie immer und immer wieder seinen Namen rief, als der Sturm sie vorwärtsdrückte, bekam sie kein einziges Mal eine Antwort.

Der Panik nahe, redete sie sich ein, daß Ross kein Narr war. Er war erfahren genug, um sich niederzulegen und seinen langen Mantel über seinen Kopf zu wickeln. Doch die Kleidung, die er trug, wurde mit einer Schärpe gehalten, und es brauchte Zeit, sie zu lösen. Wenn er zu lange benötigte . . . wenn sein Mund und seine Lungen sich mit Sand füllten . . .

Als sie die Hoffnung schon aufgeben wollte, stolperte sie buchstäblich über ihn. Er lag auf den Knien und versuchte, mehr von dem Turban zu lösen, um sein Gesicht besser zu schützen, doch er hustete und würgte so sehr, daß er praktisch hilflos war.

Juliet riß sich ihren langen, dichtgewebten Umhang ab, und faltete ihn einmal, damit sie doppelten Schutz haben würden. Dann ließ sie sich zu Boden fallen und zog ihren Mann zu sich herunter. Der Wind zerrte wild an ihrem Mantel und drohte, ihn ihr aus den Händen zu reißen, aber sie hielt grimmig fest und stopfte die Ränder um ihre Körper herum fest, bis sie vom Kopf bis zu den Knien eingehüllt waren. In weniger als einer Minute hatte sie einen engen Kokon für sie beide geschaffen, der sie vor dem tödlichen Sand beschützte.

Ross' Körper zuckte krampfartig, während er nach Luft rang, und so löste sie die kleine Wasserflasche, die stets um ihre Taille hing, wenn sie in der Wüste war. Es war nicht leicht, das Fläschchen nach oben zu bringen, ohne den Umhang loszulassen, aber mit einiger Mühe schaffte sie es schließlich, sie bis zu Ross' Lippen zu führen.

Sie waren so eng aneinandergepreßt, daß sie jede Bewegung seiner Muskeln spüren konnte, als er das Wasser trank und endlich die Lungen wieder voll Luft bekam. Er räusperte sich, dann trank er noch einen Schluck und traute sich schließlich wieder zu sprechen: »Danke. Ich bin froh, daß du besser als ich auf so etwas vorbereitet bist. So einen Sandsturm habe ich noch nie erlebt.«

»Vor einigen Jahren habe ich etwas Ähnliches erlebt. Zwei Männer und einige Pferde starben dabei.« Juliet mußte laut und hoch sprechen, um sich über dem Heulen des Windes Gehör zu verschaffen. Nachdem sie ihren Schleier gesenkt hatte, um auch etwas trinken zu können, verkorkte sie die Flasche wieder und schob sie zurück an ihre Taille. Dann wand sie sich vor und zurück, um sich so eine Kuhle in den Sand zu wühlen. »Da die Zeit, die wir hier ausharren müssen, zwischen zehn Minuten und drei Stunden variieren kann, können wir es uns ebensogut bequemer machen«, erklärte sie.

Er lachte ein wenig, als er ihr den Arm um die Schultern legte. »Eigentlich ist es ziemlich kuschelig so, obwohl wir wie eine Miniatursanddüne aussehen werden, wenn der Sturm sich gelegt hat. Ich spüre schon eine Menge Sand, der an meinen Rücken geweht ist. Das gibt zusätzlichen Schutz.«

Da sie mit den Gesichtern zueinander lagen, fand Juliet, daß der beste Platz für ihren Arm über seiner Brust war. Sein Rücken lag zum Wind, so daß er das meiste der Windstöße von ihr abschirmte. »Solange wir uns nicht groß bewegen, müßte unser provisorisches Zelt eigentlich halten«, sagte sie. »Ich hoffe nur, Saleh und Murad sind genauso gut dran.«

»Bestimmt«, versicherte Ross ihr. »Schließlich ist dies nicht mit einem überfluteten Wadi, einem Messerduell oder einem Buskaschi zu vergleichen. Alles, was sie tun mußten, war, die Decke, die sie als Schattenspender benutzt haben, zu nehmen und sich darin einzurollen. Da fast alle in der Karawane sich ausruhten, hätte sich der Sturm keine bessere Zeit aussuchen können.«

»Du hast recht«, gab sie zu. »Wir sind zweifellos die einzigen, die dumm genug waren, um die landschaftlichen Schönheiten aus der Nähe betrachten zu wollen.«

»Natürlich. Jedermann weiß doch, daß die Briten unverbesserliche Touristen sind.«

Juliet lächelte. Da es nichts zu tun und auch nichts mehr zu sagen gab, beschloß sie, sich zu entspannen. Draußen mochte die Natur noch so toben und wüten, aber sie beide teilten eine winzige, sichere Oase aus Berührung, Wärme und ruhiger Atmung, die ihr Geborgenheit verschaffte.

Dennoch merkte sie bald, daß sie nicht einschlafen konnte. In der Sicherheit ihres provisorischen Zeltes empfand sie den Sturm plötzlich als erregend. Die Vibrationen strichen über ihren ganzen Körper und einten sie mit dem Wind, mit der Erde – und mit Ross, denn wie immer paßten ihre Körper zusammen, als wären sie extra füreinander entworfen worden. Sie konnte ihn nicht sehen, aber sie atmete seinen Geruch ein und spürte das Schlagen seines Herzens an ihrer Wange.

Langsam, aber unweigerlich erwachte die Leidenschaft, die Juliet unterdrückt zu haben glaubte, verräterisch zum Leben. Zuerst empfand sie nur ein schwaches Ziehen in ihrem Inneren, doch es wuchs und wurde zu einem Kribbeln, das durch ihre Adern strömte, bis es jede Faser ihres Körpers durchdrungen hatte. Wenn sie ein Liebespaar gewesen wären, hätte sie ohne zu zögern auf das wachsende Verlangen reagiert und ihre Hände über seine muskulösen Arme und seine Brust gleiten lassen. Sie hätte ihn geküßt und das Salz seiner Haut gekostet, hätte ihn dann geneckt, erregt und gelockt, dasselbe zu tun.

Statt dessen lag sie stocksteif da und kämpfte gegen den Impuls, ihn zu berühren. Sie waren sich auch damals in der Karawanserei in Sarakhs so nah gewesen, als Juliet aufgewacht und sich mit ihm verschlungen gefunden hatte. Doch da hatte er geschlafen, und sie hatte sich ohne große Schwierigkeiten von ihm lösen können. Nun waren sie beide hellwach und aneinander geschmiedet, so lange der Sturm dauerte . . .

Das Kribbeln in ihrem Körper nahm immer mehr zu, so, als würde sie mit Federn gekitzelt werden. Wenn sie nicht ganz und gar die Beherrschung verlieren wollte, mußte sie sich bewegen, also verlagerte sie ihr Gewicht ein wenig. Doch statt dessen lag sie plötzlich noch enger an ihren Mann gepreßt. Innerlich fluchte sie heftig über die Erkenntnis, daß sie offenbar ihren Körper nicht mehr richtig beherrschen konnte. Dann konzentrierte sie sich auf eine gleichmäßige Atmung und betete, daß Ross nicht merkte, wie sie empfand.

Ihre Gebete wurden nicht erhört. Und seine, falls er sich zu welchen entschlossen hatte, ebenfalls nicht. Das leichte Prickeln, das er vorher überall verspürt hatte, konzentrierte sich nun in seinen Lenden und machte ihm peinigend deutlich, wie übermächtig sein Verlangen nach ihr war.

Juliet biß sich auf die Lippe. Sie waren beide einfach verrückt. Während um sie herum ein mörderischer Sturm peitschte, ergingen sie sich in Leidenschaft, und das verrückteste daran war, daß sie sich die größte Mühe gaben, sie zu ignorieren.

Juliets Mund war so trocken, daß sie glaubte, sie müßte ersticken, also griff sie wieder nach der Wasserflasche. Während sie es tat, wanderten ihre Gedanken zwölf Jahre zurück, als sie noch jedes Recht gehabt hatte, ihren Mann zu berühren. Damals hatte es keine Hindernisse zwischen ihnen gegeben, keine Zweifel . . .

Unwillkürlich seufzte sie leise auf. Wie sie die Luft zum Atmen brauchte, so zwanghaft war plötzlich der Drang in ihr, ihn zu berühren. Sie hob ihr Gesicht und küßte ihn mitten auf den Mund. Und sie war ganz sicher, daß dies der erste Vorgeschmack auf den Himmel war.

Einen Moment lang hatte Juliet geglaubt, Ross wollte ihre Zärtlichkeiten erwidern, doch er hatte sich noch immer in der Gewalt. »Herr im Himmel, Juliet«, keuchte er und stieß sie ein Stück zurück. »Das ist eine verdammt miese Zeit, um Spielchen zu treiben.«

Wieder in die Gegenwart gerissen und vollkommen entsetzt über das, was sie getan hatte, stöhnte Juliet erstickt auf. Kopflos, nur noch von dem Wunsch beseelt, wegzukommen, stieß sie sich von ihm ab, riß den Umhang von ihrem Gesicht und versuchte auf ihre Füße zu kommen.

Augenblicklich drang knirschender, erstickender Sand in ihren Mund und ihre Nase ein.

Als Juliet würgend zusammenbrach, schlang Ross seine Arme um ihre Taille und riß sie zurück an seinen Körper, so daß ihr Rücken sich an seine Brust preßte. Mit präzisen, wütenden Bewegungen zog er den Umhang wieder über sie beide und stellte den sicheren Hort wieder her.

Juliet zitterte heftig, sowohl durch das verzweifelte Atemholen als auch wegen der lächerlichen Szene, die sie gemacht hatte. Die ganze Reise hatte sie es geschafft, zu verbergen, was sie für ihren Mann empfand, doch nun war ihre Schwäche entdeckt. Sie fühlte sich entblößter, als hätte man ihr alle Kleider geraubt.

Diesmal war es an Ross, die Wasserflasche an ihre Lippen zu halten, damit sie den Sand abspülen konnte. Bald konnte sie wieder vernünftig atmen, bebte aber immer noch am ganzen Körper. Die Barriere aus ungesagten Worten und verleugneten Taten, die sie so kunstvoll aufgebaut hatte, lag nun als Opfer des Sturmes zerschmettert zwischen ihnen.

Verzweifelt begann sie: »Es tut mir so leid, Ross. Ich wollte es nicht tun. Ich habe keine Spiele gespielt . . . es war nur, daß . . . Ich konnte es einfach nicht verhindern. Ich weiß, es war schamlos und schlecht und *verflucht unpassend*, aber nach all den Jahren begehre ich dich immer noch. Tag und Nacht mit dir zusammenzusein, hat mich verrückt gemacht . . .« Ihre Stimme versagte, und sie schluckte hart, bevor sie flüsternd endete: »Es tut mir leid, so leid.«

Sie begehrte ihn noch – wie Musik klang das in seinen Ohren. Ross konnte kaum glauben, was er hörte. Dennoch hielt er sich zurück, sie zu streichen oder zu liebkosen, denn er fürchtete immer noch, sie könnte sich wie eine

Rauchwolke auflösen und aus seinem Leben verschwinden. Genau wie damals.

»Eine Entschuldigung reicht, Juliet. Meine Reaktion stand in keinem Verhältnis zu dem, was du getan hast, aber du kennst deine umwerfende Wirkung auf mich. Ich will nicht, daß du etwas tust, was du morgen bereust . . .«

Seine ruhigen Worte bewirkten, daß Juliet sich nicht mehr ganz wie eine vollkommene Idiotin vorkam. Mehr zu sich selbst als zu ihm murmelte sie: »Warum muß es nur so sein? Warum kann eine Ehe, die vorbei ist, nicht wirklich *vorbei* sein?«

Er zuckte die Schultern. »Meine Mutter, die, wie du dich vielleicht erinnerst, alles über die mysteriösen Beziehungen zwischen Männern und Frauen weiß, sagte mir einmal, daß die ersten zwei Jahre einer leidenschaftlichen Ehe die intensivsten wären. Danach reduziert dich das wilde, unkontrollierbare Feuer auf eine gemächlichere, besser zu bewältigende Glut. Dummerweise bist du gegangen, bevor das geschah. Wir waren nicht lange genug zusammen, daß der Kreis sich schließen und die Flammen sich verzehren konnten. Und obwohl unsere Ehe eigentlich schon Geschichte ist, hat deswegen wohl die gegenseitige körperliche Anziehungskraft überlebt. Und nun, da wir wieder ständig zusammen sind, bricht das Verlangen wieder hervor.«

»Hm, mag sein.« Sie lächelte ein wenig. »Ich muß immer an die Feuersäule denken, die die Israeliten durch die Wildnis geführt hat. Auf dieser Reise war auch zwischen uns dauernd eine Feuersäule, aber du hast dich so gründlich zurückgezogen, daß ich dachte, ich wäre die einzige, die davon betroffen ist. Ich finde es irgendwie tröstend, daß der Wahnsinn uns beide befallen hat.«

»Das hat er wohl.« Sein Arme schlangen sich fester um ihre Taille, massierten sie leicht. »Du weißt ja wahrscheinlich, daß wir uns durchaus ganz und gar in den Wahnsinn treiben könnten, wenn wir in Buchara eine Unterkunft teilen.«

»Der Gedanke ist mir auch schon gekommen«, gab sie zu und spürte, wie ihre Wangen brannten. Seine Offenheit berührte sie zutiefst. »Aber ich fühle mich für dich verantwortlich. Wenn nicht meine Mutter und mein Bruder gewesen wären, würdest du jetzt gesund und munter in England herumlaufen. Obwohl ich weiß, daß ich nichts tun kann, wenn der Emir dich verurteilt, habe ich trotzdem das unvernünftige Bedürfnis, in deiner Nähe zu bleiben. Nur für den Fall, daß du mich doch brauchst.«

»Gott möge mir helfen, ich fühle dasselbe für dich ... als ob ich in deiner Nähe bleiben muß, weil niemand so gut auf dich aufpassen kann wie ich.« Sein Daumen begann kleine Kreise auf ihrem Bauch zu ziehen. »Wir beide scheinen mit dem Bedürfnis belastet zu sein, den anderen zu schützen und den anderen zu begehren. Vielleicht ist es einfacher, wenn wir die logische Folgerung daraus ziehen und das Natürlichste mit letzterem machen.«

Allein der Gedanke daran ließ sie innerlich vor Begierde zerschmelzen. Wieder ein Liebespaar zu sein, sich dem Verlangen zu ergeben, anstatt es zu bekämpfen ... das wäre der Himmel auf Erden.

Bis er wieder nach England zurückkehrte! Ihn das eine Mal zu verlassen, hatte sie fast vernichtet – wenn sie sich nun erneut auf die alte, vertraute Nähe einließen, dann würde sie es vielleicht nicht überleben, ihn ein zweites Mal zu verlieren. »Es wäre nur im Moment leichter«, sagte sie also mit bebender Stimme. »Der Effekt auf die Zukunft aber würde katastrophal sein.«

Seine Hand hielt inne, dann zog er sie zurück. »Du hast recht. Sehr gut, daß du mich daran erinnerst. Wie bei den meisten Männern scheint die Lust meinen Verstand auszuschalten.«

»Mir ist das gleiche passiert«, gab sie leise zurück. »Wieder einer von meinen hoffnungslos undamenhaften Charakterzügen.«

»Dabei ist das genau eines der Dinge, die ich an dir immer am meisten gemocht habe«, bemerkte er. »Deine Direktheit ist ein zweischneidiges Schwert, aber ich ziehe sie immer noch der neckischen Spielerei vor, mit der die meisten Frauen Männer so gerne durcheinanderbringen.«

Sie war froh, daß er außer ihrem Körper noch etwas an ihr mochte. Oh, sie hatte bestimmt nichts dagegen, daß er sie anziehend fand, auch wenn es derartige Probleme schuf. Nach all den Jahren, die sie die Rolle der starken Gul-i Sahari gespielt hatte, war es zutiefst befriedigend, sich wieder wie eine Frau zu fühlen und zu wissen, daß sie immer noch auf Männer wirkte. Besonders auf diesen Mann!

So lagen sie schweigend beieinander, entspannt, wenn auch nicht wirklich behaglich. Obwohl sie ihrem Verlangen nicht nachgeben konnte, genoß Juliet seine Nähe. Mochte die Welt aufhören, sich zu drehen – es wäre egal.

Doch leider würde dieser Zustand nicht mehr allzu lange dauern, denn der Wind legte sich langsam, und bald würden sie wieder ihre alten Rollen übernehmen und zu ihrer gewohnten Distanz zurückkehren müssen.

Als das Brausen des Sturms schließlich zu dem weichen, konstanten Pfeifen des »Windes der hundert Tage« abgeebbt war, zog Ross seinen Arm von Juliets Taille und machte sich bereit, sich aufzusetzen. In dem Wissen, daß die Zeit abgelaufen war, gestand Juliet zögernd: »Auch wenn ich mich eben wie eine dumme Idiotin gefühlt habe, war es wohl gut, daß das passiert ist. Nun, da wir uns ausgesprochen und zugegeben haben, daß es . . . daß es eine schwelende Begierde zwischen uns gibt, können wir sicher besser damit umgehen.«

Ross schwieg eine lange Zeit. »Ich bin froh, daß du so denkst«, antwortete er dann endlich. Seine Stimme klang emotionslos. »Der Sturm hat sich offenbar gänzlich gelegt. Sollen wir mal nachsehen, wie die Außenwelt aussieht?«

Er zog den Umhang zurück, und aus jeder Falte und jedem Knick floß feiner Sand auf sie hinab. Die Nacht war angebrochen, doch der Himmel war sternenklar und ein wächserner Mond warf ätherisches Licht über die bleichen, sanft geschwungenen Dünen. Die Temperatur war beträchtlich gefallen, und die frische Nachtluft fühlte sich nach der erstickenden Geschlossenheit ihres Unterschlupfes herrlich an.

Während sie tief, tief Luft holte, streckte Juliet ihre verkrampften Glieder aus. »Wüstensterne sind wunderschön«, bemerkte sie, als sie in die samtene Finsternis starrte. »Ich werde nie müde, sie anzusehen.«

Ross war gedanklich noch eher mit dem Weltlichen als mit dem Himmlischen beschäftigt. Doch er nickte und meinte betont sachlich: »Gut, daß ich meinen Kompaß dabei habe, sonst hätten wir nur die Sterne als Orientierung. Der Sturm hat die Landschaft so verändert, daß wir uns leicht verirren könnten.«

»Wenigstens brauchen wir uns nicht zu beeilen. Ich bin sicher, daß wir morgen früh viel später aufbrechen, denn es wird Stunden dauern, all die verwehten Dinge wiederzufinden, die der Sturm mitgenommen hat.«

Juliet wollte sich gerade aufsetzen, als Ross auf sie hinabsah. Das blasse Mondlicht war gerade kräftig genug, um die klassische Perfektion ihrer Züge herauszuarbeiten.

»Ja, es war richtig, daß wir beide unsere dumme Lust

aufeinander zugegeben haben«, murmelte er, hob eine Hand und zeichnete sanft die Konturen ihres Gesichtes nach.

Juliet hielt den Atem an, wollte ihm sagen, daß er dies nicht tun sollte, doch bevor sie den Mund aufmachen konnte, beugte er sich zu ihr herunter und küßte sie mit tiefer, verlangender Leidenschaft. Ihr Mund war ein Brunnen voller Süße, und zärtlich trank er von ihren Lippen. Voller Verlangen trank er von ihr, aber seine Sehnsucht konnte das nicht stillen. Je mehr er von ihr nahm, desto mehr brauchte er, um zu überleben. Immer schon war das so gewesen . . .

Juliet spürte, wie die Begierde, die sie gerade noch in erträglichen Grenzen gehalten hatte, erneut aufflammte, und sie reagierte auf seine Küsse mit einem Hunger, der sie selbst schockierte.

Sie küßten sich mit einer Besessenheit, die sie fühlen ließ, daß sie jetzt ihre Bestimmung erreicht hatten, jetzt, da sie eins waren in ihren Empfindungen, in ihren Bewegungen. Sie gehörten zusammen, mit jedem Atemzug, jeder Faser ihres Körpers, mit ihrem ganzen Wesen waren sie füreinander bestimmt. Zwölf lange Jahre hatten sie sich nacheinander verzehrt wie Verdurstende. Jetzt konnten sie die schmerzvolle Sehnsucht endlich stillen.

Ross streichelte ihren Körper, von ihren Hüften zu ihren Brüsten, ohne den Kuß zu beenden. Juliet schlang die Arme um ihn, sie wollte ihn überall spüren. Sie drängte sich ihm entgegen und genoß die glühende Hitze, die sich bei seinen Berührungen in ihr ausbreitete. Ganz tief konnte sie das Kribbeln spüren, das ein köstliches Gefühl der Erwartung hervorrief.

Ich habe es nie vergessen können, dachte sie, als sie die Augen schloß.

Ross lachte atemlos, als er ihren Schleier ganz herunterzog und ihren Hals freilegte. Sekundenlang betrachtete er sie. Ihr Blick war verschleiert, ihre Wangen gerötet. Er kannte diese entzückenden Anzeichen nur zu gut. Nie hatte er vergessen, wie sie aussah, wenn sie sich der Leidenschaft hingegeben hatte. Nur die Erinnerung hatte ihn die letzten Jahre überhaupt überstehen lassen. Und er wußte auch noch, wie er sie streicheln mußte, wie er sie erregen konnte. Und dieses Wissen stachelte ihn an.

Seine Hand glitt zu ihren Brüsten, seine Lippen hinterließen eine brennende Spur entlang der Linie ihres Halses. Juliet bog sich seiner Berührung entgegen, während sie die Lagen von Stoff und das enge Mieder verfluchte, das ihren Körper von seiner Haut trennte.

Und dann plötzlich – schockierend plötzlich – war er fort, und sie spürte nur noch die kalte Nachtluft auf ihrer glühenden Haut. Der Kontrast, der Verlust war fast vernichtend.

Ängstlich und verwirrt öffnete Juliet die Augen. Ross stand über ihr und schirmte mit seinen breiten Schultern die Sterne ab, während sich seine Brust noch heftig hob und senkte.

Doch trotz seiner offensichtlichen Erregung triefte seine Stimme von einer Ironie, die er zu delikater Schärfe perfektioniert hatte. »Wie du eben schon gesagt hast: Da wir unsere unpassende Lust aufeinander eingestanden haben, ist es ganz wunderbar einfach, damit zurechtzukommen. Haben wir nicht unglaubliches *Glück*?«

Im ersten Moment verstand Juliet nicht. Doch dann überkam sie eine Welle gewaltiger Empörung, denn sie begriff, daß seine Liebkosungen nichts weiter als ein absichtliches Necken gewesen waren, um ihr zu zeigen, wie frustrierend und schwierig ihre Situation wirklich war. Wenn er ihr etwas näher gewesen wäre, hätte sie wahrscheinlich eine Faust gegen sein perfekt gestaltetes Kinn gerammt – Ian hatte immer gemeint, für ein Mädchen könnte sie sich gut prügeln.

Diesem Impuls jedoch folgte sogleich die Erkenntnis, daß Ross ihr genau das gab, was sie angeblich gewollt hatte: Zurückhaltung, Distanz. Schließlich war sie es gewesen, die die Grenzen in ihrer merkwürdigen Beziehung gesetzt hatte, genauso allerdings, wie auch sie den ersten Vorstoß ihrer Lust gewagt hatte.

Hilflos begann sie zu lachen. »Typisch für dich, dein Verhalten als Gentleman in eine Waffe zu verwandeln, Ross. Also gut, du hast mir deinen Standpunkt verdeutlicht, wenn auch auf eine ziemlich gemeine Art.«

Sie stand auf und klopfte sich den Staub und den Sand aus den Gewändern. »Die Bemerkung, jetzt würde alles ganz leicht werden, war wahrscheinlich eine meiner dümmeren.« Sie bückte sich nach ihrem Mantel und schüttelte ihn mit einem kraftvollen Schwung aus. »Ich denke trotzdem noch, daß es eine Verbesserung ist, die . . . die Feuersäule zwischen uns anzuerkennen.«

»Eine Verbesserung, o ja, obwohl ich nichts Glückliches an unserer Lage finden kann«, sagte Ross bedauernd. »Ich denke, jetzt muß ich mich entschuldigen. Du hast recht, es war ziemlich gemein, dir auf diese Art meine Meinung klarzumachen. Wenn es dich irgendwie tröstet: Damit aufzuhören war mindestens genauso grausam.«

»Zumindest hast du es geschafft, nicht den Kopf zu verlieren, im Gegensatz zu mir. Und dafür muß ich dir danken.« Nun zog sie ihren Schleier herunter und schüttelte auch diesen aus. »Da wir endlich damit fertig sind, unsere Nerven zu strapazieren, könnten wir eigentlich zum Lager zurückkehren.«

Bevor sie sich den Tagelmoust wieder feststecken konnte, legte ihr Ross einen Arm um die Schultern und zog sie an sich, um ihr einen herzhaften Kuß auf die Wange zu drücken. »Habe ich schon erwähnt, daß du die bewundernswerteste, nervenaufreibendste Frau bist, die ich je kennengelernt habe?«

»Während du, o Gentleman, einen Heiligen in einen Gewaltverbrecher verwandeln kannst – und ich bin noch nicht mal heilig.«

»Ich denke, heilig zu sein ist langweilig, und das kann man von dir nicht behaupten«, sagte er amüsiert.

Dann machten sie sich in angenehmem Schweigen auf den Weg zurück ins Lager. Doch nachdem sie eine Weile durch die stillen Dünen gewandert waren, merkte Juliet, wie ihr Wohlgefühl verebbte und durch ein ängstliches Frösteln ersetzt wurde. Was würde die Zukunft noch bringen?

Schließlich erkannte sie, daß es nicht die körperliche Lust war, über die sie sich Sorgen zu machen brauchte. Der Sandsturm hatte etwas weit Gefährlicheres hervorgebracht: eine emotionale Nähe, die verführerischer als alle Küsse war.

Kapitel 15

DIE LETZTE ETAPPE ihrer Reise gestaltete sich recht lebhaft, denn Ross' Identität war nun alles andere als ein Geheimnis. Die Geschichte vom Buskaschi und seiner Mission in Buchara war den Reisenden vorausgeeilt, und als sie den breiten Oxus-Fluß überquert und durch bevölkertes Gebiet zogen, kamen die Leute von weit her, um sich den Ferengi anzusehen. Die usbekischen und turkmenischen Besucher waren sehr neugierig, und viele wollten Ross' blondes Haar berühren.

Allerdings waren nicht alle, die kamen, freundlich gesinnt. Die letzte Nacht, bevor die Karawane Buchara erreichen sollte, lagerte sie in der Karawanserei von Karakul. Als Ross und seine Gefährten ihre abendliche Mahlzeit einnahmen, kam ein abgerissener, rattengesichtiger Usbeke über den Hof zu ihnen, setzte sich und starrte sie an.

Saleh, der dachte, der Mann hätte Hunger, sprach ihn an. »Willst du uns die Ehre bereiten, unser karges Mahl mit uns zu teilen?«

Der Besucher spuckte aus. »Ich werde mich nicht entwürdigen, Brot und Salz mit einem Ferengi-Spion und seinen Kötern zu teilen. Ich bin nur hier, weil es wohl die letzte Möglichkeit ist, mir einen Ungläubigen anzusehen.«

»Guck, so viel du willst«, erlaubte Ross milde.

Der schlitzäugige Blick des Usbeken glitt zu Ross. »Morgen trefft ihr auf die Reiter des Emir. Sie werden Körbe tragen, in denen sind Tücher, um euch die Augen zu verbinden, Ketten, um euch zu fesseln, und Messer, um euch zu zerlegen«, erklärte er mit deutlicher Vorfreude. »Du bist ein Sohn des Todes, Ferengi.«

»Sind nicht alle Söhne der Menschheit auch Söhne des Todes?« Ross biß gelassen von seinem Brot ab. Er hatte schon vor längerer Zeit gelernt, daß Frömmelei die beste Verteidigung für solche verbalen Angriffe war, und setzte nun hinzu: »Nur in Gott findet ein Mann ewiges Leben.«

Der Usbeke funkelte ihn an. »Das Paradies ist nur für die Gläubigen, Ferengi-Schwein. Morgen wirst du in der Hölle zu Abend essen.« Er hob sich auf die Füße und stolzierte davon.

Ross schluckte den Rest Brot hinunter und fragte herausfordernd in das Schweigen hinein: »Möchte irgend jemand Wetten darauf abschließen, ob dieser unangenehme Zeitgenosse die Wahrheit gesagt hat, oder was wohl sonst morgen geschehen wird?«

Juliet, die sich mehr zu Wort gemeldet hatte, seit Murad wußte, wer sie war, sagte ätzend: »Was sollen wir mit einem Mann wetten, der wahrscheinlich keine Gelegenheit bekommt, seine Schulden zu bezahlen.«

»Britischer Humor ist ziemlich seltsam«, bemerkte Murad und warf ihr einen mißbilligenden Blick zu. »Aber egal, denn dieser Sohn eines Schweines hat gelogen. Woher soll einer wie der die Pläne des Emirs kennen?«

»Ja, wahrscheinlich hat er die Geschichte erfunden, um meine Nachtruhe zu ruinieren. Wie auch immer . . .« Ross wischte sich Krümel aus seinem Schoß. »Wenn morgen irgendein Offizier des Emirs mit einem Korb auf die Karawane zukommt, dann will ich, daß ihr drei euch von mir entfernt. Wenn ich zerlegt werde, brauche ich keine Gesellschaft.«

Ross warf Murad einen Blick zu. Vor einigen Tagen hatte er den jungen Mann beiseite genommen und ihn überzeugt, daß es eine ehrenvolle Tat wäre, die Frau seines Herrn zu retten und zu beschützen, sollte ihm irgend etwas zustoßen. Murad erinnerte sich jetzt, wie beabsichtigt, an das Gespräch und nickte.

Dann fing Ross Juliets Blick auf und wiederholte: »Im Zweifelsfalle werdet ihr Abstand halten.«

Noch widerwilliger als Murad nickte sie schließlich auch, dann wandte sie den Blick ab. Zufrieden schenkte Ross sich Tee nach. Wenigstens konnte er auf Salehs gesunden Menschenverstand zählen.

Während er an seinem Becher nippte, dachte er darüber nach, wie die Ereignisse im Sandsturm die Beziehung zwischen ihm und Juliet verändert hatten. Wie sie es vorausgesehen hatte, war das Bekenntnis der gegenseitigen Anziehungskraft reinigend gewesen und hatte die Lage verbessert – zumindest in gewisser Weise. Ross gab sich keine Mühe mehr, seine Gefühle ganz und gar zu verbergen, und sie konnten entspannter miteinander umgehen.

Doch wie ebenfalls vorhergesehen, war die Situation auch komplizierter geworden, denn das schwelende Verlangen hatte sich gesteigert. Er konnte nicht beurteilen, was dümmer gewesen war: Sie zu küssen oder damit aufzuhören, obwohl sie sich warm und willig gezeigt hatte.

Er hatte ihr eine Lektion verpassen wollen, und statt dessen hatte er sich selbst fast erledigt.

Als er den Tee ausgetrunken hatte, seufzte er und tröstete sich mit dem Gedanken, daß seine Lust auf Julie zumindest etwas Gutes hatte – er wurde hervorragend von dem Gedanken abgelenkt, ob er am nächsten Tag wie ein Opferlamm zerfleischt werden würde.

Obwohl keiner seiner Gefährten dieses mögliche Schicksal auch nur andeutete, war die unterschwellige Spannung doch den Rest des Abends vorhanden. Bisher hatte die Natur den Reisenden schon manche angstvolle Stunde beschert, doch ab morgen würden die Feinde menschlich und weit gefährlicher sein.

Nach einer rastlosen Nacht stand Ross am nächsten Morgen auf, um die englischen Kleider anzuziehen. Wie er Juliet schon in Serevan erklärt hatte, würde jeder Einfluß, auf den er hoffen konnte, nur aus seinem Status als Landsmann und Verwandter Ians entstehen. Und seine Hosen, sein weißes Hemd und sein gutgeschnittener blauer Rock verrieten auf den ersten Blick, daß er Europäer war. Er zog sogar seinen schwarzen englischen Hut auf, den er nur eingepackt hatte, weil er sich unbeschadet zusammenfalten ließ.

Der rattengesichtige Usbeke mußte seine Geschichte in der ganzen Karawane umhergetragen haben, denn die meisten Reisenden hielten Abstand zu Ross. Einige taten es unauffällig, während andere vor ihm zurückscheuten, als hätte er die Pest am Hals. Bei dem Ruf des Emirs für seine willkürliche Brutalität, konnte Ross es ihnen nicht einmal verdenken.

Dennoch verstrich der erste Teil der Tagesreise ereignislos. Gegen Mittag hatten sie die Wüste hinter sich gelassen und ritten eine schattige, mit Pappeln gesäumte Straße entlang. Das Land war absolut flach, und fruchtbare Obstplantagen und Felder erstreckten sich, soweit das Augen sehen konnte. Nach der Kargheit der Karakum erschien das Land sowohl reich als auch bevölkert, denn auf der Straße floß ein steter Strom Verkehr in beide Richtungen, wobei schwer beladenen Ponys mit gelangweilten Eseln und wackeligen Karren wetteiferten.

Sie hatten das Dorf Shahr Islam passiert und waren nun nur noch sechs Meilen von Buchara entfernt, als Ross eine große Staubwolke weit vor ihnen ausmachte. Da es ungewöhnlich war, in der Mittagshitze schnell zu reiten, wandte er sich an Murad, der die besten Augen von ihnen besaß. »Kannst du ausmachen, was für eine Gruppe da auf uns zukommt?«

Der Perser beschattete seine Augen und blinzelte im gleißenden Sonnenschein. »Drei Männer. Die Kleidung zeichnet sie als königliche Kämmerer aus. Und zwei haben Körbe bei sich.«

Ross' Muskeln spannten sich an. Bis zu diesem Zeitpunkt war es immer noch möglich gewesen, umzukehren, doch nun gab es kein Zurück mehr. Wenn die Männer in der Ferne wirklich königliche Kämmerer waren und seinetwegen kamen, dann gab es eine winzige, aber sehr reale Möglichkeit, daß er in der nächsten halben Stunde getötet wurde. Ross zog das allerdings kaum in Betracht, denn selbst wenn die Kämmerer feindselig waren, was sie nicht unbedingt sein mußten, dann würden sie ihn eher gefangennehmen, als ihn auf der Stelle zu erledigen.

Was hatte der Usbeke gesagt, würde in den Körben sein? Bandagen, Ketten und Messer? Wenn er jemals seine englische Kaltblütigkeit gebraucht hatte, dann jetzt, denn es bedurfte einer ganz bestimmten Art von Mut, stoisch ruhig zu bleiben, während man darauf wartete, daß das Ende gekommen war. Im großen und ganzen hätte Ross es vorgezogen, von plündernden Turkmenen überfallen zu werden, doch seine Stimme blieb gelassen, als er nun sagte: »Ihr wißt alle, was ihr zu tun habt. Also tut es jetzt.«

Seine Gefährten zügelten ihre Reittiere und mischten sich unter den Rest der Karawane. Alle warfen mitfühlende Blicke auf Ross, doch keiner sagte etwas, obwohl die Luft vor Spannung vibrierte.

Ross ritt allein und in europäischer Kleidung: Er war nicht zu verfehlen, und die Reiter kamen direkt auf ihn zu galoppiert. Vor ihm zügelten sie ihre Pferde heftig, und der Anführer, der eine reichgemusterte rote Seidenrobe trug, verkündete: »Ich bin der Großkämmerer des Emir. Seid Ihr der englische Lord Kilburn?«

Ross zügelte sein Kamel und neigte respektvoll den Kopf. »Das bin ich, o Diener des großen und mächtigen Königs, dem Nachfolger des Propheten.«

Der Kämmerer zeigte ihm ein breites Grinsen, das sein lückenhaftes Gebiß enthüllte. »Nasrullah Bahadur, der König der Könige und Anführer der Gläubigen, heißt Euch willkommen. Als ein Beweis seines Wunsches, daß Frieden unter unseren großartigen Ländern herrsche, lädt er Euch ein, während Eures Aufenthalts in Buchara sein Gast zu sein.« Der Mann machte eine Geste zu seinen Männern, die die Körbe öffneten und eine reiche Auswahl an Nahrungsmitteln hervorholten, die frische Früchte, gebratenes Pferdefleisch und verschiedene Teekrüge einschlossen.

Es war die willkommenste Enttäuschung seiner Erwartungen, die Ross je erfahren hatte. Einen erleichterten Aufseufzer unterdrückend, sagte Ross formell: »Der Emir tut einem unbedeutenden Reisenden eine große Ehre an.«

Der nachdenkliche Blick des Kämmerers glitt von Ross über die Karawane, die langsam zum Halten gekommen war, weil alle Mitglieder die Szene beobachten wollten. »Habt Ihr keine Sklaven, Lord Kilburn?«

Ross traf eine schnelle Entscheidung. Obwohl die Einladung des Emirs keine Garantie für grenzenlose, königliche Gunst war, würde sein Kopf zumindest im Augenblick auf seinen Schultern bleiben. Es war nun Zeit, die Gruppe zu teilen, wie sie es geplant hatten, obwohl er den Gedanken immer noch verabscheute, daß Juliet bei ihm war und dadurch den gleichen Gefahren gegenübertreten mußte wie er.

»Ich habe einen, aber er zog es vor, sich abseits zu halten, solange es nicht klar war, ob mir das Schicksal wohl- oder übelgesonnen war.«

Der Kämmerer kräuselte die Lippen. »Wie ein Hund, der mit eingeklemmtem Schwanz davonläuft.«

Es war zu Juliets eigenem Schutz, daß sie sie nicht als treuen Diener betrachteten, und so winkte Ross sie herüber und sagte inzwischen: »Das eigene Leben ist süß. Warum sollte ein Sohn des Propheten, Friede sei mit ihm, seines für einen Ferengi riskieren?«

Schweigend schob Juliet ihr Tier neben ihn. Sie führte das Packkamel, das mit Ross' Habseligkeiten beladen war; das andere Tier war Murad übergeben worden.

Nach einem neugierigen Blick auf Juliet verkündete der Kämmerer: »Wir werden jetzt essen. Danach geleiten wir Euch zum Palast, damit Ihr dem Emir Eure Aufwartung machen könnt.«

Erstaunt von dem schnellen Ablauf der Ereignisse, bemerkte Ross: »Ihr meint, ich werde schon heute dem Emir meine Bitte vortragen können?«

»Wenn es Seiner Majestät gefällt, ja.« Der Kämmerer wandte sich um und brüllte: »Ihr anderen, kümmert euch wieder um eure eigenen Angelegenheiten!«

Die Leute trieben ihre Tiere an und ritten vorbei. Saleh und Murad vermieden es absichtlich, ihrem Gefährten auch nur einen Blick zuzuwerfen, während andere ihnen freundliche Grüße und Lebewohl zuriefen. Die Kasems hatten Ross bereits erklärt, wie er ihr Haus in Buchara finden konnte und hatten ihm feierlich versichert, sie würden alles tun, was sie konnten, um ihm in seiner Mission zu helfen.

Innerhalb weniger Minuten waren Ross und Juliet mit den königlichen Gesandten allein. Während sie sich zu einem Picknick unter den Pappeln niederließen, fragte Ross: »Mylord Kämmerer, gewiß habt Ihr gehört, warum ich nach Buchara gekommen bin. Ist mein Bruder, der britische Major Cameron, noch unter den Lebenden?«

Die dunklen Augen des Kämmerers wurden undurchdringlich. »Dies ist ein Thema, das Ihr mit dem Höchsten besprechen müßt. Ich bin nichts als ein unwissender Diener.« Während er einen Krug öffnete, fügte er hinzu: »Extra für Euch haben wir Tee mit Milch und Zucker mitgebracht. Das ist doch die englische Angewohnheit, nicht wahr?«

»Das ist sie wirklich. Einmal mehr fühle ich mich durch Eure Aufmerksamkeit geschmeichelt.«

Es war das beste Mahl, das Ross seit Wochen eingenommen hatte, und da er gerade einen Aufschub seiner Hinrichtung erhalten hatte, genoß er es gründlich. Juliet griff ebenso zu, obwohl sie nichts sagte. Sie war ganz in die Rolle des finsteren, rätselhaften Wüstennomaden eingetaucht, dessen Blicke wachsam umherglitten, als würde sie einen plötzlichen Angriff erwarten. Sie hatte sich ihr Essen gegriffen und sich ein wenig von den anderen entfernt niedergelassen.

Die Bucharer sahen interessiert zu, wie sie das Essen unter ihrem Schleier zum Mund brachte. »Der Sklave ist ungezähmt. Der Ferengi hat Glück gehabt, daß er nicht sein Gold und vielleicht auch sein Leben genommen hat«, sagte einer der Untergebenen zum anderen.

Ross ignorierte die Bemerkung; er hatte beschlossen,

sein fließendes Persisch zu benutzen, um mit den Beamten vernünftig sprechen zu können, wollte aber nicht enthüllen, daß er auch Usbekisch sprach, denn vielleicht würde er so eine Chance bekommen, etwas zu hören, was nicht für seine Ohren bestimmt war. Und selbst wenn es keine nützlichen Informationen gab, hatte er wenigstens innerlich etwas zu lachen.

Als er seine Mahlzeit beendet hatte, fragte der Großkämmerer: »Euer Sklave ist ein Targi aus der Sahara, nicht wahr? Ein- oder zweimal habe ich einen aus seinem Stamm in Buchara gesehen.«

»Aye, aber er ist ein Diener, kein Sklave. Bei seinem Volk ist er hoch angesehen. Er dient mir nur, solange es ihm gefällt.« Ross biß in eine reife, saftige Dattel. »Die Tuareg sind großartige Diebe. In ihrer Sprache bedeuten die Worte ›plündern‹ und ›frei sein‹ dasselbe. Aber Jalal tut gewöhnlich immer das, was ich möchte, und er kann gut mit Kamelen umgehen.«

»Spricht oder versteht er Persisch?«

»Ein bißchen, glaube ich.« Ross zuckte gelangweilt die Schultern, womit er deutlich zeigen wollte, wie unwichtig er das Thema Diener fand. »Man kann nie genau sagen, wieviel er versteht.«

»Der Kerl hat ungewöhnliche graue Augen, eher wie ein Belutsche«, bemerkte der Kämmerer sinnend, den Blick immer noch auf Juliet geheftet. »Man sagt, die Tuareg seien eine gutaussehende Rasse.«

»Die Frauen, die unverschleiert herumlaufen, sind sehr hübsch. Was Jalal betrifft, weiß ich es nicht, denn ich habe ihn noch nie ohne Schleier gesehen.«

Schließlich war die Neugier befriedigt und sein Gegenüber stand auf. »Und nun, Lord Kilburn, reiten wir nach Buchara.«

Die Seidenstraße hatte Buchara in die reichste Oase in Zentralasien verwandelt und zu einer überheblichen Zitadelle in einer kargen, entbehrungsreichen Wüste, die sie umgab, gemacht. Die Stadt hatte sich seit Ross' Besuch vor Jahren nicht verändert; vermutlich waren die massiven Mauern und die luftigen Wachtürme seit Jahrtausenden die gleichen.

Als sie das gewaltige Westtor erreichten, zügelte Ross sein Kamel und machte sich bereit, abzusteigen. Der Kämmerer runzelte die Stirn. »Warum haltet Ihr an?«

Ross zog die Augenbrauen hoch. »Ist es Ungläubigen nicht verboten, in der Stadt zu reiten?«

»Gewöhnlich ja, aber für die, die in des Emirs Gunst stehen, werden Ausnahmen gemacht«, erklärte der Kämmerer. »Natürlich werdet Ihr absteigen müssen, wenn wir den königlichen Palast erreichen. Selbst ich werde das tun, denn nur der Emir und seine Granden dürfen innerhalb der Palastmauern reiten.«

Ross nickte und trieb sein Kamel wieder an. Als er und Alex Burnes damals hier gewesen waren, hatten sie nicht nur in der Stadt auf ihre Tiere verzichten, sondern sich auch in bescheidenere Stoffe kleiden müssen, weil sie Ungläubige waren. Und da sie als Privatleute und nicht im offiziellen Auftrag der britischen Regierung gereist waren, hatten sie sich allen Bräuchen gebeugt, um nicht unangenehm aufzufallen.

Die Stadt war dominiert von Minaretten und Kuppeln. Buchara war eine der heiligen Städte des Islam, und es hieß, ein guter Moslem könne jeden Tag des Jahres in einer anderen Moschee beten. Ross und Burnes hatten festgestellt, daß dies übertrieben war, aber bestimmt gab es hier durchaus zweihundert Moscheen und Dutzende von religiösen Schulen.

Auf dieser Reise war es unmöglich, keine Aufmerksamkeit zu erregen. Die breite Straße, die vom Tor zum Palast führte, war vollgestopft mit Leuten, die anhielten und Ross anstarrten. Ein Gesumme von Kommentaren über seine Kleidung, seine Farben und seine generelle Fremdheit erfüllte die Luft. Wie schon auf ihrer Reise durch die Karakum wirkten die Zuschauer eher neugierig als feindlich, und einmal rief ein junger Wasserträger, der sich an eine Hauswand drückte, um die Reiter passieren zu lassen, ein freundliches: »Salam aleikum!«

Ross lächelte und hob die Hand. »Und Friede sei mit euch!«

Der große öffentliche Platz vor dem königlichen Palast wurde »Registan« genannt. Ross erinnerte sich von seiner letzten Reise noch daran, denn der Platz war das Herz der Stadt, und im Tageslicht wimmelte es dort nur so von Menschen. In der Mitte befand sich ein großer Markt, unter dessen schattenspendender Überdachung Obst, Tee und Waren aus ganz Asien verkauft wurden, aber der Großteil des Volkes wollte vor allem plaudern, sehen und gesehen werden.

Die Vielfältigkeit der Menge war unglaublich. Die Mehrheit bestand entweder aus orientalischen Usbeken aus Bucharas herrschender Klasse oder Menschen von persischer Herkunft, die, wenn sie in Turkestan lebten, Tadschiken genannt wurden. Doch daneben war buchstäblich jede Rasse Asiens von Hindus über Uiguren bis zu Chinesen vertreten. Die wenigen Frauen darunter waren von Kopf bis Fuß mit schwarzen Pferdehaarschleiern eingehüllt und ritten wie Männer auf ihren Reittieren.

Zwei Seiten des Registan waren von Medressen, religiösen Schulen, flankiert, an einer dritten hatte ein herrlicher, baumbeschatteter Springbrunnen Platz gefunden. Doch es war der gewaltige tausendjährige Koloß des Palastes, der die Szene dominierte. »Ark«, die Festung, genannt, erhob er sich drohend über dem restlichen Platz.

Am Eingang zum Palastbezirk stieg die ganze Truppe ab, und Juliet kam vor, um Ross die Zügel abzunehmen. Einen kurzen Moment trafen sich ihre Blicke, und leise, durch den Lärm der Menge für andere unhörbar, sagte er: »Es ist soweit!«

Sie nickte. »Morgen um diese Zeit könnten wir auf dem Heimweg sein.«

Er bezweifelte, daß sie wirklich daran glaubte, aber theoretisch war es sogar möglich. Als sie die Rampe hinaufgingen, die zu dem mit Türmen versehenen Eingang führte, spürte Ross, wie sich die Haare im Nacken aufstellten. Dies war das erste Mal, daß er den Palast betrat, denn er und Burnes hatte keine Audienz beim Emir erbeten, aber er hatte schon viele Geschichten darüber gehört. Von einigen, die hineingegangen waren, hatte man angeblich nie wieder etwas gesehen.

Die äußere Form des Gebäudekomplexes ähnelte einem europäischen Schloß. Tatsächlich waren die großartigsten der mittelalterlichen Festungen von Steinmetzen gebaut worden, die während der Kreuzzüge sarazenische Architektur studiert hatten. Die gewaltigen Außenmauern umschlossen eine kleine Stadt von Gebäuden und geräumigen Höfen, wo sich königliche Diener und Sklaven bei ihren verschiedenen Aufgaben emsig hin und her bewegten.

Der Großkämmerer winkte nach einem Stallburschen, der die Pferde wegbringen sollte. »Es ist gängig, seinen Sklaven mit in den eigentlichen Palast zu nehmen, aber er muß still sein und darf keinen Ärger machen.«

Als Ross ein Lederkästchen aus seiner Satteltasche holte, fragte er Juliet auf Tamahak: »Meinst du, du kannst dich benehmen, Sklave? Vielleicht ist es besser, bei den Kamelen zu bleiben.«

»Ich möchte das auf gar keinen Fall verpassen«, murmelte sie, als sie ihm das Lederkästchen abnahm.

Das prachtvollste der Gebäude war natürlich der Palast. Eine breite Treppenflucht führte zum Eingang hinauf. Im Inneren schufen hohe Decken und Marmorböden einen kühlen Kontrast zu der flirrenden Hitze draußen. Schweigend führte der Kämmerer sie durch verschiedene Flure bis zu einem Zimmer, wo schon andere Bittsteller auf eine Audienz beim Emir warteten. Die meisten hatten ihre Sklaven dabei, und so fiel Juliet nicht weiter auf.

Ein noch reicher gekleideter Mann kam auf sie zu. Er war etwa sechzig Jahre alt und schien Perser zu sein. Zu Ross' Überraschung sprach er sie auf Englisch an: »Willkommen in Buchara.« Er verbeugte sich. »Ich bin der Nawab Abdul Samut Khan, Befehlshaber der Artillerie des Emirs. Ich habe die Ehre gehabt, mit anderen aus Eurer herrlichen Rasse in Afghanistan zu dienen.«

Ross erwiderte die Verbeugung. »Die Ehre ist auf meiner Seite.« Dann wechselte er die Sprache. »Zwar beherrscht Ihr meine Heimatsprache meisterlich, doch ich bevorzuge es, Persisch zu sprechen, damit alle anderen verstehen und wissen, daß ich nichts zu verbergen habe.«

»Sehr weise, Lord Kilburn«, sagte der Nawab mit einem billigenden Nicken. »Denn es gibt viele Männer, die die Briten nicht so schätzen, wie ich es tue.« Er stieg ebenso auf Persisch um und setzte hinzu: »Ich bin gekommen, um zu fragen, ob Ihr Euch dem Brauch des Salaam unterwerft, wenn Ihr dem Emir vorgestellt werdet.«

»Und was ist das Salaam?«

»Ein Mann, der vor Seiner Majestät erscheint, muß seinen Bart streichen, sich dreimal verbeugen und sagen *›Allah Akbar, Salaamat Padisha‹*.«

Ross vermutete, daß es in der Vergangenheit Ferengis gegeben hatte, die sich gesträubt hatten, das Ritual zu vollziehen. »Ich würde es, wenn nötig, dreißigmal aussprechen, denn es ist nur recht, zu sagen, daß Gott groß ist und dem König Frieden beschert sein soll.«

Abdul Samut Khan nickte zufrieden, dann machte er eine Handbewegung zu dem Kästchen, das Juliet trug. »Was ist das?«

»Ein bescheidenes Geschenk für den Emir, um ihm meine Wertschätzung zu zeigen.«

Juliet öffnete das Kästchen, und Ross zog eine flache, hölzerne Kiste mit einer Messingplatte im Deckel heraus. Er öffnete den Deckel und enthüllte zwei wundervoll gearbeitete Steinschloßpistolen in samtausgekleideten Mulden.

Der Nawab sog scharf die Luft ein, als er die Pistolen sah, denn die Waffen funkelten wie Juwelen. Jeder Zentimeter von Metall und Holz war mit einem erhabenen Muster ziseliert und graviert, und die Schäfte aus Walnuß waren mit Golddraht eingelegt. Darüber hinaus waren sie von einem der besten Waffenschmiede Britanniens hergestellt worden, daher würden sie so zielsicher sein, wie sie schön waren. Ross hatte das Paar in der Annahme gekauft, sie könnten ihm einmal nützlich sein, zum Beispiel als Geschenk für einen arabischen Stammesführer im Orient. Sein Instinkt hatte sich als richtig erwiesen, denn diese Waffen stellten wahrhaftig ein Geschenk dar, das eines Königs wert war.

Ehrfürchtig nahm Abdul Samut Khan beide Pistolen aus dem Futter und untersuchte, ob sie ungeladen waren, bevor er sie wieder zurücklegte. »Sehr gut«, lobte er, als er Juliet die Kiste zurückgab. »Nun gebt mir Euren Paß und alle Empfehlungsschreiben, falls Ihr welche habt.«

Ross übergab ihm seine Reisepapiere und die Briefe, die er seit Konstantinopel bei sich trug. Es waren ein glattes Dutzend, angefangen mit dem Sultan und endend mit dem Kalifen der Turkmenen. All die Schreiber baten in unglaublich blumiger Sprache, daß der Emir Ross' Bitte mit Wohlwollen betrachten möge.

Der Nawab nahm die Dokumente an sich und machte dann eine Geste zu einer steinernen Bank an der Wand. »Wartet hier.«

Ross setzte sich und kreuzte die Beine, wobei er für die Neugierigen einen leicht gelangweilten Gesichtsausdruck aufsetzte, während Juliet sich ein paar Schritte entfernt in einem dunklen Aufbauschen schwarzer Gewänder an die Wand hockte. Die Wartezeit war erstaunlich kurz – weniger als eine halbe Stunde später kam der Nawab zurück, um sie zu holen.

Unter den zornigen Blicken derer, die schon länger warten mußten, folgte Ross seinem Führer aus dem Zimmer, Juliet mit dem Geschenk hinter ihm. Kurz darauf gelangten sie in das überfüllte Audienzzimmer. Zur Linken öffneten sich große Bögen zu einem Innenhof, der in seiner Blumenpracht leuchtete. Höflinge, deren reichgemusterte Kleidung in ihrem Wert präzise abgestuft war, so daß man ihren Rang gleich erkennen konnte, warteten im Inneren neugierig darauf, was der Ferengi wohl tun würde.

Doch Ross kümmerte sich wenig um seine Umgebung. Schließlich war er nun nach viermonatiger Reise in unmittelbarer Nähe des Emirs Nasrullah, den man den brutalsten Herrscher in ganz Asien nannte. Der Mann, der seine eigenen Brüder und seinen Vater umgebracht hatte, um sich den Thron zu sichern, war um die vierzig Jahre alt, stämmig und trug einen schwarzen Bart. Obwohl das Audienzzimmer prächtig ausgestattet war, trug er selbst schlichte Kleidung, die einem Mullah gestanden hätte.

Ross zog seinen Hut vom Kopf, hielt ihn als englisches Zeichen des Respekts in der linken Hand und tat dann, was man ihm gesagt hatte. In Ermangelung eines Bartes, mußte er über sein Kinn streichen, doch seine Verbeugungen waren tief und schließlich rief er »*Allah Akbar, Salaamat Padisha*« mit voller, tönender Stimme.

Als er sich von seiner letzten Verbeugung aufrichtete, blickte er dem Emir direkt ins Gesicht. Nasrullahs Augen waren klein und ziemlich rund, und seine Wangenmuskeln zuckten heftig. Nichtsdestoweniger besaß er eine Ausstrahlung der Macht, die ihm absolute Autorität verlieh, dazu eine seltsame, undefinierbare Aura, der ganz ihm eigen war. Man behauptete, daß seine vier persischen Frauen ihn haßten.

Mit hoher, schneller Stimme begann der Emir nun: »Ihr ehrt uns durch Eure Anwesenheit, Lord Kilburn. Seid Ihr in einer Mission der englischen Königin, unserer königlichen Schwester, gekommen?«

Nasrullah wußte sehr gut, warum sein Besucher gekommen war, aber Ross spielte das Spiel mit. Er verbeugte sich noch einmal tief. »Nein, ich bin nicht in offiziellen Angelegenheiten gekommen, sondern um Eure großartige Barmherzigkeit für meinen Bruder, den britischen Major Ian Cameron, zu erbitten.«

Der Emir hob seine Hand, bevor Ross mehr hinzufügen konnte. »Mir wurde gesagt, daß Ihr ein Geschenk für mich mitgebracht habt.«

»Es ist kaum Eurer würdig.« Juliet trat vor, und Ross nahm die Pistolenkiste aus der Lederumhüllung und öffnete sie dann für den Emir. »Ich bitte Euch innig, Euch herabzulassen, diese lächerliche Gabe anzunehmen.«

Nasrullahs Augen weiteten sich in echter Freude, dann stieß er einen kleinen Seufzer aus, wie ein Kind, das endlich die lang ersehnte Süßigkeit erhält. »Exquisit.« Er nahm eine Pistole in die Hand und strich beinahe zärtlich mit den Fingern über die schimmernde Oberfläche.

»Kommt. Ich will sie ausprobieren.« Er erhob sich und rauschte gebieterisch aus dem Saal.

Ross, Juliet und die Höflinge folgten ihm nacheinander. Im Innenhof war ein bezaubernder Garten angelegt, in dessen Zentrum ein Springbrunnen aus rosafarbenem Marmor plätscherte und schattige Palmen sich hoch über Beete leuchtender Nelken und Rosen erhoben. Ross inhalierte tief und bemerkte den unterschwelligen Duft von Patschuli über dem Blütenaroma, und er nahm an, daß der Springbrunnen parfümiert war.

Über ihren Köpfen rauschten die Palmwedel und knisterten trocken, als Nasrullah anhielt und seinem Gast befahl, die Pistolen zu laden. Ross war darauf vorbereitet gewesen, und so enthielt das Kästchen auch kleine Dosen Schwarzpulver und Bleikugeln. Nachdem er eine abgemessene Ladung Pulver in den Lauf geschüttet hatte, stopfte er jeweils eine Kugel darauf, streute Zündpulver in die Pfannen und reichte dem Emir die Waffen zurück.

Ohne sich mit Zielen aufzuhalten, schoß der Emir auf den Brunnen. Die schwere Kugel krachte gegen den Marmor und prallte ab, als parfümiertes Wasser aus dem Bekken herauszutröpfeln begann. »Herrlich! Herrlich!«

Die Höflinge husteten in dem beißenden Qualm, doch Nasrullah tauschte die Pistolen aus und feuerte die zweite ab, wobei er diesmal ein Büschel scharlachroter Nelken wegpustete. »Wundervoll!«

Als Ross nachlud, murmelte der Emir schelmisch: »Natürlich kann man eine Waffe nur richtig ausprobieren, wenn man die Aufgabe ausführt, für die sie geschaffen worden ist.« Er hob eine der nachgeladenen Pistolen und setzte hinzu: »Die Aufgabe einer Waffe ist es, Feinde zu töten.«

Alarmiert von dem Unterton unseligen Vergnügens in der Stimme des Herrschers, machte Ross sich auf Schwierigkeiten gefaßt. Doch nichts hätte ihn auf die entsetzliche Furcht vorbereiten können, die er empfand, als der Emir herumwirbelte und die Pistole direkt auf Juliets Kopf zielte.

Kapitel 16

EINEN ENDLOSEN, FURCHTBAREN Augenblick starrte Juliet auf die tödliche schwarze Mündung der Pistole. Unter so gut wie jedem anderen Umstand wäre sie in Dekkung abgetaucht, während sie ihr eigenes verborgenes Messer gezogen hätte. Doch hier, im Palast des Emirs, umgeben von seinen Wachen, wagte sie es nicht, denn eine Flucht wäre unmöglich gewesen, und alles, was sie tun würde, konnte Ross' Leben gefährden.

Dann schob sich die breitschultrige Gestalt ihres Mannes vor das Bild der Waffe, als Ross zwischen sie und den Emir trat. Mit einer Stimme, die nur einen Hauch von Vorwurf enthielt, sagte er: »Bei meinem Volk wird es als ernster Bruch der Etikette betrachtet, den Sklaven eines Mannes ohne Grund zu töten.«

Juliet hörte ein lautes, enervierendes Gelächter, das durch das Krachen eines weiteren Pistolenschusses gekrönt wurde. Einen qualvollen Augenblick glaubte sie schon, Nasrullah habe auf Ross geschossen, aber einen Sekundenbruchteil später regneten Palmwedelfetzen auf sie hinunter.

»Gott möge behüten, daß ich die Bräuche eines Gastes verletze«, sagte der Emir großzügig. »Ihr habt recht. Es ist weitaus höflicher, einen von meinen Sklaven umzubringen.«

Mit immer noch wild hämmerndem Herzen wich Juliet langsam zurück zu der nervösen Ansammlung der Höflinge und bewegte sich gleichzeitig etwas zur Seite, damit sie besser sehen konnte, was geschah. Jene Höflinge, die glücklich genug waren, hinten in der Menge zu stehen, waren bereits davongehuscht.

Nasrullah überblickte abwägend die Leute im Hof. »Wer von diesen Schakalen hat den geringsten Wert für mich?« Sein Blick fiel auf einen Jungen, der mit einem Messingtablett voll frischem Obst gerade in den Hof gekommen war. Juliet nahm an, der Bursche benutzte den Hof als Abkürzung zu einem anderen Teil des Palastes.

»Du, Junge!« Der Herrscher winkte mit der Pistole zur gegenüberliegenden Seite des Hofes. »Stell dich da rüber!«

Das Kind war nicht älter als zehn und vermutlich persischer Herkunft. Sofort erfaßte es, was der Emir vorhatte, keuchte entsetzt auf und ließ das Tablett fallen. Die Messingplatte traf mit einem hohlen Gongschlag auf dem Boden auf, und Früchte purzelten und rollten in alle Richtungen. Der Junge versuchte zu fliehen, aber zwei Wachen hielten ihn augenblicklich auf.

Als die eine Wache das erwählte Opfer zur anderen Seite des Hofes zerrte, nahm die andere den Turban des Kindes ab und riß den Stoff in zwei Streifen. Dann banden sie den Jungen damit an den Handgelenken an zwei Palmen, damit er nicht weglaufen konnte. Als sie damit fertig waren, traten die Wachen hastig zur Seite, bevor sich Nasrullah vielleicht entschied, auf größere Ziele zu schießen.

Hoffnungslos starrte das Kind auf seinen königlichen Herrn. Sein Gesicht war schweißbedeckt, und sein kleiner Brustkorb hob und senkte sich in keuchenden, panischen Atemzügen. In dem Hof herrschte absolutes

Schweigen, das nur vom Plätschern des Brunnens und dem fröhlichen Gezirpe der Vögel in den Palmen gestört wurde.

Ruhig richtete der Emir seine Waffe auf sein lebendiges Ziel und zog den Hahn. Als das Krachen der Pistole ohrenbetäubend von den Marmorwänden widerhallte und eine Wolke beißenden Qualmes aufstieg, schrie der Junge verzweifelt und voller Angst auf – ein Laut, der einem das Blut in den Adern gefrieren ließ.

Einige Sekunden verstrichen, bis der Qualm sich so weit verzogen hatte, um zu erkennen, daß der Junge immer noch aufrecht und unverletzt zwischen den Palmen stand. Verzweifelt schluchzend riß er vergeblich an seinen Fesseln.

Nasrullah runzelte die Stirn. »Ich habe ihn verfehlt. Gebt mir die andere Pistole. Es kann eine Weile dauern, denn ich bin kein erfahrener Schütze.«

Der Gedanke daran, hier zu stehen und diesem Wahnsinnigen zuzusehen, wie er versuchte, ein Kind wegzupusten, drehte Juliet den Magen um. Wie viele Schüsse würde er brauchen? Und würde es ihm reichen, sein Opfer zu verwunden, oder würde er erst zufrieden sein, wenn das Kind tot war? Einen Moment erwägte sie, ihr Messer zu ziehen und es dem Emir in die Kehle zu stoßen, aber der gesunde Menschenverstand hielt sie zurück. Aber nur knapp.

Dann sprach Ross mit seinem gelassenen Tonfall, der je nach Situation sowohl enervierend als auch beruhigend sein konnte. Nun war es die Stimme der Vernunft in einer Welt des Wahnsinns. »Wenn Ihr einen Beweis für die todbringende Wirkung der Waffen haben wollt, so ist dieser leicht zu verschaffen.«

Ross hob die Waffe, zielte in die Krone der Palme und schoß. Einen Augenblick später fiel der kleine, zerschmetterte Körper eines Spatzen zu Boden. »Es ist doch schade, einen Sklaven zu verschwenden«, sagte er milde. »Und ein Spatz ist ein weitaus herausfordernderes Ziel für das Ausprobieren einer neuen Waffe.«

Kurzfristig vollkommen verdutzt, blickte der Emir von dem toten Vogel zu Ross und zurück zu dem Vogel. Dann lächelte er mit kalter Grausamkeit. »Ihr seid ein exzellenter Schütze, Lord Kilburn. Da Ihr so um meinen Sklaven besorgt seid, mögt Ihr Eure Zielgenauigkeit an ihm ausprobieren.«

Er winkte eine seiner Wachen herbei und gab diesem einen Befehl, den Juliet nicht hören konnte. Die Wache bückte sich und nahm einen der umherliegenden Granatäpfel auf, ging dann zu dem Kind herüber und legte ihm die Frucht mit einem scharfen Befehl, bloß stillzustehen, auf den Kopf.

Nasrullah drehte sich wieder zu seinem Gast und fuhr fort: »Schießt den Granatapfel von seinem Kopf, und ich mache ihn Euch zum Geschenk. Verfehlt Ihr, schieße ich selbst, wie lange auch immer es dauern mag.«

Nur jemand, der Ross so gut kannte wie Juliet, konnte das fast unsichtbare Anspannen seiner Gesichtsmuskeln erkennen. »Also gut«, stimmte er ohne äußerliche Gefühlsregung den Bedingungen dieses pervertierten Wilhelm-Tell-Spieles zu.

Als er die Pistole nachlud, empfand Juliet seinen inneren Aufruhr so heftig, als wäre er ihr eigener. Der Junge stand an der äußersten Grenze der Reichweite der Waffe, was bedeutete, daß ihre Treffsicherheit mehr als eingeschränkt war. Ross mußte sich der Wahrscheinlichkeit stellen, daß er entweder den Jungen versehentlich erschoß oder danebentraf und ihn somit den tödlichen Spielen des Königs auslieferte. Die einzige Hoffnung des Kindes war, daß Ross einen makellosen Treffer landen würde und wenn er es nicht schaffte, dann – das wußte sie – würde er sich niemals verzeihen.

Doch nichts verriet seine Unruhe, als er nun die Pistole hob und sie sorgfältig auf das kleine rötliche Ziel ausrichtete. Für Juliet war dies einer der Augenblicke, die sich für immer in den Geist einbrannten. Ross sah so gut, so ruhig und so ausgesprochen englisch aus, er wirkte so entspannt, als würde er Schießübungen in irgendeinem Londoner Stand machen. Ein Lichtstrahl bahnte sich seinen Weg durch die Palmwedel und ließ sein Haar in funkelndem Gold aufleuchten. Am entfernten Ende des Hofes stand ein Kind und riß die Augen vor Furcht derart weit auf, daß überall um die dunkle Iris das Weiße zu sehen war. Hektisches Atmen erfüllte die Luft. Todesangst!

Juliet sprach ein stilles, inbrünstiges Gebet sowohl für den Jungen als auch für Ross. Dann brüllte die Pistole auf.

Dieses Mal brauchte der Qualm noch länger, sich aufzulösen. Ungeduldig trat der Emir vor, um das Ergebnis zu überprüfen, während Ross langsamer folgte. Bevor sie die Hälfte des Weges hinter sich gebracht hatten, war die Sicht wieder klar genug, um den Jungen unverletzt zu zeigen. Rote Fetzen des Granatapfels klebten an der weißen Wand hinter ihm.

Nasrullah brach in Gelächter aus und klopfte Ross auf den Rücken. »Wunderbar! Wunderbar! Ihr seid wirklich ein phantastischer Schütze!« Er trat nah an den gefesselten Jungen heran und strich mit desinteressierter Geste über seine weiche Wange. »Ihr habt einen Sklaven gewonnen, Lord Kilburn«, sagte der Emir. »Es ist ein hübsches Kind. Genießt ihn.«

Bebend vor unterdrückter Wut kam Juliet heran und band den Jungen von den Palmen los. Das Kind schaute unsicher zu ihr auf, offenbar verängstigt durch den praktisch lückenlosen Schleier. »Fürchte dich nicht. Alles wird gut«, flüsterte sie heiser.

Dann nahm sie seine Hand und führte den Jungen zurück zu der Gruppe der Zuschauer. Als sie anhielt und sich umdrehte, um wieder das Geschehen zu beobachten, blieben seine Finger fest um ihre geschlungen.

Mit kaum merkbarer Ironie wandte sich Ross an den Emir: »Eure Majestät ist gnädig und großherzig. Ich danke Euch für das Geschenk.«

Der Emir wechselte das Thema abrupt. »Ihr behauptet, Major Cameron sei Euer Bruder, doch Ihr ähnelt ihm höchstens in der Größe. Hat Euer Vater Euch mit anderen Frauen gezeugt?«

»Nein. Major Cameron ist kein Bruder durch Blut, sondern durch Heirat«, erklärte Ross. »Seine Schwester ist meine Frau.«

»A-h-h-a.« Nasrullah strich sich über seinen Bart. »Habt Ihr nur eine Frau? Man sagt zwar, das sei so Brauch bei den Ferengis, aber sicher lassen sich Männer von Eurem Rang doch nicht durch solch lächerliche Regeln beeinflussen.«

»Manche Männer haben Konkubinen«, gab Ross zu, »aber unser Gesetz bindet alle Männer, von welchem Rang auch immer, an eine einzige Frau.«

Der Emir schnaubte. »Wie langweilig! Ein Mann braucht Abwechslung.«

»Abwechslung ist nicht ohne Reiz, aber sie geht auf Kosten von tieferer Liebe«, antwortete Ross. »Ein Mann, der ein Dutzend Pferde besitzt, wird eines nicht so schätzen wie derjenige, der nur ein einziges besitzt. Und so kann auch ein Mann mit nur einer Frau sie besser kennenlernen und sie höher schätzen als einer, der einen ganzen Harem voller Frauen und Konkubinen hat.«

Obwohl er kaum mehr als ein Wimpernzucken in ihre

Richtung sandte, hatte Juliet das Gefühl, als wäre diese Bemerkung auf sie gemünzt, und sie empfand eine seltsame Mischung aus Stolz und Schuld. Ross war einfach zu gut für sie, aber das wußte sie ja schon lange.

Nasrullah war weniger beeindruckt. »Das klingt für mich nach der Rede eines Mannes, der sich dies selbst glauben machen will, weil er keine andere Wahl hat.«

Ross lächelte. »Wie Ihr meint, Eure Majestät. Es gibt viele Wahrheiten, und dies ist meine.«

Wieder machte der Emir einen heftigen Gedankensprung. »Es ist wirklich außergewöhnlich. Ich habe zweihunderttausend persische Sklaven in Buchara, und niemand kümmert sich um sie. Und da nehme ich einen einzigen Briten gefangen, und plötzlich kommt jemand den ganzen Weg von England her und verlangt seine Freilassung.«

Juliet erstarrte und spürte die gleiche Anspannung in Ross. Sie waren im Herzen ihrer Mission angelangt.

Ohne sich um einen Hauch von Stolz zu scheren, fiel Ross vor dem Emir auf die Knie. »Ich verlange nicht, ich bitte darum. Wenn Ihr meinen Bruder gefangenhaltet, so flehe ich Euch an, ihn freizulassen. Ich weiß, wie Euer großartiges Land die Gastfreundschaft in Ehren hält, und ich kann den Berichten einfach nicht glauben, die besagen, er sei brutal gemordet worden.«

»Euer Flehen ist höchst rührend, Lord Kilburn, und wenn Ihr ein paar Monate früher gekommen wäret, hätte ich vielleicht Eurer Bitte stattgegeben. Doch leider kommt Ihr zu spät.« Nasrullahs Stimme triefte vor spöttischem Bedauern, und seine Augen funkelten bösartig. »Es betrübt mich, es Euch mitzuteilen, aber Major Cameron ist exekutiert worden.«

Juliet schloß die Augen und sog schaudernd die Luft ein. Ihr Bruder war tot.

Der persische Junge drückte zögernd ihre Hand, und sie bemerkte, daß sie ihre fest um seine geschlossen hatte. Es sprach für ihn, daß er trotz allem, was er eben durchgemacht hatte, noch auf ihren Kummer reagierte. Sie zwang sich, ihre Augen zu öffnen und erkannte, daß ihr Mann ebenso still wie sie geworden war. Nach einer langen Pause sagte Ross: »Darf ich fragen, was er getan hat, um eine solche Bestrafung zu verdienen?«

Ein gefährliches Schweigen folgte, denn der Emir war es nicht gewohnt, daß man seine Entscheidungen hinterfragte, aber nach einem kurzen Augenblick zuckte er die Achseln. »Seine Empfehlungen waren nicht in Ordnung, also bestand die Frage, ob er tatsächlich die britische Regierung vertreten wollte. Dann ertappte man Cameron beim Spionieren. Als er mit dem Beweis konfrontiert wurde, konvertierte er zum Islam und schwor mir Treue, nur um wenige Tage später wieder überzulaufen.« Nasrullahs Augen glitzerten kalt wie Eis. »Nach unserem Gesetz muß ein Mann, der sagt, er will Moslem werden, es tun – oder sterben.«

»Ich verstehe.« Ross hob sich mühsam auf die Füße. »Das sind in der Tat schwere Verfehlungen. Doch da er für seine Schandtaten bezahlt hat, erbitte ich von Euch seine Leiche, so daß ich sie nach Hause bringen kann.«

»Für heute habe ich genug Zeit mit dieser Sache verschwendet«, erklärte Nasrullah brüsk. »Ich werde über Eure Bitte nachdenken und ein anderes Mal mit Euch darüber reden.« Er sah umher, bis sein Blick den einer Wache einfing. »Der Außerminister hat Fragen an Lord Kilburn. Bring den Ferengi zu ihm.« Mit diesen Worten stolzierte der Emir zurück in den Audienzsaal.

Während Ross dem Herrscher nachsah, ballte sich seine Faust unwillkürlich, und er mußte sich zwingen, sich zu entspannen. Nasrullah war so grausam und wahnsinnig, wie sein Ruf es verhieß, und er und Juliet würden das Glück des Teufels benötigen, um mit intakten Hälsen wieder aus Buchara herauszukommen. Er konzentrierte sich auf einen leidenschaftslosen Gesichtsausdruck und folgte der Wache aus dem Hof hinaus, Juliet und den Jungen im Schlepptau.

Abdul Samut Khan führte sie in ein kleines Büro, wo der Minister für ausländische Angelegenheiten einem persischen Schreiber etwas diktierte. Der Minister war ein Usbeke mit buschigen Brauen und ständig gerunzelter Stirn, und in der nächsten Stunde unterzog er Ross einer anstrengenden Befragung, während Juliet und der Junge still in einer Ecke des Raumes hockten.

Zuerst wollte er wissen, ob das britische Volk wütend werden würde, wenn es von Major Camerons Tod erfuhr. Als Ross antwortete, daß es schon bei der Nachricht von der Gefangennahme verärgert gewesen war, runzelte der Minister noch heftiger die Stirn und fragte, wie weit es von England nach Buchara war. Er entspannte sich, als er erfuhr, wie groß die Entfernung war, und erging sich dann in endlosen Fragen zur Innenpolitik Englands und Rußlands. Über letzteres war er bestens informiert, was kein Wunder war, denn das russische Reich drohte wie eine Gewitterwolke über Zentralasien.

Wie auch immer, es gab ein gefährliches Intermezzo, als der Minister nach den vier britischen »Großvisieren« fragte und dann Ross der Lüge beschuldigte, da sie anders lauteten als die, die ihm Ian Cameron vor einem Jahr genannt hatte. Entnervt erklärte Ross, daß es kürzlich einen Regierungswechsel gegeben hatte, was in einer komplexen Beschreibung mündete, wie die britische konstitutionelle Monarchie funktionierte.

Der Bucharer war beschwichtigt, als Ross ihm die Namen der vier Minister der vorangegangenen Regierung nennen konnte, obwohl Ross bezweifelte, daß sein Befrager tatsächlich glaubte, daß eine Administration friedlich ausgetauscht werden konnte. Eine neue Regierung ohne Blutvergießen zu etablieren, entsprach ganz und gar nicht den Angewohnheiten asiatischer Herrscher.

Die Fragen nahmen kein Ende, und Ross war schließlich so müde, daß er sich kaum noch konzentrieren konnte. Die Karawane war lange vor Sonnenaufgang unterwegs gewesen, und der Tag war seitdem lang und anstrengend gewesen. Nun dämmerte es bereits, aber der Minister schien unermüdlich zu sein.

Schließlich fragte Ross: »Darf mein Diener mit meinem neuen Sklaven gehen, um seine Habseligkeiten zu holen?«

Der Minister erlaubte es und beauftragte eine Wache, Juliet und den Jungen zu den Sklavenquartieren zu begleiten. Sie kehrten eine halbe Stunde später zurück, und Juliet trug ein kleines Bündel mit dem wenigen, was dem Kind gehörte. Plötzlich wurde der Minister wieder umgänglich.

»Vergebt mir, Lord Kilburn, daß ich Euch so lange aufgehalten habe. Ich werde noch einmal mit Euch sprechen wollen, aber für heute ist es genug. Ihr müßt sehr müde von der langen Reise sein.« Mit einem Händeklatschen zitierte er bewaffnete Wachen herbei, die die Gäste in die Quartiere bringen sollten, die man für sie hergerichtet hatte.

Nachdem sie ihre Kamele geholt hatten, verließen sie den königlichen Palast und wurden zu einem Gebäudekomplex mit massiven Mauern gebracht, der sich etwa eine halbe Meile von der Zitadelle entfernt befand. Als sie in das Haupthaus eintraten, kam der Nawab geschäftig auf sie zugewieselt. »Seid gegrüßt, meine Freunde.« Er verbeugte sich. »Willkommen in meiner bescheidenen Unterkunft.«

»Ist dies Euer Haus?« fragte Ross überrascht.

»Aber ja. Der Emir gestattet mir häufig, seine besseren Gäste zu bewirten. Laßt mich Euch die Zimmer zeigen.«

Die ihnen zugewiesenen Räume befanden sich im oberen Stockwerk und teilten sich einen Balkon, der auf einen enormen Garten hinter dem Gebäude ging. Die Zimmer waren einfach, aber komfortabel eingerichtet: Weiß getünchte Wände, gepolsterte Divane und hübsche Buchara-Teppiche. In einem Raum stand ein Bett, während das andere mit einem Tisch zum Essen und Schreiben ausgestattet war. Diener waren bereits dabei, ihr Gepäck ins Schlafzimmer zu bringen.

Während der Nawab verschiedene Öllampen anzündete, sagte er: »Ich werde Anweisungen geben, daß Ihr hier in einigen Minuten das Essen serviert bekommt. Wünscht Ihr, daß Eure Diener bei Euch bleiben, oder soll ich sie in meine Sklavenquartiere schicken?«

»Jalal kann hier auf dem Boden schlafen. Der Junge . . .« Ross musterte das Kind einen Augenblick lang. »Ich möchte, daß er heute mit mir ißt, damit ich mit ihm reden kann, aber er schläft besser in Eurem Selamlik. Ich nehme an, Ihr habt auch Jungen in seinem Alter.«

Der Nawab nickte. »Gibt es noch etwas, das ich Euch zu Eurer Bequemlichkeit bringen lassen kann?«

»Ein Bad«, antwortete Ross prompt.

»Ihr seid in meinem Hammam willkommen.«

Ross hätte sechs Monate seines Lebens dafür gegeben, aber dummerweise konnte Juliet nicht mit in die Baderäume gehen, und sie fühlte sich bestimmt genauso schmierig wie er. So kramte er die Reste seines adeligen Snobismus' zusammen und antwortete ernsthaft: »Es ist gegen die gute Sitte meines Volkes, im Hammam zu baden. Habt Ihr eine große Wanne, die man hierher bringen lassen kann, und einen Wandschirm?«

»Eine Wanne?« Abdul Samut Khan war verwirrt. »Major Cameron war auch mein Gast, und er hatte gegen den Hammam nichts einzuwenden.«

»Aber er war Schotte, und ich bin Engländer.« Ross fügte einen leicht gequälten, leidenden Unterton in seine Stimme ein: »Ich verstehe schon, daß es ein furchtbarer Umstand ist, denn viel Wasser muß heraufgetragen werden, und falls es nicht möglich ist . . .«

»Nein, nein, Ihr sollt es haben«, antwortete der Nawab hastig, obwohl seine Miene deutlich besagte, daß er den Wunsch seines Gastes ausgesprochen exzentrisch fand. »Ich denke, wir haben große Zuber in der Wäscherei. Ich werde Anweisungen geben, daß Euch nach dem Essen ein Bad bereitet wird.«

Abdul Samut Khan wandte sich gerade zum Gehen, als Ross ihn aufhielt. »Ihr erwähntet, daß Major Cameron auch Euer Gast war. Ich würde gerne mit Euch über ihn sprechen.«

Des Nawabs Augen huschten umher, als suchte er unwillkommene Lauscher. Mit gesenkter Stimme antwortete er: »Und auch ich möchte mit Euch reden. Morgen früh.« Dann ging er hinaus.

Es gab einen Wasserkrug und ein Becken in dem Zimmer, und die drei hatten gerade noch genug Zeit, ihre Hände zu waschen, bevor das Essen serviert wurde. Der Junge griff bei Reis und Lamm gierig zu; so dünn wie er war, hatte er vermutlich im Palast sehr knappe Rationen erhalten.

Als sie alle gegessen hatten, begann Ross, seinen neuen Sklaven zu befragen. Juliet hatte den Jungen bereits als Reza vorgestellt. »Bist du hier in Buchara geboren, oder hat man dich als Sklave hergebracht?«

Die hellen Augen des Kindes sahen ihn fest an. Nun, da er keine Angst mehr zu haben brauchte, zeigte sich, daß er einen wachen Verstand hatte. »Ich bin persisch von Geburt an, Herr. Mein Vater ist ein Kornhändler in Meshed.«

»Erzähl mir, wieso du gefangengenommen worden bist.«

»Ich war bei meinem Onkel auf der Farm zu Besuch. Mein Onkel warnte mich, nicht so weit in die Felder zu gehen, aber ich war noch klein und hörte nicht auf ihn. Dann kamen turkmenische Banditen und stahlen mich.« Ernsthaft wie ein kleiner alter Mann fügte er hinzu: »Als Ferengi könnt Ihr es vielleicht nicht wissen, aber es ist guten Moslems verboten, andere Moslems zu versklaven. Schiiten jedoch sind Häretiker, und so sind wir Schafe in den Fängen turkmenischer Wölfe.« Rezas Miene wurde hart und erwachsen. »Eines Tages werde ich nach Hause zurückkehren, auch wenn es zwanzig Jahre dauert, und dann werde ich lernen, wie man mit Waffen umgeht. Niemals mehr lasse ich mich von solchen wie diesen einfangen.«

»Wie lange bist du schon Sklave?«

»Zwei Winter.«

»Es ist gegen das Gesetz meines Volkes, Sklaven zu halten, also bist du jetzt wieder frei«, sagte Ross und war froh, daß sich das Problem des Jungen so schnell lösen ließ. »Bevor der Winter wieder eingezogen ist, bist du wieder zu Hause bei deiner Familie in Meshed.«

Reza keuchte auf; es war ihm offenbar nicht in den Sinn gekommen, daß sein neuer Meister ihn freilassen könnte. Er stolperte um den Tisch herum, fiel auf die Knie und griff nach Ross' Hand. Während er sie mit Küssen bedeckte, stammelte er: »Gesegnet sollt Ihr sein, Herr. Ihr habt mich heute zweimal gerettet . . . erst mein Leben und nun meine Seele. Niemals will ich vergessen, was Ihr für mich getan habt. Niemals werde ich zulassen, daß jemand in meiner Gegenwart den Ferengi vor mir beleidigt. Niemals!«

»Frieden«, sagte Ross lachend. Er entzog dem Jungen seine Hand und ließ sie einen Augenblick auf seinem seidigen, schwarzen Haar liegen. Er hatte Kinder immer gemocht; und wenn er einen Sohn gehabt hätte, würde er sich einen so aufgeweckten und unverwüstlichen Burschen gewünscht haben.

Über das Kind hinweg sah Ross Juliet an. »Jalal bringt dich morgen zu Saleh. Wenn Abdul Wahab die nächste Karawane westwärts führt, wird er Reza sicher bei seiner Familie in Meshed abliefern.«

Reza stand auf. Nun, da er nicht länger ein Sklave war, übte er seine neue Freiheit aus, indem er sich in Ross' Arme warf und ihn herzhaft drückte. Danach war Juliet dran.

Nachdem sie noch ein wenig geplaudert hatten, entließ Ross den Jungen, damit er sich einen Schlafplatz in den Sklavenquartieren des Nawab suchen konnte. Als er fort war, registrierte Ross, daß die einzige Tür zum Flur des Hauses aus massivem Holz bestand und mit einem schweren Riegel von innen zu verschließen war. Es war angenehm zu wissen, daß sie allein sein konnten, wenn sie es wünschten.

Er wollte sich gerade wieder zu Juliet wenden, als es an der Tür klopfte. Zwei Sklaven des Nawabs standen draußen mit einem riesigen Wäschereibottich, der sogar noch größer war als ein englisches Sitzbad. Direkt dahinter folgten zwei weitere Sklaven mit einem zusammenfaltbaren Paravent von chinesischer Herkunft, danach kamen eine ganze Reihe von Frauen mit Handtüchern, Seife und großen Kannen dampfenden, heißen Wassers.

Amüsiert ließ Ross die Prozession an sich vorbeiziehen. Die Wanne wurde in eine Ecke des Schlafzimmers gestellt, der Wandschirm kam davor. Nachdem das duftende Wasser hineingeschüttet worden war, zogen sich die Diener mit vielen Verbeugungen rückwärts durch die Tür zurück.

Endlich waren Ross und Juliet allein. Zu allein – die gemeinschaftliche Natur der Fortbewegung in der Karawane hatte ihm Schutz vor seinen eher unbeherrschten Impulsen geboten. Er ließ den Riegel über die Tür fallen und wandte sich dann endlich zu Juliet um. Mehr als alles andere auf der Welt wünschte er sich, sie in die Arme zu ziehen und sie festzuhalten – nur festzuhalten, nichts weiter.

Doch wenn sie einmal in seinen Armen lag, würde sich das, was er wollte, ziemlich schnell verändern. Also sagte er bloß: »Du kannst zuerst baden.« Er sprach sehr leise, da es durchaus möglich war, daß sie belauscht wurden. Aber zum Glück war der Nawab wahrscheinlich der einzige im Haus, der Englisch verstand, und Ross nahm an, daß dieser anderes zu tun hatte, als an Türen zu lauschen.

Juliet saß im Schneidersitz auf dem Diwan, und als er sprach, zog sie den Tagelmoust herunter. Einen kurzen Augenblick vergrub sie müde ihr Gesicht in den Händen. Dann erwiderte sie ebenso leise: »Du hast heute drei gute Taten getan: ein Leben gerettet, einen Sklaven befreit und ein Bad auf europäische Art arrangiert, so daß ich auch etwas davon habe. Und von allen drei Taten, denke ich, hast du für letzteres das meiste Lob verdient.«

Ross grinste. »Und warum?«

»Rezas Leben zu retten war etwas, das du nicht *nicht* versuchen konntest, einen Sklaven zu befreien, den du nicht wolltest, kostet dich nichts, aber den Freuden eines Hammam zu entsagen, war ein echtes Opfer«, sagte sie mitfühlend, und mit Selbstironie fügte sie noch hinzu: »Wenn es sein muß, dann lege ich dir mein Leben zu Füßen, aber ich habe nicht den Großmut, dein Angebot, als erste zu baden, abzulehnen.«

Ross lachte und ging dann ins Schlafzimmer, wo er in seinem Gepäck wühlte, bis er ein leichtes Baumwollgewand gefunden hatte. »Ich kann mir nicht vorstellen, daß du deine jetzige Kleidung wieder anziehen willst, bevor sie gewaschen wurde, also kannst du das tragen.«

»Ein Heiliger«, murmelte sie, als sie ihm das Stück abnahm, ohne seine Finger dabei zu berühren. »Ich bin mit einem Heiligen verheiratet.«

»Bleib nur nicht so lange drin, daß sich das Wasser zu sehr abkühlt«, warnte er sie. »Oder du wirst herausfinden, wie sehr du dich in deinem Urteil irrst.«

»Meine Urteilskraft ist exzellent«, beruhigte sie ihn leichthin. »Es ist nämlich so, daß Frauen eine bessere Menschenkenntnis als Männer haben.«

Der Teufel übernahm Ross' Zunge, und er murmelte: »Der beste Beweis dafür ist, daß du mich geheiratet hast, und ich dich.«

Juliets Augen weiteten sich, dann brach sie in Gelächter aus. »Es ist wahr, alles wahr«, stimmte sie schließlich atemlos zu. »Meine Urteilskraft war ganz hervorragend, deine hingegen fürchterlich.«

Warum mußte sie bloß so lachen? Vielleicht hatte Ross gehofft, daß sie durch seine Bemerkung beleidigt sein würde und noch mehr Distanz zwischen ihnen schaffen würde – statt dessen war ihre Fähigkeit, über sich selbst zu lachen, einfach bezaubernd. Mit einem schiefen Lächeln bemerkte er: »Ich weiß zwar nicht, was das Problem bei mir war, aber ich denke, es war nicht meine Urteilsfähigkeit.«

Plötzlich ernüchtert platzte sie heraus: »O Ross, ich hab' dich so gern. Wenn nur . . .«

Als sie nicht weitersprach, hakte er nach: »Wenn nur was?«

Sie starrte ihn ohne Hoffnung an, dann wandte sie sich

plötzlich um und eilte ins Schlafzimmer. Ross wirbelte auf dem Absatz herum und trat durch den Bogen, der zum Balkon hinausführte. Draußen umklammerte er das Geländer, bis seine Knöchel weiß hervortraten, und blickte hinunter, während er tiefe, konzentrierte Atemzüge nahm. Juliet hatte ihn gern. Wunderbar. Sie bewunderte seine Urteilskraft. Wie schmeichelnd. Während des Sandsturms hatte sie zugegeben, daß sie ihn auch begehrte.

Wie schade, daß Liebe nicht auf der Liste stand, denn die Bresche, die sie beide trennte, war so gewaltig, daß nur Liebe sie eventuell überbrücken konnte. Und selbst das wäre vielleicht nicht genug – vor zwölf Jahren hatte es jedenfalls nicht gereicht. Wie immer war das, was ihn wirklich krank machte, die Tatsache, daß er immer noch nicht wirklich begriff, warum sie ihn verlassen hatte. Die Gründe, die sie angegeben hatte, machten zwar durchaus Sinn, aber er konnte sich nicht des Gefühls erwehren, daß sie bloß wie Rauchglas waren, das eine tiefere Wahrheit verdunkeln sollte.

Langsam stieß er den Atem aus. Er wußte, daß sich seine Gedanken einmal mehr in einem altvertrauten Kreis bewegten. Er konzentrierte sich darauf, seine Umgebung wahrzunehmen, und stellte fest, daß die Temperatur angenehm gefallen war. Obwohl die Geräusche der Stadt schwach hörbar waren, hatte Abdul Samut Khans Komplex etwas von ländlichem Frieden. Es war so still, daß es unmöglich war, die schwachen, plätschernden Geräusche im Schlafzimmer zu überhören. Unmöglich, sich nicht vorzustellen, wie sie in die Wanne stieg, erst eins ihrer langen, wohlgeformten Beine hineinschwang, dann das andere. Sich setzte, daß das Wasser bis zu ihren Brüsten reichte. Würde sie zuerst ihr Haar waschen oder erst, nachdem sie den Rest ihres Körpers abgeschrubbt hatte? Die Seife, die über die herrliche samtweiche Haut glitt . . .

Er bemerkte, daß er schneller atmete. Wenn er sich nicht irgendwie in den Griff bekam, würde er vermutlich verschmoren und nur noch ein Häufchen qualmender Asche auf dem Lehmboden hinterlassen.

Widerwillig grinste er. Das wäre eine einfach Möglichkeit, Buchara zu verlassen, aber noch hatte er seinen Auftrag nicht erledigt. Seine Gedanken wanderten noch einmal zurück zu der Audienz beim Emir, und er analysierte jede Kleinigkeit, jeden Eindruck, den er vielleicht später brauchen würde. Er war noch darin versunken, als Juliet hinter ihm verkündete: »Du bist dran.«

»Das ging aber schnell«, bemerkte er, als er den Balkon verließ und zu ihr hereinkam. Sie hielt sich ein gutes Stück vom Türbogen fern, so daß sie von draußen niemand sehen konnte.

»Deine angedeutete Drohung, was du tun würdest, falls ich das ganze heiße Wasser verbrauche, hat mich entsetzt«, erklärte sie mit ernster Miene. »Ich wasche meine Kleider später. Wenn ich damit nämlich fertig bin, wird das Wasser für menschliche Benutzung nicht mehr geeignet sein.«

Sie fuhr sich mit den Fingern durchs Haar, um die Knoten herauszuarbeiten. Dicke rote Strähnen fielen ihr über die Schultern, und selbst naß schimmerten sie wie dunkles Feuer. Es war ein Fehler gewesen, ihr ein Gewand aus leichtem Stoff zu geben, registrierte er. Das Material schmiegte sich an ihre feuchte Haut und zeigte allzu deutlich, daß sie nichts darunter trug. Ob ihr bewußt war, wie teuflisch sexy sie aussah?

Bevor sein Starren zu deutlich wurde, betrat er hastig das Schlafzimmer, streifte seine Kleidung mit abgehackten, angespannten Bewegungen ab und stieg dann in die Wanne. Das warme Wasser fühlte sich wundervoll an und half ihm, seine verspannten Muskeln zu lockern. Als er begann, sein Haar zu waschen, dachte er selbstironisch, daß kaltes Wasser besser für ihn geeignet gewesen wäre – obwohl vermutlich nicht mal Eisklumpen in seiner Wanne ausgereicht hätten, das Feuer in seinen Adern zu erstikken.

Nachdem Ross mit dem Baden fertig war, wusch Juliet ihre Kleider, wrang sie aus und hängte sie auf. Bei der knochentrockenen Wüstenluft würde sie sie morgen früh schon wieder tragen können. Dann gesellte sie sich zu Ross ins andere Zimmer. Er hatte sich auf einem Diwan ausgestreckt und lässig die Hände hinter dem Kopf verschränkt. Auch er hatte sich ein leichtes asiatisches Gewand angezogen, und der gestreifte, dunkelblaue Stoff betonte den Goldschimmer seines gebleichten Haares.

Als sie den Raum betrat, schenkte er ihr ein kurzes Lächeln, bevor er wieder gedankenverloren an die Decke blickte. Er sah erschöpft aus, was sie nicht überraschte. Auch sie war todmüde, und sie hatte sich nicht einmal mit dem Emir auseinandersetzen oder die nervenaufreibende Befragung des Ministers über sich ergehen lassen müssen.

Über dem Abend lag eine unwiderstehliche häusliche Atmosphäre, die nahelegte, daß es die natürlichste Sache der Welt wäre, das große Bett zu teilen. Gott sei Dank besaß Ross eine eiserne Willenskraft, denn während sie seinen ausgestreckten, geschmeidigen Körper betrachtete, hätte Juliet auf ihre keinen halben Penny gewettet.

Sie setzte sich ein Stück von ihrem Ehemann entfernt auf den Boden und stopfte bescheiden den Stoff ihres Gewandes um Füße und Knöchel. Der dicke, rotgemusterte Teppich unter ihr war ein Traum; nach einem kurzen prüfenden Blick entschied sie, daß er vom Stamm der Tekke-

Turkmenen gewebt worden sein mußte. Sie mochten ja üble Plünderer sein, stellten aber herrliche Teppiche her.

Abwesend begann sie, ihr feuchtes Haar in der schwachen Hoffnung zu kämmen, daß diese Behandlung die wilde Lockenpracht etwas glätten konnte. »Was hältst du von dem, was der Emir vorhin gesagt hat?«

Ross runzelte die Stirn. »Nasrullahs Gründe, Ian zu exekutieren, waren aufgemacht. Er war ganz sicher als britischer Offizieller zu erkennen, und nur Gott weiß, was der Emir als Spionieren ansieht.«

»Ich kann mir vor allem nicht vorstellen, daß Ian zum Islam übergetreten ist«, meinte Juliet traurig. »Ich denke, sie haben sich einfach etwas ausgedacht, um seine Ermordung zu rechtfertigen.«

»Vielleicht kann mir der Nawab morgen mehr sagen. Aber ich vermute, daß die wahren Gründe in den letzten Niederlagen der Briten in Afghanistan liegen«, überlegte Ross. »Der Emir hat wahrscheinlich entschieden, daß er auf Ferengis keine Rücksicht mehr nehmen muß, wenn die britische Armee im Rückzug begriffen ist, und hat sich kurzerhand von Ian befreit.« Er seufzte. »Das ist wirklich Ironie. Wenn die Briten gesiegt hätten, wäre dein Bruder wahrscheinlich noch am Leben.«

»Also hat Ian den Preis des Empire bezahlt«, erwiderte Juliet bitter. »Dieses verdammte britische Empire.«

»Eine große Verschwendung«, bemerkte Ross ruhig, »aber Ian wußte genau, was er tat. Habe ich dir erzählt, daß ich ihn vor ein paar Jahren in Indien getroffen habe? Er nahm sich einen Monat frei, und wir verbrachten die Zeit, indem wir zusammen im Hügelland herumstromerten. Er liebte die Armee, und er akzeptierte die Risiken, die sein gewähltes Leben mit sich brachten.«

»Er wäre besser Offizier geblieben, als sich auf eine diplomatische Mission schicken zu lassen.« Ihr Mund verzog sich. »Du hast ihn wenigstens noch einmal getroffen. Obwohl ich mich freiwillig in Serevan vergraben habe, ist mir niemals die Idee gekommen, daß ich ihn nie wiedersehen würde. Ich war immer sicher, daß wir uns eines Tages treffen und uns all den Unsinn erzählen würden, in den wir wieder hineingeraten sind. So wie früher . . .«

Einen Augenblick brach ihre Stimme. Dann schüttelte sie heftig den Kopf. Sie war selbst schuld, daß sie Ian so viele Jahre nicht gesehen hatte, und sie hatte kein Recht, Ross mit ihrem Kummer noch mehr zu belasten. Mit Mühe zwang sie sich zu einer ruhigeren Stimme. »Was wird jetzt geschehen?«

Ross zuckte die Schultern, ohne daß sein abwesender Blick den Punkt an der Decke verließ. »Der Emir wird mich in ein oder zwei Wochen zu einer weiteren Audienz beordern. Wenn wir Glück haben, gibt er Ians Leiche frei, und wir verschwinden so schnell wie möglich aus Buchara.«

»Und wenn wir kein Glück haben?«

»Dann weigert er sich, uns den Körper auszuliefern, was bedauerlich, aber nicht katastrophal wäre«, antwortete er mit emotionsloser Stimme. »Katastrophal wird es dann, wenn uns der Emir die Erlaubnis verweigert, wieder zu verschwinden.«

Juliet nickte still; alles, was er sagte, bestätigte ihre eigenen Gedanken. »Und was dann?«

»Darüber machen wir uns Sorgen, wenn es soweit ist.« Ross setzte sich auf und schwang seine Beine auf den Boden. »Willst du das Bett haben? Es macht mir nichts, auf dem Boden zu schlafen.«

»Mir auch nicht.« Sie lächelte und wies zu dem Lager, das sie sich an einer Wand gemacht hatte. »Als treuer Sklave ist mein rechtmäßiger Platz neben der Tür mit dem Dolch in der Hand, um meinen Herrn notfalls zu verteidigen.«

Ein Dolch war auch nützlich, ihre Tugend zu verteidigen, dachte Ross trocken. Er gab sein Bestes, um einen direkten Blick in Juliets Augen zu vermeiden, als er ihr gute Nacht wünschte und ins Schlafzimmer hinüberging. Es würde schwierig genug werden, mit dem Wissen einzuschlafen, daß sie nebenan war – es brachte nichts, noch mehr Öl aufs Feuer zu gießen.

Kapitel 17

ALS DER KLAGENDE Ruf des Muezzin durch die Dämmerung schallte, wachte Ross erfrischt und munter auf. Es war wirklich ausgesprochen wohltuend, wieder einmal in einem Bett zu schlafen, und das Wissen um Juliets Nähe hatte ihm diesmal schöne Träume verschafft, anstatt ihn seiner Ruhe zu berauben.

Nachdem er sich angezogen hatte, trat er gähnend ins Wohnzimmer, um festzustellen, daß seine Frau bereits auf und in ihr anonymes Tuareg-Gewand gekleidet war, wobei sie allerdings das Gesicht noch nicht verschleiert hatte. So wie sie da auf dem Diwan in dem schwarzen Gewand hockte und das schwarze Tuch ihr blasses Gesicht umrahmte, wirkte sie wie eine mittelalterliche Nonne. Ein ketzerischer Gedanke: Nonnen sollten niemals solche Energie geschweige denn eine solche Sinnlichkeit ausstrahlen.

Ohne etwas von seinen unfeinen Gedanken zu ahnen, fragte sie: »Brauchen wir für den heutigen Tag einen Plan?«

Ross dachte darüber nach – er war, gerade aufgewacht, noch nicht in Hochform, und es gab nur eine Sache, die er am frühen Morgen wirklich gut konnte. Aber ohne weibliche Mitarbeit war es nicht möglich, diese hervorragende Fähigkeit zu demonstrieren.

Er riß sich von diesem Thema los und konzentrierte sich auf die Frage. »Ich hoffe, ich kann so bald wie möglich mit Abdul Samut Khan reden. Abgesehen davon, daß ich mehr über Ian erfahren will, möchte ich gerne herausfinden, ob ich Gast oder Gefangener bin.«

»Wahrscheinlich ein bißchen von beidem.«

»Das vermute ich auch, aber du solltest eigentlich ohne Schwierigkeiten aus- und eingehen können.« Er machte eine Pause, während er im Geiste durchging, was getan werden mußte. »Ich möchte, daß du Saleh und Murad besuchst und nachsiehst, ob bei den beiden alles in Ordnung ist. Sprich erst einmal mit Saleh, bevor du Reza mitnimmst, aber ich denke, je eher der Junge aus meiner Gefahrenzone wegkommt, desto besser.«

»Soll ich Pferde kaufen?« schlug sie vor. »Die Kamele sind nicht besonders gut für die Stadt geeignet.«

»Gute Idee. Dann bring die Kamele zu Hussayn Kasem. Er sagte, er hätte einen Stall für uns, und wenn wir die Tiere nicht mehr brauchen, werden sie es gut bei ihm haben.« Er holte seinen Koffer und öffnete ihn. »Ich glaube, jetzt ist eine gute Zeit, um dir die verschiedenen Geschenke, Zaumzeuge und Waffen zu zeigen, die ich mitgebracht habe.«

»Gut.« Juliet schwang die Füße auf den Boden. »Jedesmal, wenn du in deinem Gepäck wühlst, bin ich gespannt, welche Schätze du nun wieder hervorziehst.«

»Die Kunst, erfolgreich zu reisen, hat viel mit dem eigenen Vorrat an Geschenken zu tun«, erklärte er. »Ich denke, ich entwaffne Abdul Samut Khan, indem ich ihm einen meiner Kompasse schenke und ihm erkläre, wie er funktioniert. Wenn er dann nämlich mein Gepäck durchsuchen läßt, wird er nicht glauben, ein Kompaß wäre ein gefährliches Instrument zum Spionieren.«

Ross zeigte Juliet alles, was nützlich sein konnte, falls

ihm etwas zustieß, und hatte ihr soeben ein kleines Säckchen voll Goldmünzen in die Hand gedrückt, als es an der Tür klopfte. Nachdem Juliet den Beutel in ihrem Gewand verstaut hatte, ging sie hinüber und öffnete die Tür, vor der ein Junge stand. Er lud den ehrenhaften Lord Kilburn höflich ein, das Frühstück mit Abdul Samut Khan einzunehmen.

Ross, der froh war, daß der Nawab gewillt war, in dieser Frühe mit ihm zu reden, folgte dem Jungen zu den Privatquartieren, wo sein Gastgeber ihn freundlich begrüßte.

Ross erwiderte den Gruß, setzte sich im Schneidersitz an den Tisch und präsentierte dem Nawab dann die zwei Geschenke, die er ausgewählt hatte. Das erste war eine arabische Übersetzung von »Robinson Crusoe«, welche sich als unglaublich beliebt in der ganzen islamischen Welt herausgestellt hatte. Da der Koran stets im arabischen Original studiert wurde, konnte jeder gelehrte Moslem die Sprache fließend lesen, und Abdul Samut Khan nahm das Buch mit großer Freude.

Dann reichte ihm Ross den Kompaß, ein schimmerndes Messinginstrument von ausgezeichneter Handarbeit. »Vielleicht findet Ihr dies hier interessant.«

Der Nawab untersuchte das Glas, die Reflektoren und Schrauben mit neugierigem Blick, während Ross ihm die Funktion erklärte. »Und es zeigt immer nach Norden, sagt Ihr?« Er drehte das Gerät hin und her, wobei er fasziniert auf die Nadel starrte.

»Exakt«, antwortete Ross. »Es kann dazu benutzt werden, die Richtung von Mekka zu bestimmen.«

»Ahhh . . .« Abdul Samut Khan nickte begeistert. »Wahrlich ein heiliges Gerät. Kann ich es von Euch erwerben?«

»Nein, denn es ist ein Geschenk, nur ein kleiner Beweis

meiner Dankbarkeit, daß Ihr mich so gastfreundlich in Eurem Haus aufnehmt.«

Nach den üblichen, langatmigen Einwänden nahm der Nawab den Kompaß endlich zufrieden an, und Ross vermutete, daß er Geschenken niemals abgeneigt war, und je wertvoller, desto besser. Mit überschwenglicher Freundlichkeit wandten sie sich schließlich dem Frühstück zu, welches aus exzellentem Lammkebab, Reis, Brot, Tee und dem besonderen Luxus von Kaffee bestand. Als sie fertig waren, fragte Ross geradeheraus: »Könnt Ihr mir nun mehr über Major Camerons Tod sagen?«

Abdul Samut Khan seufzte. »Eine Verschwendung. Mein Herr und König war zornig, daß Major Cameron zuerst nach Kokand, dem Feind Bucharas, gegangen war. Vielleicht hätte man darüber hinweggehen können, doch dann stellte sich heraus, daß der Major kein Beglaubigungsschreiben der Königin von England bei sich trug. Dieses Fehlen warf den Schatten des Zweifels auf die anderen Referenzen.«

Ross zog die Augenbrauen hoch. »Aber Major Cameron hatte doch bestimmt Papiere von Lord Auckland, dem Generalgouverneur Indiens, dabei.«

»Ja, aber das ist nicht dasselbe. Da der Emir mit Major Camerons Dokumenten unzufrieden war, sperrte er ihn ein und verlangte einen Brief von Eurer Königin, der bestätigte, daß der Major war, was er zu sein vorgab. Doch obwohl eine Botschaft nach London geschickt wurde, kam niemals eine solche Versicherung hier an. Der Emir wartete viele Monate länger als der eigentliche Zeitraum, den ein Brief von hier nach England und zurück braucht. Er stellte sogar Posten in der Wüste auf, um eine Antwort zu beschleunigen. Vergebens. Wenn Cameron wirklich ein Gesandter Englands war, dann hätte Eure Regierung doch für ihn sprechen müssen.«

Ross spürte, wie tiefer Zorn in ihm entbrannte. Es sah so aus, als wäre Ian noch am Leben, wenn eine vernünftige Antwort nach Buchara geschickt worden wäre. Aber wahrscheinlich hatte irgendein verdammter Beamter in Whitehall entschieden, daß ein solcher Brief »unangemessen« war. Dennoch fühlte Ross sich verpflichtet, die Position seines Landes zu verteidigen.

»Da Major Cameron aus Indien geschickt worden war, war der Gouverneur die richtige Ansprechperson, wenn die Absicht des Majors in Frage stand. Die Königin selbst würde nicht antworten, besonders dann nicht, solange Buchara einen ihrer Offiziere gefangenhielt.«

Mit Unbehagen wiederholte der Nawab sein vorheriges Argument. »Aber Cameron behauptete, der Königin zu dienen, doch sie bestätigte seine Aufgabe nicht. Was sollte mein Herr davon halten?«

Ross fragte sich, ob der Emir sich wirklich die Größe und die Komplexität des britischen Empire vorstellen konnte. Wahrscheinlich nicht. Doch es war ebenso denkbar, daß das Ausbleiben dieser Nachricht nur ein Vorwand gewesen war, um einen Mord zu begehen.

Ross wechselte das Thema: »Ihr habt erwähnt, daß der Major beim Spionieren erwischt wurde. Was hat er genau getan? Sich so unehrenhaft zu benehmen, entsprach überhaupt nicht seiner Art.«

»Er versuchte, Briefe aus dem Gefängnis zu schmuggeln.«

»Stand in den Briefen etwas, das Buchara schaden konnte? War es Verrat?«

Sein Gastgeber blickte weg. »Zweifellos ja.«

»Da Major Cameron im Gefängnis war«, fuhr Ross geduldig fort, »wollte er bestimmt nur seine Familie und seine Vorgesetzten wissen lassen, wie es ihm ging, und das ist nur natürlich.«

Immer noch seinen Blick meidend, antwortete der Nawab: »Vielleicht war es natürlich, aber es war unklug. Die Briefe eines Ferengi werden immer mit höchstem Mißtrauen betrachtet.«

Wahrscheinlich weil niemand genug Englisch kann, um einen Verrat zu erkennen, dachte Ross voll Bitterkeit. Das Gespräch würde nichts erbringen, denn Abdul Samut Khan war verpflichtet, seinen Herrscher zu unterstützen. Ross beschloß daher, zu der Frage überzugehen, die für seine Familie am wichtigsten war. »Wie ist Major Cameron gestorben?«

Die Augen seines Gastgebers hellten sich auf. »Mit größter Tapferkeit. Monatelang hatte er im Schwarzen Brunnen gesessen, und als sie ihn herausbrachten, war seine Haut weiß wie Schnee und voller Schwären, und er mußte die Augen vor der Sonne schließen. Doch er stand aufrecht da, schlug das Zeichen des Kreuzes über seinem Herzen und verkündete, daß er als Christ sterben würde. Dann trennte ihm der Henker mit einem Schlag den Kopf ab. Er starb schnell und ohne zu leiden. Ein höchst erleuchtender Anblick.«

Ross nickte mit grimmiger Miene. Die Darstellung stimmte mit dem überein, was Abdul Wahab ihm in der Karawanserei von Sarakhs berichtet hatte.

Der Nawab zuckte die Schultern. »Was kann man schon tun? Vielleicht ist ein Fehler gemacht worden und der Brief des Emirs oder der Eurer Königin ist verlorengegangen, denn die Reise nach England ist lang und gefährlich. Eine wahre Schande, doch nun ist Major Cameron tot. Glaubt Ihr, Eure Landsleute werden Buchara für einen Irrtum strafen wollen?«

Wenn der Emir glaubte, es würde keine Versöhnung zwischen den zwei Nationen geben, dann hätte er keinen

Grund, Ross' Leben zu verschonen, und einige gute Gründe, ihn einzusperren oder zu töten.

»Wie Ihr sagt, ist es eine Schande, aber zwei Länder sollten sich nicht wegen eines Irrtums bekriegen«, erwiderte er vorsichtig. »Wenn ich nach England zurückkehre, könnte der Emir vielleicht einen Botschafter mit mir schicken, der sein Bedauern über den Fehler ausdrückt. Das könnte eine gute Gelegenheit sein, die Verbindungen zwischen den beiden Ländern zu stärken.«

Der Nawab strahlte. »Eine wunderbare Idee. Ich werde sie meinem Herrn unterbreiten.« Er erhob sich. »Kommt mit und seht Euch meinen Garten an. Er ist morgens am schönsten.«

Ross folgte gehorsam. Als sie nach draußen traten, gesellte sich ein gewaltiger Usbeke mit militärischer Haltung zu ihnen. »Lord Kilburn, ich möchte Euch Jawer Shahid Mahmud vorstellen«, sagte sein Gastgeber. »Er ist der Kapitän meiner Hauswache und wird für Eure Sicherheit verantwortlich sein.«

Mit anderen Worten: Er war Ross' oberster Gefängniswärter. Der Rang des Jawers war vergleichbar mit dem eines britischen Majors, und er besaß eine befehlsgewohnte Aura. Er war hochgewachsen für einen Usbeken, nur wenige Zentimeter kleiner als Ross, und kräftig gebaut. Von seinem bösartigen Gesichtsausdruck zu schließen, hielt er von Ferengis überhaupt nichts, schaffte jedoch eine knappe Verbeugung, als sie einander vorgestellt wurden.

Als Ross mit seinem Gastgeber fortging, spürte er den Blick des Jawers in seinem Rücken brennen. Man brauchte keine großartige Phantasie, um zu erkennen, daß der Mann eine Quelle möglichen Ärgers sein konnte. Er sah wie ein Mensch aus, der Bestechungsgeld annahm und den, der es ihm gegeben hatte, anschließend wegen Verrats anzeigte.

Während sie durch den Garten schlenderten, machte Abdul Samut Khan eine anmutige umfassende Geste über seine Blumen. »Es gibt ein altes persisches Sprichwort, vielleicht kennt Ihr es. ›Wenn du zwei Laibe Brot hast, verkaufe einen und erstehe dafür eine Hyazinthe!‹«

»Ich habe es schon gehört, und es liegt große Weisheit darin«, gab Ross zurück, wobei er sich fragte, was sein Gastgeber wirklich im Sinn hatte. Irgendwie bezweifelte er, daß es hier um Philosophie ging.

Der Garten war sehr weitläufig und verwinkelt, und als sie weit weg von möglichen Lauschern waren, verschwand das gelöste Gehabe des Nawabs plötzlich. Er wandte sich zu Ross um und sagte heftig: »Ich konnte im Haus nicht frei sprechen, denn Buchara ist eine Nation von Spitzeln. Sklaven beobachten ihre Herren, Straßenjungen verkaufen Informationen an jeden, der ihren Preis zahlt, Ehemänner können nicht einmal im Bett mit ihren Gemahlinnen sprechen, ohne belauscht zu werden. Wie Ihr wißt, bin ich Perser und habe viele Feinde, denn viele sind eifersüchtig auf meinen Einfluß beim Emir. Aus diesem Grund muß ich doppelt vorsichtig sein, aber ich muß Euch unbedingt sagen, daß die Exekution Eures Bruders eine schreckliche Tat war. Major Cameron wurde ohne Sünde oder Verbrechen seinerseits ermordet.«

Als der Nawab seinen Gast forschend musterte, empfand Ross augenblicklich Mißtrauen. Sein Gastgeber mochte durchaus finden, daß die Exekution Ians falsch gewesen war, aber er diente immer noch dem Emir, und es wäre ein möglicherweise verhängnisvoller Fehler, das zu vergessen. »Ians Tod bekümmert mich sehr, aber aus dem, was Ihr gesagt habt, geht hervor, daß es doch eher ein Mißverständnis war als böse Absicht.«

»Ich habe versucht, die Meinung des Emirs zu ändern, ja, ich habe ihm sogar fünfzigtausend Dukaten geboten, wenn er Cameron freiließe, aber Nasrullah bestand darauf, daß der Major ein Spion war und als solcher sterben mußte.« Abdul Samut Khan seufzte einmal tief auf. »Ich bin kein reicher Mann, und eine solche Summe zu zahlen, hätte mich ruiniert, aber ich war sicher, daß die Königin mich reich belohnen würde, wenn mein Gold das Leben ihres Offiziers gerettet hätte. Findet Ihr nicht, daß sein Leben fünfzigtausend Dukaten wert gewesen wäre?«

»Ich halte es für unmöglich, einen Preis auf ein Leben auszusetzen, aber ich weiß, daß meine Regierung niemals eine solche Summe zahlen würde«, entgegnete Ross bestimmt. »Es würde als Lösegeld angesehen, und es zu bezahlen, würde das Leben und die Freiheit jedes britischen Reisenden auf der ganzen Welt gefährden.«

Einen Augenblick lang riß der Nawab die dunklen Augen auf. Dann verstand er die Argumentation. »Wenn die Königin es nicht bezahlt hätte, würde Camerons Familie es tun?«

Ross schüttelte den Kopf; das Gerede über Geld ließ alle Alarmglocken in seinem Kopf schrillen. »Die Camerons sind eine Familie von altem Blut und großartigem Kampftalent, aber sie sind nicht vermögend. Selbst wenn sie es gewollt hätten, wäre es ihnen unmöglich gewesen, eine solche Summe aufzubringen.«

Abdul Samut Khan wirkte enttäuscht. »Aber Ihr seid ein Lord, und er war mit Euch verwandt. Gewiß hättet Ihr ihn doch für die Familie ausgelöst, so wie sie es für Euch getan hätten.«

Ross nahm an, daß sie nun zum Kernpunkt der Sache gekommen waren. Der Nawab wollte wissen, was Ross' Leben wert war, also war es nun an der Zeit zu lügen. »Wenn ich gefangengenommen würde, wäre meine Familie tief betrübt, aber sie würden nicht versuchen, mich freizukaufen, denn für sie wäre mein Schicksal der Wille Gottes. Ich bin nur einer von vielen Söhnen, und mein Vater würde es als ungerecht ansehen, meine Brüder für mein unwürdiges Leben zu ruinieren.«

Seine Worte mußten überzeugt haben, denn der Nawab seufzte in tiefer Enttäuschung. »Eine Schande.« Dann wurde seine Miene verschlagen. »Man behauptet, daß Nasrullah zuerst Gerechtigkeit und die Religion liebte, als er zum Emir wurde, doch schnell wäre er zu Grausamkeit und tanzenden Jungen übergegangen. Er ist eine Warze am Hintern Turkestans. Laßt die britische Regierung Offiziere nach Chiwa und Kokand entsenden und deren Khane überzeugen, nach Buchara zu marschieren. Wenn die Königin mir eine kleine Summe schenkt, vielleicht zwanzig- oder dreißigtausend Dukaten, dann werde ich, der Herr der Artillerie Bucharas, die Invasion unterstützen.«

Diese Rede machte Ross nur noch achtsamer. Vielleicht wollte der Nawab ihn zu einer Indiskretion verlocken, vielleicht wollte er sich selbst aber tatsächlich an den Höchstbietenden verkaufen – in jedem Fall konnte man ihm aber nicht vertrauen.

»Ich bin weder ein Vertreter meiner Regierung, noch bin ich gekommen, um eine Rebellion gegen den Herrscher von Buchara anzuzetteln. Ich wollte nur erfahren, was mit meinem Bruder geschehen ist, und das habe ich erreicht.«

»Ihr traut mir nicht, nicht wahr?« erkannte Abdul Samut Khan. »Das ist gut, denn ein weiser Mann ist immer auf der Hut. Aber ich war ein Freund für Major Cameron. Seht, er hat mit eigener Hand etwas geschrieben, um zu bezeugen, was ich für ihn getan habe.« Er griff in seinen Mantel und zog ein Papier heraus, das er Ross reichte.

Ross spürte ein Kribbeln im Nacken, als er den Zettel auseinanderfaltete. Dort standen in zittriger, doch unverkennbar Ians Schrift die Worte geschrieben: *»Ich schreibe* *dieses Dokument, um die guten Dienste zu bezeugen, die mir der Nawab Abdul Samut Khan erwiesen hat.«* Nach der Auflistung einiger Freundlichkeiten schloß Ian: *»Ich unterzeichne dies als Ian Torquill Cameron zu Buchara am vierzehnten September im Jahre des Herrn 1840.«*

Der Brief eines Toten. Mit leicht bebender Hand faltete Ross das Papier wieder zusammen und gab es zurück. »Im Namen des Majors Familie und meiner eigenen möchte ich Euch den allertiefsten Dank für das, was Ihr für ihn getan habt, aussprechen.«

Abdul Samut Khan nickte feierlich. »Und so wie ich sein Freund war, werde ich auch Euer Freund sein.«

Vielleicht stimmte es. Aber dennoch konnte Ross ihm nicht recht trauen.

Nachdem Ross mit dem Nawab fortgegangen war, machte Juliet sich selbst auf die Suche nach etwas zu essen. Endlich fand sie eine Küche und einen angrenzenden Speisesaal für Diener. Reza war schon dort und begrüßte sie begeistert. Sie erwiderte seine Begrüßung, sprach aber ansonsten mit niemanden, aß ihr Brot, trank ihren Tee und ging wieder. Wie gewöhnlich wurde sie mit beträchtlicher Neugier beobachtet, aber nachdem sie ein oder zwei Versuche, sie in ein Gespräch zu verwickeln, ignoriert hatte, störte sie keiner mehr.

Die echte Herausforderung kam, als sich Juliet dem Haupttor des Gebäudekomplexes näherte. Augenblicklich vertrat ihr ein Wächter mit Lanze und Schwert den Weg. »Halt!« bellte er.

Sie hielt an, wich aber nicht zurück. Statt dessen ließ sie ihre Hand unauffällig in Messernähe gleiten und starrte auf den Wachmann herab, der einige Zentimeter kleiner als sie war. Dann sagte sie im gutturalsten Persisch: »Bin ich ein Gefangener?«

Er zögerte, offensichtlich unsicher, wie der Status des Targi war, und kam dann augenscheinlich zu dem Schluß, daß der wilde Diener des Ferengis nicht von Bedeutung war. Er trat zur Seite.

Ohne zurückzusehen, eilte Juliet zügig durch die Gassen, als wüßte sie genau, wo sie hinwollte. Saleh hatte ihr eine Karte der Stadt gezeichnet und die Hauptstraßen und wichtigsten Gebäude markiert, und nun wollte sie sich so schnell wie möglich orientieren. Zum Glück war die leuchtende, türkise Kuppel der großen Moschee ein Wegzeichen, das praktisch in der ganzen Stadt zu sehen war, und dadurch kam sie zielsicher am Registan an.

Es war viel interessanter, das Leben der Straßen zu Fuß zu entdecken als vom Kamelrücken aus. Hier schien man schlichtes Kleiden nicht als Tugend zu betrachten. Jeder, der es sich leisten konnte, trug Gewänder aus prächtig gefärbter Ikat-Seide. Die Stoffe waren das berühmteste Produkt Bucharas – die Stadt war nicht *nur* einer der wichtigsten Oasen an der Seidenstraße, sie exportierte auf ihr auch viel.

Saleh hatte Juliet einmal erzählt, daß viele Familien Seidenraupen zu Hause züchteten, die Eier ausbrüteten, die verfressenen Zöglinge mit zarten Maulbeerblättern fütterten und später geduldig die wertvollen Kokons einsammelten. Mit einem schwachen Lächeln hatte er hinzugefügt, daß die Seidenraupen eine Sache war, die er nicht an zu Hause vermißte.

Auf dem Registan kaufte Juliet ein köstliches Gemisch aus zerstoßenem Eis und Traubensaft, das man *rahat i jan*, die Freude des Lebens, nannte. Intelligent ausgetüftelte Eishäuser machten es für jeden Bewohner Bucharas möglich, selbst im Sommer kühle Getränke zu genießen. Dies war ein Luxus, den Juliet in England niemals erfahren hatte, aber natürlich brauchte man in Britannien auch kein Eis. Eher das Gegenteil.

Nachdem sie sich ihren Weg um den gewaltigen Platz gebahnt hatte, drang sie in das Gewirr enger, gewundener Gassen ein, um das Viertel zu finden, in dem Salehs Bruder lebte. Geführt durch die Karte und ihren exzellenten Orientierungssinn, schaffte Juliet es, ihr Ziel zu erreichen, ohne sich ernsthaft zu verirren.

Salehs Bruder Tura war ein Meisterweber, und sein Haus bezeugte den Wohlstand, den der Seidenhandel erbrachte. Der Diener, der ihr die Tür öffnete, wußte Bescheid, daß sie erwartet wurde, und er brachte sie augenblicklich in einen elegant ausgestatteten Raum, wo Saleh und Murad einen spätmorgendlichen, mit Kardamom gewürzten Tee genossen.

Die drei tauschten so begeistert Grüße aus, als wären sie monatelang voneinander getrennt gewesen und nicht nur vierundzwanzig Stunden. Saleh war über das erste Wiedersehen mit seinem Bruder seit über dreißig Jahren in Hochstimmung, bekundete jedoch durch besorgt gerunzelte Stirn sein Mitgefühl für den Tod von Ian Cameron und die schreckliche Audienz beim Emir. Dann wiederholte er, was sein Bruder ihm über die gefährliche Unberechenbarkeit des Emirs und die giftige Atmosphäre von Mißtrauen und Verrat erzählt hatte, die der Herrscher absichtlich schürte. Es war gut gewesen, daß Juliet und Ross am Abend zuvor so umsichtig gewesen waren, denn in Abdul Samut Khans Haushalt gab es ganz bestimmt Spitzel, die möglicherweise verschiedenen Herren dienten.

Es war eine ernüchternde Unterhaltung, und als Juliet sich schließlich auf den Rückweg machte, hatte sie viel von der anfänglichen Begeisterung, eine neue exotische Stadt zu erforschen, verloren. Je mehr sie über Buchara erfuhr, desto mehr begriff sie, wie gefährlich ihre Situation tatsächlich war. Ross hatte das von Anfang an gewußt, und er hatte genug Mut besessen, trotzdem zu kommen. Er hatte immer schon eine Engelsgeduld und eine Ausgeglichenheit gehabt, die Juliet fehlte. Und nun war sie entschlossen, ihr Bestes zu geben, um es ihm nachzumachen.

Kapitel 18

DIE ANSTRENGENDEN TAGE, die folgten, strapazierten Juliets Entschluß aufs äußerste. Sie war frei, konnte kommen und gehen, wann es ihr paßte; Ross' Stellung in dem Haus aber war, wie sie es vermutet hatten, irgend etwas zwischen Gast und Gefangenen. Obwohl man ihm erlaubte, sich in der Stadt umzusehen, war er stets von drei bewaffneten Kämmerern begleitet, natürlich angeblich zu seinem eigenen Schutz.

Ross durfte Besuch empfangen, und so lief ein steter Strom von Menschen durch das Haus des Nawabs. Einige Leute hatte er acht Jahre zuvor kennengelernt, und nun wollten sie ihre Bekanntschaft auffrischen. Darunter waren moslemische Mullahs, jüdische Färber und hinduistische Finanziers, und alle genossen ganz offensichtlich das Gespräch mit dem Ferengi. Ein- oder zweimal kamen auch islamische Fanatiker, die versuchten, Ross zu unbedachten Bemerkungen hinzureißen, aber er war geschickt genug, ihre Fallen zu durchschauen.

Andere Besucher waren Gesandte des Emirs, die endlose Fragen über europäische Technologie und Landwirtschaft (»Es gibt keine Kamele in England?« fragte einer baß erstaunt), Medizin, Kunst, Handel und Geschichte stellten und wissen wollten, ob Königin Victoria jeden exekutieren konnte, den sie wollte. Einmal demonstrierte Ross sogar, wie man einen Spiegel mit einer Silberschicht herstellte und sandte das Ergebnis zu Nasrullah; der Nawab berichtete, der Emir habe das Geschenk mit großem Vergnügen angenommen.

Obwohl Juliet die meiste Zeit damit verbrachte, Buchara zu erforschen, setzte sie sich gelegentlich schweigend in eine Ecke des Hauptempfangszimmers im Haus des Nawabs und lauschte bei dem, was Ross ironisch seine »Salons« nannte. Sie war fasziniert über die umfassende Breite seines Wissens, denn er war niemals um eine Erklärung verlegen. Eines Tages, als sie schon drei Wochen in Buchara weilten, fand sie überraschend eine Delegation des Emirs vor, die alles über Hexerei in England wissen wollten.

Ohne mit der Wimper zu zucken, erwähnte Ross die Gesetzeslage, erging sich in Erzählungen über Druiden und mittelalterliche Prozesse mit Folter, bis er schließlich auf die Entwicklung des angelsächsischen Rechts kam. Er war noch immer mittendrin in seinen Darlegungen, als Abdul Samut Khan auftauchte und Ross freundlicherweise zum Essen entführte.

Da Ross sehr gefragt war, nahm Juliet die meisten Mahlzeiten mit den Sklaven des Haushalts zusammen ein, die sie wie ein Möbelstück behandelten, um das man herumgehen muß, sonst aber nicht weiter zur Kenntnis nimmt. Da sie keine Lust hatte, an diesem besonderen Abend in die leeren Räume zurückzukehren, blieb sie nach dem Essen bei den Dienern. Einer der Stallburschen erzählte Geschichten, was eine traditionelle und höchst amüsante Art der asiatischen Unterhaltung war.

Als die Geschichten aber schließlich durch allgemeine Unterhaltung ersetzt wurden, zog sie sich wieder in ihre Räume zurück und ließ sich auf dem Diwan nieder, um Kleidung auszubessern. Sie stellte mit leichter Ironie einmal mehr fest, daß sie sich in der Verkleidung eines Mannes mehr mit häuslichen Aufgaben beschäftigte, als sie es als Frau getan hatte, aber Langeweile war eine mächtige Triebfeder. Im übrigen fand sie heimliche Befriedigung darin, sich um den Besitz ihres Mannes zu kümmern.

Zu ihrem Bedauern war die kurze Periode der lockeren Kameradschaft zwischen ihnen vorbei – die Feuersäule zwischen ihnen hatte sie aufgezehrt. Obwohl Juliet sich beschäftigt hielt, weil sie hoffte, daß wilde Aktivität sie zu müde machen würde, um noch Begierde zu empfinden, geschah nichts dergleichen. An heißen Tagen und in rastlosen Nächten wuchs die Spannung unaufhaltsam, wie ein Gewittersturm sich zusammenbraut. Es war eine Zeit voll angespanntem Schweigen und absichtlichem Distanzeinhalten, und Juliet wußte, daß sich bald etwas ändern mußte, denn es war unmöglich, die Situation viel länger zu ertragen.

An diesem Abend kehrte Ross von seinem Essen mit dem Nawab relativ früh zurück. Als er eingetreten war und die Tür verriegelt hatte, legte Juliet ihr Nähzeug beiseite und streckte die Arme über den Kopf. »Die Unmenge, die du weißt, erstaunt mich immer wieder«, sagte sie mit der leisen Stimme, die sie sich angewöhnt hatten, um eventuellen Lauschern entgegenzuwirken. »Weißt du denn immer eine Antwort auf alles, was sie dich fragen?«

»Meine Ausbildung in Cambridge hat sich als unschätzbar wertvoll erwiesen, aber dennoch muß ich mir manchmal etwas ausdenken«, gab Ross mit einem schiefen Grinsen zurück. »Ich glaube, es ist gefährlich, Unwissenheit zuzugeben, denn die Fragesteller des Emirs würden glauben, ich halte nur absichtlich Informationen zurück. Es scheint mir sicherer, Falsches zu erzählen als zu schweigen.«

»Vielleicht tust du nur so, als ob, das aber sehr gut. Mich hast du jedenfalls überzeugt.« Sie blickte wieder nach unten, um die letzten Stiche in dem Hemd anzubringen, das sie gerade ausbesserte, dann verknotete sie den Faden und biß ihn ab. »Dein Hemd ist fertig. Mir geht langsam die Arbeit aus. Vielleicht hätte ich doch besser aufgepaßt, als mir meine Mutter das Stricken beibringen wollte.«

Juliet wollte aufstehen, um das Kleidungsstück in Ross' Zimmer zu bringen, doch er stand bereits vor ihr, um es ihr abzunehmen. Einen Augenblick lang trafen sich ihre Blicke und hielten einander fest. Juliet hielt unwillkürlich den Atem an, als sie den wilden Schmerz in seinen Augen sah. Die ganzen letzten Wochen über war Ross ein Muster an Zurückhaltung gewesen, doch nun erkannte sie, was diese Zurückhaltung ihn kostete. Die eiserne Kontrolle, die sie so an ihm bewunderte, war bis zum äußersten strapaziert worden, und die Erkenntnis, wie nah sie am Abgrund standen, entsetzte sie. Es würde praktisch nichts brauchen, um sich ihrem Verlangen und der Erfüllung hinzugeben. Und der Katastrophe auszuliefern.

Sie riß ihren Blick los und haßte sich für ihre Feigheit. Ross trat ein paar Schritte zurück. »Ich habe Schwierigkeiten, mir dich mit einer solch friedvollen Aufgabe wie Strikken vorzustellen«, bemerkte er, wobei seine Stimme fast normal klang. »Vielleicht solltest du es mal mit Schnitzen versuchen. Ein Messer scheint mir passender für dich als eine Stricknadel.« Dann wünschte er ihr gute Nacht und zog sich in sein Schlafzimmer zurück.

Die ganze Begegnung hatte nur Sekunden gedauert, und das scharfe Verlangen ebbte ab, als wäre es nie aufgeflammt. Juliet löschte die Lampen und rollte sich auf ihrem Lager zusammen. Mit der Ausnahme der ersten Nacht in Buchara, als sie Ross' Baumwollgewand getragen hatte, schlief sie in ihren Tuareg-Kleidern, wobei sie den Tagelmoust sofort hochziehen konnte, falls es nötig werden sollte. Wenigstens mußte sie hier, wo man die Tür verriegeln konnte, nicht mehr verschleiert schlafen.

Im Schlafzimmer brannte noch eine Lampe, und sie konnte das Kratzen einer Feder auf Papier hören. Immer der gelehrte Beobachter, machte Ross selbst jetzt Notizen über das, was er in Buchara erlebte. Juliet nahm an, daß es seine Art war, mit der Anspannung fertig zu werden. Was sie betraf, so lag sie einfach nur still da und biß auf ihren Schleier, bis sie sich langsam entspannen konnte.

Sie war gerade erst in einen leichten Schlummer geglitten, als jemand an die Tür zu hämmern begann. Augenblicklich wach, sprang sie auf, zog ihren Schleier über das Gesicht und öffnete die Tür. Ein halbes Dutzend Soldaten schoben sie beiseite und drängten herein. Ihr Anführer war der Jawer Shahid Mahmud, der Befehlshaber von Nawabs Wache.

Als Ross hemdsärmelig aus seinem Schlafzimmer kam, bellte Shahid: »Mitkommen, Ferengi-Schwein. Seine Majestät wünscht dich auf der Stelle zu sehen.« Das breite Gesicht des Jawers leuchtete in einem solchen Triumph, daß es Juliet kalt den Rücken herunterlief. Er hatte Ross von Anfang an gehaßt, und nun freute er sich offen über den Sturz seines Feindes.

Ross wurde sehr still. Er wußte, was das zu bedeuten haben mußte. »Also gut«, antwortete er ruhig, während er seine Ärmel, die er aufgekrempelt hatte, wieder nach unten schob. »Einen Augenblick. Ich ziehe meine Jacke an.« So gelassen, als wäre er nur zum Tee eingeladen, wandte er sich um und eilte ins Zimmer zurück.

Eine kurzen Moment überlegte Juliet, ob er mit seiner Pistole zurückkehren und versuchen würde, sich den Weg freizukämpfen, und ihre Hand schloß sich um den Griff ihres Dolches, so daß sie ihm würde helfen können. Aber dann wurde ihr bewußt, daß Ross zu vernünftig war, um sich mit sechs bewaffneten Männern anzulegen, und als er nun zurückkam, waren seine Hände leer. Er suchte kurz Juliets

Blick, und obwohl seine Miene so leidenschaftslos wie eine Marmormaske war, enthielten seine Augen jedoch eine Botschaft.

Dann fauchte der Jawer, daß sie schon genug Zeit verschwendet hatten, und der Moment war vorbei. Die Soldaten umringten Ross und führten ihn hinaus. Als die Tür sich hinter ihnen schloß, wußte Juliet, daß Ross sie an ihr Versprechen hatte erinnern wollen, keine Dummheiten zu machen. Und er hatte ihr Lebewohl gesagt.

Zum ersten Mal in ihrem Leben war Juliet buchstäblich gelähmt vor Angst. Sie sank auf die Knie und bebte bei der Vorstellung, daß sie Ross vielleicht nie wieder sehen würde. Vielleicht wurde er ins Gefängnis gesteckt. Vielleicht wurde er noch heute nacht . . . exekutiert.

Das konnte nicht sein. *Das konnte nicht sein!*

Aber es war so. Der Emir konnte und würde vielleicht von einem Moment zum anderen – und vollkommen ohne Grund – Ross' Tod befehlen. Seine Grausamkeit war so berüchtigt, daß man in Buchara höchstens mit den Schultern zuckte, wenn sie Geschichten von Männern hörte, die umgebracht worden waren, weil sie protestiert hatten, als Nasrullah ihre Frauen nahm.

Heftig biß sie sich auf die Lippe, um mit dem Schmerz die aufsteigende Panik zu bekämpfen. Sie mußte nachdenken, wie sie Ross helfen konnte und durfte sich nicht in ihre Angst ergeben. Stolpernd kam sie auf die Füße, verriegelte die Tür und ging ins andere Zimmer hinüber, wo das Licht noch brannte und ein Stück Papier zur Hälfte mit Ross' Handschrift bedeckt war. Sie hatte das Gefühl, als müßte sie sich nur umdrehen und er wäre dort. Aber er war weg. Vielleicht für immer.

Was konnte sie tun? In dieser Nacht nichts mehr, denn brave Bürger gingen nicht mehr aus, nachdem die Trommeln des Königs die Sperrstunde verkündet hatten. Abdul

Samut Khan würde von keinem Nutzen sein; die Tatsache, daß Shahid Ross abgeholt hatte, bedeutet entweder, daß der Nawab hilflos war, oder er arbeitete aktiv gegen Ross.

Die Kasems waren Juliets größte Hoffnung, denn ihr Einfluß in Buchara galt als beträchtlich. Sie würde morgen früh sofort zu ihnen gehen und sie bitten, diesen Einfluß für Ross geltend zu machen. Da war auch noch der persische Botschafter in der Stadt – wenn Juliet sich als Gul-i Sahari zu erkennen gab, würde ihr der Botschafter vielleicht helfen, denn Serevan hatte dem Schah geholfen, die Grenze im Osten zu stabilisieren.

Sie hatte die letzten drei Wochen genutzt und eine Menge über Bucharas interne Struktur gelernt, und während die Stunden der Nacht verstrichen, ging sie alle Möglichkeiten durch, die ihr zu Ross' Hilfe einfielen. Sie weigerte sich schlichtweg, in Betracht zu ziehen, daß all ihre Überlegungen sinnlos waren, wenn Nasrullah in seiner Launenhaftigkeit ihren Mann bereits zum Tode verurteilt hatte.

Es war weit nach Mitternacht, als ein zweites Klopfen an der Tür erklang. Zuerst hörte sie es gar nicht, denn es war weit verhaltener als das Stunden zuvor. Als sie es schließlich bemerkte, stand sie auf und ging mit grimmiger Miene nachschauen, wer es sein konnte. Wenn die Soldaten gekommen waren, um auch sie zu holen, würden sie Schwierigkeiten bekommen. Ross mochte ruhig und gelassen mitgegangen sein, so daß er sie nicht gefährdete, aber sie selbst hatte keinerlei Grund, sich zurückzuhalten.

Doch es würde wohl eher der Nawab sein, der Krokodilstränen vergießen wollte, während er sich den Besitz seines geschätzten, leider verschwundenen Gastes aneignen wollte.

Juliet befestigte den Schleier und hob dann den schweren Riegel aus der Halterung. Dann trat sie zurück und ließ die Hand zu ihrem Messer fallen, als die Tür aufschwang und ein Mann eintrat. Das Licht aus dem Schlafzimmer war so schwach, daß sie einen Augenblick brauchte, um das leuchtend goldene Haar des Eindringlings zu erkennen.

Es war Ross. Sie starrte ihn an, ohne recht glauben zu können, daß er es wirklich war. Dann, ohne sich überhaupt noch zu vergewissern, daß sie allein waren, stürzte sie auf ihn zu und schlang erleichtert die Arme um seinen Hals.

Er hieß ihre Umarmung willkommen, legte ihr eine Hand auf die Hüfte, während die andere schnell die Tür zudrückte. Den Tränen nahe, stammelte Juliet: »Ich war sicher, daß sie dich ins Gefängnis gesteckt haben. Oder Schlimmeres.«

Einen Augenblick lang ruhte seine Wange an ihrer Schläfe. Dann ließ er sie los, um die Tür zu verriegeln. »Diesen Eindruck wollte Shahid auch vermitteln, und es hätte durchaus so ausgehen können.« Er zog seine Jacke aus, warf sie auf den Diwan und trat ins Schlafzimmer.

Juliet folgte ihm auf den Fersen. »Was ist passiert?«

»Ich wurde in ein kleines Audienzzimmer gebracht, wo Nasrullah wie ein Tiger im Käfig auf und ab lief«, antwortete Ross müde, als er sich setzte, um seine Stiefel loszuwerden. »Nachdem ich brav das Salaam ausgeführt hatte, knurrte er mich an, er hätte meine Bitte erwogen, ob ich Ians Leiche mitnehmen dürfte, und sich dagegen entschieden, denn ›Major Cameron war ein Verräter und ein Abtrünniger, und der Tod reicht nicht aus, um den Schmutz seiner Unehrenhaftigkeit zu beseitigen‹.«

»So ein Ärger.« Juliet seufzte, setzte sich einige Zentimeter entfernt von Ross auf den Diwan und zog den Schleier wieder von ihr Gesicht. »Aber viel wichtiger ist, ob wir gehen dürfen.«

Ross band seine Krawatte auf und warf sie über seine Jacke, wobei sein weißes Hemd aufklaffte und sandfarbenes, lockiges Haar zeigte. Den Blick von etwas zu erhaschen, was normalerweise verdeckt wurde, war beunruhigend erotisch, und Juliet konnte sich nur mit Mühe losreißen. Der innere Aufruhr, den sie durchgemacht hatte, während er fort gewesen war, hatte ihre Nerven strapaziert und ihre Gefühle offengelegt, und sie wußte, daß es nur sehr wenig brauchte, um den winzigen Rest an Selbstkontrolle zu vernichten.

Ohne etwas von ihren Gedanken zu ahnen, ließ er sich in die Polster zurücksinken, und seine Miene wirkte so fein gezeichnet wie ein mittelalterliches Gemälde eines leidenden Heiligen. »Der Emir meinte recht freundlich zu mir, daß er zwar Ians Knochen nicht herausgeben würde, gerne aber meine statt dessen schicken wollte.«

Sie erschauderte. »Sein Sinn für Humor scheint so abstoßend wie der Rest von seinem Wesen.«

»Ich kann auch nicht behaupten, daß ich seinen Scherz komisch fand. Besuche bei diesem Gentleman sind äußerst erschöpfend«, bemerkte Ross. »Da meine Mission, alles über Ian zu erfahren, nun beendet ist, bat ich ihn um die Erlaubnis, Buchara zu verlassen. Das löste bei Nasrullah eine weitere Tirade aus, die in etwa darauf hinauslief, warum ich seine Gastfreundschaft, nach allem, was er für mich getan hat, verschmähen wollte. Drei Botschafter wären von Herat gekommen, um meine Exekution zu fordern, doch er hätte nicht auf sie gehört. Wie könnte ich verlangen, gehen zu dürfen, wo er mich doch wie einen Bruder behandeln würde?«

»Wenn ich mich recht entsinne«, warf Juliet sarkastisch ein, »hat er vier seiner Brüder abgeschlachtet. Oder waren es fünf?«

»Die Anzahl variiert, je nachdem, wen man fragt.« Ross lehnte seinen Kopf gegen die weißgetünchte Wand. »Mit allergrößtem Takt – Mutter wäre stolz auf mich gewesen – sagte ich ihm, wie zutiefst dankbar ich für seinen Großmut wäre, aber daß mein Vater alt und krank wäre, und ich schon so lange fort sein würde, daß ich ihn möglicherweise nicht mehr auf Erden sehen würde.«

»Wenigstens das ist die Wahrheit.«

Ross hob amüsiert die Augenbrauen. »Ich bin der Wahrheit nicht abgeneigt, wenn sie mir etwas nützt. Auf jeden Fall besänftigte meine Bemerkung den Emir ein wenig, was ich recht überraschend finde, wenn man bedenkt, daß er angeblich seinen eigenen Vater vergiftet hat. Nun, nachdem er zugab, daß man alte Leute respektieren sollte, fragte er mich in verletztem Tonfall, ob ich Buchara lieber entehrt und unwürdig verlassen wollte oder aber mit seiner Gunst und ehrenvoll.«

»Natürlich versicherte ich ihm, daß ich es vorziehen würde, mit der Gunst Seiner Majestät zu gehen – es erschien mir am diplomatischsten. Nasrullah antwortete darauf, daß ich ein wenig Geduld haben müßte und bald mit seinem Segen abreisen könnte. Dann machte er auf dem Absatz kehrt, verschwand durch die Vorhänge, und meine Audienz war beendet. Shahid war zutiefst enttäuscht, daß er mich wieder herbringen mußte.«

Juliet vergrub das Gesicht in den Händen. Ihr war kalt, obwohl die Nachtluft warm war. Ross hatte heute nacht Glück gehabt, aber es klang, als hätte Nasrullah ebensogut seine Exekution anordnen können. Glück hielt niemals ewig an. »Glaubst du, daß der Emir dir wirklich die Erlaubnis zu gehen erteilen wird?«

Es entstand eine lange Pause, bis Ross schließlich mit neutraler Stimme antwortete: »Er hat nichts zu gewinnen, wenn er mich gefangenhält.«

Das stimmte. Aber da die Briten ernsthafte Rückschläge in Afghanistan hatten einstecken müssen, konnte Nasrullah ebenso zu dem Schluß kommen, daß er ebenso nichts zu verlieren hatte, wenn er seinen »Gast« töten ließ – schließlich war es hinreichend bekannt, daß er Europäer verachtete.

Sie hob den Kopf und bekam ihre Worte kaum heraus:

»Sag mir die Wahrheit, Ross. Du glaubst, daß wir hier sterben werden, nicht wahr?«

Er begegnete ihrem Blick; ohne mit der Wimper zu zukken, und seine Augen verrieten ihr, daß er die Wahrscheinlichkeit seines Todes akzeptiert hatte. »Ich werde fast sicher hier sterben«, antwortete er ruhig. »Aber du und der Rest unserer kleinen Gruppe werdet nicht aufgehalten werden, wenn ihr versucht, die Stadt zu verlassen. Ich denke, ihr solltet mit der nächsten Karawane westwärts ziehen.«

Vielleicht sollten Saleh und Murad das tun, aber Juliet konnte sich nicht vorstellen, ihren Mann zu verlassen, solange er noch am Leben war. Sie blickte ihn hoffnungslos an, und ihre Kehle zog sich zusammen. Seit dem Zeitpunkt, an dem sie sich in Persien wiedergefunden hatten, wollte Juliet sich von ihm fernhalten, weil sie den Gedanken nicht ertragen hätte, daß er sie unvermeidlich wieder verlassen würde. Es konnte keine Zukunft für sie geben, denn wenn Ross sie aus irgendeinem Grund doch als Frau zurückhaben wollte, dann hätte sie eine unmögliche Wahl treffen müssen – sie hätte wählen müssen, ob sie eine Lüge leben wollte oder ihm eine abstoßende Wahrheit erzählen sollte, die er ihr niemals vergeben würde.

Aber nun gab es wirklich keine Zukunft mehr. Der Schatten des Todes hatte die Zeit auf diesen Augenblick, auf diesen kostbaren Moment eingefroren. Was sollten sie noch die Folgen kümmern, wenn sich das Leben nur noch auf Stunden oder Tage reduzierte? »Die Zeit rinnt uns durch die Hände, Ross«, flüsterte sie bebend. »Laß uns das bißchen, was wir haben, nicht vergeuden.«

Die Atmosphäre veränderte sich, wurde so schwer wie die Luft vor einem Sturm. Ross wurde unglaublich still, seine Augen wirkten schockiert und wachsam.

Einen Augenblick glaubte Juliet, er hätte ihre Worte nicht begriffen, oder – unendlich viel schlimmer – er wollte zurückweisen, was sie ihm anbot. Sie legte ihren ganzen Stolz ab, als sie sagte: »Du hast jedes Recht, mich zu verachten. Aber wenigstens heute nacht kannst du vorgeben, daß es keine Vergangenheit gegeben hat. Wenn du mich noch willst ... aus Leidenschaft, aus Trost oder auch aus Wut ...« Sie wußte, daß sie dies genauso für sich selbst wie für ihn tat – und streckte bittend eine Hand aus. »... ich gehöre dir, was immer du mit mir tun willst.«

Sie wußte nicht, ob sie es ertragen konnte, wenn er sie zurückwies ... aber er tat es nicht. Statt dessen griff er wortlos nach ihrer Hand.

Sobald sich ihre Finger berührten, brauste all die Leidenschaft, die zwischen ihnen permanent geschwelt hatte, zu einem unglaublichen Feuer auf. Sie bewegten sich aufeinander zu, Mund zu Mund und Körper zu Körper, und es gab kein Zögern, kein Überlegen mehr.

Es war verrückt gewesen, die Vergangenheit vergessen zu wollen, erkannte Juliet, und dieses Wissen drohte ihr das Herz aus der Brust zu reißen. Sie hätte seinen Kuß in der dunkelsten Nacht und im fernsten Land als seinen identifiziert. Er war ihr Mann, er allein wußte, was sie brauchte. In seinen Armen war der einzige Platz auf dieser Welt, wo sie die Wirklichkeit für eine Weile ausschließen konnte, wo sie sich geborgen, sicher und sorgenfrei fühlte.

Wie trunken vor Leidenschaft taumelten sie vom Diwan zum Bett, begierig, endlich einander fühlen zu können.

Sie rissen sich gegenseitig an den Kleidern, als Ross plötzlich aufhörte und sein Gesicht an Juliets Hals drückte, während sein Atem stoßweise und rasselnd ging. Als seine Atmung sich ein wenig beruhigt hatte, machte er sich von ihr los und stand auf.

»Ich habe zwölf Jahre darauf gewartet. Wir werden es richtig machen.« Er beugte sich vor, griff ihre Hände und zog sie mühelos hoch.

Alles, was für Juliet zählte, war, daß sie endlich zusammen waren. Aber als sie deshalb den Mund zum Protest öffnete, zog er sie in seine Arme.

»Mach es langsamer, meine süße Hexe. Du bist wie ein Bündel Blitze ... aufregend, aber du bewegst dich zu schnell, um dich wirklich genießen zu können. Auch wenn wir nicht viel Zeit haben, haben wir doch die ganze Nacht. Wie du schon sagtest, laß sie uns nicht verschwenden.«

Er hatte recht. Wieder einmal. Juliet zwang sich, sich zu entspannen und wurde weich in seinen Armen. »Wenn ich wie ein Bündel Blitze bin, dann bist du der Ableiter, der mich wieder auf die Erde zieht und mich vor Selbstzerstörung rettet.« Sie drückte ihre Lippen auf seinen Hals und kostete seine salzige Haut, genoß das Klopfen seines Pulses und spürte mit der Zunge, daß er sich beschleunigte. Sie war froh, daß er auch sich nur schwer beherrschen konnte.

Er seufzte, dann trat er einen Schritt zurück. »Als erstes müssen wir diese ganzen Kleider loswerden.« Geschickt wickelte er ihren Schleier ab und warf ihn zu Boden. Dann nahm er ihr Messer. »Du wirst es nicht brauchen.«

Nun hob er ihren Zopf und löste das Band, dann fuhr er mit den Fingern durch ihr Haar, bis es frei über ihre Schultern fiel. »So habe ich am häufigsten an dich gedacht«, gestand er mit rauher Stimme, die seine Erregung ahnen ließ. »Dein Haar, das kupferrot auf dem weißen Kissen ausgebreitet ist. Gul-i Sahari, die Blume der Wüste.« Er vergrub sein Gesicht in die seidige Masse, und sein heißer Atem strich über ihren Hals.

»Ich haßte mein Haar, bis ich dich kennenlernte«, flüsterte sie. Doch weil Ross diese unmögliche Farbe und widerspenstige Lockenpracht geliebt hatte, hatte sie sie seitdem nie wieder abgeschnitten.

Er wühlte seine Hände in ihre Haarflut und massierte ihre Kopfhaut. Juliet ließ ihren Kopf nach vorne auf seine

Schulter fallen, während sinnliches Vergnügen sie durchspülte. Jeder Teil ihres Körpers liebte seine Berührung, und er wußte es.

Nach dieser köstlichen Pause wollte sie ihn küssen, doch Ross erlaubte es nicht. »Noch nicht«, raunte er. Statt dessen kam nun ihr langes Gewand an die Reihe. Ross streifte es ihr aufreizend langsam ab, und sie stand in ihren weiten Hosen und der Jacke, die ihre Brüste verbergen sollte, da.

Dann hielt er inne, seinen Blick auf ihre Brüste geheftet. Juliet spürte das Blut in ihre Wangen steigen, als sie unwillkürlich eine schützende Hand über den Ring legte, der an einer goldenen Kette um ihren Hals hing.

Unverdrossen machte er den Ring aus ihren Fingern frei. Er brauchte nicht zu fragen, was das für einer war, denn schließlich hatte er ihn ihr selbst an ihrem Hochzeitstag an den Finger gesteckt. Juliet hatte ihn einige Wochen, nachdem sie ihn verlassen hatte, vom Finger genommen, aber sie hatte ihn seitdem immer an der Kette getragen, bis auf seltene, kurze Gelegenheiten, wie zum Beispiel ihr erstes gemeinsames Abendessen in Serevan, als sie ein ausgeschnittenes Kleid angezogen hatte.

Er musterte den schlichten goldenen Ring intensiv, dann sah er sie mit teuflischem Blick an. Er wußte ganz genau, daß sie nichts sagen würde, ebenso wie sie wußte, daß sie etwas sagen *mußte*, obwohl die Bedeutung des Ringes ziemlich eindeutig war. »Es gab vieles, das ich nicht vergessen wollte.«

»Gut.« Er öffnete den obersten Verschluß ihres Leibchens, beugte sich herunter und küßte die Haut, die er dort entblößt hatte.

Juliet stöhnte auf, und ihre Knie wurden weich. Ohne Eile öffnete Ross eine Schließe nach der anderen und küßte dabei die hervordrängenden Kurven, die er enthüllte. Endlich streifte er ihr das Mieder über die Schultern.

Er berührte ihre Brüste und streichelte sie langsam kreisend, wobei er murmelte: »Ein Verbrechen, solche Schönheit zu unterdrücken.«

Ein Schauer lief durch Juliets Körper, als seine erfahrenen Hände ihre Brustspitzen aufrichteten. »Es ist es wert, wenn du sie nachher befreist.«

Dann widmete er sich dem Band an ihrer Hose, die sofort auf ihre Knöchel fiel. Zum ersten Mal empfand Juliet eine gewisse Schüchternheit, denn sie waren so lange Jahre getrennt gewesen. Hatte sich ihr Körper negativ verändert? Gefiel sie ihm noch?

Ross schien allerdings keine Beschwerden zu haben. »Warst du immer schon so wundervoll, und ich habe es nur vergessen?« Sein bewundernder Blick war so verführerisch wie seine Berührung. »Oder bist du mit jedem Jahr noch schöner geworden?«

Juliet errötete, froh darüber, daß solche Fragen keine Antwort verlangten, aber sein Lob tat ihr unglaublich gut. Sie hatte sich niemals wirklich attraktiv gefühlt, außer wenn sie mit Ross zusammen war, und nun gab er ihr erneut das Gefühl, sie sei die begehrenswerteste Frau seit Helena von Troja. Sie fand, daß Handeln das beste Mittel gegen Verlegenheit war und streckte die Hand nach seinen Hemdknöpfen aus. »Jetzt bin ich dran!«

»Moment.« Lächelnd legte ihr einen Finger an die Lippen. »Ich bin neugierig, was sich geändert hat, und da das Licht so dämmrig ist, werde ich es wohl durch Anfassen herausbekommen müssen. Dies hier zum Beispiel kommt mir vor wie früher.« Er beugte sich vor und nahm die linke Brustwarze in den Mund. Hitze wallte tief in ihr auf, als Lippen und Zunge sie liebkosten. »Hm, genau wie in meiner Erinnerung. Und deine Reaktion hat sich auch nicht geändert«, stellte er fest.

Nachdem er sich der anderen Brust gewidmet hatte,

nahm er beide nachdenklich in die Hand. »Sie scheinen voller geworden zu sein.«

»Ist das eine Beschwerde?« fragte sie und streckte sich ihm provozierend entgegen.

Er hielt einen kurzen Augenblick die Luft an. »Nicht im mindesten.«

Dann ließ er seine Hände zu ihrer Taille gleiten, als wollte er ihre Rundungen exakt nachzeichnen. »Du hast so wunderbare Kurven.« Ohne in seiner Liebkosung aufzuhören, ging er um sie herum, hob ihre Haare an und küßte sie auf den Nacken. »Sie sind von perfekter Eleganz.«

Fedrige Küsse zogen eine Feuerspur an ihrem Rückgrat hinunter, dann drehte er sich zu ihr um. Er kniete nun vor ihr und strich mit den Händen über ihre Hüften und Schenkel. »Auch hier etwas runder, und das in absolut verführerischer Art und Weise.«

Er drückte seine Gesicht an ihren weichen Bauch, und das schwache Kratzen seiner Bartstoppeln bildete einen aufregenden Kontrast zur feuchten Hitze seines Mundes. Als seine Lippen tiefer wanderten, schob er eine Hand zwischen ihre Knie und begann, spielerische kleine Kreise auf der Innenseite ihrer Schenkel zu ziehen, die sich immer weiter aufwärts bewegten. Ihre Beine lockerten sich, und instinktiv öffnete sie sie einladend.

Mit der linken Hand packte er ihre Pobacke, um sie festzuhalten, dann streichelten seine Finger die kastanienbraunen Locken, schoben sich zwischen seidige Falten und trafen auf glühende empfindliche Hitze. Juliet stieß ein ersticktes Wimmern aus und packte seine Schultern. Sie hatte vergessen – o Gott, sie hatte vergessen –, daß man so etwas empfinden konnte ...

Juliet drängte sich ihm entgegen und bog gleichzeitig in völliger Hingabe den Kopf zurück. Ross führte sie von einer wunderbaren Erregung zur nächsten, und sie genoß seine brennende Leidenschaft. Es war wie ein Zauber, den er über sie breitete.

Noch vor ein paar Minuten hatte sie ihm etwas Gutes tun wollen; nun hatten sich die Rollen verkehrt, und sie konnte nichts zurückgeben, sie war hilflos, wie berauscht, zu bezaubert, irgend etwas zu tun, als ihren Schrei an seiner Schulter zu ersticken, als sich ihr Körper um seine Hand in lustvollen, langen Kontraktionen schloß. Seine Kraft war die einzige Konstante in einer Welt, die sich aufzulösen schien.

Juliet brauchte einige Zeit, bis sich ihre zitternden Glieder wieder ruhig verhielten. Dann hob sie eine Hand und wühlte zärtlich in seinem Haar, um ihm zu sagen, was Worte nicht ausdrücken konnten. Ross war immer ein gebender Liebhaber gewesen, und das hatte sich nicht geändert. Dafür hätte sie sich immer wieder aufs neue in ihn verlieben können, nur daß es nicht nötig war. Sie hatte nicht einen einzigen Moment in den letzten zwölf Jahren aufgehört, ihn zu lieben.

Er murmelte in ihr Ohr: »Tut mir leid. Ich glaube, ich habe mich mitreißen lassen.«

Es tat ihm überhaupt nicht leid, er hörte sich eher an, als sei er höchst zufrieden mit sich. Sie unterdrückte ein kleines Auflachen. »Mir tut es nicht leid, und ich glaube, ich bin diejenige, die sich hat mitreißen lassen.«

Das war die Antwort, die er sich gewünscht hatte. Nichts würde ihn jetzt mehr aufhalten können, seine Frau zu lieben. Ja *seine Frau.* »Es geht noch weiter . . .«

Sie lächelte. »Jetzt bin ich dran.« Ihre Kraft kehrte zurück, und sie streckte sich, um die Knöpfe an seinem Hemd zu öffnen und es ihm auszuziehen.

Seine Hand wanderte zu ihrem Nacken und streichelte sie. »Gieriges Weib.«

»Absolut.« Sie strich über seine Brust und genoß die Wärme und die glatte Haut über harten Muskeln. »Schon vom ersten Augenblick, als ich dich wiedersah, wollte ich dich anfassen, nur wagte ich es nicht. Zum Beispiel wollte ich dies tun.« Sie beugte sich vor und küßte die Narbe unter seiner Schulter, wo die Kugel eingedrungen war. »Die Vorstellung, daß du dem Tod nahe gewesen bist, ist einfach entsetzlich.«

Einen kurzen Moment erstarrte sie, als sie an ihre jetzige, ziemlich hoffnungslose Lage dachte. Doch entschieden drängte sie diesen Gedanken beiseite. Heute nacht zählte nur die Gegenwart. Mochte die Welt aufhören, sich zu drehen – es wäre ihr egal.

Sie legte ihm die Handflächen auf die Brust und fühlte das dichte Haar. »Du hast dich auch verändert. Als wir heirateten, dachte ich, du wärest das herrlichste Wesen, das ich je gesehen habe. Ich glaubte, man könnte es nicht verbessern.«

»Habe ich mich zum Guten oder zum Schlechten geändert?«

Sie war überrascht von der Frage. Wußte er denn nicht, wie gut er aussah? Die Jahre hatten der jugendlichen Geschmeidigkeit Kraft und Reife gegeben. Bemerkenswert, wieviel maskuliner ein Mann in den Dreißigern wirkte. »Definitiv zum Guten«, versichert sie ihm. »Es ist wirklich unfair, daß die Zeit die Frauen oft schlechter, die Männer aber besser aussehen läßt.«

Nun, da das dringende Element aus ihrem Verlangen fort war, nahm Juliet sich die Zeit, ihn zu liebkosen und seine Reaktionen auf ihre Berührungen zu genießen, seine Muskeln, die sich spannten, sein Atem, der sich beschleunigte. Der Moschusduft der Liebe umhüllte sie, als sie sich vorbeugte, eine Brustwarze zwischen die Zähne nahm und sie mit delikater Behutsamkeit neckte. Die Haut wurde hart, und Ross stieß einen schaudernden Seufzer aus.

Juliets Geduld war jedoch nicht endlos, und sie öffnete

die Knöpfe seiner Hose, bis sie ihre Hand über das helle Haar gleiten lassen konnte und begierig nach der festen, harten Männlichkeit suchte.

Seine Finger bohrten sich heftig in ihre Schultern, und er begann zu zittern. »Warte«, keuchte er.

Sie hielt inne und sah zu ihm auf. Auf seiner Haut schimmerte ein feiner Schweißfilm.

»So herrlich, wie es sich anfühlt«, brachte er schließlich heraus, »würde ich noch lieber in dir sein.«

Er hatte wieder recht. Sexuelle Erlösung war nicht genug, denn sie konnte nur ihre emotionale Erfüllung finden, wenn sie so intim zusammen waren, wie Mann und Frau nur sein konnten. Sie fiel auf die Knie und zog die Hose nach unten. Da er in der Wüstenhitze nichts darunter trug, konnte sie nun seine langen, kraftvollen, muskulösen Beine ansehen. Bewundernde Hände glitten von seinem Po über die Schenkel zu seinen Waden, und sie fühlte, verzaubert von soviel männlicher Schönheit, Muskeln und Sehnen und glatte Haut.

»Ich bin ja eigentlich ein geduldiger Mensch, aber ich glaube, das ist mir gerade abhanden gekommen.« Ross beugte sich vor, und Juliet öffnete die Arme, um ihn zu empfangen. Die Wiederbegegnung ihrer Körper entflammte zwischen ihnen eine Hitze, die unbezähmbar war.

»Jetzt, Ross«, flüsterte sie heiser. »Bitte.«

Ihre Worte erschütterten den Hauch von Selbstkontrolle, den er bis zu diesem Augenblick noch mühsam aufrechterhalten hatte. Seine Begierde war wie eine Flut, die sie beide überschwemmte, sein Mund preßte sich auf ihren, als sein harter Schenkel ihre Beine auseinanderdrängte. Er legte sich über sie, und sie griff nach unten, um ihn zu führen. Ihre Körper kamen mit absoluter Sicherheit zusammen: ihrer, der sich ungeduldig ihm entgegenbäumte, seiner, der sich langsam bewegte, bis er die richtige Stelle und die beste Position gefunden hatte.

Er stöhnte auf, als er mit einem kraftvollen Stoß in ihre feuchte, glühende Höhle eindrang. »Es ist so lange her, Juliet«, murmelte er mit plötzlicher Verzweiflung an ihrem Mund. »Ein Leben zu lang.«

Sie öffnete sich ihm glücklich, ihr Atem vermischte sich mit seinem, ihre Hüften kamen ihm instinktiv entgegen. Die leeren Jahre hatte eine Ewigkeit gedauert, und doch war all das in den Tiefen ihrer Seele, ihres Körpers eingebrannt. Sie war glücklich über den uralten Rhythmus von Stoßen und Dagegenpressen, liebte das Gefühl, daß er sie ausfüllte, sein Gewicht, das sie in die Matratze drückte, das wundervolle Einverständnis ihrer Vereinigung. Wie hatte sie nur glauben können, daß es einen anderen Mann für sie geben konnte? Wie hatte sie es selbst nur einen kurzen Augenblick, selbst in der Hölle ihrer eigenen Verzweiflung, glauben können?

Sie hatte erwartet, emotionale Erfüllung und sexuelles Glück in ihrem Zusammenkommen zu finden, auf die unkontrollierbare Begierde, die nun in ihr wuchs, war sie jedoch nicht vorbereitet gewesen. Aber ihr Hunger war so unleugbar, wie er unwahrscheinlich war, und die Leidenschaft schraubte sich höher und höher, bis sie wild aufschrie, als sich ihre Muskeln zuckend um ihn zusammenzogen. Sein Körper, der sich heftig vor und zurück bewegt hatte, hielt so tief drinnen wie möglich inne, dann kam auch er in endlosem unkontrollierbaren Pulsieren zum Höhepunkt.

Erschöpft lagen sie beide da, während sie zärtlich seinen Rücken liebkoste. Keiner sagte etwas, denn Worte konnten ihrer gegenseitigen Zufriedenheit nichts hinzufügen. Als seine Muskeln sich anspannten, um sich von ihrem Körper zu heben, schlang sie ihre Arme um seine Taille, damit er sie nicht verlassen konnte. Er ließ sich mit einem glücklichen Seufzer wieder nieder, rieb seine Wange an ihrer und strich ihr die Haare aus der feuchten Stirn. Sein ruhiger Atem war wie eine zärtliche Liebkosung an ihrer Schläfe.

In der Ruhe, die dem Liebesspiel gefolgt war, erkannte Juliet mit tiefem Schuldgefühl, daß sie ihm ein wertvolleres Geschenk als nur einfache Lusterfüllung gemacht hatte. Für einen Mann mußte es ein gewaltiger Schlag gegen seinen Stolz sein, wenn seine Frau ihn verließ – wie stark auch immer sein Selbstvertrauen war und welche Gründe auch immer die Frau gehabt haben mochte. Und sie hatte Ross kaum Gründe angegeben, vor allem nicht den entscheidenden. Aber wenn er je an seiner Fähigkeit, sie zu befriedigen, gezweifelt hatte, dann war das nun ein für allemal vorbei.

Als sie ihre Lippen an seine Wange preßte, sprach sie ein stilles Dankgebet. Indem sie sich die Zeit genommen hatten, sich neu zu entdecken, hatten sie nicht einfach eine kleine Kerze entzündet, die schnell zu löschen und zu vergessen war. Sie hatten ein Feuerwerk begonnen, das hell genug brannte, um die unvermeidliche Nacht herauszufordern.

Kapitel 19

ROSS WACHTE LANGSAM auf und glitt in den tiefsten Frieden hinein, den er je empfunden hatte. Nach der Hochzeit mit Juliet hatte er diesen Frieden noch nicht richtig schätzen können, denn als Einundzwanzigjähriger war ihm die Einöde seelischer Leere nicht bekannt gewesen – die hatte er erst kennengelernt, nachdem sie ihn verlassen hatte. Und der Schmerz der vergangenen Jahre ließ ihm nun die wundervolle Ruhe nur noch wertvoller erscheinen.

Die Lampe war heruntergebrannt, aber das schwache Zurückweichen der Dunkelheit kündigte die baldige Dämmerung an. Er und Juliet lagen aneinanderkuschelt auf der Seite, ihr Rücken schmiegte sich an seinen Bauch, sein Arm schlang sich um ihre Taille, sein Bein um das ihre. Er war froh, daß die Nacht kühl genug war, um diese Nähe ertragen zu können – mehr noch, er hatte das Laken über ihre feuchten Körper gezogen, bevor sie eingeschlafen waren.

Die unglaubliche Leidenschaft der vergangenen Nacht war zutiefst befriedigend gewesen ... und viel schöner, als er es in Erinnerung gehabt hatte. Doch wenn er die Zeit hätte aufhalten können, dann hätte er einen Augenblick wie diesen gewählt, einen Moment, in dem beide in absoluter Harmonie entspannt waren.

Er fragte sich, wie viele solcher Augenblicke ihnen noch

gewährt werden würden. Obwohl er von der Audienz mit dem Emir recht locker berichtet hatte, war er zu diesem Zeitpunkt sicher gewesen, daß er den Palast nicht mehr lebend verlassen würde. Mit Ausnahme vielleicht der wenigen Minuten, die die kurze Strecke zum Schwarzen Brunnen einnahm, in dem Ian Cameron vor sich hinvegetiert hatte, bevor man ihn endlich durch Exekution aus seinem Elend erlöst hatte. Ross war nicht sicher, warum der Emir ihn zum Haus des Nawab hatte zurückkehren lassen, aber er hatte den Verdacht, daß Nasrullah einfach gerne mit ihm spielte, ihm Hoffnung machte, nur um sie ihm dann wieder zu entreißen.

Ross dachte, daß er in gewisser Hinsicht nach der letzten Nacht glücklich sterben würde, denn er und Juliet hatten endlich ihren Weg zueinander zurückgefunden. Aber er wollte nicht sterben. Er wollte leben, mit seiner Frau nach England zurückkehren, Kinder aufziehen und das Institut aufbauen, wo Wißbegierige und Abenteurer aus vielen Ländern sich treffen und voneinander lernen konnten. Aber das Wichtigste von allem: Juliet und er konnten dort einfach *sein* und jeden einzelnen kostbaren Tag genießen.

Bald mußten sie sich mit den Möglichkeiten der Flucht beschäftigen, doch im Augenblick war er zufrieden, die Tatsache auszukosten, daß Juliet wieder in seinen Armen lag, wieder wirklich seine Frau war. Es würde mehr als eine Nacht dauern, um das Verlangen nach ihr zu stillen – tatsächlich zweifelte er daran, daß ein ganzes Leben genügen würde. Wenn die zwölf vergangenen Jahre ihm etwas beigebracht hatten, dann dies: Er konnte die seltene Leidenschaft zwischen ihnen mehr als jeder andere schätzen.

Sie atmete laut aus und kuschelte sich enger an ihn. Sein Körper reagierte augenblicklich mit erwachendem Interesse. Ross hatte immer das müßige Liebesspiel in den frühen Morgenstunden geliebt – es war die einzige Aktivität, zu der er vor dem Frühstück fähig war.

Kein Nachtkleid konnte jemals so verführerisch sein wie Juliets glatte, weiche Haut. Er legte eine Hand auf ihre Brust und streichelte die Spitze mit dem Daumen und freute sich darüber, wie sie sich von seidigweich zu knospenhart unter seinem sanften Streicheln aufrichtete.

Fast schnurrend rieb Juliet hinterhältig ihre wohlgeformte Kehrseite an seinen Lenden. Er nahm das als Einladung, küßte die Stelle unter ihrem Ohr und ließ seine Hände jede Rundung, jede Höhlung liebkosen, die er erreichen konnte, wobei er sich immer weiter nach unten vorarbeitete. Als seine Finger durch die weichen Löckchen bis zu ihrer empfindlichsten Stelle drangen, atmete sie scharf ein und sagte ihm damit, daß sie nun durchaus wach genug war.

Da er noch herrlich träge war, fand er die Stellung, in der sie sich befanden ganz wunderbar. Juliet erriet seine Absicht und winkelte ihr Bein an, damit er in sie gleiten konnte. In der Nacht zuvor war sie überraschend eng gewesen, fast jungfräulich eng, doch sie hatte sich ihm schnell angepaßt. Nun stieß sie ein glückliches Seufzen aus und ließ ihre Hüften kreisen, wodurch sie ihn in kürzester Zeit ganz und gar entflammte.

Ein Vorteil dieser Stellung war, daß er sie weiterhin mit dem Finger erregen konnte, um sicherzustellen, daß sie mit ihm Schritt halten konnte. Und als sie sich, was schnell passierte, um ihn zuckend zusammenzog, hielt er sie fest an sich gedrückt, während er sich selbst in sie ergoß.

Dann lösten sich ihre Muskeln wieder, und sie schmiegte ihren Körper, der sich nun ganz warm und weich anfühlte, an den seinen, als er ihr ins Ohr flüsterte: »Das war die schönste vorstellbare Art, sich auf einen Tag vorzubereiten.«

Ihre Augen öffneten sich, und sie antwortete mit neckender Unschuld: »In gewisser Hinsicht erinnert mich das an unsere Hochzeitsnacht.«

»Eher an den Morgen danach«, konterte er, während er sich entspannte. Sie war wirklich wunderbar!

»Das stimmt, der Morgen danach war wirklich wie dieser. Ich hatte nicht gewußt, daß man in einer solchen Stellung Liebe machen konnte. Allerdings«, setzte sie lächelnd hinzu, »war ich zu der Zeit ja selbst in den Grundlagen noch sehr bedarft.«

»Du hast verflixt schnell gelernt.«

»Die Erinnerung an unsere Hochzeitsnacht kommt von dem Gefühl von Entdeckung und Wunder, doch das hier war noch besser, weil ich nicht so unsicher sein mußte«, gab sie nun schüchtern zu. »Damals wußte ich überhaupt nicht, was mich erwartete, weil es das erste Mal war. Gott sei Dank wußtest du ja, was zu tun war.«

Ross grinste und wickelte eine Locke um seinen Zeigefinger. »Ich war vermutlich genauso nervös wie du. Es war auch mein erstes Mal.«

»Wirklich?« Sie richtete sich leicht auf. »Ich habe immer angenommen, daß du schon . . . Erfahrung hattest.«

»Erfahrung, wie du es so nett ausdrückst, ist für einen vermögenden Mann immer zu bekommen, aber ich fand den Gedanken, die Gunst einer Frau zu erkaufen, ziemlich abstoßend«, antwortete er. »Eine Jungfrau zu verführen war auch keine Alternative . . . Ich hatte keine Lust, einen Bastard zu zeugen oder das Leben eines Mädchens zu ruinieren. Da war es schon besser, meine Energien in Dinge wie das Arabischstudium zu stecken.«

»Kein Wunder, daß du so tüchtig in Sprachen wurdest«, gab sie mit einem herausfordernden Lachen zurück. »Aber wie wußtest du dann damals, was . . .?« Verlegen brach sie mitten im Satz ab.

»Es gibt Zeiten, wenn ein Gelehrtengeist sehr nützlich ist«, erklärte er. »Vierzehn Tage vor unserer Hochzeit engagierte ich eine sehr teure Kurtisane und bat sie, mir zu zeigen, was Frauen mögen. Sie war höchst amüsiert von der Idee, demonstrierte mir aber alles sehr ausführlich, wobei sie allerdings meinte, es wäre netter gewesen, wenn ich mich beteiligt hätte.«

Juliet musterte ihn forschend. »Das ist seltsam. Du konntest ihren Schmeicheleien wirklich widerstehen?«

»Ja«, sagte er schlicht. »Nachdem ich dich kennengelernt hatte, wollte ich keine andere Frau mehr.«

Zärtlich streichelte sie mit dem Handrücken seine Wange. »Dein Forschungsprojekt funktionierte gut. Ich hätte niemals den Verdacht gehabt, du wärst genauso Novize wie ich.«

»Ich bin froh, daß ich dich überzeugen konnte. Jetzt nach all den Jahren scheint es nicht mehr relevant, aber damals war es so unglaublich wichtig für mich, daß ich dir meine Unwissenheit nicht zeigte.«

Mit fast unmerklichem Beben in der Stimme sagte sie: »Jetzt hast du aber ganz sicher Erfahrung. Man merkt es.«

Er spürte einen Anflug von Ärger. »Vorwürfe, Juliet? Bestimmt hast du doch von mir kein Zölibat erwartet, nachdem du mich verlassen hast.«

»Nein«, gab sie traurig zurück. »Natürlich nicht. Ich stelle nur einfach fest, daß ich ein wenig eifersüchtig bin.«

Wenn das Thema unbelastet gewesen wäre, hätte er vielleicht ihre Ehrlichkeit liebenswürdig oder gar schmeichelhaft gefunden. So aber schürte sie seinen Ärger nur noch.

Vom Verstand her hatte er immer akzeptiert, daß er keinen Grund hatte, einem Ehegelübde treu zu bleiben, das in seiner Essenz zu Ende war, doch er hatte sich niemals wohl mit einer anderen Frau gefühlt. Dieses Ungleichgewicht zwischen Bedürfnis und Bewußtsein hatte stets wirkliche Befriedigung verhindert. Er rollte sich auf den Rücken, so daß sie sich nicht länger berührten.

»Ich denke, du hast überhaupt kein Recht, eifersüchtig zu

sein. Aber wenn es dich irgendwie tröstet, kann ich dir sagen, daß meine Treuebrüche in den letzten Jahren weitaus weniger waren als deine.«

»Die Gerüchte über meine Schandtaten waren gewaltig übertrieben«, antwortete Juliet mit erstickter Stimme.

»Übertrieben vielleicht, aber nicht einfach glattweg erfunden«, entgegnete er fest. Etwas Dunkles und Gefährliches richtete sich in den schwarzen Tiefen seines Bewußtseins auf, eine Szene, die er verdrängt hatte, doch die er niemals wirklich hatte vergessen können. Als die Erinnerung sich nun an die Oberfläche drängte, brachte sie wilden Zorn mit. »Ich weiß nicht, wie viele der Geschichten wahr gewesen sind, aber ich mußte glauben, was ich mit eigenen Augen gesehen habe.«

Sie setzte sich auf und rückte von ihm weg bis zur Bettkante. Im Licht der frühen Dämmerung schien ihr Gesicht blaß und unergründlich. »Was . . . was meinst du damit?«

Seine Hände ballten sich zu Fäusten, als er versuchte, seine Wut unter Kontrolle zu bringen, aber er konnte sie nicht mehr unterdrücken. »Kannst du dich noch daran erinnern, daß du im Hotel Bianca auf Malta warst? Ich schon.«

Juliet keuchte auf und zog ihre Knie hoch, die sie mit den Armen umschlang. »Was hast du denn in Malta gemacht?«

Er stützte sich auf den Ellenbogen und starrte sie mit verengten Augen an. »Was, zum Teufel, soll ich da wohl gemacht haben? Ich bin dir hinterhergelaufen! Da warst meine Frau . . .! Glaubst du wirklich, du konntest unserer Ehe mit einer rätselhaften Nachricht ein Ende machen? Nein, Juliet, so naiv kannst du nicht sein.«

Sein Puls begann sich zu beschleunigen, als sich die Bilder der Vergangenheit vor seinem inneren Auge mit der ganzen Gewalt der Qual abspulten, die ihm damals schon die Eingeweide umgedreht hatten. Es war spät gewesen, als er im Hafen von Valletta von Bord gegangen war und sich direkt zum Hotel Bianca begeben hatte, das als beste Unterkunft auf Malta galt. Er hatte gehört, daß Juliet auf der Insel sein sollte, dachte aber, er würde sie suchen müssen. Trotzdem hatte er ohne rechte Hoffnung am Empfang nachgefragt, ob Lady Ross Carlisle bereits angekommen war, denn sie wollte ihn baldmöglichst treffen.

Als er sie beschrieben hatte, hatte sich das Gesicht des Concierge erhellt. Ah ja, die wunderschöne englische Lady, ja, sie wohnte tatsächlich hier. Ross' Gepäck war bereits hinaufgetragen worden, doch der romantische Concierge hatte ihm mit wissendem Lächeln einen anderen Schlüssel gegeben und ihm Juliets Zimmer genannt. »Für den Fall, daß der englische Milord für die Wiedervereinigung nicht bis zum nächsten Morgen warten möchte.«

Es war sehr spät, und Ross wußte, daß er warten sollte, doch er hatte sich einfach nicht zurückhalten können, die hilfreiche Indiskretion des Concierge auszunutzen. Das Zimmer war leicht zu finden gewesen, am Südende des Korridors im zweiten Stock.

Bei dem Wissen, daß Juliet nur noch wenige Meter von ihm entfernt war, hatte sein Herz schneller geschlagen, vor übermächtiger Sehnsucht. Nicht einen Moment hatte er daran gezweifelt, daß sie alles wieder hinbiegen konnten. Juliet gehörte zu ihm!

Doch gerade als er anklopfen wollte war die Tür plötzlich aufgeflogen, und ein Mann war hinausgekommen. Ross hatte das Gefühl gehabt, man hätte ihn in den Magen getreten. Die Kleidung des Mannes war in Unordnung gewesen, so, als hätte er sie nur hastig übergestreift, und er hatte das schmierige Lächeln eines satten Katers gezeigt. Worte aus Feuer, die auf der Wand erschienen wären, hätten ihm nicht deutlicher sagen können, daß dieser Typ gerade eine sexuelle Begegnung mit der Dame hinter der Tür gehabt hatte.

Und Ross hatte den gutaussehenden Mann erkannt, was

im gewissen Sinne alles nur noch schlimmer gemacht hatte. Es war der Comte d'Auxerre gewesen, ein französischer Diplomat, der Ross einmal auf einem Ball in London vorgestellt worden war.

Der Comte hatte sich allerdings nicht an ihn erinnern können. Er hatte lediglich anzüglich gegrinst, als er den schweren, alten Schlüssel in der Hand des Neuankömmlings bemerkt hatte.

»Ah, die junge Lady ist so heiß wie die Farbe ihres Haares. Viel Spaß, mein Freund. Sie ist es wert, daß man den Schlaf einer Nacht dafür opfert.« Dann war der Graf höflich um ihn herumgegangen, ohne zu wissen, wie nah er dem Tod gewesen war.

Wieder allein, hatte Ross wie gelähmt dagestanden, sein Körper war eiskalt und doch schweißüberströmt gewesen. Seine Welt war soeben unwiederbringlich zerschmettert worden.

Der Schmerz seiner Nägel, die sich in seine Handflächen bohrten, brachten ihn nun wieder in die Gegenwart zurück; eine Gegenwart, die fast so qualvoll war wie die Vergangenheit. Rauh sagte er: »Als ich im Hotel Bianca angekommen war, sagte man mir, du wärest ebenfalls zu Gast, also ging ich zu deinem Zimmer hinauf. Ich wollte gerade klopfen, als einer deiner Liebhaber mit ausgesprochen zufriedener Miene herausmarschiert kam. Es war der Comte d'Auxerre. Erinnerst du dich an ihn? Oder war er bloß eine vorübergehende Laune, die du am Morgen schon vergessen hattest?«

Ein qualvolles Zucken lief über Juliets Gesicht, und sie senkte den Kopf. Ein vereinzelter Strahl der aufgehenden Sonne ließ wie zum Hohn die Kette an ihrem Hals aufleuchten.

Ihr hartnäckiges Schweigen verstärkte Ross' Zorn. Er hatte niemals ausgesprochen, was er auf Malta gesehen hatte, doch nun konnte er das entsetzliche Gefühl nicht länger zurückhalten. »Es ist mir niemals in den Sinn gekommen, daß ich dich mit einem anderen Mann im Bett ertappen könnte«, stieß er bitter hervor. »Es war erst drei Wochen hergewesen, Juliet. Drei verdammte Wochen erst. War er der erste, oder hast du in jedem Hotel zwischen Chapelgate und Malta einen anderen genommen?«

Sie schüttelte den gesenkten Kopf, und ihr langes Haar verschleierte ihr Gesicht, doch sie machte keinen Versuch, sich zu verteidigen.

Ross ließ sich aus dem Bett rollen und trat steif zum Fenster hinüber, das mit Lattenblenden geschützt war, die Licht und Luft hereinließen. Während er auf den leeren Hof hinunterstarrte, fauchte er: »Hast du denn gar nichts dazu zu sagen? Du kannst gestehen oder es widerlegen, du kannst auch prahlen. Aber sag *irgend etwas*, verdammt noch mal! Mit ein bißchen Geschick kannst du mich doch vielleicht sogar überzeugen, daß ich zum falschen Zimmer gegangen war.«

»Ich kann es nicht leugnen. Was du glaubst, was in der Nacht geschehen ist . . . ist geschehen«, entgegnete Juliet kaum hörbar. »Du hast recht, wenn du mich verachtest. Aber wenn du schon den ganzen Weg von England gekommen warst, warum hast du dann nicht versucht, mich zu treffen? Und wenn nur, um mir zu sagen, was du von mir hieltest?«

Ross stieß sich vom Fenster ab und lehnte seinen bebenden Körper an die rauhverputzte Wand. Verzweifelt versuchte er, seine Haltung zu bewahren. Die Antwort war das schwärzeste Stück Selbsterkenntnis, dem er je gegenübergetreten war, und es beschämte ihn. Nichtsdestoweniger antwortete er, denn er wollte, daß Juliet wußte, was sie getan hatte. »Ich bin abgereist, weil ich Angst hatte, daß ich dich umbringen würde . . .«

Einen endlosen Moment durchdrang nur das Rasseln von

Juliets Atmung die vernichtende Stille. Schließlich gestand sie schwach: »Und das ist der Grund, warum ich seit Serevan Abstand von dir gehalten habe. Ich habe befürchtet, daß all die Mauern und Weigerungen, die es möglich gemacht haben, am Leben zu bleiben, zerstört werden würden. Und genau das ist passiert.«

Sie glitt vom Bett und kniete sich auf den Boden, hob ihr zerknittertes Gewand auf und hielt es sich vor den Körper, während sie mit der anderen Hand die restlichen Kleidungsstücke aufhob. In der Ferne riefen die Muezzins von einem Dutzend verschiedener Minarette zum Gebet. Es war nun hell genug, um Details zu erkennen, obwohl die Gegenstände noch eindimensional und farblos aussahen.

Müde überlegte Ross, wie es möglich war, von einem Moment zum anderen vom Glück zur Katastrophe zu wechseln. Juliet hatte recht damit, daß die Intimität die Mauern niedergerissen hatte. Jahrelang hatte er erfolgreich seine Wut unterdrückt, selbst in den vergangenen schwierigen Wochen, in denen er permanent mit seiner Frau zusammengewesen war. Doch auf eine seltsame Art und Weise hatte die Tatsache, daß sie sich geliebt hatten, seine Selbstbeherrschung geschwächt, und nun, da sie losgelassen, war seine Wut nicht mehr aufzuhalten.

Während er sich bemühte zu verstehen, bemerkte er plötzlich, daß Juliet weinte, während sie nach den verstreuten Kleidungsstücken griff. Ihr Kummer war um so ergreifender, da er in vollkommener Stille zu Tage trat.

Der Schmerz in ihm verringerte sich nicht, aber er veränderte sich, und so auch seine Wut. Er verfluchte sich innerlich. Er spürte, daß sie sich emotional von ihm entfernte, und er wußte, daß sie bald unwiderruflich fort sein würde. Der Gedanke war unerträglich. Für eine Sekunde wünschte er sich, sie zu verwunden, sie leiden zu lassen, wie er gelitten hatte, aber damit hätte er sich vor allem selbst Schaden zugefügt, denn er konnte den Anblick ihrer Qual nicht aushalten, egal, wie sehr sie seinen Zorn verdient haben mochte. Mit vor Gefühl heiserer Stimme sagte er: »Juliet, es tut mir leid. Ich hätte dich nicht verletzen sollen.«

»Mir tut es auch leid . . . alles. Ich muß verrückt gewesen sein, zu glauben, daß die Vergangenheit überwunden werden kann. Kannst du dich noch an das Gedicht von Omar Khayyam erinnern?« Sie sah zu ihm hoch, eine letzte Träne löste sich von ihren Wimpern. *»Der Finger bewegt sich, schreibt, hat geschrieben und bewegt sich weiter. Und all deine Frömmigkeit, all dein Verstand, kann ihn nicht dazu bringen, nur eine halbe Zeile zu löschen, noch werden deine Tränen ein einziges Wort fortwaschen.«* Sie schloß die Augen, ihr Gesicht verzerrt vor Qual. »Letzte Nacht wollte ich dir das einzige Geschenk machen, daß in meiner Macht lag. Statt dessen habe ich dich unverzeihlich verletzt – und das nicht zum ersten Mal.«

Rasch durchquerte er den Raum und kniete sich neben sie. Die Messerwunde, die er mit rotglühendem Stahl ausgebrannt hatte, war nur noch eine stumpfe, fast abgeheilte Linie um ihren Oberarm herum. Es war eine Erinnerung daran, daß es nirgendwo auf der Welt jemand wie Juliet gab. Er wählte seine Worte mit Bedacht, als er sagte: »Ich kann nicht behaupten, daß die Vergangenheit nicht zählt, denn sie tut es, und zwar enorm. Aber das war damals. Und nun ist heute.«

»Die Vergangenheit *ist* heute, denn wir sind, was unsere Taten aus uns gemacht haben. Die letzte Nacht war ein Fehler, denn ich glaube nicht, daß wir das Vergnügen ohne den Schmerz bekommen können.« Von ihrer Schuld verzehrt, war Juliet nicht in der Lage, seinem Blick zu begegnen. Es lag unerträgliche Ironie in der Tatsache, daß Ross ihr tatsächlich quer durch Europa gefolgt war und Malta ausgerechnet in dieser schicksalsträchtigen Nacht erreicht hatte.

Wenn er ein paar Stunden eher angekommen wäre, hätte sie ihn mit offenen Armen begrüßt; ihre Ehe hätte überleben, vielleicht sogar stärker werden können. Doch zu dem Zeitpunkt, da er das Hotel Bianca betreten hatte, war es bereits zu spät gewesen.

Ross nahm ihr Gesicht in seine Hände. »Nein! Die letzte Nacht war kein Fehler. Du hattest recht: Es wäre eine Sünde gewesen, die wenige Zeit zu verschwenden, die uns bleibt.« Mit einem schwachen Lächeln zitierte er ein anderes persisches Gedicht: »*›Mach das Beste aus dem, was wir noch haben mögen, bevor auch wir in den Staub zurücksteigen.‹* Zieh dich nicht noch einmal vor mir zurück, Juliet. Ich brauche dich so sehr.«

Es war unmöglich, diese Bitte abzulehnen, vor allem, da ihr eigenes Bedürfnis nach ihm so stark war. Sie beugte sich vor, um ihn zu küssen, und ihr Mund war gierig und verlangend. Mit einer einzigen kraftvollen Bewegung zog er sie an sich. Sie knieten beide voreinander, und ihr Gewand verfing sich zwischen ihnen, aber ohne darauf zu achten, strichen seine Hände rastlos über ihre nackte Haut.

Das Gewand rutschte weg, als er sie auf den Teppich drückte – dann lag er neben ihr. Ihre Körper verschlangen sich ineinander, als würden sie nur als ein Ganzes vollständig sein. Schmerz und Zorn wandelten sich zu unendlicher Leidenschaft, und sie kamen zusammen, als hätte es ihr früheres zärtliches Liebesspiel niemals gegeben, als könnte die Lust wie eine Droge wirken, die auslöschte, was nicht auszulöschen war.

Ross liebte Juliet mit der gleichen gefährlichen Ungezähmtheit, die sie in ihm nach dem Buskaschi entdeckt hatte. Es war ein rein männlicher Akt der Unterwerfung, aber es war auch ein Liebesspiel, das in heftig pulsierenden Gefühlen wurzelte. Ihre Reaktion kam direkt aus dem Herzen, als sie versuchte, mit ihrem Körper auszudrücken, was in

Worten falsch geklungen hätte: Daß sie ihn liebte, immer geliebt hatte, obwohl er Grund genug hatte, ihr nicht zu glauben.

Vielleicht war es ein Fehler gewesen, wieder miteinander zu schlafen, denn die Qual lauerte gefährlich dicht unter der Oberfläche. Aber nun, da sie zusammengekommen waren, war es unmöglich, voneinander zu lassen. Wie auch immer es sich auswirken würde, sie waren auf Gedeih und Verderb unter dem Schattens des Todes vereint.

Kapitel 20

NACH DIESEM HEFTIGEN Liebesakt lagen sie ausgestreckt da und schwiegen aus Angst davor, was Worte vielleicht bewirken würden. Juliets Kopf ruhte auf Ross' Schulter, ihr leuchtendes Haar lag wie ein Tuch über seine Brust gebreitet, ihre Finger mit seinen verschränkt. Mit der anderen Hand streichelte er ihren Nacken, während er sich fragte, wie es nun weitergehen sollte. In den letzten sechs Stunden hatten sie eine Leidenschaft erlebt, die zuerst aus der Neuentdeckung, dann aus süßem Frieden und schließlich aus Verzweiflung entsprungen war; wenn er nicht so erschöpft gewesen wäre, wäre er von seinem eigenen Stehvermögen beeindruckt gewesen.

Nun schien es, als hätten sie einen zerbrechlichen Waffenstillstand zwischen sich errichtet, doch nichts war geregelt, nicht wirklich. Statt dessen würden sie vermutlich so weitermachen wie jetzt: zusammen, aber immer auf der Hut, keiner von beiden willens, mit den quälenden Themen umzugehen, die sie eben kurzfristig aus der Kontrolle gerissen und sie fast für immer voneinander entfernt hatten.

Ein verhaltenes Klopfen ertönte an der Tür, und beide erstarrten, als ein Diener verkündete, daß Abdul Samut Khan mit Lord Kilburn zu frühstücken wünschte. Hastig sprangen sie auf und stolperten in ihre Kleider, während Ross durch die Tür rief, daß es ihm eine Ehre sei, dem Nawab Gesellschaft zu leisten.

Ross beneidete Juliet um die Einfachheit ihrer Tuareg-Gewänder: Sie war komplett angezogen und sah aus, wie Jalal immer aussah, während er noch mit seiner Krawatte kämpfte. Bevor sie zur Tür gehen konnte, um den Diener hereinzulassen, flüsterte er ihr leise zu: »Ich bin vielleicht den ganzen Tag weg. Wirst du heute abend hier sein?«

Ihre Brauen zogen sich hoch. »Natürlich.«

Er war froh, das zu hören; er war nicht ganz sicher gewesen. Nachdem er seinen Rock übergezogen hatte, fuhr er sich mit einem Kamm durch die Haare, zwang eine gelassene Miene auf sein Gesicht und machte sich auf, zu seinem Gastgeber zu gehen.

Der Nawab grüßte ihn redselig. »Mein lieber Lord Kilburn! War die Audienz mit dem Emir schwierig? Hätte ich nur gewußt, daß Ihr gestern abend noch zu ihm gerufen werdet. Ich hätte Euch begleitet.« Er führte Ross zum Tisch, während seine kalten Augen einen beunruhigenden Gegensatz zu seiner jovialen Art darstellten. »Unglücklicherweise verlangten wichtige Angelegenheiten, die Artillerie betreffend, meine ganze Aufmerksamkeit, und ich erfuhr erst heute morgen, was geschehen ist. Was hat Seine Majestät gesagt?«

»Es war keine große Sache«, antwortete Ross leichthin, als er sich auf das Kissen niederließ. Er nahm an, daß der Nawab bereits Wort für Wort und Andeutung für Andeutung wußte, was sich in der Nacht im Audienzzimmer zugetragen hatte. »Der Emir teilte mir lediglich mit, daß ich Major Camerons Leiche nicht nach Hause bringen könnte. Natürlich bedaure ich das, aber es ist das Recht Seiner Majestät, mir das zu verweigern. Als ich um Erlaubnis bat, abzureisen, antwortete er, sie würde mir bald gewährt werden.«

Abdul Samut Khan blickte wachsam umher. Eine Wache

stand an der Tür am entfernten Ende des Zimmers und trug eine gelangweilte Miene zur Schau. Ansonsten war niemand anwesend.

»Wenn das nur stimmen würde«, seufzte der Nawab nun mit leiser Stimme. »Doch der Emir ist bekanntermaßen launisch. Er wird Euch die Erlaubnis geben, nur um sie wieder und wieder zurückzuziehen. Genauso hat er sich Eurem Bruder gegenüber verhalten. So wird es weitergehen, bis er Euch irgendeiner Tat anklagt ... oder auch aus gar keinem Grund.«

Ross blickte seinen Gastgeber ungerührt an. »Und dann was – der Schwarze Brunnen, oder wird er mich stehenden Fußes umbringen?«

»Das kann ich nicht sagen.« Der Nawab runzelte die Stirn. »Die Lage ist kompliziert, und sie wird noch schwieriger werden. Ihr werdet gehört haben, daß es zwischen Buchara und Kokand Streitigkeiten gibt. Gestern hat der Emir entschieden, persönlich eine Armee gegen seine Feinde anzuführen. Als Hauptmann der Artillerie werde ich mit ihm gehen. Deswegen war ich auch gestern nacht beschäftigt – ich traf Vorbereitungen, in den Krieg zu ziehen, denn Nasrullah will in zehn Tagen aufbrechen, und es gibt noch viel zu tun.«

»Ich verstehe.« Ross überlegte, was das für ihn bedeutete, während er ein Stück Melone aß; die Bucharer behaupteten, daß ihre Melonen die besten der Welt seien, und vermutlich hatten sie recht damit. »Wie werden die Ereignisse mich betreffen?«

»Da der Emir Euch letzte Nacht nicht exekutiert hat, werdet Ihr vermutlich sicher sein, bis er Buchara verläßt, denn er wird zu beschäftigt sein, um an Euch zu denken.« Der Nawab hielt inne, um an seinem Tee zu schlürfen. »Wenn sein Feldzug gegen Kokand erfolgreich ist, wird Nasrullah bestens gelaunt heimkehren und jedem seine Bitten gewähren.

Wenn es jedoch schlecht ausgeht, wie ich es leider befürchte, wird seine Stimmung ... gefährlich sein. Sehr gefährlich, um es genau zu sagen.«

»Was schlagt Ihr mir also vor?«

Abdul Samut Khan blickte sich wieder rasch um, dann beugte er sich vor. »Flüchtet aus Buchara, während der Emir außerhalb der Stadt ist. Geht nach Chiwa – der dortige Emir ist ein Freund der Europäer.«

Das war alles höchst interessant, aber Ross hatte die Ahnung, als würde noch etwas anderes kommen. »Die Reise nach Chiwa ist lang und gefährlich. Es ist schwierig für einen einzelnen Ferengi, zu entkommen.«

»Selbstverständlich werde ich alles in meiner Macht Stehende tun, um Euch zu helfen, verehrter Freund, selbst wenn ich dafür mein eigenes Leben riskiere.« Der Nawab strich sich nachdenklich über seinen Bart. »Flucht ist nicht unmöglich, aber teuer, sehr teuer. Wenn Ihr genug Gold habt, kann ich für Euch alles arrangieren, bevor ich fort muß. Der Emir wird erst von Eurem Verschwinden erfahren, wenn er zurückkommt, und dann werdet Ihr schon sicher in Chiwa weilen.« Er breitete, um Vergebung heischend, seine Hände aus. »Wenn ich ein reicher Mann wäre, würde ich mich selbst um all die Kosten kümmern, doch leider habe ich nicht die Möglichkeiten.«

Mit anderen Worten: der Ferengi sollte all sein Gold in die Hände dieses unzuverlässigen Mannes legen und auf das Beste hoffen. Ross ließ sich nicht von des Nawabs Versicherung beeindrucken, er würde sein Leben für ihn riskieren, denn es war unwahrscheinlich, daß er dafür verantwortlich gemacht werden würde, was sein unwürdiger Gast in seiner Abwesenheit anstellte. Vielleicht würde Abdul Samut Khan wirklich helfen, daß Ross fliehen konnte, wenn er nur gut genug bezahlt werden würde – vielleicht aber auch nicht. Die einzige Möglichkeit, das herauszufinden, war, sich in die

Hände des Nawab zu begeben, und das wollte Ross nur widerwillig tun.

Ohne etwas von seinen zynischen Gedanken verlauten zu lassen, erklärte Ross: »Ihr seid sehr tapfer, mir ein solches Angebot zu machen, aber es wäre unehrenhaft, zu fliehen, wo der Emir sich mir gegenüber doch so großherzig gezeigt hat.«

Sein Gastgeber warf ihm einen verzweifelten Blick zu. »Ehre ist ja gut und schön, Lord Kilburn, aber hier geht es um Euer Leben. Nichts außer Flucht wird Euch vor dem Zorn des Emirs retten.«

»Ich werde darüber nachdenken.«

Abdul Samut Khans Miene veränderte sich. »Ihr habt noch eine Alternative. Werdet einer von uns. Wenn Ihr zum Islam übertretet, wird der Emir Euch als vertrauenswürdigen Berater willkommen heißen und Euch wunderschöne Frauen und große Reichtümer gewähren. Bleibt, Lord Kilburn!«

Ross hatte den merkwürdigen Eindruck, daß der Nawab es tatsächlich ernst meinte. Aber wie auch immer, Nasrullahs Berater zu werden schien ihm keine verlockende Aussicht, zumal eine solche Position wahrscheinlich nicht gefestigter war als seine jetzige Lage. »Ihr ehrt mich, Abdul Samut Khan«, sagte er in feierlichem Ernst, »aber das ist nicht möglich. Ich habe eine Frau, Familie und Verantwortung in meinem eigenen Land.«

Der Nawab seufzte schwer. »Ich glaube nicht, daß Ihr den Ernst Eurer Lage wirklich ganz begreift. Tot werdet Ihr weder Euch selbst noch Eurer Familie von Nutzen sein.«

»Ich werde über all das, was Ihr gesagt habt, nachdenken«, versprach Ross noch einmal. »Doch nun bitte ich Euch, mich zu entschuldigen. Der Imam der Tekkie von Khalfa Husein hat mich großherzig eingeladen, heute morgen das Tekkie-Kloster zu besuchen, und ich möchte ihn nicht warten lassen.«

Bevor er sich erheben konnte, begann Abdul Samut Khan traurig seinen Kopf zu schütteln. »Das geht leider nicht, verehrter Kilburn. Der Emir hat befohlen, Euch nicht mehr in der Stadt herumlaufen zu lassen.«

»Ich verstehe.« Ross gab sich Mühe, seiner Miene nicht anmerken zu lassen, was für ein Schlag das war. »Kann ich Nachrichten schicken und Besucher empfangen, oder werde ich unter absolutem Verschluß gehalten?«

»Ihr könnt Briefe schreiben und Gäste einladen und Euch auf dem Grundstück frei bewegen, doch Ihr werdet stets bewacht werden, wenn Ihr außerhalb Eurer eigenen Räume weilt«, sagte der Nawab mit einer bedauernden Geste. Dann sank seine Stimme wieder. »Wie Ihr seht, ist die Lage wirklich äußerst ernst. Wieder ermahne ich Euch, daß Ihr fliehen müßt. Gebt mir nur Gold, und ich werde mich um alles kümmern.«

»Wieviel werdet Ihr brauchen?«

Ein berechnendes Funkeln blitzte in des Nawabs Augen auf. »Sagen wir . . . zehntausend Dukaten?«

Ross schüttelte den Kopf. »Soviel habe ich nicht. Also wird mein Schicksal doch in Gottes Händen bleiben müssen.«

Schnell meinte der Nawab: »Gebt mir, was Ihr habt und dazu ein Papier, in dem steht, daß der britische Botschafter in Teheran den Rest bezahlen wird. Ihr seht, wie sehr ich Euch vertraue.«

»Aber der britische Botschafter wird ein solches Papier nicht anerkennen, denn ich bin privat hier, nicht als Vertreter meines Landes. Ich kann nicht in Kauf nehmen, daß Ihr Euch wegen mir ruiniert.« Ross fand, daß es Zeit war zu gehen. »Ich danke Euch für Eure Sorge, Abdul Samut Khan. Ihr habt mir viel zum Grübeln gegeben.«

»Grübelt gut, Ferengi«, antwortete der Nawab verzweifelt. Mit lauterer Stimme rief er der Wache an der Tür zu: »Zadeh, du wirst jederzeit bei Lord Kilburn bleiben, es sei denn, er hält sich in seinen Räumen auf. Laß ihn nicht aus den Augen.«

Der Wachmann öffnete Ross die Tür und folgte ihm dann hinaus.

Da es ihm nun verboten war, die Gebäude zu verlassen, beschloß Ross, zurück in seine Räume zu gehen, um dem Imam schriftlich zu erklären, warum er nicht kommen konnte. Er hatte auch einige andere Einladungen abzusagen. Mit etwas Glück würden einige einwilligen, ihn im Haus des Nawabs zu besuchen.

Während sie über das ausgedehnte Grundstück gingen, erklang auf einmal ein leises Flüstern hinter ihm: »Traut Abdul Samut Khan nicht, Lord Kilburn. Er gab vor, Jawer Camerons Freund zu sein, dann hat er ihn hinterhältig verraten. Er wird dasselbe mit Euch tun.«

Verdutzt erkannte Ross, daß die Warnung von seinem Wächter Zadeh gekommen sein mußte, der einer der jüngeren Soldaten im Haushalt des Nawab war. Ohne den Kopf zu drehen, flüsterte Ross zurück: »Was hältst du von seinem Angebot, mir bei der Flucht zu helfen?«

»Er wird nur Euer Gold nehmen und Euch dann der Spionage anklagen, damit Ihr verurteilt werdet«, kam die prompte Antwort.

»Das habe ich vermutet«, murmelte Ross. »Sag mir eines: Wenn ich versuchen würde, eines Nachts aus dem Haus zu fliehen, könnte es unter den Wachen welche geben, die vielleicht . . . in eine andere Richtung blicken würden?«

»Es gibt viele, die Euch helfen möchten«, antwortete Zadeh vorsichtig, »doch da dies ein Risiko ist, wäre ein kleines Geschenk angemessen.«

Ross nickte und betrat dann seine Zimmer. Vermutlich

war es sowohl billiger als auch sicherer, die Wachen direkt zu bestechen, als sich auf die unsichere Hilfe des Nawab zu verlassen. Doch aus dem Gebäudekomplex zu flüchten, würde nur der erste Schritt sein. Und der leichteste.

Juliet verbrachte den Morgen bei Saleh und Murad und sprach mit ihnen mögliche Pläne durch, denn instinktiv wußte sie, daß die Zeit knapp war. Das konkrete Gespräch tat ihr gut, denn es lenkte sie von der Erinnerung an die aufwühlende Nacht zuvor ab.

Später besuchte sie die verschiedenen Karawansereien, um herauszubekommen, wann und wohin die Karawanen abziehen würden. Erst spät am Nachmittag, als die Hitze am schlimmsten war und Buchara unter dem gelben, unbarmherzigen Licht Zentralasiens schmorte, kehrte sie zum Haus des Nawab zurück.

Sie war gerade durch das Tor getreten und lief durch einen dämmrig beleuchteten Flur, als sie mit Jawer Shahid Mahmud zusammentraf. Er hatte sich bisher nicht herabgelassen, ihre Anwesenheit zur Kenntnis zu nehmen, doch nun funkelten seine Augen nachdenklich auf, als er sie sah.

Niemand anderes war in der Nähe, und Juliet fühlte ein warnendes Kribbeln im Nacken. Den Blick stur geradeaus gerichtet, versuchte sie, um den Usbeken herumzugehen, doch er griff nach ihr und packte ihren Arm, bevor sie noch entwischen konnte. »Nicht so schnell, Targi. Ich war bisher nicht sehr gastfreundlich zu dir. Dein Name ist Jalal, richtig?«

Sie gab keine Antwort, sondern blickte ihn nur aus verengten Augen an. Er war wenige Zentimeter größer als sie, aber weitaus schwerer, und es gefiel ihr überhaupt nicht, wie er sie nun anstarrte.

Shahid ließ sich nicht beirren. »Ich habe mich gefragt,

wie dein Herr einen solchen dreisten Sklaven tolerieren kann, aber nun weiß ich, daß du verborgene Qualitäten hast.« Er grinste breit und unfreundlich. »Ihr hättet gestern nacht leiser sein sollen.«

Juliet verfluchte sich selbst. Trotz all ihrer Versuche, ihre Stimme so leise wie möglich zu halten, hatte man sie belauscht, und das war zweifellos ihre Schuld. Als Ross vom Emir zurückgekehrt war, hatte sie sich in seine Arme geworfen, als die Tür noch offen gewesen war. Der Jawer, der sich seiner Beute beraubt gedacht hatte, mußte beschlossen haben, noch ein wenig vor der Tür herumzulungern, um vielleicht etwas Nützliches aufzufangen. Nun wußte er, daß Juliet eine Frau war, und sie hatte einen schrecklichen Verdacht, was er mit dem Wissen zu tun gedachte.

Sie versuchte sich loszureißen, aber der Usbeke drehte ihr den Arm um und drückte sie gegen die Wand. »Es gibt ein berühmtes Pushtu-Liebeslied, es heißt ›Zakmi Dil‹, was ›Verwundetes Herz‹ bedeutet«, raunte er leise. »Vielleicht kennst du es ja. Es geht so: *›Es gibt einen Burschen über dem Fluß mit dem Hintern wie ein Pfirsich, aber ach! Ich kann nicht schwimmen.‹*«

Er grinste wieder, und seine Zungenspitze fuhr sich über die Lippen. »In Buchara sind wir besser dran, denn der große Fluß Amu ist Meilen von hier entfernt, und wir brauchen nicht zu schwimmen.« Mit plötzlicher Gewalt wirbelte er sie herum und rammte sie mit dem Gesicht voran an die Wand, während er ihr den verdrehten Arm hinter dem Rücken hochzog. »Du gehst so geschmeidig und anmutig wie ein Weib.«

Er packte mit der freien Hand an ihren Po. »O ja, Junge«, flüsterte er heiser. »Dein Hintern ist wirklich wie ein Pfirsich. Du solltest ihn nicht an einen Ungläubigen verschwenden.«

Später würde sie froh sein, daß er das Geheimnis ihrer

wahren Identität nicht entdeckt hatte – jetzt jedoch war sie mehr darum besorgt, ungeschändet zu entkommen. Anstatt sofort zuzutreten, zwang sie sich, ruhig zu bleiben, während Shadid sie begrapschte und sein heißer Atem sich hinter ihr beschleunigte.

»Das magst du, Junge, nicht wahr?« Er grinste widerlich. »Jetzt zeige ich dir, was ein richtiger Mann ist. Danach willst du diesen jämmerlichen Ferengi nie mehr anfassen.« Er drückte sie gegen die Wand, wobei sie sein hartes Geschlecht schmerzhaft spürte. Grimmig ertrug Juliet es. Sie würde nur eine einzige Chance bekommen, seinen Vorteil von Gewicht und Stellung zu überwinden, und so mußte sie sie gut nutzen.

Ihr Augenblick kam, als er nach unten griff, um den Saum ihres Gewandes hochzuheben. Seine wachsende Erregung und ihr Mangel an Widerstand machten ihn unvorsichtig, und sobald sich sein Griff an ihrem Arm lockerte, hob Juliet ihr Bein und schmetterte die Ferse ihres Stiefels mit aller Kraft nach hinten auf seine Kniescheibe.

Shahid kreischte überrascht und vor Schmerz auf und fiel zur Seite. Sein Griff um ihren Arm wurde stärker, als er stürzte, aber darauf war Juliet vorbereitet. Sie wand sich in einem Winkel heraus, der seinen Ellenbogen gebrochen hätte, wenn er nicht losließ, im gleichen Moment zückte sie den Dolch.

Als der Jawer endlich begriffen hatte, daß er es doch nicht mit einer leichten Eroberung zu tun hatte, kniete sie bereits hinter ihm und hielt ihm das Messer an die Kehle. Im gutturalsten Akzent und mit den häßlichsten persischen Obszönitäten, die sie kannte, knurrte sie: »Dreckiges Schwein. Wenn du herumhuren willst, such dir eine Sau wie die Mutter, die dich geboren hat.«

Als er begann, sich aus ihrem Griff freikämpfen zu wollen, drückte sie ihm die rasiermesserscharfe Klinge fest genug an seinen Hals, daß Blut hervorquoll. »Wenn du deine dreckige Rute in meiner Nähe noch mal steif werden läßt, dann schneid ich sie dir ab!« Nach diesen Worten wich sie zurück und trat ihm heftig in die Weichteile, um sicherzustellen, daß er sie so bald nicht mehr begehren würde.

Shahid klappte stöhnend vornüber, und sie ging den Flur hinunter, wobei sie sich zu einem normalen Schritt zwang, als ob sie sich vor nichts fürchtete, was er als Rache unternehmen könnte. Dennoch hielt sie den Dolch in der Hand und lauschte angestrengt auf Geräusche, für den Fall, daß er sich doch schneller erholte, als sie es erwartete. Die Gewalt seines haßerfüllten Blickes brannte ihr im Rücken, bis sie um die nächste Ecke gebogen war.

Als sie ihre Räume erreichte, kam gerade ein Diener heraus, also glitt sie schweigend an ihm vorbei, schloß die Tür und schob den Riegel vor. Dann zog sie ihren Tagelmoust herunter und vergrub ihr schweißbedecktes Gesicht in dem Stoff.

Ross saß mit einem Schreibblock auf dem Diwan, sah jedoch sofort besorgt auf. »Stimmt etwas nicht?«

»Eigentlich schon.« Sie brachte ein schiefes Lächeln zustande, als sie ihr Gesicht aus den Falten hob. »Shahid Mahmud hat mir einen unsittlichen Antrag gemacht, hat jedoch meine Fähigkeit und meinen Wunsch, mich zu verteidigen, unterschätzt. Zum Glück hatte ich Stiefel und nicht die Sandalen an.«

»Verdammt!« fluchte Ross zornig, als er sich auf die Füße schwang und sie schützend in die Arme zog. »Wie hat der Bastard herausgefunden, daß du eine Frau bist?«

»Hat er nicht.« Juliet stellte fest, daß sie trotz der Wärme des späten Nachmittags vor Erleichterung bebte, als Ross seine Arme um sie schlang. Es gab nichts Besseres als ein bißchen Drama, um eine Beziehung auf die Essenzen zu reduzieren; in ihrem Fall bedeutete das gegenseitiger Trost und Schutz. »Er hat letzte Nacht genug gehört, um daraus zu schließen, daß unsere Beziehung über das strikte Herr-und-Diener-Verhältnis hinausgeht, aber es scheint ihm nicht in den Sinn gekommen zu sein, daß ich eine Frau bin.«

Ross zog sie fester an sich. »Ich verstehe. Schade, daß wir ihn nicht umbringen können. Wenigstens kann er sich nicht beim Nawab beschweren, daß mein Diener sich nicht vergewaltigen lassen will. Ich fürchte, du kannst nur besonders vorsichtig sein und dich nicht wieder allein erwischen lassen. Aber für alle Fälle ist es vielleicht gut, wenn du eine Pistole bei dir hast.«

»Ausweichen ist besser. Shahid zu töten oder zu verwunden, würde Untersuchungen nach sich ziehen, die wir uns nicht leisten können.« Müde entfernte Juliet sich von Ross und ließ sich auf den Diwan fallen. Auf dem niedrigen Tisch stand ein mit Kondenswasser beschlagener Krug mit der Eis-und-Traubensirup-Mischung, die der Diener soeben gebracht hatte. Sie füllte zwei Becher. »Wir müssen darüber sprechen, wie wir Buchara verlassen.«

»Die Lage ist heute noch schlimmer geworden.« Ross setzte sich ebenfalls und berichtete ihr von dem Gespräch mit Abdul Samut Khan am Morgen.

Juliet nickte düster. »Also stehst du nun unter Hausarrest. Ich hoffe nur, daß der Nawab recht hat, wenn er behauptet, der Emir sei zu beschäftigt, um in der nächsten Zeit an dich zu denken. Ich denke, wir sollten fliehen, sobald Nasrullah die Stadt verlassen hat.«

Beide hatten ihr *rahat i jan* ausgetrunken, also füllte Ross die Gläser wieder auf. »Du hast, seit wir hier sind, alle Möglichkeiten ausgekundschaftet. Was schlägst du vor?«

Juliet schenkte ihm ein Lächeln; sie hatte es immer an ihm geliebt, daß er offen für Vorschläge war, was nur ein wirklich charakterstarker Mann sein konnte. »Zuerst sollten wir Saleh und Reza zurück nach Persien schicken. In ein paar Tagen verläßt eine große Karawane die Stadt in Richtung Teheran. Dann sind nur noch Murad und wir beide übrig.«

Ross folgte der Richtung ihrer Gedanken mühelos. »Und wir drei sind die kräftigsten. Du meinst, wir sollten uns turkmenische Pferde besorgen und so weit wie möglich nach Westen reiten, nicht wahr? Ich habe auch schon darüber nachgedacht und stimme zu, daß das unsere beste Chance sein könnte, aber es wird auch gefährlich werden. Die Karakum im Frühling zu durchqueren ist schon schlimm genug – aber in dieser Jahreszeit ist die Hitze mörderisch, und vermutlich werden wir zumindest einen Teil der Strecke verfolgt werden.«

»Ja, aber turkmenische Räuber ziehen seit Dschingis-Khan plündernd durch die Wüste. Wir können genauso überleben, solange wir nur schnell genug und ohne Gepäck reiten.« Sie beugte sich vor, und ihre Hände untermalten begeistert ihre Worte. »Wir sind auf der Hauptroute der Karawanen hergekommen. Aber es gibt noch eine zweite Strecke, die südlich von Merw und Ratifak entlangführt. Wenn wir die nehmen, ist es unwahrscheinlicher, daß wir verfolgt werden oder auf turkmenische Banden stoßen.«

»Es ist die schwierigere Strecke, da die Wasserversorgung nicht besonders verläßlich ist«, bemerkte Ross, »und ohne einen Führer, der sich gut auskennt, werden wir es schwer haben, überhaupt Wasser zu finden. Pferde sind schneller als Kamele, aber sie müssen auch mehr trinken. Wir werden nicht genug mitschleppen können, um uns und die Tiere durch Hunderte von Meilen brennender Wüste zu bringen.«

»Murad ist die Strecke zwar noch nicht entlanggereist, aber in den letzten Wochen hat er lange mit Männern gesprochen, die es getan haben. Er hat detaillierte Informationen erhalten, wo die Wasserlöcher sich befinden.«

Ross lehnte sich gegen die Wand. Er war noch immer skeptisch. »Murad hat allerbeste Absichten, davon bin ich überzeugt. Aber er hat sich schon in Persien verirrt, das er angeblich gut kannte. Willst du dein Leben in seine Hände legen?«

»Ja, denn ich denke, daß es unsere beste Chance ist«, antwortete Juliet. »Überall um die Stadt herum ist Wüste, aber es ist wegen der Kampfhandlungen um Kokand und Herat gefährlich, nach Osten oder Süden zu gehen. Nördlich nach Chiwa wäre am besten, aber dann müssen wir irgendwann dennoch durch die Karakum. Wenn wir uns nach Westen bewegen, müssen wir nur Serevan erreichen, und mit etwas Glück könnten wir es in fünf oder sechs Tagen im strammen Galopp schaffen.«

»Wir könnten das Glück haben, obwohl ich nicht gerade Geld darauf wetten würde.« Ross fuhr sich mit der Hand durchs Haar. Seine Miene war besorgt. »Ich will die Chance ja durchaus ergreifen, aber es gefällt mir überhaupt nicht, daß du und Murad euer Leben unnötig riskiert. Wenn Murad mir eine Art Karte zeichnen würde, dann könnte ich es vielleicht allein versuchen.«

»Drei Leute haben bessere Überlebenschancen als einer.« Juliet beugte sich mit trotzigem Gesicht vor. »Wir haben das schon ein paarmal durchgesprochen. Murad kennt das Risiko und tut es trotzdem. Und merk dir jetzt ein für allemal, Ross: Ich werde dich unter gar keinen Umständen allein durch die Karakum ziehen lassen!«

Er blickte sie einen Moment verdattert an, dann grinste er langsam und streckte den Arm aus, um ihre Wange zu streicheln. »Du bist ein erschreckendes Weib. Es klingt so, als hätte ich überhaupt keine Wahl, als deinen Plänen zuzustimmen.«

Juliet bedachte ihn mit einem gespielten Stirnrunzeln. »Recht hast du, Ferengi.«

Während seine vergnügte Stimmung wieder abebbte, griff Ross in seinen Rock und zog ein Stück Papier heraus, das er Juliet gab. »Ich habe das heute geschrieben. Es wird wahrscheinlich niemals gebraucht, aber ich finde dennoch, du solltest es haben.«

Mißtrauisch untersuchte sie den Zettel. Er war zusammengefaltet und mit Wachs versiegelt, das von Ross' Siegelring markiert war. »Was ist das – dein Letzter Wille und Testament?«

»Nein, das liegt in England ... ich regle meine Angelegenheiten immer, bevor ich das Land verlasse. Aber wenn wir gerade dabei sind, dein Einkommen ist für den Rest deines Lebens gesichert«, antwortete er mit emotionsloser Stimme. »Was ich dir da gegeben habe, ist eine beeidigte Erklärung, daß du die Wahrheit sagst, falls du nächstes Jahr ein Kind bekommst und behauptest, ich habe es gezeugt.«

Juliet starrte das Dokument an, als wäre es eine giftige Schlange. Sie war sich durchaus über die möglichen Folgen der gestrigen Nacht bewußt, aber diese Sache war so grundlegend kompliziert, daß sie sich geweigert hatte, darüber nachzudenken. »Dies wird nur zur Geltung kommen, wenn du stirbst und ich überlebe und gleichzeitig schwanger bin«, meinte sie angespannt. »Und das ist ziemlich unwahrscheinlich!«

»Stimmt«, gab Ross zu, »aber es wäre nachlässig von mir, nicht alle möglichen Vorkehrungen zu treffen. Es ist eine Menge Vermögen im Spiel. Wenn wir einen Sohn haben sollten, ist er der nächste Duke of Windermere, eine Tochter wäre eine einflußreiche Erbin. Da wir Jahre getrennt waren, bekommst du Schwierigkeiten von allen möglichen Vettern, die als Erben eingesetzt werden könnten, wenn du nur einen Brief nach England schreibst, daß du einen legitimen Nachfolger auf die Welt gebracht hast. Ich möchte nicht, daß du dich dem stellen mußt.«

Juliets zitternde Finger strichen immer wieder über das Dokument. *Unser Sohn. Unsere Tochter.* »Du denkst an alles«, brachte sie mühsam hervor. »Aber was, wenn ich wirklich ein Baby bekomme und es nicht aufgeben will?«

»Das wollte ich dir damit auch nicht nahelegen. Ich möchte nur sicherstellen, daß jeder meiner Erben das bekommen kann, was ihm zusteht.« Sein Tonfall wurde rauher. »Das ist wahrscheinlich die einzige Hoffnung auf ein Kind, die ich je haben werde. Wenn der Emir meint, er müßte mir in den nächsten Tagen den Kopf kürzen, dann würde ich gerne mit dem Wissen sterben, daß ich vielleicht etwas Wertvolles hinterlassen habe.«

Juliet hatte nicht gewußt, daß es ihm soviel bedeutete, ein Kind zu haben. Sie hatte nicht gewagt, es sich einzugestehen. Leise versprach sie: »Mach dir keine Sorgen. Wenn . . . wenn das, worüber wir reden, wirklich eintreffen wird, dann werde ich alles tun, daß dein Kind die Zukunft bekommt, die du für es gewünscht hättest. Vertrau mir.«

»Ich vertraue dir.« Er nahm ihre Hand. »Ich versuche nur, die Dinge so einfach wie möglich zu gestalten.«

Wenn Ross starb, würde nichts mehr einfach sein. Juliet schloß die Augen, um die brennenden Tränen zurückzuhalten. Sie hatte heute bereits einmal geweint, und das war schon einmal zuviel gewesen. Sie war dankbar, daß ein Klopfen an der Tür ertönte, bevor sie etwas sagen mußte.

Der Diener brachte eine Einladung für Lord Kilburn, mit Abdul Samut Khan zu Abend zu essen. Ross murmelte etwas Unflätiges. »Ich habe seine Gesellschaft leidlich satt, aber ich denke, ich habe keine Wahl.« Lauter rief er, daß es Zeit für ein Bad war, und befahl, Wasser hinaufbringen zu lassen.

Nachdem Ross gebadet und sich zu seinem Gastgeber aufgemacht hatte, ließ Juliet sich ins Wasser fallen und eine lange Zeit einweichen, um den Streß der letzten vierundzwanzig Stunden von sich wegspülen zu lassen. Dann, sauber und trocken, setzte sie sich nieder und überarbeitete in Gedanken ihre Fluchtpläne Schritt für Schritt und notierte sich Fragen, die geklärt werden mußten.

Endlich kehrte Ross vom Essen zurück. Juliet war sich nicht sicher gewesen, wie der Abend wohl enden würde, doch Ross machte es ihr sehr einfach, indem er nur gähnte und ihr seine Hand bot. »Es ist spät, Juliet. Gehen wir ins Bett.«

Seine Hand zu nehmen und mit ihm zu gehen, schien das Natürlichste auf der Welt zu sein.

Kapitel 21

FÜNF TAGE NACH Ross' schicksalhaftem Gespräch mit dem Emir traf Juliet sich heimlich mit Muhammad und Hussayn Kasem. Da sie wußte, daß sie nicht einfach in ihrer Tuareg-Verkleidung zum Haus der reichen Händler marschieren konnte, ohne den allgegenwärtigen Spitzeln Bucharas aufzufallen, hatte sie eine Nachricht geschickt, in der sie ihnen mitteilte, sie würde in deren Stoffgeschäft kommen, wo sie im steten Kundenstrom nicht auffallen würde.

Als sie in das schattige Innere des Ladens trat, kam Hussayn auf sie zu, als wäre sie nur ein ganz normaler Interessent, doch er brauchte nicht lange, um sie unter dem Vorwand, in seinen Beständen nachzuschauen, in den hinteren Teil des Ladens zu führen. Der Laden war ein Labyrinth aus kleinen Räumen, die alle mit Stoffballen vollgestopft waren, welche in den herrlichsten Farben und Mustern leuchteten. Indem er einen letzten bestickten Vorhang zur Seite zog, bedeutete ihr Hussayn, in eine dick mit Teppich ausgelegte Kammer zu treten, wo bereits sein Vater mit gekreuzten Beinen vor einem Samowar saß.

Ohne Eile bewirteten die Kasems ihren Gast mit Tee und gewürzten Kuchen, während man sich nach dem gegenseitigen Befinden erkundigte. Nachdem der Etikette Genüge getan war, begann Muhammad: »Ich habe gehört, daß Kilburn inzwischen in Abdul Samut Khans Haus festgehalten wird. Das ist beunruhigend, denn Major Cameron wurde ebenso behandelt, bevor er in den Schwarzen Brunnen gebracht wurde.«

»Was du gehört hast, stimmt.« Vorsichtig setzte Juliet ihre kostbare Porzellantasse ab. »Kilburn ist der Meinung, daß der Emir ihn nicht friedlich gehen lassen wird, also müssen wir seine heimliche Flucht planen. Er hat mich geschickt, euch um Hilfe zu bitten.«

»Er muß nicht bitten, denn es wird uns eine große Ehre sein, ihm behilflich zu sein«, entgegnete Muhammad würdevoll. »Was können wir tun?«

»Aus dem Haus des Nawabs zu fliehen, wird relativ einfach sein, aus der Stadt herauszukommen jedoch schwierig. Die Tore sind ständig bewacht. Außerdem brauchen wir turkmenische Pferde, und wahrscheinlich bekommt man solche Reittiere nicht in der Stadt.« Juliet zog eine kleine Börse hervor, in der Goldmünzen klimperten, und legte sie neben den Samowar. »Natürlich wird Kilburn für die Pferde zahlen, denn er weiß, wie teuer sie sind.«

»Es wäre eine Schande, Gold von dem Mann anzunehmen, der meines Vaters Leben gerettet hat«, erklärte Hussayn mit abwehrender Geste. Abwesend streichelte er seinen schwarzen Bart, während er nachdachte. »Es dürfte einfacher sein, die Stadt innerhalb einer Karawane zu verlassen, denn dann sind die Wachen mehr damit beschäftigt, die Waren zu überprüfen. Wenn ihr in einer Nacht aus des Nawabs Haus heraus könnt, in der wir eine Ladung losschikken, könnt ihr euch unter unsere Leute mischen, bis ihr sicher draußen seid. Das beste wäre, wenn ihr euch eine Karawane sucht, die durch das Osttor zieht, denn dort wäret ihr unserem Landhaus am nächsten, wo wir Pferde und Vorräte für euch bereithalten können.«

Juliet hatte gehofft, daß er eben dies vorschlagen würde.

Mit einer Verbeugung sagte sie: »Ausgezeichnet. Weißt du schon, wann ihr in den nächsten Wochen Waren aus der Stadt schaffen wollt?«

Nach kurzer Beratung boten die Kasems ihr verschiedene Daten an, dann wandte sich das Gespräch einem anderen Aspekt des Fluchtplans zu. Als sie zu dritt jeden Punkt behandelt hatten, der Juliet einfiel, erhob sie sich, um zu gehen.

Mit verengten Augen blickte Hussayn sie an. »Dein Persisch ist viel flüssiger, als du auf der Reise durch die Karakum gezeigt hast, Jalal. Bist du wirklich ein Targi?«

Sie zögerte einen Augenblick, um eine Erklärung zu erfinden, die soviel Wahrheit wie möglich enthielt. »Nein, mein Herr, dies ist nur eine Verkleidung. Ich bin auch ein Ferengi. Vor vielen Jahren habe ich . . . mich Kilburns Diensten verschworen. Ich durfte nicht zulassen, daß er ohne mich auf solch eine gefährliche Reise geht.«

»Ich verstehe«, murmelte Hussayn. »Kilburn hat treue Diener. Aber er ist schließlich auch ein Mensch, dem man gerne ergeben ist. Möge Gott euch beide auf eurer Heimreise beschützen.«

Als sie sich verbeugte und ging, hoffte Juliet inbrünstig, die gute Wünsche des Händlers würden sich bewahrheiten.

Das Warten war hart. Ross hatte an seiner erzwungenen Untätigkeit zu kauen und quälte sich mit der Tatsache, daß er nichts tun konnte, außer sich möglichst unauffällig zu benehmen, so daß er kein Mißtrauen erweckte. Juliet war dagegen sehr beschäftigt, denn niemand versuchte sie im Haus festzuhalten. Nachdem sie sich die Mithilfe der Kasems gesichert hatte, nutzte sie die Unförmigkeit ihres Gewandes aus, um Dinge ins Haus zu bringen, die sie brauchen würden, und andere, die sie auf die Reise mitnehmen wollten, herauszuschmuggeln. Abgesehen von Gold, Waffen und der Buskaschi-Kappe von Dil Assa, wollte Ross nur seine Tagebücher mitnehmen, in denen er seine Beobachtungen über Turkestan und seine Einwohner aufgezeichnet hatte. Natürlich schwiegen die Bücher diskret über das weitaus interessantere Thema seines Privatlebens.

Zwei Dinge machten Ross' Hausarrest erträglich. Das Wichtigste waren die Nächte mit Juliet, die so erfüllend und leidenschaftlich waren, wie er es niemals für möglich gehalten hätte, und sie spiegelten sich in ihrer wunderbaren Kameradschaft in der übrigen Zeit wider. Obwohl der Tod eine allgegenwärtige Drohung war, kam es Ross vor, als wäre er nie zuvor so glücklich gewesen. Wahrscheinlich war es der Tod selbst, der jeden Augenblick mit seiner Frau so unendlich kostbar machte; es schien, als sollte ein ganzes Leben möglichen Glücks in eine Handvoll bezaubernder Stunden gedrängt werden.

Doch ihre Oase der Freude war umgeben von Schranken, die noch undurchdringlicher als die Mauern des Grundstücks waren. Die Themen, die nicht erwähnt werden durften, schlossen viel aus der Vergangenheit und alles aus der Zukunft ein – und keiner von beiden sprach jemals von Liebe.

Ross' andere Zerstreuung waren die Freunde, die ihn auch im Haus des Nawabs besuchten. In einer Stadt, in der es von Spitzeln wimmelte, bedurfte es einer ganzen Menge Mut, einen Mann zu besuchen, der beim Emir in Ungnade gefallen war. Zwei von drei Wachen waren stets im Empfangsraum dabei, wenn Ross seinen Besuch bekam, was allein schon reichte, um alle Gespräche einzuschränken. Zudem mußte Persisch gesprochen werden, damit die Soldaten auch alles verstehen konnten.

Ross stellte fest, daß es ihm viel nützte, Usbekisch zu verstehen, denn so schnappte er oftmals interessante Informationen auf. Die Wachen hatten eine Art von Wette abgeschlossen, ob Lord Kilburn sofort exekutiert oder erst noch in den Schwarzen Brunnen geworfen werden würde, und wenn letzteres eintraf, wie lange er dann wohl überleben würde.

Niemand bot eine Wette darauf an, daß der Ferengi gesund und munter Buchara verlassen würde.

Drei Tage waren vergangen, seit Juliet sich mit den Kasems getroffen hatte. Wie gewöhnlich war sie unterwegs. Ross hatte den Nachmittag beim Schachspiel mit einem armenischen Händler verbracht, dessen vornehmes Auftreten seinen ›Killerinstinkt‹ für das Spiel der Könige verschleierte. Ross sagte ihm gerade Lebewohl, als drei weitere Freunde ankamen.

Die Neuankömmlinge waren bekannte Persönlichkeiten aus der ansässigen jüdischen Gemeinde, unter ihnen Ephraim ben Abraham, den Ross bereits bei seinem ersten Besuch in Buchara kennengelernt hatte. Damals hatte Ephraim Ross gebeten, einen Brief nach England mitzunehmen und ihn Moses Montefiore, einem Finanzier und großen Menschenfreund, zu geben, dessen Ruf sogar bis Turkestan reichte. Montefiore hatte dem Bucharer eine Antwort geschickt, und nun, acht Jahre später, standen die beide immer noch in lockerer Korrespondenz.

Als Ross zum zweiten Mal in Buchara angekommen war, hatte Ephraim ben Abraham ihn zu sich nach Hause eingeladen. Nachdem der Jude Ross seinen Dank ausgesprochen hatte, daß er seinen Teil zu der Kontaktaufnahme beigetragen hatte, bat er ihn um die letzten Neuigkeiten über Montefiore. Ross hatte ihm also die Geschichte erzählt, wie der britische Philanthrop von der Königin zum Ritter geschlagen wurde, trotzdem einige Minister dagegen Widerstand geleistet hatten. Die junge Königin Victoria hatte erklärt, daß ein Brite ein Brite war und daß seine

Religion dabei nicht zählte – eine Entscheidung, die in Buchara großen Beifall fand.

Noch berühmter war allerdings die Geschichte, wie der neu ernannte Sir Moses in den zeremoniellen Gewändern als Sheriff von London und Middlesex persönlich ein koscheres Huhn mit in die Guildhall, das Londoner Rathaus, gebracht hatte, damit er mit den anderen Würdenträgern essen konnte, ohne die Ernährungsregeln seines Glaubens zu verletzen. Die Zuhörer hatten vor Lachen gebrüllt, und Ross mußte die Geschichte noch in anderen Häusern mehrmals wiederholen. Und nun, da er Hausarrest hatte, besuchten ihn seine Freunde statt dessen im Haus des Nawabs.

Nach den üblichen Begrüßungsfloskeln und zeremoniellen Tassen von Tee mit Rosenwasser wandte sich Ephraim ben Abraham an Ross. »Verehrter Kilburn, bitte mach uns die Ehre, ein hebräisches Lied zu singen. Deine Stimme ist so volltönend und schön.«

Ross warf dem Juden einen irritierten Blick zu, denn die Bitte erschien ihm doch recht merkwürdig. Als Junge hatte er den ansässigen Vikar so lange gepiesackt, bis er ihm Hebräisch beigebracht hatte, welches die einzige Sprache aus dem Mittleren Osten war, die selbst in der Wildnis von Norfolk bekannt war. Doch obwohl seine Kenntnisse darüber ihn bei den Juden Bucharas beliebt gemacht hatten, hatte er doch noch nicht für sie gesungen. Nun, er war als Kind im Schulchor gewesen, und er sang gerne, also intonierte er einen seiner Lieblingspsalme.

Als älterer Offizier im Haushalt des Nawabs stand Jawer Shahid Mahmud über derart simplen Aufgaben wie Wachestehen, aber er ließ es sich nicht nehmen, täglich für ein oder zwei Stunden bei seinem Gefangenen vorbeizuschauen, um ihn drohend anzustarren. Er war auch jetzt da und tuschelte in einer Ecke des Raumes mit einem Untergebenen. Nachdem er ein paar Verse des Psalms gehört hatte, brach er seine Unterhaltung ab und hob die Hand, um Ross zum Aufhören zu bringen. »Was redest du da?« fragte er mißtrauisch.

Ross übersetzte pflichtbewußt die Worte und begann mit: *»An den Ufern von Babylon setzten wir uns nieder und weinten, denn wir gedachten Zion.«* Als er schließlich bei *»Wie können wir das Lied des Herrn in einem fremden Land singen?«* angelangt war, hatte Shahid schon das Interesse verloren. Mit einem Schnauben wandte er sich wieder an seinen Untergebenen.

Ross begann das Lied erneut. Als er etwa die Hälfte gesungen hatte, war seine Kehle eng und heiser, denn das Gefühl der Verbannung, das die uralten Worte ausdrückten, ging ihm zu Herzen. Vielleicht wäre ein anderer Psalm besser gewesen.

Als er geendet hatte, breitete sich ein Schweigen des Respekts aus. Dann ergriff Ephraim das Wort: »Hab' Dank, verehrter Kilburn. Nun möchte ich dich eine Hymne der Juden von Turkestan lehren. Ich werde eine Zeile singen, meine Freunde werden den Refrain übernehmen. Es ist ganz einfach, du wirst es schnell lernen.«

Nach den ersten Sätzen konnte Ross bereits mit den anderen einstimmen. Wie Ephraim vorausgesagt hatte, war das Lied, ein Gebet der Freude, sehr einfach. Die usbekischen Wachen gönnten ihnen kaum ein paar gelangweilte Blicke.

Als die Hymne beendet war, strahlte Ephraim Ross an. »Ausgezeichnet. Nun singen wir ein anderes, etwas schwierigeres Lied. Wenn du die Worte nicht verstehst, bitte mich einfach, sie zu wiederholen.« Er sah ihn eindringlich an. »Du verstehst?«

Ross, der plötzlich sehr aufmerksam wurde, nickte.

Klagend stimmte Ephraim auf Hebräisch an: *»Ich habe soeben vernommen, daß nicht ein, sondern zwei Europäer zum*

Schwarzen Brunnen verurteilt wurden, obwohl sie kein Verbrechen begangen haben.«

Seine zwei Freunde fielen ein: *»Er ist der Mächtigste der Mächtigen!«*

»Der eine war dein Bruder«, sang Ephraim. *»Der andere ein Offizier aus Rußland.«*

Wie gelähmt starrte Ross seine Gäste an, zu verblüfft, um den folgenden Refrain mitzusingen.

Ephraim fing seinen Blick auf und fuhr fort: *»Ein Gefangener wurde zur Exekution abgeführt, wo er seinen Glauben erklärte und starb. Möge er in Frieden ruhen.«*

Die anderen Männer tönten: *»Er ist der Gesegneteste der Gesegneten.«*

Ross' Herz begann heftig zu hämmern, als er endlich begriff, daß es sich um den dreisten Versuch handelte, unter den Nasen der Wachen Informationen zu übermitteln.

»Der andere erleidet noch immer das lebende Sterben des Schwarzen Brunnens«, sang Ephraim, *»doch niemand kennt seinen Namen.«*

Unfähig, noch länger schweigend zu lauschen, unterbrach Ross angespannt: »Verzeih, ich habe die Worte der letzten Zeile nicht ganz begriffen. Ist es dies?« Mit einem leichten Beben in der Stimme, fragte er: *»Ihr wißt nicht, welcher Mann starb und welcher lebt?«*

Sein Gast antwortete traurig: *»Leider nein. Es gab Zeugen, die zu der fatalen Stunde da waren, aber sie sind sich nicht einig, welcher getötet wurde.«*

Die anderen beiden stimmten ein: *»Er ist der Herrlichste der Herrlichen.«*

Ross mußte noch eine Frage stellen. *»Und der Überlebende haust noch immer im Schwarzen Brunnen?«*

»Aye, er lebt, mehr können wir nicht sagen.«

Ross schluckte hart. Als der Refrain vorbei war, murmelte er: *»Also könnte mein Bruder noch unter den Lebenden sein.«*

»Aye, aber er kann auch tot sein. Ich weiß nur, daß ein Europäer immer noch im Schwarzen Brunnen dahinvegetiert.«

»Er ist der König der Könige«, fügten seine Freunde hinzu.

Mit mitfühlendem Blick endete Ephraim: *»Gewiß ist das Wissen eine bittere Frucht, aber ein Bruder hat das Recht zu wissen, was mit seinem Bruder geschah.«*

Bevor Ross überlegen konnte, was er sagen sollte, betrat Abdul Samut Khan das Empfangszimmer.

Augenblicklich strahlte Ephraim in einem unschuldigen Lächeln. »Ach, bitte, verehrter Kilburn, erzähl uns doch die Geschichte von Sir Moses Montefiores Hühnchen.«

Ross hatte noch nicht begonnen, als der Nawab forderte: »Lord Kilburn, würdet Ihr bitte heute früh mit mir zu Abend essen?« Dann wandte er sich zu den Juden um und meinte: »Ihr seid natürlich auch willkommen.«

Die Einladung kam nur der Form halber, und jeder der Anwesenden wußte es. Also erhob sich Ephraim ben Abraham und sprach: »Ihr ehrt uns sehr, Abdul Samut Khan, aber leider verbietet uns die Ernährungsvorschrift unseres Glaubens, anzunehmen. Es ist Zeit, zu gehen.«

Ross stand ebenfalls auf und sagte seinen Gästen Lebewohl. Als er Ephraims Hand schüttelte, raunte er leise: »Ich danke euch für eure Lieder. Ich werde sie immer in meinem Herzen tragen.«

»So wie deine Lieder in unseren Herzen ruhen werden«, antwortete Ephraim. »*Shalom*, mein Bruder Kilburn.«

Nachdem sie gegangen waren, ahnte Ross, daß er die drei wohl nicht wiedersehen würde, denn in ein paar Tagen war er entweder fort oder tot. Dann machte der Nawab eine ungeduldige Geste, und Ross drängte seine wirren Gedanken beiseite. Er würde Zeit brauchen, all die Informationen zu verdauen, aber im Augenblick mußte er den liebenswürdigen Gast spielen.

Trotz der anfänglichen Eile seines Gastgebers verlief das

Essen gemütlich. Als sie gesättigt waren, rief Abdul Samut Khan nach der *nargileh*, der Wasserpfeife. In der Öffentlichkeit zu rauchen, war ein Verbrechen, aber zu Hause war es gang und gäbe. Diese besondere *nargileh* war eine wunderschöne Handarbeit mit einem schön gravierten Glaskörper.

Das Wasser blubberte sanft, als der Nawab am beweglichen Mundstück sog. Er seufzte zufrieden, zog dann das Mundstück aus seinen Lippen und bot Ross den Schlauch mitsamt einem anderen Mundstück aus Elfenbein an. »Bitte, raucht mit mir.«

Ross hatte niemals Geschmack am Rauchen gefunden, aber wenigstens kühlte die Wasserpfeife den Rauch und machte ihn weniger abstoßend. Während er an der Pfeife sog, erkundigte sich sein Gastgeber: »Habt Ihr über das nachgedacht, was wir vor ein paar Tagen besprochen haben?«

Abdul Samut Khan hatte es also immer noch nicht aufgegeben, aus seinem Gast Gewinn zu schlagen.

»Ich habe darüber nachgedacht, und meine Antwort ist immer noch dieselbe«, antwortete Ross, als er den Schlauch zurückgab. »Ich habe weder das Gold, das dafür nötig ist, noch die Lust, den Emir zu hintergehen. Was sein wird, wird sein.«

Die Miene des Nawabs verhärtete sich, und er stopfte sich das Mundstück ruppig zwischen die Lippen. »Jawer Shahid Mahmud wird hierbleiben, um Euren Arrest zu überwachen. Natürlich ist er enttäuscht, daß er nicht mit in den Krieg ziehen darf, aber Eure Würde verlangt es, daß Ihr von einem ranghohen Offizier bewacht werdet.« Dann senkte er seine Stimme. »Obwohl er in meinem Haus Dienst tut, gehört seine Loyalität dem Emir. Und ich kann nicht voraussagen, was er tun wird, wenn die Kriegsberichte schlecht ausfallen.«

Mit anderen Worten, Shahid könnte sich entschließen, seinen Gefangenen zu ermorden, falls die Kämpfe nicht siegreich waren. Ross nahm erneut die *nargileh* und sog den Rauch tief ein, um ihn dann langsam auszuatmen. Es hörte sich ganz an wie ein nicht gerade dezenter Versuch, Ross Angst einzujagen und ihn zur Flucht zu überreden. Und die Drohung war effektiv – wenn Ross zwischen Shahid und Abdul Samut Khan hätte wählen müssen, dann hätte er sich für den Nawab entschieden, der zumindest *vielleicht* tat, wozu er bestochen worden war.

Doch zum Glück hatte Ross eine Alternative. »Ich weiß Eure Sorge um mein Wohlergehen zu schätzen, aber mit Euren Fähigkeiten zur Führung der Artillerie kann die Armee doch nur im Triumph heimkehren.«

»Ihr habt eine geschmeidige Zunge, Lord Kilburn.« Der Nawab mußte widerwillig lächeln. »Ich kann nicht entscheiden, ob Ihr große Unschuld besitzt oder große Tücke. Doch genug von solchen Dingen. Um zu etwas Angenehmeren überzugehen, ich beabsichtige, den Abend, bevor wir abziehen, ein kleines Fest für ein paar Freunde zu veranstalten. Es wird in meinen Gärten stattfinden, wir werden Musik und Tänzer haben – persische Tänzer, denn die sind viel besser als turkmenische. Ihr werdet sicher viel Spaß haben. In den Krieg zu ziehen, bedeutet, den Tod in Kauf zu nehmen, daher wollen wir das Leben feiern. Wie der große persische Poet Omar Khayyam sagte: ›*Mach das Beste aus dem, was wir noch haben mögen, bevor auch wir in den Staub zurücksteigen.*‹ Ist es nicht so?«

Ross lächelte, als er den gleichen Vers hörte, den er für Juliet zitiert hatte. In dieser Hinsicht stimmte er mit seinem Gastgeber voll und ganz überein.

Als Ross von dem Essen mit Abdul Samut Khan zurückkehrte, wartete Juliet, bis er den Riegel vor die Tür geschoben hatte, dann zog sie den Schleier ab und kam zu ihm.

»Es war ein erfolgreicher Tag«, murmelte sie, während sie ihre Arme um seine breite Brust schlang. »Ich hatte überhaupt keine Probleme, aus der Stadt herauszukommen, und unsere Waffen und Munition waren immer noch dort, wo wir sie gelassen haben. Nun ist alles auf dem Anwesen der Kasems versteckt und wartet nur noch auf uns. In zwei Tagen werden Saleh und Reza nach Persien abreisen, und drei Tage später sind wir auf dem Nachhauseweg.«

Ross gab keine Antwort, sondern hielt sie nur fest und vergrub sein Gesicht in ihren Haaren. Juliet zog die Brauen zusammen. »Ist etwas passiert?«

»Ich fürchte ja.« Er ließ sie los und zog seinen Rock aus. »Und ich weiß – ehrlich gesagt – nicht, ob es gute oder schlechte Neuigkeiten sind.«

Neugierig, aber nicht alarmiert folgte Juliet Ross ins Schlafzimmer. Sie nahm ihren Kamm und ließ sich auf ein dickes Seidenkissen fallen. »Erzähl mir, was los ist.«

Ross löste seine Krawatte und rieb sich dann müde den Nacken mit einer Hand. »Heute kam Ephraim ben Abraham mit zwei Freunden zu Besuch. Sie berichteten mir, daß nicht ein, sondern zwei Europäer im Schwarzen Brunnen eingekerkert waren. Einer war Ian, der andere ein russischer Offizier, und einer von beiden wurde exekutiert, während der andere verschont wurde.« Er holte tief Atem. »Das Üble daran ist, daß sie nicht wissen, wen welches Los ereilt hat.«

Juliet hielt mitten in ihrer Bewegung inne, und alles Blut wich aus ihrem Gesicht. »Das heißt, Ian ist vielleicht am Leben, aber wir können nicht sicher sein.«

Juliet hatte ihren Bruder seit Wochen betrauert; nun zu erfahren, daß er möglicherweise noch lebte, war ein genauso großer Schock wie die Nachricht von seinem Tod. Tatsächlich war er durch die Ungewißheit sogar noch schlimmer. »Ich habe immer gedacht, daß es nicht zu Ian paßte, sich vor seinem Tod zu bekreuzigen. Es würde jemandem ähnlicher sehen, der Mitglied der orthodoxen Kirche ist.«

Ross' Blick war mitfühlend, aber er wollte keine falschen Hoffnungen schüren. »Möglich, aber in letzter Zeit hatte der Emir zu Rußland bessere Beziehungen als zu England. Es ist deshalb wahrscheinlicher, daß er einen Briten hingerichtet hat.«

»Warum sollte der Emir außerdem behaupten, er habe Ian exekutieren lassen, wenn das nicht der Fall wäre?«

Ross schüttelte den Kopf. »Ich habe keine Ahnung. Es könnte eine Taktik sein, aber auch reine Kaltblütigkeit. Vielleicht dachte Nasrullah, er könnte andere potentielle Spione abschrecken, wenn er behauptet, er habe einen töten lassen, entschied dann aber, daß ein Brite ihm vielleicht eines Tages noch nützen könnte. Wer weiß, vielleicht finden wir es nie heraus.«

Juliet schloß eine Sekunde die Augen. »Was sollen wir jetzt tun?«

Ross verzog die Lippen und begann, auf und ab zu laufen. Zehn Schritte hin, zehn zurück. Er wirkte wie ein Löwe im Käfig. »Ich bezweifle, daß wir überhaupt etwas tun können.«

»Wir müssen aber versuchen, ihn zu retten«, beharrte Juliet. Sie konnte doch nicht ihren Bruder im Stich lassen, wenn er am Leben war. Genausowenig wie sie ihren Mann verlassen würde.

Ross' Blick war voller Sarkasmus. »Mit anderen Worten, wir verschwinden aus diesem Haus hier, brechen in ein schwerbewachtes Gefängnis ein, schnappen uns einen Mann, der wahrscheinlich in einem furchtbaren Zustand ist, schmuggeln ihn aus der Stadt und bringen ihn in der schlimmsten Jahreszeit sicher durch die Karakum. Und vielleicht ist es nicht einmal Ian.«

»Wir sind ursprünglich gekommen, um ihn zu retten«, erwiderte sie stur. »Mit dem Wissen, daß er möglicherweise lebt, können wir doch nicht einfach davonspazieren.«

Ross seufzte. »Und damit sind wir einmal mehr, wahrscheinlich schon zum hundertsten Mal bei der Frage, was es für einen Sinn hat, wenn ein Mensch selbst für einen guten Zweck Selbstmord begeht. Du weißt, wie ich darüber denke.«

Juliets Temperament flammte auf: »Das heißt doch übersetzt, daß du zu feige bist, zu versuchen ihn zu retten.«

»Natürlich bin ich zu feige«, stimmte er prompt zu. »Seit ich Konstantinopel verlassen habe, befinde ich mich in einem permanenten Zustand der Panik, und die letzten Wochen haben mich wie eine Schüssel Aspik zittern lassen. Aber es geht hier nicht um Angst; die Frage ist, was *möglich* ist und was nicht.«

Ross' Worte entwaffneten Juliet so gründlich, daß sie gelacht hätte, wenn sie nicht so aufgewühlt gewesen wäre. Sie hatte ihren Mann oft genug in Aktion gesehen, um zu wissen, daß der Vorwurf der Feigheit schlichtweg absurd war.

»Es tut mir leid«, murmelte sie zerknirscht. »Das hätte ich nicht sagen sollen. Aber ich kann den Gedanken einfach nicht ertragen, daß Ian nur knapp eine Meile von uns entfernt schrecklich leidet. Wir *müssen* doch etwas tun.« Sie fuhr sich zerstreut mit den Fingern durchs Haar. »Glaubst du, Abdul Samut Khan weiß, wer im Schwarzen Brunnen sitzt? Wenn ja, kannst du ihm vielleicht die Wahrheit mit Geschenken abpressen.«

»Wenn er's weiß, dann wird er es uns wahrscheinlich nicht sagen, oder er hätte bereits angedeutet, daß er wertvolle Informationen besitzt.« Ross runzelte die Stirn. »Irgendwie ist das Wissen, um welchen Gefangenen es sich handelt, gar nicht so ausschlaggebend. Vermutlich wird es unmöglich sein, das herauszufinden. Aber ich kann in keinem Fall den Gedanken ertragen, einen Europäer in den launischen Händen des Emirs zu lassen.« Er blieb endlich stehen und wandte sich zu Juliet um. »Ich möchte dir einen Handel anbieten.«

Ihre Augen weiteten sich wachsam. »Was für einen Handel?«

»Wir müssen bestimmen, ob wir eine Chance haben, den Gefangenen zu befreien. Wenn es möglich ist – nicht garantiert, aber möglich –, verspreche ich, daß ich mich mit ganzem Herzen an einem Rettungsplan beteilige.« Seine Augen wurden hart, während er sie intensiv fixierte. »Als Gegenleistung will ich dein Versprechen, daß wie *keinen* Selbstmordversuch begehen, falls sich herausstellt, daß das Gefängnis so gut bewacht ist, daß wir keine realistische Hoffnung auf Erfolg haben. Statt dessen werden wir Buchara wie geplant verlassen. Sobald wir Teheran erreichen, werden wir die britische und russische Regierung informieren. Diplomatischer Druck könnte dann erfolgversprechender sein als Heldentaten unsererseits.«

Vorausgesetzt, der Mann im Kerker war nicht in der Zwischenzeit gestorben. Aber Ross hatte recht – es gab einen Unterschied, ein Risiko mit einer gewissen Erfolgschance einzugehen oder in den sicheren Tod zu marschieren. Dennoch . . .

»Wer entscheidet, was möglich ist?«

»Ich habe befürchtet, daß du das fragst«, gestand er ruhig. »Da wir uns nur auf vage Informationen verlassen müssen, werden wir einfach viel fragen müssen . . . und ich hoffe, daß du vernünftig sein wirst.«

Juliet zog die Augenbrauen hoch. »Du solltest mich besser kennen, als zu vermuten, ich würde vernünftig sein!«

»Ich sagte, ich hoffe, nicht ich erwarte.« Er schenkte ihr ein leichtes Lächeln. »Denk nur an eines: Je länger wir bleiben, desto größer ist die Wahrscheinlichkeit, daß wir Ärger bekommen. Heute abend deutete Abdul Samut Khan an, daß

Shahid Mahmud sich entschließen könnte, mit uns reinen Tisch zu machen, falls die Armee sehr lange unterwegs ist, und er ist ein Typ, der dich genauso wie mich beiseite schaffen will.«

Juliet zuckte innerlich zusammen. Sie würde sich mit Shahid schon messen, wenn sie bewaffnet war, aber sie hatte keine Lust, von ihm noch einmal in einem Flur bedrängt zu werden.

»Wir haben also keine Zeit zu verlieren. Wir müssen jemanden finden, der sich im Gefängnis auskennt. Salehs Bruder oder Hussayn Kasem könnte jemanden kennen, der uns weiterzuhelfen vermag. Und es könnte recht sinnvoll sein, mit Ephraim ben Abraham intensiver zu sprechen.«

»Wenn du ihn besuchst, nimm Saleh mit«, schlug Ross vor. »Er hat ein ehrliches Gesicht, und wahrscheinlich wird Ephraim mit ihm reden.«

»Heißt das, ich habe kein ehrliches Gesicht?«

»Als Jalal hast du gar kein Gesicht.« Er begann, sein Hemd aufzuknöpfen. »Du erkennst doch hoffentlich, daß unsere Chancen, Persien lebend zu erreichen, beträchtlich sinken? Bis jetzt dachte ich, das Schlimmste würde werden, die Karakum zu durchqueren. Wenn wir allerdings einen Ferengi-Gefangenen dabei haben, brauchen wir unverschämtes Glück, wenn wir überhaupt aus der Stadt rauskommen.«

Juliet zuckte schicksalsergeben die Schultern. »Vielleicht haben unsere moslemischen Freunde ja recht, und es steht schon geschrieben, was geschehen wird. Vielleicht haben sie auch unrecht, aber in jedem Fall bringt es uns nicht viel ein, darüber nachzudenken.« Sie erhob sich und kam zu ihm, um das Aufknöpfen zu übernehmen. »Euer treuer Diener ist derjenige, der Euch die Kleidung ausziehen sollte, o Meister«, murmelte sie, als ihre Finger über die warme Haut unter dem Stoff glitten.

Er schenkte ihr ein genüßliches Lächeln, hielt ihre Hand

einen Moment fest und preßte sie an sein Herz. »Du magst ja meistens kein gehorsamer Diener sein, aber ich mag es, wenn du so tust als ob.«

Juliet spürte eine Welle der Zärtlichkeit, die so intensiv war, daß ihr die Worte fehlten. Also beugte sie sich vor und küßte seinen Hals, um das Gefühl des Pulses unter ihren Lippen zu genießen. Bald würde sie ihn verlieren, entweder an den Tod oder an England, aber sie hatte sich selbst das Versprechen gegeben, daß sie, bevor dies geschehen würde, genug Mut gesammelt hatte, um ihm zu sagen, wie sehr sie ihn liebte.

Sie bekamen mit unerwarteter Leichtigkeit Informationen über das Gefängnis. Am nächsten Tag besuchte Juliet Saleh und Murad schon früh. Der Junge, Reza, war zum Spielen mit Salehs Neffen unterwegs, also konnte sie frei sprechen. Ohne die Quelle zu erwähnen, beschrieb sie, was Ross erfahren hatte.

Saleh runzelte die Stirn, als sie geendet hatte. »Es wird nicht einfach sein, aber es ist von Vorteil, daß die Armee gerade die Stadt verläßt. Bei so vielen Soldaten, die abziehen, wird im Palast und im Gefängnis ein großes Durcheinander herrschen, vielleicht wird sogar die Anzahl der Wachen eingeschränkt. Ihr könntet etwas schaffen, was ansonsten kaum möglich wäre, aber ihr müßt auf jeden Fall mehr über das Gefängnis in Erfahrung bringen.«

»Ich habe gehofft, daß dein Bruder vielleicht jemanden kennen würde, der dort arbeitet . . .«

Bevor Saleh antworten konnte, unterbrach Murad ihn: »Wir brauchen nicht mehr zu suchen. Ich kenne genau die richtige Person.«

Unter den erstaunten Blicken der beiden anderen grinste Murad breit. »Seine Name ist Hafiz, und sein Vater unterhält ein Seidengeschäft eine Straße weiter. Wir haben uns in einem Teehaus getroffen und uns angefreundet. Hafiz arbeitet tagsüber bei seinem Vater, abends im Kerker, obwohl es ihm dort nicht besonders gefällt. Aber er möchte genug Geld verdienen, um ein eigenes Teehaus zu eröffnen.«

Saleh strich sich über den Bart. »Es muß Gottes Gnade gewesen sein, die euch zusammengeführt hat.«

Juliet lehnte sich aufgeregt vor. »Wenn Hafiz uns hilft, könnte er sein Teehaus schon früher bekommen. Kann man ihm trauen, daß er uns nicht an den Emir verrät?«

Murad überlegte eine Weile. Er war in den letzten Wochen gereift, und obwohl er immer noch sein einnehmendes, jungenhaftes Grinsen hatte, war er nun nachdenklicher geworden und bemühte sich, erst zu denken, bevor er den Mund aufmachte. Juliet nahm an, er wollte Ross ähneln.

Schließlich antwortete der junge Mann. »Ja, ich glaube, daß er ein ehrlicher Mensch ist, und ich weiß, daß er gerne mehr Geld verdienen möchte.«

Saleh nickte billigend. »Eine fruchtbare Kombination.«

»Kann ich jetzt mit Hafiz reden?« fragte Juliet atemlos.

»Er müßte im Laden seines Vaters sein.« Murad warf Juliet einen Blick zu. »Möchtest du vielleicht bei Hafiz' Vater Seide kaufen, Lady Kilburn? Ich denke, das wäre ein guter Anfang.«

Also gingen sie gemeinsam Seide kaufen.

Es war schon fast Sperrstunde, als Juliet am Abend zurückkehrte. Ross hatte sich bereits Sorgen über ihre lange Abwesenheit gemacht. Doch dann, als sie in das Zimmer gerauscht kam und den Schleier abzog, glühte ihr Gesicht. »Kennst du den arabischen Ausdruck *baraka*? Es bedeutet die Gnade oder die Macht Gottes.«

»Ich kann es mir in etwa denken.« Ross gab ihr einen Willkommenskuß und drückte sie in seiner Erleichterung an sich.

Juliet ließ ein weiches Paket, das mit billiger Baumwolle umwickelt war, auf den Diwan fallen. »Nun, die *baraka* ist mit uns.«

»Heißt das, du hast etwas Nützliches herausgefunden?« Er warf einen Blick auf das Päckchen. »Oder hast du beim Einkaufen im Basar nur ein paar gute Geschäfte gemacht?«

Sie lächelte, ohne sich durch seine Neckerei beirren zu lassen. »Ich habe tatsächlich eine ganze Menge teurer Seide gekauft. Nichts aus dieser Gegend, sondern eine, die aus China importiert wurde. Eine absolute Geldverschwendung, aber der Kauf war ein erster Schritt zur Informationsbeschaffung. Es hat sich herausgestellt, daß ein Freund von Murad im Gefängnis arbeitet, und von dem, was er mir erzählt hat, läuft das Ganze dort ziemlich lässig ab. Wir könnten durch pure Frechheit hineinkommen. Außerdem war ich noch bei den Kasems und bei Ephraim ben Abraham.«

Ross setzte sie auf den Diwan, zog ihr die Stiefel aus und begann, ihr die Füße zu massieren. Sie waren schmal und wohlgeformt wie ihr restlicher Körper auch. »Da hattest du aber ein volles Programm heute.«

»Oh, das fühlt sich herrlich an.« Während er ihre Füße knetete, seufzte sie glücklich auf und wackelte vor Vergnügen mit den Zehen. »Wenn du erst gehört hast, was ich erfahren habe, dann wirst du zugeben, daß wir eine vernünftige Chance haben, Ian aus dem Gefängnis zu bekommen.«

»Vielleicht ist es nicht Ian«, gab er weich zu bedenken.

Einen Augenblick verdüsterte sich ihre Miene. Dann schüttelte sie den Kopf, als wollte sie sich weigern, darüber nachzudenken. »In jeder Ehe muß einer den Part des Pessimisten übernehmen, und bei uns bist du es.«

Leicht verärgert hörte Ross mit der Fußmassage auf. »Ich hielt das immer für gesunden Menschenverstand.«

Juliet beugte sich vor und gab ihm einen süßen, heißen Kuß. »Den Part hast du in unserer Ehe auch.« Schließlich lehnte sie sich zurück und berichtete, was sie an diesem Tag alles erfahren hatte.

Als sie fertig war, mußte Ross tatsächlich zugeben, daß die Möglichkeit bestand, ins Gefängnis hinein- und – viel wichtiger – auch wieder herauszukommen . . . wenn nicht eins von tausend möglichen Dingen schiefging. Saftige Bestechungsgelder mußten gezahlt werden, was allerdings kein Problem war. Die Gefahr lag vielmehr darin, daß viele Personen darin verwickelt werden mußten, was die Wahrscheinlichkeit eines Fehlers oder Verrats beträchtlich erhöhte.

Dennoch gab es eine Chance, und er hatte mit ihr einen Handel abgemacht. Sie würden Buchara nicht verlassen, bevor sie nicht den Versuch gewagt hatten, den mysteriösen Mann im Schwarzen Brunnen zu retten.

Vielleicht war die *baraka* wirklich mit ihnen, aber als er seine Massage ausdehnte und seine Hände langsam höher zu interessanteren Stellen wanderten, war der Satz, der ihm durch den Kopf ging, nicht arabisch, sondern das ironische Motto der römischen Gladiatoren: *Nos morituri, te salutamus.*

Wir Todgeweihten grüßen dich.

Kapitel 22

ALS EIN SCHAUER von silbernem und bernsteinfarbenem Licht den Himmel herunterregnete, klopfte Abdul Samut Khan seinem Gast jovial auf die Schulter. »Ein herrliches Feuerwerk, nicht wahr? Der chinesische Techniker, der es für mich gemacht hat, ist ein wahrer Meister seines Fachs.«

»Allerdings«, stimmte Ross zu. »Euer Fest wird noch lange im Gespräch bleiben.«

Als die letzten Raketen verglüht waren, zündeten Sklaven die Fackeln und Lampen wieder an. Die Umschreibung des Nawabs, er wolle ein kleines Fest mit ein paar Freunden abhalten, war eine schon absurde Untertreibung gewesen, denn einige hundert Menschen, viele darunter Offiziere, genossen seine Gastfreundschaft an diesem Abend. Morgen würde die Armee unter Trommelklängen und abgefeuerten Kanonen nach Kokand ziehen, aber nun erfüllte eine Atmosphäre fiebriger Genußsucht die Gartenluft.

Berge von Essen waren serviert worden, und Ross hatte ein paarmal Haschischrauch inhaliert, aber das Fehlen von Alkohol ließ die Menge der Gäste im Vergleich zu einem europäischen Ball gesittet bleiben. In einer Ecke spann ein Geschichtenerzähler für eine faszinierte Zuhörerschaft Legenden des großen Nasreddin Hoja, während Mimen auf einer improvisierten Bühne ganz am anderen Ende des Grundstücks allerlei Kunststücke zeigten.

Natürlich waren keine Frauen dabei – außer Juliet, die in den Schatten herumschlich und unauffällig beobachtete. Ross vermutete, daß die Haremsdamen des Nawab alle begierig hinter ihren Fensterläden den Festivitäten folgten.

»Nun wird es Zeit zum Tanz«, rief Abdul Samut Khan begeistert aus. »Ihr setzt Euch zu mir nach vorne.« Er war Ross den ganzen Abend kaum von der Seite gewichen, was natürlich eine Ehre war, wohl aber auch eine Maßnahme, um sicherzustellen, daß der Ferengi sich nicht das fröhliche Durcheinander zunutze machen würde und flüchtete. Um dieses Argument zu unterstreichen, war Jawer Mahmud Shahid nie weit entfernt.

Als der Nawab Ross durch die Menge schob, murmelte er: »Obwohl ich morgen früh die Stadt verlasse, ist es noch nicht zu spät, Eure Meinung zum Thema Flucht zu ändern. Ich flehe Euch an, Lord Kilburn, nehmt Euch meinen Rat zu Herzen, denn ich kann nicht für Eure Sicherheit garantieren, während ich fort bin. Heute nacht, da die vielen Menschen für Durcheinander sorgen, ist ein perfekter Moment, zu entwischen.«

Sein Gastgeber war wirklich hartnäckig. Ross lächelte sanft. »Eure Sorge um mich ist sehr freundlich, aber Ihr seid es doch, der in den Krieg zieht. Gewiß seid ihr in größerer Gefahr als ich.«

Abdul Samut Khan legte die Stirn in Falten. »Als ich heute den Emir traf, ordnete er an, Ihr dürft nicht länger Besuch empfangen. Er will nicht, daß Ihr in einen Verrat verwickelt werdet, solange er nicht hier ist.«

»Ich verstehe.« Ross stolperte fast über eine Schildkröte, die eine kleine Öllampe auf dem Panzer trug. Ein paar der Tiere krabbelten im ruhigeren Teil der Gärten umher, um die Blumenbeete zu beleuchten. Er bückte sich, um die kleine Kreatur aus der Gefahrenzone zu heben. »Heißt das, ich muß in meinen Räumen bleiben?«

Es gab eine längere Pause, in der der Nawab offenbar überschlug, ob es von Vorteil war, den Gefangenen noch weiter einzuschränken. »Der Emir wollte es so, aber ich konnte ihn überreden, daß er Euch zumindest die Freiheit meines Grundstücks gewährt. Natürlich werdet Ihr die ganze Zeit bewacht sein.«

»Natürlich.«

Sie erreichten die mit Stricken eingefaßte Fläche, wo der Tanz stattfinden sollte. Die Tänzer waren in einem Zelt an einer Seite untergebracht, aus dem glockenhelles Gekicher zu ihnen herausdrang. Musiker hatten schon eingesetzt, und die Nachtluft vibrierte von Flöten, Trommeln und Saiteninstrumenten, die Ross nicht identifizieren konnte. Es war eine leidenschaftliche Musik, unter der leisere klagende Töne mit tiefen, erdgebundenen Klängen verwoben waren.

Abdul Samut Kahn geleitete seinen Gast zu einer Seite des Tanzbodens, an der Teppiche und Kissen für die wichtigeren Gäste auf Podesten ausgelegt worden waren. An den anderen Seiten des Karrees sammelten sich nun die Zuschauer, und Ross bemerkte, daß Juliet sich einen Platz direkt gegenüber von ihm aussuchte. In ihrem Schweigen und den dunklen Schleiern schien sie wie eine Mahnung auf diesem Fest, wie eine Erinnerung daran, daß die fröhliche Ungezwungenheit bald vorüber sein würde.

Er hoffte, daß sie sich unter ihrem Tagelmoust dennoch amüsierte. Es war wirklich ein nettes Fest, wenn man über die Tatsache hinwegsehen konnte, daß dieser Abend vielleicht ihr letzter gemeinsamer war. Nur knappe vierundzwanzig Stunden später wollten sie ihren waghalsigen Fluchtversuch unternehmen, und wenn irgend etwas schiefging, dann erlebten sie vielleicht nicht einmal mehr die folgende Dämmerung.

Ross riß seinen Blick von ihr los; plötzlich konnte er es kaum mehr erwarten, mit ihr allein zu sein. Er würde dem Tanz lange genug zusehen, um seinen Gastgeber zufriedenzustellen, und sich dann entschuldigen.

Ein Ruf ging durch die Menge, als sechs Tänzer auf einmal auf die Tanzfläche wirbelten, mit den Fingern schnippten und die Glöckchen an den Fingern klingeln ließen. Gewöhnlich waren es tanzende Jünglinge, doch hier traten Frauen auf – geschmeidige, üppig gebaute Frauen, deren Körper Bewegungen einstudiert hatten, die die Phantasie jedes Mannes erregen sollten. Ihre farbenfrohen Kostüme ließen sehr viel nackte Haut frei, doch ihre Gesichter waren mit durchscheinenden Schleiern verhüllt, unter denen man vage weiche Gesichtszüge erkennen konnte. Für eine orientalische Zuschauerschaft war diese Offenherzigkeit so provozierend wie für ein europäisches Publikum eine hauchdünn verschleierte Brust.

Der erste Tanz war langsam, jeder der folgte, bekam mehr Tempo. Die wirbelnden Röcke und sich wiegenden Hüften bedeuteten eine Einladung, die so alt war wie die Zeit selbst, und bald klatschte die Menge im Rhythmus der Musik, was der Nacht eine seltsam drängende, fiebrige Note verlieh. Beim vierten Tanz änderte sich die Musik, und die erste Tänzerin ließ sich auf die Knie fallen. Mit verführerisch zuckenden Hüften ließ sie ihren glänzenden Körper zurückfallen, bis ihr Haar über den Boden strich.

Die Darbietung und die Musik hatten eine ursprüngliche Macht bekommen, die den Kopf ausließ und direkt ins Blut ging. Ross, dessen Atem sich beschleunigte, sah zu Juliet hinüber. Ihre Blicke trafen sich einen kurzen Moment, bevor zwei Tänzerinnen zwischen sie traten. Ross wollte das primitive Versprechen des Tanzes einlösen, doch nur Juliet konnte den Hunger in seinen Adern stillen.

Als die Tänzerin wieder auf die Füße sprang, winkte Abdul Samut Khan sie heran. Sie bahnte sich ihren Weg durch die Truppe, dann ließ sie sich vor dem Nawab in eine Haltung tiefster Unterwerfung fallen. Sie war nun kaum einen Meter von Ross entfernt, so daß er ihren schweißglänzenden, kurvenreichen Körper hätte berühren können. »Ja, Herr?« sagte sie mit rauher Stimme.

Der Nawab deutete auf Ross. »Hier ist der Mann, von dem ich dir schon erzählt habe.«

Mit einer geschmeidigen Bewegung verlagerte sie ihren Körper, so daß sie nun vor Ross lag. Sie atmete immer noch schwer von der Darbietung, und ihre vollen Brüste schienen das winzige Mieder sprengen zu wollen. Mit klimpernden goldenen Armreifen schnurrte sie: »Sagt mir, was Ihr begehrt, o Herr von den Ferengis.«

Eine Hitzewelle durchlief Ross' Körper, denn die Frau war die verkörperte Sinnlichkeit und schien direkt aus den Tiefen der Männerphantasien entsprungen zu sein. Es war unmöglich, sich dieser Ausstrahlung zu entziehen, und er schluckte hart, bevor er herausbrachte: »Du tanzt sehr gut.«

»Zahra ist mein Geschenk für Euch in dieser Nacht, Lord Kilburn.« Abdul Samut Khan stieß Ross verschwörerisch einen Ellenbogen in die Rippen. »Mir ist klar, daß Euch bisher versagt blieb, was ein Mann für seine Gesundheit und sein Glück braucht, also nehmt sie heute nacht mit in Euer Zimmer und tanzt mit ihr, bis Euer Herz zufrieden ist.«

Zahra glitt vor und hob ihren Schleier, damit Ross ihr Gesicht sehen konnte. Obwohl die Bewegung schüchtern wirkte, war die Einladung so eindeutig, als hätte eine westliche Frau ihr Mieder aufgerissen. Ihre schwarzen Wimpern flatterten über ihre dunklen samtigen Augen, als sie lustvoll durch Ross' Haar fuhr.

»Wie gesponnenes Gold«, flüsterte sie.

Sie war ein Geschenk, das nur wenige Männern ablehnen würden . . . oder könnten. Wenn Ross der Mann war, der zu sein er vorgab – nämlich mit einer braven Frau zu Hause in England –, hätte er der Versuchung unmöglich widerstehen können, die schon halbnackt in seinem Schoß lag. Aber er war nicht der Mann, und seine Frau saß nur wenige Meter von ihm entfernt.

Er sah auf und entdeckte, daß Juliets Blicke ihn fixierten. Selbst über die ganze Tanzfläche hinweg konnte er ihre Empörung fast greifen. Ross, der beschloß, daß die Zeit für die echte Unterhaltung der Nacht gekommen war, schob sanft die weiche Hand zur Seite, die langsam sein Bein hochkroch.

»Tausend Dank für Eure Aufmerksamkeit, Abdul Samut Khan. Zahra ist ein Traum, ein Geschenk für einen König, aber da ich ein verheirateter Mann bin, muß ich Eure Großzügigkeit leider ablehnen.«

Der Nawab zog scharf die Luft ein. »Eure Frau ist auf der anderen Seite der Welt, Zahra aber direkt vor Euch.«

»Ja, aber die Gesetze meiner Religion verbieten Ehebruch, und sie gelten auch so weit von zu Hause entfernt.«

Die dicken Brauen seines Gastgebers zogen sich zusammen. »Als nächstes kommt eine Gruppe junger männlicher Tänzer. Würdet Ihr einen von ihnen vorziehen? Das wäre kein Ehebruch.«

Nachdem Ross die gierigen Finger von seinem Knie gelöst hatte, die wieder ihre Wanderschaft aufgenommen hatten, stand er auf. Er erkannte, daß die Stelle auf der anderen Seite des Tanzbodens, wo Juliet gesessen hatte, leer war. Inständig hoffte er, sie würde ihn nicht von hinten anfallen, um ihm ein Messer in die Rippen zu stoßen. »In den Augen meines Volkes wäre es trotzdem eine Sünde.«

Der Nawab wirkte ungläubig, schien aber eine Art Respekt zu empfinden. »Ihr seid wahrhaftig ein gläubiger Mann.«

»Vielleicht, aber immerhin ein Mann und anfällig für Versuchungen, daher werde ich mich jetzt am besten zurückziehen, bevor ich ihr erliege.« Ross streichelte Zahras Kopf. »Die Sünde war nie so süß.«

Abrupt zog das Mädchen den Schleier wieder vor das Gesicht und hastete beleidigt zurück auf die Tanzfläche, um sich unter die anderen Tänzer zu mischen. Die Art, wie Abdul Samut Khans Blick ihr folgte, gab Ross' eine heftige Andeutung, wo Zahra diese Nacht verbringen würde.

Nachdem er sich von seinem Gastgeber verabschiedet hatte, bahnte sich Ross einen Weg durch die schwitzende, begeisterte Menge, ohne daß Jawer Shahid Mahmud und ein anderer Soldat ihn aus den Augen ließen. Die Luft im Haus war frischer, aber es war kaum ruhiger, da die Tanzmusik durch die Wände des Hauses pulsierte. Bevor er seine Räume erreichte, wandte sich Ross zu seinen Bewachern um und wollte ihnen gute Nacht sagen.

Der junge Soldat neigte freundlich den Kopf, aber Shahid funkelte ihn finster an. »Wegen dir, Ferengi, ist mir das Vergnügen entgangen, in den Krieg zu ziehen.«

»Das bedaure ich«, antwortete Ross und meinte die Bemerkung wegen einer Vielzahl von Gründen auch so. »Es ist ein Verbrechen, das Talent eines guten Kriegers zu verschwenden, aber die Entscheidung, dich in Buchara zu lassen, war nicht die meine.«

Der Jawer machte eine heftige Kopfbewegung zu der anderen Wache, der sich vorsichtig außer Hörweite zurückzog. Dann wandte sich Shahid mit verengten Augen wieder an Ross: »Dennoch bist du dafür verantwortlich, und du wirst dafür teuer bezahlen.«

Ross unterdrückte ein Seufzen. »Ich bin sicher, du weißt, wie ich es vielleicht wieder gutmachen kann.«

»Mit Gold oder Blut. Du hast die Wahl.« Shahids Gesicht verzerrte sich drohend. »Gib mir zweitausend Golddukaten, und ich bewache dich so sorgsam, wie eine Mutter auf ihr

Kind achtet. Wenn du dich weigerst . . .« Er zuckte beiläufig die Schultern.

»In Buchara scheint es ja keiner zu glauben, aber wir Engländer sind nicht aus Gold gemacht«, entgegnete Ross freundlich. »Gute Nacht, Jawer Mahmud.«

Als er sich zur Tür umwandte, fauchte Shahid ihm hinterher: »Da zieht sich der Ungläubige in sein Bettchen zurück, um den Tuareg-Jungen zu nageln.«

Ross' Hand umklammerte fest den Türknauf und drehte sich noch einmal halb um. »Ich nagele keine Jungen, weder Tuareg noch andere.« Seine Brauen zogen sich zusammen. »Aber ich glaube, in der Armee ist das so üblich.«

»Falsches Schwein!« Shahid spuckte auf den Boden. »Wenn Abdul Samut Khan erst einmal weg ist, wirst du meine Beute sein.« Er winkte den jungen Soldaten wieder heran. »Glaub ja nicht, du könntest in dieser Nacht fliehen. Die Tür wird bewacht.«

Unbeeindruckt betrat Ross das Zimmer, schloß und verriegelte die Tür, wobei er flüchtig darüber nachdachte, daß er dramatische Drohungen und Erpressungen langsam satt hatte.

Eine einzelne Lampe brannte im Empfangszimmer, und die Tür zum Balkon stand offen, um den Trubel der Festivitäten draußen eindringen zu lassen. Er machte sich auf die Suche nach Juliet, überrascht, sie nicht zu sehen, denn er hatte angenommen, sie wäre schon vorausgegangen. Dann begriff er, daß sie schon da sein mußte, weil sonst die Lampe nicht angezündet worden wäre. Begierig darauf, sie in seinen Armen zu spüren, eilte er schnell ins Schlafzimmer.

Im flackernden Licht einer anderen Lampe entdeckte er sie als dunkle Gestalt, die sich auf dem Diwan zusammengerollt hatte.

»Was!? Kein pausbäckiger Flirt?« Spott schwang in ihrer Stimme.

Ross grinste und begann, Rock und Stiefel auszuziehen. »Ich war natürlich schwer versucht, aber das Wissen, daß du mir meine Leber herausschneiden würdest, wirkte leicht dämpfend.«

»Weiser Mann.« Juliets Blick folgte ihm, aber sie erhob sich nicht.

Ross hatte gedacht, ihre gezeigte Eifersucht wäre nur wieder eine ihre spielerischen Neckereien, aber ihre Reserviertheit machte ihn stutzig. War sie ernsthaft getroffen? Da immer noch das meiste ihres Gesichts vom Schleier bedeckt war, konnte er ihre Laune nur schwer deuten. »Du glaubst doch nicht wirklich, daß ich an der Tänzerin interessiert war?« fragte er sanft.

Sie schnaubte ungläubig. »Natürlich warst du interessiert. Welcher Mann wäre das nicht?«

»Nicht ernsthaft interessiert«, verbesserte er. »Selbst in eine schwarze Decke eingehüllt und mit Leichenbittermiene bist du für mich aufregender als sie.«

»Ich bin froh, daß du so ein gesundes Urteilsvermögen hast.« Mit einer theatralischen Bewegung sprang Juliet auf und riß ihr Gewand und den Schleier von ihrem Körper. Zum Vorschein kam ein Tanzkostüm aus schwarzer Seide, die so zart war, daß jede Einzelheit ihres Körpers sichtbar war. Mit schwarzem Surma betont, funkelten ihre Augen wie Silber, als sie ihn provozierend anlächelte.

»Ich habe das aus der Seide, die ich von Hafiz' Vater gekauft habe, improvisiert. Und jetzt beweise ich dir, daß es nichts gibt, was unser plumpes Mäuschen besser kann als ich.«

Ross blieb die Luft im Hals stecken, und einen Augenblick konnte er wirklich nicht atmen. Eine Kordel um Juliets Hüften hielt einige Schichten hauchdünnen Stoffes, die fast über ihren Schultern zu schweben schienen und ihren Oberkörper einhüllten, aber nichts verbargen. Obwohl sie von

Kopf bis Fuß bedeckt war und selbst ihr Haar durch einen Schleier schimmerte, verlieh die Durchsichtigkeit des Stoffes den Eindruck totaler, verführerischer Nacktheit.

Sie wirbelte anmutig bis in die Mitte des Raumes, und die Schleier flogen wie Rauchschwaden um sie herum. Unwiderstehlich wie Delilah sagte sie rauh: »Soll ich für dich tanzen?«

»Ja, tanze für mich«, flüsterte Ross, als er sich auf dem Diwan niederließ, ohne den Blick von ihr wenden zu können. »Bitte!«

Einen Moment lang schloß Juliet die Augen und stimmte sich auf die kraftvollen Klänge ein, die durch die Nacht zu ihnen heraufdrangen. Dann begann sie, sich sanft zu wiegen. Zuerst bewegten sich ihre Arme, dann ihr geschmeidiger Oberkörper, schließlich ihre Hüften und Beine, bis ihr gesamter Körper zum Ausdruck der Musik wurde.

Juliet war eine geborene Tänzerin. Ross wußte, daß sie als Kind die Tänze aus den Highlands gelernt und später die standardisierten Figuren europäischer Ballsäle mühelos gemeistert hatte. Doch der Himmel hatte eine Ahnung, was für exotische Darbietungen sie über die letzten Jahre gesehen oder gelernt hatte. Nun zog sie alles, was sie jemals erfahren hatte, heran, um ihm einen sinnlichen Tanz zu erschaffen, der ganz und gar ihr eigen war.

Wie in Trance beobachtete er, wie sie Geist und Bewegung in Einklang mit der Musik brachte, bis Tanz und Tänzerin schließlich nicht mehr zu trennen waren. Juliet war Feuer, Anmut und Freiheit, und es war all das, was er stets an seiner Frau geliebt und gefürchtet hatte.

Doch am meisten war sie verkörperte Begierde, und ohne ihn einmal zu berühren, erregte sie ihn zu fiebrigen Höhen. Die gleitenden Schichten der Schleier verbargen und offenbarten ihren Körper abwechselnd. Ein kurzer Blick auf ein langes schlankes Bein, gefolgt von einem erregenden Aufblitzen einer aufgerichteten Brustspitze, dann das dunkle Dreieck ihrer Scham. Rotes Haar, weiße Glieder, rauchige Seide; mehr brauchte es nicht, ein Feuer zu schüren.

Doch Zusehen war nicht genug. Als sie das nächste Mal in seiner Reichweite vorbeiwirbelte, bekam er den Schleier über ihrem Haar zu fassen und zog daran, um die glänzende rote Flut zu enthüllen.

Sie lachte und hielt das andere Ende fest. »Tanz mit mir, o mein Meister.«

Ross verstand ihre Einladung. In vielen Gesellschaften des Mittleren Ostens, in denen Männer und Frauen sich nicht in der Öffentlichkeit anfassen durften, war es ihnen beim Tanzen erlaubt, sich mit einem Tuch oder einem Schal ohne physischen Kontakt zu verbinden. Ross erhob sich und begann, mit Juliet durch den Schleier verbunden, sich zu der Musik zu bewegen.

Langsam umkreisten sie sich und waren so versunken, als würde die Welt sich um sie drehen, während sie still voreinander standen. Er hatte Juliet bei einem Walzer kennengelernt, einem dieser formellen Tänze mit oberflächlicher Konversation und unterströmender Begierde, und selbst damals hatten sie schon ein schweigendes Einverständnis in ihrem Rhythmus gespürt. Nun schloß sich der Kreis, und in der dunklen Hitze Zentralasiens waren sie beide wie Spiegelbilder in einem *Pas de deux* der Leidenschaft.

Während er sich zur Musik bewegte, stellte Ross fest, daß er unbewußt Schritte tat, die er nie gelernt hatte. Bald improvisierten sie Muster steigender Komplexität, ihre Bewegungen so perfekt aufeinander abgestimmt, als würden sie nur von einem einzigen Geist kontrolliert. Ihre Gesten und Schritte wurden schneller, dramatischer, und sie entfernten sich die ganze Länge des Schleiers voneinander, nur um dann wieder aufeinander zu zu wirbeln – nah genug, um die gegenseitige Hitze zu spüren, doch ohne sich einmal wirklich zu berühren.

Er hob den Arm, und sie drehte sich darunter, ihr fliegendes Haar eine fedrigweiche Woge aus Rot, Gold und Bernstein. Das Tempo der Musik beschleunigte sich und pulsierte in einem uralten Ritus der Fruchtbarkeit, der nur eine einzige Folge haben konnte. Plötzlich ungeduldig, zog Ross kurz und heftig an dem Schleier, um sie in seine Arme zu bekommen.

Juliet drehte sich vor ihm in einem engen Kreis und ließ ihr Haar über sein Gesicht streichen, bevor sie ihren Rücken an seinen Körper schmiegte und ihn von der Brust bis zu den Schenkeln aufheizte. Sie duftete nach Rosen und Gewürzen – und nach Frau.

Mit rauhen Atemzügen ließ Ross den inzwischen verschlungenen Schleier los, der sie verbunden hatte. Dann ließ er seine Hände unter den Hauch von Seide gleiten, um in dem Gefühl ihrer weichen, glatten weiblichen Haut zu schweigen. Als er sie einmal berührt hatte, war es unmöglich, noch aufzuhören, und seine forschenden Hände wanderten zur Taille, über ihren festen Bauch, während er durch die feinen Strähnchen ihres Haars ihr Ohr küßte. Sie schauderte wohlig, während er seine Hände zart auf ihre Brüste legte, und die Spitzen sich unter seiner Berührung aufrichteten. Mit einem Stöhnen lehnte sie sich in seine Umarmung zurück und bewegte ihre Hüften kreisend an seinen Lenden, um die Erregung zu finden und anzustacheln.

Er keuchte auf und ließ eine Hand nach unten und unter die Schleier gleiten, strich über ihren Po, durch weiches lokkiges Haar, bis seine Finger die feuchten, geschwollenen Hautfalten darunter gefunden hatten. Sie erschauerte wieder und ließ ihren Kopf an seine Wange fallen. Einen langen Augenblick standen sie so fast reglos in dieser sinnlichen Losgelöstheit.

Dann machte sich Juliet, die ewige Verführerin, von ihm los, aber Ross erwischte eine Handvoll Schleier und zog daran. Sie fielen lautlos zu Boden und enthüllten ihren schönen schlanken Körper fast vollständig.

Sie lachte und packte die Ecken seines Hemdes. »Das Spiel können zwei spielen.« Dann riß sie es bis zum Saum auf und knabberte an seinem Arm, während ihm das Hemd von den Schultern glitt.

Der Biß war der letzte Funken, der die Begierde schließlich unaufhaltsam zum Explodieren brachte. Ross zog Juliet in seine Arme, dann auf das Bett, folgte ihr und drückte ihren sich windenden Körper nieder. Als sein geöffneter Mund ihre Brust fand, bekämpfte sie ihn wie ein Dschungeltier, das nur durch Eroberung besessen werden konnte.

Sie liebten sich wie Panther, mit Zähnen, Krallen und wirbelnden Gliedern. Es war die letzte Etappe ihres rituellen Tanzes, und die Wildheit war nur möglich, weil sie sich vollkommen vertrauten. Als Juliet ihre Arme frei gewunden hatte und begann, ihm seine Brust zu zerkratzen, packte Ross ihre Handgelenke und hielt sie mit einer Hand auf dem Laken fest, während seine Knie ihre Beine spreizten und seine andere Hand die Hose öffnete.

Als Ross mit einem kraftvollen Stoß in sie eindrang, war es für Juliet kein Spiel mehr, sondern die tiefste Realität, die sie je kennengelernt hatte, der körperliche Ausdruck all der qualvollen Emotionen, die sie tief in ihrem Inneren verborgen hatte. Sie biß in seine Schulter, schmeckte das Salz auf ihrer Zunge und wünschte sich, so vollständig mit ihm zu verschmelzen, als seien sie wirklich nur ein Körper.

Die Explosion hätte praktisch sofort erfolgen können, aber Ross wollte das nicht zulassen. Statt dessen erregte er sie mit diabolischer Kunst zu unerträglicher Lust, bis ihr ganzer Körper in einem weißglühenden Feuer brannte.

In ihrer wilden Lust brachen die Worte hervor, die sie so sehr gefürchtet hatte: »O Gott, Ross, ich liebe dich so sehr.«

Mehr als alles auf der Welt wünschte sie sich eine Bestätigung, daß er ihr versicherte, er liebe sie auch, selbst wenn es eine Lüge gewesen wäre oder nur ein Teil der ganzen Wahrheit.

Doch er tat es nicht. Vielmehr brachte er sie mit seinen Lippen zum Schweigen und erfüllte sie so vollkommen, daß kein Platz mehr für etwas anderes als Leidenschaft und Orgasmus war. Sie erschauerte in endlosen Kontraktionen, die nie wieder aufhören zu wollen schienen.

Er stieß einen heiseren, wortlosen Laut aus, als er seine Beherrschung schließlich ebenfalls verlor. Sie spürte, wie er sich rhythmisch in sie ergoß, und ihr Körper erwiderte das Zucken, bis sie nicht mehr wußte, was zu ihm und was zu ihr selbst gehörte. Sie hatte sich gewünscht, daß sie beide eins waren, und in diesem Moment waren sie es tatsächlich.

Doch als sich ihre pulsierenden Glieder beruhigten und die Muskeln sich entspannten, liefen stumme Tränen über Juliets Gesicht. Gemeinsam hatten sie die entferntesten Grenzen der Leidenschaft berührt, einen Ort von verheerendem Glück, der alles überstieg, was ihre erotischen Phantasien sich jemals erdacht hatten. Dennoch . . .

Sie hätte das alles für Liebe hergegeben.

Ross hatte kaum die Kraft, seine Hose und Juliets Kostüm endgültig auszuziehen, damit sie bequem schlafen konnten. Als er sie in seine Arme zog, murmelte er, daß, wenn Zahra nun in den Raum marschiert käme, er kaum die Energie besitzen würde, seinen Kopf zu heben, geschweige denn andere Körperteile. Juliet stieß ein tiefes, zufriedenes Kichern aus und löschte die Lampe. Dann kuschelten sie sich aneinander und schliefen erschöpft ein.

Als die Dämmerung rosige Streifen an den Himmel malte, liebten sie sich erneut. Dieses Mal war ihre Lust zärtlich und süß, und Juliet setzte sich auf Ross und ließ ihr Haar seine Brust und sein Gesicht kitzeln. Es war schwer zu glauben, daß diese sanfte, gefällige Lady über ihm die gleiche Wildkatze sein sollte, die ihre Spuren überall auf seinem Körper hinterlassen hatte. Aber dies war ein Teil des Geheimnisses und des Wunders, welches sie war.

Wenn er zurückblickte, fand Ross, daß ihre Ehe wie ein Stück mit verschiedenen Akten gewesen war. Zuerst die Magie des Kennenlernens, dann Erfüllung, Entfremdung, Verlust und Sehnsucht. Der letzte und vermutliche Schlußakt war ihre zerbrechliche Versöhnung im Angesicht des Todes – ein Akt, der sich nun dem Ende zuneigte. Und von allen war dieses Bühnenbild das kürzeste und intensivste.

Es war ein melancholischer Gedanke.

Juliet hatte gesagt, sie liebte ihn. Ross wußte es besser, als das im Dunst und in der Trance der Lust als eine ernsthafte Erklärung zu betrachten, denn die Leidenschaft war eine berüchtigte Lügnerin. Er war nicht einmal sicher, ob er ihr glauben wollte, denn das würde die Türen zu Ängsten und Gefühlen aufstoßen, denen er nicht entgegentreten konnte.

Er dankte Gott, daß in wenigen Stunden die Zeit zum Handeln gekommen war. Leben und Tod waren so viel einfacher, so viel schärfer umrissen als Liebe.

Kapitel 23

ENDLICH WAR DIE Zeit gekommen. Es war spät, und der größte Teil des Haushalts würde, müde von der Feier am Abend zuvor und dem Chaos, welches durch Abdul Samut Khans Abreise entstanden war, schlafen. Nachdem er das Seil um das eine Bein des Bettes geschlungen hatte, hielt Ross einen Moment inne, um Juliets Gesicht zu betrachten. »Ich kann wirklich nicht behaupten, daß dir ein Schnurrbart steht.«

Sie grinste. »Dafür siehst du mit schwarzem Bart ziemlich gut aus.«

»Sag mir bloß Bescheid, wenn er sich löst.« Sein lockeres Gehabe schwand, und er gab ihr einen schnellen, intensiven Kuß, der mehr ausdrückte, als Worte es jemals vermochten.

Ross schlang das doppelt gelegte Seil um sich, kletterte aus dem Fenster und war kurz darauf aus der Sicht verschwunden. Juliet richtete ihren Tagelmoust und dachte dabei, daß sie ihren Mann nicht wiedererkannt hätte, wenn er ihr auf der Straße begegnet wäre. Er ließ seine europäischen Kleider hier zurück und war in das Gewand eines königlichen Kämmerers gekleidet, doch das war wirklich nur der simpelste Aspekt der Verkleidung.

Nach einem frühen Essen hatten sie beide ein paar ziemlich alberne Stunden voll Gekicher damit verbracht, ihre

Maskerade auszuarbeiten. Das Material dafür hatten Juliet und Saleh auf dem Basar besorgt. Zuerst hatten sie sich mit einer schwach verdünnten Mischung aus Walnußsaft und Beize eingerieben, um Gesicht und Hände zu dunkeln. Dann hatte Ross seine Brauen und Wimpern dunkelbraun gefärbt. Doch der falsche Bart veränderte sein Aussehen am meisten. Abgesehen davon, daß er seine Gesichtszüge verbarg, war es notwendig, denn fast kein Mann in Zentralasien ging rasiert.

Um die Verkleidung zu komplettieren, hatte Juliet dann mit pedantischer Genauigkeit einzelne Haare an den Kanten eingefügt, um einen natürlich aussehenden Ansatz zu schaffen, denn die Maskerade mußte auch nahen Blicken absolut standhalten können. Das Ergebnis würde keinen entschlossenen Ruck aushalten, aber Ross ging nun durchaus als Bucharer afghanischer oder persischer Herkunft durch.

Juliets Verkleidung war weniger überzeugend, denn der Schnurrbart konnte die Tatsache nicht verbergen, daß ihr Gesicht eher weibliche Züge besaß. Doch in ihrer lokalen Tracht würde man sie aus der Ferne oder im dämmrigen Licht für einen männlichen Bediensteten halten, und das war gut genug für die Aufgaben, die sie erledigen sollte.

Sie lehnte sich aus dem Fenster und beobachtete Ross' Abstieg an der Wand mit konzentrierter Neugier.

Als er den Boden erreicht hatte, war Juliet an der Reihe. Sie blickte noch ein letztes Mal umher, ob sie auch nichts vergessen hatten, und mußte lächeln, als sie an ihre eigene Sentimentalität dachte. Ohne es Ross zu sagen, hatte sie beschlossen, das Tänzerkostüm der Nacht zuvor einzupacken. Federleicht wie es war, ließ es sich leicht zusammenfalten und in einer Tasche unter ihrem Gewand verstauen. Mit Gottes Willen konnte sie vielleicht in Serevan erneut tanzen.

Dann verscheuchte Juliet diese unpassenden Gedanken und stieg ebenfalls aus dem Fenster. Am Boden angelangt, zog sie an dem Seil, so daß es oben um das Bein des Bettes glitt und schließlich neben ihr auf die Erde fiel. Ross rollte es rasch zusammen und schlang es über die Schulter, damit kein Beweis ihrer Flucht zurückblieb. Da ihre Räume oben von innen verriegelt waren, würde es mit etwas Glück bis zum folgenden Mittag dauern, bis die Diener des Nawabs bemerkten, daß ihre Gefangenen fort waren.

Juliet ging zuerst und Ross folgte ein Dutzend Schritte hinter ihr, während sie sich in den Schatten ihren Weg durch den Garten bahnten. Da im Sommer die meisten Diener wegen der kühleren Luft auf den Dächern schliefen, konnten schon leise Geräusche leichte Schläfer aufwecken.

Für ein anständiges Bestechungsgeld hatte Zadeh, der hilfreiche Wächter, ihnen versprochen, die selten benutzte hintere Tür ganz am anderen Ende des Grundstücks unverschlossen zu lassen, so daß es nicht besonders schwierig sein durfte, aus dem Besitz des Nawabs herauszukommen. Selbst wenn Zadeh es sich anders überlegt hatte oder nicht in der Lage gewesen sein sollte, den Schlüssel zu bekommen, so hatten sie immer noch das Seil und konnten zur Not über die Mauer klettern.

Dummerweise ging es bereits schief, als Juliet um eine Ecke bei den Ställen glitt und in die schwankende Gestalt von Jawer Shahid Mahmud rannte. Er roch nach Pferden und nach Alkohol; offenbar hatte er in irgendeiner finsteren Spelunke in der Stadt getrunken und war ausgerechnet jetzt zurückgekehrt.

Als Juliet hastig zurückwich, grollte Shahid in üblicher beleidigender Manier: »Paß doch auf, wo du hingehst, *daous.*«

Juliet murmelte eine heisere Entschuldigung und versuchte, um ihn herumzugehen, aber es war zu spät: Der schwarze Tagelmoust, den sie getragen hatte, um mit den Schatten verschmelzen zu können, verriet sie nun im Handumdrehen.

Shahid packte sie grob an den Handgelenken. »Na, wenn das nicht das Schätzchen des Ferengis ist.« Seine Stimme wurde schmierig, als er ihre Arme verdrehte. »Was für ein Glück, denn ich bin gerade jetzt in der Stimmung, zu vollenden, was ich neulich angefangen habe, und diesmal pass' ich besser auf.«

Juliet stand still, ohne den Versuch zu machen, sich zu wehren. Da Ross hinter ihr war, machte sie sich keine Sorgen darüber, was Shahid wohl tun konnte, doch die Stimme des Offiziers tönte so laut, daß sie befürchtete, er könnte die Stallburschen auf dem Dach über ihnen wecken.

»Und jetzt will ich erst mal dein Gesicht sehen.« Mit erstaunlicher Gewandtheit gelang es ihm, ihre beiden Handgelenke mit einer fleischigen Faust festzuhalten, während die andere nach ihrem Schleier grapschte.

Jetzt konnte Juliet nicht mehr passiv auf ihre Rettung warten, sondern sprang zurück und trat Shahid gegen den Fußknöchel. Wo, zum Teufel, blieb Ross?

Sie bekam ihre Antwort ein paar Sekunden später, als sie eine kurze Bewegung hinter dem Usbeken entdeckte, doch bevor Ross zuschlagen konnte, spürte Shahid seine Anwesenheit. Mit einem Brüllen ließ der Jawer Juliet los und wirbelte herum. Sein Ruf wurde durch den ekelerregenden dumpfen Laut eines schweren Pistolengriffs auf einem menschlichen Schädel erstickt. Shahid taumelte zur Seite und stürzte wie eine gefällte Eiche zu Boden.

Juliet erstarrte in purem Entsetzen. »Glaubst du, er ist tot?«

»Unglücklicherweise nicht, aber er wird teuflische Kopfschmerzen haben, wenn er aufwacht.« Ross schob die Pistole in seine Tasche zurück. »So weit zu unseren hübsch zurechtgelegten Plänen. Komm, verschwinden wir hier, und laß uns hoffen, daß niemand aufwacht und uns über den Weg läuft.«

Sie sprinteten die letzten hundert Meter zum Tor. Sie hatten Glück gehabt, daß Shahid keine Chance bekommen hatte, Ross' Verkleidung zu sehen, und nun – Gott sei's gelobt – war die Hintertür genauso unverschlossen, wie sie sein sollte. Doch damit hatte sich ihr Glück auch schon erschöpft. Noch als Ross die Tür hinter ihnen zuzog, hörten sie bereits, wie sich auf dem Grundstück aufgeregte Stimmen erhoben. Man hatte den bewußtlosen Offizier schon gefunden.

Juliet fluchte innerlich. Wenn Shahid erwachte, würde es nicht lange dauern, bis er begriff, was geschehen war, und die Jagd war eröffnet. Dennoch würde wahrscheinlich nicht vor morgen früh Alarm gegeben werden, also sollte ihr Plan im Schwarzen Brunnen auch weiterhin möglich sein.

Die Straßen draußen waren ruhig, denn die Trommeln des Königs hatten bereits die Sperrstunde verkündet. Jeder, der ausging, war dazu angehalten, eine Laterne zu tragen. Da Patrouillen auf die Einhaltung des Gesetzes achteten, hielten Ross und Juliet sich in den Schatten und konnten nur hoffen, daß niemand sie sah und sich später an sie erinnerte.

Juliet führte, denn sie hatte in den letzten Wochen das Labyrinth der Gassen sorgfältig studiert. Eine Viertelstunde raschen Marsches brachte sie zu dem kleinen Basar, der nun wie ausgestorben dalag. Murad wartete bereits mit vier Pferden dort. Er machte einen erschreckten Satz, als Juliet sich neben ihm aus den Schatten löste, dann musterte er die Neuankömmlinge mit Anerkennung. »Sehr gut, Lord Kilburn. Du siehst wirklich wie ein höfischer Beamter aus Buchara aus.«

»Hoffen wir, daß die Gefängniswärter das ebenfalls finden.« Ross legte eine Hand auf die Schulter des jungen Persers. »Bist du bereit, dich in die Höhle des Löwen zu wagen? Es kann ziemlich gefährlich werden.«

Murad brachte ein schiefes Lächeln zustande. »Mehr für dich als für mich.«

»Aber ich tue es aus Liebe zu meinem Bruder. Man braucht mehr Mut, um sein Leben für einen Fremden zu riskieren.« Ross drückte ihm kurz die Schulter, dann veränderte sich sein Tonfall. »Nun möchte der Kämmerer des Königs reiten.«

Sie brauchten nur wenige Augenblicke, um die letzten Vorbereitungen zu treffen. Während Murad eine Lampe enthüllte und eine zweite anzündete, wickelte Ross den dunklen Schal ab, den er bis jetzt über seinem weißen Turban getragen hatte, um unauffälliger durch die Schatten zu schleichen, und auch Juliet nahm ihren Tagelmoust ab. Sie trug darunter ebenfalls einen weißen Turban.

Nachdem sie die Stoffe und das Seil in den Satteltaschen verstaut hatten, saßen sie auf und ritten die letzte halbe Meile zum Gefängnis, welches als massives Gebäude mit hohen Mauern hinter dem Palast aufragte. Nun war es aus mit den Heimlichkeiten – jetzt würden sie nur Frechheit und drohendes Auftreten zum Erfolg bringen.

Der Eingang zum Gefängnis war mit einem schweren Tor verschlossen, in das eine kleinere Tür eingelassen war. Als ihre Gruppe sie erreichte, zog Ross die Pistole heraus und hämmerte mit dem Lauf gegen das Holz.

Eine Stimme erklang aus dem Wachhäuschen: »Wer ist da?«

Ross holte tief Atem. Nun gab es kein Zurück mehr. In Usbekisch antwortete er: »Saadi Khan mit Befehlen des Emir.«

»Saadi Khan?« fragte die Wache zweifelnd nach.

»Ich bin ein *makhram*, ein königlicher Kämmerer, Narr. Laß mich ein!«

Der Befehlston zog, und die Wache signalisierte einem seiner Kumpanen, die Tür zu öffnen. Sie war gerade groß genug, um einen Mann auf einem Pferd hindurchzulassen. Ross trabte in den Hof, gefolgt von Murad und Juliet, die das vierte Pferd führte.

Sobald sie drinnen waren, befahl Ross: »Bringt mich zum wachhabenden Offizier.«

»Ja, Herr«, antwortete der Soldat mit dem höchsten Rang, der in etwa mit einem Corporal zu vergleichen war. Er geleitete die Neuankömmlinge zum Hauptgebäude.

Dort stiegen Murad und Ross ab und ließen Juliet mit den Pferden zurück. Ihr Turban und der Schnurrbart würden sie im dunklen Hof als jungen Mann durchgehen lassen.

Mit einer Arroganz, die er Shahid Mahmud abgeguckt hatte, schritt Ross, gefolgt von Murad, die Treppe hinauf. Der Soldat übergab sie einem anderen Wachmann, der die Besucher in die Kammer des befehlshabenden Offiziers führte.

Dieser sah auf, als sie eintraten, und musterte sie mit einem herablassenden Blick. Wenn Hafiz' Informationen stimmten, so war der Mann auf dem Posten neu und würde wahrscheinlich nicht bemerken, daß Ross kein echter Offizieller aus dem Palast war. Außerdem war er der Typ, der seine Untergebenen triezte und vor Höhergestellten buckelte, was ihn zu einem idealen Kandidaten für Drohungen machte.

Der Offizier strich sich mißfallend über den Bart. »Der Emir ist doch nicht in der Stadt. Was kann es so Wichtiges geben, das nicht bis morgen früh warten kann?«

»Das.« Ross zog ein Dokument aus der Innenseite seiner Jacke, dann versuchte er unbeteiligt auszusehen, während der Soldat das Papier untersuchte. Der Befehl war eine Fälschung, im üblichen Stil aufgesetzt und versehen mit einem königlichen Siegel, das vorsichtig von einem offiziellen Dokument gelöst worden war. Die Fälschung kam aus dem Haus Ephraim ben Abrahams, und Ross und Juliet hatten

überlegt, wozu wohl eine solche Fingerfertigkeit gelernt werden mußte, aber sie waren klug genug, nicht nachzufragen.

Ross hielt den Atem an, als der Leutnant die Stirn runzelte. »Ich verstehe nicht«, sagte er.

Erleichtert, daß das Problem inhaltlicher und nicht formaler Art war, antwortete Ross mit einstudierter Ungeduld: »Du sollst auch nicht verstehen. Deine Aufgabe ist es, uns den Ferengi-Gefangenen auszuliefern, nicht, meine Zeit mit dummen Fragen zu vergeuden.«

»Aber warum jetzt, da Seine Majestät fort ist?«

»Eben *weil* er fort ist, du Dummkopf! Ein ausländischer Spion ist eine diplomatische Peinlichkeit, gefährlich gefangenzuhalten und gefährlich zu töten. Probleme dieser Art werden am besten gelöst, während der Emir mit wichtigeren Dingen beschäftigt ist. Wirst du nun dem Befehl gehorchen, oder willst du ein Teil des Problems werden?«

»Ich bin nicht befugt, Gefangene freizulassen«, entgegnete der Leutnant sturköpfig, aber sein Selbstvertrauen schwand im Angesicht von Ross' großkotzigem Auftreten.

»Das Dokument ist alles an Befugnis, was du brauchst.« Ross war nicht umsonst der Sohn eines Dukes – wenn er es wollte, konnte er fürchterlich arrogant und offiziell wirken. Er verlagerte sein Gewicht auf die Fußballen und betonte damit seine Größe, die die anderen überragte. Dann wurde seine Stimme leiser, tiefer und drohender. »Ich habe jetzt genug von deiner Dummheit. Saadi Khan ist es nicht gewohnt, warten zu müssen. Bring mich sofort zu dem Gefangenen.«

Noch bevor Ross ausgesprochen hatte, änderte sich die Miene des Leutnants zu serviler Dienstbarkeit. Er kam stolpernd auf die Füße und stammelte: »Ich bitte tausendmal um Vergebung, Herr. Ich wollte dich nicht beleidigen. Eine solche Prozedur ist nur so ungewöhnlich.«

»Nicht weniger, als einen Ferengi-Gefangenen zu haben«, entgegnete Ross streng.

»Wenn du bitte mit mir kommen willst, Herr.« Der Offizier nahm eine Lampe, dann führte er sie eine lange, gewundene Treppe hinunter, die sie in den untersten Stock des alten Gemäuers brachte.

Am Fuß der Stufen begannen sie, einen schmalen Gang entlangzugehen, der mit schweren Türen gesäumt war, aus denen Laute des Elends drangen. In einer Zelle intonierte eine Stimme Gebete in klassischem Arabisch, während hoffnungslose, erstickte Schluchzer aus einer anderen kamen. Allein die Mauern schienen mit Leiden und Verfall getränkt.

Mit unbewegtem Gesicht sah Ross stur geradeaus. Zwei Wärter aus dem Wachraum des Kerkergeschosses schlossen sich mit Fackeln an, aber die Lichter konnten der erstikkenden Finsternis kaum etwas entgegensetzen. Ross konnte den Gedanken nicht ausschließen, daß er und Murad das Tageslicht nie wiedersehen würden, wenn auch nur der kleinste Verdacht an ihrer Echtheit als königliche Beamte aufkam.

Endlich erreichten sie eine rohgehauene Kammer am Ende des Ganges. Das Loch im Boden war mit einem Deckel geschlossen. Ross starrte auf die Klappe. Nun waren sie also am Siah Tscha, dem Schwarzen Brunnen, angelangt, der zentralasiatischen Version des Burgverlieses.

Einer der Gefängniswärter beugte sich vor und nahm den Deckel ab. Aus dem Loch drang ein Gestank, vor dem alle schnell zurückwichen. Ross' Magen zog sich heftig zusammen, doch er konnte sich jetzt keine Schwäche leisten. »Beim Barte des Propheten«, knurrte er. »Lebt der Gefangene überhaupt noch?«

Einer der Wärter mit einer breiten, dümmlichen Visage bemerkte hilfreich: »Ich glaube, er ißt das Zeug, was wir ihm runterwerfen.«

Der andere, dessen spitzes Gesicht an ein Frettchen erinnerte, zuckte die Schultern. »Das heißt nichts. Kann auch von Ratten gefressen werden. Oder von den Schafzekken. Die werden extra für den Schwarzen Brunnen gezüchtet.«

Ross war dankbar für den falschen Bart, der seinen Gesichtsausdruck verbarg. Regungslos forderte er: »Holt den Gefangenen rauf.«

Der klobige Wärter löste das Seil, das über die Winde lief und senkte es in das Loch hinab. Schließlich brüllte er auf persisch in die Öffnung hinein: »Wickel den Strick um dich, und wir ziehen dich rauf. Ein Herr ist zu Besuch gekommen.« Er grinste häßlich. »Er behauptet, der Emir läßt dich frei.«

Das mußte ein alter, gemeiner Scherz sein, denn die einzige Antwort bestand aus einem gutturalen, nur schwach zu vernehmenden Satz aus dem Loch.

Der Offizier neigte den Kopf und sagte bedauernd: »Ich verstehe kein Russisch, also weiß ich nicht, was er sagt. Aber wenigstens lebt er.«

Ross' Mund verzog sich; auch er hatte die Sprache erkannt, wenn er auch Russisch nicht beherrschte. Also war es der andere Offizier, nicht Ian. Später konnte er sich erlauben, enttäuscht zu sein, aber jetzt mußte er sich darauf konzentrieren, den armen Teufel von diesem schrecklichen Ort zu befreien. Mit bitterem Humor stieß er hervor: »Ich denke, er wird die russische Version von ›Geh und fick dich selbst‹ sagen.«

Der Leutnant lächelte anerkennend, doch der Wärter runzelte die Stirn. »Er wird wahrscheinlich das Seil nicht nehmen wollen. Dann können wir ihn nicht raufziehen.«

»Dann werdet ihr ihn da unten holen«, befahl Ross ungeduldig.

Die zwei Wachen sahen sich mit deutlicher Abscheu an.

»Das ist ein gemeiner Bastard«, sagte der Plumpe. »Der kann einen angreifen, wenn man zu ihm kommt.«

»Und ihr habt Angst vor einem Gefangenen, der seit Monaten da unten dahinvegetiert?« fragte Ross ungläubig.

Ängstlich, seine Autorität aufrecht zu halten, fauchte der Offizier den Wärter an: »Holt das Seil rauf, damit wir einen von euch herunterlassen können.«

Stur schüttelte das Frettchen den Kopf. »Ich muß jetzt auf meinen Posten zurück. Ich bin für die Zellen im anderen Flur verantwortlich.«

Der Offizier brodelte vor Wut, während der Plumpe sich alle Mühe gab, unsichtbar zu erscheinen. Ross, der erkannte, daß sie so nur Zeit verschwenden würden, ließ seinen Zorn überkochen. »Idioten! Muß ich denn alles selbst machen?«

Er nahm das Seil und beugte sich vor, um das obere Ende zu befestigen. Dann griff er sich ungeduldig die Fackel von dem Frettchen, schlang das Seil um seine Mitte und ließ sich mit kontrollierter Langsamkeit in den Kerker hinunter. Die Wände waren glitschig, und der Gestank, der oben schon schlimm gewesen war, schlug ihm mit unbeschreiblicher Intensität entgegen.

Sechs Meter konnten eine lange Strecke sein, aber endlich hatte er den Grund erreicht, und er stürzte fast, als seine Füße auf dem rutschigen Stein ausglitten. Der Kerker war knapp drei Quadratmeter groß, doch er war mit soviel undefinierbarem Dreck und Unrat übersät, daß es einige Zeit dauerte, die lange, zerlumpte Gestalt, die an einer Wand lag, als menschlich zu identifizieren.

Ross brachte die Fackel näher heran. Der Mann hatte verfilztes dunkles Kopf- und Barthaar und hatte einen Arm über die Augen gelegt, wahrscheinlich, um sie vor dem ungewohnten Licht zu schützen. Er trug nur eine zerfledderte, europäische Hose. Unter dem Dreck war seine Haut kränklich weiß, und sein Körper war so dürr, daß jede einzelne Rippe hervortrat. Offene schwärende Wunden übersäten seine Haut, die wahrscheinlich von den extra gezüchteten Zecken stammten. Hätte er nicht eben den Fluch aus dem Loch gehört, wäre Ross sicher gewesen, eine Leiche vor sich zu haben.

Er kniete sich neben den Gefangenen und sprach leise und beruhigend auf Französisch auf ihn ein, was ein gebildeter Russe verstehen würde, die Männer oben aber nicht. »Ich bin ein Freund, und ich will Sie hier rausholen. Glauben Sie, Sie können gehen? Dann kann ich Ihnen besser helfen.«

Plötzlich rollte sich der Gefangene herum und schlug mit überraschender Kraft nach Ross. Verdutzt sprang dieser auf die Füße und wich zurück, um dem Angriff zu entgehen. Dann sog er scharf die Luft ein.

Das Gesicht des Gefangenen war dreckig und ausgezehrt, und er hatte ein Auge verloren, denn sein rechtes Lid hing reglos über einer leichten Vertiefung. Aber es war nicht das Aussehen, das Ross das Blut in den Adern gefrieren ließ. Viel schockierender war die Tatsache, daß der Mann plötzlich mit einem schwachen schottischen Akzent fluchte: »Du wirst mich nicht noch mal reinlegen, du verdammter Hurensohn.«

Der Gefangene, der dort auf dem Kerkerboden lag, war Ian Cameron.

Jawer Shahid Mahmud war oftmals versichert worden, er habe einen Kopf wie ein Fels, und er bewies es, indem er weniger als eine Stunde später nach dem Angriff wieder erwachte. Die Stallknechte hatten ihn ins Haus gebracht, so daß er in seinem eigenen Quartier wieder zu sich kam. Als seine Augen flatternd aufflogen, blieb der Jawer noch einen Moment still liegen und versuchte, seine Erinnerungen zu ordnen. Die Taverne, ein tadschikischer junger Tänzer mit einem großartigen Hintern, der Ritt nach Hause. Verwirrt hob er die Hand zum Kopf und fand, daß der Schmerz zu stark war, um nur ein Ergebnis von zuviel genossenem Wein zu sein.

Die Ställe . . . was war bei den Ställen geschehen?

Dann erinnerte er sich und setzte sich ruckartig auf, ohne auf den scharfen Schmerz zu achten, der unter seiner Schädeldecke hämmerte. »Verflucht! Die Bastarde sind abgehauen!«

Kurz darauf setzte hektische Geschäftigkeit ein, als zwei Soldaten in die Räume des Ferengis hinaufgelaufen waren. Sie hatten die Tür einschlagen müssen, um zu bestätigen, was Shahid bereits vermutet hatte: Lord Kilburn und sein Tuareg-Sklave waren geflohen.

Es war undenkbar, die beiden mit dieser Beleidigung davonkommen zu lassen – Shahids Ehre stand auf dem Spiel. Wut klärte seinen Kopf, wie nichts anderes es geschafft hätte. Wenn Kilburn in der Stadt untertauchen wollte, dann würde er früher oder später gefunden werden, denn das Netz der Informanten war effektiv, zumal das Aussehen des Ferengis auffällig genug war.

Kilburn wußte das natürlich, denn der Mann war alles andere als dumm. Wahrscheinlich würde er sobald als möglich versuchen, die Stadt zu verlassen. Vielleicht war das sogar schon geschehen, denn Sommerkarawanen zogen stets in der kühleren Nacht aus.

Eine Verfolgung wurde außerdem dadurch erschwert, daß die meisten Soldaten mit dem Emir die Stadt verlassen hatten. Woher konnte Shahid mehr Truppen bekommen? Vielleicht im königlichen Palast und vielleicht auch im Gefängnis, denn dieser Ort war so sicher, daß kaum Wachen benötigt wurden.

Entschlossen erhob er sich. Er würde sofort zum Palast

gehen, denn der Befehlshaber der königlichen Wache war ein Freund von Shahid, und man konnte ihm die Suche nach dem Ferengi innerhalb der Stadt anvertrauen. Dieser würde auch wissen, durch welche Tore in dieser Nacht die Karawanen gezogen waren. Shahid würde sich ein paar Männer ausborgen, vom Gefängnis vielleicht weitere. Dann würde er die Tore überprüfen und eventuell den Karawanen in die Wüste hinaus folgen.

Während Shahid sich den Turban um seinen pochenden Schädel wickelte, grinste er in sadistischer Erwartung. Sobald Kilburn erwischt hatte, würde er ihn für die Demütigungen bestrafen, die der verdammte Ferengi ihm verursacht hatte. Es war allgemein bekannt, daß Verbrecher getötet wurden, wenn sie sich der Festnahme widersetzten, und dieses Schicksal würde Kilburn ganz sicher ereilen. Aber der Tuareg-Junge . . . Shahid war inzwischen mächtig neugierig, was für zauberhafte Dinge wohl unter den schwarzen Gewändern verborgen waren. Er hatte jede Absicht, es herauszufinden, bevor auch Jalal das Zeitliche segnete.

Bevor Ian sich zu einem weiteren Angriff sammeln konnte, flüsterte Ross eindringlich: »Ian, ich bin's, Ross Carlisle. Verschwende keine Zeit, dich darüber zu wundern, wie es sein kann, sondern akzeptiere einfach, daß ich da bin.«

Sein Schwager stützte sich mühsam in sitzende Position auf und atmete stoßweise, während er den Eindringling anstarrte. »Das . . . das kann nicht sein. Du bist nur wieder ein verdammter Traum. Ein Alptraum. Du siehst ja nicht mal aus wie Ross.«

»Irrtum. Unter dem falschen Bart bin ich so echt wie du.« Ross hielt inne, um sich etwas zu überlegen, was Ian überzeugen konnte. »Weißt du noch, als wir in Indien auf Jagd waren? Wie wütend du warst, als ich den Tiger direkt im Visier hatte und ihn doch habe entkommen lassen?«

»Jesus Christus.« Das verbliebene Auge des anderen Mannes schloß sich einen Moment, dann öffnete er es wieder. Das Grau hatte mehr Blau als Juliets Augen, eine Farbe, die unfehlbar zu Ian gehörte. »Ross?« flüsterte er heiser.

Die Hoffnung und die Verzweiflung in der bebenden Stimme brachen Ross fast das Herz. Grimmig unterdrückte er die Reaktion, denn sie hatten keine Zeit für Gefühle. Er verkniff sich auch, Juliet zu erwähnen, deren Anwesenheit Ians Glauben an die Realität zu sehr strapazieren könnte. Leichthin antwortete er also: »Kein anderer. Du kannst deiner Mutter danken, die deinen Tod nicht akzeptieren wollte. Aber wir müssen beide jetzt raus hier, bevor man sich wundert, was wir so lange hier unten machen.«

Er schob einen Arm unter Ians Schulter und half ihm auf die Füße. »Ich gebe mich als königlicher Kämmerer aus – du mußt nur den Mund halten und so tun, als würdest du mich nicht kennen.«

»Warte. Muß das hier mitnehmen.« Ian beugte sich herunter und nahm einen eckigen Gegenstand auf, der in Lumpen gewickelt war. Unter dem Stoff kam ein kleines, ledergebundenes Buch mit kyrillischen Buchstaben zum Vorschein. Ian stopfte es in seine Hose und erklärte: »Pyotr Andreyovichs Bibel. Hab' versprochen, sie seiner Familie zu schicken, wenn . . . wenn ich jemals hier rauskomme.« Sein Gesicht verzerrte sich plötzlich, und er begann zu zittern.

Ohne sich um Ians dreckigen Zustand zu kümmern, legte Ross einen Arm um ihn, weil er hoffte, die Berührung konnte den Mann aus dem Zustand der absoluten Verzweiflung reißen. »Du wirst hier rauskommen, das schwöre ich«, versprach er sanft. »Komm einfach mit, und in ein paar Minuten bist du frei. Nicht außer Gefahr, aber frei.«

Als das Zittern ein wenig nachließ, schob Ross ihm das

Seil unter die Arme und brüllte auf Usbekisch hinauf: »Zieht ihn hoch, ihr Hundesöhne! Und habt keine Angst. Der wird euch nichts tun.«

Das Seil straffte sich, dann hob es Ian in die Luft. Eine Minute später wurde er auf festen Boden gezogen.

Ross war allein in dem Schwarzen Brunnen. Obwohl er wußte, daß es nur eine Illusion war, hatte er den Eindruck, als würden die Wände zusammenrücken. Finster schalt er sich, kein Idiot zu sein, doch als ein schwaches Rascheln hinter ihm erklang, wirbelte er herum, wobei seine Fackel groteske Schatten an die Mauern warf.

Was, wenn der Leutnant die Täuschung entdeckte und ihn hier unten ließ? Wie lange würde es dauern, bis die Fakkel herunterbrannte und ihn den Dämonen der Finsternis überließ?

Heftig biß er sich auf die Lippe, um mit dem Schmerz die aufsteigende Furcht zu bekämpfen, aber die Sekunde der Panik reichte aus, um ihm klarzumachen, was ein Gefangener hier unten auszuhalten hatte. Ian hatte einmal mehr seine gewaltige Kraft unter Beweis gestellt.

Plötzlich fiel das Seil wieder herunter, und es war der schönste Anblick, den Ross je erlebt hatte. Ein paar Sekunden später war auch er oben und ließ die Fackel in das Loch zurückfallen. Vielleicht würde das Feuer wenigstens ein paar Zecken erledigen.

Murad starrte Ian an, der mit geschlossenen Augen an der Wand lehnte. Als Abschiedsgeschenk hatten die Männer des Emirs ihm die Handgelenke grausam fest zusammengebunden, und Ross stellte fest, daß er in dem helleren Licht noch übler aussah als unten in den finsteren Tiefen. Murad warf ihm nun einen besorgten Blick zu, und Ross wußte genau, was der junge Perser dachte: Wie, bei allen Göttern, sollten sie jemanden in Ians Zustand durch die Karakum bringen?

Das war eine weitere Sache, über die nachzudenken Ross sich im Augenblick weigerte. Brüsk befahl er daher: »Komm. Ich habe hier schon genug Zeit verschwendet.«

Gehorsam wandte sich der Offizier um und führte den Weg hinaus an, während Ross folgte, und Murad und der plumpe Wärter Ian unter den Armen stützten, damit er die enge Treppe hinaufkam. In der Kammer des wachhabenden Beamten fragte der Offizier nach einer Empfangsbestätigung für den Gefangenen, die Ross ungeduldig schrieb. Es schien ihm, als wären sie eine Ewigkeit in dem Gefängnis gewesen, und vor der Dämmerung blieb noch viel zu tun.

Doch der Hof lag immer noch im Dunkeln, als sie nach draußen gingen, um zu Juliet und den Pferden zu stoßen. Murad half Ian auf das vierte Pferd und rückte ihn im Sattel zurecht, dann schnitt er ihm die Fesseln durch, damit er sich festhalten konnte.

Juliet begann, den Gefangenen anzustarren, sobald sie aus dem Gefängnis kamen, aber bei Gott . . . sie war nicht in der Lage, Ian als ihren Bruder zu identifizieren. Sie warf Ross einen kurzen Blick zu, der leicht nickte und sich dann auf sein Pferd schwang.

Sie ritten, immer noch unbehelligt, hinaus. Nun mußten sie die Stadt durchqueren, bis sie sich in einem leeren Haus etwa eine Stunde darauf vorbereiten konnten, mit der Karawane, die sich zu dieser Zeit sammelte, die Stadt zu verlassen. Zunächst mußten sie allerdings die Sicherheit des Hauses erreichen, ohne unerwünschte Aufmerksamkeit zu erregen. Schweigend ritten sie bis zum Basar und lenkten ihre Pferde unter die Bögen in den Schutz der Überdachung.

Während Murad sich am Eingang postierte, um die Straße zu beobachten, schloß Juliet zu Ross auf. »Ist es wirklich Ian?« flüsterte sie mit angespannter Stimme.

»Definitiv«, versicherte Ross ihr. »Er weiß noch nicht,

daß du hier bist. Ich dachte, er könnte vielleicht nicht alles auf einmal verdauen.«

Juliet wollte nicht mehr wissen. Sie trieb ihr Pferd zu ihrem Bruder herüber. »Ian, ich bin's, Juliet«, rief sie leise.

Ian war über dem Sattelhorn zusammengesackt, hob bei den Worten aber den Kopf. Die Laterne beleuchtete grausam sein ausgezehrtes Gesicht und das fehlende Auge, doch nach einem kurzen schockierten Moment erhellten sich seine Züge. »Mein Gott, Juliet. Ich hätte mir denken können, daß meine unverbesserliche, kleine Schwester mitmischen mußte.« Überraschenderweise schwang ein Hauch seines alten Humors in seiner heiseren Stimme mit. »Der Schnurrbart steht dir übrigens absolut nicht!«

Lachend und weinend drückte sie ihren Bruder und hätte ihn fast dabei vom Pferd gerissen. Es schien nicht möglich zu sein, daß er wirklich Ian war, nachdem sie so viele Tränen vergossen und Hoffnungen hatte zerschmettern sehen. Er drückte ihr leicht die Schultern, aber sie bekamen nicht viel Zeit für ihre Wiedersehensfreude.

»Wir müssen weiter! Juliet, gib deinem Bruder den Umhang«, wies Ross sie ruhig an.

Juliet wurde sich wieder ihrer Lage bewußt, ließ ihren Bruder los und fischte einen dunklen Mantel aus ihrer Satteltasche. Sie half Ian, ihn anzuziehen und locker um die Hüfte zu gürten, dann wand Ross hastig einen Turban um Ians Kopf und musterte das Ergebnis.

Trocken bemerkte Ian: »Ich denke, ich sehe immer noch furchtbar aus.«

»Stimmt«, gab Ross zu, »aber weniger verdächtig als ein Mann mit nacktem Oberkörper und Haaren und Bart wie ein Eremit aus der Wüste. Es wird reichen, bis wir die Stadt durchquert haben.«

Ross wandte sich in Murads Richtung und wollte gerade etwas sagen, als der Perser ihm heftig bedeutete, zu schweigen. Ross stieg ab und kam lautlos zum Bogeneingang, um nachzusehen, was es gab.

Ein halbes Dutzend Soldaten galoppierte auf sie zu, und die Laterne des Anführers zeigte das grimmige Gesicht von Jawer Shahid Mahmud.

Einen Augenblick stand Ross stocksteif da, denn es schien so, als würden die Reiter direkt auf sie zu galoppieren. Er packte schon seine Pistole, als die Gruppe mit donnernden Hufen an ihnen vorbeirauschte und in Richtung Gefängnis abbog.

Verflucht! Wie hatte Shahid ihnen so schnell auf die Spur kommen können? Ross schwang sich wieder in den Sattel und bedeutete den anderen, wieder auf die Straße zu reiten. So bewegten sie sich durch die dunklen Straßen immer weiter vom Gefängnis fort. Je eher sie die Stadt verlassen würden, desto besser.

Der Offizier des Gefängnisses war an diesem Abend schon genug zusammengestaucht worden und reagierte nicht begeistert darauf, Shahid Truppen auszuleihen. Wie auch immer, er wurde angebrüllt und auf den niedrigeren Rang verwiesen, also übergab er dem Jawer zähneknirschend drei Soldaten.

Zufrieden wandte sich Shahid zum Gehen. Dabei murmelte er mehr zu sich selbst: »Dieser Ferengi wird die Stadt niemals lebend verlassen.«

»Saadi Khan hat den Ferengi wahrscheinlich schon exekutieren lassen. Zumindest schien er es damit ziemlich eilig zu haben«, bemerkte der Offizier.

Shahid wirbelte wieder herum und starrte den anderen alarmiert an. »Was meinst du damit?«

Einige verwirrte Minuten verstrichen, bis geklärt war, daß sie von zwei verschiedenen Ferengis sprachen. Als er hörte, daß ein Kämmerer den Fremden aus dem Kerker geholt hatte, zischte Shahid mißtrauisch: »Diesen Saadi … beschreib ihn!«

Der Offizier zuckte die Schultern. »Er war größer als du, aber abgesehen davon war nichts Besonderes an ihm. Dunkler Bart, dunkle Augen, vielleicht dreißig Jahre alt.« Er überlegte einen Moment. »Im Ausland geboren, denke ich. Er sprach mit leichtem Akzent Usbekisch. Könnte Perser oder Afghane sein.«

»Er hat Usbekisch gesprochen?« Shahid runzelte die Stirn. Die Sache mit dem Gefangenen mußte doch Zufall sein. Dann durchzuckte ihn ein schrecklicher Gedanke: Und wenn Kilburn *doch* Usbekisch konnte? Er hätte die Gespräche um ihn herum belauschen und sich die ganze Zeit über seine Bewacher lustig machen können! Bärte konnten falsch sein und reichten bestimmt aus, einen Idioten wie den Offizier zu täuschen. Und Shahid wußte von keinem Kämmerer, dessen Name Saadi Khan war.

»Hatte der Kerl einen Burschen dabei, der möglicherweise einen Schleier über dem Gesicht trug?«

»Da war ein junger Mann bei ihm, aber er war nicht verschleiert.«

Shahid murmelte einen ausgiebigen Fluch. Auch ohne Beweis war er sicher, daß Kilburn und sein verdammter Targi hierhergekommen waren und den Ferengi aus dem Schwarzen Brunnen befreit hatten.

Auf dem Absatz herumwirbelnd, bellte er seine neuen Rekruten an: »Los! Wir müssen zu den Stadttoren! Ich kriege diesen Bastard, und wenn es das letzte ist, was ich tue!«

Kapitel 24

ROSS WUSSTE NICHT genau, wem das leere Haus gehörte, aber sie hatten die Benutzung Hussayn Kasem zu verdanken. Muhammad aus dem überfluteten Wadi zu ziehen, war ganz bestimmt eine der besten Leistungen gewesen, die Ross je erbracht hatte. Selbst als die Neuigkeit über Ian ihn und Juliet gezwungen hatte, ihre Pläne zu ändern, hatte Hussayn darauf mit Effizienz und Großmut reagiert, indem er ihnen die zusätzlichen Reittiere und das Haus angeboten hatte, so daß sie den Gefangenen ein bißchen zurechtmachen konnten, falls ihre Rettungsmission erfolgreich sein würde.

Als sie das sichere Gebäude erreicht hatten, wurden die Pferde kaum lang genug gezügelt, um Ross und Ian absteigen zu lassen, bevor Juliet und Murad mit ihnen zu einem nahegelegenen Stall davonzogen, der den Kasems gehörte. Dort würden sie sie für ein Kamel und zwei Esel austauschen, die sie reiten würden, wenn sie mit der Karawane aus der Stadt abzogen.

Ross hatte beschlossen, Ian als Knappe und Krankenpfleger zu dienen, denn er dachte sich, daß sein Schwager lieber seine Hilfe als Juliets oder Murads akzeptieren würde. Ian schien kaum bei Bewußtsein, als er ihn über den Hof führten, aber als sie das kleine Häuschen betraten, sagte er mit einiger Anstrengung: »Ich würde meine unsterbliche Seele dafür hergeben, mich zu waschen. Ist das irgendwie möglich?«

»Sollte es. Wir haben versucht, alles zu beschaffen, was ein frisch befreiter Gefangener brauchen mag.« Ross nahm die Lampe und leuchtete in die hinteren zwei Räume hinein. »Wir haben einen Wäschebottich, Eimer voll Wasser, Seife und Handtücher. Leider können wir das Wasser nicht warm machen.«

»Zuviel Luxus könnte in meinem momentanen Zustand tödlich sein«, bemerkte Ian, während er vorsichtig in das Hinterzimmer kam. »Das Schlimmste an dem Höllenloch war der Dreck.«

Die Wanne war groß genug, daß Ian sich ins Wasser setzen konnte. Nachdem Ross seinen eigenen Mantel abgestreift hatte, half er Ian wortlos, den verklebten Dreck abzuscheuern. Das Haar seines Freundes mußte dreimal eingeseift und ausgespült werden, bevor die kastanienbraune Urfarbe wieder zu erkennen war.

Als Ian aus dem Bottich kletterte, meinte Ross: »Du siehst weitaus besser aus als noch eine Stunde zuvor.«

Ian lächelte schwach. »Ich fühle mich auch weitaus besser, obwohl ich noch einiges wüßte, was zu meinem gesteigerten Wohlgefühl beitragen würde.« Er schluckte, und sein Adamsapfel sprang an seiner dürren Kehle sichtbar nach oben. »Ich fürchte die ganze Zeit, daß alles nur ein Traum ist.«

Ross nahm an, daß Ians mentaler Zustand mindestens so fragil wie seine körperliche Verfassung war, und so entschied er sich wieder für Leichtigkeit. »Ich kann mir nicht vorstellen, daß deine Träume meinem Stand so wenig Respekt erweisen würden, daß du dir darin einen Marquess zum Badesklaven machst.«

Ians Blick wurde wachsamer. »Dein Bruder ist ohne Erben gestorben?«

»Unglücklicherweise ja.« Ross nahm ein Handtuch und begann, seinen Schwager abzutrocknen. »Glaubst du, du kannst dich im Sattel halten? Wenn wir erst mal aus der Stadt sind, wechseln wir auf turkmenische Pferde und reiten so schnell wir können in Richtung Persien.«

»Nett von dir, daß du mich fragst, aber es ist wohl nicht besonders klug, wenn ich hier sitze und darauf warte, bis ich mich erholt habe. Mach dir keine Sorgen, ich bin kräftiger, als ich aussehe. Wenn es hart auf hart kommt, bindest du mich ans Pferd fest. Und wenn es so aussieht, als würden wir geschnappt werden . . .« Ians Atem wurde rauher, und er versteifte sich. »Versprich mir, daß du mich tötest, wenn das geschieht.«

Entsetzt öffnete Ross den Mund zum Protest, aber Ian packte seinen Arm mit den knochigen Fingern, die hart wie ein Schraubstock zudrückten. *»Versprich es!«*

Die Erinnerung an den kurzen Moment, den Ross im Schwarzen Brunnen allein gewesen war, umwehte ihn wie ein modriger Wind aus dem Grab. Er konnte Ian nicht verdenken, den Tod vorzuziehen. Nur mit Mühe konnte er seine Stimme ruhig halten, als er antwortete: »Ich verspreche es, aber ich glaube nicht, daß es dazu kommt.« Dann war er mit dem Abtrocknen fertig. »Setz dich. Du mußt etwas essen, und diese Schwären brauchen Behandlung.«

Ian ließ sich auf den ungepolsterten Diwan fallen. »Ihr habt an alles gedacht.«

»Wenn etwas fehlt, dann liegt es nicht an Vergeßlichkeit.« Ross wußte, daß ein Mann, der monatelang auf winzige Rationen beschränkt gewesen war, Fleisch kaum verdauen konnte, und so hatte er gebeten, ein Reisgericht im Haus zu lassen. Er fand an einer Wand zwei Körbe mit Tontöpfen, wovon einer Reis mit Hühnchenfleisch, Gemüse und Jogurth enthielt. Es gab auch einen Krug mit Tee, der zum Warmhalten in Stroh eingepackt war. »Sieh zu, daß dir nicht schlecht wird, aber versuch, ein bißchen davon runterzukriegen. Du wirst deine Kraft brauchen.«

»Es ist Monate her, daß ich Hunger verspürt habe. Ich glaube, mein Magen hat aus Mangel an Einsatz einfach aufgegeben.«

Ian rollte ein bißchen Reis zu einer Kugel, dann schob er ihn in den Mund und spülte mit Tee nach. »Wie, zum Teufel, habt Juliet und du mich gefunden?«

Während Ian aß, begann Ross, Salbe auf die offenen Stelle in der Haut seines Schwagers aufzutragen. Sie sahen häßlich aus, und bei einigen würden Narben bleiben, aber sie saßen nur oberflächlich im Fleisch. Dabei berichtete er so knapp wie möglich, was Juliet die letzten zwölf Jahre getan hatte und ging dann zu der Erklärung über, wie sie beide nach Buchara gekommen waren.

Als er Abdul Samut Khan erwähnte, schnitt Ian eine Grimasse. »Also hast du mit diesem Verräter ebenfalls zu tun gehabt. Er kann ja charmant sein, wenn er will, aber er ist so geldgierig, daß er seine eigene Großmutter für Hundefutter verkaufen würde, wenn der Preis stimmt.«

Ross blickte auf. »Er hat mir einen Brief gezeigt, in dem du bestätigst, wie sehr er dir geholfen hat.«

»Das war, bevor er verlangte, daß ich ihm ein Dokument schrieb, um vom Botschafter in Teheran zehntausend Dukaten zu fordern«, antwortete Ian trocken. »Als ich mich weigerte, denunzierte er mich als Spion. Der Emir war bereits mißtrauisch, und als der Nawab sich gegen mich wandte, war das der letzte Tropfen. Am nächsten Tag wurde ich verhaftet und in den Schwarzen Brunnen gesteckt.«

»Mir wollte er auch Geld abpressen. Ich hatte Glück, daß er zum Krieg abrufen wurde, bevor er mir etwas Ähnliches anhängen konnte. Wir kommen gerade rechtzeitig weg.« Ross stand auf und begann damit, Ian einen ziemlich groben Haarschnitt zu verpassen und seinen Bart zu kürzen, damit er eher wie ein Mann aus Buchara statt eines verlotterten Eremiten aussah. »Als wir einmal erfahren hatten, daß du eventuell noch im Kerker lebst, konnten wir nicht verschwinden, ohne wenigstens deine Rettung zu versuchen. Aber was meinst du, warum hat der Emir behauptet, er habe dich exekutieren lassen?«

»Weil er glaubte, ich sei es gewesen. Statt dessen wurde Pyotr Andreyovich geköpft.« Ian seufzte und lehnte seinen Kopf gegen die Wand. »Colonel Pyotr Andreyovich Kushutkin der russischen Armee. Er war einige Monate, bevor ich in Buchara ankam, beim Spionieren erwischt worden.«

»Eine falsche Beschuldigung wie bei dir?«

»Nein, in diesem Fall stimmte es. Er spielte das große Spiel begeistert – er bedauerte nur, daß man ihn ertappt hatte. Pyotr Andreyovich war einige Jahre älter als ich, und er saß schon länger im Kerker. Irgendwann hat er einen schrecklichen Husten bekommen . . . manchmal konnte er stundenlang nicht aufhören, und es kam Blut.« Ian schloß kurz die Augen, und ein Gesichtsmuskel zuckte. »Als sie kamen, um mich zu holen, meinte er, er würde ohnehin sterben, deshalb könnten sie auch ebensogut ihn nehmen.«

»Und niemand hat den Unterschied gemerkt?« fragte Ross verdutzt.

Ian warf ihm einen sarkastischen Blick zu. »Wir hatten etwa die gleiche Größe und das gleiche Haar, obwohl seines mehr braun als rot war. Aber so dürr und dreckig und haarig wie Affen, wie wir beide waren, hätte es schon jemanden, der uns sehr gut kannte, bedurft, um den Unterschied zu bemerken.« Er schluckte hart. »Er starb also an meiner Stelle. Ich hatte Fieber zu der Zeit, sonst hätte ich mehr protestiert. Allerdings schien es nichts auszumachen, außer daß er aus seinem Elend befreit wurde. Doch nun . . .« Seine Stimme verebbte.

»Wo immer Colonel Kushutkin jetzt ist, er wird sich über

die Entscheidung sicher freuen«, sagte Ross ruhig. »Von dem, was du erzählt hast, hätte er wahrscheinlich nicht bis heute durchgehalten, du aber! Nun kannst du seiner Familie die Bibel schicken, wie er es sich gewünscht hat.«

Ians Gesichtsausdruck wurde bei Ross' Worten etwas weicher. »Er schrieb Tagebuch auf den freien Seiten vorne und hinten. Er hatte etwas zu schreiben dabei, als man ihn verhaftete. Zudem lehrte er mich Russisch, und ich half ihm mit seinem Englisch. Spion oder nicht – man hätte sich keinen besseren Zellengenossen denken können. Anwesende ausgeschlossen natürlich.« Ian zog sich nun die turkmenischen Kleidungsstücke an, die Ross ihm reichte. »Da meine Wärter glaubten, ich wäre er, beschimpfte ich sie jedesmal auf Russisch, wenn sie mich ansprachen. Niemand kam je auf die Idee, ich könnte nicht Pyotr Andreyovich sein.«

Nun wand Ian sich seinen Turban geschickt so, daß sein blindes Auge bedeckt war. »Du und Juliet – habt ihr euch versöhnt?«

Ross zögerte, denn die Frage war verdammt kompliziert, und er hatte keine echte Antwort darauf. Schließlich erwiderte er: »Ja. Für den Moment.«

»Gut.« Ian setzte sich und zog ein Paar von Ross' Stiefeln über. »Dann entsteht ja vielleicht doch noch etwas Brauchbares aus diesem verfluchten Mist.«

Bei einem Geräusch von draußen wandte sich Ross schnell um, aber es war nur Juliet, die von den Ställen zurückgekehrt war. Beim Anblick ihres Bruders weiteten sich ihre Augen. »Erstaunlich. Kaum zu glauben, daß du derselbe Mann bist, der vor weniger als zwei Stunden aus dem Kerker gekommen ist.«

Ian entfaltete seinen trockenen Humor. »Eton College und die britische Armee sind eine exzellente Vorbereitung für ein oder zwei Jahre im Verlies.«

Juliets Gesicht erhellte sich, und sie kam zu ihm, um ihrem Bruder eine längere und gründlichere Umarmung zu gönnen, als kurz zuvor möglich gewesen war.

Doch während Juliet seine Worte für bare Münze nehmen wollte, erkannte Ross, wieviel Kraft es Ian kostete, seine Unbekümmertheit herauszustellen. Galgenhumor konnte nicht preiswert erkauft werden.

»Hast du Ian schon erzählt, wie er und ich aus der Stadt herauskommen werden?« wollte Juliet jetzt wissen.

»Noch nicht.« Ross nahm zwei zusammengefaltete Kleider und reichte Juliet und Ian jeweils eins. »In den Körben auf dem Kamel und mit diesen beiden Frauengewändern gebt ihr bestimmt ein hübsches Damenpärchen ab.«

»Genial. Wir werden absolut verhüllt sein, und die Körbe werden unsere Größe verbergen.« Ian ließ sich den Pferdehaarmantel über den Kopf gleiten. *Tschador* genannt, war das Gewand ein gewaltiger, schwarzer, formloser Sack, der nur eine kleine Öffnung über den Augen hatte, so daß die Unglückliche darin wenigstens gerade heraussehen konnte.

Nachdem Juliet sich den Schnurrbart abgerubbelt hatte, zog auch sie ihren Tschador über. Das längste erwerbbare Gewand war zu kurz für sie oder Ian, aber wenn sie erst mal in den Tragekörben saßen, würde das nicht mehr auffallen. »Wir müssen los. Je eher wir aus der Stadt heraus sind, desto früher können wir diese unmögliche Kleidung loswerden.«

Sie und Ian verließen das Zimmer, wobei sie ihn unaufdringlich an seinem Ellenbogen unterstützte. Ross blickte sich rasch um und vergewisserte sich, daß sie nichts vergessen hatten. Morgen früh würde ein Diener kommen und aufräumen, was die nächtlichen Besucher hinterlassen hatten.

Als Ross in den Hof hinaustrat, hörte er bereits Kamelgebrüll und Männerflüche – die untrüglichen Zeichen, daß sich nur wenige Meter entfernt eine Karawane sammelte. Zu seiner Freude handelte es sich bei dem Kamel um Julietta, und während Juliet und Ian sich in die Körbe zwängten, begrüßte Ross sein Lieblingskamel und gab ihm einen Apfel. Dann stieg er auf einen der Esel, und Murad nahm den anderen. Ein paar Minuten später erreichten sie den Platz, wo sich die Karawane zum Abreisen bereit machte. Hier war es leicht, in dem fürchterlichen Durcheinander aus Tieren und Menschen unterzutauchen. Wenn ihr Glück noch hielt, würden sie in einer guten Stunde aus der Stadt heraus sein.

Shahid Mahmud erfuhr, daß zwei Karawanen in dieser Nacht Buchara verlassen hatten, eine kleine in Richtung Süden durch das Tor von Namazgah und eine größere nach Osten auf Samarkand zu. Er schickte eine Truppe hinter der Karawane in südlicher Richtung her und machte sich dann persönlich zum Samarkand-Tor auf.

Die Haupttore waren des Nachts nicht geöffnet, so daß der Verkehr durch eine kleine Seitentür geschleust werden mußte, welche nur stets einem Tier Platz bot. Aus diesem Grund hatte Shahid gehofft, daß ein paar Reisende der größeren Karawane noch innerhalb der Mauern waren, aber es war zu spät: Als er endlich das Tor erreichte, war das letzte Mitglied der Karawane nach Osten bereits hinaus. Dennoch waren die Zollbeamten, die Ladung und Passierscheine überprüften, noch an der Arbeit, und hartnäckige Fragen filterten schließlich die Information heraus, daß in der Karawane mehrere Personen gewesen waren, auf die Kilburns Beschreibung paßte.

Seit Shahid als Kind das Reiten gelernt hatte, war er ein Jäger gewesen, und sein ausgeprägter Raubtierinstinkt sagte ihm, daß Kilburn auf diesem Wege geflohen war. So pickte er sich die zwölf am besten ausgebildeten und am besten bewaffneten Männer heraus und setzte in die Nacht hinaus. Der Ferengi-Bastard konnte kaum mehr als eine Stunde

Vorsprung haben, und wie schnell und wie weit auch immer er rennen mochte, Shahid würde direkt hinter ihm sein.

Das letzte Teilstück ihrer Vorausplanung rutschte makellos auf seinen Platz: Vier hervorragend gepflegte turkmenische Wüstenpferde warteten an der entfernten Hütte, die sie vorher ausgemacht hatten. Dort befanden sich auch die Gewehre und die Munition, die Juliet in der vergangenen Woche aus dem Versteck geholt hatte.

Was sie nicht erwartet hatten, war die Anwesenheit von Hussayn Kasem persönlich. Während Juliet das Verladen und Umsteigen auf die Pferde überwachte, pellte Ross dankbar den piekenden, unbequemen Bart ab und sagte Julietta Lebewohl, die traurig blökte, als ob sie wüßte, daß sie ihren Reiter niemals wiedersehen würde. Mit einem letzten herzlichen Knuddeln ihrer langen Ohren wandte Ross sich um und fand Hussayn hinter sich, der mit einem amüsierten Lächeln abgewartet hatte.

»Ich freue mich sehr, daß ich dir persönlich danken und Lebewohl sagen kann, Hussayn«, sagte Ross nach der Begrüßung. »Was du getan hast, ist unbezahlbar.«

Der andere machte eine geringschätzige Geste. »Du hast mir meinen Vater zurückgegeben – es ist nur recht, daß ich dir helfe, deinen Bruder wiederzubekommen.«

»Du hast weit mehr für mich getan.« Ihm eine Bezahlung anzubieten, würde als Beleidigung ausgelegt werden, doch plötzlich fiel Ross die alte griechische Münze ein, die er für den Sieg beim Buskaschi bekommen hatte. »Würdest du dies als Erinnerung an eine Reise nehmen, die ich niemals vergessen werde?«

Hussayn lächelte mit seinen weißen, gleichmäßigen Zähnen. »Ich möchte dies als Erinnerung an einen Mann nehmen, den ich nie vergessen werde.«

»Wenn und falls ich nach England zurückkehre, habe ich vor, ein Institut zu gründen, in dem Menschen aus der ganzen Welt sich treffen und lernen können, einander besser zu verstehen und zu respektieren«, erklärte Ross zögernd. »Vielleicht wirst du mich eines Tages dort besuchen.«

Hussayn schüttelte den Kopf. »Das ist keine Reise, die ich unternehmen will, aber wer weiß? Vielleicht wird es mein Sohn tun, wenn er herangewachsen ist.«

Sie schüttelten sich ein letztes Mal die Hände. Dann schwang Ross sich auf sein Pferd. Im Osten zeigte sich das erste Licht der Dämmerung. Wenn die Sonne ganz aufgegangen war, würden sie schon Buchara umrundet haben und auf dem Weg nach Westen sein. Gegen Mittag würden sie den Oxus überqueren.

Zum ersten Mal erlaubte sich Ross zu glauben, daß dieser verrückte Fluchtversuch tatsächlich funktionieren würde.

Brüllend und unter Gewehrfeuer hielten Shahid Mahmud und seine Männer die Karawane nach Samarkand an und begannen, unter den fünfhundert Tieren und mehr als hundert Menschen nach dem Entflohenen zu suchen. Ein großer bärtiger Paschtun erlebte entsetzliche Minuten im Griff eines bucharischen Soldaten, bis der Jawer selbst bezeugte, daß der Verdächtige nicht Kilburn war.

Als die Sonne sich am Horizont erhob, sammelte Shahid alle Reisenden zusammen und drohte ihnen, alle als Komplizen zu verurteilen, wenn ihm niemand Informationen über den Ferengi-Spion und seine Leute geben konnte. Zögernd trat ein junger Kasache vor und berichtete, er habe ein Kamel und zwei Esel gesehen, die sich aus der Hauptgruppe gelöst hatten.

Das war genug, um Shahids Instinkt zu bestätigen. Der Ferengi würde um Buchara herumreiten und – wie eine Taube zu ihrem Verschlag – lieber in Richtung Heimat ziehen, als tiefer nach Turkestan vorzudringen.

Shahid und seine Männer stoben im Galopp davon. Er sollte in der Lage sein, seine Beute zu erreichen, bevor sie den Oxus überquerten. Aber selbst wenn nicht, was machte es schon? Falls nötig würden er und seine handverlesene Truppe ihren Opfern bis in die Karakum folgen.

Wie ein Bluthund auf der Fährte, konnte Shahid nun nichts mehr aufhalten.

Kapitel 25

SELBST ZWÖLF ANSTRENGENDE, entbehrungsreiche Jahre in Persien hatten Juliet nicht auf die Flucht durch die Karakum vorbereiten können. Der glühendheiße Sand verstärkte die Sonne und wirkte wie ein Amboß, auf dem die gnadenlosen Strahlen auf ihre vergleichsweise schwachen Körper einhämmerten. Ohne die Kühlung des »Windes der hundert Tage« wäre die Durchquerung der Karakum ganz unmöglich gewesen.

Aber der Wind konnte auch ein Feind sein, denn der Sommer war die Zeit der Sandstürme. Mehrmals pro Tag verlangsamten wirbelnde Sandwolken ihr Fortkommen und verstopften ihre Lungen, auch wenn sie nicht mehr einen so grausamen Sturm wie auf der Hinreise erlebten.

Nachdem sie den Oxus überquert hatten, waren sie vierundzwanzig Stunden geradeaus geritten, bis die Erschöpfung sie zwang, unter mit gespannten Decken improvisierten Zelten auszuruhen. Doch auch dann machte die glühende Hitze echten Schlaf unmöglich.

Als die Sonne sich dem Horizont näherte, stiegen sie wieder auf und ritten durch die Nacht und den nächsten Morgen, bis sie gegen Mittag eine schwache Quelle erreichten. Das wenige Wasser in dem Brunnen reichte nicht aus, um ihre Schläuche zu füllen, also mußten sie einige Stunden pausieren, bis mehr Wasser aus dem tiefen Sand in das Loch tröpfelte. Danach ritten sie weiter.

Die Wahl der zweiten Strecke durch die Wüste war gut gewesen, denn nachdem sie über dem Oxus waren, hatten sie keine anderen Reisenden mehr gesehen. Geführt durch Kompaß, Sterne und Murads sorgfältig gesammeltes Wissen, suchten sie sich ihren Weg durch die markierungslosen Weiten. Obwohl sie den weichesten Sand vermieden, der die Pferde nur bremsen würde, waren bald Mensch und Tier mit dem staubigen Gelbbraun eingehüllt, welches die typische Farbe des sommerlichen Zentralasiens war.

Am dritten Tag war Juliet überzeugt, daß sie nicht mehr verfolgt wurden. Dennoch kletterte Ross bei ihrer mittäglichen Rast auf einen Hügel und suchte mit seinem Fernglas die Gegend ab, ob auch wirklich niemand in der Nähe war. Sogar zu erschlagen, um zu schlafen, gesellte sich Juliet zu ihm, denn es würde ihr Entspannung bringen, ein paar Minuten mit ihrem Mann allein zu sein.

Ross saß im Schatten eines Felsvorsprungs und starrte auf die vor Hitze flirrenden Hügel, sein Fernglas müßig in den Schoß gelegt. Juliet wußte, daß er am wenigsten Schlaf von allen bekommen hatte, denn während sie Rast machten, hielt er stets so gut wie möglich Wache. Nun brachte er trotzdem ein müdes Lächeln zustande, als sie sich neben ihn setzte. »Wie geht es dir?«

»Ganz gut.« Sie seufzte und löste ihren Tagelmoust, um den Wind auf ihrem Gesicht zu spüren. »Aber wenn ich zu Hause bin, werde ich in der ersten Woche nichts weiter machen, als mich vom Bett zum Hammam und wieder zurück zu schleppen.«

Es gab nicht genug Wasser zum Rasieren, aber trotzdem war Ross immer noch der attraktivste Mann, den Juliet je gesehen hatte. In dem Bedürfnis, ihn zu berühren, legte sie ihre Hand über seine, die auf seinem Schenkel ruhte. Augenblicklich drehte er seine Hand um und verschränkte die Finger mit ihren. Frieden und Trost schienen aus ihren vereinten Hände zu strahlen, und ihr müder Verstand freute sich unendlich darüber, daß ein so simpler Kontakt so befriedigend sein konnte, wie Wasser in der Wüste erfrischend ist.

»Es wird nicht mehr lange dauern«, sagte Ross. »Die Hälfte haben wir schon.«

Sie saßen schweigend da und genossen den Augenblick der Nähe, bis Juliet feststellte: »Es ist interessant, daß Ian der einzige von uns ist, der kräftiger statt schwächer wird. In der ersten Nacht, als du ihn auf sein Pferd binden und es führen mußtest, hatte ich Angst, daß er den Ritt nicht überleben würde.«

»Statt dessen hat er gegessen, was er konnte, wie ein Toter geschlafen, als wir rasteten, und ist aufgewacht, um sein Pferd selbst zu lenken. Er hat unglaubliche Kraft, sonst hätte er im Schwarzen Brunnen gar nicht überlebt.« Ross zwinkerte ihr zu. »Zweifellos würde Ian behaupten, der Kerker sei eine hervorragende Vorbereitung auf eine entbehrungsreiche Reise.«

Juliet drückte seine Finger. »Ich habe fast Angst, es laut auszusprechen, aber es sieht ganz so aus, als hätten wir das Unmögliche geschafft. Und so ungern, wie ich es zugebe, Mutters Intuition stimmte.«

»Was geschieht, wenn wir Serevan erreichen?« fragte Ross vorsichtig.

Juliets kurzes Wohlbehagen verschwand. »Ich weiß es nicht«, gab sie mit einer Stimme zu, die kaum hörbar war.

»Ich auch nicht.« Ross ließ ihre Hand los und nahm das Fernglas, um den Horizont abzusuchen. Dann hielt er das Glas auf einmal ruhig und runzelte die Stirn.

»Siehst du etwas?« fragte Juliet.

»Eine Staubwolke, die mehr nach Reitern aussieht als

nach einem Sandsturm.« Er reichte ihr das Glas. »Was glaubst du?«

Sie ließ sich Zeit und versuchte, Details gegen die Weite des Himmels auszumachen. »Es *ist* eine Gruppe Reiter, vielleicht zehn oder zwölf Mann«, sagte sie schließlich. »Und sie kommen aus Richtung Buchara. Denkst du, sie sind hinter uns her?«

»Möglich. Wenn uns jemand weit genug gefolgt ist, um zu begreifen, daß wir nach Persien wollen, aber nicht auf der üblichen Route, dann kann es durchaus sein.«

Juliet sprang hastig auf. »Vielleicht sollten wir verschwinden.«

Ross blieb sitzen und schüttelte den Kopf. »Noch nicht gleich – selbst turkmenische Pferde brauchen in dieser Hitze Ruhe, und Ian hält sich zwar erstaunlich gut, ist aber nicht aus Stahl. Ich bleibe hier und behalte die Reiter im Auge. Wenn sie näher herangekommen sind, können wir entscheiden, ob sie bedrohlich aussehen. Und du ruhst dich jetzt aus . . . du bist schließlich auch nicht aus Stahl gemacht.«

»Kann ich mich hier neben dich legen?« fragte sie ein wenig schüchtern. Sie wußte, daß Ross' Nähe sie mehr stärken würde als alles andere. »Ich verspreche, ich versuche zu schlafen.«

Als Antwort griff er ihre Hand und zog sie zu sich hinunter, bis ihr Kopf in seinem Schoß lag. Sein Schenkel war als Kissen nicht schlecht geeignet, und zu ihrer Überraschung spürte sie, wie sie der Schlaf tatsächlich übermannte.

Die Schatten waren schon länger geworden, als Ross sie an der Schulter rüttelte. »Wir sollten uns jetzt wieder aufmachen. Die Reiter sehen aus wie Soldaten aus Buchara, und ich kann mir nur vorstellen, daß sie hier sind, weil sie uns verfolgen.«

»Verdammt.« Juliet starrte frustriert auf die Staubwolke, die nun nah genug war, um ohne Fernglas etwas erkennen zu können. »Ich hätte nie gedacht, daß jemand so hartnäkkig sein kann.«

»Außer Shahid Mahmud.« Ross kam müde auf seine Füße. »Er hat eine ziemlich starke Abneigung gegen uns beide entwickelt, und er ist ganz der Typ Bulldogge, die niemals aufgibt.«

Sie hasteten den Hügel hinunter, um die anderen zu wekken, und innerhalb fünf Minuten waren sie wieder in Bewegung. Die ganze Nacht ritten sie forsch voran, aber als sie am Morgen an einer hochgelegenen Stelle anhielten, damit Ross durch sein Fernglas sehen konnte, hatten sie nur einen kleinen Vorsprung vor ihren Verfolgern erreicht.

Düster ließ Ross das Glas sinken. Ihre Verfolger mußten wissen, daß sie ihnen hart auf den Fersen waren, denn beide Gruppe bewegten sich so schnell voran, wie es unter diesen Umständen möglich war, und der Abstand blieb mehr oder weniger konstant. Wenn Ross und seine Gefährten ihre gegenwärtige Geschwindigkeit beibehalten konnten, würden sie sicher sein, aber praktisch jede Art von Schwierigkeiten würde eine Verzögerung mit katastrophalen Folgen bedeuten.

Als Ross sich wieder zu den anderen gesellte und das Signal zum Weiterreiten gab, sprach er ein stummes Dankgebet, daß Ian ihr Tempo mithalten konnte. Nachdem er den Schwarzen Brunnen überlebt hatte, würde er keinerlei Absicht haben, nun, da er frei war, zu sterben, und die Unbarmherzigkeit der Wüste hatte ihn zu reiner Willenskraft und Zähigkeit reduziert. Er würde es sich nicht erlauben, daß sein Kondition ein Problem für sie alle wurde.

Doch schon etwas später am Tag holte der Ärger sie ein, als sich herausstellte, daß das Wasserloch trocken war. Es war zwei Tage her, seit sie ihre Schläuche das letzte Mal aufgefüllt hatten, und der Wasservorrat würde streng rationiert vielleicht noch für weitere zwei Tage reichen. Allerdings nur für die Menschen. Die Pferde würden viel früher etwas brauchen.

Mit grimmigen Mienen machten sie sich auf den Weg zur nächsten Quelle.

Gnadenlos trieb Shahid seine Truppe durch die gelben, glühenden Sandwogen. Gerade noch in Sichtweite bewegte sich eine andere Gruppe Reiter mit Höchstgeschwindigkeit, und er wußte ohne den geringsten Zweifel, daß er seiner Beute auf der Spur war.

Sein Jagdinstinkt hatte Shahid bis hierhin gebracht, und es war eine fast unheimliche Fähigkeit, die Gedankengänge seiner Opfer nachzuvollziehen. Es hatte mit Gazellen und Löwen funktioniert, und nun stellte es sich als nicht weniger effektiv bei diesem verdammten Ferengi heraus. Am Oxus hatte ihnen ein Fährmann bestätigt, daß Kilburn mit drei Männern in westlicher Richtung ritt, aber es war wieder der Instinkt, der Shahid sagte, sie würden die südliche Route mit ihren wenig verläßlichen Wasserquellen nehmen.

Als sie den toten Brunnen erreicht hatten, wußte Shahid, daß er gewinnen würde, denn er und seine Männer hatten zwei Packpferde mit zusätzlichen Wasserschläuchen dabei, die noch voll waren. Bald mußten Kilburn und seine Gruppe langsamer werden, und dann würden sie reif für den Schlußakt sein. Mit einem grausamen Funkeln in den Augen trieb Shahid seine brummelnden Soldaten zu noch höherer Geschwindigkeit an.

Ein weiterer endloser, erschöpfender Tag verstrich. Juliet fand es schrecklich zu wissen, daß ihre Verfolger immer näher aufrückten. Als sie über die Schulter sah, stellte sie fest, daß sie immer noch außer Schußweite waren, aber es würde nicht mehr lange so bleiben. Sie erlaubte ihrem müden Pferd zu Ross' zurückzufallen. »Ich denke, wir sollten irgendwo Deckung suchen und auf sie warten.«

Ross schnitt eine Grimasse. »Dazu wird es bald wohl kommen. Unsere Gewehre sind unser großer Vorteil, zumal die meisten Usbeken längst nicht so gut schießen können wie Afghanen oder Paschtuns. Aber es steht immer noch zehn zu zwei Gewehren.«

Juliet blickte besorgt zum Himmel. »Wenn wir halten, sollten wir es bald tun, bevor die Sonne untergeht.«

Er musterte ihre Umgebung, die aus niedrigen Sandhügeln bestand. »Ich würde all den Sand für eine hübsche kleine Felsformation eintauschen, auf die wir klettern könnten.«

Juliet lächelte schwach. »Ich würde all den Sand für praktisch alles, was du erwähnen könntest, eintauschen.«

Ihre Unterhaltung wurde durch Murads Ruf unterbrochen, der soeben den nächsten Hügel umrundet hatte. Alarmiert durch den Tonfall seiner Stimme, gaben Ross und Juliet ihren Pferden die Sporen, bis sie die beiden anderen eingeholt hatten.

Weniger als eine Viertelmeile vor ihnen befand sich eine Gruppe schwarzhütiger Turkmenen. Es waren etwa zwanzig Mann ohne Kinder und Frauen, was darauf schließen ließ, daß es sich um eine Räubertruppe handelte ... und sie hatten die Neuankömmlinge entdeckt und bewegten sich nun auf sie zu.

Juliet fluchte leise. »Das ist ja fast so reizend, wie zwischen Teufel und tiefem blauem Ozean entscheiden zu müssen.«

»Ehrlich gesagt sind das Alternativen, die ich diesen hier vorziehen würde«, bemerkte Ian beißend.

Juliet versuchte zu entscheiden, was das Beste zu tun wäre, doch ihr müder Geist war leer. Vielleicht könnten sie die Männer, die ihnen folgten, erledigen, aber die Turkmenen waren zu zahlreich, um sie zu bekämpfen. Und der Versuch, beiden Gruppen davonzulaufen, war bei dem geschwächten Zustand ihrer Pferde nahezu sinnlos.

Ross atmete mit einem weichen, reuevollen Seufzer aus. »Wir haben nur eine Chance. Wir begeben uns in die Hände der Turkmenen und hoffen, daß ihre Gesetze der Gastfreundschaft uns beschützen.« Und zu Juliets Entsetzen trieb ihr Mann sein Pferd an und ritt mit erhobener Hand zum Zeichen des Friedens direkt auf die Plünderer zu.

»Er hat recht«, meinte Ian bitter und drückte seinem Reittier die Fersen in die Flanken.

Juliet und Murad tauschten erschreckte Blicke aus. »Sie müssen verrückt sein, sich turkmenischen Räubern anzuvertrauen«, rief Murad aus.

Juliet war voll und ganz seiner Meinung, aber sie hatte auch keine andere Lösung anzubieten. »Sind Verrückte im Islam nicht heilig?« sagte sie mit trockenem Humor, als sie ihren Tagelmoust richtete. »Und ist Gastfreundschaft nicht ebenso geheiligt? Beten wir also, daß die Turkmenen an beides glauben!«

Mit einer Art übermütigem Draufgängertum stürmte sie hinter Ross und Ian her, die nun die Turkmenen erreicht hatten. Hinter ihr hörte sie das Galoppieren von Murads Pferd. Beide langten bei Ross und Ian an, als Ross sagte: »Wir bitten um eure Gastlichkeit, denn der letzte Brunnen war ausgetrocknet, und unsere Pferde sind wundgeritten.«

»Ihr bittet um *was*?« fragte der edel gekleidete junge Mann, der der Anführer zu sein schien, ungläubig. Offenbar waren sie es eher gewohnt, daß Reisende, die auf sie stießen, sofort in die entgegengesetzte Richtung flohen.

Einen Augenblick hing ihr Schicksal im wackeligen Gleichgewicht zwischen gesellschaftlicher Pflicht und räuberischer Gier. Doch plötzlich sagte ein anderer Turkmene: »Das ist Kilburn, der Ferengi, der Dil Assa im Buskaschi besiegt hat!« Er trieb sein Pferd ein Stück näher heran, so daß er besser sehen konnte. »Ich habe es mit eigenen Augen gesehen. Niemals hätte ich geglaubt, daß ein Ungläubiger dabei so gut sein kann.«

Zwei weitere hatten das Spiel ebenfalls gesehen und stimmten nun begeistert zu. Einer war ein Vetter Dil Assas, und er beschrieb, wie Dil Assa seinem Gegner nach dem Spiel die Wolfsfellkappe geschenkt hatte.

Und plötzlich löste sich die mißtrauische Menge der Turkmenen in eine lachende, prahlende Gruppe auf. Der Junge, der ihn zuerst erkannt hatte, fragte neugierig: »Ich habe gehört, daß du nach Buchara wolltest, um die Freilassung deines Bruders zu erbitten. Hat der Emir dir die Bitte gewährt?«

»Nein, er hat sie verweigert.« Ross hielt zu einer absichtlichen Dramatisierung der Sache inne. »Nasrullah hat uns keine Chance gegeben, und daher mußten meine Freunde Murad und Jalal« – er nickte in Richtung der beiden – »und ich leider meinen Bruder aus dem Schwarzen Brunnen entführen.«

Die Zuhörer keuchten erstaunt und ungläubig auf, während Ross auf Ian deutete. »Und hier ist mein Bruder, frisch aus dem Kerker des Emirs.« Mit seinem bandagierten Auge, seinem roten Bart und seiner ungewöhnlichen Größe war Ian eine Gestalt, die sogar turkmenische Räuber beeindrukken konnte.

Als er gefragt wurde, wie die Rettung gelingen konnte, beschrieb Ross kurz ihre Maskerade, die gefälschten Dokumente und die Dreistigkeit der Täuschung – eine Geschichte, die die Turkmenen zum Brüllen komisch fanden. Als das Lachen endlich abebbte, sagte Ross: »Soldaten des Emirs sind hinter uns her, nur noch knapp außer Schußweite. Das ist der zweite Grund, warum wir um eure Hilfe bitten. Sie haben ein Dutzend Gewehre, wir nur zwei.«

Der Anführer, der sich als Subhan vorgestellt hatte, grinste. »Es wird uns ein Vergnügen sein, den legendären Kilburn zu unterstützen.« Er wandte sich zu seinen Kumpanen um. »Wir kommen aus einer Oase und sind bestens versorgt. Wollen vier von euch die Wasserschläuche mit unseren Freunden tauschen?«

Innerhalb zwei Minuten war es getan. Dann fuhr Subhan fort: »Unser Weg führt in die andere Richtung. Wenn wir auf eure Verfolger stoßen, werden wir sie für ihre Frechheit bestrafen, euch in die Karakum gefolgt zu sein. Die Wüste gehört uns, und niemand darf hindurch, wenn es uns nicht gefällt.« Ein Chor von Zustimmung erhob sich.

»Tausend Dank.« Ross senkte feierlich den Kopf. »Eure Tapferkeit kommt aus dem Herzen und ist jenseits jeder Bezahlung, aber nichtsdestoweniger möchte ich euch einen kleinen Beweis meiner Dankbarkeit schenken.« Er hatte in seinen Satteltaschen gesucht und einen schweren Lederbeutel herausgefischt, den er nun dem turkmenischen Anführer zuwarf. »Da ich für euch nicht persönlich ein Fest arrangieren kann, möchte ich, daß ihr das hier nehmt, um eure Großzügigkeit und euren Mut zu feiern und zu ehren.«

Unter Jubelrufen stopfte Subhan den Beutel unter seinen Chapan. »Wir werden dir zu Ehren Lieder singen und die Nacht durchtanzen«, versprach er. »Und eines Tages werde ich meinen Söhnen berichten, wie ich den legendären Kilburn traf.«

Nach dem letzten Austausch von Höflichkeitsfloskeln trennten sich die zwei Gruppen, Ferengis westwärts, Turkmenen ostwärts. Eine Viertelstunde später, als Juliet und ihre Freunde hielten, um die Pferde zu tränken, krachten Gewehrschüsse über die sandige Einöde. Alle vier hielten inne, um zu lauschen.

Murad grinste. »Ich hätte nie gedacht, daß ich eines Tages dankbar dafür bin, daß Turkmenen blutrünstige Barbaren sind.«

»Solange sie auf unserer Seite stehen, können sie so blutrünstig sein, wie sie wollen«, bemerkte Juliet. Sie hatte ihrem Pferd genug Wasser gegeben und nahm nun selbst einen Schluck, mit dem sie auch ihre aufgesprungenen Lippen befeuchtete. Als sie wieder aufstieg, dachte sie, daß es ganz typisch für Ross war, die Grausamkeit der Plünderer zu ihren Gunsten auszunutzen. Er war einzigartig unter Millionen. Wie schade, daß sie nicht einzigartig genug war, um seiner wert zu sein.

Shahid verband die Schußwunde an seinem Handgelenk und fluchte dabei aus vollem Herzen. Diese verdammten Turkmenen hatten mit ihrer unerwarteten Attacke fast alles ruiniert. Nach einem lärmenden Beginn war die Auseinandersetzung zu gelegentlichen Schüssen und blumigen, gebrüllten Beleidigungen abgeebbt, was sich bis zum Einbruch der Dunkelheit hingezogen hatte. Shahids kleine Armee war auseinandergesprengt worden, und er hatte acht seiner Männer verloren, jedoch nicht an den Tod, sondern an Feigheit. Inzwischen würden diese Schweine schon auf halber Strecke nach Buchara sein.

Doch Shahid hatte wenigstens drei Männer halten können, und es waren die zähesten, die gefährlichsten und die loyalsten. Das würde reichen, um die Sache zu Ende zu bringen. Shahid rechnete aus, daß es etwa zwei weitere Tage dauern würde, um die Stunde, die sie verloren hatten, wieder wettzumachen. Sie müßten Kilburn dort eingeholt haben, wo die Wüste schon fast in die Berge überging.

Der Usbeke stieg wieder auf und befahl den drei Männern, das gleiche zu tun. Dann ritten sie in die Nacht hinaus.

Die nächsten zwei Tage waren anstrengend, denn sie

mußten alles geben, um den Vorsprung aufzuholen, aber vier Männer wirbelten weniger Staub auf als zwölf, und Kilburn schien nicht im mindesten zu ahnen, daß er immer noch verfolgt wurde.

Sie erwischten den Ungläubigen in den zerklüfteten Hügeln, die den Beginn des persischen Hochlands markierten. Das rauhe Terrain verschaffte ihnen einen Vorteil, denn Shahid konnte, ohne selbst gesehen zu werden, seine Männer durch die Felsen führen, bis sie den Feind in Sicht hatten. Als klares Zeichen, daß das Glück auf ihrer Seite war, senkte sich der Pfad vor ihnen in eine weite Schlucht, bevor er wieder anstieg. Kilburn und seine Gefährten waren bereits am anderen Ende der Schlucht, unterhalb ihrer Verfolger, und machten sich gerade an den Aufstieg. Es war eine perfekte Stelle für einen Hinterhalt.

Shahid befahl seinen Leuten, abzusteigen und in Dekkung zu gehen. Als die Waffen geladen, die Ziele anvisiert waren und mehr Munition in Griffweite war, gab er den Befehl zum Feuern.

Das Ziel, das er sich selbst ausgewählt hatte, war dieses Schwein: Kilburn.

Trotz der kontinuierlichen glühenden Hitze fand Juliet, daß die letzten zwei Reisetage leichter gewesen waren, denn schließlich wußte sie, daß das Schlimmste hinter ihnen lag. Der nächste Brunnen nach ihrem Zusammentreffen mit den Turkmenen war üppig gewesen, und sie hatten genug Wasser sammeln können, um damit bis nach Hause zu kommen.

Als die Hügel in Sicht kamen, erkannte Juliet die Gegend wieder und führte die Gruppe auf der direktesten Route nach Serevan. Während sie nun auf der anderen Seite der Schlucht hinaufkletterten, trug der trockene Wind die Düfte und die kühlere Luft des Hochlands zu ihnen, und die Laune der Reisenden steigerte sich beträchtlich.

»Es sind nur noch gut fünf Meilen bis zur Festung«, verkündete Juliet mit tiefster Zufriedenheit. »Das heißt, wir haben Zeit für einen ausgedehnten Besuch im Hammam, bevor es Essen gibt.«

Ross grinste vergnügt. »Du bist wie ein Pferd, das den Geruch seines Stalles in den Nüstern hat.«

Juliet lächelte. Sie ritten hintereinander, Ross und Murad vor ihr, Ian folgte als letzter.

»Du hast es geschafft, Murad«, behauptete Ross beeindruckt. Der Pfad war gerade ein wenig breiter, und Ross schloß neben Murads Pferd auf. »Du hast uns sicher durch die Karakum geführt, und das auf einer Strecke, die du niemals selbst geritten hast. Ich denke, das qualifiziert dich zu einem Meisterführer.«

Murad lachte geschmeichelt. »Worte sind ja sehr schön, Kilburn!« Er beugte sich vor. »Hauptsache, du vergißt den Bonus nicht, den du mir versprochen hast, wenn ich es gut mache!«

Doch dann war es aus mit ihrer vergnügten Stimmung. Eine Salve Gewehrschüsse krachte los. Einer der Männer vor Juliet schrie auf, aber sie vergeudete keine Zeit damit, nachzusehen, wer es war. Als Kugeln von den Felsen abprallten, ließ sie sich vom Pferd fallen und kroch hastig hinter eine Ansammlung von Steinen. Dort zwang sie ihr Pferd hinunter, damit es ebenfalls geschützt war.

Ein paar Meter oberhalb hatte auch Ross Deckung gesucht und sein Gewehr herausgezogen. Jetzt begann er mit gefühlloser Miene und ruhiger Hand über die Schlucht zu feuern. Ian verbarg sich hinter den gleichen Felsen wie Juliet, und während sie das Gewehr aus ihrer Satteltasche zerrte, bemerkte er: »Gott sei Dank sind es verdammt schlechte Schützen!«

Juliet nahm an, daß der Wind, der durch die Schlucht fuhr, sie wahrscheinlich gerettet hatte, denn er war kräftig genug, um einen Schuß aus dieser Entfernung ablenken zu können. Dennoch waren die Angreifer doch nicht so erfolglos gewesen, denn ein Schuß hatte Murad getroffen. Er war es gewesen, der den Schrei ausgestoßen hatte, bevor er vom Pferd gestürzt und einige Meter den Pfad hinuntergekugelt war. Nun lag er bewußtlos, einer seiner Ärmel blutdurchtränkt, an einer Stelle, die viel zu ungeschützt war, als daß ihm einer seiner Kameraden zur Hilfe eilen konnte.

Fluchend blickte Juliet vorsichtig zwischen zwei Felsen hindurch und suchte die gegenüberliegende Hügelkette ab. Hitze flirrte von den nackten Felsen und verzerrte die Luft, so daß es schwierig war, die Entfernung einzuschätzen. Einer der Angreifer feuerte erneut, und die Wolke schwarzen Rauchs verriet seine Position, bevor das scharfe Krachen des Schusses durch das Tal hallte. Juliet schloß aus der ersten Salve, daß es sich bei ihren Gegnern um drei bis fünf Mann handeln mußte.

Sie lud nach und suchte angestrengt nach weiteren Zielen, fand aber keine. »Einer steckt bei der krumme Pinien. Hast du die anderen gesehen, Ross?«

»Zwei hinter dem dunklen Geröll und einer tiefer, etwas links davon.« Er betonte seine Worte mit einem Schuß, dann duckte er sich wieder. »Ich glaube, Shahid Mahmud und seine Spießgesellen haben uns eingeholt.«

Juliet dachte kurz darüber nach. Wahrscheinlich hatte Ross recht, denn nur jemand, der sie so sehr haßte und der den Instinkt eines Bluthunds hatte, würde so weit hinter ihnen herjagen und sich nicht einmal durch turkmenische Plünderer aufhalten lassen. Als sie etwas Weißes hinter dem Geröllhaufen aufblitzen sah, feuerte sie sofort, lud nach und feuerte noch einmal etwas weiter zur

Seite, in der Hoffnung, eine abprallende Kugel könnte die Person hinter den Steinen verletzen.

In der kurzen Pause, die folgte, zog sie ihre Pistole heraus und reichte sie mit Munition an Ian weiter. »Dumm, daß wir keine Gewehre mehr haben, aber die Pistole könnte dir helfen, wenn sich jemand in deine Nähe schleicht.«

»Ein Gewehr wäre auch an mir verschwendet, denn ich fürchte, mit nur einem Auge kann ich nicht mehr vernünftig zielen.« Er überprüfte die Ladung und entsicherte dann die Waffe. »Aber die Gegend ist wirklich wie gemacht zum Anschleichen, und ich fühle mich besser, wenn ich eine Pistole in der Hand halte.«

Er hatte recht; das Terrain bestand praktisch nur aus riesigen Felsstücken, so daß eine vorsichtige Person sich praktisch überall bewegen konnte, ohne länger als einen kurzen Augenblick ohne Deckung zu sein. »Im Augenblick stecken wir in einer Sackgasse«, bemerkte Juliet besorgt.

»Wenn wir nicht bald etwas daran ändern, verblutet Murad da unten«, sagte Ross mit harter Stimme. »Ich habe keine Lust, diesen Kerlen die Initiative zu überlassen. Ich werde da oben zu dem Vorsprung klettern. Von da aus müßte ich einen guten Überblick über die gesamte Schlucht bekommen.«

Juliet blickte hinter sich auf die Felsen, die in groben Stufen über ihr aufragten. »Ich sorge dafür, daß sie zu beschäftigt sind, um auf dich zu schießen.«

Ross schenkte ihr ein zärtliches Lächeln, als wären sie in ihrem Schlafzimmer statt in der sonnendurchglühten Felsenschlucht. »Deine Talente sind wirklich viel nützlicher als die übliche Kunst des Stickens oder Klavierspielens.«

Sie hätte fast gelacht. »Denk bloß daran, den Kopf runter zu halten und wichtige, tieferliegende Körperteile zu schützen.« Sie blickte ihm einen Moment hinterher, wie er den steilen Pfad hinaufkletterte. Sein grüngestreifter Chapan war so staubig, daß er fast mit dem Hintergrund verschmolz, und er bewegte sich unglaublich rasch und fast lautlos. Das waren kaum die üblichen Talente eines englischen Adeligen – in *der* Hinsicht paßten sie also zueinander.

Dann wandte Juliet wieder den Kopf und widmete ihre ganze Aufmerksamkeit der gegenüberliegenden Felsseite. Sie war dankbar, daß ihr Hinterlader so schnell nachgeladen und abgefeuert werden konnte, denn so konnten ihre Gegner kaum wissen, daß sie nur von einer Person beschossen wurden. Und so pumpte sie bei jedem kleinsten Anzeichen von Bewegung Blei in die Luft und hoffte inständig, daß Ross Erfolg haben würde.

Shahid Mahmuds Flüche schwollen zu einer ununterbrochenen Litanei von Obszönitäten an, denn sein perfekter Hinterhalt wurde durch den kräftigen Wind und das felsige Terrain behindert, das seinen Feinden zu viele Möglichkeiten für Deckung bot. Weil er den Wind unterschätzt hatte, war ihm der Anfangsvorteil verlorengegangen. Nun, da beide Parteien Schutz gesucht hatten, konnten sie den Rest des Tages damit verbringen, aufeinander zu schießen, allerdings ohne mehr als den Munitionsvorrat in Mitleidenschaft zu ziehen. Verflucht war der Wind, und verflucht auch seine Männer, die keine besseren Schützen waren, und vor allem verflucht war er selbst, weil er den Führer getroffen hatte statt des verdammten Ferengi.

Dann verengten sich seine Augen, als er ein Fleckchen staubiges Grün auf der anderen Seite der Schlucht entdeckte. Kilburn war der einzige der Gruppe, der diese Farbe trug. Verflucht, der Ungläubige kletterte zu einer besseren Position! Da sich die andere Seite der Schlucht bis zu dem Plateau erhob, konnte der Bastard höher hinauf als seine Angreifer. Wenn man ihn nicht aufhielt, würde ihm das eine uneinnehmbare Stellung gewähren. Also mußte Shahid ihn stoppen, nur mußte er, um besser zielen zu können, die Schlucht durchqueren.

Shahid bückte sich und stob gebückt hinter einen anderen Felsen, der weiter rechts und unterhalb von ihm lag. Augenblicklich sirrte eine Kugel wie eine tödliche Hornisse dicht an seinem Ohr vorbei. Knappe Sekunden später splitterte eine zweite neben einem seiner Männer ein Steinstück ab. Verdammt, diese Bastarde waren gute Schützen! Aber auch sie mußten ein Ziel sehen, um es treffen zu können, und als Shahid sich nun vorsichtig von Fels zu Fels gleiten ließ, stellte er sicher, daß das nicht geschah.

Die glühende Bergfront hinaufzuklettern war eine langwierige Aufgabe, aber Juliet deckte Ross so effektiv, daß er seinen Zielpunkt erreichte, ohne tödliche Aufmerksamkeit auf sich zu ziehen. Die Felsbank erwies sich als schräge Platte, die sich steiler abwärts neigte, als er von unten hatte erkennen können. Flach auf dem Bauch liegend, kroch er vorsichtig die Oberfläche hinab, wobei der rauhe Stein seine Finger aufriß.

Als er am Rand angelangt war, hob er langsam ein Stück den Kopf und blickte über die Schlucht. Wie er es gehofft hatte, konnte er von hier oben aus drei nichtsahnende Bucharer deutlich anvisieren. Seine Lippen preßten sich zusammen, als er feststellte, daß keiner der Männer, die er erkennen konnte, den typischen bulligen

Körperbau von Shahid Mahmud aufwies. Das war ärgerlich – wenn er den Jawer hätte erschießen können, wäre der Kampf wahrscheinlich zu Ende gewesen, ohne daß noch jemand verletzt werden mußte.

Aber gut, so war es nicht. Ross tötete nicht gerne, doch wenn er die Wahl zwischen dem Leben seiner Freunde und dem von Unbekannten hatte, würde er tun, was nötig war. Einen Augenblick überlegte er, wie er am besten schießen sollte. Dann legte er sein Gewehr gegen die Schulter, zielte sorgfältig, zog den Wind in Betracht und feuerte.

Die erste Kugel flog tödlich und direkt in die Brust seines Zieles. Ohne innezuhalten, um den Mann zu Boden stürzen zu sehen, lud Ross nach und feuerte wieder. Das zweite Ziel bewegte sich, versuchte im Angesicht der unerwarteten Gefahr zu fliehen, und Ross traf nur die Schulter. Aber es reichte, denn der Mann schrie auf, ließ seine Waffe fallen und griff sich an die Wunde. Er würde heute keinen vernünftigen Schuß mehr abgeben.

Inzwischen war der dritte Bucharer außer Sicht verschwunden, aber zwei ihrer Feinde ausgeschaltet zu haben, verbesserte die Situation für sie enorm. Nachdem er wieder nachgeladen hatte, ließ sich Ross millimeterweise weiter abwärts gleiten und tröstete sich damit, daß nur sieben Meter unter ihm ein zweiter Vorsprung hervorragte – selbst wenn er hinabstürzte, würde er sich vermutlich nicht den Hals brechen. Dann hob er wieder den Kopf und versuchte, Shahid Mahmud auszumachen, der irgendwo auf der gegenüberliegenden Seite sein mußte.

Die Kugel, die ihn traf, spürte Ross nicht mehr.

Am liebsten hätte Juliet laut applaudiert, als die Schüsse durch die Schlucht hallten. Als dem zweiten Krachen ein

Schrei folgte, nickte Ian anerkennend. »Hört sich an, als hätte Ross einen erwischt.«

»Zwei«, korrigierte Juliet stolz. »Bei seiner üblichen Trefferquote hat der erste Schuß bestimmt einen direkt getötet.«

Sie schaute hoch und sah eine schwarze Qualmwolke über sich, die sich in dem steifen Wind rasch auflöste. Sie erhaschte einen kurzen Blick auf seinen weißen Turban und dachte mit Unbehagen daran, wie prekär seine Position dort oben war; wie gut, daß Ross keine Höhenangst hatte.

Ein weiterer Schuß krachte los und hallte von der gegenüberliegenden Seite wider. Juliet wußte sofort, daß etwas nicht stimmte, denn das Gewehr hatte sich wie eines der Bucharer angehört, kam aber von ihrer Seite der Schlucht.

Im nächsten Augenblick und direkt vor ihren entsetzten Augen rutschte ihr Mann über die Felskante, gleichzeitig ertönte ein heiserer Triumphschrei, der grausam in der Schlucht widerhallte.

Ross fiel mit entsetzlicher Langsamkeit, sein Sturz wurde gebremst durch dornige Büsche, die aus der felsigen Oberfläche herauswuchsen. Ein Ast verfing sich in seinem Turban und riß ihn auf, so daß weißer Stoff wie ein Banner im Wind flatterte und das goldene Haar in der Sonne funkelte. Sein Gewehr flog lautlos in der gleißenden Sonne, bis es dann irgendwo mit einem harten metallischen Scheppern auf Stein traf.

Dann verschwand er außer Sicht, als er auf dem Vorsprung, unter dem, von dem aus er geschossen hatte, landete.

»Ross!« schrie Juliet. Fast blind vor Entsetzen und erfüllt von einer übelkeiterregenden Furcht, bemerkte sie nicht einmal, daß sie aufgesprungen war und schon losstürmte, bis Ian sie packte und grob zu Boden riß.

»Himmel, Juliet!« fluchte er. »Wenn du zu Ross willst, dann beweg dich gebückt! Du kannst ihm nicht helfen, wenn du auch erschossen wirst. Gib mir das Gewehr! Ich versuche, dich zu decken.« Er löste die Waffe aus ihren gefühllosen Fingern, dann entsicherte er die Pistole und drückte sie ihr in die Hand. »Nimm die. Vielleicht brauchst du sie.«

Wie in Trance nahm sie die Waffe, nur damit Ian sie endlich zu ihrem Mann gehen ließ. Als er sie endlich freigab, stürmte sie augenblicklich den steilen Pfad hoch, wobei sie sich gerade nur etwas abduckte.

Ian blickte seiner Schwester einen Augenblick hinterher, dann wandte er sich um und richtete den Gewehrlauf auf die Schlucht. Er feuerte, nur um dem Feind zu zeigen, daß die Ferengis noch im Geschäft waren. Zu seiner Überraschung ging die Kugel tatsächlich dorthin, wo er sie hinhaben wollte. Mit grimmigem Humor begann er, ernsthaft zu schießen. Der Verlust seines Auges schien sein Schützentalent keinesfalls beeinträchtigt zu haben.

Berauscht von seinem Triumph, begann Shahid zu seinem Opfer hinabzuklettern. Es konnte sein, daß Kilburn noch lebte, denn Shahid hatte aus einem ungünstigen Winkel schießen müssen, und der Sturz reichte allein nicht unbedingt aus, den Ferengi umzubringen, es sei denn, er wäre sehr unglücklich aufgeschlagen. Zuerst wollte Shahid sich vergewissern, daß der Ferengi tot war; dann würde er zu dem höheren Vorsprung klettern und von dort aus in aller Ruhe die anderen erledigen. Nun, wenn er vorsichtig war, konnte der Targi vielleicht lange genug leben, um vorher noch gedemütigt zu werden. Mit der Waffe schußbereit in der Hand, bahnte sich der Usbeke seinen Weg nach unten.

Als Juliet auf den Vorsprung stolperte, auf den Ross gestürzt war, stellte sie fest, daß die Fläche aus unerwartet weichem Sand und Kies, die durch Grasbüschel zusammengehalten wurden, bestand. Sie betete, daß dieser relativ federnde Grund die Gewalt des Aufpralls gemildert hatte.

Ross lag auf der Seite, sein Gesicht entspannt und schön, als würde er schlafen, doch das Blut in seinen blonden Haaren besagte etwas anderes. Ihre Atmung ging stoßweise und flach vor Angst und Entsetzen, als sie sich neben ihn kniete und seinen Puls am Hals suchte. Als sie ihn zuerst nicht finden konnte, drohte die überwältigende Furcht sie zu ersticken, doch da, wundersamerweise, spürte sie ein kräftiges Schlagen unter ihren Fingerspitzen, ein Pulsieren, das nicht nur sein Leben repräsentierte, sondern auch ihres. Denn wenn Ross sterben würde, wäre der größte Teil von ihr ebenfalls tot.

In ihrem Herzen war ein Durcheinander von Gebeten, Dankbarkeit und Schwüren über das, was sie tun würde, wenn Gott ihren Mann nicht verschonte, dann legte sie die Pistole auf den Boden und untersuchte Ross. Offensichtlich hatte die Kugel seinen Schädel gestreift, es schienen aber ansonsten keine ernsthafteren Verletzungen vorhanden zu sein.

Juliet riß ihren Tagelmoust ab, und ihr Haar löste sich aus dem groben Zopf und ergoß sich über ihre Schultern, doch sie strich es ungeduldig zurück und begann Streifen von dem Stoff abzureißen. Sie hatte gerade einen über Ross' Wunde gewickelt, als ein Kieselregen davon kündete, daß jemand näherkam.

Sie wirbelte gerade noch rechtzeitig herum, um zu sehen, wie Shahid sich, seine Waffe im Anschlag, auf die Felsplatte hievte. Er war kaum drei Meter von ihr entfernt, und für den Bruchteil einer Sekunde erstarrten sie beide im gegenseitigen Schock.

»Eine Frau!« keuchte Shahid auf und starrte vollkommen verdattert auf Juliets Gesicht und die seidigen Lokken, die vom Wind zerzaust wurden. »Also ist Kilburns Targi-Junge in Wahrheit eine Ferengi-Hure!«

Der Koran befahl, mit Frauen und Kindern Gnade walten zu lassen, aber das war eine Regel, die Shahid niemals befolgt hatte. Mit einem Ausdruck grausamer Freude auf dem Gesicht hob er seine Waffe. »Jetzt wirst du deinem Liebhaber folgen.«

Aber er war nicht schnell genug. In dem überraschten Augenblick, in dem Shahid die Tatsache aufnahm, daß sie eine Frau war, riß sie die Pistole hoch und entsicherte sie.

Dann hielt sie die Pistole mit beiden Händen, damit sie auch ganz sicher richtig traf – und schoß Shahid Mahmud aus nächster Nähe direkt durch das Herz.

Kapitel 26

DAS OHRENBETÄUBENDE KRACHEN von Juliets Pistole holte Ross in einen dämmrigen Zustand des Bewußtseins zurück. Obwohl sein Körper jede Bewegung verweigerte, schaffte er es, seine Augen einen Spalt zu öffnen und sah gerade noch, wie die Gewalt des Schusses Shahid herumwirbeln ließ und ihn dann über die Felskante stieß. Als die Leiche des Usbeken geräuschvoll den Felsen herunterpolterte, ließ Juliet mit bebenden Händen die Pistole sinken.

Sie drehte sich zur Schlucht um und rief mit einem leichten Zittern in der Stimme: »Männer aus Buchara! Eure Mission ist vorbei! Euer Anführer, Jawer Shahid Mahmud, ist tot und der Ferengi tödlich verwundet. Wenn ihr euch jetzt zurückzieht, könnt ihr eure Waffen nehmen und in Frieden verschwinden. Wenn ihr aber weiterkämpft, hetzen wir euch wie Hunde, bis ihr tot seid.«

Sie hielt inne, um Atem zu holen, und Ross empfand eine finstere Zufriedenheit, als er hörte, daß er tödlich verwundet war, denn das erklärte, warum er so fühlte, als wäre sein Geist nicht mehr richtig mit seinem Körper verbunden. Da war kein Schmerz, nur Taubheit und eine schwebende Gelassenheit, als wäre er ein Stück Treibgut zwischen den Gezeiten des Todes.

Juliet fuhr fort, und ihre Worte echoten in der steinernen Schlucht: »Ich bin Gul-i Sahari, und meine Festung Serevan ist nur wenige Meilen von hier entfernt. Meine Männer werden bereits, alarmiert durch die Schüsse, hierher unterwegs sein. Ihr werdet keine Chance gegen sie haben.«

Zuerst kam keine Antwort. Dann ertönte eine Stimme von der anderen Seite der Schlucht. »Was ist mit unseren Toten?«

»Shahid war ein grausamer Schlächter, aber er besaß die Tugend der Tapferkeit, und er starb in Ausübung seiner Pflicht!« rief Juliet zurück. »Wenn ihr in Frieden zieht, verspreche ich euch, daß er und der andere, der ebenfalls gefallen ist, in Ehren und nach Brauch der Sunniten begraben werden.«

Wieder gab es eine Pause, als würden die Überlebenden sich absprechen. Dann gellte die Stimme wieder herüber: »Wie können wir euch trauen? Wenn du dich zeigst, dann tun wir es ebenso.«

Ross wollte ihr zurufen: »Um Himmels willen, Juliet, trau ihnen bloß nicht!« – aber er konnte sich weder bewegen noch etwas sagen, er konnte nur hilflos zusehen, wie Juliet sich aufrichtete und an die Felskante trat.

Groß und stolz hob Juliet Cameron Carlisle, die Blume der Wüste und die Marquise von Kilburn, ihre offenen Handflächen über ihren Kopf, um zu zeigen, daß sie keine Waffe in der Hand hielt. Einen langen, schier endlosen Moment schien die ganze Schlucht den Atem anzuhalten. Mit ihrem leuchtenden Haar und dem schwarzen Gewand sah sie aus wie eine antike Kriegsgöttin, die Frieden anbot, doch töten würde, falls jemand ihr Vertrauen mißbrauchte.

Ross betrachtete sie im Profil, und das Bild traf ihn mit messerscharfer Klarheit. Es war ein Anblick, den er niemals vergessen würde, solange er lebte – was offenbar nicht mehr allzu lang sein würde. Der Gedanke rüttelte ihn vollständig wach, denn wenn er starb, mußte er ihr vorher sagen, wie sehr er sie liebte. Seltsam, daß am Ende des Lebens so wenig zählte: gewiß keine Besitztümer, kein Wissen oder Stolz. Nur noch Liebe.

In einer Stimme, die den Schock beim Anblick des Gegners nicht verbergen konnte, rief der Bucharer auf der anderen Seite: »Wir akzeptieren deine Bedingungen. Ein anderer ist tot, er heißt Meshedee Tajib. Wir werden seine Leiche auf dem Pfad zurücklassen, damit ihr ihn finden und begraben könnt.«

»So wird es geschehen.« Juliet ließ eine Hand sinken, die andere blieb wie zu einem Segen über ihrem Kopf erhoben. »Ihr seid tapfere Krieger, und ich wünsche euch eine sichere Heimkehr nach Buchara. Zieht in Frieden.«

»Und Friede sei mit dir, Herrin.« Kurz darauf erklang sich entfernendes Hufgetrappel auf der anderen Seite der Schlucht.

Ross wollte den Augenblick ausnutzen, um Juliet alles zu sagen, was ihm auf der Seele brannte: daß er es niemals bereuen konnte, sie geheiratet zu haben, egal, wieviel Qual die Ehe ihnen beiden verursacht hatte. Mit immenser Anstrengung streckte er eine Hand aus, um ihre Aufmerksamkeit zu erregen, aber die Bewegung jagte ihm stechende Schmerzen durch seinen Schädel, und einmal mehr wurde es finster um ihn.

Er kam wieder zu Bewußtsein, als geschickte Hände seinen schmerzenden Körper abtasteten. Er erkannte ihre Berührung, öffnete die Augen und flüsterte: »Juliet.« Er wußte nicht, ob er tatsächlich einen Laut hervorgebracht hatte, bis sie sich zu ihm wandte und er die lebhafte Freude auf ihrem Gesicht entdeckte.

Er versuchte, noch etwas hinzuzufügen, aber sie legte

ihm einen Finger auf die Lippen. »Schscht, Geliebter, spar deine Kraft.«

Er hätte gelacht, wenn er nicht so benebelt gewesen wäre. »Wofür soll ... ein sterbender Mann seine Kraft sparen?«

»O Himmel, du hast gehört, was ich den Bucharern gesagt habe«, stellte sie reumütig fest. »Ich habe nur behauptet, du seist tödlich verwundet, damit sie auch wirklich verschwinden.« Sie beugte sich vor und strich federleicht mit ihren Lippen über seine Stirn. »Du stirbst nicht, Lieber. Im Gegenteil, du hast erstaunliches Glück gehabt. Shahids Kugel hat nur deine Schädeldecke gestreift und dich von deinem Posten gestoßen, aber die Büsche im Felsen haben deinen Sturz verlangsamt, und du bist auf ziemlich weichem Grund gelandet. Du wirst eine hübsche Sammlung von Prellungen vorweisen können, aber es scheint nichts gebrochen zu sein.«

Er brauchte einen Moment, um seine Gedanken wieder auf eine Fortsetzung der Existenz einzustellen. Dann fragte er: »Murad?«

»Ian meint, die Kugel hätte den Arm glatt durchdrungen, und die Wunde ist sauber. Er hat sich den Kopf kräftig gestoßen, als er vom Pferd stürzte, aber es ist nicht weiter tragisch.«

Ross atmete erleichtert aus. »Wir haben verdammtes Glück gehabt.«

»Allerdings, aber nun müssen wir nach Serevan. Meinst du, du kommst mit meiner Hilfe runter zu den Pferden?«

»Wir werden sehen.« Mit Juliets beträchtlicher Unterstützung schaffte Ross es tatsächlich, sich aufzusetzen. Danach verschwamm alles zu einem Chaos aus Schmerz, Verwirrung und schwindendem Bewußtsein. Seine klarste Wahrnehmung war die, daß er auf einem trabenden

Pferd geführt wurde, was ihm ein starkes Déjà-vu-Erlebnis verschaffte. Ja, das war schon einmal geschehen, als er mit Mikhal unterwegs gewesen war. Er hatte es langsam verdammt satt, angeschossen zu werden und danach wie ein Sack Kartoffeln herumtransportiert zu werden.

Dann beschloß er, daß es wirklich praktischer wäre, sich der Finsternis zu überlassen. Und so tat er es.

Als er das nächste Mal zu Bewußtsein kam, war sein Kopf sehr klar, und er fühlte sich gründlich ausgeruht. Abgesehen von dem Pochen an einer Seite des Schädels, ging es ihm gut. Versuchsweise spannte und entspannte er verschiedene Muskeln in seinem Körper und stellte fest, daß praktisch jeder von dem Sturz weh tat, aber nichts ernsthaft beschädigt war.

Nachdem er die Augen geöffnet hatte, sah er, daß das Zimmer in das weiche, reine Licht des frühen Morgens getaucht war. Er lag wahrscheinlich in Serevan, und nach den wundervoll gemusterten, antiken Teppichen zu schließen, die an den weißgetünchten Wänden hingen, handelte es sich um Juliets eigenes Schlafzimmer.

Und da es so war, überraschte es ihn auch nicht sonderlich, als er nun erst bemerkte, daß er nicht allein war. Er wandte den Kopf und fand Juliet neben sich schlafend, eine Hand unter seinen Arm geschoben. Ihr Anblick war ein wundervoller Start in den Tag, denn sie trug nichts außer dem Goldkettchen mit dem Ehering als Anhänger. Im blassen Licht der Dämmerung schimmerte ihre helle Haut wie Perlmutt, und ihr Haar wirkte dunkel, nur mit einem Hauch von Kastanienbraun versehen. Behutsam zog er das Laken herunter, damit er mehr von ihren schönen Rundungen betrachten konnte.

Nein, er starb definitiv nicht. Nicht, wenn man aus dem schloß, wie sein Körper auf ihre Nähe reagierte.

Aber das, was so einfach gewesen war, als er an der Schwelle des Todes gestanden hatte, war nun wieder schwierig. Er zweifelte nicht daran, daß er Juliet liebte – diese Wahrheit war so gewaltig, daß er sie nicht abzustreiten versuchen konnte.

Das Problem war nicht die Liebe, sondern das Leben. Die Gefahr hatte sie beide wieder verbunden . . . aber ohne dieses Band, was blieb von ihrer Ehe? In Buchara hatten sie beide die Differenzen absichtlich ignoriert, weil sic sich gegenseitig dringend gebraucht hatten. Doch gegen alle Wahrscheinlichkeit hatten sie überlebt, und nun mußten sie sich den explosiven, unbeantworteten Fragen der Vergangenheit stellen.

Er wünschte sich so sehr, sie mit nach England zu nehmen, daß es schon weh tat. Bei jeder anderen Frau würde er meinen, daß Freude, Leidenschaft und Zuneigung ausreichten, um eine Ehe aufrecht zu halten, doch mit tiefer Verzweiflung befürchtete er, daß all dies nicht genug sein würde, Juliet zu halten.

Mit leicht unsicherer Hand streichelte er ihr Haar. Sie mußte im Hammam gewesen sein, denn die leuchtenden Locken fielen weich wie ein Wasserfall aus Seide über ihre Schultern.

Bei seiner Berührung flogen ihre Lider flatternd auf, und sie schenkte ihm ein Lächeln unkomplizierter Zärtlichkeit. Dann hob sie eine Hand und ließ ihre Fingerspitzen über seine Gesichtszüge gleiten. Sie öffnete den Mund, um etwas zu sagen, doch er durfte das nicht zulassen, denn Worte würden sie vor den Abgrund ihrer Zukunft bringen. In dem verzweifelten Wunsch, dies noch hinauszuzögern, beugte Ross sich vor und küßte sie mit der ganzen Macht seiner Ängste und seiner Sehnsucht.

Sie machte tief in ihrer Kehle ein ersticktes Geräusch und reagierte rasch mit tiefer Intensität, als ob auch sie das Ende fürchtete, das sich unaufhaltsam näherte. Es lag soviel lebendige Unmittelbarkeit in diesem Kuß, soviel Rechtmäßigkeit in ihrem Verlangen, daß es unmöglich war, sich vorzustellen, es könnte das letzte Mal sein.

Vielleicht würde er nie wieder so wie jetzt den sanften Druck ihrer Haut auf seiner spüren. Oder so wie jetzt die samtige Härte ihrer festen Brustspitzen unter seiner Zunge. Oder das rauhe Atmen an seinem Ohr vernehmen, wenn er ihre intimste Stelle abtastete, neckte, liebkoste so wie *jetzt*, bis sie vor Begierde pulsierte. Er würde es nicht ertragen können, nie wieder ihr scharfes, freudiges Einatmen hören zu können, wenn er in ihre glühende Hitze eindrang, *so wie jetzt.*

Er versuchte, sich und seine Ängste in ihr zu verlieren, wollte die Leidenschaft so entfachen, daß sie sie ewig an ihn binden würde. Er schmeckte die drängende Furcht in ihrem Kuß und sah die Verletzlichkeit in ihrem Gesicht. Vielleicht würde er nie wieder eine solche Vereinigung spüren, die erschreckende Freude, die Kontrolle ganz und gar zu verlieren, so wie jetzt, o Gott, so wie *jetzt* . . .

Nach der Leidenschaft hatte sie ein zerbrechlicher Frieden eingehüllt, und sie kuschelten sich befriedigt aneinander, als sie gemeinsam wieder einschliefen. Doch als sie zum zweitenmal aufwachten, hatte sich ein schmaler, unangenehmer Abgrund zwischen ihnen aufgetan. Um das Schweigen zu füllen, murmelte Juliet: »Wenn der *hakim*, der Doktor, wüßte, daß ich einen verwundeten Mann dazu gebracht habe, sich derart zu verausgaben, dann würde er mir das nie verzeihen.«

»So schlimm kann es mit mir nicht stehen, sonst hätte

ich gar keine Chance zur Verausgabung gehabt.« Behutsam tastete Ross den Verband an seinem Kopf ab und zuckte zusammen. »Das wird wohl noch eine Weile weh tun, und wahrscheinlich habe ich die größte Ration meiner Tagesenergie schon aufgebraucht, aber ich werde dem *hakim* gerne erzählen, daß deine Pflege wundersam effektiv war.«

Seine Miene wurde nüchterner, und er streckte den Arm aus, um den Ring an ihrer Halskette zu berühren. Juliet, die sicher war, daß er nun gleich etwas die Zukunft betreffend sagen wollte, tat, als ob sie die Geste nicht bemerkte. In dem ängstlichen Bedürfnis, das Unvermeidliche noch eine Weile hinauszuschieben, glitt sie mit erzwungener Fröhlichkeit aus dem Bett.

»Du mußt doch Hunger haben. Soll ich etwas zum Frühstück herbringen lassen? Die Melonen schmecken im Moment am besten, besonders nach einer Woche trockener Wüstennahrung. Wir haben aber auch so gut wie alles, was du dir wünschen kannst. Bis auf geräucherten Hering natürlich. Oder Hafermehl. Aber wer will schon Hafermehl?«

»Juliet«, mahnte er weich. »Du redest dummes Zeug.«

»Ich weiß.« Sie strich sich fahrig durchs Haar und zwang sich, etwas ruhiger zu werden. »Da wir so lange fort waren, ist heute unglaublich viel zu tun, besonders, da Saleh erst in zehn Tagen oder so hier eintreffen wird. Ich muß mit dem Aufseher und den Dienern reden und hundert andere Sachen erledigen.« All das stimmte, war aber kaum der Grund für ihre Nervosität.

Er schenkte ihr ein Lächeln, das besagte, daß er genau wußte, was in ihr vorging. »Dann machst du dich jetzt besser direkt an die Arbeit. Im Augenblick beabsichtige ich, aus meinem angeschlagenen Zustand Vorteile zu ziehen und den Tag so faul wie möglich zu vertrödeln. Ein paar Stunden mehr Schlaf versorgen mich bestimmt mit genug Energie, daß ich in den Hammam gehen kann, danach würde ich vielleicht gern noch ein paar weitere Stündchen schlafen.«

»Hört sich nach einem wunderbaren Tagesprogramm an.« Sie beugte sich vor und küßte ihn schnell, dann ergriff sie die Flucht. Doch sie wußte, daß die Stunde der Entscheidung nur hinausgeschoben war.

Ross verbrachte den Tag fast so faul, wie er angedroht hatte. Außer das Badehaus zu besuchen, mühte er sich gerade zu genug Aktivität ab, um seine beiden anderen Reisegefährten aufzusuchen. Ian schlief immer noch, während sein ausgezehrter Körper versuchte, all die Entbehrungen des letzten Jahres zu kompensieren.

Murad dagegen war in bester aufgeweckter Laune. Ross fand ihn im Schatten eines Baumes im Garten sitzend, wo er an Melonen-Sherbet nippte und versuchte, mit einer kichernden, jungen Dienerin zu flirten. Als er seinen Arbeitgeber entdeckte, grinste er breit. »Und so endet unser großes Abenteuer. Vielleicht gebe ich die Arbeit als Führer auf und werde statt dessen Geschichtenerzähler. Dann verdiene ich mir meine Mahlzeiten, indem ich Märchen um den legendären Kilburn spinne.«

Ross mußte lächeln. »Auf jeden Fall ist das sicherer, als Turkmenen herauszufordern.« Er setzte sich und nahm dankend einen Kelch mit Sherbet. »Ich werde ziemlich bald nach Teheran abreisen, vielleicht schon morgen. Ich würde mich freuen, wenn ich deine Führerqualitäten ausnutzen könnte, aber vielleicht ist es besser, wenn du bleibst, bis dein Arm geheilt ist.«

»Ich werde mitkommen«, beschloß Murad spontan. »Mein Arm ist nicht so schlimm, und ich freue mich darauf, auch nach Hause zu kommen. Aber wird Lady Kilburn so schnell bereit sein? Sie wird doch bestimmt einiges packen müssen. Auf jeden Fall würde meine Mutter unendlich viel Zeit dazu brauchen, wenn sie in ein anderes Land reisen würde.«

Ross nahm einen Schluck Sherbet und ließ seine Blicke über den Garten schweifen. »Ich bezweifle, daß sie mit mir kommt. Wir müssen . . . darüber sprechen, aber ich glaube, sie wird sich entscheiden, in Serevan zu bleiben, denn es war so viele Jahre ihr Zuhause.«

Nach einem verwirrten Schweigen sagte Murad schließlich: »Aber ihr schient mir so . . . so vereint. Ich dachte, du würdest sie bei dir haben wollen.«

»Das will ich ja auch, aber ich fürchte, der Wunsch ist nicht gegenseitig.«

»Aber sie ist deine Frau!« rief Murad aufgebracht. »Der Platz einer Frau ist bei ihrem Mann. Du mußt ihr befehlen, mit dir zu kommen.«

»Befehle nützen nicht viel, denn Lady Kilburn hat ihren eigenen Kopf«, bemerkte Ross trocken. »Das hast du sicher schon festgestellt. Und unsere Sitten erlauben den Frauen eine ganze Menge Selbstentscheidung.«

Nach einer weiteren, noch länger dauernden Pause sagte der junge Perser schwach: »Ich verstehe nicht.«

»Ich auch nicht, Murad, ich auch nicht.« Vielleicht, dachte Ross müde, würde es einen Unterschied machen, wenn er Juliet verstünde. Aber wahrscheinlich nicht.

Die Stunde der Aussprache kam am Abend, nach dem Essen. Juliet hatte es geschafft, den ganzen Tag beschäftigt zu sein und sich nicht einmal blicken zu lassen. Mehrmals hatte sie nach Ian gesehen, aber er schlief immer noch, und sie wollte ihn nicht wecken.

Sie und Ross hatten mit Salehs Familie gegessen, was bedeutete, daß sie keine Möglichkeit hatten, ein privates Gespräch zu führen, aber nur allzu bald kam die Zeit, ins Bett zu gehen. Juliet konnte schlecht ihren Mann aus ihrem Schlafzimmer verbannen, wenn sie sich doch nichts mehr wünschte, als ihn bei sich zu haben. Nein – noch mehr wünschte sie sich die Unkompliziertheit, die sie in Buchara erfahren hatten, als es nur die Gegenwart gab, keine Vergangenheit und schon gar keine Zukunft.

Ohne Ross anzusehen, zog Juliet sich einen bestickten, grünseidenen Kaftan an. Dann hockte sie sich auf den Diwan und begann sich die Haare zu bürsten, während sie versuchte, sich ein neutrales, sicheres Thema auszudenken. Vielleicht konnte sie ja wie Scheherazade die Katastrophe unendlich hinausschieben, indem sie sich immer wieder neue Geschichten ausdachte, um das gefährliche Terrain zu vermeiden.

Unglücklicherweise war Ross mit zuviel westlicher Direktheit gesegnet. Anstatt sich den simplen, braunen Chapan auszuziehen, setzte er sich neben sie und begann schlicht: »Juliet, komm mit mir nach England zurück. Wir sind jetzt zwölf Jahre älter und klüger, und du scheinst meine Gesellschaft nicht besonders zu verabscheuen. Bestimmt können wir alles lösen, was du als Problem in unserer Ehe ansiehst.«

Sie versteifte sich, und ihre Hand, die die Bürste hielt, fiel in ihren Schoß. Sie war im Geiste ständig durchgegangen, was sie sagen konnte, um Ross davon zu überzeugen, daß ein Zusammenbleiben unmöglich war. Und nun hoffte sie, ihre oberflächlichen Argumente würden Ross genügend überzeugen, daß er nicht nach dem tieferen, wahren Grund bohren würde, den sie niemals zugeben konnte.

»Ich fürchte, die geographische Vereinbarkeit ist tatsächlich ein unlösbares Problem«, erwiderte sie mit aufgesetztem Humor. »Wenn du nicht Erbe deines Vaters wärest, könntest du hier in Persien bleiben. Aber ich kenne deinen Sinn für Verpflichtungen nur zu gut, um zu erwarten, daß du deiner Verantwortung in England den Rücken kehrst.«

Ross lehnte sich in die Polster zurück und betrachtete sie mit Augen, die kühl und gefährlich blitzten. Dies war kein Kampf, den sie leicht gewinnen konnte. »Da hast du allerdings recht. Meine Zukunft liegt jetzt in England. Aber warum ist es so undenkbar, daß du ebenfalls dort wieder leben würdest? Du schienst mir damals ganz zufrieden.«

Ihre Hände ballten sich automatisch zu Fäusten, und sie mußte sich zwingen, sie wieder zu entspannen. »Es tut mir leid, aber ich fürchte, ich werde in England ersticken. Es gibt dort so viele gesellschaftliche Regeln, so viele Möglichkeiten, Fehler zu machen.«

»Das hast du damals bestens hinbekommen, indem du die Regeln, die dir gefielen, befolgtest und die anderen schlichtweg ignoriert hast«, konterte er. »Wichtiger noch: Du wärest jetzt eine Marquise und später eine Duchess. Um es platt auszudrücken, du kannst dann jedes verdammte Ding tun, auf das du Lust hast. Habe ich dich denn so sehr zu zensieren versucht? Du hast mir gesagt, daß meine Kritik dich verletzt hat, und zweifellos war ich weit unsensibler, als ich es hätte sein müssen, aber ich kann mir nicht vorstellen, daß ich ein Tyrann war.«

Nein, das war er nicht gewesen. Nun war es Zeit für einen anderen, viel schmerzlicheren Aspekt der Wahrheit. »Das Problem war nicht, was du getan hast, sondern was ich mir selbst angetan habe.« Sie starrte auf die Bürste, ohne sie wahrzunehmen, und drehte den Griff ruhelos in ihren Händen. »Ich liebte dich so sehr, daß ich mich selbst verstümmelte, um dir zu gefallen. Mein Sinn dafür, wer ich war, meine Unabhängigkeit ... all das, was du an mir mochtest ... ich konnte fühlen, wie es verschwand. Ich wollte so nicht leben, und ich wollte nicht wie diese langweiligen, fügsamen Frauen werden, die du, wie du sagtest, niemals lieben konntest.«

Er kreuzte die Arme vor der Brust und sah sie herausfordernd an. »Es ist schmeichelhaft zu hören, daß du so wahnsinnig in mich verliebt warst. Aber selbst wenn du damals um deine Unabhängigkeit gefürchtet hast, kann das doch heute kein Problem mehr sein. Du bist kein unsicheres Mädchen mehr. Dein Charakter wird nicht verkümmern, nur weil irgendwelche überzüchteten Weibchen auf dich herabsehen.«

Sie stand auf und ging nervös im Zimmer auf und ab, wobei die grüne Seide um ihre Beine raschelte. »Du versuchst, alles, was ich sage, auf einfache Punkte zu reduzieren, die man wegargumentieren kann, aber es ist komplizierter als das.« Sie wandte sich zu ihm um. »Die Frage ist nicht, ob ich England tolerieren kann – ich kann es. Aber mir gefällt Serevan. Ich habe hier etwas Wertvolles aufgebaut, habe Leuten, die in Armut und Angst lebten, dabei geholfen, Wohlstand und Glück zu erlangen. Wie kann ich das alles aufgeben?«

Er seufzte. »Ich spüre den Schatten von Lady Hester Stanhope über uns schweben. Ich kann es dir nicht verübeln, bei den Menschen zu bleiben, die von dir abhängen, aber du hast eine starke, gesunde Gemeinde errichtet ... sie würde nicht zusammenbrechen, wenn du gehst. Übergib Serevan Saleh, wenn er zurückkommt. Er ist genauso fähig, die Festung zu führen wie du.«

Die Tatsache, daß Ross recht hatte, machte Juliets Standpunkt nicht gerade einfacher. Er drängte sie in die

Defensive. »Aber ich *will* Serevan nicht verlassen. Ich habe hier soviel Freiheit.«

»Das ist eine Illusion, geboren aus der Position der Außenseiterin. Du hast dich durch deine Fremdheit und durch Geld von der persischen Realität freigekauft«, sagte er verärgert. »Willst du so den Rest deines Lebens verbringen? Als Frau, die tun kann, was immer sie will, weil sie so exzentrisch ist, daß sie eher als unvermeidliche Naturgewalt, denn als echte Person betrachtet wird?«

Sie zuckte die Schultern. »Lady Hester scheint gut damit zurechtgekommen zu sein.«

»Es ist Zeit, ein paar von deinen romantischen Illusionen zu zerstören.« Er erhob sich vom Diwan und kam auf sie zu. »Ja, Lady Hester war eine bemerkenswerte Person, aber sie war auch ein Ungeheuer der Eitelkeit und Besessenheit. Sie ließ sich in Syrien nicht wegen ihrer Freiheit nieder, sondern weil sie die Macht liebte, und weil ihr Bedürfnis, ein wichtiger Mensch zu sein, durch die Rolle als gnädige Tyrannin befriedigt wurde. Du hast doch Geschichten über sie gesammelt; kennst du auch die, als deine Heldin meinte, es sei ihre Pflicht, den Tod eines leichtsinnigen französischen Forschers zu rächen? Sie drängte den ansässigen Pascha dazu, Dutzende von Dorfbewohnern zu töten, und den Rest ihres Lebens prahlte sie damit, was für eine starke, mächtige Führerin sie war. Sie war *stolz* darauf, für den Mord an Hunderten von Menschen verantwortlich zu sein.«

Schockiert starrte Juliet ihn an. »Lady Hester war nicht so! Sie war eine Frau voll Mitgefühl, die Flüchtlingen vor Ungerechtigkeiten Schutz bot.«

Ross' Mund verzog sich. »Ich gebe zu, daß sie manchmal Mitgefühl für Verfolgte zeigte, aber sie dachte niemals an die, die ihr am nächsten standen und am treuesten ergeben waren. Je größer die Loyalität ihrer

Untergebenen, je grausamer war der Lohn für sie. Sie zog die naive Bewunderung der Dorfbewohner dem Respekt und der Freundschaft von Ihresgleichen vor. Sie war nicht in der Lage, mit einem Einkommen zu leben, das ein Vielfaches von deinem war, also borgte sie sich gewaltige Summen, die sie niemals zurückzahlte, und dann beschwerte sie sich bitterlich, daß niemand sie unterstützte, den Stil zu leben, von dem sie dachte, sie würde ihn verdienen. Am Ende starb sie allein, da sie sich von allen entfremdet hatte, die je etwas für sie empfunden hatten. Nur noch bedrängt von ihren Gläubigern und beraubt von ihren Dienern.«

Juliet wünschte, sie könnte glauben, daß Ross log, aber seine Enthüllungen hatten den schrecklichen Unterton der Wahrheit. Sie drehte sich von ihm weg, wollte nichts mehr hören, aber sie konnte seine schneidende Stimme nicht ausschließen.

»Ist es das, was du für dich haben willst, Juliet? Allein und ungeliebt zu sterben, als eine Fremde in einem fremden Land, umgeben von den bröckelnden Reliquien der Macht? Wenn ja, dann wünsche ich dir viel Spaß dabei.«

»Wenn Lady Hester so war, wie du behauptest, dann bin ich ihr nicht sehr ähnlich, und ich werde auch nicht so enden wie sie.« Juliet machte eine verwirrte Geste. »Warum streiten wir uns über eine Frau, die ich noch nicht einmal gekannt habe?«

Ross' Brustkorb dehnte sich in einem tiefen Atemzug. Schließlich brachte er mit ruhigerer Stimme hervor: »Du hast recht, ich bin ziemlich abgedriftet. Kehren wir also zu den grundsätzlichen Dingen zurück, zum Beispiel dazu, daß ich dich liebe, und in Buchara hast du gesagt, du liebst mich auch. War das die Wahrheit, oder warst du im Augenblick der Leidenschaft nur besonders überschwenglich?«

Juliet hatte das schwindelnde Gefühl, daß ihr der Boden unter den Füßen weggezogen wurde. Sie hatte sich so gewünscht, daß er sie liebte – nun, da sie wußte, daß er es tat, war alles nur unendlich komplizierter. »Ich habe die Wahrheit gesagt«, flüsterte sie. »Ich liebe dich. Ich habe nie aufgehört, dich zu lieben. Nicht einen Augenblick.«

Er schloß die Augen, und ein Zucken durchlief seine Gesichtszüge. Dann öffnete er die Lider wieder, und in seiner Miene zeichnete sich grimmige Entschlossenheit ab. Zu spät erkannte sie, daß sie ihm eine gefährliche Waffe in die Hände gegeben hatte. Nun würde er noch unerbittlicher kämpfen, und sie wußte nicht, ob sie ihm lange Widerstand leisten konnte.

Sein erster Angriff war simpel und unmöglich zu beantworten. »Wenn du mich liebtest, warum hast du mich dann verlassen?«

»Das habe ich dir schon gesagt!« Wieder nahm sie ihre Wanderung auf. »Mehrmals schon und auf verschiedene Art. Liebe ist von unschätzbarem Wert, aber sie ist nicht das einzige, was zählt. Wenn du meinst, Liebe sei das Wichtigste auf der Welt, warum bleibst du dann nicht bei mir in Serevan?«

»Tatsächlich glaube ich, daß Liebe das Wichtigste auf der Welt ist, obwohl sie in verschiedenen Formen auftritt und es nicht nur die klassische, romantische gibt.« Seine Augen verengten sich zu Schlitzen. »Deine Einladung, hierzubleiben, macht mich mißtrauisch. Dieses Angebot gibt dir die Chance, vernünftig aufzutreten und dich kompromißbereit zu zeigen, aber gleichzeitig ist das ein sicherer Stand, weil du genau weißt, daß ich es nicht annehmen kann. Ich kann mir nicht helfen, aber ich denke, du hast noch ganz andere, tiefere Gründe, warum du mich damals verlassen hast.«

Juliet betrachtete ihren Mann voller Entsetzen. Sie hätte wissen müssen, daß sie ihn nicht zum Narren halten konnte. Nicht Ross, der sie besser verstand, als jeder andere Mensch es je getan hatte. Verunsichert antwortete sie: »Du suchst nach Geheimnissen, wo keine sind. Ich habe dir die Wahrheit gesagt.«

»Ah, aber auch die ganze? Irgendwie kann ich das nicht glauben.« Seine Stimme wurde rauher. »Gott weiß, daß ich versucht habe, fair zu dir zu sein. Ich habe dich niemals physisch oder finanziell bedroht. Findest du nicht, daß du mir dafür wenigstens die Wahrheit schuldest?«

Sein Angriff ließ ihre Entschlossenheit zersplittern, und bevor sie sich daran hindern konnte, schrie sie schon: »Wenn ich dir alles sagen würde, dann würdest du mich hassen. Und das kann ich nicht ertragen!«

Plötzlich wurde er sehr ruhig, und nur die Augen, die seinen Schmerz ausdrückten, schienen in der Maske aus Marmor lebendig. »Also ist da doch noch mehr. Sag mir, was es ist, Juliet, denn ich kann mir nicht eine verdammte Kleinigkeit vorstellen, die mir noch mehr weh tut, als all das andere jetzt schon.«

Sie ließ sich auf den Diwan fallen, klappte vornüber und vergrub ihr Gesicht in den Händen. »Warum kannst du nicht einfach akzeptieren, daß unsere Ehe vorbei ist?« schluchzte sie verzweifelt. »Ich habe es dir schon gesagt: Laß dich von mir scheiden. Und dann heirate die Frau, die dich so liebt, wie du es verdienst. Vergiß, daß du mich jemals gekannt hast.«

»Glaubst du denn wirklich, das sei so einfach?« fragte er bitter. »Kein Gericht kann das Band lösen, das es zwischen uns gibt – Jahre und Entfernung haben es nicht geschafft, und ein Richterspruch wird es auch jetzt nicht schaffen.«

»Vielleicht glaubst du das heute«, gab sie müde zurück. »Aber wenn du zurück in England bist, wird dir dieses ganze seltsame Zwischenspiel bald wie ein schlechter Traum vorkommen. Und nun, da du dich nicht mehr fragen mußt, wie und wo ich lebe, kannst du dich endlich von mir freimachen.«

Er kam durch das Zimmer zu ihr, nahm ihr Gesicht in die Hände und zwang sie, ihn anzusehen. »Also gut, wir können das alles hier und jetzt beenden. Ich weiß, wie einfach eine Scheidung in der islamischen Gesetzgebung ist . . . ein Mann braucht seiner Frau nur dreimal zu sagen ›Ich lasse mich von dir scheiden‹. Natürlich ist das nicht wirklich bindend, aber hier ist deine Chance. Komm, mach schon, laß dich von mir scheiden, wenn du glaubst, es ist so einfach.«

Als sie ihn verwirrt anstarrte, fuhr Ross inbrünstig fort: »Sag es, Juliet! Wiederhole es dreimal, und ich verschwinde nach England und finde eine Möglichkeit, es auch in unserem Land legal durchzusetzen.«

Sie begriff, daß er es ernst meinte, schluckte hart und begann: »Ich . . . lasse mich von dir scheiden.« Dann zog sich ihre Kehle zusammen.

»Noch einmal, Juliet«, drängte er. »Sag es noch zweimal, und ich akzeptiere, daß es vorbei ist.«

Sie leckte sich über ihre trockenen Lippen und versuchte es erneut. Nur ein paar Worte mehr, und sie hätte das Richtige getan, sie hätte ihn freigegeben.

»Ich l . . . lasse . . .« Ihre Stimme brach, und sie begann heftig zu zittern. »Ich kann nicht«, keuchte sie. »Ich kann es einfach nicht aussprechen.«

»Das dachte ich mir.« Er wich abrupt von ihr zurück. Dann erklärte er mit mühevoll unterdrückter Heftigkeit: »Wenn du unsere Ehe nicht beenden kannst, dann erwarte nicht, daß ich dir den Job abnehme.«

Sie hatte stets gedacht, daß seine innere Kraft grenzenlos war, aber ihre eigene Schwäche hatte ihn tatsächlich bis an seine Grenzen getrieben, und mit qualvoller Klarheit erkannte sie, wie sehr sie ihn verletzte.

»Also gut, du hast mir demonstriert, wie sehr ich mich in dem Glauben getäuscht habe, daß eine Scheidung die Lösung ist«, gab sie zu. »Aber wenn wir die Ehe nicht beenden können, dann laß uns doch wenigstens in Frieden auseinandergehen.«

»Ich fühle mich seltsamerweise vollkommen unfähig zum Frieden.« Er drehte sich wieder zu ihr um. »Du tust so, als würde die Sache nur uns angehen, aber hast du mal darüber nachgedacht, daß du schwanger sein könntest? Das ist kaum unwahrscheinlich, wenn man bedenkt, wie oft wir uns geliebt haben. Wir haben das Thema in Buchara kurz angeschnitten, als ich es für ziemlich sicher hielt, zu sterben. Aber nun, da ich es überlebt habe, bin ich doch persönlich am Ausgang dieser Sache interessiert. Wenn wir ein Kind haben werden, wirst du es hier, Tausende von Meilen von seinem Erbe entfernt, aufziehen? Werde ich seine Zukunft betreffend irgendein Mitspracherecht haben?«

Das hatte sie nicht erwartet. Juliet schüttelte heftig den Kopf, doch nicht, um seine Frage zu beantworten, sondern als ein unfreiwilliges Zeichen ihrer Unfähigkeit, mit dem Thema umzugehen.

Ein angespanntes Schweigen folgte. Dann explodierte Ross, und er war wütender, als sie ihn je erlebt hatte. »Ach so! Ich nehme an, du willst mir sagen, das sei sowieso kein Thema. Wie naiv von mir – selbst wenn du aus Versehen Opfer der Biologie sein solltest, gibt es doch immer Möglichkeiten, den Fehler zu beheben, und ich bin ganz sicher, daß du sie genau kennst!« Er wirbelte wieder herum und bewegte sich auf die Tür zu. »Wenn du feststellst, daß du dummerweise schwanger bist und beschließt, dem ein Ende zu machen, dann sag's mir nicht. Ich will es nicht wissen!«

Endlich war es um Juliets Entschlossenheit geschehen. Dieser ganze qualvolle Kampf schien von Anfang an nur darauf zugesteuert zu sein, an einem Punkt unmißverständlich und unwiderlegbar zu bestätigen, daß ihre Beziehung jenseits aller Möglichkeiten zur Gesundung war.

»Bitte, sag so etwas nicht«, flehte sie, und ihre Worte kamen direkt aus ihrem gequälten Herzen. »Du machst alles nur tausendmal schlimmer.« Dann brach sie vollkommen zusammen. Ohne ein weiteres Wort herauszubekommen, sank sie auf die Knie, vergrub ihren Kopf zwischen den Armen und weinte unkontrolliert.

»Verdammt!« fluchte Ross mit brüchiger, hilfloser Stimme. Dann war er neben ihr, drückte sie fest in seinen Armen und wiegte sie hin und her, als wäre sie ein unglückliches Kind. »Es tut mir leid, Juliet«, flüsterte er eindringlich auf sie ein. »Es tut mir so leid. Ich wollte dir nicht so weh tun, aber ich finde die ganze Situation so unbegreiflich, daß ich am liebsten die ganze Welt aus dem Weg räumen möchte. Wenn ich dich liebe und du mich, warum können wir denn dann bloß nicht zusammensein?«

Ein kaltblütiger Teil ihres Bewußtseins, der wenig mit der schluchzenden Frau in Ross' Armen zu tun hatte, wußte, daß sie diesen Moment ausnutzen konnte, daß sie sein Schuldgefühl dazu verwenden konnte, ihn von der Suche nach der ganzen, vernichtenden Wahrheit abzulenken. Sie war nicht stolz darauf, dieses Wissen zu nutzen, aber sobald sie wieder zusammenhängend sprechen konnte, tat sie es.

»Wir müssen aufhören, uns gegenseitig zu zerfleischen, Ross.« Dann setzte sie sich auf, um ihm ins Gesicht zu sehen. »Bitte akzeptiere, daß es so sein muß, damit wir friedlich voneinander gehen können, statt in Bitterkeit und Wut.« Vorsichtig streckte sie den Arm aus und nahm seine Hand. »Komm ins Bett, wo wir ein paar von den Wunden heilen können, dir wir uns gegenseitig zugefügt haben. Bleib noch ein wenig länger in Serevan, bis die Erlebnisse der letzten beiden Monate ein wenig verblassen können. Dann kannst du gehen, ohne daß es weh tut.«

»Du verlangst nicht gerade viel, nicht wahr?« Müde berührte er den Verband an seinem Kopf. »Ich erwarte nicht, daß meine Liebe zu dir verblaßt. Trotz allem, was geschehen ist, ist sie in zwölf Jahren nicht schwächer geworden. Und obwohl ich es vernünftig finde, uns gütlich zu einigen, anstatt uns in Stücke zu reißen, kann ich unmöglich mit dir schlafen, wenn ich weiß, daß es das letzte Mal ist. Es war hart genug heute morgen, als ich noch ein wenig Hoffnung hatte, aber jetzt ist es unmöglich.« Er lächelte freudlos. »Offenbar arbeitet mein Selbstschutzprogramm noch. Ich habe meinen Anteil an schwierigen und gefährlichen Aufgaben bereits hinter mir, ich möchte nicht, daß du mein Herz zerbrichst und dann noch darauf herumtrampelst.«

Ein eiskalter Schauder lief durch Juliet, und sie begann erneut zu zittern. Also war das Ende gekommen.

Ross stand auf und zog sie an einer Hand auf die Füße. Dann küßte er einmal zärtlich ihre Finger, bevor er sie losließ. »Ich schlafe in dem Zimmer, das du mir bei meinem ersten Besuch gegeben hast. Wenn du mir eine Eskorte mitgibst, reise ich morgen früh nach Teheran ab. Je eher wir einen Schlußstrich ziehen, desto besser.«

Sie biß sich auf die Lippen, um nicht zu weinen, nickte aber zustimmend.

Ross drehte sich um und ging durch den Raum, seine Schritte lautlos auf den dicken Teppichen. Sie beobachtete seinen Rückzug und speicherte jedes Detail. Seine Größe und seinen geschmeidigen, ausgreifenden Gang; die Art, wie der braune Chapan von seinen breiten Schultern floß; die goldenen Wellen seines Haares, das dringend einen Schnitt brauchte und schon fast auf seine Schultern reichte.

Dann fiel die Tür hinter ihm zu.

Es war vorüber.

Kapitel 27

JULIET WUSSTE NICHT, wie lange sie schon auf dem Diwan saß und blicklos durch den Raum starrte. Das Wissen, daß sie all die harten Worte verdient hatte, die er ihr gesagt hatte, machte es nicht erträglicher. Es war seltsam, wie viele Arten von Elend nebeneinander existieren konnten. Und noch seltsamer, daß es inmitten von all dem Schmerz, den sie in ihrem Inneren verspürte, noch Platz gab, um eine ganz persönliche Demütigung über seine Zurückweisung für diese Nacht zu empfinden.

Plötzlich hatte Juliet das Gefühl, ersticken zu müssen, wenn sie noch einen Augenblick länger in dem Zimmer blieb. Nachdem sie in ihre Sandalen geschlüpft war, eilte sie hinaus und überquerte den großen Innenhof, dann kletterte sie auf die massive Mauer, die die Festung umgab. Wie eine mittelalterliche europäische Burg war die Mauer breit genug, daß mehrere Personen gleichzeitig darauf herumlaufen konnten.

Es war spät, und ganz Serevan schlief, bis auf die Handvoll Wachen in den Ausgucken. Juliet genoß die Kühle der Brise und die Weite um sich herum. Die Szene war wunderschön, das wächserne Mondlicht versilberte die zerklüfteten Berge, aber es war nicht hell genug, um die dunkle Nacht der Seele auszulöschen.

Von der Westseite der Festung konnte sie die Berge zur Karakum abfallen sehen, deren Sand in Richtung Buchara trieb. Verzweifelt wandte sie sich um, um nicht daran erinnert zu werden, was alles geschehen war, seit sie das letzte Mal auf diesen Mauern spaziert war.

Als sie weiterging, entdeckte sie, daß noch jemand die Stille der Nacht ausnutzte. Ihr Herz machte einen Sprung, als sie einen Augenblick glaubte, es wäre Ross. Doch dann drehte sich die Gestalt um, und sie erkannte erleichtert, daß es sich um Ian handelte.

In der Woche seit seiner Rettung aus dem Kerker hatten sie beide kaum miteinander gesprochen, und nicht nur deswegen, weil die kräfteaufreibende Flucht durch die glühende Hitze der Wüste eine Unterhaltung nicht besonders verführerisch gemacht hatte. Die Gefangenschaft schien ihren Bruder auf eine grundlegende Art verändert zu haben. Er verhielt sich so in sich gekehrt, daß es schwierig war, an ihn heranzukommen. In Anbetracht der Dinge, die er hatte erleiden müssen, war das sicher nicht weiter überraschend, aber dennoch war er für sie fast wie ein Fremder, und sie wußte nicht genau, wie sie mit ihm umgehen sollte.

Das letzte, was Juliet sich wünschte, war Gesellschaft, aber da er sie bereits entdeckt hatte, konnte sie sich schlecht davonmachen. Mit einigem Widerwillen ging sie auf ihn zu und hoffte, daß die Dunkelheit das Unglück in ihrer Miene verbarg. Wie auch immer – das Mondlicht war hell genug, um zu zeigen, daß ihr Bruder viel besser aussah: entspannt, rasiert und das Haar wieder auf europäische Länge gestutzt. »Ein großer Fortschritt«, bemerkte sie.

»Erstaunlich, wie ein anständiges Nickerchen, gutes Essen und ein Besuch im Badehaus einen Körper verändern können« , gab er zurück, als er sich zu ihr umdrehte.

Sie deutete auf sein rechtes Auge, über dem nun eine saubere schwarze Augenklappe lag. »Gibt dir einen abenteuerlichen Touch!«

»Keine Ahnung, aber wenigstens erschrecke ich so keine kleinen Kinder.« Abwesend berührte er die Klappe. »Das ist passiert, als die Männer des Emirs mir ein Geständnis der Spionage herausprügeln wollten. Das andere Auge ist zur gleichen Zeit verletzt worden, aber es ist ohne bleibenden Schaden geheilt.«

»Gott sei's gedankt«, seufzte sie inbrünstig. »Du hast Glück gehabt.«

»Allerdings. Ein Auge zu verlieren, ist ärgerlich, aber keins mehr zu haben, wäre schon eine Katastrophe.« Er wandte sich wieder zur Brüstung um und starrte in die Wüste. »In vierzehn Tagen oder so sollte ich fit genug sein, zum Persischen Golf zu reisen und ein Schiff nach Indien zurück zu nehmen.«

Juliet schüttelte den Kopf. Sie wollte ihn nicht gehen lassen, bevor sie nicht wenigsten etwas der verlorenen Jahre wieder eingeholt hatten. »Es gibt keinen Grund zur Eile. Du kannst bleiben, solange du willst.« Sie piekte ihn zärtlich in die Rippen. »Ich würde dich gern ein bißchen mästen. Außerdem wartet Mutter in Konstantinopel darauf, daß Ross zurückkehrt. Sie hat geschworen, erst nach Hause zu reisen, wenn er gesund und munter wieder zurück ist. In dieser Jahreszeit bräuchtest du nur ein paar Wochen, um dorthin zu kommen, und sie wäre überglücklich, dich zu sehen. Dein Überleben bestätigt schließlich auch ihre mütterliche Intuition, daß du nicht umgebracht wurdest.«

»Tja, da waren ihre Instinkte tatsächlich einmal richtig.« Ian lächelte leicht, und das blasse Mondlicht erhellte sein Gesicht. »Ich würde sie ja auch gerne sehen, aber ich kann mir nicht soviel Zeit lassen. Vergiß nicht, ich bin

Offizier und muß zu meinen Pflichten zurückkehren und Bericht erstatten. Außerdem habe ich . . . andere Verpflichtungen in Indien.«

»Tut mir leid. Ich habe es ganz vergessen. Ross erzählte mir, daß du verlobt bist. Beschreib mir doch, wie sie ist, deine Verlobte.«

»Georgina?« Er zögerte. »Wunderschön und bezaubernd. Blonde Haare, blaue Augen. Ihr Vater ist ein Colonel, also wird sie eine wunderbare Soldatengattin abgeben. Sie weiß immer genau, was sie tun und sagen muß.« Nach einer weiteren Pause fügte er hinzu: »Sie war das begehrteste Mädchen in ganz Nordindien.«

Und ihre Beschreibung hörte sich unglücklicherweise genau nach dem Typ Frau an, die auf Juliet mißbilligend herabsehen würde. »Würden Georgina und ich uns mögen?«

»Nun, ich denke nicht, daß ihr euch *nicht* mögen würdet.« Ian schüttelte den Kopf, dann stützte er sich an der Steinmauer ab und fügte mit plötzlicher Bitterkeit hinzu: »In diesem verfluchten Höllenloch habe ich jeden Tag an Georgina gedacht. Sie wurde für mich zum Symbol von allem Reinen, Gesunden und Unversehrten – all das, von dem ich glaubte, ich würde es nie wieder erleben. Und doch ist ihr Gesicht in meinem Kopf verschwommen . . . ich kann mich nicht richtig erinnern, wie sie aussieht.«

»Das ist nicht besonders erstaunlich, wenn man bedenkt, daß fast zwei Jahre vergangen sind, seit du sie zum letzten Mal gesehen hast«, erwiderte Juliet besänftigend. »Indien muß dir jetzt wie ein ganz ferner Traum vorkommen, aber wenn du in dein altes Leben zurückkehrst, wird alles wieder an seinen Platz rutschen.«

»Ich weiß nur nicht, ob ich in mein altes Leben zurückkehren kann«, gab er mit schwacher Stimme zurück. »Alles, woran ich je geglaubt habe, ist zerschmettert worden, und ich habe keine Ahnung, ob man die Stücke wieder zusammenfügen kann.«

Die verzweifelten Worte brachten Juliet in eine größere Nähe zu ihrem Bruder als die ganze Zeit zuvor, seit sie sich in Buchara wiedergefunden hatten, denn in ihrem Kummer waren sie wieder wie wahre Geschwister. Sie legte eine Hand über seine, die auf dem kühlen Stein ruhte. »Gib dir Zeit, Ian«, riet sie weich. »Du bist erst seit einer Woche frei. Nach allem, was du durchgemacht hast, würde es nicht überraschen, wenn die emotionalen Wunden länger zum Heilen brauchen als die körperlichen.«

Sie wollte ihn trösten, aber zu ihrem Entsetzen mußte sie spüren, wie ihre Worte ihre eigene zerbrechliche Selbstbeherrschung unterminierten. Als der Kummer sie überwältigte, senkte sie den Kopf, um vergeblich ihre Tränen zu verbergen.

Von seinem eigenen Elend abgelenkt, wandte sich Ian besorgt zu ihr. »Was ist los, Juliet? Hat es etwas mit Ross zu tun?«

»Er reist morgen früh nach England ab. Ich glaube nicht, daß wir uns jemals wiedersehen.« Sie wischte sich die Augenwinkel mit dem Ärmel ihres seidenen Kaftans ab und setzte dann hilflos hinzu: »O Ian, ich habe alles zu einer Katastrophe gemacht. Vor zwölf Jahren habe ich Ross in einem Anfall zeitweiligen Irrsinns verlassen und dann einen Fehler nach dem anderen hinzugefügt, bis sie unverzeihbar waren. Nun ist es zu spät.«

»Ross will dich nicht mehr?« fragte Ian überrascht. »Ich dachte immer, er wäre der verständnisvollste Mensch, den ich kenne, und es sieht bestimmt so aus, als würde er dich noch immer lieben.«

Sie schüttelte den Kopf. »Er will, daß ich mit ihm gehe, aber das kann ich nicht. Er weiß nicht, was damals wirklich geschehen ist, und ich kann es nicht ertragen, es ihm zu sagen.« Ihre Stimme brach. »Ich verletze ihn ständig, aber wenn ich ihm die Wahrheit anvertraue, dann wäre es das Schlimmste für ihn.«

»Was ist denn passiert?« fragte Ian weich. »Ist es etwas, das du, wenn schon nicht einem Ehemann, dann einem Bruder erzählen kannst?«

Juliet überlegte einen Moment, ob sie die ganze bittere Geschichte ausschütten sollte, doch ihr Magen verkrampfte sich allein bei dem Gedanken daran. »Nein«, flüsterte sie. »Ich kann es niemandem sagen. Ich kann einfach nicht.«

»Versuch es«, drängte Ian. »Wenn du ein Geheimnis hast, das Ross betrifft, ist es selbstsüchtig, es für dich zu behalten. Laß ihn sich doch seine eigene Meinung bilden.« Seine Stimme wurde wieder zärtlicher. »Das Glück ist eine fragile Angelegenheit, die schnell zu verlieren und nur sehr schwer wiederzuerlangen ist. Wirf nicht einfach alles weg, nur weil du vor zwölf Jahren eine Dummheit begangen hast.« Er legte einen Arm um ihre Schultern. »Als du mir damals schriebst und sagtest, du wolltest schon so jung heiraten, hielt ich dich für verrückt«, erinnerte er sich. »Als ich dann zur Hochzeit erschien und Ross kennenlernte, dachte ich, er müßte verrückt sein, um die kleine Wildkatze zu heiraten, die meine Schwester war.«

Verletzt versuchte Juliet sich von ihm loszumachen, aber ihr Bruder hielt sie nur fester. »Zeig dem Oberhaupt unserer Familie ein bißchen mehr Respekt, Hexe«, befahl er mit einem Hauch gutmütigen Spottes. »Tatsache ist, daß ihr zwei auf einzigartige Weise füreinander gemacht seid. Es war richtig, ihn zu heiraten, und jetzt ist es dies um so mehr. Laß nicht etwas, das so kostbar ist, einfach im Sande verlaufen, ohne nicht alles Menschenmögliche zu versuchen, um es zu halten.«

Nicht länger in der Lage, sich zu beherrschen, begann

Juliet zu weinen, und tiefe, qualvolle Schluchzer erschütterten ihren ganzen Körper. Der andere Arm ihres Bruder umschlang sie warm und tröstend. Trotzdem er noch so dünn war, fühlte er sich kräftig wie ein Stahlseil an.

Ian hielt sie fest, bis ihre Tränen ein wenig nachließen. Dann murmelte er: »Als wir klein waren, warst du das mutigste Wesen der Welt, und ich mußte alles an Courage aufbieten, um mit dir mithalten zu können. Benutze deinen Mut jetzt wieder. Laß dich nicht von deiner Angst daran hindern, Ross die Wahrheit zu erzählen. Er könnte dich überraschen.«

Juliet stieß einen Laut aus, der irgendwo zwischen Lachen und Weinen lag. »Du hieltest mich für tapfer? Immer, wenn ich dir bei deinen Eskapaden hinterherlief, hatte ich Angst, traute mich aber nie, es zuzugeben, weil ich fürchtete, du würdest mich dann verachten und nie wieder mitnehmen.«

»Tatsächlich? Dann ist es ein echtes Wunder, daß wir bei den Versuchen, uns gegenseitig unsere Tapferkeit zu beweisen, nicht umgekommen sind.« Er wischte ihr mit den Fingerknöcheln eine Träne von der Wange. »Geh und sei tapfer, Juliet. Feigheit kostet mehr und tut heftiger weh.«

Sie schloß die Augen und lehnte ihren Kopf an seine Schulter – in der Hoffnung, etwas von seiner Kraft würde auf sie überfließen. Ross zu sagen, was damals geschehen war, war nicht das, was den meisten Mut kostete, obwohl Gott allein wußte, wie entsetzlich schwierig ihr das Geständnis fallen würde.

Und doch, sie mußte es tun. Weil das Thema so quälend war, daß sie es nicht vernünftig durchdenken konnte, hatte sie erst jetzt, da Ian es ihr deutlich gemacht hatte, begriffen, wie selbstsüchtig ihre Geheimniskrämerei war. Sie wollte sicher nicht, daß Ross sie haßte, aber Haß war jedenfalls das, was die Ehe schließlich auseinanderbringen konnte.

Wie er gesagt hatte, schuldete sie Ross die Wahrheit, und in einem sehr realen Sinn der Worte würde sie ihn befreien. Sich nicht, denn sie war in ihre eigene Schuld eingesperrt, aber um seinetwillen mußte sie ihm all das beichten, was damals auf Malta geschehen war. Nicht nur, daß es ihn befreien würde – er mußte dann auch nicht mehr in der quälenden Ungewißheit leben.

Es würde ein seltsames Geschenk ihrer Liebe sein, aber es war das größte, das Juliet geben konnte. Sie öffnete die Augen.

»Also gut, Ian, du hast mich durch deinen Glauben, ich sei mutiger, als ich wirklich bin, ziemlich beschämt. Ich werde tun, was ich schon lange hätte tun sollen.«

»Braves Mädchen. Ich wußte ja immer, daß du alles schaffen kannst.«

»Wieder daneben«, berichtigte sie ihn und seufzte tief auf. Dann, plötzlich, in einem Überschwang von Zärtlichkeit rief sie aus: »O Ian, ich bin so froh, daß du lebst!«

»Ich auch.« Er knuddelte ihre Schultern. »Bei dieser ganzen hochdramatischen Flucht aus Buchara habe ich dir niemals vernünftig Danke gesagt, aber glaub' mir bitte, ich bin unendlich dankbar für das, was Ross und du und auch Mutter für mich getan habt. Ich bin froh, eine solche Familie zu haben.«

Mehr Worte waren nicht nötig, denn das Schweigen war voll Wärme und Nähe, die Juliet fast verloren geglaubt hatte. Wenigstens das, wenn auch nichts anderes in dieser Nacht, machte sie zutiefst glücklich.

In dem Wissen, daß ihr Entschluß nicht lange halten würde, blieb Juliet gerade lange genug in ihrem Zimmer, um sich zu kämmen, kaltes Wasser ins Gesicht zu spritzen und sich mit einigen Taschentüchern auszurüsten. Dann nahm sie eine Öllampe und machte sich durch die dunklen Flure auf zu Ross' Schlafzimmer.

Die Tür war nicht verschlossen, also trat sie ein, hängte die Lampe an einen Haken, gingen an sein Bett und blickte auf ihn herab. Selbst im Schlaf wirkte sein Gesicht noch erschöpft.

Als sie seine Schulter berührte, öffneten sich seine Augen sofort, doch ansonsten bewegte er sich nicht. Nachdem er sie lange schweigend betrachtet hatte, sagte er: »Ich hoffe ernsthaft, das ist kein fehlgeleiteter Versuch, mich zu vorübergehender Befriedigung zu verführen.«

Ihr Mann würde es ihr nicht einfach machen. »Keine Sorge. Ich bin hier, weil ich entschieden habe, daß du recht hast. Ich schulde dir wirklich die Wahrheit, wie quälend sie auch sein mag.« Ihre Stimme schwankte ein wenig. »Aber sag nachher nicht, ich hätte dich nicht gewarnt.«

»Also, was geschieht jetzt?« Er setzte sich im Bett auf, und das zerknitterte Laken rutschte auf seine Hüften. Das honigfarbene Licht umriß seine Gestalt mit atemberaubender Klarheit: Die breiten Schultern, die harten Muskeln, das goldene Haar . . . und der schmale Verband über der Kopfwunde. Das und die häßlichen schwarzblauen Flecken, die er sich bei dem Sturz vom Felsen zugezogen hatte, waren die einzigen Merkmale, die verhinderten, ihn perfekt erscheinen zu lassen.

Sie riß ihren Blick los. »Das hängt von dir ab«, meinte sie und begann, unruhig auf und ab zu gehen, wobei sie sich im dunkleren Teil des Zimmers hielt. »Ich beichte es besser schnell, bevor ich den Mut verliere.«

»Fang an!« Seine Stimme klang sehr ruhig und tief,

als fürchtete, sie könnte bei einem harten Wort die Flucht ergreifen.

Noch einmal holte sie tief Luft. »Was ich dir gesagt habe, daß ich Angst hatte, mich selbst zu verlieren, wenn ich in England bliebe, stimmte. Manchmal fürchtete ich, ich würde von dir eingehüllt werden, würde ganz verschwinden . . . nicht durch irgend etwas, das du getan haben könntest, sondern wegen meiner eigenen Schwäche. In meiner Kindheit habe ich permanent gegen meinen Vater kämpfen müssen, um ich sein zu dürfen. Ich schaffte es, aber nichts bereitete mich darauf vor, mit dir verheiratet zu sein . . . darauf, daß ich soviel Liebe empfinden würde, daß ich dir, wenn du mich darum gebeten hättest, augenblicklich meine Seele überreicht hätte. Dennoch denke ich, daß ich mit der Zeit stark genug hätte werden können, um sowohl ich selbst als auch deine Frau zu sein. Doch dann geschah etwas, was meine Furcht so überwältigend machte, daß ich glaubte, ich müßte davonrennen. Ich entdeckte . . .«

Sie blieb stehen und schluckte hart, kaum in der Lage auszusprechen, was sie noch niemals gesagt hatte.

»Ich . . . ich entdeckte, daß ich schwanger war.«

Sie riskierte einen vorsichtigen Blick auf Ross und erkannte, daß er sie mit steinernem Gesicht anstarrte, als wäre sie eine Fremde.

Hastig fuhr sie fort: »Ich fühlte mich aber noch nicht alt genug, um Mutter zu sein. Ich hatte dich geheiratet, um deine Frau und deine Geliebte zu sein. Das Wissen, daß ich nun bald Mutter sein würde, entsetzte mich. Viel später begriff ich erst, daß ein Teil meiner Angst in der Furcht begründet lag, ich könnte so wie meine Mutter werden. Ich glaube, daß sie einmal sehr viel sprühenden Elan gehabt hat, aber vier Kinder großzuziehen und absolut von meinem Vater abhängig zu sein, hat sie vernichtet.

Ihr Leben drehte sich nur noch darum, einen anstrengenden Tyrannen zu besänftigen. Ich schwor mir, ich würde niemals werden wie sie.«

»Glaubtest du denn, ich wäre wie dein Vater?« fragte Ross mit gefährlicher Beherrschung.

Sie machte eine scharfe Geste der Verneinung. »Nein, natürlich nicht. Aber du hättest dich in die andere Richtung bewegt. Du wärst zu bedächtig geworden, zu beschützend. Sobald du erfahren hättest, daß ich schwanger war, hättest du mich in Baumwolle gepackt. Niemals hättest du mich auf die abenteuerliche Reise in den Mittleren Osten mitgenommen, die wir geplant hatten – oder?«

»Ich weiß nicht. Sicherlich wäre ich um dein Wohlergehen besorgt gewesen.« Die Hand, die auf seinem Knie lag, ballte sich zur Faust. »Du hast recht. Ich hätte nicht zugelassen, daß du unnötige Risiken eingehst.«

Sie empfand eine entfernte Befriedigung, daß er bestätigte, was sie vermutet hatte. Doch schnell fügte sie hinzu: »Aber das war nur ein Teil des Problems . . . das meiste meiner Angst war absolut irrational.«

Juliet nahm ihre Wanderung wieder auf, während sie nach Worten suchte, die das Unerklärbare erklären konnten. »Ich hatte das Gefühl, es . . . es wäre aus! Ich war überzeugt, daß es uns beide vernichten würde, wenn ich bei dir bliebe. Daß ich eine Frau werden würde, wie ich sie verabscheute und wie du sie nicht lieben kannst, und daß nur das Pflichtgefühl dich noch an mich binden würde. Dennoch konnte ich nicht über meine Schwangerschaft sprechen – schließlich soll es ein freudiges Ereignis sein, und ich war sicher, daß niemand mich verstehen würde, daß etwas ganz fürchterlich falsch mit meinen Gefühlen war.« Gewaltsam drängte sie die Tränen zurück, die in ihren Augen brannten. »Ich fühlte mich gefangen, eingesperrt in einer ausweglosen Situation. Als du ein paar Tage fort warst, um deinen kranken Paten zu besuchen, stellte ich fest, daß ich waghalsige Ritte unternahm, weil ich insgeheim hoffte, ein Unfall würde mein Problem lösen. Und da begriff ich, daß ich fortgehen mußte, bevor etwas Entsetzliches geschehen würde . . . und bevor meine Schwangerschaft so weit fortgeschritten war, daß es auffallen würde. Ich riß aus reinem Impuls aus und nahm ein Schiff nach Malta, wo meine Familie einmal war und ich mich deshalb in etwa auskannte.«

Ihr Kopf hämmerte dumpf, und sie hob eine Hand an die Schläfe. Sie wußte, daß der Schmerz daher rührte, daß sie nun zum schlimmsten Teil kam.

»Als ich Malta erreicht hatte, ahnte ich bereits, daß ich einen schlimmen Fehler begangen hatte, doch ich dachte auch, daß ich die Brücken hinter mir so gründlich eingerissen hatte, daß ich niemals würde zurückkehren können. Ich wußte, daß du das Baby vielleicht aus Gründen der Erbfolge hättest haben wollen, vielleicht auch, weil du dich dafür verantwortlich fühltest, aber vor allem glaubte ich, du könntest niemals einer Frau verzeihen, die dich öffentlich gedemütigt hatte.«

Kurz schloß sie bei der Erinnerung die Augen. »Wenn ich gewußt hätte, daß du mir nachkommen würdest – wenn du nur ein paar Stunden früher angekommen wärest . . . alles wäre anders geworden«, brach es in wilder Verzweiflung aus ihr hervor. »Aber die ›Wenns‹ sind nicht das Pulver wert, das es brauchen würde, um sie zur Hölle zu schicken.«

Zitternd atmete sie tief ein. »Ich verstehe selbst noch immer nicht, warum ich tat, was ich tat. Auf keinen Fall habe ich irgendwann bewußt die Wahl getroffen, dich zu betrügen. Aber ich war erst achtzehn, dumm und schrecklich einsam. Der Comte d'Auxerre war amüsant und charmant, und er sah ein bißchen wie du aus.« Sie schluckte mühsam. »Ich dachte, er könnte mir wenigstens für eine Nacht die Einsamkeit ein wenig mildern. Und als er dann fragte, ob er mit in mein Zimmer kommen durfte, da ... da ließ ich ihn.«

Mit einem Tonfall, der wie Glassplitter schnitt, unterbrach Ross sie: »Um Himmels willen, Juliet, erzähl mir nichts mehr davon.«

»Bitte hör es dir an«, flehte sie. »Du mußt es wissen, um das, was später kommt, zu begreifen.« Ihre Miene verzog sich in tiefer Reue. »Es ist schwer zu glauben, wie naiv ich war. Mädchen werden stets gewarnt, niemals mit einem Mann allein zu bleiben, weil die männliche Berührung angeblich hilflose Wollust in einem erregt, und mehr oder weniger glaubte ich daran, denn wenn *du* mich angefaßt hast, habe ich immer meine Selbstbeherrschung und alle Vernunft verloren. Oh, ich wußte schon damals, daß es nicht dasselbe mit einem anderen Mann sein würde, aber ich hoffte wirklich, ich könnte für ein paar Stunden mein Elend vergessen.«

Ihre rastlose Wanderung hatte sie bis an die Wand gebracht, und nun stand sie da und starrte blind auf den groben Putz. »Ich habe mich furchtbar geirrt! Ich bemerkte schnell, daß ich wieder einen schrecklichen Fehler begangen hatte, aber ... aber ich konnte doch keinen Rückzug mehr antreten – nicht nachdem ich einmal ja gesagt hatte. Ich verfluchte jeden Augenblick dieser Nacht. Ich fühlte mich wie eine Hure, und ich haßte diesen Mann. Aber noch mehr haßte ich mich selbst. Ich schämte mich zu sehr, um zuzugeben, wie ich empfand, also tat ich so, als wäre alles in Ordnung und sah zu, daß er so schnell wie möglich wieder verschwand.«

Juliet wandte sich zu Ross um. Grenzenlose, unendliche Qual schimmerte in ihren Augen. »Und das war das einzige Mal, daß ich Ehebruch begangen habe, Ross. Ich verabscheute so sehr, was ich getan hatte, daß ich die Berührung eines anderen Mannes nicht mehr ertragen hätte. Die Gerüchte, die bis England durchdrangen, waren nichts weiter als ... Gerüchte! Ich schätze, sie wurden durch die Tatsache angefacht, daß ich jung und ungezähmt und unbekümmert war. Aber ich schwöre, es hat außer diesem einen Male keinen anderen Mann gegeben.«

Ross konnte nicht mehr länger ruhig daliegen, also stand er auf und streifte sich seinen Chapan so heftig über, als könnte der Stoff ihn vor den finsteren Emotionen schützen, die durch das Zimmer zu schweben schienen. Er kam Juliet nicht näher – er wagte es nicht. Es war böse Ironie, daß er nur ein paar Stunden früher im Hotel Bianca hätte ankommen müssen, damit ihn seine Frau mit offenen Armen empfangen hätte.

Es war nur eine einzige Tür zwischen ihnen, aber es war zu spät gewesen. Er stellte sich darauf ein, daß es noch schlimmer kommen würde. »Was geschah dann?« fragte er knapp.

Juliet stieß sich von der Wand ab. »Ich fühlte mich dreckig, beschmutzt ... und so vernichtet, als wäre ich vergewaltigt worden, aber in gewisser Hinsicht war es noch schlimmer, weil ich selbst dafür verantwortlich war. Niemand hatte mich dazu getrieben ... es war allein meine eigene Schuld. Und ich wünschte mir nur noch zu sterben.« Ihre Stimme sank zu einem heiseren Flüstern in sich zusammen. »Also ritt ich am nächsten Tag aus Valletta hinaus und in eine wunderschöne Bucht, zog mich bis auf mein Unterzeug aus und ... und ging ins Wasser!«

Ross musterte sie mit wachsendem Entsetzen, denn er sah das Bild des verzweifelten Mädchens, das sie damals gewesen war, so scharf wie die Realität im Augenblick.

Niemals, nicht einmal in den schlimmsten Momenten hatte er daran gedacht, sich sein Leben zu nehmen, und er konnte nur ahnen, wie schlimm es um Juliet gestanden haben mußte, daß sie sich töten wollte. »Wer oder was hat dich gerettet?«

»Die Tatsache, daß ich zu feige war«, gab sie mit Selbstverachtung zurück. »Ich schwamm, bis ich zu müde war, meine Arme zu bewegen, dann entspannte ich mich und betete um Vergessen, so daß ich nichts mehr spüren mußte. Aber ich mußte feststellen, daß Ertrinken kein leichter Tod ist. Mein Mund füllte sich mit Wasser, dann brannten meine Lungen, und plötzlich geriet ich so in Panik, daß ich wieder Kraft fand, zu schwimmen.« Sie hob resigniert die Schultern. »Dennoch hätte ich eigentlich tot sein müssen, denn ich war sehr weit von der Küste entfernt, und plötzlich kam ein Wind auf. Als der Sturm zu wüten begann, dachte ich, ich würde wirklich ertrinken – ich kann mich noch an jede entsetzliche Einzelheit erinnern, bis ich das Bewußtsein verlor. Inzwischen mußte ich aber schon ziemlich nah an die Küste herangetrieben worden sein, denn ich erfuhr später, daß die Wellen mich sanft ans Ufer in die Nähe einer Fischerhütte geschwemmt hatten. Der Fischer und seine Frau holten mich nackt und blutend herein.«

Juliet wandte sich ihm zu, und ihr Teint war totenbleich. »Und dort, in der Hütte, hatte ich eine Fehlgeburt. Ich habe unser Kind umgebracht, Ross!« Stumme Tränen liefen über ihre Wangen. »Du wolltest das Schlimmste hören, und hier hast du es. *Ich habe versucht, mich selbst umzubringen – und statt dessen unser Kind getötet.*«

Sie hatte ihn gewarnt, aber dennoch war der vernichtende Schock der Geschichte, die sie erzählt hatte, gewaltiger als alles, was er sich je vorgestellt hatte. Es fühlte sich an, als hätte man einen eisernen Reif um seine Brust gelegt, der sich nun zusammenzog und sein Herz und seine Seele zerquetschte. Blind drehte er sich zum Fenster und stieß die Läden auf, als seine malträtierten Lungen um Luft rangen. Dann starrte er in die Nacht hinaus. Er war so durchdrungen von Schmerz, daß er ihn nicht mehr von Juliets trennen konnte.

Also hatten sie ein Baby gehabt. Das Kind wäre jetzt fast zwölf, aber wäre es ein Junge oder ein Mädchen geworden? Rothaarig oder blond oder irgendeine unerklärliche Abweichung? Er versuchte, sich ein Bild davon zu machen, aber er konnte es nicht. Statt dessen holte sein Unterbewußtsein eine halbvergessene Erinnerung hervor.

Ross war das einzige Kind gewesen, das seine Mutter zur Welt gebracht hatte, und als er volljährig geworden war, hatte sie ihm erzählt, sie habe nach ihm drei Fehlgeburten gehabt. Wegen ihrer Lebhaftigkeit hatte man seine Mutter immer »die lachende Duchess« genannt, während ihre Zwillingsschwester, Saras Mutter, den Spitznamen »die lächelnde Duchess« erhalten hatte. Doch einmal, als Ross etwa vier Jahre gewesen war, hatte er seine Mutter zusammengekauert in einem Winkel des großen Saales in ihrem Anwesen gefunden. Sie hatte hysterisch geweint, ihr schönes Gesicht war von ihren eigenen Nägeln zerschunden gewesen. Entsetzt war er losgelaufen, um Hilfe zu holen.

Es hatte Stunden gedauert, bis sein Vater seine Frau lange genug allein lassen konnte, um seinen Sohn zu suchen, der sich in einer Ecke auf dem Speicher verkrochen hatte. Sein Vater hatte ihn mühsam hervorgelockt, auf seinen Schoß gesetzt und ihm mit kaum verhohlenem Kummer erzählt, daß sie sich ein Kind gewünscht hatten, das sie genauso wie ihn, Ross, hätten lieben können, aber daß es nicht sein sollte und seine Mutter nun das Baby betrauerte, das niemals geboren werden würde.

Es brauchte lange, bis die Duchess wieder wie früher war, und sie wurde nicht mehr schwanger – Ross nahm an, daß sein Vater Vorkehrungen getroffen hatte, um seiner Frau weitere körperliche und seelische Qualen zu ersparen, aber Ross konnte den Gram seiner Eltern niemals vergessen. Und nun, zwölf Jahre später, konnte er ihren Kummer nachvollziehen.

Und doch war es nur eine Qual unter vielen, ein sehnsuchtsvoller ferner Schmerz, der nicht wirklich real war. Viel unmittelbarer war die herzzerreißende Geschichte von dem, was auf Malta geschehen war. Wie ein Kaleidoskop, das man kurz drehte, hatte die gesamte Vergangenheit nun ein vollkommen anderes Muster angenommen.

Nun, da er alles wußte, konnte er ihre Behauptung glauben, daß sie niemals aufgehört hatte, ihn zu lieben, denn er verstand, daß sie nicht Mangel an Liebe von ihm ferngehalten hatte, sondern ihr Schuldgefühl, das ihre Seele auffraß. Wenn die Vorzeichen umgekehrt gewesen wären, hätte er sich wahrscheinlich genauso schändlich und wertlos gefühlt, und da er dies begriff, konnte er sie nicht verdammen.

Der Wind streichelte sein Gesicht wie eine kühle Hand, und er merkte, daß seine Wangen feucht waren. Es war passend, denn er hatte das letzte Mal auf Malta geweint, als er den Verlust seiner Frau beklagt hatte. Damals hatte er um seiner selbst willen Tränen vergossen, doch diesmal weinte er um Juliet und um das Wissen, wie anders die Dinge sich hätten entwickeln können.

Es war ein Beweis für Juliets grimmiges Ehrgefühl, sich selbst die Schuld an der Sache zu geben, statt jemand anderen anzuklagen. Und doch war sie selbst doch kaum mehr als ein Kind gewesen, so verwirrt und gequält, daß sie sich ihr eigenes Leben hatte nehmen wollen. Und schließlich – so lebendig, zu kraftvoll, um es ein zweites Mal zu versuchen, doch überzeugt, daß ihre Sünden niemals wieder gutgemacht werden konnten – hatte sie allem, was sie kannte, den Rücken zugekehrt und war bis ans Ende der Welt gelaufen, wo sie ihre persönliche Kraft und ihre finanziellen Mittel einsetzte, um anderen zu helfen.

Ross hob eine Hand zu der pochenden Wunde unter seinem Verband, die wie die Trommeln des Königs von Buchara hämmerte. Innerlich fühlte er sich hohl und ausgelaugt, er verspürte eine seltsame Leere, die er nicht richtig definieren konnte.

Doch langsam begriff er, daß sie nicht von Verlust herrührte, sondern von Befreiung. Jahrelang hatte seine Ehe aus Schmerz, Qual und Wut bestanden, tiefe Empfindungen, die seine Persönlichkeit geformt hatten, doch nun, da er wußte, daß Juliet ihn nicht verlassen hatte, weil er furchtbar versagt hatte, löste sich sein Schuldgefühl auf. Und – endlich wichtiger noch als dies – er erkannte, daß auch sein Zorn verflog.

Auf Malta, als er feststellen mußte, daß seine Frau ihre Liebe und die Eide der Ehe verraten hatte, hatte seine Wut dem schrecklichen Gefühl der Vernichtung in nichts nachgestanden. Doch mit der Zeit war der Zorn verebbt, bis er wie eine chronische Erkrankung stets unter der Oberfläche pulsierte.

Doch nun kannte er die Wahrheit. Und die Wut verwandelte sich in tiefes Mitleid für ein verzweifeltes, ängstliches Mädchen.

Er wandte sich wieder um. Juliet hatte sich in einer dunklen Ecke des Diwans zusammengerollt, den Kopf gesenkt, und ihre Haare lagen wie ein kupferfarbener Schleier der Trauer über ihren hochgezogenen Knien. Seine Frau. Mit jedem Atemzug, jeder Faser ihres Körpers, mit ihrem ganzen Wesen gehörte sie ihm.

Während er sie ansah, legte sich der Sturm der Gefühle in seinem Inneren und hinterließ eine durch Kummer erzeugte Klarheit in seinem Verstand. Die Vergangenheit konnte nicht verändert werden, man konnte nur aus ihr lernen. Was nun zählte, war die Zukunft, und er begriff sehr deutlich, daß er die Initiative ergreifen mußte, wenn sich irgend etwas Sinnvolles aus dem Wrack der vergangenen Jahre ergeben sollte. Da Juliet glaubte, ihre Sünden seien viel zu schwer, um wieder echtes Glück zu verdienen, mußte er nun eine Möglichkeit finden, die Distanz zwischen ihnen zu überbrücken.

Er holte tief Atem, dann kam er zu ihr herüber und setzte sich neben sie. »Du hast mir das Schlimmste erzählt, Juliet. Du hattest recht, daß die Wahrheit schmerzt, nicht aber, daß ich dich hassen würde. Ich liebe dich immer noch, und ich will immer noch den Rest meines Lebens mit dir verbringen.«

Sie hob den Kopf und zeigte ihm ihr tränenüberströmtes Gesicht. »Ross, ich habe dich in jedem Punkt, der Mann und Frau verbindet, verraten. Wie kannst du ernsthaft wieder mit mir leben wollen?«

»Das Unverzeihlichste, was du getan hast, war, mich zu verlassen. Und das können wir wieder richten.« Er löste ihre Finger von ihrem Knie und nahm ihre Hand zwischen seine. »Es ist nicht *meine* Vergebung, die du brauchst, Juliet. Du mußt dir selbst verzeihen.«

Ihr Mund verzog sich. »Du hast gesagt, ich wäre wie Lady Hester Stanhope, und du hast recht, denn auch ich habe die Menschen verletzt, die am meisten meine Liebe und meine Treue verdienten. Dich, meine Familie . . . und unser Kind.«

Er schüttelte den Kopf. »Nein, ich hatte nicht recht. In dem, was am meisten zählt, bist du ganz und gar nicht wie sie. Du besitzt ihren Mut, aber wo sie arrogant war, bist du fähig zu lieben. Du urteilst dich selbst viel zu grausam ab, denn deine Fehler waren Irrtümer der Jugend und der Verwirrung. Sie sind nicht aus Gemeinheit oder Eitelkeit entsprungen.«

Ihre Miene verriet, daß sie nicht überzeugt war, also sagte er in einem lockeren Tonfall: »Meine redselige Mutter tat immer ihr Bestes, mich über Frauen aufzuklären, denn sie meinte, Frauen und Männer sollten einander so gut wie möglich verstehen. Einmal erklärte sie mir, daß die ersten Monate der Schwangerschaft wilde, unvorhersehbare Stimmungsschwankungen erzeugen können – und bestimmt hat das auch etwas damit zu tun, daß du damals so unsinnig in Panik geraten bist.«

Er begann, ihre Hand zwischen seinen zu reiben, um die eisige Kälte aus ihren Fingern zu bekommen. »Vielleicht hättest du in jedem Fall eine Fehlgeburt gehabt . . . viele Schwangerschaften enden in den ersten zwei oder drei Monaten. Und wenn irgend etwas nicht in Ordnung war, hat das möglicherweise deinen Seelenzustand auch beeinflußt. Das ist der Frau von einem Freund passiert. Sie ist auch davongelaufen, aber ohne deinen Hang zum Abenteuer hat sie es bloß bis zum Haus ihrer Mutter geschafft. Dort hat sie dann ihr Baby verloren. Später hat sie ohne Probleme zwei Kinder bekommen.«

Ein langes Schweigen legte sich über sie, bis Juliet wieder sprach. »Wenn es auch bei mir der Fall war, dann würde es vieles erklären, aber nichts kann mich wirklich von meiner Verantwortung lossprechen. Ich habe jede Variation von Fehlentscheidungen gezeigt.«

»Wenn man sich nicht mit achtzehn falsch entscheiden darf, wann dann?« Er öffnete ihre Hand und zeichnete die Linien in ihrer Innenfläche nach. »Es richtig zu machen, ist ja wunderschön, aber es sind die Fehler, durch die wir erwachsen werden. Sicher, du hast welche begangen, aber du hast dich bereits selbst hart dafür bestraft. Findest du nicht, du hast jetzt genug gelitten?«

»Aber du hast dadurch genauso leiden müssen«, erwiderte Juliet voller Kummer. »Wie kann ich das je gutmachen?«

Er lächelte ein wenig. »Das ist leicht: Sei meine Frau, anstatt mich den Rest meines Lebens zu Einsamkeit zu verdammen.«

Juliet strömte bei diesem Gedanken das Herz über. Trotzdem wandte sie mit einem Hauch von Verzweiflung ein: »Ich verstehe aber einfach nicht, wie du mich noch wollen kannst.«

Einen Moment fragte er sich verdutzt, was er bloß noch tun konnte, denn er war der Meinung, er hatte eben klar und deutlich ausgedrückt, daß er sie liebte und wollte. Dann dachte er an die Geschichtenerzähler, denen er im Orient immer wieder gelauscht hatte, und die wußten, wie man die Macht der Worte verstärken konnte. Es war einen Versuch wert. »Laß mich dir ein Märchen erzählen.«

Sie sah ihn verwirrt an, doch nach einem kurzen Widerstand ließ sie sich zu ihm auf die weichen Kissen sinken. Leise begann er: »Vor langer, sehr langer Zeit lebte in einem fernen, grünen Land ein junger Mann, der Ross genannt wurde. Obwohl er verläßlich, seriös, intelligent und ehrbar war, schien er doch nicht besonders aufregend.« Ross überlegte einen Augenblick. »Wahrscheinlich machten ihn all diese langweiligen Tugenden zu einer Person, die ein bißchen schwer von Begriff war.«

Juliet öffnete den Mund zum Protest, aber er ließ keinen Einwand zu. »Ruhe. Das ist mein Märchen, und ich werde es auf meine Art erzählen.«

Flüssig fuhr er fort: »Der Kerl träumte versponnen von Reisen in ferne Länder und von Abenteuern, aber so nüchtern wie er war – eher ein Beobachter als ein Aktiver –

hätte er wahrscheinlich niemals gewagt, seine Träume zu erfüllen.« Er machte eine kurze Pause, um seine Worte wirken zu lassen. Jede Einzelheit war wichtig, um den Zusammenhang zu verstehen.

»Erzähl weiter«, forderte Juliet schließlich.

»Er war kein Prinz, nicht mal ein Lord, höchstens durch einen ererbten Titel, doch eines Tages traf er eine Prinzessin namens Juliet. Nicht nur, daß sie das schönste Mädchen der Welt war, nein, sie hatte bereits in diesen fernen Ländern gelebt und wirkliche Abenteuer bestanden und nicht nur davon geträumt. Wenn er mit ihr zusammen war, schien alles möglich, die Sonne strahlte heller, und sie brachte ihn zum Lachen. Mit ihr konnte er endlich am Leben teilnehmen und war nicht mehr bloß ein Beobachter, denn sie brachte die leidenschaftliche Seite seiner Natur hervor, von der er nicht einmal geahnt hatte, daß er sie besaß. Es war nicht nur eine körperliche Leidenschaft, sondern auch eine geistige.«

Ross hob ihre Hand und küßte ihre Innenfläche. »Er hatte gar nicht gewußt, was ihm entging, bis er sie traf. Da er kein Narr, aber wahnsinnig verliebt war, bedrängte unser Held diese sehr junge Prinzessin, ihn zu heiraten, bevor sie es sich noch einmal überlegte. Zuerst war er davon überzeugt, daß sie, wie im Märchen, bis an ihr Lebensende glücklich sein würden.« Er seufzte unterdrückt. »Aber jede interessante Geschichte braucht eine Verwicklung, und die kam, als ein schrecklicher Drache von ungewisser Herkunft die Prinzessin davonschleppte. Oder vielleicht lief sie auch freiwillig mit dem Drachen davon . . . dieser Teil des Märchens ist ein wenig unklar, aber nicht wirklich bedeutend. Was allein zählte, war, daß das Lachen erstarb und die Sonne unterging, als die Prinzessin verschwand.«

Ross spürte, wie Juliet vor ihm zurückzuckte, aber er

legte ihr einen Arm um die Schulter und hielt sie fest. »Keine Angst, die Geschichte ist ja noch nicht vorbei. In den nächsten zwölf Jahren vollbrachte unser Held anständige Heldentaten, wie es sich gehörte. Er reiste in exotische Länder, bestand aufregende Abenteuer, sah wunderschöne Landschaften und lernte faszinierende Menschen kennen. Manchmal ging er nach Hause und schrieb Bücher und hielt Vorlesungen und hörte immer wieder, was für ein toller, tapferer Kerl er war. Manchmal, aber nicht sehr oft, traf er eine Frau, die er mochte, aber niemals eine, die ihn dazu brachte, seine Prinzessin zu vergessen. Es war ein recht schönes Leben, denn er erfüllte viele seiner Träume, und irgendwie, ganz nebenbei, wurde er auch ein bißchen interessanter. Doch niemals konnte er sich seinen tiefsten, innigsten Traum erfüllen. Und der war, seine verlorene Prinzessin wiederzufinden.«

Eine Träne löste sich von Juliets Wimpern und fiel auf seine Hand. Eindringlich sprach er weiter:

»Dann, kurz bevor die Zeit der Reisen vorüber sein sollte, da ging er auf eine letzte Mission. Und da fand er seine Juliet wieder und erkannte, daß sie nicht nur die schönste Frau der Welt war, sondern auch die tapferste. Manchmal wollte er sie zwar am liebsten übers Knie legen und ihr entzückendes Hinterteil vertrimmen, aber noch viel öfter wollte er mit ihr schlafen, und als er es endlich tat, begriff er, daß er sie noch genauso liebte wie damals.«

Ross drehte sich auf dem Diwan zu ihr. Ihr Körper war nicht mehr so steif, und als er sie nun zu sich zog, glitt ihr Arm um seine Taille, und sie lehnte den Kopf an seine Schulter.

Sanft fuhr er fort: »Seine Prinzessin dachte, sie hätte ihn verraten, aber er wußte, er konnte ihr sein Leben anvertrauen, und das tat er. Gemeinsam schafften sie das Unmögliche. Ja, sie rettete ihm sogar das Leben, indem sie ein häßliches Monster umbrachte, was zwar nicht gerade damenhaft, aber höchst nützlich war.«

Er strich ihr über das seidige, glänzende Haar und ließ es durch seine Finger gleiten. »Als die Mission schließlich erfüllt war, liebte unser Held seine Prinzessin mehr als zuvor. Und er wußte, er mußte sie überreden, mit ihm zu kommen, wenn er je wieder Sonne oder Lachen oder Leidenschaft haben wollte.«

Er gab die Rolle des Erzählers auf und flüsterte: »Glaube mir, daß ich dich liebe, Juliet. Und dann laß uns ein neues Leben zusammen anfangen.«

Sie nahm seine Hand und preßte sie an ihre Wange, ohne ihn anzusehen. »Es ist seltsam«, überlegte sie mit leiser Stimme. »Mehr als alles andere in der Welt, möchte ich tun, was du willst. Früher hatte ich immer Tagträume, daß ich mein Leben für deines opfern würde, und kurz vor meinem Tod würdest du mir vergeben. Es ist schwer, so schwer, etwas zu tun, was mir Glück beschert, wenn ich es doch nicht verdiene.«

»Wenn du tun möchtest, was ich will, dann hast du keine Wahl, als selbst glücklich zu werden, damit ich es sein kann.« Ross' Finger schlossen sich fester um ihre. »Getrennt sind wir zwei rastlose, einsame Menschen, aber wir können wieder ein Ganzes werden. Es hat genug Schmerz gegeben, meine Geliebte. Jetzt ist die Zeit der Freude gekommen.«

Juliet hatte das Gefühl, ihr Herz würde brechen. Ross hatte recht: sie waren für ewig aneinander gebunden, und nichts würde das jemals ändern.

Die Zeit war gekommen, sich selbst zu vergeben. Um ihrer beider willen.

Sie atmete tief ein, dann hob sie den Kopf, um ihm in die Augen zu sehen. Sie zwang ihre Tränen zurück und schenkte ihm ein Lächeln. »Wenn . . . wenn du sicher bist, daß du mich brauchst, um glücklich zu sein, dann liebe ich dich viel zu sehr, um nein zu sagen.«

Einen Moment schwiegen sie, dann öffnete Ross Juliets Kaftan und zog die Kette mit dem Ring heraus. Mit einer raschen Bewegung riß er die Glieder auseinander und nahm den Ring in seine Hand.

Während er den Ring über den richtigen Finger ihrer rechten Hand streifte, blickte er ihr in die Augen und gelobte feierlich: »Ich, Ross, nehme dich, Juliet, zu meiner angetrauten Frau, und werde dich jetzt und immerdar, in guten wie in schlechten Zeiten, in Armut, Reichtum, Krankheit und Gesundheit lieben und ehren, bis daß der Tod uns scheidet.« Als der Ring an ihrem Finger steckte, fügte er hinzu: »Mit diesem Ring bist du wieder meine Frau.« Er hob ihre Hand und küßte jeden einzelnen Finger.

Die Tränen, die sie unterdrücken wollte, liefen nun in Strömen über ihre Wangen, als sie seine rechte Hand nahm und sie auf ihr Herz preßte. Sie wiederholte jedes seiner Worte und endete: »Wohin du auch gehst, da will ich auch hingehen, geliebter Ehemann, denn ich bin dein, mit Körper, Geist und Seele.«

Dann beugte sie sich vor und küßte ihn mit einer Intensität, die Dankbarkeit und Versprechen ausdrückte. Ein Kuß, der mehr als alle Worte die Schatten der Vergangenheit bannte und nur noch Platz für die Zukunft bot. Eine Zukunft, die nur ihnen gehörte – und ihrer Liebe!

Als Atmung und Herzschlag sich beschleunigten, zog Ross sie in die Arme und trug sie zum Bett, wo sie ihre Ehe erneut vollzogen. Zum ersten Mal, seit sie sich wiedergetroffen hatten, gab es keine unbeantworteten Fragen zwischen ihnen; das Schlimmste war ausgesprochen worden, und es hatte ihre Liebe nicht zerstört, sondern nur stärker gemacht. Sie liebten sich mit Leidenschaft und

Zärtlichkeit und einer Tiefe von Emotionen, die ihre jugendlichen Ebenbilder niemals hätten empfinden können.

Nachher lagen sie sich in den Armen und redeten von einer Zukunft, die nicht länger verbotenes Terrain sein mußte. Kurz bevor der Schlaf sie übermannte, fragte Juliet zögernd: »Wenn ich gewußt hätte, daß du auf Malta bist, und ich zu dir statt ins Wasser gegangen wäre, hättest du mir dann jemals meine Untreue verziehen?«

Er dachte einen Moment sorgfältig nach. »Ich hätte dich zurückgewollt, denn ich liebte dich, und du warst meine Frau«, antwortete er überlegt. »Wir wären sicher wieder glücklich geworden, aber ich hätte niemals vergessen können, und das, was war, hätte immer wie ein unauslöschlicher Makel zwischen uns gestanden. Aber ich habe das Gefühl, als hätten die letzten vier Monate uns in einem Feuer zusammengeschmiedet, das stark genug war, alles Unwichtige auszubrennen. Malta scheint mir so weit entfernt, so unwichtig, daß Vergeben nicht einmal ein Thema ist. Wir sind so fest zusammengeschmolzen, daß kein Schatten Platz hat, Juliet. Mich kümmert die Vergangenheit nicht mehr. Was zählt, ist das Jetzt. Und daß wir einander lieben.«

Zufrieden schmiegte Juliet ihren Kopf an seine Schulter. Und dann, mehr zu sich selbst als zu ihm, flüsterte sie: »Jetzt und immerdar. Amen.«

Epilog

SOUTHAMPTON, HAFEN

Oktober, 1841

WÄHREND DIE TRÄGER ihr Gepäck aus der Kabine schleppten, sah Juliet, die zurückgelehnt auf dem Sofa saß, ihnen verträumt zu, ohne sie wirklich wahrzunehmen. Sie fühlte nur das Glück in sich, das von Tag zu Tag größer wurde, seit sie und Ross das Wunder wiederentdeckter Liebe verband.

Es hatte einen Monat gedauert, bis sie alle Angelegenheiten in Serevan geregelt hatten, obwohl sie sofort eine Nachricht an Lady Cameron in Konstantinopel geschickt hatten, damit deren Ungewißheit ein Ende hatte. Wie Ross vorgeschlagen hatte, hatte Juliet den Besitz der Festung an Saleh übertragen. Schließlich waren sie am gleichen Tag von Serevan aufgebrochen wie Ian, sie und Ross in Richtung Westen, während Ian, immer noch dünn, aber gebräunt und gekräftigt, sich in Richtung Süden zum Persischen Golf gewandt hatte.

Die Reise nach Konstantinopel war müßig und angenehm gewesen. In Meshed hatten sie Reza aufgesucht, um sich zu vergewissern, daß es ihm gut ging. Die Gastfreundschaft seiner dankbaren Familie war so überwältigend, daß sie, wenn sie es gewollt hätten, für den Rest ihres Lebens dort hätten bleiben können. In Teheran hatten sie sich von Murad verabschiedet und ihm einen so großzügigen Bonus zugesteckt, daß er, kurz gesagt, sprachlos gewesen war.

In Konstantinopel hatte es dann ein gefühlvolles Wiedersehen mit Juliets Mutter gegeben, die mehr als nur ein wenig stolz über ihre Intuition war. Denn schließlich war nicht nur ihr Gefühl, daß Ian noch lebte, richtig gewesen; nun hatte sich auch ihr Glauben, daß Juliet und Ross zusammengehörten, auf spektakuläre Weise als treffend erwiesen. Da ihr qualvolles Ausharren nun glücklich vorbei war, war sie mit Juliet und ihrem Schwiegersohn weitergereist, bis sie sich in Gibraltar spontan dazu entschlossen hatte, einen sonnigen Winter bei Freunden zu verbringen.

Und nun waren sie endlich in England angekommen. Juliets müßige Gedankengänge wurden unterbrochen, als Ross in die Kabine trat und sich auf die Sofakante hockte. »Bereit, an Land zu gehen?«

»Ja, aber ich werde das Meer vermissen, wenn wir demnächst zusammen schlafen. Es hat etwas ausgesprochen Nettes, wenn das Schiff schwankt.«

Er grinste. »Erinnerst du dich noch an den kleinen Bach in Chapelgate? Wenn dir Wasser fehlt, können wir ja Decken auf ein Floß legen.«

»Das wäre einen Versuch wert.« Juliet blickte ihn bewundernd an. »Du bist wirklich der bestaussehendste Mann dieser Welt. Und ganz kühle, britische Eleganz.« Dann verzog sie spöttisch den Mund. »Kaum zu glauben, was du für einen herrlichen Buskaschi-Barbaren abgegeben hast.«

»Ich zeige dir heute nacht, was ich für ein Barbar sein kann.« Er legte ihr zärtlich eine Hand auf den leichtgewölbten Bauch – und wurde als Dank getreten. »Hm. Unser kleiner Erbe ist etwas aggressiv heute.«

Juliet legte ihre Hand über seine. »Er weiß, daß er nach Hause kommt.«

»Falls es ein Er ist, dann überleg mal, wie er seine Schulkameraden beeindrucken kann, wenn er ihnen erzählt, er sei in Buchara gezeugt worden.« Ross stand auf und reichte ihr eine Hand, um ihr aufzuhelfen. »Wir müssen los. Morgen können wir Sara und Mikhal aufsuchen, um uns meine Patentochter anzusehen.«

Juliet war dankbar für seine Hilfe, denn sie war nicht mehr ganz so agil wie vorher. Es hatte gedauert, bis sie erkannt hatte, daß sie schwanger war, denn ganz im Gegensatz zum ersten Mal fühlte sie sich ausgesprochen wohl. Vielleicht hatte Ross recht, wenn er meinte, das erste Mal hätte es vielleicht ein körperliches Problem gegeben. Vielleicht lag der Unterschied aber auch darin, daß sie diesmal bereit war, Mutter zu werden. Wie auch immer – erneut schwanger zu sein, hatte viel von ihrem Kummer und ihrem Schuldgefühl geheilt.

Oben auf der Gangway schloß Juliet einen Moment die Augen und atmete tief ein. »Hmm, riech nur dieses wundervolle Grün!«

»Ich bin froh, daß Britannien so freundlich ist und uns einen schönen sonnigen Tag zur Heimkehr schickt.« Ross nahm ihren Arm, um sie die Gangway hinunterzuführen.

»Mir hätte Regen auch nichts ausgemacht«, bemerkte sie fröhlich. »Ohne Regen gäbe es hier nicht so viele schöne Bäume und Blumen.«

Sie waren halb unten, als Ross plötzlich ausrief: »Sieh nur! Sara und Mikhal sind gekommen, um uns zu begrüßen.«

Juliet packte in plötzlicher Panik seinen Arm. »Ich kann Sara nicht sofort wiedersehen, Ross! Sie wird mich von Deck werfen, um die Fische zu füttern, für all das, was sie wegen mir durchgemacht hat!«

Ross zeigte in der Öffentlichkeit nicht oft Zuneigung, aber nun drehte er sich zu seiner Frau und gab ihr einen

Kuß. »Nein, wird sie nicht. Sara wird meinen Brief schon vor Wochen erhalten haben, so daß sie sich auf deine Anwesenheit vorbereiten konnte.« Er zwinkerte ihr zu. »Ich habe ihr geschrieben, daß ich dich für drei Kamele gekauft habe – viel zu teuer, um dich zurückzulassen.« Dann streichelte er ihr leicht über den Bauch. »Aber die Investition scheint sich auszudehnen.«

»Schuft!« zog Juliet ihn auf, aber Ross' Unsinn half ihr weitgehend, ihre Selbstkontrolle wiederzuerlangen. Seinem Blick folgend, entdeckte sie Sara, die winkte, um ihren Cousin auf sich aufmerksam zu machen. Ihre Freundin wirkte anmutiger als je zuvor und strahlte eine tiefe Zufriedenheit aus. Sie wurde von einem hochgewachsenen, dunkelhaarigen Herrn durch die Menge geleitet, dessen Ausstrahlung reichte, um jeden davon abzuhalten, seine Frau anzurempeln.

Als Ross und Juliet auf das Deck traten, ließ Sara ihren Mann los und spurtete voran, um sich in die Arme ihres Cousins zu werfen. Juliet trat einen Schritt zurück. Würde Sara ihr wirklich verzeihen können und Vergangenes vergangen sein lassen?

Bevor Juliet sich jedoch in ihre Ängste hineinsteigern konnte, stand Saras Mann vor ihr und verbeugte sich. »Es sieht aus, als wären unsere Angetrauten zu beschäftigt, um sich damit abzugeben, uns einander vorzustellen. Ich bin Mikhal, und Sie sind sicherlich die Frau, für die Ross drei Kamele hergegeben hat.« Sein genüßlicher Blick taxierte sie anerkennend. »Er hat ein Händchen fürs Feilschen.«

Sie lachte und bot ihm ihre Hand. »Ich freue mich sehr, Sie kennenzulernen, Mikhal. Ross hat mir viel von Ihnen erzählt.«

Er verdrehte seine unwahrscheinlich grünen Augen. »Hiermit bitte ich Sie, sich alles zu meiner Verteidigung anzuhören.«

Juliet schmunzelte immer noch, als Lady Sara ihren Cousin endlich losließ und sich zu ihr wandte. Einen langen Augenblick musterten sie einander, Sara nachdenklich, Juliet nervös. Dann huschte ein schelmisches Lächeln über Saras Gesicht. »Eines Tages, vielleicht in ein oder zwei Jahren, kriegst du von mir eine Standpauke zu hören, die deine Locken augenblicklich glätten wird. Aber es wird warten müssen, denn im Augenblick bin ich viel zu froh, dich wiederzusehen.«

Dann lagen sie einander in den Armen, lachten und weinten gleichzeitig. Juliet hätte wissen müssen, daß Sara alles akzeptierte, was Ross glücklich machte. Und während sie ihre Freundin drückte, schwanden alle Zweifel, die Juliet über ihr zukünftiges Leben in England gehabt hatte.

Als Juliet und Sara sich genug gedrückt und geküßt hatten, warf Juliet einen Blick zu Ross, der sich gerade ebenfalls aus Mikhals überschwenglicher Begrüßung wand. Dann drängten sich die beiden Paare durch die Menge zu Mikhals Kutsche.

Für einen kurzen Moment hielt Ross Juliet zurück und flüsterte ihr ins Ohr: »Und so kehrten der Prinz und die Prinzessin nach Hause zurück und lebten, wie es sich für ein richtiges Märchen gehört, glücklich und zufrieden bis an ihr Lebensende.«

»Glücklicher Prinz«, murmelte sie und sah ihn voller Liebe und Zärtlichkeit an. »Und noch glücklichere Prinzessin.«

Band 12539

Judith McNaught

Für immer und ewig, mein Herz

Plötzlich verwaist, reist Victoria Seaton von New York nach England, um ihr verlorenes Erbe zurückzufordern. Der Herzog von Atherton, ein entfernter Cousin, nimmt sie bei sich auf, obgleich er im Gegensatz zu seinem angeblichen Neffen ziemlich verarmt ist. Lord Jason, ein vielbegehrter Gast auf allen Empfängen und Bällen der Londoner Society, bleibt für Victoria ein Rätsel. Sein arrogantes Auftreten irritiert sie. Dennoch fühlt sie sich magisch zu ihm hingezogen und spürt, daß ihn etwas bedrückt. Kann sie Jason von der Last, die auf seiner Seele liegt, befreien und sein Herz für sich gewinnen?

Band 12644

Julie Garwood

Wie ein Feuer in dunkler Nacht

England im Mittelalter: Die schöne Elizabeth Montwright entkommt nur knapp einem Massaker, bei dem ihre ganze Familie getötet wird. Von ihrer Burg vertrieben, schwört sie Rache und schmiedet einen Plan: Als Bäuerin verkleidet will sie zurückkehren und Geoffrey, der die Mörder vertrieben hat, um Hilfe bitten.
Doch der hat anderes im Sinn. Während sie sich gegen seine Annäherungsversuche zu wehren versucht, entbrennt auch sie in Leidenschaft zu dem Krieger, der ihr Herz erobern will. Aber zuerst fordert sie Gerechtigkeit ...

Band 12646

Tamara Leigh

Verführung im Morgengrauen

Um seine eigene Freiheit wiederzugewinnen, erklärt sich Lucien Gautier zu einem riskanten Abenteuer bereit: Er soll eine junge Frau aus einem Harem befreien und auf ein englisches Schiff schmuggeln. Doch weit mehr als die Gefahren der Reise verwirren ihn die smaragdgrünen Augen und das kupferrote Haar seines Schützlings. Und obwohl er auch ihr nicht gleichgültig ist, weist Alessandra ihn in die Schranken. Zu spät erkennt sie, daß sie seine Gefangene ist ...

BASTEI LÜBBE